Charles Dickens

Alle Weihnachtserzählungen

Charles Dickens

Alle Weihnachtserzählungen

Aus dem Englischen
von
Margit Meyer

Aufbau-Verlag

Titel der Originalausgabe
Christmas Books

Mit 32 zeitgenössischen Illustrationen

ISBN 3-351-02343-X

3. Auflage 1998
Aufbau-Verlag GmbH, Berlin

Einbandgestaltung Ute Henkel / Torsten Lemme
Druck und Binden Graphischer Großbetrieb Pößneck
Ein Mohndruckbetrieb
Printed in Germany

Ein Weihnachtslied in Prosa

Eine Geistergeschichte zum Weihnachtsfest

Erste Strophe

Marleys Geist

Marley war tot, das gleich zu Anfang. Darüber besteht nicht der geringste Zweifel. Die Bestattungsurkunde war vom Geistlichen, vom Standesbeamten, vom Leichenbestatter und dem Hauptleidtragenden unterschrieben. Scrooge hatte sie unterzeichnet. Und Scrooges Name war auf der Börse für jede Sache gut, unter die er seine Unterschrift setzte.

Der alte Marley war tot wie ein Türnagel.

Wohlgemerkt, ich will nicht behaupten, daß ich genau wüßte, was man unter tot wie ein Türnagel versteht. Ich wäre eher geneigt, einen Sargnagel als den unbelebtesten Gegenstand aller Eisenwaren anzusehen. Aber die Weisheit unserer Vorfahren steckt in diesem Vergleich; und ich möchte ihn nicht mit meinen ungeweihten Händen zerstören, sonst geht unser Land zugrunde. Gestatten Sie mir deshalb, mit allem Nachdruck zu wiederholen, daß Marley tot wie ein Türnagel war.

Wußte Scrooge, daß er tot war? Selbstverständlich. Wie sollte er nicht? Scrooge und er waren ich weiß nicht wie viele Jahre Partner gewesen. Scrooge war sein einziger Testamentsvollstrecker, sein einziger Nachlaßverwalter, sein einziger Rechtsnachfolger, sein einziger Nachvermächtnisnehmer, sein einziger Freund und der einzige um ihn Trauernde. Doch nicht einmal Scrooge war über das traurige Ereignis so tief betrübt, daß er nicht sogar am Tag der Beerdigung ein tüchtiger Geschäftsmann gewesen wäre und ihn mit einem wirklich guten Geschäft feierlich begangen hätte.

Die Erwähnung von Marleys Begräbnis führt mich auf

meinen Ausgangspunkt zurück. Es besteht kein Zweifel, daß Marley tot war. Das muß als sicher angenommen werden, ansonsten kann aus der Geschichte, die ich jetzt erzählen möchte, nichts Wunderbares hervorgehen. Wenn wir nicht vollkommen überzeugt wären, daß Hamlets Vater gestorben war, bevor das Stück begann, wäre sein nächtlicher Bummel, den er bei Wind von Osten her über seinen Festungswall macht, nicht bemerkenswerter, als wenn irgendein Herr in mittleren Jahren nach Einbruch der Dunkelheit hastig zu einem luftigen Ort hinauszieht – sagen wir zum Beispiel, auf den St.-Pauls-Friedhof –, um das schwache Gemüt seines Sohnes buchstäblich in Furcht zu versetzen.

Scrooge ließ niemals den Namen des alten Marley übermalen. Noch Jahre später stand über der Geschäftstür: Scrooge & Marley. Die Firma war als Scrooge & Marley bekannt. Manchmal nannten Leute, denen das Geschäft vorher unbekannt war, Scrooge Scrooge und manchmal Marley, aber er reagierte auf beide Namen. Für ihn war es dasselbe.

Oh, was war er doch für ein Geizkragen! Scrooge, dieser habsüchtige alte Sünder, der das Geld aus anderen herauspreßte und an sich riß, der es zusammenkratzte und krampfhaft festhielt. Er war hart und scharf wie ein Feuerstein, aus dem kein Stahl jemals auch nur einen Funken Großzügigkeit herausgeschlagen hatte. Er war so verschwiegen, verschlossen und einsiedlerisch wie eine Auster. Die innere Kälte ließ seine alten Gesichtszüge erstarren und die Wangen runzlig werden, zwickte ihm in die spitze Nase und machte ihn steifbeinig. Sie ließ seine Augen rot und die dünnen Lippen blau werden und kam deutlich in seiner krächzenden Stimme zum Ausdruck. Rauhreif überzog Kopf und Augenbrauen sowie sein kantiges Kinn. Er trug seine niedrige Temperatur ständig mit sich herum; er kühlte während der Hundstage sein Büro und erwärmte es auch nicht um ein Grad in der Weihnachtszeit.

Äußere Hitze oder Kälte hatten auf Scrooge wenig Einfluß. Weder Wärme konnte ihm das Herz erwärmen noch winterliches Wetter ihn entmutigen. Kein Wind war rauher als er, kein Schneeschauer mehr auf seine Absicht bedacht, kein Regenguß einer dringenden Bitte gegenüber weniger aufgeschlossen. Schlechtes Wetter konnte ihm nie etwas anhaben. Der heftigste Regen, Schnee, Hagel oder Graupel konnte sich nur in einer Hinsicht rühmen, überlegen zu sein. Sie gingen oft verschwenderisch hernieder, er zeigte sich niemals so.

Niemand hielt ihn auf der Straße an und fragte mit freundlichem Blick: „Lieber Mr. Scrooge, wie geht es Ihnen? Wann kommen Sie mich besuchen?“ Kein Bettler flehte ihn an, ihm eine Kleinigkeit zu schenken. Kein Kind fragte ihn, wie spät es sei. Nicht ein einziges Mal wurde Scrooge von einem Mann oder einer Frau gefragt, wie man zu diesem oder jenem Ort gelange. Selbst die Blindenhunde schienen ihn zu kennen. Wenn sie ihn herankommen sahen, zerrten sie ihre Besitzer in Hauseingänge hinein oder die Gasse hinauf. Dann wedelten sie mit dem Schwanz, als wollten sie sagen: „Es ist besser, gar keine Augen zu haben als böse, blindes Herrchen!“

Aber was kümmerte das Scrooge! Das war es gerade, was ihm gefiel. Weil er sich seinen Weg durchs Leben bahnte, indem er menschliches Mitgefühl nicht zu nahe an sich heranließ, wurde er von den Eingeweihten ein verrückter Kerl genannt.

Einst saß der alte Scrooge an einem der schönsten Tage des Jahres, einem Heiligabend, geschäftig in seinem Büro. Das Wetter war rauh, bitter kalt und obendrein neblig. Er konnte hören, wie die Leute draußen auf dem Hof keuchend auf und ab gingen, sich mit den Händen gegen die Brust schlugen und mit den Füßen auf das Pflaster stampften, um sie zu erwärmen. Die Uhren in der Stadt hatten gerade erst drei geschlagen, aber es war schon ziemlich dunkel – es war den ganzen Tag über nicht hell geworden –, und in den Fenstern der umliegenden Büros flackerten Kerzen wie rötliche Fettflecke in der dicken, braunen Luft. Der Nebel drang zu jedem Ritz und Schlüsselloch herein und war draußen so dicht, daß die gegenüberliegenden Häuser nur schemenhaft zu sehen waren, obwohl der Hof zu einem der engsten gehörte. Wenn man sah, wie sich die schmutzige Wolke herabsenkte und alles verdunkelte, konnte man denken, Mutter Natur lebe ganz in der Nähe und braue in großem Umfang.

Die Tür von Scrooges Büro stand offen, damit er ein Auge auf seinen Angestellten werfen konnte, der in einer traurigen kleinen Zelle nebenan, einer Art Kasten, saß und Briefe abschrieb. Bei Scrooge brannte ein sehr kleines Feuer, bei dem Angestellten aber ein noch viel kleineres, daß es wie eine einzige Kohle aussah. Er konnte jedoch nichts nachlegen, weil Scrooge die Kohlenkiste in seinem Raum aufbewahrte. Sobald der Angestellte mit der Schaufel hereinkam, gab ihm sein Herr zu verstehen, daß sich ihre Wege trennen müßten. Daraufhin legte sich der Angestellte sein weißes Wolltuch um den Hals und versuchte, sich an der Kerze aufzuwärmen. Da er aber keine große Phantasie besaß, gelang ihm das nicht.

„Frohe Weihnachten, Onkel! Gott segne dich!" rief eine vergnügte Stimme. Es handelte sich um die Stimme von Scrooges Neffen, der so schnell auf ihn zukam, daß sie das erste Anzeichen seines Kommens war.

„Pah!" sagte Scrooge, „Unsinn!"

Scrooges Neffe hatte sich beim raschen Laufen im Nebel und Frost dermaßen erhitzt, daß er nur so glühte. Sein hübsches Gesicht war gerötet, die Augen funkelten, und beim Atmen stieß er Dampfwolken aus.

„Weihnachten ein Unsinn, Onkel?" sagte Scrooges Neffe. „Das meinst du sicher nicht so."

„Doch", sagte Scrooge. „Frohe Weihnachten! Welches Recht hast du, froh zu sein? Welchen Grund hast du, froh zu sein? Du bist arm genug."

„Aber geh", erwiderte der Neffe fröhlich. „Welches Recht hast du, traurig zu sein? Welchen Grund hast du, verdrießlich zu sein? Du bist doch reich genug."

Da Scrooge im Moment keine bessere Antwort zur Hand hatte, sagte er wieder „Pah!" und fügte noch „Unsinn!" hinzu.

„Sei nicht ärgerlich, Onkel!" sagte der Neffe.

„Was kann ich sonst sein", erwiderte der Onkel, „wo ich in einer Welt voller Narren lebe? Frohe Weihnachten! Pfui über ‚Frohe Weihnachten'. Was bedeutet die Weihnachtszeit schon anderes für dich als eine Zeit, in der man Rechnungen ohne Geld bezahlt; in der man ein Jahr älter, aber keinen Deut reicher geworden ist; in der man die Bücher abschließt und sich jeder Posten darin ein Dutzend Monate hindurch als gewinnlos erweist? Wenn es nach mir ginge", sagte Scrooge aufgebracht, „müßte jeder Idiot, der mit einem ‚Frohe Weihnachten' auf den Lippen herumläuft, in seinem eigenen Plumpudding gekocht und mit einem Stechpalmenzweig durchs Herz begraben werden. Das sollte er!"

„Onkel!" flehte der Junge.

„Neffe", erwiderte der Onkel ernst, „feiere Weihnachten auf deine Weise und laß es mich auf meine feiern."

„Feiern!" wiederholte Scrooges Neffe. „Aber du feierst es ja gar nicht."

„Überlaß das nur mir", sagte Scrooge. „Möge es dir viel Gutes bringen! Dir hat es ja immer viel Gutes gebracht!"

„Es gibt viele Dinge, von denen ich Gutes hätte gewinnen können, aus denen ich allerdings keinen Nutzen gezogen habe", erwiderte der Neffe. „Weihnachten gehört dazu. Aber ganz bestimmt habe ich die Weihnachtszeit, wenn sie herankam – abgesehen von der Ehrfurcht vor ihrem heiligen Namen und Ursprung, falls man überhaupt von dem, was damit verbunden ist, absehen kann –, als eine gute Zeit angesehen, die Zeit der Güte, der Vergebung, der Barmherzigkeit und Freude, die einzige Zeit im Laufe des Jahres, die ich kenne, in der Männer und Frauen einmütig ihre verschlossenen Herzen weit zu öffnen scheinen und an die Menschen unter sich denken, als ob sie wirklich Wandergefährten zum Grabe wären und nicht eine andere Art von Geschöpfen auf anderen Wegen. Und deshalb, Onkel, glaube ich, obwohl sie mir niemals auch nur ein Gramm Gold oder Silber eingetragen hat, daß sie mir Gutes gebracht hat und auch weiterhin bringen wird, und deshalb sage ich: ‚Gott segne sie!'"

Der Angestellte in seinem Kasten spendete unwillkürlich Beifall. Da er sich sofort der Ungehörigkeit seines Verhaltens bewußt wurde, stocherte er im Feuer und löschte damit den letzten schwachen Funken aus.

„Lassen Sie mich noch einen Ton von Ihnen hören", sagte Scrooge, „und Sie werden Weihnachten feiern, indem Sie Ihre Stellung loswerden! Sie sind ein recht gewaltiger Redner, Sir", fügte er, zu seinem Neffen gewandt, hinzu. „Ich wundere mich, warum du nicht ins Parlament gehst."

„Sei nicht ärgerlich, Onkel. Bitte, komm morgen zu uns zum Essen."

Scrooge sagte, daß er ihn ... ja, wahrhaftig. Er sprach den ganzen Satz aus und sagte, daß er ihn erst an der Schwelle des Todes wiedersehen wolle.

„Aber warum?" rief Scrooges Neffe. „Warum?"

„Warum hast du geheiratet?" fragte Scrooge.

„Weil ich mich verliebt habe."

„Weil du dich verliebt hast!" knurrte Scrooge, als ob dies das einzige auf der Welt sei, was noch lächerlicher als eine frohe Weihnacht ist. „Guten Tag!"

„Onkel, du hast mich aber auch nie besucht, bevor das geschah. Warum gibst du es als Grund dafür an, jetzt nicht zu kommen?"

„Guten Tag!" sagte Scrooge.

„Ich brauche nichts von dir, ich verlange nichts von dir. Warum können wir nicht Freunde sein?"

„Guten Tag!“ sagte Scrooge.

„Es tut mir von ganzem Herzen leid, daß du so unnachgiebig bist. Wir haben doch nie miteinander Streit gehabt. Aber ich habe Weihnachten zu Ehren den Versuch gemacht und lasse mich auch nicht aus meiner Weihnachtsstimmung bringen. Darum: Frohe Weihnachten, Onkel!“

„Guten Tag!“ sagte Scrooge.

„Und ein glückliches neues Jahr!“

„Guten Tag!“ sagte Scrooge.

Trotzdem verließ sein Neffe das Zimmer ohne ein böses Wort. An der äußeren Tür blieb er stehen, um dem Angestellten alles Gute zum Weihnachtsfest zu wünschen, der, so kalt ihm war, mehr Wärme hatte als Scrooge, denn er erwiderte die Wünsche herzlich.

„Das ist auch so ein Bursche“, murmelte Scrooge, der dessen Worte mitgehört hatte, „mein Angestellter, mit fünfzehn Schilling pro Woche und Frau und Kindern, und redet von frohen Weihnachten. Ich werde wohl nach Bethlehem ziehen.“

Dieser Verrückte hatte, als er Scrooges Neffen hinausließ, zwei andere Personen eingelassen. Es waren zwei stattliche Herren von angenehmem Äußeren, die nun – den Hut hatten sie abgenommen – in Scrooges Büro standen. Sie hielten Bücher und Papiere in der Hand und machten eine Verbeugung.

„Scrooge & Marley, nicht wahr?“ sagte einer der Herren und bezog sich auf seine Liste. „Habe ich das Vergnügen, mit Mr. Scrooge oder Mr. Marley zu sprechen?“

„Mr. Marley ist seit sieben Jahren tot“, erwiderte Scrooge. „Er starb auf den Tag genau vor sieben Jahren.“

„Wir zweifeln nicht daran, daß seine Großzügigkeit von seinem überlebenden Partner fortgesetzt wird“, sagte der Herr und zeigte seine Papiere vor.

Das wurde sie; denn sie waren verwandten Geistes gewesen. Bei dem unheilvollen Wort „Großzügigkeit“ runzelte

Scrooge die Stirn, schüttelte den Kopf und reichte die Papiere zurück.

„In dieser Festzeit, Mr. Scrooge", sagte der Herr und nahm eine Feder zur Hand, „ist es mehr denn je wünschenswert, daß man für die Armen und Bedürftigen (die jetzt schwer zu leiden haben) eine Kleinigkeit zur Verfügung stellt. Vielen Tausenden fehlt es am Allernötigsten, Hunderttausende entbehren die bescheidensten Annehmlichkeiten des Lebens, Sir."

„Gibt es keine Gefängnisse?" fragte Scrooge.

„Eine Menge Gefängnisse", sagte der Herr und legte die Feder wieder hin.

„Und die Armenhäuser?" fragte Scrooge weiter. „Sind sie noch in Betrieb?"

„Ja", erwiderte der Herr, „allerdings wünschte ich mir, ich könnte nein sagen."

„Die Tretmühle und das Armengesetz sind auch noch voll wirksam?" fragte Scrooge.

„Beide nur zu sehr, Sir."

„Oh, ich fürchtete schon, nach dem, was Sie zuerst sagten, es wäre etwas geschehen, was ihre nützliche Tätigkeit beendet hätte", sagte Scrooge. „Ich freue mich, das zu hören."

„Unter dem Eindruck, daß sie der Mehrheit kaum christlichen Trost an Leib und Seele bieten", erwiderte der Herr, „bemühen sich einige von uns, Geld zu sammeln, damit wir den Armen etwas zu essen und zu trinken sowie warme Kleidung kaufen können. Wir haben diese Zeit gewählt, weil gerade jetzt die Not am stärksten empfunden wird und der Überfluß Freude bereitet. Was darf ich für Sie einsetzen?"

„Nichts!" erwiderte Scrooge.

„Sie möchten ungenannt bleiben?"

„Ich möchte allein gelassen werden", sagte Scrooge. „Da Sie mich fragen, was ich wünsche, meine Herren, ist das meine Antwort. Ich bereite mir selbst keine frohen Weihnachten und kann es mir nicht leisten, Faulenzer fröhlich zu machen. Ich unterstütze die Einrichtungen, die ich erwähnt habe. Sie kosten schon genug. Diejenigen, denen es schlecht geht, müssen eben dorthin gehen."

„Viele können nicht dorthin gehen, und viele würden lieber sterben."

„Wenn sie lieber sterben würden", sagte Scrooge, „sollten sie es tun und dadurch den Bevölkerungsüberschuß vermindern. Übrigens – entschuldigen Sie – weiß ich das nicht."

„Sie sollten es aber wissen", bemerkte der Herr.

„Das ist nicht meine Angelegenheit", entgegnete Scrooge. „Es genügt, wenn ein Mann etwas von seinen eigenen Angelegenheiten versteht und sich nicht in die anderer einmischt. Meine beschäftigen mich vollends. Guten Tag, meine Herren!"

Da die Herren einsahen, daß es sinnlos war, ihr Ziel weiterzuverfolgen, zogen sie sich zurück. Scrooge nahm seine Arbeit mit einer besseren Meinung von sich wieder auf und befand sich in einer gehobeneren Stimmung, als das sonst der Fall war.

Inzwischen hatte sich der Nebel so verdichtet und die Dunkelheit so zugenommen, daß die Menschen mit flackernden Kerzen umherliefen und sich anboten, vor den Pferdekutschen her zu laufen und ihnen den Weg zu zeigen. Der ehrwürdige Kirchturm, dessen heisere, alte Glocke durch ein Spitzbogenfenster im Mauerwerk sonst verstohlen auf Scrooge heruntersah, wurde unsichtbar und zeigte die Stunden und Viertelstunden in den Wolken an, wobei hinterher ein Zittern in der Luft hing, als ob dort oben in seinem verfrorenen Kopf die Zähne klapperten. Es wurde immer kälter. In der Hauptstraße, an der Ecke des Hofes, besserten einige Arbeiter die Gasleitung aus. Sie hatten in einer Kohlenpfanne ein großes Feuer angezündet, um das sich eine Gruppe zerlumpter Männer und Jungen scharte, die sich die Hände wärmten und verzückt in die Glut blinzelten. Da der Wasserhahn unbeachtet gelassen worden war, erstarrte das langsam überfließende Wasser und gefror zu menschenfeindlichem Eis. Der Lichtschein aus den Geschäften, wo Stechpalmenzweige mit Beeren in der Hitze der Schaufensterlampen knisterten, warf auf die blassen Gesichter der Passanten einen rötlichen Schimmer. Geflügel- und Feinkosthandel wurden ein großes Vergnügen: ein prächtiges Zurschaustellen, daß es kaum möglich war, zu glauben, derartig öde Prinzipien wie Einkauf und Verkauf hätten irgend etwas damit zu tun. Der Bürgermeister in der Festung seines mächtigen Herrenhaus erteilte seinen fünfzig Köchen und Kellermeistern den Befehl, Weihnachten so zu feiern, wie es dem Haushalt eines Bürgermeisters zukommt, und sogar der kleine Schneider, dem er am vergangenen Montag noch fünf Schilling Geldstrafe wegen Trunkenheit und Rauflust auf der Straße auferlegt hatte, rührte in seinem Dachstübchen den Pudding für den morgigen Tag, während sich seine magere Frau mit dem Baby auf den Weg machte, um den Rinderbraten einzukaufen. Es wurde noch nebliger und noch kälter. Eine durchdringende, schneidende, beißende Kälte. Wenn der gute heilige Dunstan dem bösen Geist mit einem Hauch dieses Wetters um die Nase gefahren wäre, statt die ihm sonst vertrauten Waffen zu gebrauchen, hätte er wahrhaftig ein kräftiges Gebrüll erhoben. Der Besitzer einer kleinen, jungen Nase, die von der hungrigen Kälte angenagt und angeknabbert war wie Knochen von Hunden, bückte sich zu Scrooges Schlüsselloch herab, um ihn mit einem Weihnachtslied zu erfreuen, doch beim ersten Ton von

„Gott segne dich, lieber Herr,
Nichts möge dich erschrecken!“

langte Scrooge mit solchem Schwung nach dem Lineal, daß der Sänger entsetzt die Flucht ergriff und das Schlüsselloch dem Nebel und dem noch verwandteren Frost überließ.

Endlich war die Stunde gekommen, das Büro zu schließen. Unwillig kletterte Scrooge von seinem Stuhl herab und bedeutete diese Tatsache stillschweigend dem wartenden Angestellten, der sofort die Kerze ausblies und den Hut aufsetzte.

„Sie möchten morgen freihaben, nehme ich an“, sagte Scrooge.

„Wenn es Ihnen paßt, Sir.“

„Es paßt mir nicht“, sagte Scrooge, „und es ist nicht gerecht. Wenn ich Ihnen dafür eine halbe Krone abzöge, kämen Sie sich schlecht behandelt vor, möchte ich wetten.“

Der Angestellte lächelte vage.

„Doch Sie finden nicht“, sagte Scrooge, „daß *ich* schlecht behandelt bin, wenn ich Ihnen für einen Tag, an dem Sie nicht arbeiten, Lohn zahle.“

Der Angestellte wandte ein, daß es doch nur einmal im Jahr sei.

„Eine armselige Entschuldigung dafür, einem Mann an jedem fünfundzwanzigsten Dezember das Geld aus der Tasche zu locken!“ sagte Scrooge und knöpfte den Mantel bis zum Kinn zu. „Aber vermutlich brauchen Sie den ganzen Tag. Seien Sie am nächsten Morgen um so zeitiger hier.“

Der Angestellte versprach es, und Scrooge ging knurrend hinaus. Das Büro war im Nu geschlossen, und der Angestellte, dem die langen Enden seines weißen Schals bis zur Taille herabbaumelten (einen Mantel besaß er nicht), schlitterte zu Ehren des Weihnachtsabends zwanzigmal am Ende einer Schlange von Jungen die Cornhill entlang, und dann rannte er, so schnell er nur konnte, nach Camden Town heim, um Blindekuh zu spielen.

Scrooge nahm sein trauriges Abendessen wie gewöhnlich in seinem traurigen Gasthaus ein, und nachdem er sämtliche Zeitungen gelesen und den Rest des Abends mit seinem Kontobuch verbracht hatte, machte er sich auf den Heimweg, um schlafen zu gehen. Er bewohnte die Zimmer, die früher seinem verstorbenen Partner gehört hatten. Es war eine düstere Flucht von Räumen in einem zusammenfallenden Gebäude neben dem Hof, wo es so wenig hinpaßte, daß man kaum umhinkonnte, sich vorzustellen, es müsse, als es noch ein junges Haus war, beim Versteckspielen mit anderen Häusern dorthin gelaufen sein und nicht mehr zurückgefunden haben. Jetzt war es allerdings alt und trostlos, denn außer Scrooge wohnte niemand mehr darin. Die anderen Räume waren als Büros vermietet. Der Hof war so dunkel, daß sich selbst Scrooge, der dort jeden Stein kannte, mit den Händen vorwärts tastete. Nebel und Frost hingen so schwarz in dem alten Eingang des Hauses, daß es schien, als ob der Wettergott in trauerndem Grübeln auf der Schwelle säße.

Nun ist es eine Tatsache, daß an dem Türklopfer nichts Besonderes war, nur seine Größe. Es ist auch eine Tatsache, daß Scrooge ihn morgens und abends gesehen hatte, seit er dort wohnte; ebenso daß Scrooge von dem, was man Phantasie nennt, genausowenig besaß wie jedermann in London, einschließlich – und das ist eine kühne Feststellung – der Stadtbehörde, Ratsherren und Dienerschaft. Wollen wir uns ferner daran erinnern, daß Scrooge nicht einen einzigen Gedanken an Marley verschwendet hatte, seit er an diesem Nachmittag erwähnt hatte, daß sein Partner vor sieben Jahren verstorben war. Und dann möge mir jemand erklären – falls er das kann –, wie es kam, daß Scrooge, als er den Schlüssel ins Schloß steckte, in dem Klopfer – ohne daß dieser zwischendurch einen Wandel durchmachte –, nicht einen Klopfer, sondern Marleys Gesicht sah.

Marleys Gesicht. Es lag nicht wie die anderen Gegenstände im Hof in undurchdringlichem Schatten, sondern von ihm ging ein unheilvolles Leuchten aus wie von einem verdorbenen Hummer in einem dunklen Keller. Es war nicht böse oder grimmig, sondern sah Scrooge an, wie Marley es zu tun pflegte: die gespenstische Brille auf die gespenstische Stirn hochgeschoben. Das Haar war merkwürdig durcheinandergewühlt, wie von einem Luftzug oder heißer Luft; und obwohl die Augen weit offenstanden, waren sie völlig bewegungslos. Dies und die Leichenblässe waren schreckenerregend, doch dieser Schrecken schien weder in der Absicht des Gesichts noch in seiner Macht zu liegen, sondern vielmehr zu seinem Ausdruck zu gehören.

Als Scrooge die Erscheinung fest ansah, war es wieder ein Türklopfer.

Zu behaupten, daß er nicht bestürzt gewesen wäre und daß er in seinem Blut keine furchtbare Erregung gespürt hätte, wie sie ihm seit seiner Kindheit fremd war, hätte nicht der Wahrheit entsprochen. Doch er nahm den Schlüssel, den er losgelassen hatte, zur Hand, drehte ihn entschlossen herum, ging hinein und zündete seine Kerze an.

Er blieb einen Augenblick unschlüssig stehen, ehe er die Tür schloß, und blickte zuerst vorsichtig dahinter, als ob er fast erwartete, durch den Anblick von Marleys Zopf erschreckt zu werden, der in den Hausflur hineinragte. Aber an der Rückseite der Tür war weiter nichts als die Schrauben und Muttern, die den Klopfer hielten. Deshalb sagte er „Ach was!" und schlug die Tür krachend zu.

Der Schall hallte durch das Haus wie Donner. Jedes Zimmer oben und jedes Faß unten im Keller des Weinhändlers schien sein eignes Echo zu haben. Scrooge war nicht der Mensch, der sich durch Echos erschrecken ließ. Er verschloß die Tür, durchquerte den Hausflur und stieg die Treppe hinauf, allerdings langsam, denn im Gehen putzte er die Kerze.

Es läßt sich kaum sagen, daß man mit einem Sechsspänner eine gute alte Treppe hinauffahren oder ein schlechtes neues Gesetz durchbringen könne; ich behaupte aber, daß man in diesem Treppenhaus sogar einen Leichenwagen hochbekommen hätte, und zwar quer, mit der Deichsel zur Wand und der Tür zum Geländer hin, und das mit Leichtigkeit. Die Breite dafür war vorhanden, überhaupt genügend Platz. Das ist vielleicht der Grund, warum Scrooge glaubte, vor sich in der Dunkelheit eine sich bewegende Bahre zu sehen. Ein halbes Dutzend Gaslampen auf der Straße hätten den Flur nicht ausreichend erleuchtet, und so kann man sich vorstellen, daß es mit Scrooges Kerze recht finster war.

Scrooge stieg hinauf und scherte sich den Teufel darum. Dunkelheit ist billig, und das liebte Scrooge. Bevor er aber seine schwere Tür schloß, ging er durch alle Zimmer, um nachzusehen, ob alles in Ordnung sei. Die Erinnerung an das Gesicht war noch stark genug, um dies für angebracht zu halten.

Wohnzimmer, Schlafzimmer, Rumpelkammer. Alles, wie es sein sollte. Keiner unter dem Tisch, keiner unter dem Sofa, ein kleines Feuer im Kamin, Löffel und Schüssel standen bereit, das kleine Töpfchen mit der Haferschleimsuppe (Scrooge hatte eine Erkältung) auf dem Kamineinsatz. Niemand unter dem Bett, niemand im Schrank, niemand in seinem Schlafrock, der in verdächtiger Weise an der Wand hing. Die Rumpelkammer wie üblich: ein altes Kamingitter, alte Schuhe, zwei Fischkörbe, der Waschständer mit drei Beinen und ein Schürhaken.

Ganz beruhigt machte er die Tür zu und schloß sich ein; er schloß sogar zweimal herum, was sonst nicht seine Gewohnheit war. Somit gegen Überraschungen gefeit, legte er die Krawatte ab, zog Schlafrock und Pantoffeln an und setzte die Nachtmütze auf. Dann nahm er vor dem Kamin Platz und aß seine Haferschleimsuppe.

Es war wirklich ein kleines Feuerchen, lächerlich für einen so bitterkalten Abend. Er mußte dicht dabeisitzen und sich herüberbeugen, um von solch einer Handvoll Kohle wenigstens ein geringes Gefühl der Wärme zu spüren. Der Kamin war alt, vor langer Zeit von einem holländischen Kaufmann gebaut und rundherum mit altmodischen holländischen Kacheln besetzt, die die Bibel veranschaulichen sollten. Da waren Kain und Abel, die Töchter Pharaos, die Königin von Saba, Engelsboten, die auf Wolken wie auf Federbetten durch die Luft herabschwebten, Abraham, Belsazar und Apostel, die in Saucieren in See stachen; Hunderte von Figuren, die Scrooges Gedanken auf sich lenken konnten, und trotzdem tauchte das Gesicht von Marley, der schon seit sieben Jahren tot war, wie der Stab des Propheten vor ihm auf und verschlang alle anderen. Wenn jede glatte Kachel zunächst unbemalt gewesen wäre und die Kraft gehabt hätte, irgendein Bild aus den zusammenhanglosen Bruchstücken seiner Gedanken zu gestalten, wäre auf jeder ein Abbild von Marleys Gesicht erschienen.

„Unsinn!" sagte Scrooge und schritt durchs Zimmer.

Nach mehrmaligem Auf und Ab setzte er sich wieder hin. Als er den Kopf auf dem Stuhl nach hinten warf, blieb sein Blick zufällig an einer nicht mehr benutzten Glocke hängen, die im Zimmer hing und zu einem längst vergessenen Zweck mit einem Zimmer im obersten Stockwerk des Gebäudes in Verbindung stand. Zu seiner großen Verwunderung und mit einer seltsamen, unerklärlichen Furcht sah er, als er dorthin blickte, daß die Glocke zu schwingen begann. Anfangs schwang sie so sacht, daß sie kaum einen Ton von sich gab, doch bald klang sie ganz laut, und alle Glocken im Haus stimmten ein.

Das mochte eine halbe oder ganze Minute gedauert haben, aber es schien eine Stunde gewesen zu sein. Die Glocken hörten, wie sie begonnen hatten, gleichzeitig auf. Es folgte ein rasselndes Geräusch tief unten, als ob jemand eine schwere Kette über die Fässer im Keller des Weinhändlers schleppte. Scrooge erinnerte sich, gehört zu haben, daß Geister in Spukhäusern immer Ketten hinter sich herzögen.

Die Kellertür flog dröhnend auf, und dann hörte er das Geräusch viel lauter, auf den Fluren unten, dann die Treppe herauf- und schließlich direkt auf seine Tür zukommen.

„Ist doch Unsinn!" sagte Scrooge. „Ich glaube nicht daran."

Trotzdem verfärbte er sich, als „es“, ohne innezuhalten, durch die schwere Tür kam und vor seinen Augen ins Zimmer trat. Bei seinem Eintreten loderte die schwache Flamme auf, als wollte sie rufen: „Ich erkenne Marleys Geist!“, und fiel dann in sich zusammen.

Dasselbe Gesicht, genau dasselbe. Marley mit seinem Zopf, der gewohnten Weste, den engen Hosen und Stiefeln, deren Quasten ebenso abstanden wie sein Zopf, die Rockschöße und die Haare auf dem Kopf. Die Kette, die er trug, war um seine Taille gewunden. Sie war lang und schlang sich um ihn wie eine Schleppe; sie bestand (Scrooge bemerkte das genau) aus Geldkassetten, Schlüsseln, Vorhängeschlössern, Hauptbüchern, Urkunden und schweren, aus Stahl gearbeiteten Geldbörsen. Sein Körper war durchsichtig, so daß Scrooge, als er ihn betrachtete und durch die Taille hindurchschaute, die beiden Knöpfe hinten am Mantel sehen konnte.

Scrooge hatte oft die Bemerkung gehört, Marley hätte kein Herz, aber er hatte das bis jetzt nie geglaubt.

Nein, auch jetzt glaubte er das nicht. Obwohl er durch die Erscheinung hindurchblicken konnte und sie vor sich stehen sah; obwohl er die durchdringende Wirkung seiner todkalten Augen spürte und genau das Gewebe des zusammengelegten Tuches, das um Kopf und Kinn gebunden war, erkennen konnte – diesen Schal hatte er früher nie bemerkt –, war er noch skeptisch und kämpfte gegen seine Sinne an.

„Was soll das heißen?“ fragte Scrooge, bissig und kalt wie immer. „Was willst du bei mir?“

„Viel!“ – Marleys Stimme, kein Zweifel.

„Wer bist du?“

„Frage mich, wer ich *war*.“

„Wer *warst* du also?“ fragte Scrooge mit lauter werdender Stimme. „Du nimmst es sehr genau für einen Geist.“ Er wollte eigentlich sagen „als Geist“, ersetzte dies aber durch den passenderen Ausdruck.

„Zu Lebzeiten war ich dein Partner – Jacob Marley.“

„Kannst du – kannst du dich setzen?“ fragte Scrooge und sah ihn zweifelnd an.

„Ja.“

„Dann setz dich.“

Scrooge stellte diese Frage, weil er nicht wußte, ob ein so durchsichtiger Geist überhaupt in der Lage wäre, sich auf einen Stuhl zu setzen, und fühlte, daß seine mögliche Unfähigkeit eine etwas peinliche Erklärung nötig machen könnte. Doch der Geist nahm auf der gegenüberliegenden Seite des Kamins Platz, als ob er das so gewohnt sei.

„Du glaubst nicht an mich“, bemerkte der Geist.

„Nein“, sagte Scrooge.

„Welchen Beweis für meine Existenz möchtest du haben außer dem, den dir deine Sinne liefern?“

„Ich weiß nicht“, sagte Scrooge.

„Warum zweifelst du an deinen Sinnen?“

„Weil eine Kleinigkeit sie schon beeinträchtigt“, sagte Scrooge. „Eine leichte Magenverstimmung macht sie zu Betrügern. Du kannst ein unverdauter Bissen Rindfleisch, ein Klecks Senf, ein Käsekrümel oder ein Stück nicht gargekochte Kartoffel sein. Dir haftet mehr der Geruch von Speisen als der des Grabes an, was auch immer du bist!“

Es war nicht Scrooges Gewohnheit, Witze zu reißen, und er fühlte sich auch durchaus nicht zum Scherzen aufgelegt. Die Wahrheit ist, daß er versuchte, forsch zu sein, um seine Aufmerksamkeit auf etwas anderes zu lenken und seine Angst zu unterdrücken, denn die Stimme des Gespenstes ging ihm durch Mark und Bein.

Dazusitzen, in diese starren, glasigen Augen zu sehen und einen Augenblick zu schweigen würde ihm, das spürte Scrooge, den Rest geben. Es lag auch etwas Furchtbares darin, daß das Gespenst von einer unterirdischen Atmosphäre umgeben war. Scrooge konnte sie nicht selbst wahrnehmen, aber es war eindeutig der Fall, denn obwohl der Geist völlig reglos dasaß, wurden seine Haare, seine

Rockschöße und seine Stiefelquasten wie von einem Dunst, der aus einem Ofen steigt, hin und her bewegt.

„Siehst du diesen Zahnstocher?“ sagte Scrooge, indem er aus dem eben erwähnten Grunde schnell zum Angriff überging, in dem Wunsch – und wenn es auch nur für eine Sekunde wäre –, den starren Blick des Geistes von sich abzulenken.

„Ja“, erwiderte der Geist.

„Du blickst gar nicht zu ihm her“, sagte Scrooge.

„Ich sehe ihn aber trotzdem“, sagte der Geist.

„Nun“, erwiderte Scrooge, „ich brauche ihn bloß hinunterzuschlucken, um für den Rest meiner Tage von einer Schar Kobolde verfolgt zu werden, die ich mir selbst geschaffen habe. Unsinn, sage ich dir, alles Unsinn!“

Dabei erhob der Geist ein schreckeneinflößendes Geschrei und schüttelte seine Kette mit solch einem gräßlichen und schrecklichen Getöse, daß sich Scrooge an seinem Stuhl festklammerte, um nicht in Ohnmacht zu fallen. Doch wieviel größer war erst sein Entsetzen, als das Gespenst die um den Kopf gewickelte Binde abnahm, als ob es zu warm wäre, sie im Zimmer zu tragen, und ihm der Unterkiefer auf die Brust herunterklappte.

Scrooge fiel auf die Knie und schlug die Hände vors Gesicht.

„Gnade“, sagte er. „Furchtbare Erscheinung, warum quälst du mich?“

„Mann weltlicher Gedanken!“ entgegnete der Geist. „Glaubst du mir oder nicht?“

„Ja“, sagte Scrooge. „Ich muß es ja. Aber warum erscheinen Geister auf der Erde, und warum kommen sie zu mir?“

„Von jedem Menschen wird verlangt“, erwiderte der Geist, „daß seine Seele unter seinen Mitmenschen wandelt und weit herumreist. Und wenn sie nicht im Leben umhergeht, ist sie dazu verdammt, es nach dem Tode zu tun.

Sie ist dazu verurteilt, durch die Welt zu ziehen – oh, weh mir! – und Zeuge dessen zu sein, an dem sie nicht mehr teilhaben kann, aber auf Erden hätte teilhaben und es in Glück verwandeln können."

Wieder erhob das Gespenst ein Geschrei, schüttelte seine Kette und rang die schattenhaften Hände.

„Du bist gefesselt", sagte Scrooge zitternd. „Sage mir, warum."

„Ich trage die Kette, die ich im Leben geschmiedet habe", antwortete der Geist. „Ich stellte sie Glied um Glied und Elle um Elle her. Ich legte sie freiwillig an, und aus freiem Willen trug ich sie. Ist ihr Muster dir so fremd?"

Scrooge zitterte immer mehr.

„Oder willst du", fuhr der Geist fort, „das Gewicht und die Länge der starken Rolle wissen, die du selber trägst? Sie war ebenso schwer und lang, wie dieses Weihnachten vor sieben Jahren war. Du hast seitdem weiter daran gearbeitet. Es ist eine schwere Kette!"

Scrooge blickte auf dem Boden umher, in der Erwartung, sich von einer hundertzwanzig oder hundertdreißig Meter langen Eisenkette umgeben zu finden; aber er konnte nichts sehen.

„Jacob", flehte er. „Guter alter Jacob Marley, erzähl mir mehr. Sprich mir Trost zu, Jacob!"

„Ich habe keinen zu spenden", antwortete der Geist. „Er kommt aus anderen Bezirken, Ebenezer Scrooge, und wird durch andere Boten gesandt und zu anderen Menschen als dir. Auch kann ich dir nicht sagen, was ich möchte. Nur weniges ist mir erlaubt. Ich darf nicht ruhen, ich darf nicht stehenbleiben, ich darf nirgends verweilen. Mein Geist ist niemals über unser Büro hinausgekommen – wohlgemerkt! –, nie im Leben ist mein Geist über die engen Grenzen unserer Wechslerhöhle hinausgezogen, und beschwerliche Wanderungen liegen vor mir!"

Scrooge hatte die Angewohnheit, die Hände in die Hosentaschen zu stecken, sobald er nachdenklich wurde. Während er darüber grübelte, was der Geist gesagt hatte, tat er es auch jetzt, aber ohne die Augen zu heben oder aufzustehen.

„Du scheinst dir dabei viel Zeit gelassen zu haben, Jacob", bemerkte Scrooge in geschäftsmäßigem Ton, wenn auch demütig und ehrerbietig.

„Zeit gelassen!" wiederholte der Geist.

„Seit sieben Jahren tot", wunderte sich Scrooge, „und die ganze Zeit unterwegs."

„Die ganze Zeit", sagte der Geist. „Keine Ruhe, kein Frieden. Unablässig die Qual der Gewissensbisse."

„Wanderst du schnell?"

„Auf den Flügeln des Windes", antwortete der Geist.

„Du mußt eine weite Strecke in sieben Jahren zurückgelegt haben", sagte Scrooge.

Als der Geist das hörte, stieß er noch einen Schrei aus und rasselte mit seiner Kette so gräßlich in der Totenstille der Nacht, daß die Wache berechtigt gewesen wäre, ihn wegen öffentlichen Ärgernisses zu verklagen.

„Oh! Gefangen, gefesselt und in doppelten Ketten", rief das Gespenst, „wußte ich nicht, daß Jahrhunderte vergehen müssen, in denen sich unsterbliche Wesen unaufhörlich für diese Erde mühen, ehe sich das Gute, für das sie empfänglich ist, entwickelt. Ich wußte nicht, daß jeglichem christlich Gesinnten, der in seinem kleinen Kreis gütig wirkt, was immer es auch sein mag, sein Leben zu kurz ist für seine großartigen Möglichkeiten, nützlich zu sein. Ich wußte nicht, daß keine noch so große Reue die im Leben verpaßten Gelegenheiten wiedergutmachen kann! Doch so war ich! Oh, so war ich!"

„Aber du warst doch immer ein guter Geschäftsmann, Jacob", stammelte Scrooge, der nun anfing, alles auf sich zu beziehen.

„Geschäft!" schrie der Geist und rang erneut die Hände.

„Die Menschheit war mein Geschäft. Die allgemeine Wohlfahrt war mein Geschäft. Barmherzigkeit, Mitleid, Nachsicht und Nächstenliebe waren mein Geschäft. Mein berufliches Gebaren war nur ein Tropfen Wasser in dem weiten Ozean meines Geschäfts!"

Er hob die Kette, so hoch sein Arm reichte, als ob sie die Ursache seines unnützen Kummers wäre, und warf sie wieder heftig zu Boden.

„Um diese Zeit des Jahres", sagte das Gespenst, „leide ich am meisten. Warum nur bin ich mit geschlossenen Augen an meinen Mitmenschen vorbeigegangen und habe meine Blicke niemals zu dem gesegneten Stern erhoben, der die Weisen aus dem Morgenland zu einer armseligen Herberge geführt hat! Gab es keine armseligen Wohnungen, in die sein Licht *mich* hätte führen können?"

Scrooge war furchtbar verzweifelt, als er das Gespenst in dieser Weise fortfahren hörte, und begann am ganzen Leibe zu zittern.

„Hör zu!" rief der Geist. „Meine Zeit ist bald abgelaufen."

„Ich will zuhören", sagte Scrooge. „Aber sei nicht so hart zu mir! Rede ohne Umschweife, Jacob, bitte!"

„Wie es dazu kommt, daß ich vor dir in einer Gestalt erscheine, die du sehen kannst, darf ich nicht sagen. Ich habe an so manchem Tag unsichtbar neben dir gesessen."

Das war kein angenehmer Gedanke. Scrooge erschauerte und wischte sich den Schweiß von der Stirn.

„Es ist kein leichter Teil meiner Buße", fuhr der Geist fort. „Ich bin heute abend hier, um dich zu warnen, damit du noch Gelegenheit und Hoffnung hast, meinem Schicksal zu entgehen. Gelegenheit und Hoffnung, zu der ich dir verhelfe, Ebenezer."

„Du bist mir immer ein guter Freund gewesen", sagte Scrooge. „Ich danke dir!"

„Du wirst von drei Geistern heimgesucht werden", begann der Geist von neuem.

Scrooges Gesicht wurde fast ebenso lang wie das des Geistes.

„Ist das die Gelegenheit und Hoffnung, von der du sprachst, Jacob?" fragte er stammelnd.

„Ja."

„Ich – ich glaube, ich möchte sie lieber nicht haben", sagte Scrooge.

„Ohne ihre Besuche", sagte der Geist, „kannst du nicht darauf hoffen, dem Weg auszuweichen, den ich zu gehen habe. Erwarte den ersten morgen, wenn es ein Uhr schlägt."

„Könnte ich sie nicht alle auf einmal empfangen und die Sache hinter mir haben, Jacob?" schlug Scrooge vor.

„Erwarte den zweiten in der nächsten Nacht zur selben Stunde. Den dritten in der darauffolgenden Nacht, wenn der letzte Schlag der zwölften Stunde verklungen ist. Hüte dich, mich wiederzusehen, und denk daran – um deinetwillen –, was zwischen uns vorgefallen ist!"

Nach diesen Worten nahm das Gespenst sein Tuch vom Tisch und band es wie zuvor um den Kopf. Scrooge merkte es an dem hellen Geräusch, das seine Zähne machten, als die Kiefer von der Binde zusammengefügt wurden. Er wagte die Augen wieder zu erheben und sah seinen übernatürlichen Besucher in aufrechter Haltung vor sich stehen, die Kette um den Arm geschlungen.

Die Erscheinung entfernte sich rückwärts gehend von ihm, und bei jedem Schritt öffnete sich das Fenster ein wenig mehr, so daß es weit offenstand, als das Gespenst es erreichte.

Es machte Scrooge Zeichen, näher zu kommen, was er auch tat. Als sie zwei Schritt voneinander entfernt standen, hob Marleys Geist die Hand und warnte ihn, noch näher zu kommen. Scrooge blieb stehen.

Weniger aus Gehorsam als aus Überraschung und Furcht, denn beim Heben der Hand nahm er verworrene Geräusche in der Luft wahr, unzusammenhängende Töne der Klage und Reue, unsagbar sorgenvolles und selbstanklagendes Jammern. Nachdem das Gespenst einen Augenblick gelauscht hatte, stimmte es in das Klagelied mit ein und schwebte in die kalte, dunkle Nacht hinaus.

Scrooge ging ihm bis zum Fenster nach, verwegen in seiner Neugier. Er schaute hinaus.

Die Luft war von Gespenstern angefüllt, die in rastloser Eile hin und her wanderten und dabei stöhnten. Jedes von ihnen trug Ketten wie Marleys Geist; einige (es mochten schuldbeladene Regierungsvertreter gewesen sein) waren zusammengeschmiedet; niemand war frei. Scrooge hatte viele zu ihren Lebzeiten persönlich gekannt. Mit einem alten Geist in weißer Weste, der einen riesigen Geldschrank am Knöchel trug, war er ganz vertraut gewesen; dieser schrie kläglich, weil er einer unglücklichen Frau mit einem Kind nicht helfen konnte, die er unten auf einer Türschwelle sitzen sah. Bei allen bestand das Elend offenbar darin, daß sie sich, um Gutes zu tun, in menschliche Angelegenheiten zu mischen versuchten, aber die Macht dazu für immer verloren hatten.

Ob sich diese Geschöpfe in Nebel auflösten oder der Nebel sie einhüllte, konnte er nicht sagen. Aber sie verschwanden mitsamt ihren geisterhaften Stimmen, und die Nacht wurde wieder so wie vor seinem Heimweg.

Scrooge schloß das Fenster und untersuchte die Tür, durch die der Geist hereingekommen war. Es war zweimal herumgeschlossen, wie er es mit eigner Hand getan hatte, und die Riegel waren in Ordnung. Er versuchte, „Unsinn!" zu sagen, hielt aber bei der ersten Silbe inne. Und da er dringend der Ruhe bedurfte – sei es wegen der Aufregung, die er gehabt, oder wegen der Strapazen des Tages oder wegen seines Einblicks in die unsichtbare Welt oder wegen der betrüblichen Unterhaltung mit dem Geist oder wegen der vorgerückten Stunde –, ging er, ohne sich auszuziehen, ins Bett und schlief sofort ein.

Zweite Strophe

Der erste der drei Geister

Als Scrooge erwachte, war es so dunkel, daß er vom Bett aus kaum das lichtdurchlässige Fenster von den undurchsichtigen Wänden seines Zimmers unterscheiden konnte. Er versuchte, die Dunkelheit mit seinen Frettchenaugen zu durchdringen, als die Glocke einer Kirche in der Nachbarschaft vier Viertel schlug. Lauschend erwartete er den Schlag der vollen Stunde.

Zu seinem großen Erstaunen ging die schwere Glocke immer weiter: von sechs auf sieben, von sieben auf acht und so fort bis zwölf; dann blieb sie stehen. Zwölf! Nach zwei Uhr hatte er sich zu Bett gelegt. Die Uhr ging falsch. Ein Eiszapfen mußte ins Werk geraten sein. Zwölf!

Er berührte die Feder der Repetieruhr, um diese völlig falsch gehende Uhr zu berichtigen. Ihr rascher kleiner Puls schlug zwölf und stand dann still.

„Aber das ist doch nicht möglich", sagte Scrooge, „daß ich einen ganzen Tag hindurch und bis in die nächste Nacht hinein geschlafen habe. Es ist unmöglich, daß mit der Sonne etwas nicht in Ordnung und es schon zwölf Uhr mittags ist!"

Bei diesem beunruhigenden Gedanken kletterte er aus dem Bett und tastete sich seinen Weg zum Fenster. Mit dem Ärmel seines Morgenrockes mußte er die Eisblumen von den Scheiben wischen, ehe er etwas sehen konnte. Und auch dann war es nur sehr wenig. Alles, was er ausmachen konnte, war, daß es noch sehr neblig und außergewöhnlich kalt war und man keinen Lärm von hin und her laufenden Leuten, die Unruhe verbreiteten, hörte, was zweifellos der Fall gewesen wäre, wenn die Nacht den hellen Tag besiegt und von der Welt Besitz ergriffen hätte. Das war eine große Erleichterung, weil eine Formulierung wie „drei Tage nach Sicht dieses Primawechsels an Ebenezer Scrooge oder auf dessen Anordnung zu zahlen" nur noch den Wert eines zweifelhaften Papiers gehabt hätte, wenn es keine Tage mehr gäbe, nach denen man zählen könnte.

Scrooge ging wieder zu Bett, überlegte und grübelte, konnte aber nichts daraus machen. Je länger er nachdachte, desto verwirrter wurde er, und je krampfhafter er versuchte, nicht zu denken, desto mehr tat er es.

Marleys Geist beunruhigte ihn außerordentlich. Jedesmal wenn er nach reiflicher Überlegung zu dem Schluß kam, daß alles ein Traum war, kehrten seine Gedanken zum Ausgangspunkt zurück – wie eine starke Feder, die man losläßt – und stellten ihn vor dieselbe Frage, die es zu klären galt: „War es ein Traum oder nicht?"

Scrooge lag in dieser Verfassung, bis die Uhr drei Viertel weitergerückt war, als ihm plötzlich einfiel, daß ihm der Geist einen Besuch angekündigt hatte, sobald es eins schlüge. Er beschloß, bis zur vollen Stunde wach zu bleiben, und da er ebensowenig würde schlafen können wie gen Himmel fahren, war das wahrscheinlich das Klügste, was er tun konnte.

Die Viertelstunde war so lang, daß er mehr als einmal überzeugt war, er müsse unfreiwillig eingenickt sein und die Glocke überhört haben. Endlich drang sie an sein lauschendes Ohr.

„Bim, bam!"

„Viertel", sagte Scrooge und zählte mit.

„Bim, bam!"

„Halb!" sagte Scrooge.

„Bim, bam!"

„Drei Viertel", sagte Scrooge.

„Bim, bam!"

„Voll", sagte Scrooge triumphierend, „und nichts passiert!"

Das sagte er, bevor die Glocke die volle Stunde geschlagen hatte, was sie jetzt mit einem tiefen, dumpfen, hohlen, melancholischen Ton tat. In diesem Augenblick flammte Licht im Zimmer auf, und die Vorhänge an seinem Bett wurden beiseite gezogen.

Die Vorhänge wurden – man stelle sich vor – von einer Hand beiseite gezogen. Nicht die Vorhänge am Fußende und nicht die hinter seinem Rücken, sondern die, denen sein Gesicht zugewandt war. Die Vorhänge an seinem Bett wurden beiseite gezogen, und Scrooge, der sich halb zum Sitzen aufrichtete, sah sich dem unirdischen Besucher gegenüber, der sie zurückzog. Er war ihm so nahe, wie ich Ihnen jetzt bin, und im Geiste stehe ich neben Ihrem Ellenbogen.

Es war eine seltsame Gestalt – wie ein Kind, doch wiederum weniger einem Kind als einem durch ein übernatürliches Medium gesehenen alten Mann ähnlich, wodurch dieser wie dem Blick entzogen und auf die Größe eines Kindes zusammengeschrumpft wirkte. Sein Haar, das über Hals und Rücken herabhing, war weiß wie bei einem Greis, doch das Gesicht zeigte nicht eine Falte, und auf der Haut lag ein jugendlich frischer Hauch. Die Arme waren ziemlich lang und muskulös, ebenso die Hände, als ob ihr Griff von ungewöhnlicher Kraft wäre. Die feingeformten Beine und Füße waren wie die oberen Gliedmaßen nackt. Er trug eine Tunika von reinstem Weiß und um die Taille einen leuchtenden Gürtel, von dem ein wunderbarer Glanz ausging. Er hielt einen frischen, grünen Stechpalmenzweig in der Hand, und in seltsamem Gegensatz zu diesem winterlichen Symbol war sein Gewand mit Sommerblumen besetzt. Doch das Sonderbarste an ihm war, daß von der Krone auf seinem Kopf ein klarer, greller Lichtstrahl ausging, durch den dies alles sichtbar wurde und der zweifellos der Grund dafür war, daß er, wenn er dunklere Augenblicke vorzog, auf seinen Kopfschmuck ein Lichthütchen setzte, das er jetzt unter dem Arm trug.

Doch selbst dies war nicht seine seltsamste Eigenschaft, als Scrooge ihn mit wachsender Standhaftigkeit betrachtete. Denn wie der Gürtel bald an dem einen Teil, bald an einem anderen funkelte und glitzerte – und was eben noch leuchtete, war im nächsten Moment dunkel –, so veränderte sich die Deutlichkeit der Gestalt. Jetzt war sie ein Ding mit einem Arm, nun mit einem Bein, dann mit zwanzig Beinen, jetzt ein Paar Beine ohne Kopf, nun ein Kopf ohne Körper; von seinen sich auflösenden Teilen waren in der undurchdringlichen Finsternis, in die sie dahinschmolzen, nicht einmal die Umrisse sichtbar. Und während er darüber staunte, war sie schon wieder sie selbst, klar und deutlich wie zuvor.

„Sind Sie der Geist, Sir, dessen Kommen mir vorhergesagt wurde?" fragte Scrooge.

„Der bin ich."

Die Stimme war sanft und freundlich und ungewöhnlich leise, als ob sie nicht neben ihm, sondern von ihm entfernt wäre.

„Wer und was sind Sie?" forschte Scrooge.

„Ich bin der Geist vergangener Weihnachten."

„Aller vergangenen?" fragte Scrooge weiter und beobachtete seine zwergenhafte Gestalt.

„Nein, *deiner* vergangenen."

Vielleicht hätte Scrooge niemandem sagen können, warum – falls ihn jemand hätte fragen können –, aber er hatte den besonderen Wunsch, den Geist mit der Mütze zu sehen, und bat ihn, sie sich aufzusetzen.

„Was!" rief der Geist aus. „Möchtest du das Licht, das ich spende, so rasch mit deinen irdischen Händen auslöschen? Ist es nicht genug, daß du zu denen gehörst, deren Leidenschaften diese Mütze schufen und mich viele, viele Jahre zwangen, sie tief ins Gesicht gezogen zu tragen!"

Scrooge wies ehrfurchtsvoll jegliche Absicht von sich, daß er ihn beleidigen wolle oder daß er sich bewußt sei, zu irgendeiner Zeit seines Lebens dem Geist absichtlich die Mütze aufgesetzt zu haben. Dann nahm er allen Mut zusammen und fragte den Geist, welches Geschäft ihn hierhergeführt habe.

„Dein Wohlergehen!“ sagte der Geist.

Scrooge brachte seine Dankbarkeit zum Ausdruck, konnte sich aber des Gedankens nicht erwehren, daß eine ungestörte Nachtruhe diesem Zweck dienlicher gewesen wäre. Der Geist muß seine Gedanken gelesen haben, denn er sagte sofort:

„Dann eben deine Besserung. Gib acht!“

Er streckte, als er das sagte, seine starke Hand aus und packte ihn leicht am Arm.

„Steh auf und komm mit!“

Es hätte Scrooge nichts genutzt einzuwenden, daß das Wetter und der Zeitpunkt nicht zu einem Spaziergang geeignet seien, daß das Bett warm und das Thermometer weit unter dem Gefrierpunkt war, daß er mit Pantoffeln, Schlafrock und Nachtmütze nur leicht bekleidet war und daß er gerade eine Erkältung hatte. Obwohl der Griff sanft wie eine Frauenhand war, konnte man sich ihm nicht entziehen. Er erhob sich, doch als er merkte, daß der Geist dem Fenster zustrebte, klammerte er sich an dessen Gewand.

„Ich bin ein Mensch“, protestierte Scrooge, „und kann fallen.“

„Dulde hier nur eine Berührung durch meine Hand“, sagte der Geist und legte sie ihm aufs Herz, „und du wirst mehr als nur in dieser Hinsicht gestützt werden!“

Während diese Worte gesprochen wurden, durchschritten sie die Wand und standen auf einer offenen Landstraße mit Feldern zu beiden Seiten. Die Stadt war völlig verschwunden. Keine Spur war mehr zu sehen. Die Dunkelheit und der Nebel waren gleichzeitig gewichen, denn es war ein klarer, kalter Wintertag, und Schnee bedeckte den Boden.

„Großer Gott!“ sagte Scrooge und faltete die Hände, als er um sich blickte. „An diesem Ort bin ich aufgewachsen. Hier war ich als Junge.“

Der Geist schaute ihn freundlich an. Seine sanfte Berührung, obwohl sie nur leicht und kurz gewesen, war dem alten Mann noch immer gegenwärtig. Er nahm tausend Düfte in der Luft wahr, und jeder war mit tausend längst vergessenen Gedanken und Hoffnungen, Freuden und Sorgen verknüpft!

„Deine Lippen beben", sagte der Geist. „Und was ist das auf deiner Wange?"

Scrooge murmelte mit einem ungewöhnlichen Zaudern in der Stimme, daß es ein Pickel sei, und bat den Geist, ihn zu führen, wohin er wolle.

„Erinnerst du dich an den Weg?" fragte der Geist.

„Und ob ich mich erinnere!" rief Scrooge leidenschaftlich aus. „Ich könnte ihn mit geschlossenen Augen gehen."

„Seltsam, daß du ihn so viele Jahre vergessen hattest!" bemerkte der Geist. „Gehen wir weiter."

Sie liefen die Straße entlang. Scrooge erkannte jedes Tor, jeden Pfahl und jeden Baum wieder. Schließlich tauchte in der Ferne ein kleiner Marktflecken mit seiner Brücke, seiner Kirche und dem sich schlängelnden Fluß auf. Dann sahen sie ein paar zottige Ponys auf sich zutraben, auf deren Rücken Jungen saßen, die anderen Jungen in zweirädrigen, von Farmern gelenkten Einspännern etwas zuriefen. All diese Burschen waren in bester Stimmung und jauchzten einander zu, bis die weiten Felder von dieser fröhlichen Musik erfüllt waren, daß die frische Luft darüber zu lachen schien.

„Das sind nur die Schatten einstiger Dinge", sagte der Geist. „Sie sind sich unserer Anwesenheit nicht bewußt."

Die lustige Gesellschaft kam näher, und als sie heran war, kannte Scrooge jeden einzelnen und nannte ihn mit Namen. Wie unbändig freute er sich, sie zu sehen! Wie leuchteten seine kalten Augen und wie hüpfte sein Herz, als sie vorüberzogen! Wie wurde er mit Glück erfüllt, als er hörte, daß sie sich frohe Weihnachten wünschten, ehe sie sich an den Straßenkreuzungen und Seitenwegen trennten, um nach Hause zu gehen! Was bedeuteten Scrooge schon frohe Weihnachten? Was hatte es ihm je Gutes gebracht?

„Die Schule ist noch nicht ganz leer", sagte der Geist. „Ein einsames Kind, das von seinen Freunden gemieden wird, ist noch dort."

Scrooge sagte, er kenne es, und schluchzte.

Sie verließen die Hauptstraße an einem Feldweg, dessen er sich gut erinnerte, und näherten sich bald einem dunkelroten Backsteingebäude, das auf seinem Dach eine Kuppel hatte, die mit einem Wetterhahn versehen war und in der eine Glocke hing. Es war ein großes, aber verwahrlostes Haus, denn die weitläufigen Wirtschaftsräume hatte man selten benutzt; die Wände waren feucht und moosbewachsen, die Fenster zerbrochen und die Tore eingefallen. Hühner gluckten und stolzierten in den Pferdeställen einher; die Wagenschuppen und Remisen waren vom Gras überwuchert. Auch im Inneren war nichts mehr von dem alten Zustand übriggeblieben. Als sie die trostlose Vorhalle betraten und durch die offenen Türen in viele Zimmer sahen, fanden sie sie dürftig eingerichtet, kalt und öde. Es lag ein Geruch nach Erde in der Luft und eine frostige Schmucklosigkeit über diesem Ort, wodurch sich irgendwie der Gedanke an zeitiges Aufstehen bei Kerzenlicht und zuwenig Essen aufdrängte.

Der Geist und Scrooge schritten durch die Diele auf eine Tür an der Rückseite des Hauses zu. Sie öffnete sich vor ihnen und zeigte einen langen, kahlen und trübseligen Raum, der durch Reihen von Holzbänken und -tischen noch kahler wirkte. An dem einen saß ein verlassener Junge vor einem schwachen Feuer und las. Scrooge setzte sich auf eine Bank und weinte, als er sein armes, vergessenes Ich sah, das er meistens gewesen war.

Es gab kein verhaltenes Echo im Haus, kein Pfeifen und Scharren der Mäuse hinter der Holztäfelung, kein Tropfen aus der halbgetauten Dachrinne hinten im düsteren Garten, kein Seufzen in den entlaubten Zweigen einer verzagten Pappel, kein träges Hinundherschwingen der Tür eines leeren Speichers, nein, nicht einmal das Knistern des Feuers, das besänftigend auf Scrooges Herz gewirkt und seinen Tränen einen freieren Lauf gelassen hätte.

Der Geist berührte seinen Arm und zeigte auf sein jüngeres Ich, das ins Lesen vertieft war. Plötzlich stand ein Mann in fremdländischem Gewand – wunderbar natürlich und deutlich zu sehen – draußen vor dem Fenster. Er trug eine Axt in seinem Gürtel und führte einen mit Holz beladenen Esel am Zaum.

„Oh, das ist Ali Baba!" rief Scrooge aufgeregt. „Das ist der liebe, alte, ehrliche Ali Baba! Ja, ja, ich weiß. Zu einem Weihnachten, als dieses einsame Kind hier ganz allein gesessen hatte, kam er zum erstenmal hierher, genau wie jetzt. Armer Junge! Und Valentine", sagte Scrooge, „und sein stürmischer Bruder Orson, da gehen sie! Und wie hieß denn der, der schlafend in Unterhosen vor das Tor von Damaskus gelegt wurde; sehen Sie ihn nicht? Und der Diener des Sultans, der von den Dämonen auf den Kopf gestellt wurde; dort steht er noch so da! Geschieht ihm recht. Ich bin froh darüber. Was hatte er sich auch in die Prinzessin zu verlieben!"

Zu hören, wie Scrooge mit der ganzen Ernsthaftigkeit seines Wesens und einer höchst ungewöhnlichen Stimme, die zwischen Lachen und Weinen schwankte, über diese Dinge sprach, und sein übertriebenes und erregtes Gesicht zu sehen wäre für seine Geschäftsfreunde in der Stadt gewiß eine Überraschung gewesen.

„Da ist der Papagei!" schrie Scrooge. „Mit grünem Körper und gelbem Schwanz und etwas auf dem Kopf, das wie eine Salatstaude aussieht. Dort ist er! ‚Armer Robinson Crusoe', rief er ihm zu, als dieser nach der Umseglung der Insel nach Hause kam. ‚Armer Robinson Crusoe, wo bist du gewesen, Robinson Crusoe?' Der Mann glaubte zu träumen, er träumte aber nicht. Es war der Papagei, verstehen Sie? Dort geht auch Freitag. Er läuft um sein Leben zu der kleinen Bucht hin. Hallo, he!"

Dann wechselte er mit einer Geschwindigkeit, die seinem sonstigen Charakter fremd war, den Gegenstand und sagte mitleidig zu seinem früheren Ich: „Armer Junge!“ und weinte wieder.

„Ich wünschte . . .“, murmelte Scrooge, wobei er die Hand in die Hosentasche steckte und um sich blickte, nachdem er sich die Augen am Ärmelaufschlag getrocknet hatte, „aber nun ist es zu spät.“

„Was ist denn?“ fragte der Geist.

„Ach, nichts“, sagte Scrooge. „Nichts. Gestern abend sang ein Junge ein Weihnachtslied vor meiner Tür. Ich hätte ihm etwas geben sollen. Das ist alles.“

Der Geist lächelte nachdenklich und machte eine Handbewegung, als wollte er sagen: „Wir wollen uns nun ein anderes Weihnachtsfest ansehen!“

Bei diesen Worten wuchs Scrooges früheres Ich, und der Raum wurde dunkler und schmutziger. Die Täfelung schrumpfte, die Fensterscheiben zerbrachen, Putzflatschen fielen von der Decke herab, und die nackten Balken waren zu sehen. Aber wie dies alles geschah, wußte Scrooge ebensowenig wie Sie. Er wußte nur, daß es stimmte, daß sich alles genauso zugetragen hatte und daß er wieder allein dort war, während all die anderen Jungen zu fröhlichen Weihnachten nach Hause gegangen waren.

Er las jetzt nicht, sondern ging verzweifelt auf und ab. Scrooge sah den Geist an und starrte, traurig den Kopf schüttelnd, gespannt zur Tür.

Sie öffnete sich, und ein kleines Mädchen, viel jünger als der Junge, kam hereingestürzt, schlang die Arme um seinen Hals, küßte ihn immer wieder und nannte ihn ihren „lieben, lieben Bruder“.

„Ich bin gekommen, um dich nach Hause zu holen, lieber Bruder!“ sagte das Kind, klatschte in die Hände und bog sich vor Lachen.

„Um dich nach Hause zu holen, nach Hause!“

„Nach Hause, kleine Fan?“ fragte der Junge.

„Ja!“ sagte das Mädchen, vor Freude überschäumend. „Ein für allemal nach Hause. Für immer und ewig nach Hause. Vater ist viel freundlicher, als er es sonst war. Dadurch ist es zu Hause wie im Himmel. Eines schönen Abends, als ich zu Bett gehen wollte, sprach er so freundlich zu mir, daß ich noch einmal zu fragen wagte, ob du heimkommen dürftest, und er sagte, du könntest es. Er schickte mich in einer Kutsche her, dich zu holen. Und du sollst ein Mann sein“, sagte das Kind, die Augen aufreißend, „und niemals hierher zurückkehren. Zuerst aber wollen wir das ganze Weihnachtsfest zusammenbleiben und die schönste Zeit auf der ganzen Welt verleben.“

„Du bist ja eine Frau geworden, Fan!“ rief der Junge.

Sie klatschte in die Hände und lachte und versuchte, ihn am Kopf zu fassen. Da sie aber zu klein war, lachte sie wieder und stellte sich auf Zehenspitzen, um ihn zu umarmen. Dann begann sie mit kindlichem Eifer, ihn zur Tür zu zerren, und er, durchaus nicht abgeneigt, schloß sich ihr an.

Eine schreckliche Stimme rief im Flur: „Bringt den Reisekoffer von Master Scrooge her!“, und im Flur erschien der Schuldirektor höchst persönlich. Er starrte Master Scrooge mit grimmiger Herablassung an und brachte ihn in furchtbare Verlegenheit, indem er ihm die Hand schüttelte. Dann brachte er ihn und seine Schwester in das älteste und kälteste Loch von einem Empfangszimmer, das man je gesehen hatte und in dem die Karten an den Wänden und die Himmels- und Erdgloben in den Fenstern wie mit Wachs überzogen aussahen. Hier holte er eine Karaffe seltsam leichten Weines und ein großes Stück seltsam schweren Kuchens hervor und reichte den jungen Leuten diese Köstlichkeiten ratenweise. Gleichzeitig schickte er einen dürren Hausdiener hinaus, um dem Postboten „ein Gläschen“ anzubieten, der antworten ließ, er danke dem Herrn und verzichte besser darauf, falls es dieselbe Sorte sei, die er bereits gekostet habe. Nachdem Master Scrooges Koffer auf dem Dach der Kutsche verstaut worden war, verabschiedeten sich die Kinder von dem Schuldirektor nur allzugern, stiegen ein und fuhren fröhlich auf dem Gartenweg davon, wobei die schnellen Räder den Rauhreif und Schnee von den dunklen Blättern der Immergrüngewächse schleuderten, daß es nur so sprühte.

„Sie war immer ein zartes Geschöpf, das ein Hauch hätte zugrunde richten können", sagte der Geist. „Aber sie hatte ein großes Herz!"

„Das hatte sie", rief Scrooge. „Sie haben recht. Ich will es nicht bestreiten, Geist. Gottbewahre!"

„Sie starb als verheiratete Frau", sagte der Geist, „und hatte, glaube ich, auch Kinder."

„Ein Kind", erwiderte Scrooge.

„Richtig", sagte der Geist, „deinen Neffen!"

Scrooge schien sich unbehaglich zu fühlen und antwortete nur kurz: „Ja."

Obwohl sie gerade erst die Schule hinter sich gelassen hatten, befanden sie sich nun in den Hauptverkehrsstraßen einer Stadt, wo schattenhafte Fußgänger hin und her liefen, wo sich schattenhafte Wagen und Kutschen ihren Weg bahnten und wo der Streit und Lärm einer richtigen Stadt herrschten. Aus der Ausstattung der Geschäfte ging klar hervor, daß auch hier wieder Weihnachtszeit war, doch war es Abend, und die Straßen waren erleuchtet.

Der Geist blieb an der Tür zu einem bestimmten Geschäft stehen und fragte Scrooge, ob er sie kenne.

„Ob ich sie kenne?" sagte Scrooge. „Ich war doch als Lehrling hier!"

Sie gingen hinein. Beim Anblick eines alten Herrn mit einer gestrickten Wollmütze, der hinter einem so hohen Pult saß, daß er mit dem Kopf an der Decke angestoßen hätte, wäre er nur zwei Zoll größer gewesen, schrie Scrooge in großer Erregung: „Das ist ja der alte Fezziwig! Gott segne ihn! Es ist Fezziwig, wie er leibt und lebt!"

Der alte Fezziwig legte seine Feder hin und schaute auf die Uhr, die auf sieben zeigte. Er rieb sich die Hände, strich seine weite Weste glatt, schüttelte sich vor Lachen und rief mit seiner vergnügten, öligen, vollen und heiteren Stimme:

„Heda! Ebenezer! Dick!"

Scrooges früheres Ich, das inzwischen zu einem jungen Mann herangewachsen war, eilte, von seinem Mitlehrling begleitet, herbei.

„Dick Wilkins, wahrhaftig!" sagte Scrooge zum Geist.

„Mein Gott, ja. Das ist er. Er war mir sehr zugetan, der Dick. Armer Dick! Ach du lieber Himmel!"

„He, Jungs!" sagte Fezziwig. „Heute abend wird nicht mehr gearbeitet. Es ist Weihnachten, Dick. Weihnachten, Ebenezer! Macht den Laden in Windeseile dicht!" rief der alte Fezziwig und klatschte kräftig in die Hände.

Man will es kaum glauben, wie sich die beiden Burschen daranmachten! Sie stürmten mit den Fensterladen auf die Straße – eins, zwei, drei – brachten sie an – vier, fünf, sechs –, verriegelten sie und schoben die Bolzen vor – sieben, acht, neun – und kamen zurück, keuchend wie Rennpferde, bevor man hätte bis zwölf zählen können.

„Hopp-hopp!" rief der alte Fezziwig und hüpfte mit bewundernswerter Behendigkeit von dem hohen Pult herunter. „Räumt weg, Burschen, damit wir hier viel Platz haben! Hopp-hopp, Dick! Frischen Mutes, Ebenezer!"

Wegräumen! Es gab nichts, was sie nicht hätten beiseite räumen wollen oder können, wenn der alte Fezziwig zusah. Es war im Nu getan. Alles, was sich bewegen ließ, wurde weggeschafft, als ob es für immer verbannt werden sollte. Der Fußboden wurde gefegt und gesprengt, die Lampen wurden geputzt, das Brennmaterial wurde im Kamin nachgelegt, und das Geschäft war bald ein so gemütlicher, warmer, trockener und heller Ballsaal, wie man ihn sich nur an einem Winterabend wünschen konnte.

Herein kam ein Geiger mit einem Notenheft; er kletterte auf das hohe Pult, baute sein „Orchester" auf und stimmte, daß man Bauchschmerzen bekam. Herein kam Mrs. Fezziwig, ein einziges breites Lächeln. Herein kamen die drei Misses Fezziwig, strahlend und liebenswert. Herein kamen die sechs jungen Verehrer, deren Herzen sie gebrochen hatten. Herein kamen alle jungen Männer und Frauen, die im Geschäft angestellt waren. Herein kam das Dienstmädchen mit ihrem Cousin, dem Bäcker. Herein kam die Köchin mit dem besten Freund ihres Bruders, dem Milchmann. Herein kam der Junge von gegenüber, von dem man annahm, daß er bei seinem Herrn nicht gut genug beköstigt wurde; er versuchte, sich hinter dem Mädchen aus dem übernächsten Haus zu verstecken, der erwiesenermaßen von ihrer Herrin die Ohren langgezogen worden waren. Herein kamen sie alle, einer nach dem anderen: die einen schüchtern, die anderen keck; die einen anmutig, die anderen linkisch; die einen schiebend, die anderen zerrend. Herein kamen sie alle, irgindwie, so gut es ging. Dann fingen sie an, zwanzig Paare auf einmal: Hände gereicht, halbe Drehung und entgegengesetzt zurück; durch die Reihen hin und wieder zurück; rundherum in verschiedenen Anordnungen; das frühere erste Paar erschien stets am verkehrten Platz, das neue erste Paar setzte wieder ein, sobald es dort anlangte; schließlich waren alle erste Paare und nicht ein einziger am Schluß. Als sich dieses Ergebnis herausstellte, klatschte der alte Fezziwig in die Hände, um den Tanz abzubrechen, und rief: „Gut gemacht!" Der Geiger ließ sein erhitztes Gesicht hinter einem Krug Porter verschwinden, der eigens zu diesem Zweck bereitgestellt worden war. Da er aber nach seinem Wiederauftauchen jegliche Pause verschmähte, begann er sofort wieder zu spielen – obwohl noch keine Tänzer da waren –, als ob man den anderen, erschöpften Geiger auf einem

Fensterladen nach Hause getragen hätte und er der ganz neue Mann wäre, entschlossen, den anderen aus dem Tempel zu jagen oder selbst zu sterben.

Es wurden weitere Tänze getanzt, dann folgten Pfänderspiele und wieder Tanz; es gab Kuchen und Glühwein, ein großes Stück kalten Braten und ein großes Stück kaltes, gekochtes Fleisch, und es gab gefüllte Pasteten und eine Menge Bier. Doch der Höhepunkt des Abends kam nach dem Braten und Gekochten, als der Geiger (ein schlauer Fuchs, wohlgemerkt! Diese Art Mann, der sein Geschäft besser versteht, als Sie oder ich ihm hätten beibringen können) „Sir Roger de Coverley" anstimmte. Da trat der alte Fezziwig vor, um mit Mrs. Fezziwig zu tanzen. Noch dazu als erstes Paar; das war ein hartes Stück Arbeit für sie, bei drei- oder vierundzwanzig Paaren; und alles Leute, die nicht mit sich spaßen ließen, sondern tanzen und nicht gemächlich laufen wollten.

Aber selbst wenn es doppelt, ach viermal soviel gewesen wären, der alte Fezziwig hätte es mit ihnen aufnehmen können und auch seine Frau. Was sie betraf, so war sie in jedem Sinne des Wortes eine würdige Partnerin. Wenn das kein hohes Lob ist, nennen Sie mir ein höheres, und ich werde es anwenden. Von Fezziwigs Waden schien ein Licht auszustrahlen. Sie leuchteten bei jeder Phase des Tanzes wie Monde. Man hätte zu keiner Zeit voraussagen können, was aus ihnen im nächsten Moment werden würde. Und als der alte Fezziwig und seine Frau mit dem Tanz ganz durch waren – vor und zurück, beide Hände dem Partner, Verbeugung und Knicks, Drehung, Brücke und an den Platz zurück –, machte Fezziwig einen so geschickten Kreuzsprung, daß er mit den Beinen zu blinken schien, und kam, ohne zu taumeln, wieder auf die Füße.

Um elf Uhr ging der Hausball zu Ende. Mr. und Mrs. Fezziwig nahmen zu beiden Seiten der Tür Aufstellung, reichten jedem beim Hinausgehen persönlich die Hand und wünschten frohe Weihnachten. Als sich alle, bis auf die beiden Lehrlinge, zurückgezogen hatten, behandelten sie diese ebenso. Die fröhlichen Stimmen verstummten, und die Burschen durften in ihre Betten gehen, die sich unter einem Ladentisch im hinteren Raum des Geschäfts befanden.

Die ganze Zeit über hatte sich Scrooge wie einer benommen, der den Verstand verloren hat. Mit Herz und Seele hatte er sich in alles und in sein früheres Ich zurückversetzt. Er bestätigte alles, erinnerte sich an alles, freute sich über alles und machte die seltsamste Gemütsbewegung durch. Erst jetzt, als sich die strahlenden Gesichter seines früheren Ichs und Dicks abwandten, fiel ihm wieder der Geist ein, und er bemerkte, wie dieser ihn groß anschaute, während das Licht auf seinem Kopf hell brannte.

„Es ist ein leichtes", sagte der Geist, „die Dankbarkeit dieser einfachen Leute zu entfachen."

„Ein leichtes", echote Scrooge.

Der Geist bedeutete ihm, den beiden Lehrlingen zuzuhören, die ihrem Herzen zum Lobe Fezziwigs Luft machten, und sagte dann:

„Nun, ist es nicht so? Er hat nicht mehr als ein paar Pfund eures irdischen Geldes ausgegeben, drei oder vier vielleicht. Ist das so viel, daß er Lob verdient?"

„Das ist es nicht", sagte Scrooge, durch diese Bemerkung erregt, und sprach unbewußt wie sein früheres, nicht wie sein späteres Ich.

„Das ist es nicht, Geist. Er hat die Macht, uns glücklich oder unglücklich zu machen, uns den Dienst leicht oder beschwerlich, zu einem Vergnügen oder einer Last zu machen. Angenommen, seine Macht liegt in Worten und Blikken, in geringfügigen und belanglosen Dingen, die man unmöglich zusammenzählen und aufrechnen kann, was dann? Das Glück, das er hervorruft, ist ebensogroß, als wenn es ihn ein Vermögen gekostet hätte."

Er spürte den Blick des Geistes und hielt inne.

„Was ist los?“ fragte der Geist.

„Nichts Besonderes“, sagte Scrooge.

„Etwas doch, glaube ich“, beharrte der Geist.

„Nein“, sagte Scrooge. „Nein. Ich würde jetzt nur gern meinem Angestellten ein paar Worte sagen können. Weiter nichts.“

Sein früheres Ich drehte die Lampe klein, als er diesem Wunsch Ausdruck verlieh, und Scrooge und der Geist standen wieder Seite an Seite im Freien.

„Meine Zeit läuft ab“, bemerkte der Geist. „Schnell!“

Das war nicht an Scrooge oder irgendeinen Sichtbaren gerichtet, tat aber unverzüglich seine Wirkung. Dann wieder sah Scrooge sich selbst. Er war jetzt älter, ein Mann in der Blüte seines Lebens. Sein Gesicht hatte noch nicht die harten, strengen Züge der späteren Jahre, aber es begann schon die Spuren von Sorge und Habsucht zu tragen. In seinem Blick lag Ungeduld, Gier und Ruhelosigkeit, was verriet, welche Leidenschaft in ihm Wurzel geschlagen hatte und wohin der Schatten des wachsenden Baumes fallen würde.

Er war nicht allein. An seiner Seite saß ein hübsches junges Mädchen in Trauerkleidung. In ihren Augen standen Tränen, die in dem Licht funkelten, das von dem Geist der vergangenen Weihnachten ausging.

„Es macht dir wenig aus“, sagte sie sanft. „Dir sehr wenig. Ein anderes Götzenbild hat mich verdrängt. Wenn es dich in Zukunft ebenso aufheitern und trösten kann, wie ich es tun wollte, habe ich keinen Grund, mich zu grämen.“

„Was für ein Götzenbild hat dich verdrängt?“ entgegnete er.

„Ein goldenes.“

„So ist es nun einmal im Leben“, sagte er. „Gegen nichts ist die Welt so hart wie gegen Armut, und nichts scheint sie so scharf zu verurteilen wie die Jagd nach Reichtum!“

„Du fürchtest die Welt zu sehr“, antwortete sie sanft. „All deine anderen Hoffnungen sind in der einen aufgegangen, außer Reichweite ihrer gemeinen Vorwürfe zu sein. Ich sehe, wie deine edleren Bestrebungen eine nach der anderen verschwinden, bis du von der Hauptleidenschaft, Gewinnsucht, ganz erfaßt bist. Ist es nicht so?"

„Und was weiter?" erwiderte er. „Selbst wenn ich so viel klüger geworden bin, was soll's. Dir gegenüber habe ich mich nicht verändert."

Sie schüttelte den Kopf.

„Habe ich das?"

„Unser Bund ist alt. Er wurde geschlossen, als wir beide arm und genügsam waren, bis wir zu einer günstigen Zeit durch geduldigen Fleiß unser irdisches Glück verbessert haben würden. Du bist verändert. Als der Bund geschlossen wurde, warst du ein anderer Mensch."

„Ich war ein Junge", sagte er ungeduldig.

„Dein eignes Gefühl sagt dir, daß du nicht so warst, wie du jetzt bist", erwiderte sie. „Ich bin noch dieselbe. Das, was Glück verhieß, als wir noch eines Sinnes waren, bringt jetzt, da wir nicht mehr eins sind, seelischen Schmerz mit sich. Ich will nicht darüber sprechen, wie oft und eingehend ich darüber nachgedacht habe. Es genügt, daß ich nachgedacht habe und ich dich freigeben kann."

„Habe ich je darum gebeten, freigegeben zu werden?"

„Mit Worten? Nein, nie."

„Womit sonst?"

„Durch ein verändertes Wesen, durch eine veränderte innere Einstellung, durch eine andere Lebensführung, durch ein anderes großes Ziel. Durch alles, was meine Liebe aus deiner Sicht nützlich und wertvoll machte. Wenn sie niemals zwischen uns gewesen wäre", sagte das Mädchen und sah ihn freundlich, aber fest dabei an, „sag, würdest du mich jetzt noch wählen und versuchen, mich zu gewinnen? O nein!"

Er schien die Richtigkeit dieser Vermutung widerstrebend einzuräumen. Aber mit sich ringend, sagte er nur: „Das glaubst du, nicht?"

„Ich würde gern anders denken, wenn ich könnte", antwortete sie. „Weiß Gott! Wenn ich einmal eine Wahrheit wie diese erkannt habe, weiß ich auch, wie mächtig und unerbittlich sie ist. Wenn du aber heute frei wärest oder morgen frei würdest oder gestern frei gewesen wärest, kann ich denn glauben, daß du ein Mädchen ohne Mitgift nehmen würdest, du, der du im vertraulichen Gespräch mit ihr alles nach dem Gewinn beurteilst. Oder wenn du einen Augenblick lang deinem wichtigsten Grundsatz untreu werden und sie wählen würdest, wüßte ich dann, ob nicht Reue und Bedauern folgten? Ich weiß es, und ich gebe dich frei. Mit ganzem Herzen, um der Liebe willen zu dem, der du einst warst."

Er wollte sprechen, sie aber, den Kopf von ihm gewandt, fuhr fort:

„Vielleicht – die Erinnerung an Vergangenes läßt es mich beinahe hoffen – wird es dich schmerzen. Nach sehr, sehr kurzer Zeit wirst du die Erinnerung daran mit Freuden als einen unvorteilhaften Traum wegschieben, aus dem du rechtzeitig erwacht bist. Mögest du in dem Leben, das du gewählt hast, glücklich werden!"

Sie verließ ihn, und so trennten sie sich.

„Geist!" sagte Scrooge. „Zeige mir nichts weiter. Bringe mich nach Hause. Warum machst du dir einen Spaß daraus, mich zu quälen?"

„Noch ein Schatten!" rief der Geist.

„Keinen mehr!" schrie Scrooge. „Ich möchte ihn nicht sehen. Zeige mir nichts mehr!"

Aber der erbarmungslose Geist hielt ihn mit beiden Armen fest und zwang ihn, zu beobachten, was nun folgte.

Sie erlebten eine andere Szene und einen anderen Ort, in einem Zimmer, das nicht sehr groß und schön, aber sehr gemütlich war. Am winterlichen Feuer saß ein hübsches junges Mädchen, das letzterem so ähnlich sah, daß Scrooge glaubte, es sei dasselbe, bis er *sie,* inzwischen eine anmutige ältere Frau, ihrer Tochter gegenübersitzen sah. Der Lärm in diesem Zimmer war fast tumultartig, denn es waren mehr Kinder da, als Scrooge in seiner aufgewühlten Gemütsverfassung zählen konnte; und anders als die berühmte Herde im Gedicht waren es nicht vierzig Kinder, die sich wie eins benahmen, sondern jedes Kind benahm sich wie vierzig. Das Ergebnis war ein unvorstellbarer Krach, doch niemand schien sich darum zu kümmern. Im Gegenteil, Mutter und Tochter lachten herzlich und hatten ihre Freude daran, und letztere, die sich bald an den Spielen beteiligte, wurde von den kleinen Räubern rücksichtslos überfallen. Was hätte ich darum gegeben, einer von ihnen zu sein! Obwohl ich niemals hätte so grob sein können, o nein! Nicht um alles in der Welt hätte ich an den geflochtenen Haaren gezerrt und sie aufgelöst, und den kostbaren kleinen Schuh hätte ich ihr nicht ausgezogen, gottbewahre, und wenn es um mein Leben gegangen wäre. Was das Abmessen der Taille – aus Spaß – betrifft, wie das die freche junge Brut tat, hätte ich das nicht fertiggebracht. Ich hätte erwartet, daß mein Arm zur Strafe krumm und nie wieder gerade geworden wäre. Doch hätte ich, das muß ich zugeben, sehr gern ihre Lippen berührt; sie etwas gefragt, damit sie sie öffnete; die Wimpern ihrer niedergeschlagenen Augen betrachtet und nie ein Erröten hervorgerufen; die Wellen ihres Haares gelöst, von denen schon eine Locke ein Geschenk von unschätzbarem Wert wäre; kurz, ich hätte gern, das gestehe ich, die geringsten Freiheiten eines Kindes besessen und wäre doch Manns genug gewesen, ihren Wert richtig einzuschätzen.

Aber jetzt war ein Klopfen an der Tür zu hören, und sofort setzte so ein Ansturm ein, daß sie inmitten der erhitzten und tobenden Schar mit lachendem Gesicht und zerfetztem Kleid dorthin mitgerissen wurde, um gerade noch den Vater begrüßen zu können, der nach Hause kam und von einem mit Weihnachtsgeschenken und Spielzeug beladenen Mann begleitet wurde. Das gab ein Geschrei und einen Kampf und Ansturm auf den wehrlosen Gepäckträger. Sie kletterten an ihm hoch, mit Stühlen als Leitern, um in seine Taschen zu langen, raubten ihm die in braunes Papier eingewickelten Päckchen, hielten sich an seiner Krawatte fest, fielen ihm um den Hals, pufften ihn in den Rücken und stießen ihn mit Füßen gegen die Beine – alles aus lauter Liebe! Diese Ausrufe der Verwunderung und Freude beim Auswickeln eines jeden Päckchens! Die schreckliche Mitteilung, daß das Baby dabei ertappt worden war, wie es sich eine Puppenbratpfanne in den Mund steckte, und daß es im Verdacht stand, einen auf einen Holzteller geleimten, imitierten Truthahn verschluckt zu haben! Welch große Erleichterung, als sich herausstellte, daß es blinder Alarm gewesen war! Diese Freude und Dankbarkeit und Aufregung! Alles gleichermaßen unbeschreiblich. Genug, nach und nach verschwanden die Kinder – und damit auch der Tumult – aus dem Wohnzimmer. Langsam gingen sie ins obere Stockwerk des Hauses, wo sie ins Bett sanken und sich beruhigten.

Und jetzt schaute Scrooge aufmerksamer denn je hin, als sich der Hausherr, die Tochter zärtlich an sich drückend, mit ihr und ihrer Mutter am eigenen Kamin niederließ; und als er überlegte, daß solch ein Geschöpf, ebenso anmutig und vielversprechend, ihn hätte Vater nennen und der Frühling in dem rauhen Winter seines Lebens sein können, verdüsterte sich wahrhaftig sein Blick.

„Belle“, sagte der Mann und wandte sich lächelnd an seine Frau, „heute nachmittag habe ich einen alten Freund von dir gesehen.“

„Wen denn?“

„Rate!“

„Wie kann ich das? Ha, ich weiß“, fügte sie im gleichen Atemzug hinzu und lachte mit. „Mr. Scrooge.“

„Ja, Mr. Scrooge. Ich ging an seinem Bürofenster vorbei, und da der Fensterladen nicht geschlossen war und er Licht hatte, konnte ich kaum umhin, ihn zu sehen. Wie ich gehört habe, liegt sein Partner im Sterben, und so saß er ganz allein. Ich glaube, er ist wirklich mutterseelenallein auf der Welt."

„Geist", sagte Scrooge mit gebrochener Stimme, „führe mich von diesem Ort weg!"

„Ich habe dir gesagt, daß es sich um Schatten der Vergangenheit handelt", sagte der Geist. „Daß sie sind, wie sie sind, dafür gib nicht mir die Schuld."

„Führe mich weg!" rief Scrooge. „Ich kann es nicht ertragen."

Er wandte sich dem Geist zu, und als er sah, daß er ihn mit einem Gesicht betrachtete, in dem sich auf seltsame Weise Spuren all der gezeigten Gesichter widerspiegelten, rang er mit ihm.

„Laß mich! Bring mich zurück! Quäle mich nicht länger!"

In dem Kampf – falls man das überhaupt einen Kampf nennen kann, in dem sich der Geist ohne sichtbaren Widerstand seinerseits durch keine Anstrengung seines Gegners erschüttern ließ – bemerkte Scrooge, daß das Licht hell und hoch brannte, und da er dies irgendwie mit dem Einfluß, den es auf ihn hatte, in Verbindung brachte, ergriff er den Lichthut und drückte ihn mit einer raschen Bewegung auf dessen Kopf.

Der Geist sank unter ihm zusammen, so daß der Lichthut seine ganze Gestalt bedeckte. Doch obwohl ihn Scrooge mit aller Kraft niederdrückte, konnte er das Licht nicht verbergen, das darunter in ungehindertem Strom den Boden überflutete.

Er spürte, daß er erschöpft war und von einer unwiderstehlichen Schläfrigkeit übermannt wurde, und außerdem, daß er sich in seinem Schlafzimmer befand. Er drückte zum Schluß noch einmal auf den Lichthut, wobei seine Hand schlaff wurde, und hatte kaum noch Zeit, ins Bett zu taumeln, ehe er in einen tiefen Schlaf versank.

Dritte Strophe

Der zweite der drei Geister

Als Scrooge aus einem erstaunlich zähen Schnarchen erwachte und sich im Bett aufsetzte, um seine Gedanken zu ordnen, mußte ihm nicht erst gesagt werden, daß es bald wieder eins schlagen würde. Er spürte, daß er gerade im rechten Augenblick zum Bewußtsein gelangt war, eigens zu dem Zweck, mit dem zweiten von Jacob Marley geschickten Boten zusammenzutreffen. Bei der Überlegung, welchen Vorhang das neue Gespenst beiseite ziehen würde, merkte er, wie es ihn unangenehm kalt überrieselte; deshalb schob er alle selbst zur Seite, legte sich wieder hin und hielt ringsum scharf Ausschau. Er wollte nämlich den Geist im Augenblick seines Erscheinens anrufen und nicht von ihm überrascht und nervös gemacht werden.

Männer unbeschwerter Natur, die sich rühmen, alle Schliche zu kennen und gewöhnlich jeder Lebenslage gewachsen zu sein, drücken den Umfang ihrer Abenteuerlust dahingehend aus, daß sie vom Glücksspiel bis zum Totschlag zu allem fähig sind; zwischen diesen Gegensätzen liegt zweifellos ein ziemlich weiter und umfassender Spielraum. Ohne bei Scrooge so weit gehen zu wollen, habe ich keine Hemmungen, Sie glauben zu lassen, daß er auf eine breite Skala seltsamer Erscheinungen gefaßt war und ihn nichts vom Baby bis zum Rhinozeros sonderlich in Erstaunen versetzt hätte.

Nun, da er auf fast alles vorbereitet war, war er es keineswegs darauf, daß gar nichts geschah; deshalb befiel ihn ein heftiges Zittern, als es ein Uhr schlug und niemand erschien. Fünf Minuten, zehn Minuten, eine Viertelstunde vergingen, doch keiner kam. Die ganze Zeit lag er auf seinem Bett und war der Kern und Mittelpunkt eines rötlichen Lichtstrahls, der sich darüber ausbreitete, als die Glocke die Stunde anzeigte, und der ihn, gerade weil es nur Licht war, mehr beunruhigte als ein Dutzend Geister, da er nicht herausbekommen konnte, was er bedeutete oder was daraus werden könnte. Manchmal fürchtete er, daß er im selben Augenblick einen interessanten Fall von Selbstverbrennung abgebe, ohne den Trost zu haben, sich dessen bewußt zu sein. Endlich jedoch begann er nachzudenken – wie Sie oder ich gleich nachgedacht hätten; denn es befindet sich immer derjenige in einer vorteilhaften Lage, der weiß, was man zu tun hat, und es zweifellos auch getan hätte –; endlich also begann er zu erwägen, daß die Quelle und das Geheimnis dieses gespenstischen Lichtes im Nebenzimmer sein könnte, woher es bei näherem Hinsehen auch zu kommen schien. Als dieser Gedanke völlig von ihm Besitz ergriffen hatte, stand er leise auf und schlurfte in seinen Pantoffeln zur Tür.

In dem Moment, da Scrooges Hand auf der Klinke lag, rief ihn eine seltsame Stimme beim Namen und bat ihn einzutreten. Er gehorchte.

Es war sein eignes Zimmer. Darüber bestand kein Zweifel. Aber es hatte eine überraschende Veränderung erfahren. Wände und Decke waren so mit lebendem Grün behangen, daß sie wie ein richtiger Hain aussahen, in dem überall hell glänzende Beeren funkelten. Die frischen Blätter von Stechpalmen, Mistelzweigen und Efeu reflektierten das Licht, als ob dort viele kleine Spiegel verstreut wären; und eine so mächtige Flamme stieg lodernd in den Schornstein hinauf, wie ihn dieser Herd aus grauer Vorzeit zu Scrooges oder Marleys Zeiten seit unzähligen Wintern nicht mehr erlebt hatte. Auf dem Fußboden waren Truthähne, Gänse, Wild, Geflügel, Eberfleisch, riesige Keulen, Spanferkel, lange Ketten von Würsten, Pasteten, Plumpuddings, Fässer mit Austern, rotglühende Kastanien, rotbäckige Äpfel, saftige Orangen, süße Birnen und ungeheure Dreikönigskuchen zu einer Art Thron aufgebaut, und brodelnde Punschgefäße vernebelten das Zimmer mit ihren köstlichen Dampfschwa-

J Leech

den. Auf diesem Ruhelager saß behaglich ein lustiger, wunderbar anzusehender Riese, der eine brennende Fackel in der Form eines Füllhorns trug und sie hoch, ganz hoch hielt, um ihren Schein auf Scrooge zu werfen, als er um die Tür äugte.

„Komm herein!" rief der Geist. „Komm herein und lerne mich besser kennen, Mann!"

Scrooge trat zaghaft ein und ließ vor diesem Geist den Kopf hängen. Er war nicht mehr der verbissene Scrooge, der er gewesen, und obwohl der Geist einen klaren, freundlichen Blick hatte, mochte er ihm nicht begegnen.

„Ich bin der Geist der diesjährigen Weihnacht", sagte der Geist. „Sieh mich an!"

Scrooge tat es voller Ehrfurcht. Der Geist war mit einem schlichten grünen Gewand, einer Art Umhang, bekleidet, der mit weißem Pelz abgesetzt war. Dieses Kleidungsstück hing so lose um den Körper, daß die mächtige Brust bloß war, als ob sie es verschmähte, durch irgend etwas eingezwängt oder verdeckt zu werden. Seine Füße, die unter den weiten Falten des Gewandes hervorschauten, waren ebenfalls bloß, und auf dem Kopf trug er weiter nichts als einen Stechpalmenkranz, in dem hier und da Eiszapfen glitzerten. Seine dunkelbraunen Locken hingen lang und frei herab, frei wie sein freundliches Gesicht, seine sprühenden Augen, seine offene Hand, seine fröhliche Stimme, sein ungezwungenes Verhalten und seine frohe Miene. Um die Taille hatte er eine altertümliche Schwertscheide gegürtet, doch steckte kein Schwert darin, und die alte Scheide war vom Rost zerfressen.

„So etwas wie mich hast du noch nie gesehen!" rief der Geist.

„Nie!" gab Scrooge zur Antwort.

„Bist nie mit den jüngeren Mitgliedern meiner Familie mitgegangen, ich meine (denn ich bin sehr jung) mit den älteren Brüdern, die in den letzten Jahren geboren wurden?" fuhr das Gespenst fort.

„Ich glaube nicht", sagte Scrooge. „Ich fürchte, nein. Hast du viele Brüder, Geist?"

„Mehr als eintausendachthundert", sagte der Geist.

„Eine schrecklich große Familie, für die zu sorgen ist!" murmelte Scrooge. Der Geist der diesjährigen Weihnacht erhob sich.

„Geist", sagte Scrooge unterwürfig, „führe mich, wohin du willst. Gestern nacht ging ich gezwungenermaßen mit und bekam eine Lehre, die jetzt nachwirkt. Wenn du mich etwas lehren sollst, laß mich heute den Nutzen daraus ziehen."

„Faß meinen Umhang an!"

Scrooge tat wie ihm geheißen und hielt sich fest.

Stechpalme, Mistel, rote Beeren, Efeu, Truthähner, Gänse, Wild, Geflügel, Eberfleisch, Fleischkeulen, Schweine, Würste, Austern, Pasteten, Puddings, Obst und Punsch, alles verschwand sofort. Auch das Zimmer, das Feuer, die rötliche Glut, die nächtliche Stunde, und sie standen am Weihnachtsmorgen auf den Straßen der Stadt, wo die Menschen (denn es war bitterkalt) eine rauhe, aber flotte und nicht unangenehme Art von Musik machten, indem sie vom Pflaster vor ihren Wohnungen und von den Dächern ihrer Häuser den Schnee zusammenkratzten, was den Jungen eine tolle Freude machte, wenn sie ihn auf die Straße herunterplauzen und zu einem künstlichen kleinen Schneesturm zerstieben sahen.

Die Häuserfronten sahen ziemlich schwarz aus und die Fenster noch schwärzer; sie stachen gegen die glatte, weiße Schneedecke auf den Dächern und den etwas schmutzigeren Schnee auf dem Boden ab, in dessen jüngste Schicht die schweren Räder der Karren und Wagen tiefe Furchen gegraben hatten, Furchen, die sich zu Hunderten von Malen überschnitten, wo die großen Straßen abzweigten und verschlungene Kanäle bildeten, die man in dem dicken, gelben Schlamm und dem Eiswasser schwer verfolgen konnte. Der Himmel war düster, und selbst die kleinsten Straßen waren von einem schmuddeligen, halb getauten, halb gefrorenen Nebel erfüllt, dessen schwerere Bestandteile in einem Regen rußiger Teilchen niedergingen, als ob alle Schornsteine Großbritanniens wie auf Verabredung Feuer gefangen hätten und nun nach Herzenslust qualmten. Weder die Witterung noch die Stadt waren sonderlich freundlich, dennoch lag eine gewisse Heiterkeit über allem, die sich die klarste Sommerluft und strahlendste Sommersonne vergeblich bemüht hätten zu verbreiten.

Denn die Leute, die den Schnee von den Dächern schaufelten, waren ausgelassen und fröhlich. Von den Fensterbrüstungen riefen sie sich allerlei zu, und hin und wieder tauschten sie aus Spaß einen Schneeball – ein harmloseres Geschoß als manch spöttisches Wort – und lachten herzlich, wenn er traf, und nicht weniger herzlich, wenn er danebenging.

Die Geschäfte der Geflügelhändler waren noch halb offen, und die Obstgeschäfte strahlten in vollem Glanz. Da standen große, runde, dickbäuchige Körbe mit Nüssen, prall wie die Westen fröhlicher alter Herren, die an den Türen lehnen und in ihrer zum Schlagfluß neigenden Fülle hin und her taumeln. Da gab es rosige, bräunliche, umfangreiche spanische Zwiebeln, die in ihrer Beleibtheit wie spanische Mönche strahlten und von ihren Regalen herab wollüstig und schelmisch den jungen Mädchen zublinzelten, wenn sie vorübergingen und geziert zu dem dort hängenden Mistelzweig blickten. Birnen und Äpfel waren zu bunten Pyramiden aufgebaut; Bündel von Weintrauben hatte der wohlmeinende Ladenbesitzer so angebracht, daß sie gut sichtbar am Haken hingen und den Passanten das Wasser umsonst im Munde zusammenlaufen ließen. Es gab Haufen von Haselnüssen, moosig und braun, die mit ihrem Duft an frühere Spaziergänge durch die Wälder und an vergnügtes Schlurfen durch knöcheltiefes welkes Laub erinnerten. Saftige Norfolk-Äpfel, dick und braun, die sich vom Gelb der Apfelsinen und Zitronen absetzten, schrien bei ihrem Reifegrad förmlich danach, in Tüten nach Hause getragen und nach dem Essen verzehrt zu werden. Selbst die Gold- und Silberfische, die in einem Glas zwischen den erlesenen Früchten gezeigt wurden, schienen zu wissen, obwohl sie einer stumpfsinnigen und trägen Rasse angehörten, daß etwas vor sich ging; und einer der Fische schwamm, nach Luft schnappend, in langsamer und leidenschaftsloser Aufregung in ihrer kleinen Welt umher.

Und die Lebensmittelgeschäfte, o diese Lebensmittelgeschäfte! Sie waren schon fast geschlossen, vielleicht fehlten nur noch ein oder zwei Fensterläden, doch was bot sich durch diese Spalten für ein Anblick! Es war nicht nur, daß die Waagschalen, wenn sie auf den Ladentisch stießen, einen fröhlichen Ton von sich gaben oder daß der Bindfaden so flink von seiner Rolle ablief oder daß die Blechbüchsen wie bei einem Zauberkunststück auf und ab bewegt wurden oder daß die vermischten Düfte von Tee und Kaffee angenehm in die Nase stiegen oder daß die Rosinen so reichlich und ausgezeichnet, die Mandeln so außergewöhnlich weiß, die Zimtstangen so lang und gerade, die anderen Gewürze so köstlich, die kandierten Früchte dermaßen von geschmolzenem Zucker verkrustet und befleckt waren, daß sie den kühlsten Betrachter schwach und damit ärgerlich machten. Auch lag es nicht daran, daß die Feigen feucht und fleischig waren oder daß die französischen Pflaumen mit ihrer milden Säure aus reichverzierten Büchsen herableuchteten oder daß dies alles gut zu essen und weihnachtlich verpackt war, sondern die Kunden hatten es alle so eilig und waren so eifrig in der Hoffnung auf das, was ihnen dieser Tag verhieß, daß sie an der Tür gegeneinanderrannten, mit ihren Weidenkörben zusammenstießen, ihre Einkäufe auf dem Ladentisch liegenließen, zurückgerannt kamen, um sie zu holen, und in der denkbar besten Stimmung Hunderte ähnlicher Fehler begingen, während der Lebensmittelhändler und seine Angestellten so lustig und munter waren, daß die blankpolierten

Herzen, mit denen sie hinten die Schürzen zubanden, ihre eigenen gewesen sein könnten, die sie zur allgemeinen Besichtigung und extra für die Weihnachtsdohlen trugen, damit diese daran picken könnten.

Aber bald riefen die Kirchenglocken alle guten Menschen in die Kirchen und Kapellen, und sie kamen herbei und zogen in ihrer besten Kleidung und mit ihren fröhlichsten Gesichtern scharenweise durch die Straßen. Zur gleichen Zeit tauchten aus vielen Nebenstraßen, Gassen und namenlosen Querstraßen unzählige Menschen auf und brachten ihre Festbraten zum Bäcker. Der Anblick dieser armen Nachtschwärmer schien den Geist sehr zu interessieren, denn er stand mit Scrooge im Torweg eines Bäckers, hob die Deckel, wenn ihre Träger vorbeigingen, und bespritzte das Essen mit Weihrauch aus seiner Fackel. Es handelte sich um eine besondere Fackel, denn ein- oder zweimal, als zwischen einigen Essenträgern, die sich angerempelt hatten, böse Worte fielen, schüttete er daraus ein paar Tropfen Wasser auf sie, und sofort war die gute Laune wiederhergestellt. Denn sie sagten, es sei eine Schande, sich am Weihnachtstag zu streiten. Und das war es auch! Bei Gott, das war es!

Allmählich verstummten die Glocken, und die Bäckereien wurden geschlossen; dennoch deuteten die aufgetauten Flecken auf den Backöfen, deren Steine dampften, als würden sie selbst gebacken, diese Mahlzeiten und das Fortschreiten ihrer Zubereitung geheimnisvoll an.

„Ist eine bestimmte Würze in dem, was du aus deiner Fackel verspritzt?“ fragte Scrooge.

„Ja, meine eigene.“

„Paßt sie denn heute zu irgendeiner Mahlzeit?“ fragte Scrooge.

„Zu jeder freundlich gereichten. Am besten zu einer ärmlichen.“

„Wieso am besten zu einer ärmlichen?“

„Weil sie sie am dringendsten braucht.“

,,Geist", sagte Scrooge nach kurzer Überlegung, ,,ich wundere mich, daß gerade du von allen Wesen auf den vielen Welten um uns diesen Leuten die Gelegenheit zu einer unschuldigen Freude einschränken möchtest."

,,Ich?" schrie der Geist.

,,Du würdest ihnen die Möglichkeit rauben, an jedem siebenten Tag Mittag zu essen, oft dem einzigen Tag, an dem man überhaupt von einem Mittagbrot sprechen kann", sagte Scrooge. ,,Nicht wahr?"

,,Ich?" schrie der Geist.

,,Du möchtest doch diese Orte am siebenten Tag schließen", sagte Scrooge. ,,Und das läuft auf dasselbe hinaus."

,,Möchte ich das?" rief der Geist.

,,Verzeih, wenn ich unrecht habe. Es ist in deinem Namen oder zumindest in dem deiner Familie geschehen", sagte Scrooge.

,,Es gibt einige Menschen auf eurer Erde", erwiderte der Geist, ,,die uns zu kennen vorgeben und die ihre Taten, die der Leidenschaft, dem Stolz, der Bosheit, dem Haß, dem Neid, der Frömmelei und der Selbstsucht entspringen, in unserem Namen begehen und die uns und allen Freunden und Verwandten so fremd sind, als ob sie nie gelebt hätten. Denke daran und laste ihr Tun ihnen selbst, nicht uns an."

Scrooge versprach es, und sie gingen, unsichtbar wie zuvor, in die Vororte der Stadt. Es war eine bemerkenswerte Eigenschaft des Geistes (die Scrooge beim Bäcker erkannt hatte), daß er sich trotz seines Riesenwuchses mit Leichtigkeit jedem Ort anpassen konnte und daß er unter einem niedrigen Dach ebenso anmutig und als übernatürliches Wesen dastand, wie er es in einer hohen Halle auch gekonnt hätte.

Vielleicht war es das Vergnügen, das der gute Geist daran hatte, seine Macht zu beweisen, oder aber sein freundliches, großzügiges und herzliches Wesen sowie sein Mitgefühl mit allen Armen, das ihn direkt zu Scrooges Angestellten führte, denn dorthin ging er und nahm Scrooge mit, der sich an seinem Umhang festhielt. Auf der Türschwelle blieb der Geist lächelnd stehen, um Bob Cratchits Wohnung mit den Tropfen seiner Fackel zu segnen. Man bedenke! Bob bekam nur fünfzehn „Bob" die Woche; an jedem Sonnabend steckte er nur fünfzehn Kopien seines Vornamens ein. Und trotzdem segnete der Geist der diesjährigen Weihnacht sein Vierzimmerhaus!

Dann erschien Mrs. Cratchit, Cratchits Frau, herausgeputzt in einem schon zweimal gewendeten Kleid, das aber reich mit Borten verziert war, die billig sind und für sechs Pence viel hermachen. Sie deckte den Tisch, unterstützt von Belinda Cratchit, der zweitältesten Tochter, die ebenfalls reich mit Borten geschmückt war. Inzwischen stach Master Peter Cratchit mit einer Gabel in den Kartoffeltopf, und als er die Ecken seines riesigen Kragens (Bobs persönliches Eigentum, das er zu Ehren dieses Tages seinem Sohn und Erben überlassen hatte) in den Mund bekam, freute er sich darüber, so prächtig herausgeputzt zu sein, und sehnte sich danach, sein Hemd in den vornehmen Parks zu zeigen. Und nun kamen zwei jüngere Cratchits, ein Junge und ein Mädchen, hereingestürmt und schrien, sie hätten vor dem Bäkkerladen die Gans gerochen und als ihre erkannt. Sie schwelgten in dem Gedanken an Salbeiblätter mit Zwiebeln, tanzten um den Tisch herum und himmelten Master Peter Cratchit an, während dieser (gar nicht stolz, obwohl ihn der Kragen fast erwürgte) das Feuer anfachte, bis die trägen Kartoffeln brodelten und laut an den Topfdeckel klopften, um herausgenommen und gepellt zu werden.

„Wo bleibt nur euer lieber Vater?" sagte Mrs. Cratchit. „Und euer Bruder, Klein Tim! Und kam Martha letztes Jahr zu Weihnachten nicht auch eine halbe Stunde zu spät?"

„Hier ist Martha, Mutter!" sagte ein Mädchen, das bei diesen Worten eintrat.

„Hier ist Martha, Mutter", riefen die beiden jüngeren Cratchits. „Hurra, wir haben *so* eine Gans, Martha!"

„Warum in Gottes Namen kommst du nur so spät, mein liebes Kind?" sagte Mrs. Cratchit, küßte sie ein dutzendmal und nahm ihr mit geschäftigem Eifer Schal und Häubchen ab.

„Wir hatten gestern abend noch so viel fertigzumachen", erwiderte das Mädchen, „und mußten heute früh aufräumen, Mutter!"

„Na, das macht nichts, nun bist du ja da", sagte Mrs. Cratchit. „Setz dich ans Feuer, mein Liebes, und wärm dich auf. Gott sei mit dir!"

„Nein, nein. Vater kommt", riefen die beiden jüngeren Cratchits, die immer überall waren. „Versteck dich, Martha, versteck dich!"

Martha versteckte sich auch, und herein kam der kleine Bob, der Vater, dem mindestens drei Fuß seines Wollschals, die Fransen nicht gerechnet, vom Hals herabhingen. Seine fadenscheinige Kleidung war gestopft und gebürstet worden, damit sie feiertäglich aussähe. Auf seinen Schultern saß der kleine Tim. Armer kleiner Tim! Er trug eine winzige Krücke, und seine Gliedmaßen wurden von Eisenschienen gestützt.

„Nun, wo ist denn unsere Martha?" rief Bob Cratchit und schaute sich um.

„Kommt nicht!" sagte Mrs. Cratchit.

„Kommt nicht?" sagte Bob, und seine gehobene Stimmung sank plötzlich, denn er war den ganzen Weg von der Kirche her Tims Vollblutpferd gewesen und nach Hause getrabt. „Kommt nicht zu Weihnachten?"

Martha mochte ihn nicht so enttäuscht sehen, auch wenn es nur ein Scherz war. Darum kam sie vorzeitig hinter der Kammertür hervor und rannte in seine Arme, während die beiden jüngeren Cratchits den kleinen Tim drängten und ihn ins Waschhaus trugen, damit er den Pudding im Kessel singen hörte.

„Und wie hat sich Tim benommen?" fragte Mrs. Cratchit,

nachdem sie Bob wegen seiner Leichtgläubigkeit aufgezogen und Bob seine Tochter nach Herzenslust liebkost hatte.

„Sehr brav und besser", sagte Bob. „Irgendwie wird er nachdenklich, weil er so viel allein sitzt, und denkt sich die seltsamsten Sachen aus, die man je gehört hat. Auf dem Heimweg sagte er zu mir, er hoffe, daß ihn die Leute in der Kirche gesehen haben, weil er ein Krüppel ist und es für sie gut sei, sich am Weihnachtstag an den zu erinnern, der Lahme gehen und Blinde sehen gemacht hat."

Bobs Stimme zitterte, als er ihnen das erzählte, und zitterte noch mehr, als er sagte, daß der kleine Tim allmählich stark und kräftig werde.

Seine kleine Krücke war auf dem Flur zu hören, und noch ehe ein weiteres Wort gesprochen wurde, kam Tim zurück und wurde von den Geschwistern zu seinem Schemel vor dem Fenster geleitet, und während Bob sich die Ärmel hochkrempelte – als ob sie, armer Kerl!, noch schäbiger werden könnten – und in einem Krug ein heißes Getränk aus Gin und Zitronen zusammenbraute, es eifrig umrührte und zum Aufkochen auf den Kaminsatz stellte, gingen Master Peter und die beiden überall zu findenden Cratchits die Gans holen, mit der sie bald in feierlichem Zug zurückkehrten.

Es entstand ein solcher Tumult, daß man hätte meinen können, eine Gans sei der seltenste aller Vögel, ein gefiedertes Wunder, gegen das ein schwarzer Schwan eine Selbstverständlichkeit sei – und in Wirklichkeit war sie auch so etwas in diesem Haus. Mrs. Cratchit machte die Bratensoße (die in einem Töpfchen vorher zubereitet worden war) kochend heiß; Master Peter stampfte die Kartoffeln mit unglaublicher Kraft; Miss Belinda süßte die Apfelsoße; Martha wischte die angewärmten Teller ab; Bob setzte den kleinen Tim neben sich an ein Eckchen des Tisches; die beiden jüngeren Cratchits stellten für jeden einen Stuhl hin, wobei sie sich selbst nicht vergaßen und auf ihren Posten Wache bezogen; sie stopften sich Löffel in den Mund, damit sie nicht nach der

Gans schreien konnten, bevor sie beim Austeilen an die Reihe kamen. Endlich wurde aufgetragen und das Tischgebet gesprochen. Ihm folgte eine atemlose Pause, als Mrs. Cratchit bedächtig am Tranchiermesser entlangsah und sich anschickte, es in die Gänsebrust zu stoßen. Aber als sie es tat und die lang erwartete Füllung hervorquoll, entstand rings um die Tafel ein Gemurmel des Entzückens, und selbst der kleine Tim hieb, von den beiden jüngeren Cratchits angesteckt, mit dem Griff seines Messers auf den Tisch und rief ein schwaches Hurra.

Noch nie hatte es solch eine Gans gegeben! Bob sagte, er glaube nicht, daß jemals so eine Gans gebraten worden sei. Ihre Zartheit und Schmackhaftigkeit, ihre Größe und Preiswertigkeit waren der Gegenstand allgemeiner Bewunderung. Durch Apfelsoße und Stampfkartoffeln ergänzt, ergab sie eine ausreichende Mahlzeit für die ganze Familie; sie hatten sie, wie Mrs. Cratchit entzückt feststellte (als sie die Andeutung eines Knochens auf der Platte liegen sah), noch nicht einmal vollständig aufgegessen! Doch jeder hatte genug bekommen, und besonders die beiden jüngeren Cratchits steckten bis über die Ohren in Salbeiblättern und Zwiebeln. Doch nun, während Miss Belinda die Teller auswechselte, verließ Mrs. Cratchit allein das Zimmer – zu aufgeregt, Zeugen zu ertragen –, um den Pudding hereinzuholen.

Angenommen, er wäre noch nicht gar! Angenommen, er zerbräche beim Herausnehmen. Angenommen, jemand wäre über die Mauer des hinteren Gartens geklettert und hätte ihn gestohlen, während sie fröhlich beim Gänsebraten saßen – eine Vorstellung, bei der die beiden jüngeren Cratchits aschfahl wurden! Alles mögliche Schreckliche wurde angenommen.

Hallo! Eine Menge Dampf! Der Pudding war aus dem Kessel heraus. Es roch wie an einem Waschtag! Das war das Tuch. Ein Geruch wie in einem Speisehaus mit danebenliegender Pastetenbäckerei und Wäscherei. Das war der

Pudding! Eine halbe Minute später kam Mrs. Cratchit – vor Erregung rot, doch stolz lächelnd – mit dem Pudding herein, der gesprenkelt wie eine Kanonenkugel aussah, hart und fest war, von den Flammen eines zweiunddreißigstel Liters Brandy umzüngelt und oben mit einem weihnachtlichen Stechpalmenzweig geschmückt.

Oh, ein herrlicher Pudding! Bob sagte gelassen, daß er ihn als Mrs. Cratchits größten Erfolg seit ihrer Heirat ansähe. Mrs. Cratchit sagte, daß ihr ein Stein vom Herzen fiele, denn sie müsse zugeben, daß sie ihre Zweifel wegen der Menge des Mehls gehabt habe. Jeder hatte etwas dazu zu sagen, niemand aber sagte oder dachte, daß der Pudding für eine große Familie zu klein war. Das wäre glatte Ketzerei gewesen. Jeder Cratchit wäre vor Scham rot geworden, wenn er so etwas auch nur angedeutet hätte.

Endlich war die Mahlzeit beendet, der Tisch abgeräumt, der Herd gefegt und das Feuer geschürt. Als man das Gebräu im Krug gekostet und für vollendet befunden hatte, wurden Äpfel und Apfelsinen auf den Tisch gestellt und eine Schaufel voll Kastanien ins Feuer geschüttet. Dann setzte sich die ganze Familie Cratchit um den Herd – im Kreis, wie es Bob Cratchit nannte und womit er einen Halbkreis meinte –, und an Bob Cratchits Seite stand der Gläserreichtum der Familie: zwei Wassergläser und ein Soßenkännchen ohne Henkel.

Diese jedoch faßten den Trunk aus dem Krug ebensogut, wie es goldene Becher getan hätten, und Bob schenkte ihn mit strahlenden Augen ein, während die Kastanien im Feuer sprühten und laut krachten. Dann brachte Bob den Trinkspruch aus:

„Frohe Weihnachten uns allen, meine Lieben. Gott segne uns!“ Was die ganze Familie wiederholte.

„Gott segne einen jeden von uns!“ sagte der kleine Tim als letzter von allen.

Er saß ganz dicht neben dem Vater auf seinem Stühlchen. Bob hielt Tims welke, kleine Hand in seiner, als ob er dieses

Kind liebte und es an seiner Seite halten wollte und Angst hätte, daß es ihm weggenommen werden könnte.

„Geist", sagte Scrooge mit einem Interesse, das er früher nie verspürt hatte, „sage mir, ob der kleine Tim am Leben bleibt."

„Ich sehe einen freien Platz in der bescheidenen Kaminecke", antwortete der Geist, „und eine Krücke ohne Besitzer, die man sorgfältig aufhebt. Wenn die Zukunft diese Schatten nicht ändert, wird das Kind sterben."

„Nein, nein", sagte Scrooge. „O nein, lieber Geist. Sage, daß es verschont bleibt."

„Wenn die Zukunft diese Schatten nicht verändert", erwiderte der Geist, „wird keiner meines Geschlechts es hier finden. Was macht das schon? Wenn es eben sterben muß, sollte es das auch tun und damit den Bevölkerungsüberschuß vermindern."

Scrooge ließ den Kopf hängen, als er seine eigenen Worte vom Geist zitiert hörte, und wurde von Reue und Kummer überwältigt.

„Mensch", sagte der Geist, „wenn du ein menschliches Herz und keins aus Stein hast, laß von dieser niederträchtigen Heuchelei ab, bis du herausgefunden hast, was Überschuß bedeutet und wo er ist. Willst du entscheiden, welcher Mensch leben und welcher sterben soll? Es kann sein, daß du in Gottes Augen wertloser und weniger lebenstüchtig bist als Millionen, die dem Kind dieses armen Mannes gleichen. O Gott, hören zu müssen, wie das Insekt auf dem Blatt von der Überzahl seiner hungrigen Brüder im Staub spricht!"

Scrooge krümmte sich unter dem Vorwurf des Geistes und richtete zitternd seine Blicke zu Boden. Schnell hob er sie wieder, als er seinen Namen hörte.

„Mr. Scrooge!" sagte Bob. „Ich trinke auf das Wohl von Mr. Scrooge, dem Spender dieses Festes!"

„Dem Spender dieses Festes, wahrhaftig!" rief Mrs. Cratchit und wurde rot. „Ich wünschte, ich hätte ihn hier.

Ich würde ihm meine Meinung sagen, an der er sich laben könnte; hoffentlich fände er Geschmack daran."

„Meine Liebe", sagte Bob, „die Kinder! Es ist Weihnachten."

„Wirklich, es muß schon Weihnachten sein", sagte sie, „wenn man auf die Gesundheit eines so abscheulichen, geizigen, harten und herzlosen Mannes wie Mr. Scrooge trinken soll. Du weißt, daß er es ist, Robert! Niemand weiß das besser als du, armer Kerl!"

„Meine Liebe", war Bobs besänftigende Antwort, „es ist Weihnachten."

„Ich will um deinet- und des Festes willen auf sein Wohl anstoßen", sagte Mrs. Cratchit, „nicht um seinetwillen. Auf ein langes Leben! Frohe Weihnachten und ein glückliches neues Jahr. Er wird sehr fröhlich und sehr glücklich sein, daran zweifle ich nicht!"

Die Kinder tranken nach ihr auf sein Wohl. Es war ihre erste Handlung, die nichts Herzliches an sich hatte. Der kleine Tim trank als letzter, aber das kümmerte ihn nicht. Scrooge war ein Scheusal für die Familie. Seinen Namen zu erwähnen warf einen dunklen Schatten auf die Gesellschaft, der volle fünf Minuten nicht zu vertreiben war.

Nach seinem Verschwinden fühlten sie sich zehnmal fröhlicher als vorher, aus der bloßen Erleichterung heraus, daß Scrooge, der Elende, abgetan war. Bob Cratchit erzählte ihnen, daß er für Master Peter eine Stellung im Auge habe, die, falls er sie erhielte, fünf Schilling und sechs Pence wöchentlich einbrächte. Die beiden jüngeren Cratchits lachten schallend bei dem Gedanken, daß Peter ein Geschäftsmann werden solle, und Peter selbst blickte nachdenklich aus seinem Hemdkragen heraus ins Feuer, als ob er überlegte, wie er sein Geld am besten anlegen sollte, wenn er in den Besitz dieses schwindelerregenden Einkommens gelangte. Martha, die ein kleines Lehrmädchen bei einer Putzmacherin war, erzählte ihnen dann, was für eine Art von Arbeit sie zu verrichten hatte, wieviel Stunden sie hintereinander arbeitete und daß sie morgen früh lange im Bett bleiben wollte, da morgen ein Feiertag war, den sie zu Hause verbrachte. Weiterhin erzählte sie, daß sie vor ein paar Tagen eine Gräfin und einen Lord gesehen hätte und daß der Lord „fast ebenso groß wie Peter“ gewesen wäre, woraufhin Peter seinen Kragen so hoch zog, daß Sie seinen Kopf nicht gesehen hätten, wenn Sie dagewesen wären. Die ganze Zeit über gingen die Kastanien und der Krug herum, und später sang ihnen der kleine Tim mit seiner wehmütigen, zarten Stimme ein Lied von einem Kind vor, das sich im Schnee verlaufen hatte; und er sang es wirklich recht hübsch.

In alledem lag nichts Außergewöhnliches. Sie waren keine besonders ansehnliche Familie; sie waren nicht gut gekleidet; ihre Schuhe waren alles andere als wasserdicht; ihre Kleidung war dürftig, und Peter mochte sehr wahrscheinlich das Innere einer Pfandleihe kennengelernt haben. Doch sie waren glücklich, dankbar, einander zugetan und zufrieden mit dem Fest. Und als sie entschwanden und dabei unter dem hellen Sprühen der Fackel des Geistes noch glücklicher aussahen, wandte Scrooge bis zum Schluß kein Auge von ihnen, vor allem nicht vom kleinen Tim.

Inzwischen wurde es dunkel; es schneite ziemlich stark, und als Scrooge und der Geist die Straßen entlanggingen, war das Leuchten der in den Küchen, Wohnzimmern und anderen Räumen prasselnden Feuer wunderbar. Hier zeigten die flackernden Flammen Vorbereitungen auf eine gemütliche Mahlzeit, für die am Feuer die Teller vorgewärmt wurden, und dunkelrote Vorhänge warteten darauf, zugezogen zu werden, um Kälte und Finsternis abzuhalten. Dort liefen alle Kinder des Hauses hinaus in den Schnee, um ihre verheirateten Geschwister, Cousins, Onkel und Tanten als erste zu begrüßen. Hier wieder konnte man auf den Jalousien Schatten sich versammelnder Gäste sehen; dort trippelte leichtfüßig eine Gruppe hübscher Mädchen, alle mit Kapuzen und Pelzstiefeln und durcheinanderschwatzend, zum Haus in der Nähe wohnender Freunde; wehe dem Junggesellen, der sie glühenden Gesichtes eintreten sah – diese listigen Hexen, wie sie es verstanden!

Nach der Zahl der Leute zu urteilen, die sich auf dem Weg zu freundschaftlichen Zusammenkünften befanden, hätte man annehmen können, daß niemand zu Hause war und sie begrüßen konnte; statt dessen erwartete man in jedem Haus Gäste und füllte den halben Kamin mit Feuerung. Welch ein Segen, triumphierte der Geist. Er entblößte seine breite Brust, öffnete die riesige Hand und übertrug großzügig beim Dahinschweben seine strahlende und unschuldige Heiterkeit auf alles in seiner Reichweite. Sogar der Laternenanzünder, der vor ihnen rannte und in die düsteren Straßen Lichtflecken tupfte und so angezogen war, daß er den Abend irgendwo verbringen konnte, lachte laut auf, als der Geist vorbeiging, obwohl er nicht im geringsten wußte, daß er außer der Weihnachtsstimmung noch eine andere Begleitung hatte.

Und jetzt, ohne ein warnendes Wort vom Geist, standen sie auf einem kahlen, öden Moor, wo ungeheure Massen grober Steine herumlagen, als ob es die Begräbnisstätte für Riesen wäre; überall – wo immer es ihm beliebte – breitete sich Wasser aus oder hätte es gern getan, wenn der Frost es nicht gefangengehalten hätte, und es wuchs nichts außer Moos und Ginster und grobem, wucherndem Gras. Im Westen hatte die untergehende Sonne einen feuerroten Streifen hinterlassen, der einen Augenblick lang wie ein unheilvolles Auge auf die Einöde hinabstarrte, immer tiefer sank, mürrisch dreinblickte und sich schließlich in der undurchdringlichen Dunkelheit der schwärzesten Nacht verlor.

„Was für ein Ort ist das?" fragte Scrooge.

„Ein Ort, an dem Bergleute wohnen, die in den Eingeweiden der Erde arbeiten", erwiderte der Geist. „Aber sie kennen mich. Schau!"

Aus dem Fenster einer Hütte schien ein Licht, und schnell

bewegten sie sich darauf zu. Als sie durch die Wand aus Schlamm und Stein glitten, fanden sie eine fröhliche Gesellschaft um ein leuchtendes Feuer versammelt vor. Ein uralter Mann und eine uralte Frau mit ihren Kindern und Enkelkindern und noch einer weiteren Generation, alle festlich herausgeputzt. Der alte Mann sang ihnen mit einer Stimme, die selten das Heulen des Windes in der Einöde übertönte, ein Weihnachtslied vor – es war schon in seiner Kindheit ein sehr altes Lied gewesen –, und von Zeit zu Zeit stimmten alle in den Kehrreim mit ein. Sobald sie ihre Stimmen erhoben, sang der alte Mann recht munter und laut, und sobald sie innehielten, ließ seine Lebhaftigkeit nach.

Der Geist hielt sich hier nicht lange auf, sondern bat Scrooge, sich an seinem Umhang festzuhalten, und eilte, über das Meer gleitend – wohin? Doch nicht etwa aufs Meer hinaus? Aufs Meer. Als er zurückblickte, sah Scrooge zu seinem Entsetzen das letzte Stück Land, eine schreckliche Felskette, hinter ihnen liegen, und seine Ohren wurden taub von dem Donnern des Wassers, das rollend und brüllend in den furchtbaren Höhlen tobte, die es ausgewaschen hatte, und wütend versuchte, die Erde zu unterwühlen.

Auf einem trostlosen Riff versunkener Felsen erbaut, etwa eine Meile vom Ufer entfernt, wo das Meer das ganze Jahr hindurch brandete, stand ein einsamer Leuchtturm. Große Haufen Seetang klebten an seinem Fundament, und Sturmvögel – vom Wind geboren, könnte man annehmen, wie der Tang vom Wasser – stiegen empor und stürzten darauf nieder wie die Wogen, über die sie hinwegglitten.

Doch sogar hier hatten die beiden Leuchtturmwärter ein Feuer angezündet, das durch den Schlitz in der dicken Steinmauer einen hellen Strahl auf die furchterregende See warf. Über den rohen Tisch hinweg, an dem sie saßen, reichten sie sich die schwieligen Hände und wünschten sich bei einem Glase Grog frohe Weihnachten, und einer von ihnen, noch dazu der ältere, mit einem Gesicht, das von den harten

Wettern wie die Galionsfigur auf einem alten Schiff Furchen und Risse trug, stimmte ein derbes Lied an, das wie ein Sturmwind klang.

Wieder eilte der Geist weiter über die schwarze, brodelnde See, immer weiter, bis sie, fernab von jeder Küste, wie er Scrooge sagte, auf einem Schiff niedergingen. Sie standen neben dem Steuermann am Rad, neben dem Ausguck am Bug, neben den wachhabenden Offizieren; dunkle, gespenstische Figuren auf ihren unterschiedlichen Posten, doch ein jeder von ihnen summte eine weihnachtliche Melodie oder hatte weihnachtliche Gedanken oder erzählte seinem Kameraden im Flüsterton von vergangenen Weihnachtsfesten, wobei Gedanken an zu Hause mitschwangen. Und jeder Mann an Bord, ob wachend oder schlafend, gut oder böse, hatte für den anderen ein freundlicheres Wort bereit als an den übrigen Tagen des Jahres, hatte bis zu einem gewissen Grade an den Festlichkeiten teilgenommen und hatte an die gedacht, um die er sich in der Ferne sorgte, und hatte gewußt, daß diese wiederum gern an ihn dachten.

Es war eine große Überraschung für Scrooge, während er dem Ächzen des Windes lauschte und nachsann, was für eine feierliche Sache es war, sich durch die einsame Finsternis über einen unbekannten Abgrund hinwegzubewegen, dessen Tiefen so geheimnisvoll und unergründlich wie der Tod waren; es bedeutete für Scrooge, als er auf diese Weise beschäftigt war, eine große Überraschung, ein herzliches Lachen zu hören, und es war eine noch größere Überraschung für ihn, es als das Lachen seines Neffen zu erkennen und sich in einem hellen, trockenen, strahlenden Raum wiederzufinden, den Geist lächelnd neben sich stehen und diesen Neffen wohlwollend und freundlich betrachten zu sehen!

„Haha!“ lachte Scrooges Neffe. „Hahaha!“

Wenn Sie durch einen unwahrscheinlichen Zufall Gelegenheit hätten, einem Menschen zu begegnen, der mit einem herzlicheren Lachen gesegnet ist als Scrooges Neffe, kann ich nur sagen, daß ich ihn auch gern kennenlernen würde. Stellen Sie ihn mir vor, und ich werde die Bekanntschaft mit ihm pflegen.

Es ist eine schöne, gerechte und edle Einrichtung, daß, wie es eine Ansteckung bei Krankheiten und Sorgen gibt, auf der Welt nichts so unwiderstehlich ansteckend ist wie Lachen und gute Laune. Als Scrooges Neffe lachte, indem er sich die Seiten hielt, mit dem Kopf wackelte und die sonderbarsten Grimassen schnitt, lachte Scrooges angeheiratete Nichte genauso herzlich wie er. Und die versammelten Freunde standen ihnen keineswegs nach und brüllten vor Lachen.

„Haha! Hahahaha!"

„Er sagte, Weihnachten wäre Unsinn, so wahr ich lebe!" schrie Scrooges Neffe. „Er glaubte es auch!"

„Er sollte sich schämen, Fred!" sagte Scrooges Nichte empört. Nein, diese Frauen. Sie tun nichts halb. Sie nehmen alles ernst.

Sie war sehr hübsch, ausnehmend hübsch. In dem erstaunt in die Welt blickenden, niedlichen Gesicht hatte sie Grübchen, einen kleinen roten Mund, der zum Küssen geschaffen schien – und es auch zweifellos war –, und allerlei kleine Tüpfelchen am Kinn, die beim Lachen ineinanderflossen, und das strahlendste Paar Augen, das man je im Kopf eines kleinen Geschöpfes gesehen hatte. Alles in allem war sie, was man aufreizend nennt, andererseits auch beruhigend. O ja, völlig beruhigend.

„Er ist ein komischer alter Kauz", sagte Scrooges Neffe, „das stimmt, und nicht so angenehm, wie er sein könnte. Doch seine Kränkungen bestrafen ihn selbst, und ich habe nichts gegen ihn vorzubringen."

„Sicherlich ist er sehr reich, Fred", gab Scrooges Nichte zu verstehen. „Zumindest sagst du das *mir* immer."

„Was hat er davon, Liebste!" sagte Scrooges Neffe. „Sein Reichtum nützt ihm nichts. Gutes tut er damit nicht. Sein Leben macht er dadurch nicht angenehmer. Er hat auch nicht das befriedigende Gefühl – hahaha! –, daß er *uns* einmal etwas vermacht."

„Ich kann ihn nicht ausstehen", bemerkte Scrooges Nichte. Die Schwestern von Scrooges Nichte und all die anderen Damen brachten dieselbe Meinung zum Ausdruck.

„Oh, ich ja!" sagte Scrooges Neffe. „Mir tut er leid. Ich könnte ihm nicht böse sein, selbst wenn ich wollte. Wer leidet denn unter seinen Grillen? Immer nur er selbst. Zum Beispiel hat er sich in den Kopf gesetzt, daß er uns nicht leiden kann, und kommt nicht zu uns zum Essen. Was ist das Ergebnis? Er verpaßt nicht viel bei dem Essen."

„Ich denke doch, er hat ein sehr gutes Essen verpaßt", unterbrach ihn Scrooges Nichte. Alle sagten dasselbe, und man mußte sie als sachverständige Richter anerkennen, weil sie die Mahlzeit bereits hinter sich hatten und mit dem Nachtisch bei Lampenlicht um den Kamin herum saßen.

„Nun, ich freue mich, das zu hören", sagte Scrooges Neffe, „weil ich kein großes Vertrauen in diese jungen Hausfrauen setze. Was sagst du dazu, Topper?"

Topper hatte offensichtlich ein Auge auf eine der Schwestern von Scrooges Nichte geworfen, denn er antwortete, ein Junggeselle sei ein elender Ausgestoßener, der kein Recht habe, zu diesem Thema seine Meinung zu äußern. Woraufhin die Schwester von Scrooges Nichte – die Dralle mit dem Spitzentuch, nicht die mit den Rosen – errötete.

„Sprich doch weiter, Fred", sagte Scrooges Nichte und klatschte in die Hände. „Er sagt nie zu Ende, was er angefangen hat. Er ist so ein komischer Bursche!"

Scrooges Neffe brach erneut in Gelächter aus, und da es unmöglich war, sich dieser Ansteckung zu entziehen, obwohl es die dicke Schwester ernstlich mit aromatischem Essig versuchte, folgte man einmütig seinem Beispiel.

„Ich wollte nur sagen", fuhr Scrooges Neffe fort, „die Folge davon, daß er uns nicht leiden mag und nicht fröhlich mit uns sein will, ist, wie ich glaube, daß er ein paar vergnügte

Augenblicke verpaßt, die ihm nichts schaden würden. Ich bin auch sicher, daß er angenehmere Gesellschaft einbüßt, als er sie in seinen Gedanken finden kann, sowohl in seinem muffigen, alten Büro als in seinen verstaubten Zimmern. Ich möchte ihm jedes Jahr dieselbe Gelegenheit bieten, ob er will oder nicht, denn ich bedaure ihn. Soll er über Weihnachten schimpfen, bis er stirbt, aber er kann nicht umhin, besser darüber zu denken – ich fordere ihn heraus –, wenn ich Jahr für Jahr gutgelaunt zu ihm komme und sage: ‚Onkel Scrooge, wie geht's dir?' Und sollte ich ihn nur dazu bewegen, seinem armen Angestellten fünfzig Pfund dazulassen, ist das schon etwas. Und ich glaube, gestern habe ich ihn aufgerüttelt."

Nun waren sie an der Reihe, über die Vorstellung zu lachen, daß er Scrooge aufgerüttelt habe. Da er aber von Grund auf gutmütig war und sich wenig darum kümmerte, worüber sie lachten, wenn sie nur überhaupt lachten, ermutigte er sie noch in ihrer Heiterkeit und reichte fröhlich die Flasche herum.

Nach dem Tee machten sie Musik, denn sie waren eine musikalische Familie und wußten, was sie taten, wenn sie einen Rundgesang oder ein mehrstimmiges Lied anstimmten, das kann ich Ihnen versichern. Besonders Topper, der im Baß brummen konnte wie nur einer, ohne daß ihm die großen Adern auf der Stirn schwollen oder sein Gesicht rot wurde. Scrooges Nichte spielte gut Harfe und spielte neben anderen Melodien auch ein einfaches kleines Liedchen, das man in zwei Minuten pfeifen lernen könnte; es war dem Kind vertraut gewesen, das Scrooge aus dem Internat abholte, als er vom Geist vergangener Weihnachten erinnert worden war. Bei dieser Weise kamen ihm all die Dinge, die ihm der Geist gezeigt hatte, ins Gedächtnis zurück. Er wurde immer weicher gestimmt und dachte, daß er, wenn er sie vor Jahren öfter gehört hätte, die Annehmlichkeiten des Lebens zu seinem eigenen Glück mit seinen eigenen Händen mehr gehegt hätte, ohne erst zum Totengräberspaten greifen zu müssen, der Jacob Marley begrub.

Aber sie widmeten sich nicht den ganzen Abend der Musik. Nach einer Weile machten sie Pfänderspiele, denn es ist gut, manchmal ein Kind zu sein, und es gibt keinen geeigneteren Zeitpunkt als Weihnachten, an dem sein allmächtiger Begründer selbst ein Kind war. Halt! Da war zuerst das Blindekuhspiel. Natürlich. Und ich glaube ebensowenig, daß Topper wirklich blind war, wie ich glaube, daß er Augen in den Stiefeln hatte. Meines Erachtens war es ein abgekartetes Spiel zwischen ihm und Scrooges Neffen, und der Geist der diesjährigen Weihnacht wußte es. Die Art und Weise, in der er hinter der drallen Schwester mit dem Spitzentuch herlief, war ein Hohn auf die Leichtgläubigkeit der menschlichen Natur. Er warf die Feuerhaken um, stürzte über Stühle, stieß gegen das Klavier und verfing sich in den Gardinen, doch wohin sie ging, da ging auch er hin! Er wußte stets, wo sich die dralle Schwester befand. Nie fing er einen anderen. Er wollte gar keinen anderen fangen. Wenn Sie ihm absichtlich in den Weg gelaufen wären (wie es einige taten), hätte er vorgetäuscht, Sie fassen zu wollen, was eine Beleidigung bezüglich Ihres Verstandes gewesen wäre, und hätte sich sofort in die Richtung der drallen Schwester geschlängelt. Sie rief oftmals, es ginge nicht ehrlich zu, und das ging es auch nicht. Aber als er sie endlich erwischt und sie trotz ihrer rauschenden Seide und des schnellen Vorbeihuschens in eine Ecke gedrängt hatte, aus der es kein Entrinnen gab, war sein Betragen abscheulich. Denn vorzugeben, er kenne sie nicht und müsse ihren Kopfputz befühlen und, um sie zu erkennen, einen bestimmten Ring am Finger und eine bestimmte Kette an ihrem Hals drücken, war widerwärtig und ungeheuerlich! Zweifellos sagte sie ihm auch ihre Meinung, als ein anderer „Blinder“ an der Reihe war und sie in vertraulichem Gespräch hinter den Gardinen standen.

Scrooges Nichte nahm nicht am Blindekuhspiel teil, sondern hatte es sich in einem Sessel und mit einer Fußbank in einer gemütlichen Ecke bequem gemacht, wo der Geist und Scrooge dicht hinter ihr standen. An den Pfänderspielen aber beteiligte sie sich und schilderte den Gegenstand ihrer Bewunderung in allen Farben. Auch bei dem Spiel „Wie, wann, wo" war sie großartig und besiegte zur heimlichen Freude von Scrooges Neffen ihre Schwestern mit Leichtigkeit, obwohl diese ebenfalls raffinierte Mädchen waren, wie Topper Ihnen bestätigen könnte. Es mögen zwanzig Leute gewesen sein, junge und alte, aber alle spielten mit – sogar Scrooge, denn da er bei dem Interesse, das er für alles aufbrachte, was um ihn herum geschah, völlig vergaß, daß seine Stimme in ihren Ohren nicht zu hören war, platzte er manchmal mit seiner Vermutung laut heraus und riet oft auch das Richtige, denn die spitzeste Nadel aus Whitechapel mit einem garantiert sichtbaren Öhr war nicht stechender als Scrooges Verstand, obwohl er sich für dumm hielt.

Der Geist war hocherfreut, ihn in dieser Stimmung zu sehen, und betrachtete ihn mit solchem Wohlwollen, daß er wie ein Schuljunge bettelte, noch so lange bleiben zu dürfen, bis sich die Gäste verabschiedeten. Aber das, sagte der Geist, sei nicht möglich.

„Jetzt kommt ein neues Spiel dran", sagte Scrooge. „Eine halbe Stunde, Geist, nur ein halbes Stündchen!"

Es war das Spiel „Ja und nein", bei dem sich Scrooges Neffe etwas auszudenken hatte und die übrigen herausfinden mußten, was es war, wobei er nur mit Ja oder Nein auf ihre Fragen antworten konnte, je nachdem, wie der Fall lag. Das Kreuzfeuer von Fragen, dem er ausgesetzt war, brachte zutage, daß er an ein Tier dachte, ein lebendiges Tier, ein ziemlich widerliches Tier, ein wildes Tier, das manchmal knurrte und brummte, das manchmal sprach und in London lebte, das durch die Straßen lief, aber nicht herumgezeigt oder von jemandem geführt wurde noch in einer Menagerie lebte, das nie geschlachtet wurde; es war kein Pferd, kein Esel, keine

Kuh, kein Bulle, kein Tiger, kein Hund, kein Schwein, keine Katze und kein Bär. Bei jeder weiteren Frage, die ihm gestellt wurde, brach dieser Neffe erneut in schallendes Gelächter aus und amüsierte sich so köstlich, daß er vom Sofa aufstehen und mit den Füßen aufstampfen mußte. Endlich rief die dralle Schwester, die in einen ähnlichen Zustand geriet, aus:

„Ich hab's! Ich weiß, was es ist, Fred! Ich weiß, was es ist!"

„Was ist es denn?" rief Fred.

„Es ist dein Onkel Scrooge!"

Das war es auch wirklich. Man empfand allgemeine Bewunderung, obwohl einige einwandten, daß die Antwort auf die Frage „Ist es ein Bär?" hätte ja lauten müssen, weil eine verneinende Antwort ihre Gedanken von Mr. Scrooge abgelenkt hätte, angenommen, sie hätten in dieser Richtung gedacht.

„Er hat uns viel Spaß gemacht, finde ich", sagte Fred, „und es wäre undankbar, nicht auf sein Wohl zu trinken. Hier steht gerade ein Glas Glühwein bereit, und so sage ich: Auf Onkel Scrooge!"

„Also, auf Onkel Scrooge!" riefen sie.

„Frohe Weihnachten und ein glückliches neues Jahr dem alten Mann, wie auch immer er sein möge!" sagte Scrooges Neffe. „Von mir würde er die Wünsche nicht annehmen, aber er soll sie trotzdem haben. Auf Onkel Scrooge!"

Onkel Scrooge war unmerklich so froh und leicht ums Herz geworden, daß er der Gesellschaft, die ihn nicht wahrnahm, gern auch zugetrunken und in einer unhörbaren Rede gedankt hätte, wenn ihm der Geist dazu Zeit gelassen hätte. Doch die ganze Szene verschwand mit dem Hauch des letzten Wortes seines Neffen, und er und der Geist befanden sich schon wieder auf Reisen.

Sie sahen viel und gingen weit und besuchten viele Häuser, aber alle mit einem glücklichen Ausklang. Der Geist stand neben Krankenbetten, und die Menschen waren fröhlich; bei

Leuten, die in fremden Ländern lebten, und sie waren der Heimat nahe; neben hart Ringenden, und sie waren durch die große Hoffnung geduldig; neben Armen, und sie waren reich. Im Armenhaus, Krankenhaus und Gefängnis, an jeder Zufluchtsstätte des Elends, wo der eitle Mensch mit seinem bißchen Macht die Tür nicht fest verschlossen und den Geist ausgesperrt hatte, hinterließ er seinen Segen und unterwies Scrooge in seiner Lehre.

Es war eine lange Nacht, wenn es überhaupt nur *eine* Nacht war; Scrooge hatte aber darüber seine Zweifel, weil die Weihnachtstage in den Zeitraum zusammengedrängt zu sein schienen, den sie gemeinsam verbrachten. Es war auch seltsam, daß der Geist, während Scrooge äußerlich unverändert blieb, allmählich sichtbar älter wurde. Scrooge hatte diesen Wandel bemerkt, sich aber nie dazu geäußert, bis sie ein Kinderfest zum Dreikönigsabend verließen und er den Geist betrachtete, als sie auf einem freien Platz nebeneinander standen, und feststellte, daß dessen Haar grau geworden war.

„Ist das Leben eines Geistes so kurz?" fragte Scrooge.

„Mein Leben auf dieser Erde ist sehr kurz", erwiderte der Geist. „Es geht heute nacht zu Ende."

„Heute nacht?" schrie Scrooge.

„Heute um Mitternacht. Horch! Die Zeit rückt näher."

In diesem Augenblick schlugen die Glocken drei Viertel zwölf.

„Verzeih mir, wenn ich nicht das Recht habe, folgendes zu fragen", sagte Scrooge und betrachtete unverwandt den Umhang des Geistes, „aber ich sehe etwas Seltsames, was nicht zu dir gehört und unter deinem Saum hervorlugt. Ist es ein Fuß oder eine Klaue?"

„Es könnte eine Klaue sein, nach dem Fleisch darauf zu urteilen", war des Geistes bekümmerte Antwort. „Sieh her."

Aus den Falten seines Umhanges holte er zwei Kinder hervor; erbärmliche, niedergeschlagene, entsetzliche, häß-

liche, elende Wesen. Sie knieten zu seinen Füßen und klammerten sich außen an sein Gewand.

„O Mensch, sieh her! Sieh hier herab!“ rief der Geist.

Es waren ein Junge und ein Mädchen. Gelb, mager, zerlumpt, finster und wild, doch auch unterwürfig in ihrer Demut. Wo die Anmut der Jugend ihre Gestalten hätte formen und ihnen einen Anflug von Frische verleihen sollen, da hatte eine verarbeitete, runzlige Hand, wie die des Alters, sie gezwickt, gezerrt und in Stücke gerissen. Wo Engel hätten thronen können, lagen Teufel auf der Lauer und warfen drohende Blicke um sich. Keine Verwandlung, keine Entartung, keine noch so große Umkehrung der menschlichen Natur unter allen Geheimnissen der wunderbaren Schöpfung hat halb so furchtbare und schreckliche Ungeheuer hervorgebracht.

Scrooge fuhr entsetzt zurück. Nachdem sie ihm in dieser Weise gezeigt worden waren, versuchte er zu sagen, sie wären hübsche Kinder, aber die Worte würgten sich lieber selbst ab, als daß sie an einer derart groben Lüge Anteil hätten.

„Geist, sind das deine?“ Mehr konnte Scrooge nicht sagen.

„Es sind Kinder der Menschen“, sagte der Geist, auf sie herabblickend. „Sie klammern sich an mich und flehen ihre Väter um Hilfe an. Dieser Junge heißt ‚Unwissenheit‘. Dieses Mädchen heißt ‚Not‘. Hüte dich vor beiden und ihresgleichen, doch am meisten nimm dich vor dem Jungen in acht, denn auf seiner Stirn steht ‚Jüngstes Gericht‘, wenn die Schrift nicht gestrichen wird. Leugne es!“ rief der Geist und streckte die Hand zur Stadt hin aus. „Schmäh nur die, welche es dir sagen! Verwende es für deine Parteizwecke und mach es noch schlimmer. Und warte das Ende ab!“

„Haben sie keine Zuflucht und Hilfe?“ rief Scrooge.

„Gibt es keine Gefängnisse?“ sagte der Geist und wandte sich mit Scrooges eigenen Worten das letzte Mal an ihn. „Gibt es keine Arbeitshäuser?“

Die Uhr schlug zwölf.

Scrooge drehte sich nach dem Geist um – und erblickte ihn nicht mehr. Als der letzte Schlag verklungen war, erinnerte er sich an die Vorhersage des alten Jacob Marley, und als er die Augen aufschlug, sah er eine feierliche Gestalt, in Falten gehüllt und mit einer Kapuze auf, wie Nebel über den Boden auf sich zukommen.

Vierte Strophe

Der letzte der Geister

Die Erscheinung näherte sich langsam, würdevoll, schweigend. Als sie fast bei ihm war, fiel Scrooge auf die Knie, denn in der Luft, durch die sich dieser Geist bewegte, schien er ein geheimnisvolles Dunkel zu verbreiten.

Er war in ein tiefschwarzes Gewand gehüllt, das seinen Kopf, sein Gesicht und seine Umrisse verbarg und nichts sichtbar ließ außer einer ausgestreckten Hand. Ohne diese wäre es schwer gewesen, seinen Körper von der nächtlichen Dunkelheit abzuheben und ihn von der ihn umgebenden Finsternis zu trennen.

Er fühlte, als der Geist neben ihn trat, daß er groß und stattlich war und daß seine geheimnisvolle Gegenwart ihn mit einer feierlichen Ehrfurcht erfüllte. Mehr wußte er nicht, denn der Geist sprach weder, noch bewegte er sich.

„Stehe ich vor dem Geist der zukünftigen Weihnachten?" fragte Scrooge.

Der Geist gab keine Antwort, wies aber mit der Hand nach vorn.

„Du willst mir die Schatten von Dingen zeigen, die nicht geschehen sind, sich aber in der vor uns liegenden Zeit zutragen werden", fuhr Scrooge fort. „Ist das so, Geist?"

Der obere Teil des Gewandes wurde einen Augenblick lang in seinen Falten zusammengezogen, als ob der Geist das Haupt geneigt hätte. Das war die einzige Antwort, die er erhielt.

Obwohl er inzwischen schon an die Gesellschaft von Geistern gewöhnt war, fürchtete sich Scrooge vor der schweigenden Gestalt dermaßen, daß ihm die Beine schlotterten, und als er sich anschickte zu folgen, spürte er, daß er kaum stehen konnte. Der Geist wartete einen Moment, als er seinen Zustand bemerkte, und gab ihm Zeit, sich zu erholen.

Aber Scrooge ging es nur um so schlimmer. Ein unbestimmtes Grausen packte ihn bei dem Bewußtsein, daß hinter der dunklen Hülle ein gespenstisches Augenpaar gespannt auf ihn gerichtet war, während er, obwohl er sich aufs äußerste anstrengte, außer einer Geisterhand und einer großen schwarzen Masse nichts sehen konnte.

„Geist der Zukunft!" rief er aus, „ich fürchte dich mehr als jedes Gespenst, das ich bisher gesehen habe. Da ich aber weiß, daß es deine Absicht ist, mir Gutes zu tun, und da ich hoffe, weiterzuleben, um ein anderer Mensch zu werden, als der ich war, bin ich bereit, dir mit dankbarem Herzen Gesellschaft zu leisten. Willst du mir nichts sagen?"

Er gab ihm keine Antwort. Die Hand zeigte geradeaus.

„Geh weiter!" sagte Scrooge. „Geh weiter! Die Nacht geht schnell zu Ende, und ich weiß, daß die Zeit kostbar für mich ist. Geh weiter, Geist!"

Die Erscheinung bewegte sich weg, wie sie auf ihn zugekommen war. Scrooge folgte im Schatten ihres Gewandes, das ihn hochhob, wie er glaubte, und mit sich forttrug.

Sie schienen nicht die Stadt zu betreten, denn die Stadt schien sich vielmehr um sie herum zu erheben und sie zu umfassen. Aber sie befanden sich in deren Herzen, auf der Börse unter den Kaufleuten, die auf und ab eilten und mit dem Geld in der Tasche klimperten, sich in Gruppen unterhielten, auf die Uhr schauten und nachdenklich mit ihren großen goldenen Amtssiegeln spielten, wie Scrooge es oft gesehen hatte.

Der Geist blieb neben einem Grüppchen Geschäftsleuten stehen. Da Scrooge bemerkte, daß die Hand auf diese deutete, näherte er sich ihnen, um ihrem Gespräch zu lauschen.

„Nein", sagte ein großer, dicker Mann mit einem ungeheuren Kinn, „ich weiß nicht viel darüber. Ich weiß nur, daß er tot ist."

„Wann ist er gestorben?" fragte ein anderer.

„Ich glaube, gestern abend."

„Nanu, was war los mit ihm?" fragte ein dritter und nahm eine mächtige Prise aus einer riesigen Schnupftabakdose. „Ich dachte, er würde nie sterben."

„Weiß Gott", sagte der erste gähnend.

„Was hat er mit seinem Geld angestellt?" fragte ein Herr mit einem roten Gesicht und herabhängenden Auswuchs an der Nasenspitze, der wie der Kehllappen eines Truthahns hin und her pendelte.

„Davon habe ich nichts gehört", sagte der Mann mit dem starken Kinn und gähnte wieder. Vielleicht hat er's seiner Innung hinterlassen. *Mir* hat er's jedenfalls nicht hinterlassen. Soviel weiß ich."

Diese witzige Bemerkung wurde mit allgemeinem Gelächter aufgenommen.

„Es wird wahrscheinlich ein sehr billiges Begräbnis werden", sagte derselbe Sprecher, „denn, so wahr ich lebe, ich kenne keinen, der mitgehen wollte. Wie wäre es, wenn wir uns zusammentäten und freiwillig gingen?"

„Ich habe nichts dagegen, sofern für ein Frühstück gesorgt ist", bemerkte der Herr mit dem Auswuchs an der Nase. „Ich muß aber abgefüttert werden, wenn ich mitmache."

Erneutes Gelächter.

„Na, da bin ich wohl der Uneigennützigste von Ihnen hier", sagte der erste Sprecher, „denn ich trage nie schwarze Handschuhe und frühstücke nie. Aber ich erbiete mich zu gehen, falls noch jemand mitgeht. Wenn ich es mir so überlege, bin ich nicht ganz sicher, ob ich nicht sein besonderer

Freund war, denn jedesmal wenn wir uns trafen, blieben wir stehen und sprachen miteinander. Wiedersehen!"

Sprecher und Zuhörer schlenderten weg und mischten sich unter andere Gruppen. Scrooge kannte die Männer und blickte den Geist, um eine Erklärung bittend, an.

Die Erscheinung schwebte auf die Straße hinaus. Ihr Finger zeigte auf zwei sich begegnende Personen. Scrooge lauschte wieder und glaubte, hier die Erklärung zu finden.

Auch diese Männer kannte er genau. Es waren Geschäftsleute, sehr reich und von großem Einfluß. Er hatte immer Wert darauf gelegt, hoch in ihrem Ansehen zu stehen, das heißt vom geschäftlichen Standpunkt aus, nur vom geschäftlichen Standpunkt aus.

„Wie geht es Ihnen?" fragte der eine.

„Wie geht es Ihnen?" fragte der andere.

„Na", sagte der erste. „Endlich hat's den alten Geizhals auch erwischt, was?"

„Ich habe es gehört", erwiderte der zweite. „Kalt, was?"

„Es ist eben Weihnachten. Sie sind wohl kein Schlittschuhläufer?"

„Nein, nein. Habe an anderes zu denken. Guten Morgen!"

Kein Wort sonst. Das war ihre Begegnung, ihre Unterhaltung, ihr Abschied.

Scrooge war zunächst verwundert, daß der Geist so offenbar nebensächlichen Gesprächen Bedeutung beimessen sollte, da er aber als sicher annahm, daß ein verborgener Sinn in ihnen steckte, sann er darüber nach, was das wohl sein könnte. Es war kaum anzunehmen, daß sie in irgendeiner Beziehung zum Tode Jacobs, seines ehemaligen Partners, stünden, denn der lag in der Vergangenheit, und der Wirkungsbereich dieses Geistes war die Zukunft. Auch fiel ihm niemand ein, der eng mit ihm verknüpft war und auf den er sie beziehen könnte. Da aber kein Zweifel darüber bestand, daß die Gespräche, auf wen auch immer sie Bezug hatten, eine versteckte Lehre zu seiner Besserung enthielten, beschloß er, jedes Wort, das er hörte, und alles, was er sah, wie einen Schatz zu hüten und besonders seinen eigenen Schatten zu beobachten, wenn er erschiene. Denn er erwartete, daß das Verhalten seines künftigen Selbst ihm den fehlenden Schlüssel geben und die Lösung dieser Rätsel erleichtern würde.

Er sah sich an diesem Ort gleich nach seinem Ebenbild um, aber ein anderer Mann stand in seiner gewohnten Ecke, und obwohl die Uhr die Zeit anzeigte, zu der er gewöhnlich da war, entdeckte er unter der Menschenmenge, die durch das Portal hereinströmte, keinen, der ihm ähnlich sah. Er war ein wenig überrascht, denn er hatte sich schon einen Lebenswandel überlegt und glaubte und hoffte, seine neugeborenen Entschlüsse in die Tat umgesetzt zu sehen.

Still und düster, mit ausgestreckter Hand, stand die Erscheinung neben ihm. Als er sich von seinen Grübeleien aufraffte, bildete er sich ein, nach der Haltung der Hand und der Richtung auf ihn zu urteilen, daß ihn die unsichtbaren Augen scharf musterten. Er schauerte und fröstelte.

Sie verließen die geschäftige Szene und begaben sich in einen unbekannten Stadtteil, den Scrooge vorher nie betreten hatte, obgleich er dessen Lage und schlechten Ruf kannte. Die Wege waren schmutzig und eng, die Geschäfte und Häuser ärmlich, die Menschen halb nackt, betrunken, schlampig und häßlich. Die Gäßchen und Torwege, ähnlich den vielen Sickergruben, spien ihre widerlichen Gerüche, Schmutz und Menschen in die verzweigten Straßen aus, und das ganze Viertel roch nach Verbrechen, Unrat und Elend.

Weit drin in dieser Lasterhöhle gab es einen düsteren, vorspringenden Laden unter einem Schutzdach, wo Eisen, Lumpen, Flaschen, Knochen und schmierige Fleischabfälle angekauft wurden. Drinnen auf dem Fußboden lagen haufenweise rostige Schlüssel, Nägel, Ketten, Scharniere, Feilen, Waagen, Gewichte und Eisenabfälle aller Art. Geheimnisse, die nur wenige lüften möchten, wurden unter Bergen von häßlichen Lumpen, Mengen von verdorbenem Fett und in wahren Grabstätten von Knochen ausgebrütet und versteckt. Mitten unter den Waren, mit denen er handelte, saß an einem aus alten Ziegeln errichteten Holzkohlenofen ein grauhaariger, fast siebzigjähriger Schurke, der sich von der kalten, von draußen eindringenden Luft durch einen unordentlichen, aus Fetzen zusammengesetzten und über eine Leine geworfenen Vorhang abschirmte und, die stille Abgeschiedenheit genießend, seine Pfeife rauchte.

Scrooge und der Geist kamen gerade zu diesem Mann, als eine Frau mit einem schweren Bündel in den Laden schlich. Aber kaum hatte sie ihn betreten, als eine andere, ähnlich beladene Frau dazukam; ihr wiederum folgte ein Mann in einem verblichenen, schwarzen Anzug, der bei ihrem Anblick nicht weniger verdutzt war, als sie es beim gegenseitigen Erkennen gewesen waren. Nach einer Weile sprachlosen Erstaunens, das auch der alte Mann mit der Pfeife teilte, brachen sie alle drei in Lachen aus.

„Verlaß dich drauf, die Putzfrau war zuerst da!“ rief die Frau, die als erste gekommen war. „Und die Waschfrau war die zweite und der Gehilfe des Leichenbestatters der dritte. Sieh mal, alter Joe, das ist vielleicht ein Zufall! Treffen wir drei uns hier, ohne es zu ahnen.“

„Ihr hättet euch an keinem besseren Ort treffen können“, sagte der alte Joe und nahm die Pfeife aus dem Mund. „Kommt in die gute Stube. Du hast schon lange freien Zutritt, das weißt du, und die beiden andern sind auch keine Fremden. Wartet, ich will erst die Ladentür zumachen. Huch, wie die quietscht! Ich glaube, im ganzen Laden gibt es nicht so ’n rostiges Stück Metall wie die Türangel, und ich bin sicher, daß es hier keine so alten Knochen gibt wie meine. Haha! Wir passen alle zu unserem Geschäft, und wir passen gut zusammen. Kommt in die gute Stube! Herein in die gute Stube!“

Die gute Stube war der Raum hinter dem Fetzenvorhang. Der alte Mann scharrte die Glut mit einer alten Läuferstange zusammen, und als er seine rauchende Lampe (denn es war abends) mit dem Pfeifenstiel geputzt hatte, steckte er diesen wieder in den Mund.

Währenddessen warf die Frau, die schon gesprochen hatte, ihr Bündel auf den Fußboden und setzte sich prahlerisch auf einen Schemel, verschränkte die Ellbogen auf den Knien und sah die beiden anderen herausfordernd an.

„Was macht das schon? Was macht das, Mrs. Dilber?" sagte die Frau. „Jeder Mensch hat das Recht, an sich zu denken. *Er* hat das immer getan."

„Das stimmt wahrhaftig!" sagte die Waschfrau. „Niemand mehr als er."

„Na also, dann steh nicht da und glotze, als ob du Angst hättest. Wer weiß schon davon? Wir kratzen uns doch nicht gegenseitig die Augen aus, nehme ich an?"

„Nein, wahrhaftig nicht!" sagten Mrs. Dilber und der Mann gleichzeitig. „Wir wollen's nicht hoffen."

„Also dann!" rief die Frau. „Genug davon. Wer hat schon durch den Verlust von ein paar Sachen wie denen da Schaden erlitten? Ein Toter nicht, denke ich."

„Nein, wahrhaftig nicht!" sagte Mrs. Dilber lachend.

„Wenn er sie nach dem Tode hätte behalten wollen, der garstige alte Geizkragen", fuhr die Frau fort, „warum war er dann nicht zu Lebzeiten menschlicher? Wäre er das gewesen, hätte er jemanden gehabt, der bei ihm war, als ihn der Tod ereilte, und hätte nicht mutterseelenallein sein Leben aushauchen müssen."

„Das ist das wahrste Wort, was je gesprochen wurde", sagte Mrs. Dilber. „Das ist seine Strafe."

„Ich wünschte, die Strafe wäre etwas härter", antwortete die Frau, „und sie wäre härter ausgefallen, darauf könnt ihr euch verlassen, wenn ich noch mehr zu fassen bekommen hätte. Mach das Bündel auf, alter Joe, und sag mir, wieviel es wert ist. Sag es freiheraus. Ich habe keine Angst, die erste zu sein, und auch nicht, daß die es sehen. Wir wußten ganz genau, glaub ich, ehe wir uns hier trafen, daß sich jeder was genommen hatte. Das ist keine Sünde. Mach das Bündel auf, Joe."

Aber die Höflichkeit ihrer Freunde wollte das nicht zulassen, und der Mann in dem verblichenen schwarzen Anzug sprang als erster in die Bresche und holte *seine* Beute hervor. Sie war nicht bedeutend. Ein oder zwei Siegel, ein Bleistiftkasten, ein Paar Manschettenknöpfe und eine Brosche von unerheblichem Wert waren alles. Sie wurden vom alten Joe einzeln geprüft und geschätzt. Er schrieb die Beträge, die er für jedes Stück geben wollte, mit Kreide an die Wand und addierte sie, als er feststellte, daß nichts mehr dazukam.

„Das ist deine Rechnung", sagte Joe, „und ich würde dir keine sechs Pence mehr dafür geben, und wenn ich gargekocht werde, weil ich's nicht tue. Wer ist der nächste?"

Mrs. Dilber war die nächste. Laken und Handtücher, etliche Kleidungsstücke, zwei altmodische silberne Teelöffel, eine Zuckerzange und einige Paar Stiefel. Ihre Rechnung wurde in derselben Weise an der Wand aufgestellt.

„Damen gebe ich immer zuviel. Das ist eine Schwäche von mir, und damit ruiniere ich mich selber", sagte der alte Joe. „Das ist Ihre Rechnung. Wenn Sie mich um einen Penny mehr gebeten und geschwankt hätten, würde ich es bereuen, so großzügig zu sein, und eine halbe Krone abziehen."

„Und jetzt pack *mein* Bündel aus, Joe", sagte die erste Frau.

Joe ließ sich auf die Knie nieder, um es beim Öffnen bequemer zu haben, und als er eine Menge Knoten aufgelöst hatte, zog er eine große, schwere Rolle schwarzen Stoff heraus.

„Was ist denn das?" fragte Joe. „Bettvorhänge?"

„Ha!" erwiderte die Frau lachend und beugte sich auf ihren gekreuzten Armen nach vorn. „Bettvorhänge!"

„Du willst doch nicht sagen, daß du sie mit den Ringen und allem runtergenommen hast, während er noch dalag?" fragte Joe.

„Doch", gab die Frau zurück, „warum nicht?"

„Du bist dazu geboren, dein Glück zu machen", sagte Joe, „und du wirst es gewiß schaffen."

„Ich werd bestimmt nicht meine Hand stillhalten, wenn ich was ergattern kann und sie dazu nur auszustrecken brauch, und das wegen eines Mannes wie dem, das versprech ich dir, Joe", erwiderte die Frau kaltblütig. „Laß das Öl nicht auf die Laken tropfen, Joe."

„Seine Bettlaken?" fragte Joe.

„Was glaubst du wohl, von wem sonst?" erwiderte die Frau. „Er wird sich ohne sie schon nicht erkälten, glaub ich."

„Hoffentlich ist er nicht an etwas Ansteckendem gestorben, oder?" sagte der alte Joe, hielt in seiner Arbeit inne und blickte hoch.

„Und wennschon. So lieb war mir seine Gesellschaft auch wieder nicht, daß ich mich lange bei ihm aufgehalten hab. Ha, du kannst dir das Hemd ansehen, bis dir die Augen weh tun, aber du wirst weder ein Loch noch eine dünne Stelle darin finden. Es ist das beste, das er hatte, und wirklich schön. Sie hätten es verschwendet, wenn ich es nicht genommen hätte."

„Was meinst du mit Verschwenden?" fragte der alte Joe.

„Selbstverständlich es ihm im Sarg anziehen", antwortete die Frau lachend. „Jemand war so dumm, aber ich hab's ihm wieder weggenommen. Wenn Kattun für diesen Zweck nicht gut genug ist, dann für überhaupt nichts. Er steht der Leiche genausogut. Er kann darin nicht häßlicher aussehen, als er in diesem aussah."

Scrooge lauschte diesem Gespräch mit Entsetzen. Wie sie bei dem spärlichen Licht, das die Lampe des alten Mannes spendete, um ihre Beute geschart dasaßen, betrachtete er sie mit Verachtung und Abscheu, die kaum hätten größer sein können, wenn sie häßliche Dämonen gewesen wären, die um die Leiche selbst schacherten.

„Haha!" lachte dieselbe Frau, als der alte Joe einen Flanellbeutel mit Geld herauszog und jedem die Münzen auf den

Fußboden hinzählte. „Das ist das Ende vom Lied, seht ihr! Er hat jeden von sich gestoßen, als er noch lebte, um uns nach seinem Tod zu nutzen! Hahaha!"

„Geist!" sagte Scrooge und erschauerte am ganzen Leibe. „Ich verstehe. Der Fall dieses unglücklichen Mannes könnte mein eigener sein. Mein jetziges Leben läuft in diese Richtung. Barmherziger Himmel, was ist das?"

Er prallte entsetzt zurück, denn der Schauplatz hatte sich verändert, und fast hätte er ein Bett berührt, ein kahles Bett ohne Vorhänge, auf dem unter einem zerfetzten Laken ein verdecktes Etwas lag, das sich, obwohl es stumm war, in einer furchtbaren Sprache äußerte.

Der Raum war sehr dunkel, zu dunkel, als daß man mit einiger Deutlichkeit hätte etwas wahrnehmen können, obwohl Scrooge, einem geheimen Drang folgend, um sich blickte, begierig zu wissen, um was für ein Zimmer es sich handelte. Ein schwaches Licht, das von draußen kam, fiel direkt auf das Bett, und darauf lag, bestohlen und ausgeraubt, unbewacht, unbeweint und unbeachtet, der Leichnam dieses Mannes.

Scrooge warf dem Geist einen Blick zu. Seine unbewegliche Hand wies auf den Kopf. Die Zudecke war so liederlich darüber gebreitet, daß das leichteste Anheben, ja die Bewegung eines Fingers von seiten Scrooges das Gesicht freigelegt hätte. Er dachte daran, es zu tun, und fühlte, wie einfach es wäre, und hatte das Verlangen danach, doch er besaß ebensowenig Kraft, den Schleier wegzuziehen, wie das Gespenst an seiner Seite fortzuschicken.

„O kalter, kalter, unerbittlicher, furchtbarer Tod. Errichte hier deinen Altar und umgib ihn mit allen Schrecken, die dir zu Gebote stehen, denn das ist dein Reich! Aber einem geliebten, verehrten und geschätzten Haupt kannst du zu deinen furchtbaren Zwecken kein Haar krümmen oder dessen Züge entstellen. Es kommt nicht darauf an, daß die Hand schwer ist und herabfällt, wenn man sie losläßt; nicht darauf, daß das Herz und der Puls stillstehen, sondern daß die Hand offen, freigebig und zuverlässig, das Herz tapfer, warm und zärtlich und der Puls der eines Menschen war. Schlag zu, Schatten, schlag zu! Und sieh, wie seine guten Taten aus der Wunde quellen, um unsterbliches Leben in die Welt zu säen!"

Niemand flüsterte Scrooge diese Worte in die Ohren, und dennoch hörte er sie, als er auf das Bett schaute. Er überlegte, welche Gedanken der Mann in erster Linie hätte, wenn er jetzt zum Leben erweckt würde: Habsucht, Härte, quälende Sorgen? Sie haben ihn wahrhaftig weit gebracht.

Er lag in dem düsteren, leeren Haus ohne einen Mann, eine Frau oder ein Kind, die gesagt hätten, daß er zu ihnen in dieser oder jener Hinsicht gut gewesen wäre und daß sie zur Erinnerung an ein freundliches Wort auch zu ihm gut sein wollten. Eine Katze kratzte an der Tür, und unter dem Herdstein hörte man das Nagen der Ratten. Was sie in dem Sterbezimmer wollten und warum sie so unruhig und aufgeregt waren, wagte Scrooge gar nicht auszudenken.

„Geist", sagte er, „das ist ein furchtbarer Ort. Wenn ich ihn verlasse, werde ich die Lehre, die er mir erteilt, nicht vergessen, glaube mir. Laß uns gehen!"

Noch immer wies der Geist mit unbeweglichem Finger auf den Kopf.

„Ich verstehe dich", gab Scrooge zurück, „und ich würde es auch tun, wenn ich könnte. Aber ich habe nicht die Kraft dazu, Geist. Ich habe nicht die Kraft."

Wieder schien er ihn anzusehen.

„Wenn es irgendeinen Menschen in der Stadt gibt, der wegen dieses Mannes Tod ein Gefühl aufbringt", sagte Scrooge gequält, „so zeige ihn mir, Geist. Ich flehe dich an!"

Die Erscheinung breitete für einen Augenblick ihren dunklen Umhang wie einen Flügel vor ihm aus und ließ, als sie ihn wegzog, ein Zimmer bei Tageslicht sichtbar werden, in dem eine Mutter mit ihren Kindern saß.

Sie erwartete irgendwen mit ängstlicher Spannung, denn sie lief im Zimmer auf und ab, fuhr bei jedem Geräusch zusammen, schaute aus dem Fenster, sah auf die Uhr und versuchte, allerdings vergeblich, eine Handarbeit zu machen, und konnte kaum den Lärm der spielenden Kinder ertragen.

Endlich war das lang erwartete Klopfen zu hören. Sie eilte an die Tür, ihrem Mann entgegen, dessen Gesicht abgehärmt und niedergeschlagen aussah, obwohl er noch jung war. Jetzt lag darin ein bemerkenswerter Ausdruck, eine Art ernster Freude, deren er sich schämte und die zu unterdrücken er sich bemühte.

Er setzte sich zum Essen hin, das am Feuer für ihn warm gehalten worden war, und als sie ihn zaghaft fragte (es geschah erst nach langem Schweigen), was für Neuigkeiten es gäbe, schien er in seiner Verwirrung nicht zu wissen, wie er antworten sollte.

„Steht es gut", fragte sie, „oder schlecht?", um ihm zu helfen.

„Schlecht", antwortete er.

„Sind wir völlig ruiniert?"

„Nein. Es besteht noch Hoffnung, Caroline."

„Wenn *er* sich erweichen läßt", sagte sie erstaunt, „dann besteht welche! Nichts ist hoffnungslos, wenn solch ein Wunder geschehen ist."

„Er läßt sich nicht mehr erweichen", sagte ihr Mann. „Er ist tot."

Sie war ein sanftes und geduldiges Geschöpf, sofern ihr Gesicht die Wahrheit sprach, aber als sie das hörte, war sie von Herzen dankbar und sagte es mit gefalteten Händen. Im nächsten Augenblick betete sie um Vergebung und bereute es, doch das erste war die Empfindung ihres Herzens gewesen.

„Was die halb betrunkene Frau, von der ich dir gestern abend erzählt habe, mir sagte, als ich versuchte, ihn zu sehen und eine Woche Aufschub zu erwirken, und was ich für eine glatte Ausrede hielt, um mich abzuweisen, stellt sich nun als volle Wahrheit heraus. Er war nicht nur sehr krank, sondern lag bereits im Sterben."

„Auf wen werden unsere Schulden übertragen?"

„Ich weiß es nicht. Aber bis dahin werden wir das Geld zusammen haben, und selbst wenn wir es nicht hätten, wäre es wirklich großes Pech, wenn wir in seinem Nachfolger einen ebenso unbarmherzigen Gläubiger fänden. Heute nacht können wir leichten Herzens schlafen, Caroline!"

Ja. Sosehr sie es auch abschwächen mochten, ihre Herzen waren leichter. Die Gesichter der Kinder, die schweigend um die Eltern gedrängt waren, um zu hören, was sie kaum verstanden, hellten sich auf. Durch den Tod dieses Mannes war das Haus glücklicher geworden. Das einzige Gefühl, das ihm der Geist als durch dieses Ereignis verursacht zeigen konnte, war das der Freude.

„Laß mich etwas Mitgefühl sehen, das mit einem Tod verknüpft ist", sagte Scrooge, „oder dieses düstere Zimmer, Geist, das wir eben verlassen haben, wird mir stets vor Augen stehen."

Der Geist führte ihn durch etliche Straßen, die ihm vertraut waren, und während sie dahinliefen, blickte Scrooge hierhin und dorthin, um sich selbst zu entdecken, aber nirgends war er zu sehen. Sie betraten das Haus des armen Bob Cratchit, die Wohnung, die er schon einmal besucht hatte, und fanden die Mutter mit den Kindern um das Feuer geschart.

Still. Sehr still. Die geräuschvollen kleinen Cratchits waren so still wie Statuen in einer Ecke und sahen zu Peter auf, der ein Buch vor sich hatte. Die Mutter und ihre Töchter waren mit Nähen beschäftigt. Auch sie waren sehr still!

„Und er nahm ein Kind und stellte es mitten unter sie."

Wo hatte Scrooge diese Worte gehört? Er hatte sie nicht geträumt. Der Junge mußte sie zu Ende gelesen haben, als er und der Geist die Schwelle betraten. Warum las er nicht weiter?

Die Mutter legte ihre Arbeit auf den Tisch und hob die Hand vors Gesicht.

„Die Farbe greift meine Augen an", sagte sie.

Die Farbe? Ach, armer kleiner Tim!

„Jetzt geht es schon wieder besser", sagte Cratchits Frau. „Das Kerzenlicht ist nicht gut für sie, und ich möchte auf keinen Fall eurem Vater schwache Augen zeigen, wenn er nach Hause kommt. Es muß bald soweit sein."

„Beinahe später", antwortete Peter und klappte sein Buch zu. „Aber ich glaube, Mutter, an den letzten Abenden ist er etwas langsamer als sonst gelaufen."

Wieder waren sie sehr still. Endlich sagte sie mit fester, fröhlicher Stimme, die nur einmal schwankte:

„Ich weiß noch, wie er mit... ich weiß noch, wie er mit dem kleinen Tim auf den Schultern gelaufen ist, wirklich sehr schnell."

„Ich auch!" rief Peter. „Oft."

„Ich auch!" rief ein anderer. Alle wußten es.

„Aber er war sehr leicht zu tragen", fuhr sie fort, mit ihrer Arbeit beschäftigt, „und sein Vater hat ihn so geliebt, daß es keine Mühe für ihn war, gar keine Mühe. – Da ist euer Vater an der Tür!"

Sie eilte ihm entgegen, und der kleine Bob mit seinem Wollschal – er brauchte ihn, der arme Kerl – kam herein. Sein Tee stand für ihn auf dem Kamineinsatz bereit, und alle bemühten sich, ihn am besten zu bedienen. Dann kletterten die beiden jungen Cratchits auf seine Knie und lehnten ihre kleinen Wangen an sein Gesicht, als wollten sie sagen: „Mach dir nichts draus, Vater. Gräme dich nicht so!"

Bob war fröhlich mit ihnen und sprach freundlich mit der ganzen Familie. Er betrachtete die Arbeit auf dem Tisch und lobte den Fleiß und die Geschwindigkeit von Mrs. Cratchit und den Mädchen. Sie würden lange vor Sonntag fertig sein, sagte er.

„Sonntag! Du warst also heute dort, Robert?“ fragte seine Frau.

„Ja, meine Liebe“, erwiderte Bob. „Ich wünschte, du hättest gehen können. Es hätte dir gutgetan zu sehen, wie grün die Stelle ist. Aber du wirst sie noch oft sehen. Ich habe ihm versprochen, sonntags dorthin zu gehen. Mein kleines, kleines Kind!“ weinte Bob. „Mein kleines Kind!“

Er brach auf einmal zusammen. Er konnte nicht anders, und wenn er es gekonnt hätte, wären er und sein Kind vielleicht einander ferner gewesen, als sie es jetzt waren.

Er verließ das Zimmer und ging die Treppe hinauf nach oben in den Raum, der freundlich erleuchtet und weihnachtlich geschmückt war. Dicht neben dem Kind stand ein Stuhl, und man merkte, daß erst vor kurzem jemand dagewesen war. Der arme Bob setzte sich, und als er ein wenig nachgedacht und sich gefaßt hatte, küßte er das kleine Gesicht. Er hatte sich abgefunden mit dem, was geschehen war, und ging wieder recht glücklich hinunter.

Sie setzten sich um das Feuer und unterhielten sich, wobei die Mutter und die Mädchen noch immer arbeiteten. Bob erzählte ihnen von der außerordentlichen Freundlichkeit des Neffen von Mr. Scrooge, den er erst einmal gesehen und der ihn, als er ihn heute auf der Straße traf und ihm ansah, daß er etwas – na eben etwas niedergeschlagen war, fragte, was denn Betrübliches geschehen sei. „Worauf ich“, sagte Bob, „denn er ist der liebenswürdigste Herr, den man sich denken kann, es ihm erzählte. ‚Das tut mir herzlich leid, Mr. Cratchit‘, sagte er, ‚und es tut mir auch herzlich leid für Ihre liebe Frau.‘ Übrigens, woher ihm *das* bekannt war, weiß ich nicht.“

„Was bekannt war, mein Lieber?“

„Nun, daß du eine liebe Frau bist“, erwiderte Bob.

„Das weiß doch jeder!“ sagte Peter.

„Sehr gut bemerkt, mein Junge!“ rief Bob. „Ich will es hoffen. ‚Es tut mir herzlich leid für Ihre liebe Frau. Wenn ich Ihnen in irgendeiner Weise behilflich sein kann‘, sagte er und gab mir seine Karte, ‚hier ist meine Adresse. Bitte kommen Sie zu mir.‘ Es ging weniger darum“, rief Bob, „daß er etwas für uns tun könnte, als um die freundliche Art, die einfach wunderbar war. Es schien wirklich so, als hätte er unseren kleinen Tim gekannt und fühlte mit uns.“

„Ich bin überzeugt, er ist eine gute Seele!“ sagte Mrs. Cratchit.

„Du wärst noch überzeugter, meine Liebe“, erwiderte Bob, „wenn du ihn sähest und sprächest. Ich wäre gar nicht überrascht – paß auf, was ich sage! –, wenn er Peter eine bessere Stellung besorgen würde.“

„Hör nur, Peter“, sagte Mrs. Cratchit.

„Und dann“, rief eins der Mädchen, „wird sich Peter ein Mädchen anschaffen und sich selbständig machen.“

„Unsinn!“ erwiderte Peter grinsend.

„Es wird wahrscheinlich nicht gleich in den nächsten Tagen sein. So bleibt noch viel Zeit bis dahin, mein liebes Kind. Doch wie und wann auch immer wir uns trennen, sicher wird keiner von uns den armen kleinen Tim vergessen – nicht wahr? – oder diese erste Trennung, die es zwischen uns gab.“

„Niemals, Vater!“ riefen alle.

„Und ich weiß auch“, sagte Bob, „ich weiß, meine Lieben, daß wir, wenn wir daran denken, wie geduldig und sanft er war, obwohl er ein ganz kleines Kind war, uns nicht so leicht zanken werden, denn wir würden den armen kleinen Tim vergessen, wenn wir es täten.“

„Nein, niemals, Vater!“ riefen wieder alle.

„Ich bin sehr glücklich“, sagte der kleine Bob, „ich bin sehr glücklich.“

Mrs. Cratchit küßte ihn, seine Töchter küßten ihn, die beiden jungen Cratchits küßten ihn, und Peter und er schüttelten sich die Hände. Seele des kleinen Tim, dein kindliches Wesen war ein Geschenk Gottes!

„Geist“, sagte Scrooge, „etwas teilt mir mit, daß unser

Abschied bevorsteht. Ich weiß es, aber ich weiß nicht, wie. Sage mir, welcher Mann das war, den wir tot haben liegen sehen."

Der Geist der zukünftigen Weihnachten brachte ihn, wie schon vorher – obgleich zu einer anderen Zeit, nahm Scrooge an, denn es schien überhaupt keine Ordnung in diesen letzten Visionen zu herrschen, nur daß sie in die Zukunft reichten –, in die Gegend der Geschäftsleute, zeigte aber nie ihn selbst. Auch hielt sich der Geist nirgends auf, sondern ging ununterbrochen weiter, wie zu dem jetzt gewünschten Ziel, bis Scrooge ihn anflehte, einen Augenblick zu verweilen.

„In diesem Hof", sagte Scrooge, „den wir jetzt durcheilen, ist meine Arbeitsstätte und war es schon seit langer Zeit. Ich sehe das Haus. Laß mich erblicken, was künftig aus mir werden wird!"

Der Geist blieb stehen, die Hand zeigte woandershin.

„Das Haus da drüben", rief Scrooge aus. „Warum zeigst du weg?"

Der unerbittliche Finger änderte nicht die Richtung.

Scrooge hastete an das Fenster seines Büros und schaute hinein. Es war noch ein Büro, aber nicht seins. Die Möbel waren nicht dieselben, und die Gestalt im Sessel war nicht er selbst. Die Erscheinung wies noch immer in dieselbe Richtung.

Er schloß sich ihr wieder an, sich fragend, warum er dort weggezogen war und wohin und begleitete sie, bis sie ein Eisentor erreichten. Er blieb stehen und schaute sich um, ehe er eintrat.

Ein Friedhof. Hier also lag der unglückliche Mann, dessen Namen er nun erfahren sollte, unter der Erde. Es war ein würdiger Platz. Von Häusern umgeben, von Gras und Unkraut überwuchert – was den Tod der Pflanzenwelt bedeutet, nicht ihr Leben –, verstopft von allzu vielen Gräbern, fett von übersättigter Gier. Ein würdiger Platz!

Der Geist stand zwischen den Gräbern und wies auf eines hin. Zitternd ging Scrooge darauf zu. Die Erscheinung sah genauso aus wie zuvor, aber er befürchtete, daß er aus ihrer feierlichen Haltung eine neue Bedeutung herausläse.

„Ehe ich näher an diesen Stein herantrete, auf den du zeigst", sagte Scrooge, „beantworte mir eine Frage. Sind dies die Schatten von Dingen, die sein *werden*, oder nur von denen, die sein *können*?"

Noch immer wies der Geist auf das Grab, neben dem er stand.

„Die Wege der Menschen deuten ein bestimmtes Ende voraus, auf das sie hinführen, wenn man auf ihnen beharrt", sagte Scrooge. „Aber wenn man von den Wegen abweicht, ändert sich auch das Ende. Sage, daß es auch bei dem so ist, was du mir zeigst!"

Der Geist stand regungslos wie immer.

Scrooge kroch zitternd darauf zu, und indem er dem Finger folgte, las er auf dem Stein des vernachlässigten Grabes seinen eigenen Namen, *Ebenezer Scrooge*.

„Bin *ich* der Mann, der auf dem Bett lag?" rief er, sich auf die Knie werfend.

Der Finger zeigte vom Grab auf ihn und wieder zurück.

„Nein, Geist! O nein!"

Der Finger war noch immer dort.

„Geist!" rief er und klammerte sich fest an dessen Umhang. „Hör mich an! Ich bin nicht mehr der Mann, der ich einmal war. Ich will nicht der Mann sein, der ich ohne dieses Dazwischentreten sein mußte. Warum zeigst du mir das alles, wenn ich ohne jede Hoffnung bin?"

Zum ersten Mal schien die Hand zu schwanken.

„Guter Geist", fuhr er fort und fiel ihm zu Füßen, „deine Natur verwendet sich für mich und hat Mitleid mit mir. Gib mir die Gewißheit, daß ich diese Schatten, die du mir gezeigt hast, noch durch einen anderen Lebenswandel ändern kann!"

Die gütige Hand zitterte.

„Ich will Weihnachten in Ehren halten und versuchen, es das ganze Jahr hindurch zu tun. Ich möchte in der Vergangenheit, Gegenwart und Zukunft leben. Die Geister aller drei sollen in mir wetteifern. Ich will mich nicht vor den Lehren, die sie mir erteilen, verschließen. O sage mir, daß ich die Schrift auf diesem Stein ablöschen kann!“

In seiner Todesangst ergriff er die Geisterhand. Sie versuchte, sich zu befreien, er war aber stark in seiner Bitte und hielt sie fest. Der Geist zeigte sich jedoch noch stärker und stieß ihn zurück.

Während er die Hände zu einem letzten Gebet erhob, damit sich sein Schicksal wende, sah er eine Veränderung an der Kopfbedeckung und Bekleidung der Erscheinung vor sich gehen. Sie schrumpfte ein, fiel zusammen und verschwand in einem Bettpfosten.

Fünfte Strophe

Das Ende vom Lied

Ja! Es war sein eigener Bettpfosten. Das Bett war sein eigenes, das Zimmer war sein eigenes. Das beste und beglückendste war, daß die vor ihm liegende Zeit sein war, um Geschehenes gutzumachen.

„Ich will in der Vergangenheit, Gegenwart und Zukunft leben!“ wiederholte Scrooge, als er aus dem Bett krabbelte. „Die Geister aller drei sollen in mir wetteifern. O Jacob Marley! Der Himmel und die Weihnachtszeit seien dafür gepriesen! Das sage ich auf meinen Knien, alter Jacob, auf meinen Knien!“

Er war so aufgeregt und glühte von seinen guten Vorsätzen, daß ihm seine gebrochene Stimme kaum noch gehorchte. Bei seinem Streit mit dem Geist hatte er heftig geschluchzt, und sein Gesicht war von Tränen naß.

„Sie sind nicht heruntergerissen“, rief Scrooge und nahm einen der Bettvorhänge in die Arme, „sie sind nicht heruntergerissen, mit den Ringen und allem Drum und Dran. Sie sind hier, ich bin hier, die Schatten der Dinge, die gewesen wären, können verbannt werden. Und sie werden es. Ich weiß, sie werden es!"

Die Hände waren die ganze Zeit mit seinen Kleidungsstücken beschäftigt; er drehte das Innere nach außen, zog sie verkehrt an, zerrte an ihnen, verlegte sie und trieb allerlei törichte Streiche mit ihnen.

„Ich weiß nicht, was ich tun soll!" rief Scrooge, im selben Atemzug lachend und weinend, und machte mit den Strümpfen einen wahren Laokoon aus sich. „Ich bin leicht wie eine Feder, ich bin glücklich wie ein Engel, ich bin ausgelassen wie ein Schuljunge. Mir ist schwindelig wie einem Betrunkenen. Jedem frohe Weihnachten! Der ganzen Welt ein glückliches neues Jahr! Hallo! He! Hallo!"

Er war in das Wohnzimmer hinübergehüpft und stand nun da, völlig außer Atem.

„Da ist der Topf, in dem die Haferschleimsuppe drin war!" rief Scrooge und begann wieder, um den Kamin zu laufen.

„Dort ist die Tür, zu der Jacob Marleys Geist hereinkam! Dort ist die Ecke, wo der Geist der diesjährigen Weihnacht saß! Dort ist das Fenster, von dem aus ich die wandernden Geister sah! Es ist alles richtig, es ist alles wahr, es hat sich alles so zugetragen. Hahaha!"

Wirklich, für einen Mann, der so viele Jahre lang keine Übung hatte, war das ein wunderbares Lachen, ein ganz ausgezeichnetes Lachen, der Vater einer langen, langen Reihe strahlender Lachen.

„Ich weiß nicht, welchen Tag des Monats wir haben!" sagte Scrooge. „Ich weiß nicht, wie lange ich unter den Geistern geweilt habe. Ich weiß überhaupt nichts. Ich bin wie ein kleines Kind. Macht nichts. Ist mir egal. Ich möchte fast ein kleines Kind sein. Hallo, he, hallo!"

Seine heftige Erregung wurde durch die Kirchenglocken eingedämmt, die das fröhlichste Geläut erschallen ließen, das er je vernommen. Bim, bam, bum; ding, dang, dong. Dong, dang, ding; bum, bam, bim! O herrlich, herrlich!

Er rannte zum Fenster, öffnete es und steckte den Kopf hinaus. Kein Dunst, kein Nebel; klar, hell, heiter, aufregend und kalt. So kalt, daß einem das Blut zu tanzen begann. Goldenes Sonnenlicht, ein göttlicher Himmel, wohltuend frische Luft, lustige Glocken. O herrlich, herrlich!

„Was ist heute für ein Tag?“ rief Scrooge zu einem Jungen im Sonntagsstaat hinunter, der vielleicht herangeschlendert war, um sich ein wenig umzusehen.

„Wie?“ erwiderte der Junge, aufs höchste verwundert.

„Was heute für ein Tag ist, mein lieber Freund?“ fragte Scrooge.

„Heute?“ erwiderte der Junge. „Na, Weihnachten.“

„Weihnachten“, sagte Scrooge zu sich selbst. „Ich habe es nicht verpaßt. Die Geister haben alles in einer Nacht erledigt. Sie können alles, was sie wollen. Natürlich können sie das. Hallo, mein lieber Freund!“

„Hallo!“ erwiderte der Junge.

„Kennst du das Geflügelgeschäft in der übernächsten Straße an der Ecke?“ fragte Scrooge.

„Und ob ich das kenne“, antwortete der Bursche.

„Ein gescheiter Junge!“ sagte Scrooge. „Ein bemerkenswerter Junge! Weißt du, ob der preisgekrönte Truthahn schon verkauft ist, der dort hing? – Nicht der kleine preisgekrönte Truthahn, sondern der große?“

„Was, der so groß ist wie ich?“ fragte der Junge zurück.

„Was für ein entzückender Junge!“ sagte Scrooge. „Es ist ein Vergnügen, sich mit ihm zu unterhalten. Ja, mein Sohn, der.“

„Er hängt noch da“, erwiderte der Junge.

„Wirklich?“ fragte Scrooge, „dann geh und kauf ihn.“

„Unsinn!“ rief der Junge.

„Nein, nein“, sagte Scrooge. „Ich meine es ernst. Geh und kaufe ihn und laß ihn herbringen, damit ich die Anweisung geben kann, wohin er gebracht werden soll. Komm mit dem Mann zurück, und ich schenke dir einen Schilling. Kommst du mit ihm in weniger als fünf Minuten zurück, schenke ich dir eine halbe Krone."

Der Junge schoß davon. Wer einen Schuß nur halb so schnell hätte abgeben wollen, der hätte eine sehr ruhige Hand am Abzug haben müssen.

„Ich werde ihn Bob Cratchits Familie schicken", flüsterte Scrooge, rieb sich die Hände und wollte sich totlachen. „Er soll nicht wissen, wer ihn schickt. Er ist zweimal so groß wie der kleine Tim. Joe Miller hat nie so einen Witz gemacht, wie es meine Sendung an Bob sein wird!"

Seine Hand war nicht ruhig, als er die Adresse schrieb, aber irgendwie schrieb er sie doch und ging auf die Straße hinunter, um die Haustür zu öffnen und für den Geflügelhändler bereitzustehen. Als er dort auf dessen Erscheinen wartete, fiel sein Blick auf den Türklopfer.

„Ich werde ihn lieben, solange ich lebe!" rief Scrooge und streichelte ihn. „Früher habe ich ihn kaum beachtet. Was für einen ehrlichen Gesichtsausdruck er hat! Es ist ein wunderbarer Türklopfer! – Da kommt ja der Truthahn. Hallo, he! Wie geht's? Frohe Weihnachten!"

Das *war* vielleicht ein Truthahn! Er konnte nie auf seinen Beinen gestanden haben, dieser Vogel. Er hätte sie im Nu zerbrochen wie Siegellackstangen.

„Aber es ist unmöglich, ihn bis Camden Town zu tragen", sagte Scrooge. „Sie brauchen eine Droschke."

Das Kichern, mit dem er das sagte, und das Kichern, mit dem er den Truthahn bezahlte, und das Kichern, mit dem er die Droschke bezahlte, und das Kichern, mit dem er den Jungen belohnte, wurde nur noch von dem Kichern übertroffen, mit dem er sich atemlos auf seinen Sessel niederließ und kicherte, bis ihm die Tränen kamen.

Das Rasieren war keine leichte Aufgabe, denn seine Hand zitterte noch immer, und Rasieren erfordert Aufmerksamkeit, selbst wenn man nicht dabei tanzt. Doch auch wenn er sich die Nasenspitze abgeschnitten hätte, hätte er ein Stück Heftpflaster darüber geklebt und wäre ganz zufrieden gewesen.

Er zog seinen allerbesten Anzug an und ging auf die Straße. Um diese Zeit wimmelte es nur so von Menschen, wie er es mit dem Geist der diesjährigen Weihnacht gesehen hatte, und Scrooge, die Hände auf dem Rücken, betrachtete jeden mit freudigem Lächeln. Er sah so unwiderstehlich vergnügt aus, daß drei oder vier gutgelaunte Burschen sagten: „Guten Morgen, Sir! Ein frohes Weihnachtsfest!“ Und Scrooge sagte später noch oft, daß von allen fröhlichen Klängen, die er gehört, jene die fröhlichsten in seinen Ohren gewesen wären.

Er war noch nicht weit gegangen, als er den stattlichen Herrn auf sich zukommen sah, der am Vortage sein Büro besucht und gesagt hatte: „Scrooge & Marley, nicht wahr?“ Es gab ihm einen Stich ins Herz, wenn er daran dachte, wie ihn dieser alte Herr bei ihrer Begegnung ansehen würde. Er wußte aber, welcher Weg vor ihm lag, und er beschritt ihn.

„Mein lieber Herr“, sagte Scrooge, indem er seinen Gang beschleunigte und den alten Herrn bei beiden Händen nahm. „Wie geht es Ihnen? Hoffentlich hatten Sie gestern noch Erfolg. Es war sehr nett von Ihnen. Ich wünsche Ihnen frohe Weihnachten, Sir!“

„Mr. Scrooge?“

„Ja“, sagte Scrooge. „So ist mein Name, und ich fürchte, er ist Ihnen nicht angenehm. Darf ich Sie um Verzeihung bitten? Und wenn Sie die Güte hätten...“, hier flüsterte Scrooge ihm etwas ins Ohr.

„Großer Gott!“ rief der Herr, als bliebe ihm die Luft weg. „Mein lieber Mr. Scrooge, meinen Sie das im Ernst?“

„Wenn es recht ist“, sagte Scrooge. „Nicht einen Heller weniger. Es sind sehr viele Rückzahlungen dabei, das versichere ich Ihnen. Wollen Sie mir diesen Gefallen tun?“

„Mein lieber Herr", sagte der andere und schüttelte ihm die Hand. „Ich weiß nicht, was ich zu soviel Großzügigkeit sagen soll..."

„Sagen Sie bitte überhaupt nichts", warf Scrooge ein. „Kommen Sie mich mal besuchen. Wollen Sie mich besuchen?"

„Das will ich!" rief der alte Herr, und es war offensichtlich, daß er es wirklich wollte.

„Danke sehr!" sagte Scrooge. „Ich bin Ihnen sehr verbunden. Ich danke Ihnen tausendmal. Gott befohlen!"

Er ging zur Kirche, lief durch die Straßen, beobachtete die hin und her eilenden Menschen, strich Kindern zärtlich über den Kopf, erkundigte sich bei Bettlern, blickte in die Küchen der Häuser hinab und zu den Fenstern hinauf und stellte fest, daß ihm alles Freude machte. Er hätte sich nie träumen lassen, daß ihm ein Spaziergang – überhaupt irgend etwas – soviel Glück bescheren könnte. Am Nachmittag lenkte er seine Schritte zum Haus seines Neffen.

Ein dutzendmal ging er an der Tür vorüber, ehe er den Mut aufbrachte, hinaufzusteigen und zu klopfen. Aber er nahm Anlauf und tat es.

„Ist der Herr zu Hause, liebes Kind?" fragte Scrooge das Mädchen. Ein nettes Mädchen, sehr nett!

„Ja, Sir."

„Wo ist er denn, mein Liebes?" fragte Scrooge.

„Er ist mit der gnädigen Frau im Eßzimmer, Sir. Wenn es Ihnen recht ist, werde ich Sie nach oben führen."

„Danke sehr. Er kennt mich", sagte Scrooge und hatte die Hand bereits auf der Klinke der Eßzimmertür. „Ich gehe hier hinein, liebes Kind."

Er drückte die Klinke vorsichtig hinunter und schob sein Gesicht um die Tür. Sie betrachteten beide die Tafel, die festlich gedeckt war, denn diese jungen Ehepaare sind in der Hinsicht immer nervös und möchten darauf achten, daß alles in Ordnung ist.

„Fred!“ sagte Scrooge.

Du lieber Himmel, wie seine angeheiratete Nichte zusammenfuhr! Scrooge hatte in diesem Moment vergessen, daß sie auf einer Fußbank in der Ecke gesessen hatte, sonst hätte er es auf keinen Fall getan.

„Du meine Güte!“ rief Fred. „Wer ist denn das?“

„Ich bin's. Dein Onkel Scrooge. Ich bin zum Essen gekommen. Läßt du mich herein, Fred?“

Ihn hereinlassen? Es war eine Gnade, daß er ihm nicht den Arm ausriß. In fünf Minuten fühlte er sich wie zu Hause. Keiner konnte herzlicher sein. Dasselbe galt für seine Nichte. Und für Topper, als *er* kam. Und für die dralle Schwester, als *sie* kam. Das galt für alle, die kamen. Eine wundervolle Gesellschaft, wundervolle Spiele, wundervolle Einmütigkeit, eine wundervolle Glückseligkeit!

Aber am nächsten Morgen war er zeitig im Büro. Oh, er war zeitig da. Wenn er nur als erster dort sein und Bob beim Zuspätkommen erwischen könnte. Das hatte er sich fest vorgenommen.

Und es gelang ihm wirklich. Die Uhr schlug neun. Kein Bob. Viertel zehn. Kein Bob. Er kam volle achtzehneinhalb Minuten zu spät. Scrooge saß bei weit geöffneter Tür, damit er ihn den Kasten betreten sehen konnte.

Bob hatte den Hut abgenommen, bevor er die Tür öffnete, und den Wollschal ebenfalls. Im Nu saß er auf seinem Stuhl und schrieb mit seiner Feder drauflos, als wollte er neun Uhr überholen.

„Hallo!“ knurrte Scrooge mit seiner üblichen Stimme, so gut er sich verstellen konnte. „Was denken Sie sich eigentlich, erst um diese Zeit herzukommen?“

„Es tut mir sehr leid, Sir“, sagte Bob. „Ich habe mich verspätet.“

„Wirklich?“ wiederholte Scrooge. „Ja, ich glaube auch. Kommen Sie einmal hierher, Sir, wenn ich bitten darf.“

„Es ist nur einmal im Jahr“, warf Bob ein und kam aus

seinem Kasten heraus. „Es soll nicht wieder vorkommen. Ich war gestern ziemlich lustig, Sir."

„Nun will ich Ihnen etwas sagen, mein Freund", sagte Scrooge. „Ich bin nicht gewillt, mir das noch länger mit anzusehen. Und deshalb", fuhr er fort, wobei er vom Stuhl sprang und Bob so einen Stoß vor die Brust versetzte, daß dieser in seinen Kasten zurücktaumelte, „und deshalb möchte ich Ihr Gehalt erhöhen!"

Bob zitterte und näherte sich dem Lineal. Vorübergehend ging ihm durch den Sinn, ob er Scrooge damit niederschlagen, ihn festhalten und die Leute auf dem Hof um Hilfe und eine Zwangsjacke bitten sollte.

„Frohe Weihnachten, Bob!" sagte Scrooge mit einer Ernsthaftigkeit, die nicht mißverstanden werden konnte, als er ihm auf den Rücken klopfte. „Ein fröhlicheres Weihnachtsfest, lieber Bob, als ich Ihnen so manches Jahr bereitet habe! Ich werde Ihr Gehalt erhöhen und mich bemühen, Ihrer hart ringenden Familie zu helfen, und wir wollen Ihre Angelegenheit heute nachmittag bei einer Weihnachtsbowle aus dampfendem Bischof besprechen, Bob! Heizen Sie tüchtig ein, und kaufen Sie noch einen Kohlenkasten, bevor Sie auch nur ein Tüpfelchen auf ein i setzen, Bob Cratchit!"

Scrooge zeigte sich noch besser, als seine Worte waren. Er tat alles und noch unendlich mehr, und dem kleinen Tim, der *nicht* starb, war er ein zweiter Vater. Er wurde ein so guter Freund, ein so guter Vorgesetzter und ein so guter Mensch, wie ihn nur die gute alte Stadt oder eine andere gute alte Stadt auf der guten alten Erde gekannt hat. Einige lachten, als sie die Veränderung an ihm bemerkten, aber er ließ sie lachen und beachtete sie kaum, denn er war klug genug, zu wissen, daß nichts Gutes auf dieser Welt geschah, was nicht zunächst von einigen Leuten belacht wurde. Und da er wußte, daß diese Menschen eben blind waren, hielt er es für ebensogut, daß sich Lachfältchen an den Augen bildeten, als wenn ihre Krankheit weniger anziehende Formen annähme. Sein eignes Herz lachte, und das genügte ihm voll und ganz.

Mit Geistern hatte er keinen weiteren Umgang mehr, lebte aber auch später nach dem Prinzip völliger Enthaltsamkeit. Es wurde ihm stets nachgesagt, daß er Weihnachten zu feiern verstünde, wenn überhaupt ein Lebender dies könnte. Möge dies auch von uns ehrlich gesagt werden, von uns allen! Und so – wie der kleine Tim bemerkte – segne Gott einen jeden von uns!

Die Silvesterglocken

Eine Gespenstergeschichte
mit mehreren Glocken, die ein altes Jahr aus-
und ein neues einläuten

Erstes Viertel

Es gibt nicht viele Menschen – und da es wünschenswert ist, daß Geschichtenerzähler und Geschichtenleser so bald wie möglich zu gegenseitigem Verstehen gelangen, erlaube ich mir, zu erwähnen, daß ich diese Bemerkung weder auf junge noch auf kleine Menschen beschränke, sondern auf Menschen aller Lebenslagen ausdehne: auf kleine und große, junge und alte, auf die noch heranwachsenden und die schon in die Erde wachsenden –, ja, es gibt nicht viele Menschen, die in einer Kirche schlafen würden. Ich meine nicht, bei warmem Wetter während der Predigt (wo so etwas gewiß hin und wieder vorkommen wird), sondern in der Nacht, und dann allein. Eine große Anzahl Menschen wird sicher eine solche Situation schon am hellichten Tag erstaunlich finden. Aber es bezieht sich auf die Nacht. Das soll auch bei Nacht bewiesen werden, und ich verpflichte mich, dies in einer stürmischen, eigens dafür festgelegten Winternacht mit irgendeinem Partner durchzustehen. Er soll mich allein auf einem alten Friedhof vor einer alten Kirchentür treffen und mich vorher ermächtigen, ihn einzuschließen, nötigenfalls bis zum Morgen.

Denn der Nachtwind hat die gräßliche Angewohnheit, um ein Gebäude dieser Art herumzuziehen und dabei zu ächzen und mit unsichtbarer Hand an Fenstern und Türen zu rütteln und ein paar Spalten zu suchen, durch die er sich Eingang verschaffen kann. Und wenn er drin ist, wie einer, der nicht findet, was er sucht – was es auch sein mag –, wimmert und heult er, um wieder hinauszugelangen. Und da es ihm nicht genügt, durch das Kirchenschiff zu fegen, um die Säulen zu gleiten und die volltönende Orgel auszuprobieren, schwingt er sich zum Dach empor und müht sich, an den Dachsparren zu zerren. Dann stürzt er sich voller Verzweiflung auf die Fliesen nieder und verschwindet grollend in den Grabgewölben. Sofort kommt er heimlich wieder herauf und schleicht an den Wänden entlang, als ob er flüsternd die den Toten gewidmeten Inschriften lese. Bei einigen bricht er wie in schrilles Gelächter aus, bei anderen stöhnt und weint er, als ob er etwas beklage. Er gibt auch Geistertöne von sich, die im Altarraum nachhallen, wo er in seiner wilden Art von Missetat und Mord und angebeteten Göttern zu singen scheint, den Gesetzestafeln zum Trotz, die so makellos und glatt aussehen, aber rissig und zerbrochen sind. Hu! Der Himmel behüte uns, die wir gemütlich am Kamin sitzen! Er hat eine furchtbare Stimme, dieser Wind, der um Mitternacht in einer Kirche singt.

Aber hoch oben im Turm erst! Dort brüllt und pfeift der Sturm. Hoch oben im Turm, wo er ungehindert durch viele luftige Bogen und Schlitze wehen, sich um die schwindelerregende Treppe winden, den knarrenden Wetterhahn herumwirbeln und den Turm zum Schwanken und Beben bringen kann! Hoch oben im Turm, wo der Glockenstuhl ist, wo Eisengeländer von Rost zerfressen sind und verwitterte Blei- und Kupferbleche krachen und keuchen, wo Vögel ihre kümmerlichen Nester in die Ecken alter Eichenträger und Balken stopfen, wo Staub alt und grau wird, wo sich gesprenkelte Spinnen, die schon von dem langen Leben in Sicherheit dick und träge geworden sind, beim Schwingen der Glocken hin und her schaukeln und nie den Halt an ihren aus Fäden gesponnenen Luftschlössern verlieren oder wie ein Matrose bei Alarm hochklettern oder sich auf den Boden fallen lassen und eine Anzahl beweglicher Beine anstrengen, um ihr Leben zu retten! Hoch oben im Turm einer alten Kirche – weit über dem Licht und Lärm der Stadt und

weit unter den fliegenden Wolken, deren Schatten ihn umgeben – ist es nachts unheimlich und düster, und hoch oben im Turm einer alten Kirche hingen die Glocken, von denen ich erzähle.

Es waren alte Glocken, glauben Sie mir. Vor Jahrhunderten waren diese Glocken von Bischöfen geweiht worden; vor so vielen Jahrhunderten, daß das Taufregister schon seit Menschengedenken verschwunden ist und keiner mehr ihre Namen kennt. Sie hatten ihre Paten und zweifellos auch ihre Silberbecher gehabt, diese Glocken (ich für meinen Teil würde übrigens lieber die Verantwortung auf mich laden, bei einer Glocke Pate zu sein als bei einem Jungen). Aber die Zeit hatte ihre Stifter hinweggerafft, und Heinrich VIII. hatte ihre Becher eingeschmolzen, und nun hingen sie ohne Namen und Becher im Kirchturm.

Allerdings nicht stumm. Im Gegenteil. Diese Glocken hatten klare, laute, kräftige, wohltönende Stimmen, die man nah und fern über den Wind hinweg hören konnte. Sie waren viel zu unnachgiebig, als daß sie sich von der Gefälligkeit des Windes abhängig machten, denn indem sie tapfer gegen seine widrigen Launen ankämpften, ließen sie ihre fröhliche Melodie großartig an die lauschenden Ohren dringen, und in ihrer Entschlossenheit, auch in stürmischen Nächten von der armen Mutter, die bei ihrem kranken Kind wacht, und einer einsamen Ehefrau, deren Mann auf See ist, gehört zu werden, waren sie dafür bekannt, daß sie manchmal einen tobenden Nordwest übertönten. Jawohl, mit aller Macht, wie Toby Veck sagte, denn obwohl man ihn Trotty Veck nannte, hieß er Toby, und niemand konnte etwas anderes daraus machen (außer Tobias), es sei denn durch ein besonderes Parlamentsgesetz. Er war zu seiner Zeit ebenso rechtmäßig getauft worden wie die Glocken zu der ihrigen, wenn auch nicht mit ganz so großer Feierlichkeit und öffentlicher Lustbarkeit.

Ich für mein Teil bekenne mich zu Toby Vecks Ansicht, denn ich bin sicher, daß er genügend Gelegenheit hatte, sich die rechte Meinung zu bilden. Und was Toby Veck sagte, das sage auch ich. Und ich stelle mich zu Toby Veck, obwohl er den lieben langen Tag (eine beschwerliche Arbeit war das) draußen vor der Kirchentür stand. Er war nämlich Gepäckträger, dieser Toby Veck, und wartete dort auf Aufträge.

Ein zugiger Platz war es, an dem man Gänsehaut, eine blaugefrorene Nase, rote Augen und steife Zehen bekam und wo einem die Zähne klapperten, wenn man im Winter dort wartete. Das wußte Toby Veck nur zu gut. Der Wind – besonders der Ostwind – kam um die Ecke gefegt, als hätte er sich eigens vom anderen Ende der Welt auf den Weg gemacht, um Toby anzublasen. Manchmal schien er ihn eher als erwartet anzutreffen, denn wenn er – an Toby vorbei – um die Ecke stürmte, kehrte er plötzlich um, als riefe er: „Na, da ist er ja!“ Sofort wurde Toby wie einem ungezogenen Jungen seine kleine weiße Schürze über dem Kopf zusammengeklatscht, sein dünnes Stöckchen kämpfte vergeblich in seiner Hand, seine Beine wurden furchtbar durchgerüttelt, und er selbst, der ganz schief stand und bald in diese, bald in jene Richtung blickte, wurde dermaßen gestoßen und geknufft, gezaust und gezerrt, geschoben und geschubst, daß es fast an ein Wunder grenzte, daß er nicht tatsächlich, wie es mit einer Kolonie Fröschen oder Schnecken oder anderen leichteren Geschöpfen manchmal geschieht, in die Luft gehoben wurde und zum großen Erstaunen der Eingeborenen in irgendeiner fremden Gegend, wo Dienstmänner unbekannt sind, als Regen niederging.

Doch stürmisches Wetter war, obwohl es ihm so hart zusetzte, trotz alledem eine Art Feiertag für Toby. Das ist eine Tatsache. Bei Wind schien er nicht so lange auf einen Sixpence zu warten wie sonst. Die Notwendigkeit, gegen dieses unbändige Element zu kämpfen, lenkte ihn ab und munterte ihn auf, wenn er hungrig und verzagt wurde. Strenger Frost oder Neuschnee waren ein Ereignis; irgendwie schien es ihm gutzutun, wenn man auch schwer sagen konnte, wieso. Jeden-

falls waren Tage mit Wind, Frost, Schnee und vielleicht einem kräftigen Hagelschauer Feiertage für Toby Veck.

Regenwetter war am schlimmsten; die kalte, klamme Nässe, die ihn wie ein feuchter Mantel einhüllte, der einzige Mantel, den er besaß und auf den er gern verzichtet hätte. Tage, an denen der Regen dicht und unaufhörlich herabströmte; an denen die Kehlen der Straßen – wie seine eigene – zum Ersticken mit Nebel verstopft waren; an denen dampfende Regenschirme hin und her eilten und sich wie Kreisel drehten, wenn sie auf dem überfüllten Bürgersteig aneinanderstießen und kleine Strudel unangenehmer Spritzer abschüttelten; an denen es im Rinnstein brodelte und in den Dachrinnen rauschte; an denen die Nässe von den vorstehenden Steinen und Simsen der Kirche – trip, trip, trip – auf Toby tropfte und das Strohbündel, auf dem er stand, im Handumdrehen in Schlamm verwandelte: diese Tage setzten ihm am meisten zu. Dann konnte man sehen, wie Toby mit traurigem und langem Gesicht ängstlich aus seinem Unterstand an einem Winkel der Kirchenwand hervorlugte; es war ein so kümmerlicher Unterstand, daß er im Sommer keinen breiteren Schatten als den eines kräftigen Spazierstocks auf das sonnige Pflaster warf. Doch wenn er kurz darauf herauskam, um sich warm zu laufen, und einige Dutzend Male auf und ab getrabt war, faßte er wieder Mut und ging heiterer in seine Nische zurück.

Nach seiner Art zu gehen nannte man ihn Trotty. Es sah schnell aus, war es aber nicht. Er hätte vielleicht, ja sehr wahrscheinlich sogar, rascher laufen können, aber hätte man ihm seinen Trab nicht mehr gelassen, wäre Toby ins Bett gekrochen und gestorben. Bei schlechtem Wetter bespritzte er sich mit Schlamm; das brachte ihm eine Menge Ärger ein, und er hätte weitaus angenehmer laufen können, aber das war gerade der Grund, warum er so hartnäckig daran festhielt. Obwohl er ein schwächlicher, kleiner, dünner alter Mann war, war dieser Toby mit seinen guten Vorsätzen ein wahrer

Herkules. Er wollte gern sein Geld verdienen. Der Gedanke, etwas zu taugen, bereitete ihm ein Vergnügen, und Toby war sehr arm und konnte es sich nicht leisten, auf dieses Vergnügen zu verzichten. Mit einem Auftrag für einen Schilling oder achtzehn Pence oder einem kleinen Päckchen in der Hand, wuchs seine sonstige Beherztheit noch mehr an. Wenn er lostrabte, rief er schnell den vor ihm her laufenden Postboten zu, sie möchten ihm aus dem Weg gehen, denn da er aufrichtig an die natürliche Folge der Dinge glaubte, mußte er sie unweigerlich einholen und umrennen. Auch war er felsenfest davon überzeugt – was er allerdings nicht oft erprobt hatte –, daß er alles tragen könne, was ein Mensch nur anzuheben vermag.

So trabte Toby immer, selbst wenn er aus seinem Schlupfwinkel herauskam, um sich an einem Regentag aufzuwärmen. Mit seinen undichten Schuhen hinterließ er im Schlamm eine krumme Linie matschiger Fußstapfen. Er blies in die erstarrten Hände und rieb sie gegeneinander; die fadenscheinigen Handschuhe aus grauer Kammwolle – mit einem Extrateil für den Daumen und einem gemeinsamen für die anderen Finger – schützten ihn nur geringfügig gegen die durchdringende Kälte. Mit krummen Knien, den Stock unter dem Arm, so trabte Toby unaufhörlich. Und wenn er auf die Straße trat, um zu den läutenden Glocken hochzuschauen, trabte Toby noch immer.

Diesen Abstecher unternahm er mehrere Male am Tag, denn die Glocken waren seine Gesellschaft, und wenn er ihre Stimmen hörte, blickte er interessiert zu ihrem Wohnsitz empor und dachte darüber nach, wie sie bewegt wurden und von was für Klöppeln sie geschlagen wurden. Vielleicht wollte er so viel von diesen Glocken wissen, weil gewisse Ähnlichkeiten zwischen ihnen und ihm bestanden. Sie hingen dort bei jedem Wetter, Wind und Regen ausgesetzt; sie sahen nur das Äußere all der Häuser und gelangten nie näher an die glühenden Feuer, die durch die Fenster leuchteten und schimmerten oder zu den Schornsteinen herausqualmten; sie konnten nichts von den guten Sachen abbekommen, die ständig durch Haustüren und Gitter hindurch an großartige Köche gereicht wurden. Gesichter tauchten an vielen Fenstern auf und verschwanden, manchmal hübsche Gesichter, manchmal auch das Gegenteil; aber Toby wußte nicht mehr über sie als die Glocken (obwohl er oft darüber nachgrübelte, wenn er müßig auf der Straße stand): woher sie kamen oder wohin sie gingen oder ob sie, wenn sich ihre Lippen bewegten, ein freundliches Wort über ihn sagten.

Toby war kein spitzfindiger Mensch – soviel wenigstens wußte er –, und ich möchte nicht behaupten, daß er, als er die Glocken liebzugewinnen begann und die Fäden der ersten flüchtigen Bekanntschaft enger und zarter knüpfte, nach und nach diese Überlegungen anstellte oder eine peinlich genaue Überprüfung seiner Gedanken vornahm. Ich möchte aber sagen, daß, ebenso wie Tobys Körperfunktionen, zum Beispiel seine Verdauungsorgane, ganz von selbst und durch sehr viele Vorgänge, von denen er nichts wußte und deren Kenntnis ihn in höchstes Erstaunen versetzt hätte, an ein bestimmtes Ziel gelangten, auch seine geistigen Kräfte ohne sein Zutun und Mitwissen diese Rädchen mit tausend anderen in Bewegung setzten, als sie seine Zuneigung für die Glocken hervorbrachten.

Wenn ich auch von Liebe gesprochen hatte, möchte ich dieses Wort nicht zurücknehmen, obgleich es kaum die Vielfalt seiner Gefühle zum Ausdruck bringen kann. Da er ein einfacher Mensch war, rechnete er ihnen einen fremdartigen und feierlichen Charakter zu. Sie waren so geheimnisvoll – er hatte sie oft gehört, doch nie gesehen; sie waren so hoch oben, so weit weg und hatten einen so tiefen, vollen Klang, daß er sie mit einer Art Ehrfurcht betrachtete; und manchmal, wenn er zu den dunklen Bogenfenstern emporblickte, erwartete er im stillen, von einem Etwas gerufen zu werden, das keine Glocke war, das er aber oft in den Glocken hatte mitklingen hören. Deswegen wies Toby verächtlich ein Gerücht zurück, dem zufolge es bei den Glocken spuke, was die Möglichkeit andeutete, daß sie mit einem bösen Geist verbunden waren. Kurzum, sie waren häufig in seinen Ohren und Gedanken, aber stets hoch in seiner Achtung. Sehr oft bekam er einen dermaßen steifen Hals, wenn er mit offenem Mund zum Turm, wo sie hingen, hinaufstarrte, daß er hinterher ein- oder zweimal mehr traben mußte, um den Krampf zu lösen.

Dieser Beschäftigung ging er an einem kalten Tag gerade nach, als der letzte müde Ton, der zwölf Uhr angezeigt hatte, wie eine riesige, aber durchaus keine emsige Biene, durch den ganzen Turm summte.

„Oh, Mittagszeit!" sagte Toby und trabte vor der Kirchentür auf und ab. „Ah!"

Tobys Nase war sehr rot, seine Lider waren entzündet, und er blinzelte stark; die Schultern hatte er fast bis an die Ohren hochgezogen; die Beine waren steifgefroren, und überhaupt hatte ihn die Kälte tüchtig gepackt.

„Oh, Mittagszeit!" wiederholte Toby und schlug mit seinem rechten Fäustling wie mit einem Boxhandschuh auf seine Brust ein, zur Strafe dafür, daß sie die Kälte spürte. „Ah-h-h!"

Dann setzte er sich für ein oder zwei Minuten schweigend in Trab.

„Es gibt nichts...", sagte Toby und wollte erneut fortfahren, aber dann blieb er kurz stehen und tastete sorgfältig, wobei sich auf seinem Gesicht Neugier und Besorgnis zeigten, seine Nase der Länge nach ab. Es war aber nur ein kurzes Stück (wie das so bei einer Nase ist), und bald hatte er es geschafft.

„Ich dachte, sie wäre weg", sagte Toby und trabte weiter. „Aber sie ist in Ordnung. Ich könnte es ihr nicht mal übelnehmen, wenn sie weg wollte. Sie hat einen ganz schön harten Dienst bei der Kälte und herzlich wenig Freude, denn ich nehme keinen Schnupftabak. Sie wird ja zu den besten Zeiten arg gequält, das arme Wesen, denn wenn sie mal einen guten Duft abbekommt (was nicht oft der Fall ist), stammt der meistens vom Essen andrer Leute, die vom Bäcker nach Hause gehen."

Dieser Gedankengang erinnerte ihn an jenen anderen, den er noch nicht beendet hatte.

„Es gibt nichts Regelmäßigeres", sagte Toby, „als die Mittagszeit und nichts weniger Regelmäßiges als die Mittagsmahlzeit. Darin besteht der große Unterschied. Ich hab lange gebraucht, bis ich das herausgefunden hab. Ich frage mich, ob es einem Herrn der Mühe wert wäre, diese Beobachtung für die Zeitung oder für das Parlament zu kaufen."

Toby machte nur Spaß, denn er schüttelte voller Selbstverachtung den Kopf.

„Bei Gott!" sagte Toby. „Die Zeitungen sind voll von solchen Beobachtungen und das Parlament auch. Hier ist die Zeitung von der letzten Woche", er zog ein sehr schmutziges Exemplar aus der Tasche und hielt es auf Armeslänge von sich, „voller Beobachtungen! Voller Beobachtungen! Ich möchte die Neuigkeiten genausogern wissen wie jedermann", sagte Toby bedächtig, faltete das Blatt etwas kleiner und steckte es in seine Tasche zurück, „aber es geht mir gegen den Strich, jetzt eine Zeitung zu lesen. Es macht mir fast angst. Ich weiß nicht, was aus uns armen Leuten werden soll. Gott geb's, daß es uns im neuen Jahr besser gehen möge!"

„Hallo, Vater!" sagte eine angenehme Stimme neben ihm.

Doch Toby, der sie nicht vernahm, trabte weiter auf und ab. Er war in Gedanken versunken und sprach zu sich selber.

„Es scheint so, als ob uns nichts gelingt und als ob wir nichts richtig machen oder als ob wir uns nicht unser Recht verschaffen können", sagte Toby. „Ich hatte selten Schule, als ich jung war, und ich werde nicht recht schlau daraus, ob wir auf dieser Erde etwas zu suchen haben oder nicht. Manchmal denke ich, ja, ein wenig; und manchmal denke ich, wir sind lästig. Manchmal bin ich so durcheinander, daß ich mir nicht mal klar darüber bin, ob etwas Gutes in uns steckt oder ob wir schon schlecht geboren worden sind. Wir scheinen schreckliche Wesen zu sein und eine Menge Ärger zu verursachen; über uns wird ständig geklagt, und vor uns nimmt man sich in acht. So oder so, wir füllen die Zeitungen. Gesprächsthema zum neuen Jahr!" sagte Toby traurig. „Ich kann meistens genausogut durchhalten wie jeder andere, besser als ziemlich viele, denn ich bin stark wie ein Löwe, und das sind nicht alle. Aber angenommen, wir sollten wirklich kein Recht auf ein neues Jahr haben; angenommen, wir sind wirklich lästig ..."

„Hallo, Vater!" sagte wieder die angenehme Stimme.

Diesmal hörte sie Toby; er stutzte, blieb stehen, und während er seinen in die Ferne gerichteten Blick – als suche er im Herzen des herankommenden Jahres die Erleuchtung – sammelte, stand er seiner Tochter gegenüber und sah ihr direkt in die Augen.

Es waren strahlende Augen. Augen, in die man lange hineinblicken mußte, ehe man ihre Tiefe erforschen konnte. Dunkle Augen, die die forschenden Augen widerspiegelten, nicht aufblitzend oder herausfordernd, sondern mit einem klaren, ruhigen, wahrhaftigen, geduldigen Glanz, der mit jenem Licht verwandt ist, das der Himmel ins Leben ruft. Es waren schöne und ehrliche Augen, die vor Hoffnung strahlten. Trotz der zwanzig Jahre Arbeit und Armut, auf die sie zurückblickten, voller Hoffnung, so jung und frisch, so heiter und lebensfroh und strahlend, daß sie zu Trotty Veck sprachen und sagten: „Ich glaube, wir haben hier etwas zu suchen – ein wenig."

Trotty küßte den Mund, der zu den Augen gehörte, und drückte innig das blühende Gesicht zwischen seinen Händen.

„Nanu, Liebling", sagte Trotty, „was machst du hier? Ich hab dich heute nicht erwartet, Meg."

„Ich dachte auch nicht, daß ich käme, Vater", rief das

Mädchen, nickte und lächelte dabei. „Aber da bin ich nun! Und nicht mit leeren Händen!“

„Was denn, du willst doch nicht etwa sagen“, bemerkte Trotty und betrachtete neugierig einen zugedeckten Korb, den sie in der Hand hielt, „daß du ...“

„Riech mal, lieber Vater“, sagte Meg, „riech nur!“

Toby wollte sofort den Deckel hochheben, doch sie legte fröhlich die Hand darauf.

„Nein, nein“, sagte Meg, vergnügt wie ein Kind, „zieh es noch ein wenig in die Länge. Laß mich nur mal die Ecke anheben, nur eine winzig kleine Ecke, weißt du“, sagte Meg, stimmte dabei Bewegung und Worte aufeinander ab und sprach so sanft, als fürchtete sie, es könnte sie jemand im Inneren des Korbes belauschen. „Da. Nun? Was ist es?“

Toby schnupperte nur ganz kurz am Rand des Korbes und rief begeistert: „Oh, es ist heiß!“

„Glühend heiß!“ rief Meg. „Hahaha, es ist kochend heiß!“

„Hahaha!“ brüllte Toby und stampfte mit dem Fuß auf. „Es ist kochend heiß!“

„Aber was ist es, Vater?“ fragte Meg. „Komm. Du hast noch nicht erraten, was es ist. Du mußt erst raten, was es ist. Ich nehme es nicht eher heraus, bis du es erraten hast. Hab es nicht so eilig, warte einen Moment. Ein bißchen den Deckel weg, nun rate!“

Meg hatte Angst, daß er es zu schnell erraten würde. Sie wich zurück, als sie ihm den Korb entgegenstreckte, zog die hübschen Schultern hoch und hielt sich die Ohren zu, als ob sie dadurch Toby hindern könnte, das richtige Wort zu sagen, und lachte die ganze Zeit liebevoll.

Inzwischen beugte Toby, die Hände auf die Knie gestützt, seine Nase zu dem Korb hinab und nahm am Deckel eine tüchtige Prise. Auf seinem welken Gesicht breitete sich ein Grinsen aus, als atme er Lachgas ein.

„Ah, sehr gut“, sagte Toby. „Es sind – es sind doch nicht etwa Bologneser?“

„Nein, nein", rief Meg entzückt. „Auf keinen Fall Würstchen!"

„Nein", sagte Toby nach einer weiteren Prise. „Es ist milder als Bologneser. Sehr gut. Mit jedem Moment wird es besser. Ganz bestimmt sind es Haxen. Stimmt's?"

Meg war außer sich. Er konnte nicht mehr danebengetippt haben als mit Haxen – außer mit Bolognesern.

„Leber?" sprach Toby zu sich selbst. „Nein. Eine gewisse Milde liegt in der Luft, die nicht zu Leber paßt. Spitzbeine? Nein. Für Spitzbeine ist der Geruch zu stark. Es muß die Zähigkeit von Hahnenköpfen haben. Und ich weiß, es sind auch keine Würstchen. Ich werd dir sagen, was es ist. Gekröse!"

„Nein, falsch!" schrie Meg und wand sich vor Vergnügen. „Nein, auch nicht!"

„Ja, woran denke ich denn!" sagte Toby und richtete sich gerade wie ein Lot auf, sofern ihm das möglich war. „Nächstens vergesse ich noch meinen eignen Namen. Kutteln sind's!"

Kutteln waren es, und Meg versicherte voller Freude, daß er in einer halben Minute sagen werde, es seien die köstlichsten Kutteln, die je gekocht worden sind.

„Und nun", sagte Meg und machte sich frohlockend am Korb zu schaffen, „werde ich sofort decken, Vater, denn ich habe die Kutteln in einer Schüssel hergebracht und die Schüssel in ein Taschentuch eingebunden. Und wenn ich es stolz wie ein Tischtuch ausbreite und es einfach Tischtuch nenne, kann mich kein Gesetz daran hindern, stimmt's, Vater?"

„Nicht daß ich wüßte, mein Liebes", sagte Toby. „Aber sie bringen ja andauernd neue Gesetze raus."

„Und nach dem, was ich dir gestern aus der Zeitung vorgelesen habe, Vater, weißt du, was der Richter gesagt hat. Wir armen Leute müßten sie alle kennen. Haha! Irrtum! Du meine Güte, für wie gescheit die uns halten!"

„Ja, mein Liebes", sagte Trotty, „und derjenige wäre sehr beliebt, der sie alle kennt. Dieser Herr würde bei der Arbeit, die er bekäme, fett werden und wäre in seiner Nachbarschaft bei den feinen Leuten sehr begehrt. Ganz bestimmt!"

„Wer er auch sein mag, er würde sein Mittagsbrot mit großem Appetit essen, wenn es genauso duftete wie das hier", sagte Meg fröhlich. „Beeil dich, denn da ist noch eine heiße Kartoffel und eine halbe Pinte frischgezapftes Bier in der Flasche. Wo möchtest du essen, Vater? An der Säule oder auf den Stufen? Ach je, sind wir vornehm. Zwei Plätze zum Aussuchen!"

„Heute auf den Stufen, mein Liebling", sagte Trotty. „Stufen bei trockenem Wetter, Säule bei feuchtem. Die Stufen sind zwar immer bequemer, weil man sich hinsetzen kann, aber bei feuchtem Wetter bekommt man Rheuma."

„So", sagte Meg und klatschte in die Hände, nachdem sie eifrig beschäftigt gewesen war, „es ist alles fertig! Und schön sieht's aus! Komm, Vater, komm!"

Seit Trotty wußte, was in dem Korb war, hatte er wie geistesabwesend dagestanden und auch so mit ihr gesprochen. Das zeigte, daß er sie – obwohl sie der Gegenstand seiner Gedanken und Blicke war – weder so sah noch von ihr dachte, wie sie in diesem Augenblick vor ihm stand, sondern daß ihm ihr zukünftiges Leben wie eine flüchtige Skizze vor Augen schwebte. Durch ihre fröhliche Aufforderung hochgeschreckt, unterließ er ein trauriges Kopfschütteln, das sich gerade einstellen wollte, und trabte zu ihr hinüber. Als er sich hinsetzen wollte, läuteten die Glocken.

„Amen!" sagte Trotty, zog den Hut und schaute zu ihnen empor.

„Du sagst amen zu den Glocken, Vater?" rief Meg aus.

„Sie setzten ein wie zu einem Tischgebet, meine Liebe", sagte Trotty und nahm Platz. „Sie würden sicher ein gutes Gebet sprechen, wenn sie es könnten. Viele freundliche Dinge sagen sie mir."

„Die Glocken, Vater?“ lachte Meg, als sie die Schüssel hinstellte und ihm Messer und Gabel hinlegte. „Wirklich?“

„Scheint so, mein Liebling“, sagte Trotty und langte kräftig zu. „Und wo ist der Unterschied? Wenn ich sie höre, was macht das schon, ob sie sprechen oder nicht? Bei Gott, meine Liebe“, sagte Toby, wies mit der Gabel auf den Turm und wurde durch das Essen immer munterer, „wie oft habe ich die Glocken sagen hören: ‚Toby Veck, Toby Veck, bewahre dir ein gutes Herz, Toby! Toby Veck, Toby Veck, bewahre dir ein gutes Herz, Toby!‘ Tausendmal? Öfter!“

„Na, ich nie!“ rief Meg.

Obwohl sie es immer wieder gehört hatte, denn das war Tobys Lieblingsthema.

„Wenn die Dinge schlecht stehen“, sagte Trotty, „wirklich sehr schlecht, meine ich, daß sie kaum schlimmer sein könnten, dann sagen sie: ‚Toby Veck, Toby Veck, bald gibt's was zu tun, Toby!‘ In *der* Weise.“

„Und schließlich gibt es etwas zu tun, Vater“, sagte Meg mit einem Anflug von Wehmut in der angenehmen Stimme.

„Immer“, antwortete Toby unbewußt. „Sie irren sich nie.“

Während dieser Unterhaltung machte sich Trotty ohne Unterbrechung über das schmackhafte Fleisch her. Er schnitt davon ab und aß, schnitt und trank, schnitt und kaute und fuhr mit überschwenglichem und nicht zu stillendem Appetit hin und her von den Kutteln zu den heißen Kartoffeln und von den heißen Kartoffeln zurück zu den Kutteln. Aber als er jetzt die Straße entlangblickte – falls jemand von irgendeiner Tür oder einem Fenster aus einen Dienstmann verlangte –, stießen seine Blicke auf Meg, die ihm mit verschränkten Armen gegenübersaß und mit glücklichem Lächeln zusah, wie es ihm schmeckte.

„Ach, der Himmel verzeih mir's“, sagte Trotty und legte Messer und Gabel hin. „Meg, mein Täubchen! Warum hast du mir nicht gesagt, was für ein Untier ich bin?“

„Wieso, Vater?“

„Ich sitze hier", rief Trotty reumütig aus, „und schlemme und stopfe mich voll, während du vor mir sitzt und noch nicht mal gefrühstückt hast oder ..."

„Aber ich habe gefrühstückt, Vater", unterbrach ihn lachend seine Tochter, „alles häppchenweise, und ich habe Mittagbrot gegessen."

„Unsinn", entgegnete Trotty. „Zweimal Essen an einem Tag! Das ist unmöglich! Genausogut könntest du mir erzählen, daß zwei Neujahrstage auf einen Tag zusammenfallen oder daß ich mein Leben lang ein goldnes Haupt gehabt und es nie gewechselt hätte."

„Wirklich, Vater, ich habe Mittag gegessen", sagte Meg und trat näher an ihn heran. „Und wenn du weiterißt, werde ich dir erzählen, wie und wo ich dazu gekommen bin und wie und wieso ich dir eine Mahlzeit bringen konnte – und noch etwas anderes."

Toby schien skeptisch zu sein, doch sie blickte ihm mit ihren klaren Augen ins Gesicht, legte ihm die Hand auf die Schulter und bedeutete ihm, weiterzuessen, solange das Fleisch noch heiß war. Trotty nahm also Messer und Gabel wieder zur Hand und machte sich daran, allerdings viel langsamer als zuvor, und er schüttelte den Kopf, als wäre er gar nicht mit sich zufrieden.

„Vater, ich habe Mittagbrot gegessen", sagte Meg nach kurzem Zögern, „und zwar mit Richard. Er hat heute seine Pause früher eingelegt, und weil er seine Mahlzeit mitbrachte, als er zu mir kam, haben wir zusammen gegessen, Vater."

Trotty nahm einen Schluck Bier und schmatzte mit den Lippen. Dann sagte er: „Oh!", weil sie wartete.

„Und Richard sagt, Vater ...", fuhr Meg fort. Dann hielt sie inne.

„Was sagt Richard, Meg?" fragte Toby.

„Richard sagt, Vater ..." Erneutes Stocken.

„Richard braucht lange, bis er was sagt", bemerkte Toby.

„Also Richard sagt, Vater", sprach Meg weiter, blickte

endlich hoch und sagte mit zitternder, doch ganz klarer Stimme, „daß ein weiteres Jahr fast herum ist und was es für einen Sinn hat, von Jahr zu Jahr zu warten, wenn es doch unwahrscheinlich ist, daß es uns jemals besser gehen wird. Er sagt, wir sind jetzt arm, Vater, und wir werden arm bleiben, aber jetzt sind wir jung, und ehe wir's uns versehen, sind wir alt. Er sagt, wenn Leute in unserer Lage warten wollen, bis sie einen Weg in die Zukunft sehen, dann wird es schließlich ein sehr schmaler Weg sein, der übliche Weg, nämlich der ins Grab, Vater."

Es hätte unbedingt ein tapfererer Mann als Toby Veck Ansprüche an seine Kühnheit stellen müssen, um das zu leugnen. Trotty hielt den Mund.

„Und wie schwer ist es, Vater, alt zu werden und zu sterben und dabei zu denken, daß man sich hätte Mut machen und sich gegenseitig helfen können! Wie schwer ist es im Leben, sich zu lieben und zu grämen, wenn jeder für sich allein schuftet und sich verändert und alt und grau wird. Selbst wenn ich mich überwinden und ihn vergessen würde (was ich aber nicht kann), lieber Vater, wie schwer wäre es, ein so volles Herz wie meins zu haben und es Tropfen für Tropfen ausbluten zu lassen, ohne daß ich die Erinnerung an einen glücklichen Augenblick im Leben einer Frau hätte, auf die ich zurückgreifen und die mich trösten und glücklicher machen könnte!"

Trotty saß ganz still da. Meg wischte sich die Augen und sagte etwas fröhlicher, das heißt halb lachend, halb schluchzend:

„Das sagt Richard, Vater. Weil er gestern für einige Zeit Arbeit bekommen hat und ich ihn liebe – und das schon seit drei Jahren, ach, noch länger, er weiß es nur nicht –, wollen wir am Neujahrstag heiraten, dem besten und glücklichsten Tag im ganzen Jahr, sagt er, der einem am ehesten Glück bringt. Es kommt etwas plötzlich, nicht wahr, Vater, aber ich brauche nicht erst meine Vermögenslage zu regeln und mein

Brautkleid anfertigen zu lassen wie die reichen Damen, stimmt's, Vater? Und er hat so viel geredet, auf seine Weise: klug und ernst und dabei lieb und freundlich, daß ich versprach, herzukommen und mit dir zu sprechen, Vater. Und weil ich diesmal den Lohn für meine Arbeit heute morgen bekommen habe (völlig unerwartet) und weil es dir die ganze Woche ziemlich schlecht ergangen ist und weil ich unbedingt wollte, daß dieser Tag eine Art Feiertag für dich werden sollte, so wie er mir lieb und teuer ist, Vater, da habe ich den kleinen Schmaus gekocht und dich überrascht."

„Und gesehen, wie er auf den Stufen kalt wird", sagte eine andere Stimme.

Es war die Stimme von Richard, der unbemerkt an sie herangetreten war und nun vor Vater und Tochter stand. Er schaute auf sie mit einem Gesicht herab, das ebenso glühte wie das Eisen, das er mit seinem Vorschlaghammer bearbeitete. Er war ein ansehnlicher, gutgewachsener, kräftiger junger Mann. Seine Augen sprühten wie die rotglühenden Funken aus einem Hochofen; das schwarze Haar kringelte sich leicht um die braungebrannten Schläfen, und sein Lächeln bestätigte Megs Lobrede auf seine Art der Gesprächsführung.

„Schau, wie er ihn auf den Stufen auskühlen läßt!" sagte Richard. „Meg weiß nicht, was er gern ißt. *Sie* nicht!"

Trotty streckte Richard sofort voller Begeisterung die Hand entgegen und wollte ihn gerade eilig begrüßen, als sich unvermutet die Tür öffnete und ein Bedienter um Haaresbreite in die Kutteln getreten wäre.

„Platz da, wird's bald! Müßt ihr denn immer auf unsern Stufen hocken? Könnt ihr nie zu 'n Nachbarn nich gehn und denen 'nen Schreck einjagen? Werdet ihr wohl aus dem Wege gehn oder nich?"

Genaugenommen war die letzte Frage überflüssig, denn sie waren bereits gegangen.

„Was ist los, was gibt's denn?" fragte der Herr, für den die Tür geöffnet worden war. Er trat mit jenem leichten, doch gewichtigen Schritt aus dem Haus – diesem Zwischending aus Gang und Trab –, mit dem nur ein Herr, der sich in der absteigenden Hälfte seines Lebens befindet, der knarrende Stiefel, eine Uhrkette und reine Wäsche trägt, aus dem Haus kommen kann: nicht nur im vollen Bewußtsein seiner Würde, sondern mit dem Gebaren, irgendwo wichtige und einträgliche Verpflichtungen zu haben. „Was ist los? Was gibt's denn?"

„Auf den Knien hab ich euch gebeten und gebettelt", sagte der Bediente nachdrücklich zu Trotty Veck, „laßt unsre Stufen zufrieden. Warum laßt ihr sie nich sein? Könnt ihr sie denn nich sein lassen?"

„He! Genug, genug!" sagte der Herr. „Heda! Dienstmann!" Er winkte Trotty Veck mit dem Kopf heran. „Kommen Sie mal her! Was ist das? Ihr Mittagessen?"

„Ja, Sir", antwortete Trotty und ließ es hinter sich in einer Ecke stehen.

„Lassen Sie es dort nicht stehen", rief der Herr. „Bringen Sie es her. So. Das ist also Ihr Mittagessen?"

„Ja, Sir", wiederholte Trotty und betrachtete gebannt und mit wäßrigem Mund das Stück Kuttel, das er für einen letzten genüßlichen Happen aufgehoben hatte und das der Herr jetzt am Ende der Gabel um und um drehte.

Zwei andere Herren waren mit ihm herausgetreten. Der eine war ein niedergeschlagen wirkender Mann in mittleren Jahren, von dürrer Gestalt und mit einem traurigen Gesicht. Er hielt die Hände ständig in den Taschen seiner schäbigen Pfeffer-und-Salz-Hosen vergraben, die von dieser Angewohnheit schon groß und ausgebeult waren, und sah nicht sonderlich sauber und gebürstet aus. Der andere war eine stattliche, gepflegte Erscheinung in einem blauen Mantel mit glänzenden Knöpfen und einer weißen Krawatte. Dieser Herr hatte ein sehr rotes Gesicht, als ob zuviel Blut aus dem Körper in seinen Kopf gepreßt würde, was vielleicht zu dem Eindruck paßte, daß er ein kaltes Herz hatte.

Derjenige, der Tobys Fleisch auf der Gabel hatte, rief den ersten mit Namen Filer, und beide steckten die Köpfe zusammen. Mr. Filer, der ausgesprochen kurzsichtig war, mußte so dicht an den kläglichen Rest von Tobys Mahlzeit herangehen, ehe er herausfinden konnte, was es war, daß Toby schon das Herz bis zum Halse schlug. Aber Mr. Filer aß es nicht auf.

„Dies ist eine Art tierischer Nahrung, Herr Stadtrat“, sagte Filer und stocherte etwas mit seiner silbernen Bleistifthülle darin herum, „die der arbeitenden Bevölkerung dieses Landes allgemein unter dem Namen Kutteln bekannt ist.“

Der Stadtrat lachte und zwinkerte, denn er war ein fröhlicher Geselle, dieser Stadtrat Cute. Und ein schlauer Bursche obendrein! Ein intelligenter Bursche. Allem gewachsen. Ließ sich nichts vormachen. Tief im Herzen der Menschen. Cute kannte sie. Das will ich meinen!

„Aber wer ißt schon Kutteln?“ fragte Mr. Filer und blickte in die Runde. „Kutteln sind zweifellos der unwirtschaftlichste und verschwenderischste Artikel, den die Märkte unseres Landes erzeugen können. Man hat festgestellt, daß der Verlust, wenn man ein Pfund Kutteln kocht, sieben Achtel eines Fünftels größer ist als bei einem Pfund irgendeines anderen tierischen Erzeugnisses. Kutteln sind genaugenommen teurer als Ananas aus dem Treibhaus. Wenn wir davon ausgehen, wie viele Tiere jährlich allein laut Sterblichkeitsliste geschlachtet werden, und die geringe Menge Kutteln schätzen, die sich aus den sachgemäß zerlegten Tieren ergeben würde, finde ich, daß diese beim Kochen verschwendete Menge Kutteln eine Garnison mit fünfhundert Mann fünf Monate mit einunddreißig Tagen und einen Februar dazu ernähren könnte. Diese Verschwendung, diese Verschwendung!“

Trotty stand entgeistert da, und seine Beine zitterten. Er hatte offenbar eine Garnison mit fünfhundert Mann eigenhändig verhungern lassen.

„Wer ißt Kutteln?" fragte Mr. Filer gereizt. „Wer ißt Kutteln?"

Trotty machte eine klägliche Verbeugung.

„Sie also?" fragte Mr. Filer. „Dann will ich Ihnen mal etwas sagen, mein Freund. Ihre Kutteln schnappen Sie den Witwen und Waisen weg."

„Das hoffe ich nicht, Sir", sagte Trotty zaghaft. „Lieber würde ich vor Hunger sterben."

„Teilen Sie die vorher erwähnte Menge Kutteln, Herr Stadtrat", sagte Mr. Filer, „durch die vermutliche Zahl unserer Witwen und Waisen, und heraus kommt für jeden ein Pennygewicht Kutteln. Kein Quentchen bleibt für diesen Mann übrig. Folglich ist er ein Räuber."

Trotty war dermaßen bestürzt, daß es ihn nicht kümmerte, mit anzusehen, wie der Stadtrat selbst seine Kutteln aufaß. Irgendwie war er froh, sie los zu sein.

„Und was sagen *Sie?*" fragte der Stadtrat heiter den rotgesichtigen Herrn im blauen Mantel. „Sie haben Freund Filer gehört. Aber was meinen Sie?"

„Was kann man dazu sagen?" erwiderte der Herr. „Was *soll* man dazu sagen? Wer kann sich schon in solchen verderbten Zeiten für einen Burschen wie diesen da interessieren?" Er meinte Trotty. „Sehen Sie ihn sich doch an. Die guten alten Zeiten, die großen alten Zeiten! *Das* waren die Zeiten für einen gesunden Bauernstand und all diese Dinge. Das waren noch Zeiten für all die Dinge, wahrhaftig. Davon existiert heute nichts mehr. Ach!" seufzte der rotgesichtige Herr. „Die guten alten Zeiten, die guten alten Zeiten!"

Der Herr erläuterte nicht im einzelnen, auf welche Zeit er eigentlich anspielte. Auch verriet er nicht, ob er die Gegenwart aus dem uneigennützigen Bewußtsein heraus so verachtete, daß sie mit seiner Person nichts Bedeutendes hervorgebracht hat.

„Die guten alten Zeiten, die guten alten Zeiten", wiederholte der Herr. „Was waren das für Zeiten! Sie waren die einzig wahren Zeiten. Es hat keinen Sinn, über eine andere Zeit zu sprechen oder ein Wort darüber zu verlieren, wie *heutzutage* die Menschen sind. Können Sie das noch eine Zeit nennen? Ich nicht. Schlagen Sie Strutts ‚Kostüme' nach und sehen Sie, was ein Dienstmann unter einer der guten alten englischen Regierungen darstellte."

„In seinen besten Verhältnissen hatte er nicht einmal ein Hemd auf dem Leib oder Strümpfe an den Füßen, und es gab in ganz England kein Gemüse, das er sich in den Mund stopfen konnte", sagte Mr. Filer. „Das kann ich anhand von Tabellen beweisen."

Trotz alledem lobte der Rotgesichtige die guten alten Zeiten, die großen alten Zeiten. Es spielte keine Rolle, was andere sagten, er drehte sich mit seinen Äußerungen dazu ebenso im Kreise wie ein Eichhörnchen im Drehkäfig, das den Mechanismus berührt und von dem Trick wahrscheinlich genausowenig Ahnung hat wie dieser rotgesichtige Herr von seinem entschwundenen Jahrtausend.

Es ist möglich, daß Trottys Glauben an diese unbestimmten alten Zeiten noch nicht gänzlich zerstört war, denn er fühlte sich in diesem Moment unsicher genug. Eines jedoch war ihm in seiner mißlichen Lage klar, nämlich daß seine bösen Ahnungen, die er heute früh wie an so manchem Morgen gespürt hatte, durchaus begründet waren, mochten sich diese Herren auch im einzelnen voneinander unterscheiden. ‚Nein, nein. Uns gelingt nichts, und wir machen nichts richtig', dachte Trotty verzweifelt. ‚In uns steckt nichts Gutes. Wir sind schon schlecht geboren.'

Nun hatte Trotty ein Vaterherz in sich, das trotz dieser Fügung irgendwie in seine Brust geraten sein mußte. Er konnte es nicht ertragen, daß Meg in ihrem jungen Glück die Zukunft von diesen klugen Herren vorhergesagt werden sollte. ‚Gott steh ihr bei', dachte der arme Trotty. ‚Sie wird es früh genug erleben.'

Deshalb winkte er eifrig dem jungen Schmied, mit Meg fortzugehen. Dieser jedoch unterhielt sich mit ihr in einiger Entfernung so angeregt, daß er sein Anliegen erst verstand, als es auch der Stadtrat Cute bemerkte. Nun hatte der Stadtrat noch nicht seine Meinung geäußert, aber er war ein Philosoph – das obendrein, o ja! –, und da er keinen seiner Zuhörer verlieren wollte, rief er: „Halt!"

„Sie wissen", sagte der Stadtrat mit selbstgefälligem Lächeln, was typisch für ihn war, zu seinen beiden Freunden, „ich bin ein schlichter Mann, und ich bin ein praktischer Mann, und ich gehe einfach und praktisch zu Werke. Das ist meine Art. Es gibt nicht die geringste Schwierigkeit, mit solchen Leuten zu verkehren, wenn man sie nur versteht und mit ihnen in deren Weise reden kann. Heda, Dienstmann, erzählst du mir oder anderen nicht immer, mein Freund, daß ihr nicht ausreichend und vernünftig zu essen habt? Ich weiß es besser. Ich habe eure Kutteln gekostet, hörst du, und du kannst mich nicht für dumm verkaufen. Du verstehst, was ‚für dumm verkaufen' heißt, was? Das ist der richtige Ausdruck, stimmt's? Hahaha! Du lieber Himmel", wandte sich der Stadtrat wieder an seine Freunde, „es ist die leichteste Sache von der Welt, mit solchen Leuten zu verkehren, wenn man sie versteht."

Er war beim einfachen Volk berühmt, der Stadtrat Cute! Ihnen gegenüber niemals gereizt. Ein nachsichtiger, leutseliger, zu Scherzen aufgelegter und kluger Mann!

„Ihr seht, meine Freunde", fuhr der Stadtrat fort, „da wird eine Menge Unsinn von Not geredet. ‚Auf dem trockenen sitzen', wißt ihr – so heißt's doch, stimmt's? Hahaha! –, und ich habe die Absicht, damit Schluß zu machen. Ein gewisses Gerede vom Hungertod ist in Mode, und ich werde Schluß damit machen. Das ist alles! Du lieber Himmel", wandte sich der Stadtrat wieder an seine Freunde, „bei solchen Leuten kann man mit allem durchkommen, wenn man es nur versteht."

Trotty ergriff Megs Hand und zog sie durch seinen Arm. Er schien gar nicht zu bemerken, was er tat.

„Deine Tochter, wie?" sagte der Stadtrat und kraulte sie vertraulich unter dem Kinn.

Immer leutselig mit der arbeitenden Klasse, der Stadtrat Cute! Er wußte, was ihnen gefiel! Kein bißchen Stolz!

„Wo ist ihre Mutter?" fragte der ehrenwerte Herr.

„Tot", sagte Toby. „Ihre Mutter war Wäscherin und Plätterin und wurde heimgerufen, als diese hier geboren wurde."

„Ich vermute, nicht, um auch da oben zu waschen und zu plätten", bemerkte der Stadtrat scherzhaft.

Toby mochte sich seine Frau nach dem Tode von ihrer früheren Beschäftigung getrennt vorstellen oder nicht, es bleibt die Frage: Wenn Mrs. Cute heimgegangen wäre, hätte sich dann Herr Stadtrat Cute ausgemalt, welchen Rang oder welche Stellung sie da oben einnahm?

„Und du machst ihr also den Hof?" sprach Cute den jungen Schmied an.

„Ja", erwiderte Richard rasch, denn ihn reizte diese Frage. „Und zu Neujahr wollen wir heiraten."

„Was sagst du da?" rief Filer heftig. „Heiraten!"

„Ja, das haben wir vor, Herr", sagte Richard. „Wir haben es ziemlich eilig, wissen Sie, falls damit zuerst Schluß gemacht wird."

„Ach!" rief Filer seufzend. „Machen Sie *damit* wirklich Schluß, Herr Stadtrat, dann tun Sie etwas Gutes. Heiraten! Heiraten! Diese Leute kennen nicht die einfachsten Regeln der politischen Ökonomie. Ihr Leichtsinn, ihre Gottlosigkeit – du lieber Himmel! – reichen, um ... Nun sehen Sie sich doch dieses Paar an!"

Na und? Sie verdienten es, betrachtet zu werden. Eine Heirat, wie sie sie vorhatten, schien ebenso vernünftig und richtig zu sein.

„Man kann alt werden wie Methusalem", sagte Mr. Filer,

,,und sich sein Leben lang zum Wohle solcher Leute abmühen; man kann Zahlen und Fakten zusammentragen und bergeweis stapeln, aber man kann ebensowenig hoffen, sie zu überzeugen, daß sie kein Recht oder keinen Grund haben zu heiraten, wie man hoffen kann, sie zu überzeugen, daß sie nicht das geringste Recht oder den geringsten Grund haben, geboren zu werden. Und *das* wissen wir, denn wir haben es seit langem mit mathematischer Genauigkeit belegt!"

Stadtrat Cute amüsierte sich köstlich und legte den rechten Zeigefinger an den Nasenflügel, als wollte er zu seinen beiden Freunden sagen: ,Achtet auf mich! Habt ein wachsames Auge auf den praktischen Mann!' Er winkte Meg zu sich heran.

,,Komm mal her, Mädchen!" sagte Stadtrat Cute.

Ihrem Liebsten war in den letzten Minuten voller Grimm das Blut zu Kopf gestiegen, und er wollte sie nicht gehen lassen. Doch er legte sich Zurückhaltung auf, trat mit Meg nach vorn, als sie sich Cute näherte, und blieb an ihrer Seite. Trotty hielt noch immer ihre Hand auf seinem Arm, blickte jedoch so wirr wie ein Schlafender im Traum von einem zum anderen.

,,Jetzt will ich dir mal einen guten Rat geben, Mädchen", sagte der Stadtrat in seiner netten, unbekümmerten Art. ,,Es ist meine Pflicht, dich zu beraten, weißt du, denn ich bin Richter. Du weißt, daß ich Richter bin, nicht wahr?"

Meg bejahte schüchtern. Jeder wußte, daß Stadtrat Cute Richter war! Ach je, was war er doch stets für ein emsiger, tätiger Richter! Wer war solch ein scharfer Splitter im Auge der Öffentlichkeit wie Cute!

,,Du sagst, du willst heiraten", fuhr der Stadtrat fort. ,,Sehr unschicklich und unanständig für dein Geschlecht! Aber mach dir nichts draus. Wenn du verheiratet bist, wirst du dich mit deinem Mann zanken und eine unglückliche Frau werden. Jetzt willst du es nicht glauben, aber es kommt so, das sage ich dir. Als Warnung bekenne ich dir ganz offen, daß ich mir vorgenommen habe, mit unglücklichen Ehefrauen

Schluß zu machen. Sieh zu, daß du mir nicht vorgeführt wirst. Du wirst Kinder haben – Jungen. Diese Jungen werden natürlich in schlechten Verhältnissen aufwachsen und ohne Schuhe und Strümpfe in den Straßen herumlungern. Paß auf, meine junge Freundin! Ich werde sie kurz und bündig für schuldig erklären, jeden einzelnen, denn ich habe beschlossen, mit Jungen ohne Schuhe und Strümpfe Schluß zu machen. Vielleicht (höchst wahrscheinlich sogar) stirbt dein Mann jung und läßt dich mit einem kleinen Kind zurück. Dann wirst du aus der Wohnung gesetzt und ziehst die Straßen auf und ab. Komm aber nicht in meine Nähe, meine Liebe, denn ich bin fest entschlossen, mit allen umherziehenden Müttern Schluß zu machen. Es ist meine Absicht, mit allen jungen Müttern, gleich welcher Art, Schluß zu machen. Laß dir aber nicht einfallen, dich bei mir mit Krankheit oder kleinen Kindern herauszureden, denn ich habe vor, mit allen Kranken und kleinen Kindern (ich hoffe, du kennst den kirchlichen Dienst, aber ich fürchte, nicht) Schluß zu machen. Und solltest du verzweifelte, undankbare, gottlose und betrügerische Person den Versuch unternehmen, ins Wasser zu gehen oder dich zu erhängen, werde ich kein Mitleid mit dir haben, denn ich habe mir in den Kopf gesetzt, mit Selbstmord Schluß zu machen! Wenn es etwas gibt", sagte der Stadtrat mit selbstzufriedenem Lächeln, „was ich mir unbedingt in den Kopf gesetzt habe, dann ist es das, mit Selbstmorden Schluß zu machen. Deshalb probier es nicht erst aus. So sagt man doch, stimmt's? Haha! Jetzt verstehen wir uns."

Toby wußte nicht, ob er verzweifelt oder froh sein sollte, als er sah, daß Meg leichenblaß geworden war und die Hand ihres Liebsten losgelassen hatte.

„Und was dich betrifft, du fauler Hund", wandte sich der Stadtrat noch heiterer und liebenswürdiger an den jungen Schmied, „wie stellst du dir das Heiraten vor? Warum willst du heiraten, du dummer Kerl? Wenn ich ein so hübscher, junger, strammer Bursche wäre wie du, würde ich mich schämen, so ein Schlappschwanz zu sein und mich einer Frau an den Schürzenzipfel zu hängen! Wenn du ein Mann in den besten Jahren bist, ist sie ein altes Weib. Na, du wirst 'ne gute Figur abgeben, wenn dir 'ne Schlampe und 'ne Schar kreischender Kinder hinterhergerannt kommen, wohin du auch gehst!"

Oh, er wußte, wie er mit dem einfachen Volk Spaß machen konnte, der Stadtrat Cute! „Na, mach weiter so und bereue es", sagte der Stadtrat. „Sei nicht so töricht, am Neujahrstag zu heiraten. Im nächsten Jahr zu Neujahr wirst du nämlich ganz anders darüber denken. Ein ordentlicher junger Mann wie du, dem alle Mädchen nachschauen. Na, mach nur weiter so!"

Sie gingen davon. Nicht Arm in Arm oder Hand in Hand. Sie tauschten auch keine strahlenden Blicke. Nein, sie mit Tränen in den Augen, er düster vor sich hin starrend. Waren das die Herzen, die noch vor kurzem Toby aus seiner Verzagtheit gerissen hatten? Nein, nein. Der Stadtrat (Gott segne ihn!) hatte Schluß mit ihnen gemacht.

„Da du schon mal hier bist", sagte der Stadtrat zu Toby, „kannst du einen Brief für mich wegbringen. Bist du schnell? Du bist ein alter Mann."

Toby, der Meg ganz benommen hinterhersah, bemühte sich zu murmeln, daß er sehr schnell und sehr stark sei.

„Wie alt bist du?" fragte der Stadtrat.

„Ich bin über sechzig, Sir", antwortete Toby.

„Oh! Dieser Mann hat bei weitem das Durchschnittsalter überschritten, ja", schrie Mr. Filer dazwischen, als ob seine Geduld eine Menge aushalte, dies nun aber zu weit ginge.

„Ich merke, daß ich lästig bin, Sir", sagte Toby. „Heute morgen kam mir schon dieser Verdacht. Ach je!"

Der Stadtrat schnitt ihm das Wort ab, indem er den Brief aus der Tasche holte. Toby hätte einen Schilling bekommen, aber da Mr. Filer deutlich zeigte, daß er damit eine bestimmte Anzahl von Personen um je neunundeinenhalben Penny berauben würde, erhielt er nur sechs Pence und war noch sehr froh darüber.

Dann reichte der Stadtrat seinen beiden Freunden den Arm und schritt in gehobener Stimmung davon. Doch plötzlich kam er allein zurückgerannt, als ob er etwas vergessen hätte.

„Dienstmann!" sagte der Stadtrat.

„Sir!" erwiderte Toby.

„Paß auf deine Tochter auf. Sie ist viel zu hübsch."

‚Jetzt hat sie wohl auch noch ihr gutes Aussehen von jemandem gestohlen', dachte Toby, betrachtete die sechs Pence in seiner Hand und dachte an die Kutteln. ‚Es sollte mich nicht wundern, wenn sie fünfhundert Damen ihrer Schönheit beraubt haben soll. Es ist schrecklich!'

„Sie ist viel zu hübsch, mein lieber Mann", wiederholte der Stadtrat. „Sie wird mal kein gutes Ende nehmen, das sehe ich ganz deutlich. Denk daran, was ich dir gesagt habe. Paß auf sie auf!" Dann eilte er davon.

„In jeder Hinsicht verkehrt. In jeder Hinsicht verkehrt!" sagte Trotty und faltete die Hände. „Schlecht geboren. Haben hier nichts zu suchen!"

Die Glocken setzten über ihm gerade ein, als er diese Worte aussprach. Sie ertönten laut und kräftig, aber nicht ermutigend. Nein, kein bißchen.

„Die Melodie hat sich verändert", weinte der alte Mann, als er lauschte. „Kein tröstliches Wort mehr. Warum auch? Ich habe vom neuen Jahr genausowenig zu erwarten wie vom alten. Am besten, ich sterbe!"

Die Glocken, die ihre Veränderung verkündeten, brachten die Luft zum Schwingen. Schluß mit ihnen! Schluß mit ihnen! Die guten alten Zeiten, die guten alten Zeiten! Fakten und Zahlen, Fakten und Zahlen! Schluß mit ihnen, Schluß mit ihnen! Wenn sie etwas sagten, dann war es dies, bis Toby der Kopf schwirrte.

Er preßte die Hände gegen seinen verwirrten Kopf, als

wollte er ihn vor dem Zerspringen bewahren. Das tat er zum rechten Zeitpunkt, denn dabei bemerkte er den Brief in der Hand, und weil er dadurch an seinen Auftrag erinnert wurde, fiel er ganz mechanisch in seinen alten Trott und trabte davon.

Zweites Viertel

Der Brief, den Toby vom Stadtrat Cute erhalten hatte, war an einen vornehmen Herrn in einem vornehmen Viertel der Stadt gerichtet, dem vornehmsten Viertel der Stadt. Es muß das vornehmste Viertel der Stadt gewesen sein, weil es von seinen Bewohnern im allgemeinen „die große Welt" genannt wurde.

Der Brief wog in Tobys Hand schwerer als irgendein anderer Brief. Nicht etwa, weil ihn der Stadtrat mit einem riesigen Wappen und einer Unmenge Wachs versiegelt hatte, sondern wegen des gewichtigen Namens auf der Anschrift und der Masse Gold und Silber, die damit verknüpft war.

‚Wie verschieden von uns!' dachte Toby allen Ernstes und bei seiner Einfalt, als er die Adresse betrachtete. ‚Teile die lebendigen Tauben auf der Sterblichkeitsliste durch die Anzahl der feinen Leute, die sie sich kaufen können, und wessen Anteil nimmt dieser Herr außer seinem eignen? Einem andern die Kutteln vom Munde zu entreißen, würde er verachten!'

Mit der unfreiwilligen Unterwürfigkeit, die so einer gehobenen Persönlichkeit zukam, legte Toby einen Zipfel seiner Schürze zwischen den Brief und seine Finger.

„Seine Kinder", sagte Trotty, und ein Schleier legte sich vor seine Augen, „seine Töchter – feine Herren werden ihre Herzen erobern und sie heiraten; sie können glückliche Ehefrauen und Mütter werden, sie können so hübsch sein wie mein Liebling Me..."

Er konnte den Namen nicht zu Ende sprechen. Der letzte

Buchstabe nahm in seiner Kehle die Ausmaße des ganzen Alphabets an.

‚Macht nichts', dachte Trotty. ‚Ich weiß, was ich will. Es ist mehr als genug für mich.' Mit diesen trostreichen Gedanken trabte er weiter.

An jenem Tag herrschte strenger Frost. Die Luft war erfrischend, scharf und klar. Die winterliche Sonne – obgleich noch zu schwach zum Erwärmen – blickte heiter auf das Eis hinab, das sie nicht schmelzen konnte, und entfaltete dort einen strahlenden Glanz. Zu einem anderen Zeitpunkt hätte Trotty aus der Wintersonne die Lehren eines armen Mannes gezogen, doch im Moment war er dazu nicht imstande.

An diesem Tage war das Jahr alt. Das geduldige Jahr hatte die Vorwürfe und die schlechte Behandlung seiner Verleumder durchgestanden und getreulich sein Werk vollbracht. Frühling, Sommer, Herbst und Winter. Es hatte sich durch den vorherbestimmten Kreislauf gekämpft und legte nun sein müdes Haupt zum Sterben nieder. Selbst ausgeschlossen von Hoffnung, großem Antrieb und tätigem Glück, appellierte es bei seinem Untergang als Überbringer zahlreicher Freuden daran, seine mühevollen Tage und geduldigen Stunden nicht zu vergessen und es in Frieden sterben zu lassen. Trotty hätte mit dem dahinschwindenden Jahr einen Vergleich ziehen können, aber im Moment war er dazu nicht imstande.

Nur er nicht? Oder ist ein solcher Appell jemals von siebzig Jahren zugleich an den Kopf eines englischen Arbeiters gerichtet worden, und dann vergeblich?

In den Straßen herrschte ein buntes Treiben, und die Geschäfte waren prächtig dekoriert. Das neue Jahr wurde – ebenso wie ein kindlicher Thronfolger – von der ganzen Welt mit Willkommensgrüßen, Geschenken und Lustbarkeiten erwartet. Es gab zum neuen Jahr Bücher und Spielsachen, funkelndes Flitterwerk, Kleider, glückliche Prophezeiungen und neuartige Erfindungen, das kommende Jahr zu verkürzen. Sein Leben wurde in Almanachs und Taschenbüchern verpackt: das Aufgehen des Mondes und der Sterne, die Gezeiten – alles war von vornherein bekannt; die Jahreszeiten waren auf Tag und Nacht mit solcher Genauigkeit berechnet, wie Mr. Filer Summen in Männer und Frauen umrechnen konnte.

Das neue Jahr, das neue Jahr. Überall das neue Jahr! Das alte Jahr wurde bereits für tot angesehen, und seine Hinterlassenschaft wurde billig verkauft wie die eines ertrunkenen Seemannes an Bord. Seine Pläne gehörten eben dem vergangenen Jahr an und wurden als Opfer dargebracht, ehe sein Atem ausgehaucht war. Seine Schätze waren nur noch Plunder neben den Reichtümern des ungeborenen Nachfolgers.

Trotty dachte weder an das alte noch an das neue Jahr.

„Schluß mit ihnen, Schluß mit ihnen! Fakten und Zahlen, Fakten und Zahlen! Die guten alten Zeiten, die guten alten Zeiten! Schluß mit ihnen, Schluß mit ihnen!" In diesem Rhythmus ging sein Trab und würde sich auch keinem anderen anpassen.

Doch dieser – so traurig er auch war – brachte ihn zur rechten Zeit ans Ziel seiner Reise, an die Villa von Sir Joseph Bowley, Mitglied des Parlaments.

Die Tür wurde von einem Portier geöffnet. Und was für einem Portier! Keinem von Tobys Sorte. Ganz etwas anderes. Mit seinem Platz hatte er allerdings das große Los gezogen.

Der Portier mußte ein paarmal kräftig Luft holen, ehe er sprechen konnte. Er war nämlich außer Atem gekommen, weil er sich unbedacht von seinem Stuhl erhoben hatte, ohne sich zuerst die Zeit genommen zu haben, darüber nachzudenken und seinen Geist zusammenzunehmen. Als er seine Stimme wiedergefunden hatte – wozu er lange brauchte, denn sie hatte einen weiten Weg zurückzulegen und war unter einer Portion Fleisch verborgen –, flüsterte er:

„Von wem ist der?"

Toby sagte es ihm.

„Du mußt ihn selber reinbringen", sagte der Portier und wies auf ein Zimmer am Ende eines langen Ganges, der von der Diele ausging. „An diesem Tag des Jahres geht alles glatt. Du kommst gerade recht, denn die Kutsche hält jetzt vor der Tür, und sie sind nur für ein paar Stunden in die Stadt gekommen."

Toby putzte sich die Schuhe (die schon fast trocken waren) sorgfältig ab und ging in die ihm gewiesene Richtung. Dabei bemerkte er, daß es sich um ein schrecklich großes Haus handelte, aber alles war so still und mit Überzügen versehen, als ob sich die Familie auf dem Land aufhielte. Er klopfte an die Zimmertür und wurde von drinnen aufgefordert einzutreten. Als er das tat, befand er sich in einer geräumigen Bibliothek, wo an einem Tisch, der mit Ordnern und Papieren übersät war, eine stattliche Dame mit einem Häubchen und ein nicht sehr stattlicher, in Schwarz gekleideter Herr standen, der nach ihrem Diktat schrieb. Ein anderer, älterer und wesentlich stattlicherer Herr, dessen Hut und Stock auf dem Tisch lagen, lief unterdessen auf und ab, die eine Hand in die Brust gesteckt, und betrachtete dann und wann selbstgefällig sein eignes Bild – in voller Größe –, das über dem Kamin hing.

„Was ist das?" fragte der letztgenannte Herr. „Mr. Fish, hätten Sie die Güte, zur Verfügung zu stehen?"

Mr. Fish bat um Verzeihung, nahm Toby den Brief ab und überreichte ihn mit großem Respekt.

„Von Stadtrat Cute, Sir Joseph."

„Ist das alles? Hast du sonst nichts, Dienstmann?" fragte Sir Joseph.

Toby verneinte.

„Und du hast keinerlei Rechnung oder Forderung, die für mich bestimmt ist? Mein Name ist Bowley, Sir Joseph Bowley", sagte Sir Joseph. „Wenn du eine hast, gib sie mir. Dort neben Mr. Fish liegt ein Scheckbuch. Ich gestatte nicht, daß irgend etwas mit ins neue Jahr hinübergenommen wird. Am Ende des alten Jahres wird in diesem Haus jede Rechnung bezahlt. So daß, falls der Tod ..."

„Uns scheidet ...", schlug Mr. Fish vor.

„... das Band des Lebens durchtrennen sollte, Sir", entgegnete Sir Joseph schroff, „meine Angelegenheiten hoffentlich in ordnungsgemäßem Zustand vorgefunden werden."

„Mein lieber Sir Joseph!" sagte die Dame, die bedeutend jünger als der Herr war. „Wie schrecklich!"

„Meine verehrte Lady Bowley", erwiderte Sir Joseph und stockte hin und wieder, da er so tief in Gedanken versunken war, „zu dieser Zeit des Jahres sollten wir an – an uns denken. Wir sollten in unsere – unsere Rechnungen sehen. Wir sollten spüren, daß jede Wiederkehr einer so ereignisreichen Periode in den irdischen Geschäften eine Angelegenheit von großer Tragweite für einen Mann und seinen – und seinen Bankier ist."

Sir Joseph äußerte diese Worte, als ob er die ganze Moral dessen, was er sagte, fühlte und wünschte, daß auch Trotty die Gelegenheit bekäme, sich bei solch einem Gespräch zu vervollkommnen. Wahrscheinlich hegte er diese Absicht, als er noch davon absah, den Brief zu öffnen, und Trotty bat, einen Augenblick zu warten.

„Sie wollten, daß Mr. Fish Ihnen noch etwas sagt, meine Gnädigste ...", bemerkte Sir Joseph.

„Ich glaube, Mr. Fish hat es schon gesagt", entgegnete seine Frau und warf einen flüchtigen Blick auf den Brief. „Doch auf mein Wort, Sir Joseph, ich glaube nicht, daß ich sie nach allem ihren Lauf nehmen lassen kann. Sie ist so kostspielig."

„Was ist kostspielig?" fragte Sir Joseph.

„Diese Wohltätigkeitsfeier, mein Lieber. Man gestattet nur zwei Stimmen für den Beitrag von fünf Pfund. Wirklich ungeheuer!"

„Meine liebe Lady Bowley", entgegnete Sir Joseph, „Sie

überraschen mich. Steht das Mitgefühl in irgendeinem Verhältnis zur Anzahl der Stimmen, oder steht es bei einem rechtmäßig Beauftragten im Verhältnis zur Anzahl der Bittsteller und dem Geisteszustand, auf den sie die Propaganda herabzieht? Gibt es denn keinen echten Anreiz, unter fünfzig Personen über zwei Stimmen verfügen zu können?“

„Für mich nicht, muß ich gestehen“, antwortete die Lady. „Es ist einem lästig. Außerdem kann man seine Bekannten nicht zwingen. Aber Sie sind natürlich der Freund des armen Mannes, Sir Joseph. Sie denken anders darüber.“

„Ich bin der Freund des armen Mannes“, bemerkte Sir Joseph und blickte rasch zu dem anwesenden armen Mann hinüber. „Deswegen mag ich verspottet werden. Deswegen bin ich schon verspottet worden. Aber einen anderen Namen möchte ich gar nicht haben.“

‚Gott segne diesen edlen Herrn!‘ dachte Trotty.

„Hierin zum Beispiel stimme ich mit Cute nicht überein“, sagte Sir Joseph und zeigte den Brief vor. „Ich stimme nicht mit Filers Partei überein. Ich stimme mit gar keiner Partei überein. Mein Freund, der arme Mann, hat damit nichts zu tun, und keiner von denen hat etwas mit ihm zu tun. In meinem Bezirk ist mein Freund, der arme Mann, meine Angelegenheit. Kein Mensch und keine Körperschaft hat das Recht, sich zwischen meinen Freund und mich zu stellen. Diesen Standpunkt vertrete ich. Ich habe ein – ein väterliches Verhältnis zu meinem Freund. Ich sage: ‚Mein lieber Freund, ich möchte dich väterlich behandeln.‘“

Toby lauschte mit großem Ernst und begann sich behaglicher zu fühlen.

„Mein lieber Freund“, fuhr Sir Joseph fort und betrachtete Toby geistesabwesend, „du hast einzig und allein mit mir zu tun. Du brauchst dich nicht zu bemühen, über irgend etwas nachzudenken. Ich werde für dich denken. Ich weiß, was für dich gut ist. Ich bin dein ständiger Vormund. Das ist das Walten der weisen Vorsehung! Nun, der Zweck deiner Erschaffung ist der, daß du nicht deine Vergnügungen mit Fressen und Saufen verknüpfst (Toby dachte reumütig an die Kutteln), sondern daß du die Würde der Arbeit empfindest. Gehe aufrecht an die freundliche Morgenluft und – und verweile dort. Führe ein strenges und enthaltsames Leben; sei ehrfürchtig; übe dich in Selbstverleugnung; bringe deine Familie mit fast gar nichts durch; zahle deine Miete so regelmäßig, wie die Uhr schlägt; sei pünktlich in deinen Geschäftsangelegenheiten (ich bin dir ein gutes Vorbild; du wirst Mr. Fish, meinen Privatsekretär, stets mit einer Kasse vorfinden); und du kannst dich mir als deinem Freund und Vater anvertrauen."

„Wirklich nette Kinder, Sir Joseph!" sagte die Lady erschauernd. „Rheumatismus und Fieber, krumme Beine und Asthma und alle Arten des Schreckens!"

„Meine liebe Lady", erwiderte Sir Joseph feierlich, „nicht umsonst bin ich der Freund und Vater des armen Mannes. Nicht umsonst soll er an meiner Hand Mut bekommen. An jedem Quartalstag wird er mit Mr. Fish in Verbindung treten. An jedem Neujahrstag werden meine Freunde und ich auf sein Wohl trinken. Einmal jährlich werden meine Freunde und ich eine herzliche Rede für ihn halten. Einmal in seinem Leben wird er vielleicht in aller Öffentlichkeit und im Beisein des Adels eine ‚Kleinigkeit von einem Freund' erhalten. Und wenn er dann, nicht mehr von diesen Anreizen und von der Würde der Arbeit aufrechtgehalten, in sein bequemes Grab sinkt, meine Gnädigste …", hierbei schneuzte sich Sir Joseph, „werde ich unter den gleichen Bedingungen – seinen Kindern – ein Freund und Vater sein."

Toby war stark beeindruckt.

„Oh! Du hast eine dankbare Familie, Sir Joseph!" rief seine Frau.

„Meine Gnädigste", sagte Sir Joseph majestätisch, „Undankbarkeit ist als die Sünde dieser Klasse bekannt. Ich erwarte nichts anderes."

‚Aha! Schlecht auf die Welt gekommen!' dachte Toby. ‚Nichts rührt uns.'

„Ich tue alles menschenmögliche", fuhr Sir Joseph fort. „Ich erfülle meine Pflicht als Freund und Vater des armen Mannes, und ich versuche, seinen Geist zu erziehen, indem ich ihm bei jeder Gelegenheit die eine großartige Morallehre einpräge, die diese Klasse benötigt. Das heißt: vollkommene Abhängigkeit von mir. Sie haben nichts mit sich selbst zu tun. Wenn ihnen gottlose und hinterhältige Leute etwas anderes erzählen und sie ungeduldig und unzufrieden werden und sich der Aufsässigkeit und boshaften Undankbarkeit schuldig machen – was zweifellos der Fall sein wird –, bin ich dennoch ihr Freund und Vater. So ist es bestimmt. Es liegt in der Natur der Sache."

Mit dieser Gefühlsregung öffnete er den Brief des Stadtrates und las ihn.

„Sehr höflich und aufmerksam, das will ich meinen", rief Sir Joseph aus. „Meine Gnädigste, der Stadtrat ist so entgegenkommend, mich daran zu erinnern, daß er ‚die außerordentliche Ehre' gehabt habe – er ist sehr gut –, mir im Hause unseres gemeinsamen Freundes, des Bankiers Deedles, zu begegnen, und er tut mir den Gefallen nachzufragen, ob es mir recht sei, daß er mit Will Fern Schluß mache."

„Und ob es recht ist!" antwortete Lady Bowley. „Der Schlimmste von allen! Hoffentlich hat er einen Raubüberfall begangen."

„Nein", sagte Sir Joseph und bezog sich auf den Brief. „Nicht direkt. Fast. Nicht ganz. Wie es scheint, kam er nach London, um sich Arbeit zu suchen (er wollte seine Lage verbessern, das ist es). Man fand ihn nachts schlafend in einem Schuppen, nahm ihn fest und brachte ihn am nächsten Morgen vor den Stadtrat. Der Stadtrat äußert ganz zu Recht, daß er beabsichtigt, mit dieser Art von Dingen Schluß zu machen, und daß er, wenn ich zustimme, mit Will Fern

Schluß machen will und froh wäre, wenn er mit ihm beginnen könnte."

„Man sollte unter allen Umständen mit ihm ein Exempel statuieren", erwiderte die Gnädigste. „Als ich im letzten Winter das Ausschneiden und Ausarbeiten von Ösen bei den Männern und Jungen des Dorfes als eine nette Abendbeschäftigung eingeführt habe und die Zeilen

O laßt uns unsrer Arbeit froh begegnen,
Den Gutsherrn und seine Familie segnen,
Wir wollen uns mit unserm täglich Brot begnügen
Und uns in unser Schicksal fügen

nach dem neuen System habe vertonen lassen, damit sie dabei singen konnten, griff sich dieser Will Fern an den Hut – ich sehe ihn noch vor mir – und sagte: ‚Ich bitte Sie vielmals um Entschuldigung, Mylady, aber bin ich nich etwas anders als ein vornehmes Mädchen!' Ich habe es natürlich erwartet. Was kann man schon anderes als Unverschämtheit und Undankbarkeit von dieser Klasse erwarten! Das ist jedenfalls nicht der Sinn der Sache. Sir Joseph, statuiert ein Exempel mit ihm!"

„Hm!" hustete Sir Joseph. „Mr. Fish, hätten Sie wohl die Güte, zur Verfügung zu stehen?"

Mr. Fish zückte sofort die Feder und schrieb nach Sir Josephs Ansage.

Vertraulich

Mein teurer Sir!

Ich bin Ihnen sehr zu Dank verpflichtet für die Gefälligkeit in der Angelegenheit des William Fern, von dem ich zu meinem Bedauern nichts Vorteilhaftes sagen kann. Ich habe mich stets als seinen Freund und Vater angesehen, was mir aber (die übliche Sache, muß ich leider sagen) mit Undankbarkeit und ständiger Auflehnung gegen meine Pläne vergolten wurde. Er ist ein aufrührerischer und widerspenstiger Geist. Sein Charakter wird keine Untersuchung dulden.

Nichts wird ihn dazu bewegen können, glücklich zu sein, wenn er darf. Unter diesen Umständen hat es mir den Anschein, daß seine kurzzeitige Verhaftung wegen Landstreicherei, wenn er wieder zu Ihnen kommt (wie Sie mitteilten, versprach er es für morgen, sich Ihrer Untersuchung zu stellen, und ich glaube, diesbezüglich ist auf ihn Verlaß), ein Dienst an der Gesellschaft und ein heilsames Beispiel in einem Land wäre, wo – sowohl um derer willen, die in guten und bösen Tagen Freunde und Väter der Armen sind, als auch, ganz allgemein gesprochen, im Hinblick auf die irregeleitete Klasse selbst – Beispiele dringend benötigt werden. Und ich bin...

„Es scheint so", bemerkte Sir Joseph, als er den Brief unterschrieb und Mr. Fish ihn versiegelte, „als ob das vorherbestimmt wäre, wahrhaftig. Zum Ende des Jahres schließe ich die Rechnungen ab und ziehe den Saldo, sogar mit William Fern!"

Trotty, der sich seit langem zurückgezogen hatte und sehr betrübt war, trat mit kläglichem Gesicht vor und nahm den Brief.

„Meine besten Empfehlungen und vielen Dank", sagte Sir Joseph. „Halt!"

„Halt!" echote Mr. Fish.

„Sie haben vielleicht", sagte Sir Joseph orakelhaft, „einige Bemerkungen gehört, zu denen ich mich habe verleiten lassen, die sich auf die festliche Zeit, der wir uns nähern, und auf die uns vorgeschriebene Pflicht beziehen, unsere Angelegenheiten zu regeln und vorbereitet zu sein. Sie werden festgestellt haben, daß ich mich nicht hinter meiner hohen Stellung in der Gesellschaft verstecke, sondern daß Mr. Fish – dieser Herr – ein Scheckbuch unter dem Arm trägt und tatsächlich hier ist, damit ich ein völlig neues Blatt aufschlagen und in die vor uns liegende Zeit mit einem einwandfreien Konto eintreten kann. Nun, mein Freund, kannst du die Hand aufs Herz legen und sagen, daß du ebenfalls Vorbereitungen für das neue Jahr getroffen hast?"

„Ich fürchte, Sir", stammelte Trotty und sah ihn demütig an, „daß ich ein bißchen hinter der Welt im Rückstand bin."

„Hinter der Welt im Rückstand!" wiederholte Sir Joseph Bowley mit schrecklicher Bestimmtheit.

„Ich fürchte, Sir", stotterte Trotty, „daß da noch eine Sache von zehn oder zwölf Schillingen ist, die ich Mrs. Chickenstalker schulde."

„Mrs. Chickenstalker schulde!" wiederholte Sir Joseph in demselben Ton wie zuvor.

„Einer Gemischtwarenhandlung, Sir", rief Toby aus. „Auch et-etwas Geld bei der Miete. Ein klein wenig, Sir. Man sollte nichts schulden, das weiß ich, aber wir sind wirklich arg bedrängt worden!"

Sir Joseph schaute seine Frau an, dann Mr. Fish und Trotty, einen nach dem anderen – zweimal hintereinander. Danach machte er mit beiden Händen gleichzeitig eine Geste der Verzweiflung, als ob er die Sache völlig aufgäbe.

„Wie kann ein Mann – selbst dieses leichtsinnigen und widerspenstigen Schlages –, ein alter Mann, ein ergrauter Mann, dem neuen Jahr ins Gesicht sehen, wenn seine Angelegenheiten in solch einem Zustand sind. Wie kann sich ein Mann abends zu Bett legen und morgens aufstehen und ... Da!" sagte er und kehrte Trotty den Rücken. „Nimm den Brief. Nimm den Brief!"

„Ich wünsche von Herzen, es wäre anders, Sir", sagte Trotty, eifrig bemüht, sich zu entschuldigen. „Uns ist arg mitgespielt worden."

Da Sir Joseph noch „Nimm den Brief, nimm den Brief!" wiederholte und Mr. Fish nicht nur dasselbe sagte, sondern dieser Forderung zusätzlich Nachdruck verlieh, indem er den Boten an die Tür beförderte, blieb ihm nichts anderes übrig, als eine Verbeugung zu machen und das Haus zu verlassen.

Auf der Straße zog sich der arme Trotty seinen abgetragenen alten Hut tief ins Gesicht, um den Kummer zu verbergen, den er dabei empfand, daß auch das neue Jahr nicht besser für ihn ausfallen würde.

Er schob nicht einmal seinen Hut hoch, um zum Glockenturm hinaufzusehen, als er auf dem Rückweg an der alten Kirche vorbeikam. Aus Gewohnheit blieb er dort einen Augenblick stehen, und er wußte, daß es dunkel wurde und sich der Turm über ihm verschwommen und undeutlich in die dunstige Luft erhob. Er wußte auch, daß die Glocken sofort läuten würden und daß sie in seiner Phantasie zu solch einer Zeit wie Stimmen in den Wolken klangen. Aber er beeilte sich um so mehr, den Brief an den Stadtrat zu überbringen und von hier wegzukommen, ehe sie einsetzten, denn er befürchtete, daß er zu dem Kehrreim, den sie letztens verkündet hatten, noch den Zusatz „Freunde und Väter, Freunde und Väter" hören müßte.

Toby entledigte sich deshalb seines Auftrages so schnell wie möglich und trabte eilig nach Hause. Doch teils wegen seines Schrittes, der auf der Straße bestenfalls linkisch war, und teils wegen seines Hutes, der ihn nicht besser machte, stieß er im Nu mit jemandem zusammen und wurde dadurch auf die Straßenmitte gestoßen.

„Entschuldigen Sie vielmals!" sagte Trotty und lüftete verwirrt den Hut, wobei er seinen Kopf zwischen dem Hut und dem zerrissenen Futter wie in eine Art Bienenkorb setzte. „Hoffentlich habe ich Ihnen nicht weh getan."

Was das Verletzen eines anderen betraf, war Toby nicht gerade ein Samson, sondern er tat sich viel eher selbst weh; und wirklich, er war wie ein Federball auf die Straße geflogen. Er hatte jedoch von seiner eigenen Stärke solche Meinung, daß er ernstlich um die andere Seite besorgt war. Deshalb sagte er wieder:

„Hoffentlich habe ich Ihnen nicht weh getan?"

Der Mann, mit dem er zusammengestoßen war, ein braungebrannter, kräftiger, ländlich wirkender Mann mit grauem Haar und stoppeligem Kinn, starrte ihn einen Moment an, als wollte Toby einen Scherz machen. Doch von dessen Ehrlichkeit überzeugt, antwortete er:

„Nein, Freund. Sie haben mir nicht weh getan."

„Ich hoffe, auch dem Kind nicht?" sagte Trotty.

„Auch dem Kind nicht", erwiderte der Mann. „Ich danke Ihnen herzlich."

Als er das sagte, blickte er auf ein kleines schlafendes Mädchen, das er in seinen Armen hielt. Während er ihr Gesicht mit dem langen Ende des ärmlichen Tuches, das er um den Hals trug, verhüllte, ging er langsam weiter.

Der Ton, in dem er „Ich danke Ihnen herzlich" sagte, rührte Trottys Herz. Er war so erschöpft und matt auf den Beinen und so schmutzig von der Reise, und er blickte so verlassen und hilflos um sich, daß es ihm ein Trost war, jemandem danken zu können, und sei es für eine Kleinigkeit. Toby starrte ihm hinterher, wie er sich müde davonschleppte, den Arm des Kindes um seinen Hals geschlungen.

Trotty stand und starrte auf die Gestalt in den abgetragenen Schuhen – die nur noch ein Schatten von Schuhen waren –, mit den groben Ledergamaschen, dem gewöhnlichen Gehrock und dem breiten Schlapphut und war blind für die übrige Straße. Und er starrte auf den Arm des Kindes, der sich um den Hals schlang.

Ehe er in der Dunkelheit untertauchte, blieb der Reisende stehen, und als er sich umschaute und sah, daß Trotty noch da stand, schien er unentschlossen zu sein, ob er umkehren oder weitergehen sollte. Nachdem er zunächst das eine und dann das andere getan hatte, kam er zurück, und Trotty ging ihm auf halbem Wege entgegen.

„Sie können mir vielleicht sagen", äußerte der Mann mit einem schwachen Lächeln, „und wenn Sie es können, werden Sie es sicherlich tun – und ich möchte Sie lieber als jeden anderen fragen –, wo Stadtrat Cute wohnt."

„Ganz in der Nähe", erwiderte Toby. „Ich zeige Ihnen gern sein Haus."

„Ich sollte morgen zu ihm gehen", sagte der Mann und begleitete Toby, „aber ich fühle mich unbehaglich unter einem Verdacht und möchte den von mir abschütteln und frei sein, damit ich mir irgendwo einen Broterwerb suchen kann. So wird er mir vielleicht verzeihen, daß ich heute abend in sein Haus komme."

„Es kann unmöglich sein", schrie Toby plötzlich auf, „daß Sie Fern heißen!"

„Doch!" rief der andere und wandte sich erstaunt an ihn.

„Fern! Will Fern!" sagte Trotty.

„So heiße ich", antwortete der andere.

„Nun", rief Trotty, zog ihn am Arm und blickte vorsichtig um sich, „dann gehen Sie um Himmels willen nicht zu ihm! Gehen Sie nicht zu ihm! Gehen Sie nicht zu ihm! Er wird todsicher Schluß mit Ihnen machen. Kommen Sie diese Allee entlang, und ich werde Ihnen sagen, was ich meine. Gehen Sie *nicht* zu ihm!"

Sein neuer Bekannter sah ihn an, als hielte er ihn für verrückt; dennoch harrte er bei ihm aus. Als sie vor Beobachtung sicher waren, erzählte Trotty ihm, was er wußte und welche Nachricht er erfahren hatte und alles, was damit verbunden war.

Der Gegenstand dieser Geschichte hörte dem allem mit einer Ruhe zu, die Trotty überraschte. Nicht einmal erhob er Widerspruch oder unterbrach ihn. Hin und wieder nickte er, mehr zur Bestätigung einer alten und abgedroschenen Geschichte, wie es schien, als zur Widerlegung, und ein- oder zweimal schob er seinen Hut zurück und strich sich mit seiner sommersprossigen Hand über die Stirn, wo sich jede Furche, die er mit seinem Pflug gezogen hat, als Abbild im kleinen eingegraben zu haben schien. Mehr jedoch tat er nicht.

„Im großen ganzen stimmt es", sagte er, „ich könnte hier und da den Weizen von der Spreu trennen, aber soll's bleiben, wie es is. Was macht das schon? Ich hab mich seinen Plänen entgegengestellt, zu meinem Unglück. Ich kann's nich ändern; ich würde morgen genauso handeln. Was meinen Ruf betrifft, diese feinen Leute untersuchen und untersuchen und mischen sich ein und wollen keinen Fleck und Makel an uns, ehe sie uns ein einziges gutes Wort schenken. Na, hoffentlich verlieren sie ihre gute Meinung nich so schnell wie wir, sonst is ihr Leben wirklich hart und lohnt sich nich, daß man es behält. Ich für mein Teil hab mit dieser Hand" – er hielt sie ihm hin – „nie was genommen, was nich meins war, und hab sie von keiner Arbeit ferngehalten, und wenn die noch so schwer und schlecht bezahlt war. Derjenige, der das bestreitet, soll sie mir abhacken! Aber wenn die Arbeit mich nich wie 'n Mensch leben läßt; wenn mein Leben so schlecht is, daß ich draußen auf der Straße und zu Hause hungere; wenn ich sehe, wie ein ganzes arbeitsreiches Leben auf diese Weise anfängt, so weitergeht und auch so aufhört, ohne Aussicht oder Veränderung, dann sage ich zu den feinen Leuten: ‚Bleibt mir vom Halse! Laßt meine Hütte in Ruh. Kommt mir nich über die Schwelle. Sucht nich erst nach mir, damit ich in euern Park komme und bei der Schau mithelfe, wenn ein Geburtstag oder 'ne schöne Rede oder sonstwas is. Macht eure Feiern und Spiele ohne mich, ihr seid herzlich eingeladen dazu, habt euern Spaß dran. Wir haben nichts miteinander zu tun. Laßt mich am besten allein!'"

Als er sah, daß das Mädchen in seinen Armen die Augen aufgeschlagen hatte und verwundert um sich blickte, hielt er inne, um ihr ein paar Worte ins Ohr zu flüstern, und stellte sie neben sich hin. Dann wand er einen ihrer langen Zöpfe wie einen Ring langsam um seinen plumpen Zeigefinger, während sie an seinem staubigen Bein hing, und sagte zu Trotty:

„Ich bin von Natur aus kein widerspenstiger Mensch, glaube ich, sondern bestimmt leicht zufriedenzustellen. Ich hege auch keinen Groll gegen niemand von ihnen. Ich will nur wie eins von Gottes Geschöpfen leben. Ich kann es nich – und ich lebe nich so –, und deshalb is 'n Abgrund zwischen mir und denen, die's können. Es gibt noch andere wie mich. Man kann sie eher zu Hunderten und Tausenden als einzeln abzählen."

Trotty wußte, daß er damit die Wahrheit sagte, und nickte, um das deutlich zu verstehen zu geben.

„Ich hab auf diese Weise 'nen schlechten Ruf", sagte Fern, „und werde wohl, fürcht ich, keinen bessern bekommen! 's is nich rechtmäßig, nich in Ordnung zu sein, und ich bin nich in Ordnung, obwohl Gott weiß, daß ich lieber fröhlich wäre, wenn ich könnte. Nun, ich weiß nich, ob mir dieser Stadtrat sehr schaden könnte, wenn er mich ins Gefängnis steckt; aber ohne einen Freund, der ein gutes Wort für mich einlegt, vielleicht doch; und sehen Sie...!" Damit wies er mit dem Finger auf das Kind.

„Sie hat ein hübsches Gesicht", sagte Trotty.

„Nun ja!" erwiderte der andere leise, als er es sanft mit beiden Händen zu sich hochhob und unverwandt ansah. „Das hab ich auch viele Male gedacht. Das hab ich gedacht, wenn mein Herd kalt und der Schrank leer war. Ich hab auch gestern abend dran gedacht, als wir wie zwei Diebe festgenommen wurden. Aber diese Leute – sie sollten dem kleinen Gesicht nich zu oft mitspielen, nich wahr, Lilian? Das is schon einem Mann gegenüber nich anständig!"

Er senkte seine Stimme dermaßen und starrte so finster und seltsam auf die Kleine hinab, daß Toby, um ihn von seinen Gedanken abzulenken, fragte, ob seine Frau noch lebe.

„Ich hatte nie eine", antwortete er und schüttelte den Kopf. „Sie is das Kind meines Bruders, 'ne Waise. Neun Jahre alt, obwohl man das kaum glaubt, aber sie is jetzt müde und erschöpft. Sie hätten sie ja im Armenhaus – achtundzwanzig Meilen von uns weg – in ihren vier Wänden betreut (wie sie meinen alten Vater betreut haben, als er nich mehr arbeiten konnte, obwohl er sie nich lange belästigt hat), aber ich hab sie zu mir genommen, und seitdem lebt sie bei mir. Ihre Mutter hatte mal 'ne Freundin, hier in London. Wir versuchen, sie und auch Arbeit zu finden, aber es is 'n großer Ort. Macht nichts. Mehr Platz für uns, herumzuwandern, Lilly!"

Während er den Augen des Kindes mit einem Lächeln begegnete, das Toby mehr rührte als Tränen, schüttelte er diesem die Hand.

„Ich weiß weiter nichts als Ihren Namen", sagte er, „aber ich hab Ihnen mein Herz ausgeschüttet, denn ich bin Ihnen dankbar, aus gutem Grund. Ich werd Ihren Rat befolgen und mich fernhalten von diesem ..."

„Richter", schlug Toby vor.

„Aha!" sagte er. „Wenn das der Name is, den man ihm gibt. Dieser Richter. Und morgen werden wir sehen, ob wir mehr Glück haben, irgendwo in der Nähe von London. Gute Nacht. Glückliches neues Jahr!"

„Warten Sie!" rief Trotty und griff nach seiner Hand, als er ihn losließ. „Das neue Jahr kann für mich nicht glücklich werden, wenn wir uns so trennen. Das neue Jahr kann für mich nicht glücklich werden, wenn ich das Kind und Sie davonziehen sehe und Sie nicht wissen, wohin, ohne ein Dach über dem Kopf. Kommen Sie mit zu mir nach Hause! Ich bin ein armer Mann und wohne an einem armseligen Ort, aber ich kann Ihnen ohne weiteres für eine Nacht Unterkunft geben. Kommen Sie mit zu mir nach Hause! – So. Ich werde sie nehmen!" rief Trotty und hob das Kind hoch. „Ein hübsches Ding. Ich würde sie auch tragen, wenn sie zwanzigmal so schwer wäre, und nicht merken, daß ich sie trage. Sagen Sie mir, wenn ich Ihnen zu schnell gehe. Ich bin sehr schnell. Schon immer gewesen." Das sagte Trotty und machte ungefähr sechs seiner trottenden Schritte, wobei wiederum seine dünnen Beine unter der Last, die er trug, zitterten, während sein müder Begleiter einmal kräftig ausschritt.

„Na, sie ist ganz leicht", sagte Trotty und sprach so schleppend, wie er ging; denn er konnte es nicht vertragen, daß man ihm dankte, und fürchtete eine Pause. „So leicht wie eine Feder. Leichter als eine Pfauenfeder, viel leichter. Da sind wir ja schon! An der nächsten Ecke rechts rum, Onkel Will, und an der Pumpe vorbei und scharf nach links die Straße hoch, gleich gegenüber dem Gasthaus. Da sind wir ja schon! Gehen Sie hinüber, Onkel Will, und achten Sie auf den Pastetenverkäufer an der Ecke! Da sind wir ja schon! Hier an den Stallungen entlang, Onkel Will, und halten Sie an der schwarzen Tür, wo ‚T. Veck, Gepäckträger' dransteht. Und da sind wir ja schon; und da sind wir wirklich, meine liebe Meg, und überraschen dich!"

Mit diesen Worten stellte Trotty, ganz außer Atem, das Kind vor seine Tochter mitten auf den Boden. Die kleine Besucherin schaute Meg nur einmal an, fand nichts Beängstigendes in diesem Gesicht, sondern faßte zu allem, was sie dort sah, Zutrauen und lief in ihre Arme.

„Da sind wir ja schon!" rief Trotty, wobei er im Zimmer herumlief und hörbar nach Atem rang. „Hier, Onkel Will, hier ist ein Feuer, wissen Sie! Warum kommen Sie nicht ans Feuer? Oh, da sind wir ja schon! Meg, mein lieber Schatz, wo ist der Kessel? Da ist er ja schon, und er wird im Nu heiß sein!"

Trotty hatte bei seinem Galopp tatsächlich den Kessel von irgendwoher geholt und stellte ihn nun aufs Feuer, während Meg das Mädchen in eine warme Ecke setzte, sich vor ihr hinkniete, ihr die Schuhe auszog und die nassen Füße mit einem Tuch abtrocknete. Ach, und Meg lachte auch Trotty so freundlich und fröhlich an, daß Trotty sie hätte segnen können, wie sie da so kniete, denn er hatte gesehen, daß sie bei ihrem Eintreten am Feuer gesessen und geweint hatte.

„Vater!" sagte Meg. „Ich glaube, du bist doch heute abend verrückt. Ich weiß nicht, was die Glocken dazu sagen würden. Die armen kleinen Füße. Wie kalt sie sind!"

„Oh, sie sind schon wärmer!" rief das Kind. „Sie sind jetzt ganz warm!"

„Nein, nein, nein", sagte Meg. „Wir haben sie noch lange nicht genug gerieben. Wir sind so beschäftigt. So beschäftigt. Und wenn sie fertig sind, werden wir das feuchte Haar bürsten, und wenn das fertig ist, werden wir mit frischem Wasser ein bißchen Farbe in das arme blasse Gesicht bringen; und wenn das fertig ist, werden wir froh und frisch und glücklich sein!"

Das Kind brach in Schluchzen aus, schlang seine Arme um ihren Hals, tätschelte mit der Hand ihre zarte Wange und sagte: „Oh, Meg! Oh, liebe Meg!"

Tobys Segen hätte nicht mehr tun können, und wer hätte mehr ausrichten können?

„Ach, Vater!" rief Meg nach einer Pause.

„Da bin ich ja schon, mein Liebes!" sagte Trotty.

„Du lieber Himmel!" rief Meg. „Er ist verrückt! Er hat die Haube des Kindes auf den Kessel gelegt und den Deckel hinter die Tür gehängt!"

„Das hab ich nicht gewollt, mein Liebling", sagte Trotty und machte seinen Fehler wieder gut. „Meg, mein Liebes?"

Meg schaute zu ihm hin und sah, daß er sich genau hinter den Stuhl ihres Besuchers gestellt hatte, wo er mit vielen geheimnisvollen Gesten den Sixpence hochhielt, den er verdient hatte.

„Wie ich reinkam, mein Liebes, hab ich gesehn", sagte Trotty, „daß irgendwo auf der Treppe 'ne halbe Unze Tee lag, und ich bin sicher, daß auch noch 'n bißchen Speck da war. Weil ich mich nicht erinnere, wo er genau war, werd ich mal selber gehen und versuchen, die Sachen zu finden."

Mit dieser undurchschaubaren List zog sich Toby zurück, um die genannten Lebensmittel bei Mrs. Chickenstalker in bar zu kaufen. Umgehend kam er zurück und gab vor, er hätte sie in der Dunkelheit zunächst nicht finden können.

„Aber hier sind sie endlich", sagte Trotty und stellte das Teegeschirr zurecht, „alles in Ordnung! Ich war mir ganz sicher, daß Tee und eine Speckschnitte da sind. So ist es auch. Meg, mein Liebling, wenn du jetzt den Tee machst, während dein unwürdiger Vater den Speck brät, werden wir gleich fertig sein. Es ist 'ne komische Sache", sagte Trotty und fuhr mit Hilfe der Röstgabel in seiner Kochkunst fort, „aber meine Freunde wissen es, daß ich mir selber weder was aus Speckschnitten noch aus Tee mache. Ich sehe gern zu, wie es den andern schmeckt", sagte Trotty und sprach dabei sehr laut, um diese Tatsache seinem Gast nachdrücklich einzuschärfen, „aber mir sind sie zuwider."

Dennoch schnupperte Trotty den Duft des zischenden Specks – ah! –, als ob er ihn mochte, und als er das kochende Wasser in die Teekanne goß, blickte er zärtlich in die Tiefe dieses schmucken Kessels hinab und wurde von dem wohlriechenden Dampf geplagt, der ihm in die Nase stieg und Kopf und Gesicht in eine dicke Wolke hüllte. Trotzdem aß und trank er nichts außer dem Häppchen am Anfang – aus Höflichkeit –, was er mit kräftigem Appetit zu sich nahm, aber als völlig uninteressant für ihn hinstellte.

Nein. Trottys und auch Megs Beschäftigung bestand darin, Will Fern und Lilian essen und trinken zu sehen. Niemals fanden Zuschauer bei einem Diner in der Stadt oder Hofbankett ein so großes Vergnügen daran, andere schlemmen zu sehen, auch wenn es ein König oder ein Papst gewesen wäre, wie es diese beiden an jenem Abend hatten. Meg lächelte Trotty an, Trotty lachte Meg an. Meg schüttelte den Kopf und tat, als klatschte sie in die Hände, um Trotty zu applaudieren; Trotty gab Meg in einer Zeichensprache unverständliche Geschichten zu verstehen, wie und wann und wo er ihre Besucher gefunden hatte, und sie waren glücklich. Sehr glücklich.

‚Obwohl', dachte Trotty sorgenvoll, als er Megs Gesicht beobachtete, ‚die Heirat geplatzt ist, wie ich sehe!'

„Nun werde ich euch mal was erzählen", sagte Trotty nach dem Tee. „Die Kleine da, die schläft mit Meg zusammen."

„Mit der guten Meg!" rief das Kind und tätschelte sie. „Mit Meg."

„Das ist richtig", sagte Trotty. „Und ich würde mich nicht wundern, wenn sie auch Megs Vater küßt, wie? *Ich* bin Megs Vater."

Trotty war hocherfreut, als das Kind schüchtern auf ihn zukam, und als es ihn geküßt hatte, suchte es wieder Zuflucht bei Meg.

„Sie ist so weise wie Salomon", sagte Trotty. „Da kommen wir ja schon und – nein, wir ... das meine ich nicht ... ich ... was wollte ich gerade sagen, Meg, mein Schatz?"

Meg blickte auf ihren Gast hinab, der sich gegen ihren Stuhl lehnte und mit abgewandtem Gesicht den Kopf des Kindes liebkoste, der halb in ihrem Schoß verborgen war.

„Natürlich", sagte Toby. „Selbstverständlich! Ich weiß gar nicht, was ich heute abend alles zusammenrede. Ich glaube, ich bin ganz durcheinander. Will Fern, Sie kommen mit mir mit. Sie sind todmüde und fertig, weil Sie Ruhe brauchen. Sie kommen mit mir mit."

Der Mann spielte noch immer mit den Locken des Kindes, lehnte sich noch immer gegen Megs Stuhl und wandte noch immer das Gesicht ab. Er sprach nicht, aber in seinen plumpen, rauhen Fingern, die sich in dem blonden Haar des Kindes zusammenpreßten und wieder ausdehnten, lag eine Beredsamkeit, die genug sagte.

„Ja, ja", sagte Trotty und antwortete unbewußt auf das, was er im Gesicht seiner Tochter lesen konnte. „Nimm sie mit, Meg. Bring sie zu Bett. Na, Will! Nun werd ich Ihnen zeigen, wo Sie liegen können. Es ist kein besonderes Plätzchen, nur ein Heuboden, aber ich sage immer, wenn man 'nen Heuboden hat, ist das schon 'n großer Vorteil hier in den Stallungen, und bis dieser Wagenschuppen und Stall 'nen besseren Vermieter kriegt, wohnen wir hier billig. Da oben liegt 'ne Menge Heu, das einem Nachbarn gehört, und es ist pieksauber, und Meg kann es zurechtmachen. Kopf hoch! Nicht unterkriegen lassen! Immer mit frohem Herzen ins neue Jahr!"

Die Hand, die das Haar des Kindes losgelassen hatte, war zitternd in Trottys Hand gesunken. So führte ihn Trotty, der ununterbrochen sprach, behutsam und mühelos hinaus, als wäre er selbst ein Kind.

Da er eher als Meg zurückkehrte, lauschte er einen Moment an der Tür ihrer kleinen Kammer, einem Nebenraum. Das Kind murmelte ein einfaches Gebet, bevor es sich schlafen legte, und als es sich an Megs Namen erinnert hatte, flüsterte sie: „Meine liebe, liebe Meg." Dann hörte Trotty es innehalten und nach seinem Namen fragen.

Es dauerte eine ganze Weile, bis sich der alte närrische kleine Geselle so weit beruhigt hatte, daß er das Feuer schüren und seinen Stuhl an den warmen Herd ziehen konnte. Als er das getan und die Kerze geputzt hatte, nahm er die Zeitung aus der Tasche und begann zu lesen – zunächst gleichgültig und die Spalten flüchtig überfliegend, doch bald mit ernster und trauriger Aufmerksamkeit.

Denn eben diese furchtbare Zeitung lenkte Trottys Gedanken in dieselben Bahnen, in denen sie sich den ganzen Tag über bewegt und die die Ereignisse des Tages bestimmt hatten. Sein Interesse an den beiden Wanderern hatte ihn für den Augenblick in einen anderen, einen glücklicheren Gedankengang gelenkt. Als er aber wieder allein war und von den Verbrechen und Gewalttätigkeiten der Menschen las, fiel er in seine frühere Denkweise zurück.

In dieser Gemütsverfassung stieß er auf einen Bericht (nicht den ersten dieser Art) über eine Frau, die in ihrer Verzweiflung nicht nur sich selbst, sondern auch ihrem kleinen Kind das Leben genommen hatte. Das war ein so furchtbares Verbrechen, was seine von Megs Liebe aufgeschlossene Seele dermaßen empörte, daß er das Blatt fallen ließ und entsetzt in seinen Stuhl zurücksank.

„Widernatürlich und grausam!" rief Toby. „Widernatürlich und grausam. Nur Menschen, die ein böses Herz haben, schon böse geboren wurden und nichts auf der Welt zu suchen haben, können solche Taten begehen. Es ist nur zu wahr, was ich heute alles gehört hab, ganz gerecht und glaubwürdig. Wir sind schlecht!"

Die Silvesterglocken griffen die Worte so plötzlich auf und erklangen so laut und klar und volltönend, daß sie ihn auf seinem Stuhl zu treffen schienen.

Und was war das, was sie ihm sagten?

„Toby Veck, Toby Veck, wir warten auf dich, Toby! Toby Veck, Toby Veck, wir warten auf dich, Toby! Komm, besuch uns! Komm, besuch uns! Zieht ihn her, zieht ihn her! Quält und jagt ihn, quält und jagt ihn! Stört den Schlummer, stört den Schlummer! Toby Veck, Toby Veck! Öffne weit die Tür, Toby! Toby Veck, Toby Veck! Öffne weit die Tür, Toby!" Dann fielen sie wieder wütend in ihre leidenschaftliche Melodie zurück und erschallten selbst in den Ziegeln und dem Putz der Mauern.

Toby lauschte. Einbildung, Phantasie! Seine Reue, daß er am Nachmittag vor ihnen weggelaufen war! Nein, nein. Nichts dergleichen. Wieder, wieder und noch ein dutzendmal. „Quält und jagt ihn, quält und jagt ihn! Zieht ihn her, zieht ihn her!" Die ganze Stadt wurde damit betäubt.

„Meg", sagte Trotty zärtlich, als er an ihre Tür klopfte. „Hörst du etwas?"

„Ich höre die Glocken, Vater. Sie sind heute wirklich sehr laut."

„Schläft sie?" fragte Toby und entschuldigte sich, daß er hineinspähte.

„So friedlich und glücklich. Ich kann sie noch gar nicht verlassen, Vater. Sieh mal, wie sie meine Hand festhält."

„Meg", flüsterte Trotty. „Hör dir die Glocken an!"

Sie lauschte, wobei sie ihm die ganze Zeit über das Gesicht zuwandte. Aber ihre Miene veränderte sich nicht. Sie verstand die Glocken nicht.

Trotty zog sich zurück, nahm wieder seinen Platz am Feuer ein und lauschte noch einmal allein. Hier blieb er kurze Zeit sitzen.

Es war unmöglich, sie zu ertragen. Ihre Kraft war schrecklich.

„Wenn die Turmtür wirklich offensteht", sagte Toby und legte hastig seine Schürze beiseite, ohne jedoch an seinen Hut zu denken, „was kann mich daran hindern, in den Glockenturm hinaufzusteigen und mich selbst zu überzeugen? Wenn sie geschlossen ist, bin ich damit zufrieden."

Er war sich ziemlich sicher, als er still auf die Straße hinausschlüpfte, daß er sie verschlossen vorfinden würde, denn er kannte die Tür gut und hatte sie so selten offen gesehen, daß er kaum auf dreimal kam. Es handelte sich um eine flachgewölbte Pforte außerhalb des Kirchenschiffes, die sich in einem dunklen Winkel hinter einer Säule befand und so große Angeln und ein so riesiges Schloß hatte, daß sie mehr aus Angeln und Schloß bestand als aus der Türfüllung.

Wie groß aber war sein Erstaunen, als er barhäuptig zur Kirche kam, seine Hand in diese dunkle Nische steckte – mit einer gewissen Befürchtung, daß sie unerwartet ergriffen werden könnte, und mit einem schauererregenden Hang, sie wieder zurückzuziehen – und feststellte, daß die Tür, die nach außen aufging, tatsächlich nur angelehnt war.

In seiner ersten Verwunderung dachte er daran, zurückzugehen oder ein Licht oder einen Begleiter zu holen, aber sein Mut half ihm sofort, und er beschloß, allein hinaufzusteigen.

„Was habe ich zu befürchten?" sagte Trotty. „Es ist schließlich 'ne Kirche. Außerdem können die Glöckner dasein und vergessen haben, die Tür zu schließen."

Also ging er hinein und ertastete den Weg wie ein Blinder,

denn es war sehr dunkel. Und sehr still, denn die Glocken schwiegen.

Der Straßenstaub war in die Nische geweht worden, und seine Anhäufung war für den Fuß so weich und samtähnlich, daß sogar darin etwas Verwirrendes lag. Die schmale Treppe begann so dicht an der Tür, daß er über die erste Stufe stolperte, und als er die Tür hinter sich schloß, indem er mit dem Fuß dagegenstieß und sie dadurch zunächst heftig zurückprallte, konnte er sie nicht mehr öffnen.

Das war jedoch ein neuerlicher Grund weiterzugehen. Trotty tastete sich vorwärts und ging weiter. Hinauf, hinauf und herum, herum und hinauf, hinauf, hinauf und höher, höher hinauf.

Die Treppe war für dieses Ertasten unangenehm, so niedrig und schmal, daß seine tastende Hand ständig etwas berührte. Oftmals fühlte sie sich an, als stünde ein Mann oder eine Geistergestalt aufrecht dort und machte Platz, damit er unerkannt vorbeigehen konnte; deshalb strich er an der glatten Wand nach oben, um dessen Gesicht zu suchen, und nach unten, um die Füße zu finden, während ihn ein eisiger Schauer überlief. Zweimal oder dreimal unterbrach eine Tür oder eine Nische die eintönige Oberfläche. Und dann schien es eine Spalte zu geben, so breit wie die ganze Kirche, und er hatte das Gefühl, sich am Rande eines Abgrunds zu befinden und kopfüber hinabzustürzen, bis er wieder die Wand fand.

Immer hinauf, hinauf und herum und herum; hinauf, hinauf, hinauf und immer höher hinauf!

Endlich begann die trostlose und bedrückende Atmosphäre sich zu beleben; bald darauf spürte man den Wind, und dann blies er so heftig, daß Toby sich kaum auf den Beinen halten konnte. Doch er erreichte ein brusthohes Bogenfenster im Turm, und während er sich festhielt, schaute er auf die Dächer, die rauchenden Schornsteine und Lichtkleckse hinab (in die Richtung, wo Meg sich fragte, wo er war, und vielleicht nach ihm rief), die in einem Gemisch aus Nebel und Dunkelheit vermengt waren.

Das war der Glockenturm, in den die Glöckner kamen. Er hatte eines der ausgefransten Seile ergriffen, die durch die Spalten im Eichenholz herabhingen. Zuerst schrak er zusammen, weil er glaubte, es wären Haare. Dann zitterte er bei dem bloßen Gedanken, die tiefe Glocke zu wecken. Die in Frage kommenden Glocken waren höher. In seiner Faszination oder um den über ihn gesprochenen Zauber auszuführen, tastete sich Trotty jetzt auf Leitern mühsam weiter hinauf, denn es war steil und bot den Füßen keinen sicheren Halt.

Hinauf, hinauf und klettern und klimmen; hinauf, hinauf; höher, höher hinauf!

Bis er, indem er durch die Deckenbalken stieg und innehielt, den Kopf gerade über den Balken, zwischen den Glocken ankam. In der Düsternis konnte er kaum ihre großen Umrisse erkennen, aber dort waren sie: schattenhaft, dunkel und stumm.

Ein drückendes Gefühl der Furcht und Einsamkeit überfiel ihn augenblicklich, als er in dieses luftige Nest aus Stein und Metall stieg. In seinem Kopf drehte sich alles. Er lauschte und stieß dann ein wildes „Hallo!" aus.

Dieses Hallo wurde traurig vom Echo wiedergegeben.

Schwindlig, verwirrt, atemlos und erschreckt blickte Toby geistesabwesend um sich und sank in Ohnmacht.

Drittes Viertel

Schwarz sind die schwebenden Wolken und aufgewühlt die tiefen Wasser, wenn die See der Gedanken sich nach einer Flaute aufrafft und ihre Ruhe aufgibt. Unheimliche und wilde Gespenster erheben sich in voreiliger und unvollkommener Auferstehung. Die unterschiedlichen Teile und Formen verschiedener Dinge werden durch Zufall verbunden und vermischt, und niemand – obwohl jeder Mensch an jedem Tag das Gefäß des großen Wunders ist – kann sagen, wann und wie und in welchem erstaunlichen Grade sie sich voneinander lösen und jeder Sinn und Gegenstand des Geistes seine übliche Gestalt und sein Leben wiedergewinnt.

Wann und wie sich die Dunkelheit des nachtschwarzen Glockenturms in strahlendes Licht verwandelte; wann und wie der einsame Turm von unzähligen Gestalten bevölkert wurde; wann und wie das geflüsterte „Quält und jagt ihn", das eintönig in seinen Schlaf oder seine Ohnmacht gehaucht wurde, eine Stimme wurde, die in Trottys erwachende Ohren „Stört den Schlummer" rief; wann und wie er den trägen und unklaren Gedanken aufgab, daß diese Dinge existierten und eine Menge anderer begleiteten, die es nicht gab; darüber läßt sich nichts Genaues sagen. Aber nun, da er wach war und auf den Brettern stand, auf denen er noch vor kurzem gelegen hatte, sah er dieses Schauspiel der Kobolde.

Er sah, wie der Turm, zu dem ihn seine verzauberten Füße getragen hatten, von zwergenhaften Gespenstern, Geistern und Kobolden der Glocken wimmelte. Er sah sie pausenlos hüpfen, fliegen, fallen und von den Glocken herabströmen. Er sah sie um sich herum auf dem Boden, über sich in der Luft, von den Seilen unten wegklettern, von dem gewaltigen eisenbeschlagenen Gebälk herabblicken, durch die Spalten und Schlitze in den Mauern neugierig zu ihm hinspähen und sich in immer größer werdenden Kreisen entfernen, so wie sich im Wasser kleine Wellen bilden, wenn ein großer Stein plötzlich hineinplatscht. Er sah sie in jeder Form und Gestalt. Er sah sie häßlich, hübsch, verkrüppelt und vollkommen. Er sah sie jung und alt, er sah sie freundlich und grausam, er sah sie fröhlich und grimmig, er sah sie tanzen und hörte sie singen, er sah sie sich die Haare raufen und hörte sie heulen. Er sah die Luft erfüllt mit ihnen. Er sah sie unablässig kommen und gehen. Er sah sie hinunterschweben, sich in die

Lüfte schwingen, in die Ferne segeln, sich ganz in der Nähe hinsetzen, und alle waren ruhelos und entsetzlich lebhaft. Die Steine und Ziegel, Schiefer- und Dachplatten wurden für ihn ebenso durchsichtig wie für sie. Er sah sie in den Häusern, geschäftig an den Betten der Schlafenden. Er sah, wie sie die Menschen in deren Träumen besänftigten; er sah, wie sie sie mit verknoteten Peitschen schlugen; er sah, wie sie ihnen ins Ohr schrien; er sah, wie sie auf deren Kopfkissen leise Musik spielten; er sah, wie sie einige mit Vogelgesang und Blumenduft aufheiterten; er sah, wie sie bei anderen aus verhexten Spiegeln, die sie in der Hand hielten, schreckliche Grimassen in deren unruhigem Schlaf aufleuchten ließen.

Er sah diese Geschöpfe nicht nur unter schlafenden, sondern auch unter munteren Menschen, wie sie mit einander unvereinbaren Tätigkeiten beschäftigt waren und völlig widersprüchliche Eigenschaften besaßen oder bekamen. Er sah, wie sich einer zahlreiche Flügel anschnallte, um seine Geschwindigkeit zu erhöhen, während sich ein anderer mit Ketten und Gewichten beschwerte, um sie zu vermindern. Er sah einige die Uhrzeiger vorstellen, einige sie zurückstellen und einige versuchen, die Uhr gänzlich anzuhalten. Er sah, wie hier eine Hochzeitsfeier, dort ein Begräbnis, in diesem Raum eine Wahl, in jenem ein Ball stattfand; überall sah er ruhelose und unermüdliche Bewegung.

Verwirrt von der Menge sich verändernder und außergewöhnlicher Gestalten sowie von dem Lärm der Glocken, die die ganze Zeit über läuteten, klammerte sich Trotty Halt suchend an einen Holzpfeiler und drehte sein weißes Gesicht in stummer Verwunderung hin und her.

Als er die Glocken anstarrte, hielten sie inne. Sofortige Veränderung! Der ganze Schwarm schwand dahin; die Gestalten stürzten in sich zusammen, ihre Geschwindigkeit ließ nach; sie versuchten zu fliegen, doch im Fallen starben sie und lösten sich in Luft auf. Keine neue Schar folgte ihnen. Ein Nachzügler sprang ziemlich schnell von der großen

Glocke herab und landete auf seinen Füßen, doch es war aus und vorbei mit ihm, noch ehe er umkehren konnte. Einige wenige der ehemaligen Gesellschaft, die im Turm herumgehüpft war, blieben dort und wirbelten noch etwas länger herum. Aber sie wurden bei jeder Drehung blasser, weniger und schwächer und gingen bald denselben Weg wie die übrigen. Der allerletzte war ein kleiner Buckliger, der in eine widerhallende Ecke geraten war, wo er eine lange Zeit umherkreiselte und dahintrieb. Dabei zeigte er solche Ausdauer, daß er schließlich zu einem Bein und sogar zu einem Fuß zusammenschrumpfte, ehe er sich vollständig zurückzog, aber zum Schluß verschwand er doch, und danach lag der Turm in Schweigen.

Und jetzt erkannte Trotty plötzlich in jeder Glocke eine bärtige Gestalt von der Statur und Größe der Glocke – unbegreiflicherweise eine Gestalt und die Glocke selbst. Sie waren gigantisch und ernst und beobachteten ihn finster, als er wie angewurzelt dastand.

Geheimnisvolle und ehrfurchtgebietende Erscheinungen. Sich auf ein Nichts stützend, in der nächtlichen Luft des Turms schwebend, mit ihren geschmückten und in Kapuzen gehüllten Häuptern mit dem düsteren Dach verschmelzend, bewegungslos und schattenhaft. Schattenhaft und dunkel, obwohl er bei etwas Licht sah, daß jede für sich war – kein anderer befand sich dort – und jede ihre verhüllte Hand vor den Koboldmund hielt.

Er konnte sich nicht wild durch die Öffnung im Fußboden hinabstürzen, denn ihn hatte jegliche Kraft zur Bewegung verlassen. Sonst hätte er es getan, ja er hätte sich lieber mit dem Kopf voran von der Turmspitze geworfen, als daß er gesehen hätte, wie sie ihn mit lebendigen und wachsamen Augen beobachteten, obwohl die Pupillen entfernt worden waren.

Wie eine Geisterhand berührten ihn immer wieder die Furcht und der Schrecken vor diesem einsamen Ort und vor der stürmischen und schrecklichen Nacht, die dort herrschte. Sein Mangel an jeglicher Hilfe, der lange, dunkle, verschlungene und von Geistern blockierte Weg, der zwischen ihm und der von Menschen bewohnten Erde lag; die Tatsache, daß er sich hoch oben befand, wo ihm schwindlig wurde, wenn er am Tage die Vögel fliegen sah; sein Abgeschnittensein von allen guten Menschen, die zu dieser Stunde sicher in ihrem Heim waren und in ihrem Bett schliefen, all das durchdrang ihn kalt, nicht wie ein Gedanke, sondern wie eine körperliche Wahrnehmung. Unterdessen waren seine Augen, Überlegungen und Ängste auf die furchtbaren Erscheinungen gerichtet, die sich von allen anderen Wesen dieser Welt ebenso durch die tiefe Düsternis und den Schatten, der sie umgab, unterschieden wie durch ihren Blick, ihre Gestalt und die übernatürliche Art, über den Fußboden zu schweben, und die dennoch genauso deutlich zu sehen waren wie die festen Eichengerüste, Querbalken, Latten und Balkenlagen, die der Halterung der Glocken dienten. Diese umschlossen sie wie ein Wald aus zurechtgehauenem Holz. Aus dieser Verzweigung, Verworrenheit und Tiefe heraus hielten sie wie zwischen den Zweigen eines abgestorbenen Waldes, der zu ihrem geisterhaften Gebrauch vernichtet worden war, traurig und unverwandt ihre Wache.

Ein Windstoß – wie kalt und schneidend! – kam klagend durch den Turm. Als er sich legte, fing die große Glocke oder der Kobold der großen Glocke an zu sprechen.

„Was ist das für ein Besucher?" sagte sie. Die Stimme war leise und tief, und Trotty bildete sich ein, daß die von den anderen Erscheinungen genauso klangen.

„Ich dachte, mein Name wäre von den Silvesterglocken genannt worden!" sagte Trotty und erhob flehentlich seine Hände. „Ich weiß kaum, wie und warum ich hierhergekommen bin. Ich habe den Silvesterglocken so viele Jahre zugehört. Sie haben mich oft aufgeheitert."

„Und hast du ihnen gedankt?" fragte die Glocke.

„Tausendmal", sagte Trotty.

„Wie denn?"

„Ich bin ein armer Mann", stammelte Trotty, „und konnte ihnen nur mit Worten danken."

„Und das immer?" fragte der Kobold der Glocke. „Hast du uns nie mit Worten Unrecht getan?"

„Nein!" rief Trotty eifrig.

„Du hast uns niemals mit Worten Böses, Unaufrichtiges und Unrechtes angetan?" beharrte der Kobold der Glocke.

Trotty wollte „Niemals!" antworten, doch er hielt inne und war verwirrt.

„Die Stimme der Zeit", sagte der Geist, „rief dem Menschen ‚Vorwärts!' zu. Die Zeit ist für seine Entwicklung und Vervollkommnung, für seine größere Würde, sein größeres Glück und sein besseres Leben da, für seinen Fortschritt zu jenem Ziel hin, das sie bereits weiß und sieht und das in einer Periode festgelegt wurde, als Zeit und Gott begannen. Ganze Äonen der Finsternis, Gottlosigkeit und Gewalt sind gekommen und vergangen, unzählige Millionen haben gelitten, gelebt und sind gestorben, um dem Menschen den Weg vorzuzeichnen. Wer versucht, ihn zur Umkehr zu bewegen oder ihn in seinem Lauf aufzuhalten, hemmt eine mächtige Maschine, die jeden Unbefugten zu Tode bringen und nur um so heftiger und wilder auf ihr augenblickliches Hindernis reagieren wird!"

„Wissentlich habe ich das nie getan, Sir", sagte Trotty. „Wenn, dann nur zufällig. Ich würde das nie tun, da bin ich sicher."

„Wer der Zeit oder ihren Dienern", sagte der Kobold der Glocke, „einen Klageschrei in den Mund legt für Tage, die ihre Anfechtungen und Mißerfolge hatten und tiefe Spuren hinterließen, die ein Blinder sehen kann – einen Schrei, der nur der Gegenwart dient, indem er den Menschen zeigt, wie sehr er ihre Hilfe braucht, wenn alle Ohren Trauer um solch eine Vergangenheit hören können. Wer das tut, begeht ein

Unrecht. Und du hast so ein Unrecht an uns, den Silvesterglocken, begangen."

Trottys anfänglich übertriebene Angst war verflogen. Aber er hatte offensichtlich ein Gefühl der Zärtlichkeit und Dankbarkeit gegenüber den Glocken empfunden, und als er sich als einer angeklagt hörte, der sie so schwerwiegend beleidigt hatte, wurde sein Herz von Reue und Kummer ergriffen.

„Wenn ihr wüßtet", sagte Trotty und faltete ernst die Hände, „oder vielleicht wißt ihr es! Wenn ihr wüßtet, wie oft ihr mir Gesellschaft geleistet habt! Wie oft ihr mich aufgemuntert habt, wenn ich niedergeschlagen war! Wie ihr das Spielzeug meiner kleinen Tochter Meg wart (fast das einzige, das sie überhaupt besaß), als damals ihre Mutter starb und sie und ich allein zurückblieben, würdet ihr nicht wegen eines voreiligen Wortes grollen!"

„Wer aus uns, den Silvesterglocken, einen Ton heraushört, der von Gleichgültigkeit oder Strenge gegenüber den Hoffnungen, Freuden, Schmerzen oder Sorgen der vielgeplagten Menschen zeugt; wer hört, wie wir auf einen Glauben antworten, der die menschlichen Eigenschaften und Stimmungen beurteilt wie die Menge der unzureichenden Nahrung, an der die Menschheit verschmachten und vergehen kann, tut uns ein Unrecht. Dieses Unrecht hast du uns getan!" sagte die Glocke.

„Das habe ich!" sagte Trotty. „Oh, verzeiht mir!"

„Wer hört, daß wir dem trägen Ungeziefer der Erde nachlallen, den Unterdrückern zerschmetterter und gebrochener Wesen, die dazu gebildet sind, daß sie höher hinauf steigen, als solche Maden der Zeit kriechen oder sich vorstellen können", fuhr der Kobold der Glocke fort, „wer das tut, tut uns ein Unrecht. Und du hast uns dies Unrecht getan!"

„Habe es aber nicht so gemeint", sagte Trotty. „In meiner Unwissenheit. Meinte es nicht so!"

„Schließlich und vor allem", fuhr die Glocke fort, „wer den Gefallenen und Verunstalteten seiner Art den Rücken zukehrt, sie als gemein im Stich läßt und nicht mit mitleidigen Blicken die nichteingezäunte Klippe verfolgt, von der aus sie vom Guten abfallen – wobei sie bei ihrem Sturz einige Brocken und Büschel des verlorenen Bodens mit sich reißen und noch daran festhalten, wenn sie zermalmt und sterbend unten im Abgrund liegen –, der tut dem Himmel und den Menschen, der Zeit und der Ewigkeit ein Unrecht. Und du hast dieses Unrecht getan!"

„Gnade!" schrie Trotty und fiel auf die Knie. „Um Gottes willen!"

„Höre!" sagte der Geist.

„Höre!" riefen die anderen Geister.

„Höre!" sagte eine klare und kindliche Stimme, von der Trotty glaubte, sie zuvor schon gehört zu haben.

Unten in der Kirche ertönte schwach die Orgel. Allmählich anschwellend, stieg die Melodie zum Dach hinauf und füllte Altarraum und Hauptschiff. Sich immer mehr ausbreitend, stieg sie weiter nach oben und immer höher hinauf, rüttelte beunruhigte Herzen zwischen den plumpen Eichensäulen, den dumpfen Glocken, den eisenbeschlagenen Türen und den festen Steintreppen auf, bis die Turmwände sie nicht mehr bändigen konnten und sie sich in den Himmel aufschwang.

Kein Wunder, daß die Brust eines alten Mannes eine so gewaltige und mächtige Bewegung nicht zurückhalten konnte. Sie brach aus diesem schwachen Gefängnis mit einem Tränenstrom aus, und Trotty hielt sich die Hände vors Gesicht.

„Höre!" sagte der Geist.

„Höre!" sagten die anderen Geister.

„Höre!" sagte die Kinderstimme.

Eine feierliche Melodie miteinander verschmelzender Stimmen stieg in den Turm hinauf.

Es war eine sehr leise und traurige Weise, ein Grabgesang, und als er lauschte, hörte Trotty sein Kind unter den Sängern.

„Sie ist tot!“ rief der alte Mann aus. „Meg ist tot! Ihr Geist ruft mich. Ich höre ihn!“

„Der Geist deines Kindes beweint die Toten und mischt sich unter die Toten – die toten Hoffnungen, toten Phantasien, toten Vorstellungen der Jugend“, erwiderte die Glocke, „aber sie lebt. Lerne aus ihrem Leben, einer lebenden Wahrheit. Lerne von dem Geschöpf, das deinem Herzen am nächsten steht, wie böse die Bösen geboren werden. Sieh, wie jede Knospe und jedes Blatt nacheinander vom geradesten Stengel abgepflückt wird, und wisse, wie kahl und jämmerlich er sein kann. Folge deiner Tochter! Bis zur Verzweiflung!“

Jede der Geistererscheinungen streckte ihren rechten Arm aus und wies nach unten.

„Der Geist der Silvesterglocken ist dein Begleiter“, sagte die Erscheinung. „Geh! Er läßt seine Spuren hinter dir!“

Trotty drehte sich um und sah das Kind! Das Kind, das Will Fern auf der Straße getragen hatte, das Kind, das Meg beobachtet hatte und das jetzt schlief!

„Ich selbst habe es heute abend getragen“, sagte Trotty. „Auf diesen Armen.“

„Zeigt ihm, was er sein Selbst nennt“, sagten die schwarzen Gestalten, eine wie die andere.

Der Turm öffnete sich zu seinen Füßen. Er schaute hinunter und sah seinen eigenen Körper draußen auf dem Boden liegen: zerschmettert und regungslos.

„Kein lebendiger Mensch mehr!“ schrie Trotty. „Tot!“

„Tot!“ sagten die Gestalten alle auf einmal.

„Lieber Himmel! Und das neue Jahr...“

„Ist vorbei“, sagten die Gestalten.

„Wie?“ rief er bebend. „Ich habe meinen Weg verfehlt, und als ich im Dunkeln an die Außenseite des Turmes geriet, bin ich hinuntergefallen – vor einem Jahr?“

„Vor neun Jahren!“ erwiderten die Gestalten.

Als sie die Antwort gaben, zogen sie ihre ausgestreckten

Hände zurück, und wo ihre Gestalten gewesen, befanden sich die Glocken.

Und sie läuteten, denn ihre Zeit war wieder gekommen. Wiederum erschien eine Unmenge Geister; wieder waren sie – wie schon zuvor – zusammenhanglos beschäftigt; wieder wurden sie beim Verstummen der Silvesterglocken schwächer, bis sie sich in nichts auflösten.

„Was sind denn das für welche?“ fragte er seinen Führer. „Wenn ich nicht ganz verrückt bin, was sind denn das für welche?“

„Die Geister der Glocken. Ihr Klang liegt in der Luft“, erwiderte das Kind. „Sie nehmen das Äußere und die Berufe an, wie sie sich die Sterblichen erhoffen und ausdenken, und geben ihnen die Erinnerungen, die sie bewahrt haben.“

„Und du?“ fragte Trotty verstört. „Was bist *du*?“

„Pst!“ erwiderte das Kind. „Schau her.“

Vor seinen Augen tat sich ein ärmliches, schäbiges Zimmer auf, in dem Meg, seine eigene liebe Tochter, an einer Stickerei arbeitete, über der er sie sehr oft gesehen hatte. Er unternahm keinen Versuch, ihr seine Küsse aufzudrücken; er gab sich keine Mühe, sie an sein liebendes Herz zu pressen. Er wußte, daß es für ihn solche Liebkosungen nicht mehr gab. Aber er hielt seinen zitternden Atem an und wischte die blind machenden Tränen weg, damit er sie betrachten, sie wenigstens ansehen konnte.

Ah! Verändert. Verändert. Wie war das Licht der klaren Augen getrübt. Wie war die rosige Frische von ihren Wangen gewichen. Schön war sie wie vorher, aber die Hoffnung, oh, wo war die starke Hoffnung, die zu ihm wie eine Stimme gesprochen hatte?

Sie blickte von ihrer Arbeit auf, zu einer Gefährtin hin. Als er ihren Augen folgte, fuhr der alte Mann zurück.

In der erwachsenen Frau erkannte er sie auf den ersten Blick. In dem langen, seidigen Haar sah er dieselben Locken, um die Lippen lag noch der kindliche Ausdruck. Sieh! In den

Augen, die nun fragend auf Meg gerichtet waren, lag genau der Blick, der jene Gesichtszüge kritisch prüfte, als er sie damals mit nach Hause brachte!

Aber wer stand denn neben ihm?

Scheu blickte er in dieses Gesicht und sah dort etwas vorherrschen, ein stolzes Etwas, undeutlich und unklar, was das Kind kaum mehr als zu einer Erinnerung machte – die jene Gestalt dort sein mochte –, doch es war dasselbe und trug das Kleid.

Horch! Sie sprachen gerade!

„Meg", sagte Lilian zögernd. „Wie oft du den Kopf von deiner Arbeit hebst, um mich anzusehen!"

„Sind meine Blicke so verändert, daß sie dich erschrekken?" fragte Meg.

„Nein, Liebes. Du lächelst aber beim Sticken. Warum lächelst du nicht, wenn du mich ansiehst, Meg?"

„Das tue ich doch. Oder nicht?" antwortete sie und lächelte sie an.

„Ja, jetzt", sagte Lilian, „aber sonst nicht. Wenn du glaubst, daß ich beschäftigt bin und dich nicht sehe, schaust du so ängstlich und zweifelnd, daß ich kaum aufblicken möchte. Es gibt in diesem harten und mühseligen Leben wenig Grund zu lächeln, aber früher warst du so fröhlich."

„Bin ich es jetzt nicht?" rief Meg in einem Ton seltsamer Bestürzung und erhob sich, um sie zu umarmen. „Mache ich dir unser beschwerliches Leben noch schwerer, Lilian?"

„Du warst das einzige, was es überhaupt lebenswert machte", sagte Lilian und küßte sie inbrünstig, „manchmal das einzige, was mich noch Freude am Leben haben ließ, Meg. Solche Arbeit, solche Arbeit! So viele Stunden, so viele Tage, so viele lange Nächte mit verzweifelter, freudloser, niemals endender Arbeit – nicht etwa, um Reichtümer anzuhäufen oder großartig und froh zu leben, nicht, um genügend zum Leben zu haben; nein, bloß um das karge Brot zu verdienen, so viel zusammenzukratzen, daß man sich durchschlägt und das Nötigste hat und in dem Bewußtsein um unser schweres Schicksal am Leben bleibt! O Meg, Meg!" Sie erhob ihre Stimme und schlang dabei die Arme um sie, wie jemand, der Schmerzen hat. „Wie kann sich diese grausame Welt nur drehen und den Anblick solchen Lebens ertragen!"

„Lilly!" sagte Meg beruhigend und strich ihr das Haar aus dem nassen Gesicht. „Aber Lilly! Du! So hübsch und jung!"

„O Meg!" warf sie ein, hielt sie in Armeslänge fest und sah ihr flehentlich ins Gesicht. „Das ist das Schlimmste von allem! Mach mich alt, Meg! Laß mich welk und runzlig werden und befreie mich von den furchtbaren Gedanken, die mich in meiner Jugend verführen!"

Trotty wandte sich zu seinem Führer um. Doch der Geist des Kindes hatte die Flucht ergriffen und war weg.

Auch er blieb nicht am selben Ort, denn Sir Joseph Bowley, der Freund und Vater der Armen, gab in Bowley Hall ein Fest zu Ehren von Lady Bowleys Geburtstag. Und da Lady Bowley an einem Neujahrstag geboren worden war (was die Lokalpresse für einen besonderen Fingerzeig der Vorsehung auf den ersten Platz, Lady Bowleys vorherbestimmten Rang in der Schöpfung, hielt), fand diese Feier an einem Neujahrstag statt.

Bowley Hall war voller Besucher. Der rotgesichtige Herr war da, Mr. Filer war da, der große Stadtrat Cute war da – Stadtrat Cute fühlte sich zu großen Leuten hingezogen und hatte auf Grund seines höflichen Briefes seine Bekanntschaft mit Sir Joseph Bowley beträchtlich vertiefen können; er war seitdem direkt ein Freund der Familie geworden –, und viele Gäste waren da. Trottys Geist – armes Wesen – wanderte traurig umher und hielt nach seinem Führer Ausschau.

Es sollte ein großartiges Essen im großen Saal geben, wo Sir Joseph Bowley in seiner berühmten Eigenschaft als Freund und Vater der Armen seine große Rede halten sollte. Zuerst sollten seine Freunde und Kinder in einem anderen

Raum Plumpudding essen, und auf ein Zeichen hin sollten sich die Freunde und Kinder unter ihre Freunde und Väter mischen und eine Familienversammlung abhalten, bei der vor Rührung kein Auge trockenbleiben sollte.

Aber es sollte noch mehr geschehen. Sogar noch mehr als das. Sir Joseph Bowley, Baronet und Parlamentsabgeordneter, sollte mit seinen Pächtern eine Kegelpartie veranstalten, eine richtige Kegelpartie.

„Was mich an die Zeit des alten Königs Hal erinnert", sagte Stadtrat Cute, „des tapferen, beleibten Königs Hal. Ah, ein feiner Charakter!"

„Sehr fein", sagte Mr. Filer trocken. „Frauen zu heiraten und sie umzubringen. Im Laufe der Zeit erheblich mehr Frauen als im Durchschnitt."

„Du wirst die schönen Damen heiraten und sie nicht umbringen, was?" sagte Stadtrat Cute zu Bowleys zwölfjährigem Nachkommen.

„Ein lieber Junge! Wir werden diesen kleinen Herrn, ehe wir's uns versehen, im Parlament haben", sagte der Stadtrat, hielt ihn bei den Schultern und sah so nachdenklich wie möglich aus. „Wir werden von seinen Erfolgen bei der Wahl, seinen Reden im Parlament, seinen Regierungsvorschlägen und seinen glänzenden Leistungen auf allen Gebieten hören. Ha, wir werden im Gemeinderat unsere kleinen Reden auf ihn halten, ganz sicher, ehe wir's uns versehen!"

‚Oh, was machen Schuhe und Strümpfe für einen Unterschied!' dachte Trotty. Aber sein Herz fühlte sich zu dem Kind hingezogen, um dieser Jungen ohne Schuhe und Strümpfe willen, die sich (nach Meinung des Stadtrates) als schlecht erweisen würden und die die Kinder der armen Meg sein könnten.

„Richard", stöhnte Trotty und streifte in der Gesellschaft umher. „Wo ist er? Ich kann Richard nicht finden! Wo ist Richard?"

Es war unwahrscheinlich, daß er dort war, falls er noch

lebte! Doch Trottys Kummer und Einsamkeit verwirrten ihn, und er streifte in der feinen Gesellschaft herum, suchte seinen Führer und sagte: „Wo ist Richard? Zeig mir Richard!"

So wanderte er umher, als er auf Mr. Fish, den Privatsekretär, stieß, der sich in großer Aufregung befand.

„Du meine Güte!" rief Mr. Fish. „Wo ist Stadtrat Cute? Hat jemand den Stadtrat gesehen?"

Den Stadtrat gesehen? Ach, du lieber Himmel! Wer könnte jemals umhin, den Stadtrat zu sehen? Er war so aufmerksam, so leutselig, er hatte so sehr den natürlichen Wunsch des Volkes, ihn zu sehen, im Sinn, daß er, falls er *einen* Fehler besaß, den einen hatte, daß er ständig im Blickwinkel war. Und wo immer die großen Leute waren, befand sich, angezogen von der Sympathie verwandter Seelen, ganz sicher auch Cute.

Einige Stimmen riefen, er wäre in dem Kreis, der sich um Sir Joseph scharte. Mr. Fish bahnte sich seinen Weg, fand ihn und führte ihn heimlich zu einem nahe gelegenen Fenster. Trotty schloß sich ihnen an. Nicht aus eigenem Antrieb. Er fühlte, daß seine Schritte in diese Richtung gelenkt wurden.

„Mein lieber Stadtrat Cute", sagte Mr. Fish. „Ein bißchen mehr hierher. Etwas Schreckliches hat sich ereignet. In diesem Augenblick habe ich die Nachricht erhalten. Ich denke, es wird das beste sein, Sir Joseph davon erst in Kenntnis zu setzen, wenn der Tag vorbei ist. Sie kennen sich mit Sir Joseph aus und werden mir Ihre Meinung sagen. Ein schreckliches und bedauerliches Ereignis."

„Fish!" erwiderte der Stadtrat. „Fish! Mein guter Freund, was ist los? Hoffentlich nichts Revolutionäres. Kein – kein versuchter Zusammenstoß mit den Beamten?"

„Deedles, der Bankier", keuchte der Sekretär. „Von den Gebrüdern Deedles, der heute hier sein sollte und der bei der Goldsmiths Company ein hohes Amt bekleidet..."

„Hat nicht etwa Hand an sich gelegt!" rief der Stadtrat aus. „Das kann nicht sein!"

„Hat sich erschossen."

„Du lieber Gott!"

„Hat sich eine doppelläufige Pistole in den Mund gesteckt, in seinem eigenen Kontor", sagte Mr. Fish, „und sich durch den Kopf geschossen. Kein Motiv. Fürstliche Verhältnisse!"

„Verhältnisse!" rief der Stadtrat aus. „Ein Mann mit Vermögen. Einer der angesehensten Männer. Selbstmord, Mr. Fish! Von eigener Hand!"

„Gerade heute morgen", entgegnete Mr. Fish.

„Oh, das Gehirn, das Gehirn!" rief der gottesfürchtige Stadtrat und erhob die Hände. „Oh, die Nerven, die Nerven! Die Rätsel dieser Maschine, die sich Mensch nennt! Oh, wie wenig gehört dazu, sie durcheinanderzubringen! Was sind wir doch für arme Geschöpfe! Vielleicht ein Essen, Mr. Fish. Vielleicht das Verhalten seines Sohnes, der, wie ich gehört habe, verrückt spielte und die Angewohnheit hat, sich ohne die geringste Vollmacht Wechsel auszustellen. Ein höchst ehrbarer Mann. Einer der angesehensten Männer, die ich je gekannt habe! Ein bedauerlicher Vorfall, Mr. Fish. Ein öffentliches Unglück! Ich werde Wert darauf legen, in Trauer zu gehen. Ein höchst ehrwürdiger Mann! Aber es gibt den *einen* da oben. Wir müssen uns fügen, Mr. Fish. Wir müssen uns fügen!"

Was, Stadtrat? Kein Wort von Schlußmachen? Richter, vergessen Sie nicht Ihren hohen moralischen Stolz. Kommen Sie, Stadtrat! Halten Sie diese Waagschalen im Gleichgewicht. Werfen Sie mich, der ohne Essen ist, in die leere hinein und in die andre die Quellen der Natur einer armen Frau, die vom Elend des Hungerns ausgedörrt ist und verstockt geworden ist gegenüber den Forderungen ihrer Nachkommen, die sie an die heilige Mutter Eva haben. Wäge die beiden ab, Daniel, wenn dein Tag kommen wird und du an die Beurteilung gehst. Wäge sie aus der Sicht Tausender Leidender ab, der nicht unaufmerksamen Zuschauer des grausamen Theaters, das du spielst. Oder angenommen, du hast deine fünf Sinne verloren – das ist kein so weiter Weg, als daß er nicht möglich wäre – und Hand an dich gelegt und damit deine Freunde (falls du einen Freund hast) darauf aufmerksam gemacht, wie sie ihre wohltuende Niedertracht phantasierenden Köpfen und gramerfüllten Herzen vorkrächzen. Was dann?

Diese Worte stiegen in Trottys Brust hoch, als wären sie von einer anderen Stimme in ihm gesprochen worden. Stadtrat Cute verpflichtete sich, Mr. Fish dabei zu unterstützen, Sir Joseph diese Schreckensnachricht zu übermitteln, sobald der Tag vorüber wäre. Ehe sie sich trennten, drückte er Mr. Fishs Hand voller Bitterkeit und sagte dann: „Ein äußerst ehrwürdiger Mann!" Und er fügte hinzu, daß er kaum wüßte (nicht einmal er), warum solche Leiden auf Erden zugelassen würden.

„Es reicht einem der Gedanke, wenn man es nicht besser wüßte", sagte Stadtrat Cute, „daß zuzeiten umwälzende Bewegungen von Dingen im Gange waren, die die allgemeine Wirtschaftlichkeit des sozialen Gefüges gefährdeten. Die Gebrüder Deedles!"

Das Kegeln verlief mit großem Erfolg. Sir Joseph brachte die Kegel recht geschickt zu Fall; Master Bowley beteiligte sich auch am Spiel, aber aus größerer Nähe, und jedermann sagte, daß sich nun, da ein Baronet und der Sohn eines Baronets Kegel schoben, das Land so schnell wie möglich erholen würde.

Das Festessen wurde zur richtigen Zeit aufgetragen. Trotty begab sich unfreiwillig mit den anderen in den Saal, denn er fühlte sich von einem Impuls, der stärker als sein eigener Wille war, dorthin getrieben. Der Anblick war äußerst heiter; die Damen sahen sehr hübsch aus, die Gäste waren entzückt, fröhlich und ausgeglichen. Als die Türen geöffnet wurden und das Volk in seiner einfachen Kleidung hereindrängte, war das schöne Schauspiel auf seinem Höhepunkt. Doch Trotty murmelte nur immer wieder: „Wo ist Richard? Er könnte ihr helfen und sie trösten. Ich kann Richard nicht sehen!"

Es waren einige Reden gehalten worden, und man hatte auf Lady Bowleys Gesundheit angestoßen, und Sir Joseph Bowley hatte Dank gesagt und seine große Rede gehalten, in der er anhand etlicher Beispiele bewies, daß er der geborene Freund und Vater war und so weiter; und er hatte gerade auf seine Freunde und Kinder und die Würde der Arbeit einen Toast ausgebracht, als ein kleiner Tumult am Ende des Saales Tobys Aufmerksamkeit erregte. Nach einigem Durcheinander, Lärm und Widerstand bahnte sich ein Mann einen Weg durch die Menge und stellte sich nach vorn.

Nicht Richard. Nein. Aber einer, an den er viele Male gedacht und nach dem er gesucht hatte. Bei schwächerem Licht hätte er die Identität dieses erschöpften Mannes, der alt, ergraut und gebeugt war, anzweifeln können, aber im Glanz des Lampenscheins auf dem runzligen Gesicht erkannte er Will Fern in dem Moment, da er vortrat.

„Was soll das?" rief Sir Joseph, sich erhebend. „Wer gestattete diesem Mann den Zutritt? Das ist ein Verbrecher aus dem Gefängnis! Mr. Fish, hätten Sie die Güte..."

„Eine Minute!" sagte Will Fern. „Eine Minute! Mylady, Sie wurden an diesem Tag geboren, wie das neue Jahr. Geben Sie mir eine Minute Zeit zum Sprechen."

Sie legte Fürsprache für ihn ein. Sir Joseph nahm mit der ihm angeborenen Würde wieder Platz.

Der zerlumpte Besucher – er war schäbig gekleidet – schaute sich in der Gesellschaft um und brachte mit einer bescheidenen Verbeugung seine Huldigung dar.

„Ihr feinen Leute!" sagte er. „Ihr habt auf den Arbeiter getrunken. Seht mich an!"

„Gerade aus dem Gefängnis gekommen", sagte Mr. Fish.

„Gerade aus dem Gefängnis gekommen", sagte Will. „Und weder zum ersten noch zum zweiten oder dritten oder vierten Mal."

Mr. Fish hörte man gereizt bemerken, daß viermal über dem Durchschnitt lag und daß er sich schämen sollte.

„Ihr feinen Leute!" wiederholte Will Fern. „Seht mich an! Ihr seht, ich bin in 'nem denkbar schlechten Zustand. Über jedes Unrecht und jede Kränkung erhaben, über eure Hilfe erhaben, denn die Zeit, in der mir eure freundlichen Worte oder guten Taten geholfen hätten" – er legte die Hand auf die Brust und schüttelte den Kopf –, „is genauso vergangen wie der Duft nach den Bohnen und dem Klee vom letzten Jahr. Laßt mich ein paar Worte an diese richten", er wies auf die Arbeiter im Saal, „und wenn ihr schon hier seid, hört euch mal die ganze Wahrheit an."

„Hier ist kein Mensch", sagte der Gastgeber, „der ihn als Redner haben möchte."

„Höchstwahrscheinlich, Sir Joseph. Ich glaube es. Aber vielleicht is das, was ich sage, nich weniger wahr. Vielleicht is es ein Beweis dafür. Ihr feinen Leute, ich hab viele Jahre an diesem Ort gewohnt. Ihr könnt die Hütte von dem eingefallnen Zaun da drüben aus sehen. Hundertmal hab ich gesehn, wie die Damen sie in ihre Bücher gezeichnet haben. Sie sieht auf'm Bild gut aus, hab ich sagen hörn, aber auf Bildern gibt's kein Wetter, und vielleicht isses dafür besser geeignet als zum Drinwohnen. Nun! Ich hab da gewohnt. Wie schwer, wie bitter schwer das Leben da war, will ich nich sagen. An jedem x-beliebigen Tag im Jahr könnt ihr euch selbst davon überzeugen."

Er sprach wie an dem Abend, als Trotty ihn auf der Straße getroffen hatte. Seine Stimme war tiefer und rauher und zitterte hin und wieder, aber er erhob sie niemals leidenschaftlich und hob sie selten über die feste, strenge Ebene der vertrauten Tatsachen, die er darlegte, hinaus.

„'s is schwerer, als ihr denkt, ihr feinen Leute, an so 'nem schönen, normalerweise schönen Ort aufzuwachsen. Daß ich zu einem Menschen geworden bin, wie ich damals einer war, und zu keinem Untier, das spricht für mich. Wie ich jetz bin, da spricht nichts für mich, und nichts kann für mich getan werden. Das is vorbei mit mir."

„Ich bin froh, daß dieser Mann hereingekommen ist", bemerkte Sir Joseph und blickte gelassen um sich. „Unterbrecht ihn nicht. Es scheint vorherbestimmt zu sein. Er ist ein Beispiel, ein lebendes Beispiel. Ich hoffe und glaube und erwarte zuversichtlich, daß es für meine Freunde hier nicht umsonst ist."

„Ich hab mich so irgendwie durchgeschleppt", sagte Fern nach kurzem Schweigen. „Weder ich noch irgendein andrer weiß, wie. Aber so mühsam, daß ich kein fröhliches Gesicht aufsetzen oder den Eindruck erwecken konnte, daß ich jemand andres als ich selbst war. Nun, meine Herren, die ihr über andere urteilt! Wenn ihr einen Mann mit unzufriedenem Gesichtsausdruck seht, sagt ihr untereinander: ‚Er ist verdächtig. Ich habe meine Zweifel', sagt ihr, ‚an Will Fern. Beobachtet diesen Burschen!' Ich sage nich, meine Herren, 's is nich ganz natürlich, aber ich sage, 's is so, und von dieser Stunde an geht alles, was Will Fern auch tut oder läßt, gegen ihn."

Stadtrat Cute steckte die Daumen in seine Westentaschen, lehnte sich in seinem Sessel zurück und blinzelte lächelnd in einen neben ihm stehenden Leuchter, als wollte er sagen: „Natürlich! Habe ich das nicht gesagt. Das übliche Geschrei! Gott schütze euch, wir sind solchen Sachen gewachsen, ich und die menschliche Natur."

„Nun, meine Herren", sagte Will Fern, wobei er seine Hände ausstreckte und sein hageres Gesicht für einen Augenblick errötete, „sehen Sie, wie Ihre Gesetze dazu gemacht sind, uns Fallen zu stellen und zu jagen, wenn wir erst so weit gebracht worden sind. Ich hab versucht, sonstwo zu leben. Ich bin ein Landstreicher. Ins Gefängnis mit ihm! Ich komme hierher zurück. Ich gehe in Ihren Wäldern in die Nüsse und breche – wer tut das nicht? – ein oder zwei biegsame Zweige ab. Ins Gefängnis mit ihm! Einer Ihrer Wächter sieht mich am hellichten Tag mit einer Waffe in meinem Stückchen Garten. Ins Gefängnis mit ihm! Ich hab natürlich mit diesem Mann 'n mächtigen Streit, als ich wieder rauskomme. Ins Gefängnis mit ihm! Ich schneide 'ne Gerte ab. Ins Gefängnis mit ihm! Ich esse 'nen faulen Apfel oder 'ne Rübe. Ins Gefängnis mit ihm! 's is zwanzig Meilen entfernt, und wie ich zurückkomme, bitte ich auf der Landstraße um 'ne Kleinigkeit. Ins Gefängnis mit ihm! Schließlich findet mich der Polizist, der Wächter oder sonstwer dabei, daß ich sonstwo sonstwas anstelle. Ins Gefängnis mit ihm, denn er is 'n Vagabund und 'n bekannter Knastbruder, und das Gefängnis is sein einziges Zuhause."

Der Stadtrat nickte scharfsinnig, als wollte er sagen: „Ein sehr gutes Zuhause!"

„Sage ich das, um mir selbst zu nützen?" rief Fern. „Wer kann mir meine Freiheit wiedergeben, wer kann mir meinen guten Ruf wiedergeben, wer kann mir meine unschuldige Nichte wiedergeben? Keine der adligen Herren und Damen in ganz England. Aber die Herren, die sich mit Leuten wie mir beschäftigen, fangen am richtigen Ende an. Geben Sie uns um Gottes willen beßre Wohnungen, wenn wir in der Wiege liegen; geben Sie uns beßre Nahrung, wenn wir für unseren Lebensunterhalt arbeiten; geben Sie uns mildere Gesetze, die uns zurückführen, wenn wir ein Unrecht tun, und halten Sie nich das Gefängnis und immer wieder das Gefängnis für uns bereit, wohin wir uns auch wenden. Es gibt keine Leutseligkeit 'nem Arbeiter gegenüber, die er nich bereitwillig und dankbar wie nur irgendeiner annehmen wird, denn er hat 'n geduldiges, friedliches und williges Herz. Aber zuerst müssen Sie den rechten Geist in ihn pflanzen, denn ob er zu Untergang und Verderben bestimmt is – so wie ich – oder wird wie einer von denen, die jetzt hier stehen, sein Geist wird in dieser Zeit von Ihnen getrennt. Bringt ihn zurück, ihr feinen Herren, bringt ihn zurück! Bringt ihn zurück, ehe der Tag kommt, an dem sich sogar die Bibel in seiner verwandelten Seele ändert und er die Worte zu lesen scheint – wie er sie im Gefängnis mit seinen Augen las: ‚Wo du hingehst, da kann ich nicht hingehen; wo du wohnst, da wohne ich nicht; dein Volk ist nicht mein Volk, dein Gott ist nicht mein Gott!'"

Eine plötzliche Bewegung und Unruhe kam im Saal auf. Trotty glaubte zunächst, daß sich einige erhoben hätten, um den Mann hinauszuwerfen, und daß daher die Veränderung eingetreten wäre. Doch der nächste Augenblick bewies ihm, daß der Raum und die Gesellschaft seinen Blicken entschwunden waren und daß vor ihm wieder seine Tochter über ihrer Arbeit saß. Aber in einer noch bescheideneren und dürftigeren Kammer als vorher und diesmal ohne Lilian neben sich.

Der Webstuhl, an dem sie gearbeitet hatte, wurde auf ein Regal gesetzt und zugedeckt. Der Stuhl, auf dem sie gesessen hatte, wurde gegen die Wand gestellt. In diesen kleinen Verrichtungen und Megs kummervollem Gesicht stand eine Geschichte geschrieben. Oh, wer könnte nicht darin lesen!

Meg strengte ihre Augen über der Arbeit an, bis es zu dunkel wurde, die Fäden zu sehen. Und als der Abend hereinbrach, zündete sie die schwache Kerze an und arbeitete weiter. Noch war ihr alter Vater unsichtbar für sie. Er schaute auf sie hinab, hatte sie lieb – und wie er sie liebte! – und sprach zu ihr mit zärtlicher Stimme über die alten Zeiten und die Glocken. Obwohl er wußte, der arme Trotty, daß sie ihn nicht hören konnte.

Ein großer Teil des Abends war verstrichen, als es an die Tür klopfte. Sie öffnete. Ein Mann stand auf der Schwelle. Ein vornübergebeugter, niedergeschlagener, betrunkener Schmutzfink, der von Ausschweifungen und Lasterhaftigkeit ausgezehrt war, mit seinem verfilzten Haar und unrasierten Bart schrecklich unordentlich aussah und doch Spuren davon zeigte, daß er in seiner Jugend eine gute Figur und ein gutes Aussehen gehabt hatte.

Er blieb stehen, bis er ihre Erlaubnis hatte einzutreten. Sie trat einen oder zwei Schritte von der offenen Tür zurück und betrachtete ihn schweigend und sorgenvoll. Trottys Wunsch ging in Erfüllung. Er sah Richard.

„Darf ich hineinkommen, Margaret?"

„Ja, komm herein. Komm herein."

Es war gut, daß Trotty ihn erkannt hatte, bevor er sprach, denn wenn er im Zweifel gewesen wäre, hätte ihn die harte, schroffe Stimme überzeugt, daß es sich nicht um Richard, sondern um einen anderen Mann handelte.

Es standen nur zwei Stühle im Raum. Sie gab ihm ihren, stellte sich in einiger Entfernung hin und wartete, was er ihr zu sagen hätte.

Er jedoch saß da und starrte ausdruckslos auf den Fußboden, matt und stumpfsinnig lächelnd. Das war ein Schauspiel von so tiefer Erniedrigung, so großer Hoffnungslosigkeit, so traurigem Zerfall, daß sie die Hände vors Gesicht hielt und sich abwandte, damit er nicht sehen sollte, wie betroffen sie war. Von dem Rauschen ihres Kleides oder einem ähnlichen belanglosen Geräusch aufgeschreckt, hob er den Kopf und begann zu sprechen, als ob es keine Pause seit seinem Eintreten gegeben hätte.

„Noch bei der Arbeit, Margaret? Du arbeitest lange."

„Das mache ich meistens."

„Fängst auch früh an?"

„Ja, sehr früh."

„Das hat sie gesagt. Sie sagte, du bist nie müde geworden oder hast nie zugegeben, daß du müde warst. Die ganze Zeit nicht, in der ihr zusammen gelebt habt. Nicht einmal, als du vor Arbeit und Hunger ohnmächtig geworden bist. Aber das habe ich dir schon das letztemal gesagt, als ich herkam."

„Ja", antwortete sie. „Und ich flehte dich an, mir nicht mehr zu erzählen. Und du gabst mir das feierliche Versprechen, daß du es nie tun würdest."

„Ein feierliches Versprechen", wiederholte er, töricht lachend und ausdruckslos vor sich hin starrend. „Ein feierliches Versprechen. Sicher. Ein feierliches Versprechen!" Nach einiger Zeit erwachte er auf dieselbe Weise wie vorher und sagte mit plötzlicher Lebhaftigkeit: „Wie kann ich das ändern, Margaret? Was soll ich tun? Sie ist wieder bei mir gewesen!"

„Wieder?" rief Meg und rang die Hände. „Oh, denkt sie so oft an mich! Ist sie wieder dagewesen!"

„Schon zwanzigmal", sagte Richard. „Margaret, sie verfolgt mich. Sie kommt auf der Straße hinter mir her und steckt es mir in die Hand. Ich höre ihre Schritte, wenn ich bei der Arbeit bin (was nicht oft vorkommt, haha!), und ehe ich den Kopf wenden kann, sagt mir ihre Stimme ins Ohr: ‚Richard, sieh dich nicht um. Um der Liebe Gottes willen gib ihr das!‘ Sie bringt es hin, wo ich wohne. Sie schickt es in Briefen. Sie klopft ans Fenster und legt es auf das Fensterbrett. Was kann ich tun? Sieh es dir an!"

Er streckte seine Hand mit einer kleinen Geldbörse aus und klimperte mit dem Geld.

„Verstecke es", sagte Meg. „Verstecke es! Wenn sie wiederkommt, sage ihr, Richard, daß ich sie von ganzem Herzen liebe. Daß ich mich nie zur Ruhe lege, ohne sie zu segnen und für sie zu beten. Daß ich nie aufhöre, bei meiner einsamen Arbeit an sie zu denken. Daß sie Tag und Nacht bei mir ist. Daß ich mich, falls ich morgen sterben müßte, mit meinem letzten Atemzug an sie erinnern würde. Daß ich dieses Geld aber nicht sehen kann!"

Langsam zog er seine Hand zurück und sagte in träger Nachdenklichkeit, indem er die Geldbörse zusammendrückte:

„Das habe ich ihr gesagt. Das habe ich ihr gesagt, so klar und deutlich, wie es Worte vermögen. Ich habe dieses Geschenk (seitdem schon ein dutzendmal) zurückgebracht und an ihrer Tür gelassen. Aber wenn sie schließlich ankam und so vor mir stand, was konnte ich da tun?"

„Du hast sie gesehen!“ rief Meg. „Du hast sie gesehen! O Lilian, mein süßes Mädchen! O Lilian, Lilian!“

„Ich habe sie gesehen“, fuhr er fort, ohne zu antworten, vielmehr in demselben langsamen Fluß seiner Gedanken. „Da stand sie – zitternd! ‚Wie sieht sie aus, Richard? Spricht sie noch von mir? Ist sie dünner geworden? Mein alter Platz am Tisch, was ist an meinem alten Platz? Und der Webstuhl, an dem sie mir unsere frühere Arbeit beigebracht hat – hat sie ihn verbrannt, Richard?‘ Sie war da. Ich habe sie das sagen hören.“

Meg hielt im Schluchzen inne, und während ihr die Tränen herunterrannen, beugte sie sich über ihn, um zu lauschen und sich kein Wort entgehen zu lassen.

Die Arme auf die Knie gestützt und auf seinem Stuhl vornübergebeugt, als ob das, was er sagen wollte, in undeutlicher Schrift auf den Fußboden geschrieben wäre und nun von ihm entziffert und in Zusammenhang gebracht werden müßte, fuhr er fort:

„‚Richard, ich bin sehr tief gesunken, und du kannst dir vielleicht vorstellen, wie sehr ich darunter litt, diese Börse zurückgeschickt zu bekommen, nachdem ich mich überwunden habe, sie eigenhändig zu dir zu bringen. Aber du hast Meg einmal von Herzen geliebt. Ich erinnere mich genau! Andere traten zwischen euch; Ängste und Eifersucht, Zweifel und Eitelkeit trennten dich von ihr; aber du hast sie geliebt, ich erinnere mich genau!‘ Wahrscheinlich“, sagte er und unterbrach sich selbst einen Augenblick. „Das habe ich! Das gehört nicht hierher. ‚O Richard, wenn du sie je geliebt hast, wenn du ein Gedächtnis hast für das, was aus und vorbei ist, bringe sie ihr noch einmal hin. Noch einmal! Erzähle ihr, wie ich meinen Kopf an deine Schulter gelegt habe, wo ihr Kopf gelegen haben mag, und so demütig zu dir war, Richard. Erzähle ihr, daß du mir ins Gesicht geschaut und gesehen hast, daß die Schönheit, die sie immer pries, vergangen, ganz vergangen ist und daß an ihre Stelle magere, blasse und hohle Wangen getreten sind, bei deren Anblick sie weinen würde. Erzähle ihr alles und nimm das Geld mit zurück, und sie wird es nicht wieder abweisen. Das wird sie nicht übers Herz bringen!‘ “

So saß er in Gedanken versunken und wiederholte die letzten Worte, bis er wieder zu sich kam und aufstand.

„Du willst es nicht annehmen, Margaret?“

Sie schüttelte den Kopf und gab ihm durch ein Zeichen zu verstehen, daß er sie verlassen möge.

„Gute Nacht, Margaret.“

„Gute Nacht!“

Er wandte sich um, sie anzusehen, denn er war betroffen von ihrem Kummer und vielleicht von dem Mitleid, das in ihrer Stimme für ihn mitschwang. Es war eine rasche Geste, und einen Augenblick lang flammte etwas von seinem früheren Verhalten in ihm auf. Im nächsten Moment verschwand er, wie er gekommen war. Auch schien ihm dieses Aufglimmen eines verlöschenden Feuers nicht dazu zu verhelfen, ihm seine Verderbtheit bewußt zu machen.

In jeder Stimmung, bei jedem Kummer, bei jeder seelischen oder körperlichen Pein mußte Megs Arbeit getan werden. Sie saß über ihrer Aufgabe und arbeitete daran. Es wurde spät, und um Mitternacht arbeitete sie noch immer.

Sie hatte ein schwaches Feuer, und die Nacht war sehr kalt. In Abständen erhob sie sich, um es zu schüren. Die Silvesterglocken schlugen halb eins, während sie sich in dieser Weise beschäftigte, und als sie zu Ende geläutet hatten, hörte sie ein leises Klopfen an der Tür. Noch ehe sie sich fragen konnte, wer zu dieser ungewöhnlichen Stunde käme, öffnete sie sich.

O Jugend und Schönheit, glücklich, wie du sein solltest, schau hin! O Jugend und Schönheit, gesegnet und alle in deiner Reichweite segnend und die Absichten deines gütigen Schöpfers vollendend, schau hin!

Sie sah die eintretende Gestalt und schrie auf: „Lilian!“

Lilian fiel eilends vor ihr auf die Knie und umschlang ihr Kleid.

„Komm hoch, Liebes! Steh auf, Lilian! Mein Liebstes!"

„Nie mehr, Meg, nie mehr. Hier. Dicht bei dir, mich an dir festhalten, deinen Atem im Gesicht spüren!"

„Liebe Lilian! Lilian, mein Liebling! Mein Herzenskind – keine Mutterliebe kann zärtlicher sein –, leg deinen Kopf an meine Brust!"

„Nie mehr, Meg. Nie mehr. Als ich das erstemal in dein Gesicht blickte, knietest du vor mir. Laß mich, vor dir kniend, sterben. Laß es hier geschehen."

„Du bist zurückgekommen, mein Schatz. Wir wollen gemeinsam leben, gemeinsam arbeiten, gemeinsam hoffen, gemeinsam sterben!"

„Oh! Küsse mich auf den Mund, Meg. Umarme mich, drücke mich an deine Brust, sieh mich freundlich an, aber ziehe mich nicht zu dir hoch. Laß es hier geschehen. Laß mich zum letztenmal dein liebes Gesicht sehen, wenn ich knie!"

O Jugend und Schönheit, glücklich, wie du sein solltest, schau hin! O Jugend und Schönheit, die du die Absichten deines gütigen Schöpfers vollendest, schau hin!

„Verzeih mir, Meg. So lieb, so lieb. Verzeih mir. Ich weiß, daß du es tust; ich sehe, daß du es tust, aber sage es auch, Meg!"

Sie sagte es, die Lippen an Lilians Wange und die Arme um sie geschlungen, ein gebrochenes Herz – sie wußte es jetzt.

„Gottes Segen für dich, mein Liebstes. Küß mich noch einmal! Der Herr gestattete ihr, zu seinen Füßen zu sitzen und diese mit ihrem Haar abzutrocknen. O Meg, welche Gnade und welch Erbarmen!"

Als sie starb, kehrte der Geist des Kindes unschuldig und strahlend zurück, berührte den alten Mann mit seiner Hand und lockte ihn fort.

Viertes Viertel

Eine neuerliche Erinnerung an die Geistergestalten in den Glocken; ein vager Eindruck vom Läuten der Silvesterglokken; ein verwirrendes Sichbewußtwerden, eine Schar Gespenster gesehen zu haben, die sich immer wieder erneuerte, bis sich das Erinnerungsvermögen an sie im Gewirr der großen Anzahl verlor; eine eilige Kunde – wie sie ihm übermittelt wurde, wußte er nicht –, daß weitere Jahre vergangen wären, und Trotty stand da, vom Geist des Kindes begleitet, und betrachtete eine Gesellschaft Verstorbener.

Eine feiste, rotbäckige, sorgenfreie Gesellschaft. Es waren nur zwei, aber diese hatten rote Backen für zehn. Sie saßen an einem hellen Feuer, und zwischen ihnen stand ein kleiner, niedriger Tisch; und wenn nicht der Duft nach heißem Tee und Gebäck in diesem Zimmer länger als in den meisten anderen geblieben wäre, so mußte der Tisch erst vor kurzem gedeckt worden sein. Doch da alle Tassen und Untertassen sauber waren und an Ort und Stelle im Schrank standen und die Toastgabel aus Messing am gewohnten Haken hing und ihre vier müßigen Finger spreizte, als wollte sie einen Handschuh anprobieren, blieben keine anderen Anzeichen dafür, daß die Mahlzeit gerade beendet war, als das Schnurren und Bartputzen der sich wärmenden Katze sowie der Glanz auf den freundlichen, um nicht zu sagen schmierigen Gesichtern ihrer Herrschaft.

Dieses traute Paar (offenbar verheiratet) hatte das Feuer zwischen sich redlich geteilt und sah in die glühenden Funken, die auf den Rost fielen. Mal nickten sie in einem leichten Schlummer, dann wachten sie wieder auf, wenn ein Stück Glut, das größer als die anderen war, herabgeprasselt kam, als ob der ganze Kamin zusammenfiele.

Es bestand jedoch keine Gefahr, daß es plötzlich erlösche, denn es leuchtete nicht nur in dem kleinen Zimmer und durch die gläsernen Türfüllungen sowie den halb davorgezogenen

Vorhang, sondern auch in dem daruntergelegenen kleinen Geschäft. Ein kleiner Laden, ganz angefüllt und vollgestopft mit einer Unmenge an Vorräten; ein geradezu unersättlicher kleiner Laden mit dem aufnahmebereiten und vollen Schlund eines Hais. Käse, Butter, Brennholz, Seife, Essiggemüse, Streichhölzer, Speck, Tafelbier, Kreisel, Zuckerwerk, Drachen, Vogelfutter, kalter Schinken, Reisigbesen, Scheuersteine, Salz, Essig, Schuhwichse, Bücklinge, Schreibwaren, Schweineschmalz, Pilzketchup, Korsettschnüre, Brot, Federbälle, Eier und Schieferstifte, alles war wie Fisch, das in das Netz dieses gierigen kleinen Ladens geriet, und alle Artikel waren in seinem Netz. Es wäre schwer zu sagen, wie viele Sorten unbedeutender Waren es gab, aber Knäuel von Bindfaden, Zwiebelketten, Kerzenbündel, Netze mit Kohlköpfen und Bürsten hingen wie seltene Früchte von der Decke herab, während verschiedene ausgefallene Blechdosen, die aromatische Düfte verströmten, die Glaubwürdigkeit der Inschrift über der Eingangstür bewiesen, die die Öffentlichkeit davon in Kenntnis setzte, daß der Inhaber dieses kleinen Ladens ein amtlich zugelassener Händler für Tee, Kaffee, Tabak, Pfeffer und Schnupftabak war.

Als Trotty diese Artikel betrachtete, die im Schein der Flammen und dem weniger freundlichen Glanz zweier qualmender Lampen sichtbar waren, die nur schwach im Laden brannten, als ob ihnen die Überfülle schwer auf den Lungen säße; und als er dann eines der beiden Gesichter am Kamin betrachtete, hatte er nur wenig Mühe, in der beleibten alten Dame Mrs. Chickenstalker zu erkennen, die stets zur Korpulenz geneigt hatte, sogar in den Tagen, als er sie als Gemischtwarenhändlerin gekannt und eine kleine Summe in ihrem Buch hatte anschreiben lassen.

Die Gesichtszüge ihres Gefährten waren ihm weniger leicht erkennbar. Das große, breite Kinn mit den Falten, in denen ein Finger hätte verschwinden können; die erstaunten Augen, die sich selbst vorzuwerfen schienen, daß sie immer tiefer in das nachgiebige Fett des glatten Gesichtes einsanken; die Nase, die unter einer Störung ihrer eigentlichen Funktion litt, welche allgemein „chronischer Schnupfen" genannt wurde; der kurze, dicke Hals und der mühsam arbeitende Brustkorb sowie andere Schönheiten ähnlicher Art – obwohl sich solche Merkmale dem Gedächtnis einprägen, konnte Trotty sie zunächst mit keinem in Verbindung bringen, den er gekannt hatte, und dennoch hatte er wiederum Erinnerungen an sie. Schließlich erkannte er in Mrs. Chickenstalkers Partner im Gemischtwarenhandel und auf den verschlungenen und wunderlichen Pfaden des Lebens den ehemaligen Portier von Sir Joseph Bowley, einen zum Schlagfluß neigenden Dummkopf, der sich in Trottys Gedächtnis vor Jahren mit Mrs. Chickenstalker verbunden hatte, indem er ihm zu der Villa Zutritt gewährte, in der er seine Zahlungsverpflichtungen gegenüber jener Dame eingestanden und so große Schande auf sein unglückliches Haupt geladen hatte.

Trotty war nach all den Verwandlungen, die er gesehen hatte, wenig an einer Verwandlung wie dieser gelegen, doch die Erinnerung ist manchmal sehr stark, und er schaute unfreiwillig hinter die Wohnzimmertür, wo die Schuldbeträge einzelner Kunden gewöhnlich in Kreide festgehalten waren. Sein Name stand nicht da. Einige ihm unbekannte Namen waren angeschrieben, aber entschieden weniger als früher, woraus er schloß, daß der Portier ein Verfechter der Bargeldabwicklungen war und, als er ins Geschäft einstieg, auf Mrs. Chickenstalkers säumige Zahler scharf aufpaßte.

Trotty war dermaßen niedergeschlagen und traurig wegen der Jugend und Hoffnung seines am Gedeihen gehinderten Kindes, daß es ihm sogar Kummer bereitete, nicht in Mrs. Chickenstalkers Hauptbuch zu stehen.

„Wie sieht es heute abend draußen aus, Anne?" fragte der ehemalige Portier des Sir Joseph Bowley, wobei er die Beine zum Feuer hin ausstreckte und sie überall rieb, wohin seine kurzen Arme reichten, und das mit einer Miene, die hinzufügte: Hier bleibe ich, wenn es schlecht ist, und ich will auch nicht hinausgehen, wenn es schön ist.

„Es weht ein starker Wind, dazu hagelt es", erwiderte seine Frau, „und es sieht nach Schnee aus. Dunkel. Und sehr kalt."

„Ich bin froh, daß wir Wecken hatten", sagte der ehemalige Portier wie jemand, der sein Gewissen beruhigt hatte. „Das ist ein Abend, der für Wecken bestimmt ist. Ebenso für Sauerteigfladen. Auch für Teekuchen."

Der ehemalige Portier erwähnte nacheinander all diese Arten von Backwaren, als ob er nachdenklich seine guten Taten zusammenzählte. Danach rieb er wie zuvor seine dicken Beine, und als er die Knie anzog, um das Feuer an die bisher nicht gewärmten Teile zu lassen, lachte er, als hätte ihn jemand gekitzelt.

„Du bist in Stimmung, Tugby, mein Lieber", bemerkte seine Frau.

Tugby, ehemals Chickenstalker, war die Firma.

„Nein", sagte Tugby. „Nein, nicht besonders. Ich bin ein bißchen erheitert. Die Wecken kamen im rechten Augenblick!"

Dabei lachte er stillvergnügt in sich hinein, bis sein Gesicht dunkelrot war, und er hatte so große Mühe, wieder eine andere Farbe anzunehmen, daß seine dicken Beine die seltsamsten Verrenkungen in der Luft machten. Auch wurden sie nicht eher in eine schickliche Stellung gebracht, bis Mrs. Tugby ihm kräftig auf den Rücken geklopft und ihn wie eine große Flasche geschüttelt hatte.

„Du meine Güte, lieber Gott, segne und schütze diesen Mann!" rief Mrs. Tugby entsetzt. „Was macht er denn?"

Mr. Tugby wischte sich die Augen und wiederholte schwach, daß er sich ein bißchen erheitert fühle.

„Dann mach das nicht wieder, sei so gut", sagte Mrs. Tugby, „wenn du mich nicht zu Tode erschrecken willst mit deinem Zappeln und Toben!"

Mr. Tugby sagte, er würde es nicht tun, doch seine ganze

Erscheinung war ein einziger Kampf, bei dem er, wollte man ihn nach seiner ständig anwachsenden Luftknappheit und dem immer dunkler werdenden Rot in seinem Gesicht beurteilen, sehr schlecht wegkam.

„Es weht also ein starker Wind, und es hagelt, und es sieht nach Schnee aus, meine Liebe?" sagte Mr. Tugby, sah ins Feuer und kehrte zum Kern seiner augenblicklichen Erhebung zurück.

„Wirklich schlechtes Wetter", entgegnete seine Frau kopfschüttelnd.

„Ja, ja! Jahre sind in dieser Hinsicht wie Christen", sagte Mr. Tugby. „Einige haben ein schweres Ende, andere ein leichtes. Diesem verbleiben nur noch ein paar Tage, und es kämpft darum. Mir ist es ganz recht. Da ist ein Kunde, Liebling!"

Mrs. Tugby, die das Klopfen an der Tür hörte, hatte sich bereits erhoben.

„Na, dann!" sagte die Dame und ging hinaus in das kleine Geschäft. „Was wünschen Sie? Oh! Entschuldigen Sie, Sir, wirklich. Ich dachte nicht, daß Sie es sind."

Sie entschuldigte sich bei einem Herrn in Schwarz, der sich, die Manschetten aufgeschlagen und den Hut lässig auf eine Seite geschoben, mit gespreizten Beinen auf ein Faß Tafelbier setzte und erwidernd nickte.

„Das ist eine unangenehme Angelegenheit da oben", sagte der Herr. „Der Mann kann nicht leben."

„Doch nicht die hintere Mansarde?" rief Tugby, der in den Laden kam und sich an der Unterhaltung beteiligte.

„Die hintere Mansarde, Mr. Tugby", sagte der Mann, „kommt schnell herunter und wird bald unter dem Kellergeschoß sein."

Während er abwechselnd Tugby und dessen Frau ansah, klopfte er das Faß mit den Knöcheln ab, um herauszuhören, wie weit es mit Bier gefüllt war, und als er das festgestellt hatte, spielte er auf dem leeren Teil eine Melodie.

„Die hintere Mansarde, Mr. Tugby", sagte der Herr (Tugby stand eine Zeitlang in stummer Bestürzung da), „liegt im Sterben."

„Dann", sagte Tugby, sich an seine Frau wendend, „muß er gehen, bevor er tot ist."

„Ich glaube nicht, daß Sie ihn fortbewegen können", sagte der Herr kopfschüttelnd. „*Ich* würde nicht die Verantwortung übernehmen, das zu sagen. Sie sollten ihn lieber lassen, wo er ist. Er kann nicht mehr lange leben."

„Das ist der einzige Gegenstand", sagte Tugby und brachte die Butterwaage krachend auf den Ladentisch hinunter, indem er seine Faust darauf wog, „über den wir uns je gestritten haben, sie und ich, und nun sehen Sie, was dabei rauskommt! Nach alledem stirbt er noch hier. Stirbt auf dem Grundstück. Stirbt in unserem Haus!"

„Und wo sollte er sterben, Tugby?" rief seine Frau.

„Im Armenhaus", erwiderte er. „Wozu sind denn Armenhäuser da?"

„Nicht dazu", sagte Mrs. Tugby mit großem Nachdruck. „Nicht dazu! Auch habe ich dich nicht dazu geheiratet. Glaub das nicht, Tugby. Ich will es nicht, und ich werde es nicht zulassen. Eher würde ich mich von dir trennen und dein Gesicht nie wieder sehen. Als mein Witwenname über dieser Tür stand – und er stand dort viele Jahre –, war dieses Haus weit und breit als das von Mrs. Chickenstalker bekannt, und nur seines Ansehens und guten Rufes wegen. Als mein Witwenname über dieser Tür stand, Tugby, kannte ich ihn als einen stattlichen, rechtschaffenen, mannhaften, selbstsicheren jungen Mann; kannte ich sie als das lieblichste und sanftmütigste Mädchen, das man je gesehen hat; kannte ich ihren Vater (der arme Alte fiel vom Kirchturm, als er schlafwandelte, und brachte sich dabei um) als den bescheidensten, arbeitsamsten und kinderliebsten Mann, der je geatmet hat, und wenn ich die beiden von Haus und Hof vertreibe, können mich die Engel aus dem Himmel treiben. Ja, das würden sie tun. Und recht geschähe mir!“

Ihr altes Gesicht, einst pausbäckig und mit Grübchen versehen, ehe die Veränderungen eingetreten waren, schien bei diesen Worten aus ihr herauszuleuchten. Und als sie sich die Augen wischte und den Kopf über Tugby schüttelte und ihm mit dem Taschentuch drohte, einen Ausdruck der Entschlossenheit im Gesicht, dem man sich selbstverständlich nicht leicht würde widersetzen können, sagte Trotty: „Segne sie, segne sie!“

Dann lauschte er mit klopfendem Herzen auf das, was folgen sollte. Er wußte weiter nichts, als daß sie von Meg sprachen.

Wenn Tugby im Wohnzimmer ein wenig erheitert gewesen war, dann glich er diese Rechnung mehr als aus, indem er sich im Geschäft doppelt niedergeschlagen zeigte, wie er nun so dastand und seine Frau anstarrte, ohne eine Antwort zu versuchen; in einem Anfall von Zerstreutheit oder als Vorsichtsmaßnahme ließ er jedoch stillschweigend, während er sie ansah, das gesamte Geld aus der Ladenkasse in seine Hosentaschen wandern.

Der Herr auf dem Bierfaß, der ein ärztlicher Bevollmächtigter für die Armen zu sein schien, war offenbar viel zu sehr an kleine Meinungsverschiedenheiten zwischen Eheleuten gewöhnt, als daß er eine Bemerkung zu diesem Vorfall einwarf. Er saß leise pfeifend da und ließ ein paar Tropfen Bier aus dem Hahn auf den Fußboden fallen, bis vollkommene Stille eingetreten war, als er den Kopf hob und zu Mrs. Tugby, ehemals Chickenstalker, sagte: „Diese Frau ist irgendwie interessant, sogar jetzt noch. Wie kam es dazu, daß sie so einen Mann heiratete?“

„Nun“, sagte Mrs. Tugby und setzte sich neben ihn, „das ist ein besonders grausames Kapitel ihrer Geschichte, Sir. Sehen Sie, sie und Richard waren vor vielen Jahren befreundet. Als sie ein junges und schönes Paar waren, schien alles klar, und sie sollten an einem Neujahrstag heiraten. Aber irgendwie setzte sich Richard in den Kopf, was ihm die Herren einredeten, daß er Besseres leisten könnte und daß er es bald bereuen würde und daß sie nicht gut genug für ihn wäre und daß es für einen jungen Mann mit Geist keine Sache ist, sich zu verheiraten. Und die Herren schüchterten sie ein und machten sie schwermütig und jagten ihr Angst ein, daß er sie verlassen würde und ihre Kinder an den Galgen kämen und daß es sündhaft wäre, Mann und Frau zu sein, und noch vieles mehr. Und, kurz gesagt, bekam ihr Verhältnis einen Knacks, und mit ihrem Vertrauen zueinander war es vorbei und mit ihnen auch. Aber die Schuld lag bei ihm. Sie hätte ihn gern geheiratet, Sir. Ich habe später noch viele Male erlebt, wie ihr beinahe das Herz gebrochen wäre, wenn er stolz und gleichgültig an ihr vorbeiging. Und niemals hat sich eine Frau ehrlicher um einen Mann gegrämt als sie um Richard, als er das erstemal auf die schiefe Bahn geriet."

„Oh! Er kam auf die schiefe Bahn?" fragte der Herr, zog den Spund aus dem Bierfaß und lugte durch das Loch hinein.

„Nun, Sir, ich weiß nicht, ob er sich selbst richtig begriff, wissen Sie. Ich glaube, er war ziemlich durcheinander, weil sie miteinander gebrochen hatten; und wenn er sich nicht vor den Herren geschämt hätte und vielleicht nicht im ungewissen gewesen wäre, wie sie es aufnehmen würde, hätte er jedes Leiden und jede Anfechtung durchgemacht, um Megs Versprechen und ihre Hand wiederzubekommen. Das ist meine Meinung. Er hat es nie gesagt, um so schlimmer! Er gewöhnte sich das Trinken und Faulenzen an und fand an schlechter Gesellschaft Gefallen, an all den feinen Zufluchtsmöglichkeiten, die soviel besser für ihn sein sollten als das Zuhause, das er hätte haben können. Er büßte sein gutes Aussehen, seinen Charakter, seine Gesundheit und Kraft, seine Freunde, seine Arbeit – alles – ein!"

„Er büßte nicht alles ein, Mrs. Tugby", entgegnete der

Herr, ,,weil er eine Frau erwarb, und ich möchte wissen, wie er sie erwarb."

,,Dazu komme ich gleich, Sir. So ging das Jahr für Jahr weiter mit ihm. Er sank immer tiefer. Sie ertrug Schicksalsschläge, die für ein ganzes Leben ausreichen würden – das arme Ding. Schließlich war er dermaßen entmutigt und ausgestoßen, daß ihn keiner mehr einstellen oder beachten wollte, und ihm wurden die Türen vor der Nase zugeschlagen; sollte er gehen, wohin er wollte. Und er ging von Ort zu Ort und von Tür zu Tür und kam zum hundertsten Male zu einem Herrn, der es oft mit ihm versucht hatte (letzten Endes war er ein guter Arbeiter). Dieser Herr, der seine Geschichte kannte, sagte: ,Ich glaube, Sie sind unverbesserlich. Es gibt nur einen Menschen auf der Welt, der Sie auf die richtige Bahn zurückbringen kann. Bitten Sie mich nicht eher, Ihnen zu trauen, bis sie es versucht hat.' Oder so was Ähnliches sagte er in seinem Ärger und Verdruß."

,,Aha!" sagte der Herr. ,,Und?"

,,Nun, Sir, er ging zu ihr hin und kniete vor ihr nieder, sagte, es ist so und war immer so gewesen, und bat sie inständig, ihn zu retten."

,,Und sie? – Nehmen Sie's nicht so schwer, Mrs. Tugby."

,,Sie kam an jenem Abend zu mir, um mich zu fragen, ob sie hier wohnen könnten. ,Was er mir einmal bedeutet hat', sagte sie, ,liegt begraben, zusammen mit dem, was ich einmal für ihn war. Aber ich habe darüber nachgedacht, und ich will den Versuch machen, in der Hoffnung, ihn zu retten. Um der Liebe des sorglosen Mädchens willen (Sie erinnern sich an sie), das an einem Neujahrstag heiraten sollte, und um der Liebe zu ihrem Richard willen.' Und sie sagte, er wäre von Lilian zu ihr gekommen und Lilian hätte Vertrauen in ihn gesetzt und sie könnte das nie vergessen. So heirateten sie, und als sie hierher in ihr Zuhause kamen und ich sie sah, hoffte ich, daß solche Prophezeiungen, die sie trennten, als sie jung waren, nicht oft eintreten mögen, wie es bei ihnen der Fall war, und ich wollte solche Prophezeiungen nicht für alles Geld der Welt machen."

Der Herr erhob sich vom Faß und streckte sich mit der Bemerkung:

„Ich nehme an, daß er sie schlecht behandelt hat, sobald sie verheiratet waren."

„Ich glaube nicht, daß er das jemals getan hat", sagte Mrs. Tugby kopfschüttelnd und wischte sich die Augen. „Eine kurze Zeit benahm er sich besser, aber seine Gewohnheiten waren zu tief verwurzelt, als daß er sie hätte loswerden können. Bald fiel er in seinen alten Trott zurück und dann immer mehr, als ihn die Krankheit so arg heimsuchte. Ich glaube, er hat sie geliebt. Ja, ich bin sicher. Ich habe gesehen, wie er bei seinen Weinkrämpfen und Zitteranfällen versucht hat, ihre Hand zu küssen, und ich habe gehört, wie er sie ‚Meg' nannte und sagte, es wäre ihr neunzehnter Geburtstag. Da hat er nun gelegen, all die Wochen und Monate. Mit ihm und dem Baby hat sie nicht mehr ihre alte Arbeit machen können und verlor sie, weil sie nicht mehr pünktlich liefern konnte, selbst wenn sie sie noch hätte ausführen können. Wie sie überhaupt gelebt haben, weiß ich nicht"

„Ich weiß es", murmelte Mr. Tugby, betrachtete die Ladenkasse, das Geschäft und seine Frau und wiegte mit enormem Scharfsinn den Kopf. „Wie Kampfhähne!"

Er wurde von einem Schrei – einem Klagelaut – aus dem oberen Stockwerk des Hauses unterbrochen. Der Herr eilte zur Tür.

„Mein Freund", sagte er, sich umdrehend, „Sie brauchen nicht zu debattieren, ob er auf die Straße gesetzt werden soll oder nicht. Er hat Ihnen diese Mühe abgenommen, glaube ich."

Indem er das sagte, rannte er die Treppen hinauf, gefolgt von Mrs. Tugby, während Mr. Tugby mit Muße hinter ihnen her keuchte und murrte, wobei er kurzatmiger als gewöhnlich war, auf Grund des Gewichts aus der Ladenkasse, in der sich eine lästige Menge Kupfergeld befunden hatte. Trotty, mit dem Kind neben sich, schwebte wie Luft die Treppe hinauf.

„Folge ihr! Folge ihr! Folge ihr!“ Er hörte, wie die Geisterstimmen in den Glocken ihre Worte wiederholten, als er hinaufstieg.

„Lerne es von dem Geschöpf, das deinem Herzen am nächsten steht!“

Es war vorüber. Es war vorüber. Und das war sie, ihres Vaters Stolz und Freude! Diese abgehärmte, elende Frau, die am Bett weinte, falls es diese Bezeichnung verdiente, und ein Kind an ihre Brust drückte und den Kopf zu ihm herabhängen ließ. Wer kann sagen, wie mager, wie kränklich und kümmerlich dieses Kind war! Wer kann sagen, wie teuer!

„Gott sei Dank!“ rief Trotty und hielt seine gefalteten Hände erhoben. „Oh, Gott sei Dank! Sie liebt ihr Kind!“

Der Herr, der durchaus nicht hartherzig und gleichgültig gegenüber solchen Szenen war, weil er sie täglich erlebte und wußte, daß sie in Filers Statistik nur Zahlen ohne Bedeutung waren – bloßes Gekritzel beim Lösen dieser Kalkulationen –, legte seine Hand auf das Herz, das nicht mehr schlug, lauschte nach dem Atem und sagte: „Sein Leiden ist vorüber. Es ist besser so!“ Mrs. Tugby versuchte, Meg gütig zu trösten. Mr. Tugby versuchte zu philosophieren.

„Immer langsam!“ sagte er, die Hände in den Taschen, „Sie dürfen nicht aufgeben, wissen Sie. Das geht nicht. Sie müssen sich durchbeißen. Was wäre aus mir geworden, wenn ich aufgegeben hätte, als ich Portier war und wir in einer Nacht sechs durchgegangene Zweispänner vor unserer Tür hatten. Aber ich kam auf meine Geistesstärke zurück und öffnete sie nicht!“

Wieder hörte Trotty die Stimme sagen: „Folge ihr!“ Er wandte sich zu seinem Führer um und sah ihn aufsteigen und durch die Luft gleiten. „Folge ihr!“ sagte er und verschwand.

Er hielt sich in ihrer Nähe auf, setzte sich ihr zu Füßen,

schaute zu ihrem Gesicht auf und suchte darin nach einer Spur ihres früheren Ichs, lauschte auf einen Ton ihrer früheren, angenehmen Stimme. Er huschte um das Kind herum, das so blaß, so vorzeitig alt, so erhaben in seinem Ernst, so traurig in seinem schwachen, klagenden und elenden Gewimmer aussah. Er betete es beinahe an. Er klammerte sich daran als ihren einzigen Schutz, als das letzte unversehrte Bindeglied, das sie mit der Ewigkeit verband. Er setzte seine väterliche Hoffnung und seinen Glauben in das zarte Kind, beobachtete jeden Blick von ihr, den sie diesem zuwarf, als sie es im Arm hielt, und rief: „Sie liebt es! Gott sei Dank, sie liebt es!"

Er sah, wie sich die Frau in der Nacht um sie kümmerte und zu ihr zurückkehrte, als ihr mißmutiger Mann schlief und alles still war; wie sie sie ermutigte, Tränen mit ihr vergoß und ihr etwas Eßbares vorsetzte. Er sah den Tag und die Nacht kommen; er sah Tag und Nacht, die Zeit, vorübereilen; das Todeshaus war vom Tod befreit; das Zimmer ihr und ihrem Kind gelassen; er hörte es jammern und weinen; er sah, wie es sie quälte und erschöpfte und, sobald sie vor Erschöpfung einnickte, wachrüttelte und sie mit den kleinen Händen in die Folter nahm. Aber sie war gleichbleibend freundlich und geduldig zu ihm. Geduldig. Sie war tief in ihrem Herzen und in ihrer Seele eine liebende Mutter, und sie waren miteinander verbunden, als trüge sie das Kind noch ungeboren unter ihrem Herzen.

Die ganze Zeit litt sie Not, siechte in äußerster und peinigender Not dahin. Mit dem Kind im Arm zog sie auf der Suche nach Arbeit hierhin und dorthin und erledigte, wobei das schmale Gesicht in ihrem Schoß lag und in ihres hinaufblickte, jegliche Arbeit für jeden noch so elenden Lohn; die Arbeit eines Tages und einer Nacht für so viele Farthings, wie das Zifferblatt Zahlen hat. Wenn sie mit ihm geschimpft oder es vernachlässigt hätte, wenn sie es einen Moment lang haßerfüllt angesehen hätte, wenn sie es in der Erregung eines

Augenblicks geschlagen hätte! Nein. Sein Trost war, daß sie es immer liebte.

Sie sprach zu niemandem von ihrer höchsten Not und streifte draußen umher, damit sie nicht von ihrer einzigen Freundin befragt werden konnte, denn jegliche Hilfe, die sie aus deren Händen empfing, rief neue Streitereien zwischen der guten Frau und ihrem Mann hervor, und es war ein neuerlicher Schmerz, täglich der Anlaß zu Zank und Streit zu sein bei Leuten, denen sie so viel verdankte.

Sie liebte es dennoch. Sie liebte es immer mehr. Doch im Wesen ihrer Liebe vollzog sich ein Wandel. Eines Nachts.

Sie sang es gerade leise in den Schlaf und lief auf und ab, um es zu besänftigen, als ihre Tür sachte geöffnet wurde und ein Mann hereinschaute.

„Zum letztenmal“, sagte er.

„William Fern!“

„Zum letztenmal.“

Er lauschte wie einer, der verfolgt wird, und sprach im Flüsterton.

„Margaret, meine Zeit is bald abgelaufen. Ich konnte nich ohne ein Abschiedswort sterben. Ohne ein Wort des Dankes.“

„Was hast du getan?“ fragte sie und betrachtete ihn mit Schrecken.

Er sah sie an, gab aber keine Antwort.

Nach kurzem Schweigen machte er eine Handbewegung, als wollte er ihre Frage auslöschen, und sagte:

„Es is jetzt lange her, Margaret, aber diese Nacht is mir so frisch im Gedächtnis wie einst. Damals dachten wir kaum“, fügte er hinzu und blickte um sich, „daß wir uns jemals so begegnen würden. Dein Kind, Margaret? Laß es mich in die Arme nehmen. Laß mich dein Kind halten.“

Er legte seinen Hut auf den Fußboden und nahm es. Und er zitterte am ganzen Leibe, als er es nahm.

„Isses ein Mädchen?“

„Ja.“

Er hielt seine Hand vor das kleine Gesicht.

„Sieh, wie schwach ich geworden bin, Margaret, wenn ich sogar den Mut brauche, sie zu betrachten. Laß sie mal 'n Moment. Ich möchte ihr nich weh tun. Es is lange her, aber – wie heißt sie?"

„Margaret", antwortete sie schnell.

„Darüber bin ich froh", sagte er. „Darüber bin ich froh!"

Er schien freier zu atmen, und nachdem er einen Augenblick innegehalten hatte, nahm er seine Hand weg und schaute auf das Gesicht des Kindes hinab, bedeckte es aber sofort wieder.

„Margaret!" sagte er und gab ihr das Kind zurück. „Das is Lilian."

„Lilian!"

„Ich hielt dasselbe Gesicht in meinen Armen, als Lilians Mutter starb und sie zurückließ."

„Als Lilians Mutter starb und sie zurückließ!" wiederholte sie verstört.

„Wie schrill du sprichst! Warum heftest du deine Blicke so auf mich? Margaret!"

Sie sank auf einen Stuhl, preßte das Kind an ihre Brust und weinte. Manchmal entließ sie es aus ihrer Umarmung, um ihm angstvoll ins Gesicht zu schauen, und dann zog sie es erneut an ihre Brust. In den Augenblicken, wenn sie es anstarrte, begann sich etwas Wildes und Schreckliches mit ihrer Liebe zu vermischen. Dann erzitterte ihr alter Vater.

„Folge ihr!" erklang es durch das Haus. „Lerne von dem Geschöpf, das deinem Herzen am nächsten steht!"

„Margaret", sagte Fern, beugte sich über sie und küßte sie auf die Stirn, „ich danke dir für die letzte Zeit. Gute Nacht. Auf Wiedersehen. Lege deine Hand in meine und sag mir, daß du mich von dieser Stunde an vergißt und dir vorzustellen versuchst, daß mein Ende hier war."

„Was hast du getan?" fragte sie wieder.

„Heute nacht wird ein Brand sein", sagte er und entfernte

sich von ihr. „In diesem Winter werden Brände die dunklen Nächte erhellen, in Ost und West, in Nord und Süd. Wenn du den Himmel in der Ferne rot siehst, werden sie lodern. Wenn du den Himmel in der Ferne rot siehst, denke nich mehr an mich, oder wenn, dann erinnere dich daran, was für eine Hölle in mir brannte, und stelle dir vor, du siehst ihre Flammen sich in den Wolken widerspiegeln. Gute Nacht. Leb wohl!"

Sie rief ihm nach, aber er war weg. Sie saß wie betäubt da, bis ihr Kind das Gefühl für Hunger, Kälte und Dunkelheit in ihr wachrief. Die ganze lange Nacht hindurch schritt sie mit ihm durchs Zimmer und besänftigte und tröstete es. In Abständen sagte sie: „Wie Lilian, als ihre Mutter starb und sie zurückließ!" Warum war jedesmal ihr Schritt so rasch, ihr Blick so verstört, ihre Liebe so wild und schrecklich, wenn sie diese Worte wiederholte?

„Aber es ist Liebe", sagte Trotty. „Es ist Liebe. Sie wird niemals aufhören, es zu lieben. Meine arme Meg!"

Am nächsten Morgen zog sie das Kind mit ungewohnter Sorgfalt an – ach, welche Verschwendung an Sorgfalt bei solch verwahrloster Kleidung! – und versuchte noch einmal, eine Erwerbsquelle zu finden. Es war der letzte Tag im alten Jahr. Sie versuchte es bis zum Abend und frühstückte nicht einmal. Sie versuchte es umsonst.

Sie mischte sich unter die erniedrigte Menge, die sich im Schnee aufhielt, bis ein Beamter, der dazu ausersehen war, die öffentliche Mildtätigkeit zu verteilen (die gesetzliche Mildtätigkeit, nicht die, die einst auf einem Berg gepredigt wurde), die Güte hatte, sie hereinzurufen und zu befragen und zu dem einen zu sagen: „Gehen Sie zu solch einer Stelle" und zu dem anderen: „Kommen Sie nächste Woche" und wiederum einen anderen Elenden zu einem Fußball zu machen, den man hierhin und dorthin reicht, von Hand zu Hand, von Haus zu Haus, bis er gänzlich aufgerieben ist und sich zum Sterben niederlegt oder sich erhebt und stiehlt und somit zu einem noch schlimmeren Verbrecher wird, dessen Forderungen keinen Verzug gestatten. Auch hier hatte sie keinen Erfolg.

Sie liebte ihr Kind und wünschte sich, es an ihrer Brust liegen zu haben. Und das genügte.

Es war Nacht – eine kalte, dunkle, schneidend kalte Nacht –, als sie, das Kind eng an sich drückend, damit es gewärmt werde, vor dem Haus anlangte, das sie ihr Zuhause nannte. Sie war dermaßen schwach und schwindlig, daß sie keinen im Torweg stehen sah, bis sie kurz davor stand und eintreten wollte. Dann erkannte sie den Hauswirt, der sich so hingestellt hatte – bei seiner Figur war das nicht schwierig –, daß er den gesamten Eingang ausfüllte.

„Oh!" sagte er leise. „Sie sind zurückgekommen?"

Sie betrachtete das Kind und schüttelte den Kopf.

„Finden Sie nicht, daß Sie hier lange genug gewohnt haben, ohne Miete zu zahlen? Finden Sie nicht, daß Sie ohne Geld jetzt 'n ganz schön teurer Kunde in diesem Geschäft sind?" sagte Mr. Tugby.

Sie wiederholte dieselbe stumme Bitte.

„Wie wäre es, wenn Sie versuchen, mal woanders zu kaufen", sagte er. „Und wie wäre es, wenn Sie sich 'ne andre Wohnung besorgen. Na! Meinen Sie nicht, das läßt sich einrichten?"

Sie sagte mit leiser Stimme, daß es sehr spät wäre. Morgen.

„Nun sehe ich, worauf Sie hinauswollen", sagte Tugby, „und was Sie im Sinn haben. Sie wissen, daß in diesem Haus Ihretwegen zwei Parteien bestehen, und haben Ihre Freude dran, wenn die sich in den Haaren liegen. Ich mag keinen Zank. Ich spreche leise, um Streit zu vermeiden, aber wenn Sie nicht weggehen, werde ich laut und deutlich sprechen, und Sie sollen Sachen hören, die Ihnen reichen. Aber Sie werden nicht hereinkommen. Dazu bin ich fest entschlossen."

Sie strich mit der Hand ihr Haar zurück und blickte plötzlich zum Himmel auf und in die dunkle, drohende Ferne.

„Das ist die letzte Nacht eines alten Jahres, und ich will kein böses Blut und Streit und Unruhe ins neue Jahr hineintragen, um Sie oder sonstwen zufriedenzustellen", sagte Tugby, der auf seine Art ein Freund und Vater der Armen war. „Ich staune, daß Sie sich nicht schämen, mit solchen Schlichen in ein neues Jahr zu gehen. Wenn Sie weiter nichts auf der Welt zu tun haben, als ständig aufzustecken und Zwietracht zwischen Mann und Frau zu säen, sollten Sie sich lieber raushalten. Machen Sie, daß Sie wegkommen."

„Folge ihr! Bis zur Verzweiflung!"

Wieder hörte der alte Mann die Stimmen. Als er aufblickte, sah er die Gestalten in der Luft schweben und dorthin zeigen, wo sie hinging, die dunkle Straße hinunter.

„Sie liebt es!" rief er, beschwörend für sie bittend, aus. „Silvesterglocken, sie liebt es noch!"

„Folge ihr!" Das Gespenst glitt über den Weg, den sie eingeschlagen hatte, wie eine Wolke hinweg.

Er beteiligte sich an der Verfolgung; er blieb in ihrer Nähe; er schaute ihr ins Gesicht. Er sah denselben wilden und schrecklichen Ausdruck, der sich mit ihrer Liebe vermischte und in ihren Augen aufglühte. Er hörte sie sagen: „Wie Lilian! Wird werden wie Lilian", und sie verdoppelte ihre Geschwindigkeit.

Oh, könnte sie etwas aufwecken! Könnte ein Anblick oder Laut oder Geruch doch in einem hitzigen Geist zärtliche Erinnerungen hervorrufen! Könnte ein freundliches Bild der Vergangenheit vor ihr erscheinen!

„Ich war ihr Vater! Ich war ihr Vater!" schrie der alte Mann und streckte die Hände nach den dunklen Gespenstern aus, die über ihm flogen. „Erbarmt euch ihrer und meiner! Wohin geht sie? Bewegt sie zur Umkehr! Ich war ihr Vater!"

Aber sie wiesen nur auf die Vorwärtseilende und sagten: „Bis zur Verzweiflung! Lerne von dem Geschöpf, das deinem Herzen am nächsten steht!"

Hundert Stimmen sprachen das nach. Die Luft bestand aus

dem Atem, der bei diesen Worten ausgestoßen wurde. Er schien sie bei jedem Atemzug einzuziehen. Sie waren überall, und man konnte sich ihnen nicht entziehen. Und noch immer eilte Meg weiter, dasselbe Feuer in den Augen, dieselben Worte auf den Lippen: „Wie Lilian! Wird werden wie Lilian!"

Plötzlich blieb sie stehen.

„Bewegt sie jetzt zur Umkehr!" rief der alte Mann und raufte sich das weiße Haar. „Mein Kind! Meg! Bewegt sie zur Umkehr! Großer Gott, bewege sie zur Umkehr!"

In ihren eigenen schäbigen Schal hüllte sie das Kind warm ein. Mit ihren fiebernden Händen besänftigte sie seine Gliedmaßen, strich über sein Gesicht und ordnete die dürftige Kleidung. Mit ihren abgezehrten Armen umschlang sie es, als würde sie es nie wieder hergeben. Und mit ihren spröden Lippen küßte sie es in einem letzten langen schmerzhaften Aufflammen ihrer Liebe.

Die winzige Hand schob sie sich an ihrem Hals ins Kleid hinein, wo sie ihrem aufgewühlten Herzen am nächsten lag. Fest und ununterbrochen schmiegte sie das schlafende Gesicht an sich und beschleunigte ihre Schritte zum Fluß.

Zu dem wogenden, trüben und rasch dahinfließenden Fluß, wo die Winternacht vor sich hin brütete wie die letzten freudlosen Gedanken vieler, die schon vor ihr hier Zuflucht gesucht hatten. Wo an den Ufern vereinzelt Lichter aufglommen – traurig, rot und schwach – wie Fackeln, die dort brannten, um den Weg in den Tod zu zeigen. Wo keine Bleibe für lebende Menschen ihren Schatten auf das tiefe, undurchdringliche, trostlose Dunkel warf.

Zum Fluß! Zu jenem Eingang in die Ewigkeit richtete sie ihre verzweifelten Schritte mit der Geschwindigkeit, in der sein reißendes Wasser dem Meer zustrebte. Trotty versuchte, sie zu berühren, als sie an ihm vorüberkam, um in die dunkle Tiefe hinunterzugehen, aber das ungestüme, verwirrte Verhalten, die wilde und schreckliche Liebe, die Verzweiflung, die jede menschliche Kontrolle und Gewalt hinter sich gelassen hatte, fegten an ihm vorüber wie der Wind.

Er folgte ihr. Vor dem furchtbaren Sprung hielt sie einen Augenblick am Ufer inne. Er fiel auf die Knie und wandte sich mit einem gellenden Angstschrei an die Gestalten in den Glocken, die nun über ihnen schwebten.

„Ich habe es gelernt!“ rief der alte Mann. „Von dem Geschöpf, das meinem Herzen am nächsten steht. Oh, rettet sie, rettet sie!“

Er konnte seine Finger in ihr Kleid krallen, konnte sie halten. Als die Worte über seine Lippen kamen, fühlte er den Tastsinn wiederkehren, und er wußte, daß er sie zurückgehalten hatte.

Die Gestalten blickten unentwegt zu ihm herab.

„Ich habe es gelernt!“ rief der alte Mann. „Oh, erbarmt euch meiner in dieser Stunde, falls ich in meiner Liebe zu ihr, die so jung und gut ist, die Natur in den Herzen verzweifelter Mütter verleumdet habe. Habt Mitleid mit meiner Vermessenheit, Gottlosigkeit und Unwissenheit und rettet sie.“

Er spürte, wie sich sein Griff lockerte. Die Geister schwiegen noch immer.

„Erbarmt euch ihrer“, rief er aus, „als einer, in der dieses furchtbare Verbrechen aus falscher Liebe entstanden ist, aus der stärksten und tiefsten Liebe, die wir niedrigen Geschöpfe kennen. Bedenkt, wie groß ihre Not gewesen sein muß, wenn solche Saat solche Früchte trägt! Der Himmel hat sie dazu ausersehen, gut zu sein. Es gibt keine liebende Mutter auf der Welt, die nach solch einem Leben nicht so weit kommen könnte. Oh, erbarmt euch meiner Tochter, die sich, selbst an dieser Pforte, ihres eigenen Kindes erbarmt und selbst stirbt und ihre unsterbliche Seele in Gefahr bringt, um es zu retten!“

Sie lag in seinen Armen. Er hielt sie jetzt. Seine Kräfte glichen denen eines Riesen.

„Ich sehe den Geist der Silvesterglocken unter euch!“ rief der alte Mann, wobei er sich besonders an das Kind wandte und mit einer Begeisterung sprach, die aller Blicke auf ihn lenkte. „Ich weiß, daß unser Erbe von der Zeit für uns bereitgehalten wird. Ich weiß, eines Tages wird ein Meer der Zeit anschwellen, von dem alle, die uns unrecht tun und unterdrücken, wie Blätter hinweggefegt werden. Ich sehe es auf dem Fluß. Ich weiß, daß wir Vertrauen und Hoffnung haben müssen und niemals an uns selbst noch an dem Guten in anderen zweifeln dürfen. Ich habe es von dem Geschöpf gelernt, das meinem Herzen am nächsten steht. Ich schließe sie wieder in meine Arme. O barmherzige und gütige Geister, ich nehme mir eure Lehre zu Herzen, gemeinsam mit ihr! O barmherzige und gütige Geister, ich bin dankbar!"

Möglicherweise hätte er mehr gesagt, doch die Glocken, die alten, vertrauten Glocken, seine lieben, zuverlässigen, festen Freunde, die Silvesterglocken, setzten mit dem Freudengeläut zum neuen Jahr ein: so kräftig, so fröhlich, so glücklich, so heiter, daß er auf die Füße sprang und den Bann brach, der ihn gefangenhielt.

„Was auch immer du tust, Vater", sagte Meg, „iß nicht wieder Kutteln, ohne einen Arzt zu fragen, ob sie dir bekommen werden. Denn wie es dir ergangen ist, du liebe Güte!"

Sie saß gerade nähend an einem kleinen Tisch am Feuer und besetzte anläßlich ihrer Hochzeit ihr bescheidenes Kleid mit Borten. So still und glücklich, so blühend und voller Jugend, so voller verheißungsvoller Schönheit, daß er einen langen Schrei ausstieß, als wäre ein Engel in seinem Haus. Dann flog er auf sie zu, um sie in die Arme zu schließen.

Doch er blieb mit den Füßen an der Zeitung hängen, die auf den Rost gefallen war, und es kam jemand hereingestürzt und stellte sich zwischen sie.

„Nein!" rief die Stimme desselben Jemand; eine volle und fröhliche Stimme war das. „Nicht einmal du. Der erste Kuß von Meg im neuen Jahr gehört mir. Mir! Ich habe eine ganze Stunde draußen vor der Tür gewartet, um die Glocken zu hören und ihn mir abzuholen. Meg, mein einziger Schatz, ein glückliches Jahr! Ein Leben lang glückliche Jahre, mein geliebtes Weib!"

Und Richard bedeckte sie mit Küssen.

Noch nie in Ihrem ganzen Leben haben Sie so etwas gesehen wie Trotty nach diesem Ereignis. Es ist mir egal, wo Sie gelebt haben oder was Sie gesehen haben. Sie haben noch nie in Ihrem ganzen Leben etwas gesehen, was diesem im geringsten gleichkommt. Er setzte sich auf seinen Stuhl, schlug sich auf die Knie und weinte; er setzte sich auf seinen Stuhl, schlug sich auf die Knie und lachte; er setzte sich auf seinen Stuhl, schlug sich auf die Knie und lachte und weinte gleichzeitig; er erhob sich vom Stuhl und liebkoste Meg; er erhob sich vom Stuhl und liebkoste Richard; er erhob sich vom Stuhl und liebkoste beide auf einmal; er rannte dauernd auf Meg zu, preßte ihr frisches Gesicht zwischen seine Hände und küßte es, ging rückwärts von ihr weg, um sie nicht aus den Augen zu verlieren, und rannte wieder auf sie zu, wie eine Gestalt in einer Laterna magica. Was immer er auch tat, er setzte sich ständig auf seinen Stuhl und hörte damit auch keinen einzigen Augenblick auf, da er — das ist die Wahrheit! — vor Freude außer sich war.

„Und morgen ist dein Hochzeitstag, mein Liebling!" rief Trotty. „Wirklich dein glücklicher Hochzeitstag!"

„Heute!" rief Richard und schüttelte ihm die Hand. „Heute. Die Silvesterglocken läuten das neue Jahr ein. Hört sie euch an!"

Sie läuteten. Gesegnet seien ihre unbeugsamen Herzen, sie läuteten. Große Glocken waren es, melodiöse, tieftönende, edle Glocken, aus keinem gewöhnlichen Metall gegossen, von keinem gewöhnlichen Gießer hergestellt. Wann hatten sie je zuvor derartig geläutet?

„Aber heute, mein Liebling", sagte Trotty, „heute hattest du und Richard Streit."

„Weil er so 'n übler Bursche ist, Vater", sagte Meg. „Nicht

wahr, Richard? So 'n dickköpfiger, hitziger Mann! Er hätte sich nicht mehr draus gemacht, diesem großen Stadtrat seine Meinung zu sagen und mit *ihm* irgendwie Schluß zu machen, als ..."

„... Meg zu küssen", schlug Richard vor. Und tat es!

„Nein. Kein bißchen mehr", sagte Meg. „Aber ich würde ihn nicht lassen, Vater. Wozu wäre das nütze?"

„Richard, mein Junge!" rief Trotty. „Du hast eigentlich immer Glück gehabt, und das Glück mußt du behalten, bis du stirbst. Aber du hast heute abend, als ich nach Hause kam, am Feuer geweint, mein Liebling. Warum hast du am Feuer geweint?"

„Ich habe an die Jahre gedacht, die wir zusammen verbracht haben, Vater. Nur deshalb. Und daran gedacht, daß du mich vermissen und dich einsam fühlen könntest."

Trotty zog sich gerade zu seinem außergewöhnlichen Stuhl zurück, als das Kind, das von dem Lärm geweckt worden war, halb angezogen hereingerannt kam.

„Nanu, da ist sie ja!" rief Trotty und fing sie auf. „Da ist die kleine Lilian! Hahaha! Holla-holla-hopp. Und noch mal, holla-holla-hopp. Und holla-holla-hopp. Und Onkel Will auch!" Er hielt in seinem Trott inne, um ihn herzlich zu begrüßen. „O Onkel Will, das war eine Vision heute nacht, nur weil ich dich untergebracht habe! O Onkel Will, die Verpflichtungen, die du mir mit deinem Kommen auferlegt hast, mein guter Freund!"

Ehe Will Fern auch nur antworten konnte, stürmte eine Musikkapelle ins Zimmer, von einer Schar Nachbarn begleitet, die kreischte: „Ein glückliches neues Jahr, Meg! Eine glückliche Hochzeitsfeier! Noch viele glückliche Jahre!" und andere bruchstückartige Wünsche dieser Art. Dann trat die Trommel (ein vertrauter Freund von Trotty) nach vorn und sagte:

„Trotty Veck, mein Junge. Es hat sich herumgesprochen, daß deine Tochter morgen heiraten will. Es gibt keine Seele

nich, die dich kennt, welche dir nich alles Gute wünscht, oder die Meg kennt und ihr nich alles Gute wünscht. Oder die euch beide kennt und nich euch beiden das Glück wünscht, das das neue Jahr bringen kann. Und da sind wir nun, um es einzuspielen und einzutanzen."

Das wurde mit einem allgemeinen Gebrüll aufgenommen. Die Trommel war allmählich ziemlich betrunken, aber was machte das schon.

„Was für ein Glück ist es doch", sagte Trotty, „wenn man so geschätzt wird. Wie freundlich und gutnachbarlich ihr seid! Alles wegen meiner lieben Tochter. Sie hat es verdient!"

Im Nu waren sie zum Tanz bereit (Meg und Richard an der Spitze), und die Trommel war dabei, mit aller Kraft einen loszumachen, als von draußen wunderbare Töne zu hören waren und eine gutgelaunte, ansehnliche Frau von etwa fünfzig Jahren hereingelaufen kam, die von einem Mann begleitet wurde, der einen Steinkrug von enormem Ausmaß trug, dicht gefolgt von Klapperknochen und Hackmessern und den Glocken, aber nicht *den* Glocken, sondern einer tragbaren Ausführung auf einem Gestell.

Trotty sagte: „Das ist Mrs. Chickenstalker!" Und setzte sich und schlug sich auf die Knie.

„Verheiratet und erzählt mir nichts, Meg!" rief die gute Frau. „Das gibt es nicht. Ich könnte in der letzten Nacht des alten Jahres keine Ruhe finden, ohne euch Glück gewünscht zu haben. Das hätte ich nicht fertiggebracht, Meg. Nicht mal, wenn ich bettlägerig gewesen wäre. Da bin ich nun, und weil Silvesterabend und gleichzeitig der Vorabend von eurer Hochzeit ist, meine Liebe, habe ich einen kleinen Flip machen lassen und mitgebracht."

Mrs. Chickenstalkers Idee mit dem kleinen Flip machte ihrem Ruf alle Ehre. Der Steinkrug dampfte und rauchte wie ein Vulkan, und der Mann, der ihn getragen hatte, war abgekämpft.

„Mrs. Tugby!" sagte Trotty, der vor Aufregung um sie

herumgelaufen war. „Ich wollte Chickenstalker sagen. Gesegnet seien Ihr Herz und Ihre Seele!" sagte Trotty, nachdem er sie begrüßt hatte. „Ein glückliches neues Jahr und noch viele weitere, Mrs Tugby ... ich wollte Chickenstalker sagen. Das is William Fern und Lilian."

Die ehrenwerte Dame wurde zu seiner Verwunderung abwechselnd sehr blaß und sehr rot.

„Doch nicht Lilian Fern, deren Mutter in Dorsetshire gestorben ist!" sagte sie.

Ihr Onkel antwortete: „Ja", und nachdem sie sich hastig bekannt gemacht hatten, wechselten sie schnell ein paar Worte, deren Ergebnis war, daß Mrs. Chickenstalker ihm beide Hände schüttelte, Trotty wieder aus freien Stücken auf die Wange küßte und das Kind an ihre volle Brust drückte.

„Will Fern!" sagte Trotty und zog ihn an dessen rechtem Fausthandschuh. „Ist das nicht die Freundin, die Sie zu finden hofften?"

„Ja", erwiderte Will, wobei er seine Hände auf Trottys Schultern legte. „Und sie scheint eine ebenso gute Freundin zu sein, falls das überhaupt möglich is, wie ich schon 'nen Freund gefunden hab."

„Oh!" sagte Trotty. „Bitte fangen Sie an zu spielen. Hätten Sie die Güte?"

Zur Musik der Kapelle spielten die Glocken, die Klapperknochen und die Hackmesser alle auf einmal, und während die Silvesterglocken draußen noch fröhlich läuteten, eröffnete Trotty – und Meg und Richard bildeten das zweite Paar – mit Mrs. Chickenstalker den Tanz und tanzte ihn in einem Schritt, der ihm vorher oder bis dahin unbekannt war und der sich auf seinen ihm eignen Trott gründete.

Hatte Trotty geträumt? Oder sind seine Freuden und Sorgen und die handelnden Personen nur ein Traum, er selbst ein Traum, der Erzähler dieser Geschichte ein Träumer, der erst jetzt wach wird? Sollte es so sein, lieber Leser, der Sie ihm in all seinen Visionen teuer sind, versuchen Sie, sich an die harte Wirklichkeit zu erinnern, aus der diese Geister hervorgehen, und streben Sie danach, diese Wirklichkeit in Ihrem Wirkungskreis – keiner ist zu weit gesteckt oder zu begrenzt für solch eine Absicht – zu korrigieren, zu verbessern und zu mildern. So möge das neue Jahr für Sie und für viele andere, deren Glück von Ihnen abhängt, ein glückliches werden! So möge jedes Jahr glücklicher als das vorangegangene sein und nicht dem Geringsten unter unseren Brüdern und Schwestern sein rechtmäßiger Anteil an dem versagt werden, was unser großer Schöpfer zur Freude aller geschaffen hat.

Das Heimchen am Herd

Ein häusliches Märchen

Erstes Zirpen

Der Kessel begann damit! Erzählen Sie mir nicht, was Mrs. Peerybingle sagte. Ich weiß es besser. Mrs. Peerybingle kann es bis zum Ende aller Tage schriftlich niederlegen, daß sie nicht sagen könnte, wer von beiden begann; ich aber sage, es war der Kessel. Ich sollte es doch wohl wissen. Der Kessel begann damit, volle fünf Minuten (nach der kleinen wachsgelben Schwarzwälder Uhr in der Ecke) bevor das Heimchen ein Zirpen hervorbrachte.

Als ob nicht die Uhr zu schlagen aufgehört und der zukkende kleine Heumacher oben auf ihrer Spitze, der sich vor einem maurischen Palast mit einer Sichel ruckartig nach links und rechts bewegte, einen halben Morgen eingebildeten Grases gemäht hätte, bevor das Heimchen überhaupt einsetzte.

Nun, ich bin nicht von Natur aus unfehlbar. Jeder weiß, daß ich meine Meinung nicht der von Mrs. Peerybingle entgegensetzen würde, wenn ich nicht in jeder Hinsicht ganz sicher wäre. Um nichts in der Welt. Nichts könnte mich dazu bringen. Aber das ist eine Tatsache. Und die Wahrheit ist, daß der Kessel, mindestens fünf Minuten ehe das Heimchen ein Lebenszeichen von sich gab, damit begann. Sollten Sie mir widersprechen, sage ich, zehn Minuten.

Lassen Sie mich genau erzählen, wie es sich zugetragen hat. Ich hätte das schon mit meinen ersten Worten tun sollen, ohne diese pure Rücksichtnahme. Wenn ich eine Geschichte erzählen soll, muß ich mit dem Anfang beginnen, und wie ist es möglich, mit dem Anfang zu beginnen, ohne mit dem Kessel zu beginnen?

Es hatte den Anschein, als ob zwischen dem Kessel und dem Heimchen eine Art Wettstreit oder eine Probe ihres Könnens vor sich ginge, müssen Sie wissen. Und auf diese Weise kam das Ganze jedenfalls zustande.

Mrs. Peerybingle ging in das naßkalte Halbdunkel hinaus. Sie klapperte in einem Paar Holzpantinen über die feuchten Steine, die auf dem ganzen Hof unzählige rechteckige Abdrücke von Euklids Lehrsatz hinterließen, und füllte den Kessel in der Regentonne. Als sie, um die Holzschuhe erleichtert (und zwar ziemlich erleichtert, da diese groß waren und Mrs. Peerybingle nur eine kleine Statur hatte), sofort zurückkehrte, setzte sie den Kessel aufs Feuer. Dabei wurde sie ungeduldig oder stellte ihn für einen Augenblick auf den falschen Platz; denn das Wasser, das unangenehm kalt und in jenem schlüpfrigen, matschigen und eisigen Zustand war, in dem es jede Art von Stoff zu durchdringen scheint – Ösen an Holzschuhen inbegriffen –, hatte Mrs. Peerybingles Zehen erfaßt und sogar die Beine bespritzt. Und wenn wir uns etwas auf unsere Beine einbilden und uns in bezug auf die Strümpfe für besonders sauber halten, finden wir das im Augenblick kaum erträglich.

Außerdem war der Kessel unangenehm und widerborstig. Er ließ sich nicht auf seinen Ring stellen; er wollte nichts davon hören, sich den Kohlenstückchen anzupassen; er kippte wie ein Betrunkener nach vorn – ein wahrer Trottel von Kessel – und tropfte auf den Herd. Er war streitsüchtig und zischte und sprühte verdrießlich ins Feuer. Um alles zusammenzufassen: Der Deckel fiel zunächst, Mrs. Peerybingles Fingern Widerstand leistend, verkehrt herum hinunter und tauchte dann seitlich – mit einer klug erdachten Beharrlichkeit, die einer besseren Sache wert gewesen wäre – hinab auf den Boden des Kessels. Der Rumpf der „Royal George“ leistete nicht halb so starken Widerstand, aus dem

Wasser zu kommen, wie der Deckel, als Mrs. Peerybingle ihn wieder hochholen wollte.

Er sah selbst dann störrisch und eigensinnig aus, trug den Griff mit trotziger Miene und reckte seine Tülle keck und höhnisch Mrs. Peerybingle entgegen, als wollte er sagen: „Ich will nicht kochen. Nichts wird mich dazu bewegen!"

Doch Mrs. Peerybingle, deren gute Laune sich wieder eingestellt hatte, wischte ihre molligen kleinen Hände aneinander ab und setzte sich lachend vor den Kessel. Inzwischen tanzten die fröhlichen Flammen auf und nieder, wobei sie ihren Schein und Glanz auf den kleinen Heumacher oben auf der Spitze der Schwarzwälder Uhr warfen, bis man hätte denken können, daß er stocksteif vor dem maurischen Palast stände und sich außer der Flamme nichts bewegte.

Er war jedoch in Bewegung, und er hatte ganz richtig und regelmäßig seine Zuckungen, zwei in der Sekunde. Doch sein Leiden beim Schlagen der Uhr war schrecklich mit anzusehen, und wenn ein Kuckuck aus einer Falltür des Palastes herausschaute und sechs Uhr anzeigte, erschütterte es ihn jedesmal wie eine Geisterstimme oder wie ein Draht, der an seinen Beinen zerrte.

Ehe nicht das heftige Durcheinander und das geräuschvolle Surren zwischen den Gewichten und Ketten unter ihm gänzlich nachgelassen hatten, fand dieser erschreckte Heumacher nicht zu sich. Auch war er nicht ohne Grund bestürzt, denn diese rasselnden, knöchernen Gerippe von Uhren sind in ihrer Wirkungsweise sehr beunruhigend, und ich frage mich ernsthaft, wie eine Personengruppe, vor allem aber gerade die Holländer, Gefallen daran gefunden haben können, sie zu erfinden. Es ist eine allgemein bekannte Tatsache, daß die Holländer für ihre unteren Hälften weite Umhüllungen und viel Stoff bevorzugen, und sie sollten eigentlich ihre Uhren nicht dermaßen dünn und ungeschützt lassen.

Wie Sie bemerken, war es jetzt so weit, daß der Kessel

begann, den Abend zu bestreiten. Es war jetzt so weit, daß der Kessel, der melodiös und wohltuend wurde, begann, ein nicht zu unterdrückendes Gurgeln in seiner Kehle hören zu lassen und in deutlich vernehmbarem Schnaufen zu schwelgen, welchem er im Ansatz Einhalt gebot, als hätte er sich noch nicht ganz entschlossen, ein guter Gesellschafter zu sein. Jetzt war es so weit, daß er nach zwei oder drei schwachen Versuchen, seine heiteren Gefühle zu ersticken, jegliche Verdrießlichkeit und Zurückhaltung abstreifte und in einen Liedschwall ausbrach, der so zutraulich und lustig war, wie ihn sich nicht einmal die sentimentale Nachtigall träumen ließe.

Auch so leicht verständlich. Großer Gott, man hätte es wie ein Buch verstehen können, vielleicht besser als manches Buch, das Sie und ich nennen könnten. Mit seinem warmen Atem, der in einer leichten Wolke herausströmte, die fröhlich und anmutig ein paar Fuß hoch stieg und dann über der Kaminecke wie ihr eigener häuslicher Himmel hing, trällerte er seinen Gesang mit jener starken Energie der Heiterkeit, daß sich sein eiserner Körper auf dem Feuer hin und her bewegte; und der Deckel, der vor kurzem rebellische Deckel – so wirkt der Einfluß eines leuchtenden Vorbilds –, vollführte eine Art Tanz und klapperte wie eine taubstumme junge Zimbel, die nie um den Verwendungszweck ihres Zwillingsbruders gewußt hatte.

Daß dieser Gesang des Kessels ein Einladungs- und Begrüßungslied für jemanden draußen war, für jemanden, der sich dem gemütlichen kleinen Heim und dem prasselnden Feuer näherte, darüber besteht kein Zweifel. Mrs. Peerybingle wußte das genau, als sie gedankenverloren vor dem Herd saß. Die Nacht ist dunkel, sang der Kessel, und das vermoderte Laub liegt neben dem Weg, und darüber hängen Nebel und Finsternis, darunter ist nur Schlamm und Kot; und es gibt nur einen Trost in dieser trüben und undurchdringlichen Luft, und ich weiß nicht, daß es einer ist, denn es ist weiter nichts als ein blendender Glanz von tiefem, kräftigem Rot, wo Sonne und Wind gemeinsam in den Wolken einen Brand entfachen, weil sie an solchem Wetter schuld hatten; und das breiteste Stück offenen Geländes ist ein langer, trostloser, schwarzer Streifen; auf dem Wegweiser liegt Rauhreif und auf dem Weg Tau; und das Eis ist noch kein Wasser, und das Wasser ist nicht frei; und man könnte nicht sagen, daß alles so ist, wie es sein sollte. Aber er kommt, er kommt, er kommt!

Und hier, wenn man so will, setzte das Heimchen mit seinem Zirpzirpzirp ein, dessen Umfang gewaltig war; mit einer Stimme, die im Vergleich zum Kessel in so einem erstaunlichen Mißverhältnis zu seiner Größe stand (Größe? Man konnte es gar nicht sehen!), daß es, wenn es sofort wie eine überladene Waffe explodiert wäre, wenn es auf der Stelle vernichtet worden wäre und sein kleiner Körper in fünfzig Teilen zwitschern würde, wie eine natürliche und unausbleibliche Folge gewirkt hätte, um die es sich ausdrücklich bemüht hatte.

Der Kessel hatte seine letzte Solovorstellung gegeben. Er fuhr mit unvermindertem Eifer fort, doch das Heimchen spielte die erste Geige und blieb dabei. Du lieber Himmel, wie es zirpte! Seine schrille, scharfe, durchdringende Stimme hallte im ganzen Haus wider und schien draußen in der Dunkelheit wie ein Stern aufzublitzen. Wenn sie am lautesten erklang, lag ein unbeschreibliches Trillern und Zittern in ihr, was die Vorstellung erweckte, daß es sich in die Luft erheben wollte und vor Begeisterung hochsprang. Doch sie kamen gut miteinander aus, das Heimchen und der Kessel. Der Kehrreim des Liedes war stets derselbe, und lauter und immer noch lauter eiferten sie einander nach.

Die blonde kleine Zuhörerin – denn sie war blond und jung, obwohl von etwas „pummeliger" Gestalt, doch mich stört das nicht – zündete eine Kerze an und warf dem Heumacher oben auf der Spitze der Uhr, der eine ganz schöne

Durchschnittsernte an Minuten einbrachte, einen flüchtigen Blick zu; dann schaute sie aus dem Fenster, wo sie wegen der Dunkelheit nichts außer ihrem eigenen Spiegelbild sah. Übrigens bin ich der Meinung (und das wäre auch die Ihre), daß sie lange hätte schauen können, ohne etwas nur halb so Liebenswertes zu sehen. Als sie zurückkam und sich auf ihren alten Platz setzte, hatten das Heimchen und der Kessel noch nicht in ihrem wilden Wettstreit nachgelassen. Die schwache Seite des Kessels war offenbar, daß er nicht wußte, wann er besiegt worden war.

Die ganze Aufregung eines Wettkampfes lag über allem. Zirp, zirp, zirp! Das Heimchen war meilenweit voraus. Der Kessel summte in der Ferne wie ein großer Kreisel. Zirp, zirp, zirp! Das Heimchen war schon um die Ecke. Summ, summ, summ! Der Kessel blieb ihm auf seine Weise auf den Fersen, kein Gedanke daran, aufzugeben. Zirp, zirp, zirp! Das Heimchen war lebhafter denn je. Summ, summ, sum-m! Der Kessel war langsam und gleichbleibend. Zirp, zirp, zirp! Das Heimchen schickte sich an, ihn auszustechen. Summ, summ, sum-m! Der Kessel ließ sich nicht ausstechen. Bis sie schließlich in der Verwirrung und dem Holterdiepolter des Wettstreits so durcheinandergerieten, daß ein klarerer Kopf als Ihrer oder meiner vonnöten gewesen wäre, eindeutig zu entscheiden, ob der Kessel zirpte und das Heimchen summte oder das Heimchen zirpte und der Kessel summte oder beide zirpten und beide summten. Doch über eines besteht kein Zweifel: daß der Kessel und das Heimchen in ein und demselben Moment und durch die Verschmelzung, die sie beide am besten merkten, jeder vom häuslichen Herd sein Lied des Wohlbehagens ausschickte, das in einen Strahl der Kerze einfloß, die wiederum aus dem Fenster hinausschien und ein ganzes Stück der Gasse beleuchtete. Und dieses Licht, das plötzlich auf eine gewisse Person, die sich in diesem Augenblick in der Düsternis näherte, traf, erklärte dieser die ganze Angelegenheit buchstäblich mit einem Wimpernzukken und rief: „Willkommen zu Hause, alter Freund! Willkommen zu Hause, mein Junge!"

Als der Kessel dieses Ziel erreicht hatte und besiegt worden war, kochte er über und wurde vom Feuer genommen. Dann rannte Mrs. Peerybingle zur Tür, wo bald wegen des Räderrasselns eines Wagens, des Trampelns eines Pferdes, der Stimme eines Mannes, des Hinundherzerrens eines aufgeregten Hundes und des verblüffenden und geheimnisvollen Auftauchens eines Babys der Teufel los war.

Woher das Baby kam und wie Mrs. Peerybingle in dieser Blitzesschnelle zu ihm gelangt war, weiß ich nicht. Aber es lag ein lebendiges Baby in Mrs. Peerybingles Armen; und sie schien ziemlich stolz darauf zu sein, als sie von einem kräftigen Mann, der viel größer und viel älter als sie war und sich ein ordentliches Stück bücken mußte, um sie zu küssen, sanft ans Feuer gezogen wurde. Doch sie war dieser Mühe wert. Auch mit einsneunzig Körpergröße und Hexenschuß hätte es einer gewagt.

„Du meine Güte, John!" sagte Mrs. Peerybingle. „In welchem Zustand bist du nur bei diesem Wetter!"

Er hatte etwas Schaden genommen, das war nicht abzustreiten. Der dicke Nebel hing in Klümpchen wie kristallisierter Tau in seinen Augenbrauen, und durch den Nebel und das Feuer entstanden in seinem Backenbart lauter Regenbogenfarben.

„Nun, siehst du, Pünktchen", antwortete John langsam, als er den Schal von seinem Hals abwickelte und sich die Hände wärmte, „es ist nun mal nicht grade Sommerwetter. Also kein Wunder."

„Ich wünschte, du nennst mich nicht Pünktchen, John. Ich habe es nicht gern", sagte Mrs. Peerybingle, in einer Weise schmollend, die deutlich zeigte, daß sie es sogar sehr gern hatte.

„Nun, was bist du sonst?" erwiderte John, schaute lächelnd auf sie hinab und umarmte ihre Taille so zart, wie das dieser großen Hand und dem Arm nur möglich waren. „Ein Pünktchen und ..." – hierbei warf er dem Baby einen Blick zu – „ein Pünktchen und trägt – ich werde es nicht sagen, aus Angst, ich würd's mit dir verderben, aber ich war drauf und dran, einen Witz zu machen. Ich weiß nicht, wann ich schon mal näher dran gewesen wäre."

Seiner Darstellung nach zu urteilen, war er oft nahe dran an irgend etwas sehr Gescheitem, dieser schwerfällige, langsame, ehrliche John; dieser John, der so plump, doch so sensibel war; der eine rauhe Schale, doch einen weichen Kern besaß; der nach außen ruhig, doch innerlich lebendig war; der so gleichgültig und doch so gütig war! O Mutter Natur, gib deinen Kindern die wahre Poesie des Herzens, die sich in der Brust dieses armen Fuhrmannes verbirgt – er war übrigens nur ein Fuhrmann –, und wir können es ertragen, ihre prosaische Sprache zu hören und ihr prosaisches Leben zu sehen, und können dich wegen ihrer Gesellschaft preisen.

Es war erfreulich, das kleine Pünktchen mit dem Baby auf dem Arm zu sehen – einer wahren Puppe von einem Baby; mit koketter Nachdenklichkeit blickte sie ins Feuer und neigte ihren niedlichen, kleinen Kopf gerade so zu einer Seite, daß er in einer seltsamen, halb natürlichen, halb gekünstelten, sich völlig anschmiegenden und gefälligen Haltung an der großen, robusten Gestalt des Fuhrmannes ruhte. Und es war erfreulich, *ihn* zu sehen: in seiner zärtlichen Unbeholfenheit und in dem Bemühen, sich in seiner derben, hilfsbereiten Art ihrer leichten Notlage anzunehmen und sein kräftiges „Mittelalter" zu einem nicht ungeeigneten Halt für ihre erblühende Jugend zu machen. Es war erfreulich, zu beobachten, wie Tilly Slowboy, die im Hintergrund auf das Baby wartete, diese Gruppe genau betrachtete (obwohl sie erst knapp über zehn Jahre alt war), wie sie – Augen und Mund weit geöffnet – mit vorgeschobenem Kopf dastand und das Bild wie Luft in sich aufsog. Nicht weniger erfreulich war es, zu beobachten, wie John, der Fuhrmann, von Pünktchen auf das besagte Baby hingewiesen, seiner Hand Einhalt gebot, als diese das Kind gerade berühren wollte – so als ob er glaubte, daß er es zerbrechen könnte –, und es, indem er sich niederbeugte, aus sicherer Entfernung mit verlegenem Stolz musterte; ein gutmütiger Bullenbeißer hätte vermutlich eine ähnliche Miene gezeigt, wenn er sich eines Tages als Vater eines kleinen Kanarienvogels sähe.

„Ist er nicht schön, John? Sieht er im Schlaf nicht wunderbar aus?"

„Außerordentlich wunderbar", sagte John. „Außerordentlich sogar. Er schläft wohl meistens?"

„Ach herrje, John! Du liebe Güte, nein!"

„Oh!" sagte John nachdenklich. „Ich dachte, seine Augen sind meistens zu. – Kuckuck!"

„Meine Güte, John, wie du einen erschreckst!"

„Es ist nicht richtig, wenn er sie in dieser Art nach oben verdreht", sagte der erstaunte Fuhrmann, „stimmt's? Guck mal, wie er mit beiden gleichzeitig blinkert! Und sieh dir seinen Mund an! Na, er schnappt wie 'n Goldfisch nach Luft!"

„Du verdienst es nicht, Vater zu sein, wirklich nicht", sagte Pünktchen mit der Würde einer erfahrenen Matrone. „Aber woher solltest du auch wissen, von was für kleinen Beschwerden Kinder geplagt werden, John! Du würdest nicht mal ihre Namen kennen, du dummer Kerl!" Und als sie das Baby auf dem linken Arm umgedreht und ihm zur Kräftigung auf den Rücken geklopft hatte, zwickte sie lachend ihren Mann ins Ohr.

„Nein", sagte John und zog sich den Überrock aus. „Das ist wahr, Pünktchen. Ich weiß nicht viel darüber. Ich weiß nur, daß ich heute abend ziemlich mühsam gegen den Wind angekämpft hab. Er blies aus Nordost und den ganzen Heimweg lang direkt in den Wagen rein."

„Armer alter Mann, na so was!" rief Mrs. Peerybingle und wurde sofort sehr geschäftig. „Hier, nimm den kostbaren

Liebling, Tilly, während ich mich nützlich mache. Gerechter Gott, ich könnte ihn wahrhaftig mit Küssen bedecken! Lauf, guter Hund! Lauf, Boxer, Junge! Laß mich nur erst den Tee kochen, John, dann helfe ich dir wie eine emsige Biene bei den Päckchen. ‚Wie die kleine emsige Biene' und so weiter, weißt du, John. Hast du eigentlich ‚Wie die kleine emsige Biene' gelernt, als du zur Schule gingst, John?"

„Ich kenne es nicht vollständig", erwiderte John. „Ich war mal nahe dran. Aber ich hätte es nur verdorben, darf ich wohl behaupten."

„Haha!" lachte Pünktchen. Sie hatte das fröhlichste kleine Lachen, das man je gehört. „Was für ein lieber alter Schatz von einem Dummkopf du bist, John, wirklich!"

John, der diese Tatsache nicht im geringsten bestritt, ging hinaus, um nachzusehen, ob sich der Bursche mit der Laterne, der wie ein Irrlicht vor der Tür und dem Fenster hin und her getanzt war, hinreichend um das Pferd kümmerte, das dicker war, als Sie glauben würden, falls ich Ihnen seine Maße gäbe, und so alt, daß sich sein Geburtstag in grauer Vorzeit verliert. Boxer, der das Gefühl hatte, daß er seine Aufmerksamkeiten der Familie im allgemeinen schulde und sie gleichmäßig verteilen müsse, stürmte mit beängstigender Unbeständigkeit herein und hinaus: Bald beschrieb er mit kurzem Gekläff einen Kreis um das Pferd, das an der Stalltür gestriegelt wurde; dann täuschte er vor, wütend auf seine Herrin losstürzen zu wollen, brachte sich aber selbst ganz spaßig zum Stehen; bald entlockte er Tilly Slowboy, die auf dem niedrigen Kinderstuhl am Feuer saß, einen Schrei, indem er mit seiner feuchten Nase unerwartet ihr Gesicht berührte; dann zeigte er ein aufdringliches Interesse an dem Baby; bald lief er um den Herd herum und legte sich hin, als hätte er sich für die Nacht eingerichtet; dann stand er wieder auf, hielt seinen Stummelschwanz in die Luft, als erinnerte er sich gerade an eine Verabredung, und verschwand zu seinem Rundgang, um sie einzuhalten.

„Da! Da auf dem Kamineinsatz steht der fertige Tee!“ sagte Pünktchen und war so flink und geschäftig wie ein Kind, das im Spiel den Haushalt führt. „Und da ist der kalte Schinken und die Butter, und dort liegt das knusprige Brot und alles andere! Hier ist der Wäschekorb für die kleinen Päckchen, John, falls du welche hast. – Wo bist du, John? Laß nicht das liebe Kind unter den Rost fallen, Tilly, was du auch machst!“

Es muß erwähnt werden, daß Miss Slowboy, obwohl sie die Warnung mit einer gewissen Munterkeit in den Wind schlug, ein seltenes und erstaunliches Talent besaß, das Baby in Schwierigkeiten zu bringen, und schon mehrere Male sein kurzes Leben auf die ihr eigene ruhige Art gefährdet hatte. Diese junge Dame war so mager und gerade gewachsen, daß ihre Kleidungsstücke ständig Gefahr liefen, von den kantigen, kleiderhakenartigen Schultern, an denen sie lose hingen, herunterzurutschen. Ihr Gewand war bemerkenswert: eine Flanellrobe von einzigartigem Schnitt, die zu allen möglichen Gelegenheiten herhalten konnte und außerdem Blicke in die Rückengegend, auf ein in mattem Grün gehaltenes Mieder, gewährte.

Von Miss Slowboy, die ständig alles mit offenem Mund bewunderte und überdies die Fertigkeiten ihrer Herrin und die des Babys unablässig beobachtete, kann gesagt werden, daß die kleinen Verirrungen ihres Urteils ihrem Herzen und ihrem Kopf gleichermaßen Ehre erwiesen; und obwohl diese dem Kopf des Babys weniger Ehre antaten und gelegentlich das Mittel waren, ihn mit Holztüren, Anrichten, Treppengeländern, Bettpfosten und anderen unpassenden Gegenständen in Berührung zu bringen, waren sie doch die ehrlichen Auswirkungen von Tilly Slowboys ständiger Verwunderung, daß sie so gütig behandelt und in einem so gemütlichen Haushalt angestellt war. Denn Mutter wie Vater Slowboy waren gleichermaßen verschollen, und Tilly war von der öffentlichen Wohltätigkeit aufgezogen worden, als Findling – ein Wort, das sich nur in wenigen Buchstaben von Liebling unterscheidet, aber in der Bedeutung sehr unterschiedlich ist und etwas völlig anderes ausdrückt.

Wenn Sie gesehen hätten, wie die kleine Mrs. Peerybingle mit ihrem Mann zurückkam, am Wäschekorb zerrte und die größten Anstrengungen unternahm, überhaupt nichts zu tun (denn er trug ihn), wären Sie fast ebenso belustigt gewesen wie er. Nach allem, was ich weiß, amüsierte sich möglicherweise auch das Heimchen darüber; doch ganz gewiß begann es wieder, leidenschaftlich zu zirpen.

„Oho!" sagte John in seiner langsamen Art. „Es ist heute fröhlicher als sonst, finde ich."

„Und sicherlich bringt es uns Glück, John! Das hat es immer getan. Ein Heimchen am Herd zu haben ist das am meisten Glückbringende auf der ganzen Welt!"

John betrachtete sie, als wollte er sagen, daß *sie* sein wichtigstes Heimchen sei und er ihr zustimme. Aber es handelte sich wahrscheinlich um einen seiner Fälle, ganz nahe dran zu sein, denn er blieb stumm.

„Zum erstenmal hörte ich seine lustige kleine Melodie an jenem Abend, John, als du mich nach Hause brachtest – als du mich hierher in mein neues Heim brachtest und mich zur kleinen Hausherrin machtest. Vor einem knappen Jahr. Erinnerst du dich, John?"

O ja. John erinnerte sich. Das möchte ich annehmen.

„Sein Gezirpe war mir ein wunderbarer Willkommensgruß! Es schien voller Hoffnung und Ermutigung zu sein. Es schien zu sagen, daß du gütig und freundlich zu mir sein und nicht erwarten würdest (wovor ich damals Angst hatte, John), daß auf den Schultern deines kleinen Dummerchens ein kluges Köpfchen sitzt."

John streichelte nachdenklich erst eine dieser Schultern und dann ihren Kopf, als wollte er sagen: Nein, nein, solche Erwartungen hätte er nicht gehegt, er wäre ganz zufrieden und nähme beides, wie es sei. Und er hatte auch wirklich keinen Grund. Es war alles sehr anmutig.

„Es sprach die Wahrheit, als es das zu sagen schien, denn du bist mir wirklich der beste, der rücksichtsvollste und der zärtlichste Ehemann. Das ist ein glückliches Heim geworden, John, und darum liebe ich das Heimchen!"

„Nun, das tue ich auch", sagte der Fuhrmann. „Ich auch, Pünktchen."

„Ich liebe es wegen der vielen Male, die ich es gehört habe, und wegen der vielen Gedanken, zu denen mich seine harmlose Musik angeregt hat. Manchmal in der Dämmerung, wenn ich mich ein bißchen einsam fühlte und verzagt war – ehe das Baby da war und mir Gesellschaft leistete und das Haus fröhlich machte – und wenn ich mir dann vorstellte, wie verlassen du wärst, falls ich sterben sollte, und wie verlassen ich wäre, wenn ich merkte, daß du mich verlassen hast, mein Schatz, schien mir sein Zirpzirpzirp auf dem Herd von einer anderen kleinen Stimme zu erzählen – so süß und mir so lieb, vor deren künftigem Klang meine Sorgen wie ein Traum verschwanden. Und wenn ich Angst hatte – und ich hatte mal Angst, John. Ich war sehr jung, wie du weißt –, daß sich unsere Ehe als nicht glücklich herausstellen könnte, weil ich solch ein Kind war und du mehr mein Vormund als mein Mann warst; und daß du vielleicht – wie sehr du dich auch bemühst – nicht lernen würdest, mich zu lieben, wie du gehofft und erfleht hast; dann hat mich sein Zirpzirpzirp wieder aufgeheitert und mich mit neuer Zuversicht und mit Vertrauen erfüllt. An diese Dinge dachte ich heute abend, mein Schatz, als ich auf dich wartete, und darum liebe ich das Heimchen!"

„Und ich auch", wiederholte John. „Aber Pünktchen! *Ich* hätte gehofft und erfleht, daß ich lernen könnte, dich zu lieben? Wie du sprichst! Das hatte ich gelernt, lange bevor ich dich herholte, um die kleine Herrin des Heimchens zu sein, Pünktchen!"

Einen Augenblick lang legte sie ihre Hand auf seinen Arm und schaute mit erregtem Gesicht zu ihm empor, als ob sie ihm etwas hätte sagen wollen. Doch im nächsten Moment kniete sie vor dem Korb, sprach mit munterer Stimme und beschäftigte sich mit den Päckchen.

„Heute sind's nicht viele, John, aber ich habe grade ein paar Waren hinter dem Wagen gesehen, und obwohl sie uns vielleicht mehr Mühe machen, werden sie sich schon lohnen. So haben wir also keinen Grund zu murren, stimmt's? Außerdem hast du wohl geliefert, als du vorbeikamst?"

„O ja", sagte John. „Eine ganze Menge."

„Nanu, was ist das für 'ne runde Schachtel? Meine Güte, John, das ist 'n Hochzeitskuchen!"

„Überlaß es nur einer Frau, das herauszufinden", sagte John bewundernd. „Kein Mann hätte jemals daran gedacht. Und ich bin der Überzeugung, daß, wenn man einen Hochzeitskuchen in einer Teekiste oder einem Klappbett oder einem Fäßchen Lachs oder irgendeinem andren Ding verpackt, eine Frau ihn ganz bestimmt sofort herausfinden würde. Ja, ich habe ihn beim Pastetenbäcker bestellt."

„Und der wiegt, ich weiß nicht, wieviel – 'nen ganzen Zentner!" rief Pünktchen und unternahm demonstrativ große Anstrengungen, ihn anzuheben. „Wessen ist das, John? Wohin geht der?"

„Lies die Anschrift auf der andren Seite", sagte John.

„John! Du meine Güte, John!"

„Ha, wer hätte das gedacht!" erwiderte John.

„Du willst doch nicht etwa sagen", fuhr Pünktchen fort, wobei sie auf dem Fußboden saß und den Kopf über ihn schüttelte, „daß es sich um Gruff & Tackleton, den Spielzeugmacher, handelt!"

John nickte.

Mrs. Peerybingle nickte ebenfalls, mindestens fünfzigmal. Nicht zustimmend, sondern in stummer und mitleidiger Verwunderung. Derweil zog sie ihre Lippen mit aller Macht zusammen (obwohl sie dafür nicht bestimmt waren; darüber bin ich mir im klaren) und blickte geistesabwesend durch den guten Fuhrmann hindurch. Miss Slowboy, die eine mechanische Kraft besaß, Fetzen des laufenden Gesprächs zum Ergötzen des Babys wiederzugeben, wobei ihr Sinn verlorenging und alle Substantive in den Plural gesetzt wurden, erkundigte sich inzwischen laut bei dem kleinen Wesen: „Waren es denn Gruffs & Tackletons? Würdest du bei Pastetenbäckern Hochzeitskuchen bestellen? Kennen seine Mütter die Schachteln, wenn seine Väter sie nach Hause bringen?“ und so weiter.

„Und das soll wirklich passieren?“ sagte Pünktchen. „Ich ging doch mit ihr zusammen zur Schule, John.“

Er mag sie sich vorgestellt haben oder annähernd vorgestellt haben, wie sie in dieser Schulzeit aussah. Er betrachtete sie mit nachdenklichem Vergnügen, gab aber keine Antwort.

„Und er so alt! So ganz anders als sie! Wie viele Jahre ist denn Gruff & Tackleton älter als du, John?“

„Wie viele Tassen Tee soll ich heute abend bei einer Mahlzeit mehr trinken, als Gruff & Tackleton bei vier Mahlzeiten getrunken hat, frage ich mich!“ gab John gut aufgelegt zurück, als er einen Stuhl an den runden Tisch zog und sich an den kalten Schinken machte. „Was das Essen anbelangt, esse ich nur wenig, aber das wenige genieße ich, Pünktchen.“

Sogar seine übliche Äußerung bei Mahlzeiten, eine seiner unschuldigen Selbsttäuschungen (denn sein Appetit war stets hartnäckig und strafte ihn glattweg Lügen), rief kein Lächeln auf dem Gesicht seiner kleinen Frau hervor. Sie stand zwischen den Päckchen, schob die Kuchenschachteln langsam mit dem Fuß von sich und achtete nicht einmal auf ihre eleganten Schuhe, die sie sonst so bewunderte, obwohl ihre Blicke darauf gerichtet waren. In Gedanken versunken stand sie da, kümmerte sich weder um den Tee noch um John (obwohl er sie rief und auf den Tisch klopfte, um sie aufzuschrecken), bis er aufstand und sie am Arm berührte. Dann sah sie ihn einen Augenblick an und eilte an ihren Platz hinter dem Tablett mit den Teesachen, über ihre Nachlässigkeit lachend. Aber nicht, wie sie vorher gelacht hatte. Art und Klang waren völlig verändert.

Auch das Heimchen hatte aufgehört zu zirpen. Irgendwie war der Raum nicht mehr so heiter wie zuvor. Kein Vergleich.

„Das sind also alle Päckchen, ja, John?" fragte sie und brach das lange Schweigen, das der wackere Fuhrmann dem praktischen Nachweis eines Teils seiner Lieblingsäußerung gewidmet hatte – er genoß ganz gewiß, was er aß; wenn man schon nicht zugeben konnte, daß er wenig aß. „Das sind also alle Päckchen, ja, John?"

„Das sind alle", sagte John. „Nun – nein – ich ...", er legte Messer und Gabel hin und holte tief Luft. „Wahrhaftig! Ich habe glatt den alten Herrn vergessen!"

„Den alten Herrn?"

„Im Wagen", sagte John. „Als ich ihn zuletzt gesehen hab, schlief er im Stroh. Zweimal hab ich mich fast an ihn erinnert, seit ich reinkam, aber er is mir wieder entfallen! Hallo! Heda! Wach auf! Das ist mein Ernst!"

John sagte diese Worte draußen vor der Tür, wohin er mit der Kerze in der Hand gerannt war.

Miss Slowboy, die von irgendeiner geheimnisvollen Anspielung auf den alten Herrn überzeugt war und in ihrer verwirrten Phantasie gewisse Verbindungen religiöser Natur zu diesen Worten zog, war dermaßen beunruhigt, daß sie sich hastig von ihrem niedrigen Stuhl am Feuer erhob, um am Rockzipfel ihrer Herrin Schutz zu suchen, und als sie im Torweg mit einem hochbetagten Fremden in Berührung kam, machte sie unwillkürlich einen Sturmangriff auf ihn und stieß mit der einzigen Waffe, die sich in ihrer Reichweite befand, nach ihm. Dieses Instrument, das zufällig das Baby war, beschwor große Verwirrung und Bestürzung herauf, die

Boxers Scharfsinn noch zu steigern schien; denn dieser gute Hund, der umsichtiger als sein Herr war, hatte, wie es schien, den alten Herrn beim Schlafen bewacht, damit er nicht mit ein paar jungen Pappeln davongehen konnte, die hinten auf dem Wagen festgebunden waren, und er folgte ihm noch immer dicht auf den Fersen, indem er die Gamaschen tatsächlich nicht in Ruhe ließ und verbissene Angriffe auf die Knöpfe machte.

„Sie sind ein so unbestritten guter Schläfer", sagte John, als wieder Ruhe eingetreten war (inzwischen hatte der alte Herr barhäuptig und regungslos in der Mitte des Zimmers gestanden), „daß ich beinahe Lust hätte, Sie zu fragen, wo die andern sechs sind – nur, das wäre ein Scherz, und ich weiß, der könnte es verderben. Bin sehr nahe dran", murmelte der Fuhrmann, in sich hineinlachend, „sehr nahe dran!"

Der Fremde, der langes weißes Haar, gute Gesichtszüge, die außergewöhnlich kühn und klar gezeichnet waren, sowie dunkle, strahlende, durchdringende Augen hatte, blickte lächelnd um sich und begrüßte die Frau des Fuhrmanns, indem er sich würdevoll verneigte.

Seine Kleidung war sehr komisch und ausgefallen und weit hinter der Mode her. Ihre Farbe war durchweg braun. In der Hand hielt er einen großen braunen Knüttel oder Spazierstock, und als er ihn auf den Boden schlug, fiel er auseinander und wurde zu einem Stuhl, auf den er sich ganz gelassen setzte.

„Da!" sagte der Fuhrmann, sich an seine Frau wendend. „So fand ich ihn, wie er am Straßenrand saß. Grade wie ein Meilenstein. Und fast genauso taub."

„Unter freiem Himmel, John?"

„Unter freiem Himmel", antwortete der Fuhrmann. „Grade zur Dämmerung. ‚Fahrt ist bezahlt', sagte er und gab mir achtzehn Pence. Dann stieg er ein. Und da ist er."

„Er wird gleich gehen, John, glaub ich!"

Das war durchaus nicht der Fall. Er wollte nur gerade etwas sagen.

„Wenn Sie nichts dagegen haben, würde ich bleiben, bis ich abgeholt werde", sagte der Fremde sanft. „Lassen Sie sich durch mich nicht stören."

Damit holte er eine Brille aus einer seiner großen Hosentaschen und ein Buch aus der anderen und begann gemächlich zu lesen. Er behandelte Boxer nicht anders, als wäre er ein sanftes Lamm.

Der Fuhrmann und seine Frau tauschten erstaunte Blicke. Der Fremde hob den Kopf, schaute von einem zum anderen und fragte:

„Ihre Tochter, guter Freund?"

„Ehefrau", erwiderte John.

„Nichte?" fragte der Fremde.

„Ehefrau", brüllte John.

„Wirklich?" bemerkte der Fremde. „Ganz bestimmt? Sehr jung!"

Ruhig blätterte er um und nahm seine Lektüre wieder auf. Doch ehe er zwei Zeilen gelesen haben konnte, unterbrach er sich und fragte: „Ihr Baby?"

John nickte ihm lebhaft zu, was einer bejahenden Antwort entsprach, die durch ein Megaphon gegeben wurde.

„Mädchen?"

„Jun-ge!" brüllte John.

„Auch sehr jung, wie?"

Mrs. Peerybingle mischte sich sofort ein. „Zwei Monate und drei Tage! Grade vor sechs Wochen geimpft. Ist ihm sehr gut bekommen! Der Arzt hielt ihn für 'n bemerkenswert schönes Kind. Er ist so weit wie Durchschnittskinder, wenn sie fünf Monate alt sind. Er nimmt Notiz, einfach wunderbar! Wird Ihnen unmöglich erscheinen, aber er ist schon ein richtiger Junge!"

Hiermit hielt die atemlose kleine Mutter, die diese kurzen Sätze dem alten Mann ins Ohr geschrien hatte, bis ihr hübsches Gesicht hochrot war, das Baby wie eine unerbittliche und triumphierende Tatsache vor ihm hoch, während Tilly Slowboy unter den melodischen Rufen von „Ptschi, ptschi“ – was wie ein paar unbekannte Worte klang, die einem weitverbreiteten Schnupfen angepaßt waren – einige kuhähnliche Freudensprünge um den völlig Arglosen vollführte.

„Horch! Er wird abgeholt, tatsächlich“, sagte John. „Da ist jemand an der Tür. Mach sie auf, Tilly.“

Bevor sie sie jedoch erreichen konnte, wurde sie von außen geöffnet; es war nämlich eine einfache Tür mit einer Klinke, die jeder drücken konnte, wenn er wollte – und eine ganze Menge Leute wollten das, denn alle möglichen Nachbarn wechselten gern mit dem Fuhrmann ein freundliches Wort, obwohl er kein großer Redner war. Als sie geöffnet wurde, trat ein kleiner, magerer, nachdenklicher Mann mit schmutzigem Gesicht herein, der sich scheinbar selbst einen Überzieher aus dem sackleinenen Bezug einer alten Kiste gemacht hatte, denn als er sich umdrehte, um die Tür zu schließen und das schlechte Wetter auszusperren, las man auf dem Rücken dieses Kleidungsstückes die Inschrift G & T in großen, schwarzen Buchstaben. Ebenso das Wort GLAS in deutlich hervortretenden Lettern.

„Guten Abend, John!“ sagte der kleine Mann. „Guten Abend, Madam. Guten Abend, Tilly. Guten Abend, Unbekannter. Wie geht's dem Baby, Madam? Boxer is hoffentlich wohlauf?“

„Alles prächtig, Caleb“, erwiderte Pünktchen. „Du brauchst dir sicher nur mal das liebe Kind anzusehen, dann weißt du Bescheid.“

„Und ich brauche mir sicher nur mal Sie anzusehen“, sagte Caleb.

Er sah sie jedoch nicht an, denn er hatte einen ruhelosen und nachdenklichen Blick, der sich stets in eine andere Zeit und an einen anderen Ort zu versetzen schien, ganz gleich, was er sagte; eine Beschreibung, die gleichermaßen auf seine Stimme zutrifft.

„Oder John", sagte Caleb. „Oder Tilly, soweit das geht. Oder bestimmt Boxer."

„Viel zu tun jetzt, Caleb?" fragte der Fuhrmann.

„Nun, ganz schön, John", erwiderte er mit der verwirrten Miene eines Mannes, der mindestens nach dem Stein der Weisen sucht. „Ganz schön. Zur Zeit is 'ne ziemliche Nachfrage nach der Arche Noah. Eigentlich würde ich gern die Familie noch verbessern, aber ich weiß nich, wie ich das bei dem Preis machen soll. Es wäre mir 'ne innere Befriedigung, deutlicher zu machen, wer die Söhne Ham und Sem und wer die Frauen sind. Die Fliegen haben auch nich die richtige Größe, im Vergleich zu den Elefanten, weißt du! Ach ja! Hast du bei deinen Päckchen was für mich bei, John?"

Der Fuhrmann langte in eine Tasche des Mantels, den er ausgezogen hatte, und holte einen winzigen, sorgfältig in Moos und Papier eingehüllten Blumentopf hervor.

„Da ist er!" sagte er und rückte ihn mit großer Sorgfalt zurecht. „Kein einziges Blatt ist beschädigt. Voller Knospen!"

Calebs glanzlose Augen leuchteten auf, als er ihn nahm und ihm dankte.

„Teuer, Caleb", sagte der Fuhrmann. „Sehr teuer zu dieser Jahreszeit."

„Macht nichts. Für mich wäre es billig, was es auch kostet", antwortete der kleine Mann. „Sonst noch was, John?"

„Eine winzige Schachtel", erwiderte der Fuhrmann. „Da ist sie!"

„Für Caleb Plummer", sagte der kleine Mann und entzifferte mühsam die Aufschrift. „‚Barschaft'. Barschaft? John? Ich glaub nich, daß es für mich is."

„Das heißt ‚Vorsicht'", entgegnete der Fuhrmann, als er ihm über die Schulter sah. „Wo liest du Barschaft?"

„Oh! Natürlich!" sagte Caleb. „Is in Ordnung. ‚Vorsicht'.

Ja, ja, das is meins. Es hätte wirklich ‚Barschaft' sein können, wenn mein lieber Junge aus dem goldenen Südamerika gelebt hätte, John. Du hast ihn wie 'nen Sohn geliebt, nich wahr? Du brauchst nich sagen, daß du ihn geliebt hast. *Ich* weiß es natürlich. ‚Caleb Plummer, Vorsicht.' Ja, ja, is alles in Ordnung. Es ist 'ne Schachtel mit Puppenaugen für die Arbeit meiner Tochter. Ich wünschte, es wärn ihre eigenen Augen in der Schachtel, John."

„Ich wünschte, das wär so oder könnte so sein!" rief der Fuhrmann.

„Danke", sagte der kleine Mann. „Du sprichst sehr herzlich. Der Gedanke, daß sie nie die Puppen sehn soll und die sie den ganzen Tag lang unverschämt anstarren, das isses, was einem weh tut. Was macht die Rechnung, John?"

„Ich werd dir was", sagte John, „danach zu fragen. Pünktchen! Nahe dran?"

„Nun, das sieht dir ähnlich", bemerkte der kleine Mann. „Es is deine nette Art. Laß mal sehn. Ich glaub, 's is alles."

„Ich glaube nicht", sagte der Fuhrmann. „Versuch's noch mal."

„Was für unsern Chef, wie?" fragte Caleb, nachdem er eine Weile überlegt hatte. „Natürlich, deshalb kam ich ja, aber mir gehn die Archen und so 'ne Sachen im Kopf rum. Er is nich hiergewesen, oder?"

„Nein", erwiderte der Fuhrmann. „Er ist zu beschäftigt, auf Freiersfüßen."

„Er kommt aber vorbei", sagte Caleb, „denn er sagte mir, daß ich mich beim Heimweg links auf der Straße halten sollte, und ich wette zehn zu eins, daß er mich mitnehmen will. Ich werd lieber langsam gehn. Sie hätten wohl nich die Güte, Madam, mich ein Momentchen in Boxers Schwanz kneifen zu lassen, wie?"

„Aber Caleb, was für eine Frage!"

„Oh, schon gut, Madam", sagte der kleine Mann. „Er mag es vielleicht nich. Ich hab eine kleine Bestellung über bellende

Hunde bekommen, und ich würde gern für ein paar Pennies so nah wie möglich an die Natur rankommen. Das is alles. Schon gut, Madam."

Im rechten Augenblick begann Boxer mit großem Eifer zu bellen, ohne den beabsichtigten Ansporn dazu erhalten zu haben. Da dies aber die Ankunft eines neuen Besuchers bedeutete, nahm Caleb, der seine Studie vom Leben auf einen günstigeren Zeitpunkt verschob, die runde Schachtel auf die Schulter und verabschiedete sich hastig. Diese Mühe hätte er sich sparen können, denn er begegnete dem Besucher auf der Schwelle.

„Oh! Sie sind also hier? Warten Sie ein Weilchen. Ich bringe Sie nach Hause. Immer Ihr Diener, John Peerybingle. Außerdem der Ihrer hübschen Frau. Wird jeden Tag schöner. Womöglich auch besser! Und jünger", sann der Sprecher mit leiser Stimme nach, „das ist das Vertrackte daran!"

„Ich würde mich über Ihre Komplimente wundern, Mr. Tackleton", sagte Pünktchen, nicht mit der freundlichsten Miene von der Welt, „wenn ich nicht wüßte, wie es bei Ihnen steht."

„Dann wissen Sie also Bescheid?"

„Ich habe mich irgendwie dazu durchgerungen, es zu glauben", sagte Pünktchen.

„Vermutlich nach einem schweren Kampf?"

„Einem sehr schweren."

Tackleton, der Spielzeughändler, war überall als Gruff & Tackleton bekannt, denn so hieß die Firma, obwohl Gruff schon vor langem aufgekauft worden war und er nur seinen Namen und, wie manche sagten, seine mürrische Wesensart, die mit der Bedeutung dieses Namens übereinstimmte, im Geschäft zurückgelassen hatte. Tackleton, der Spielzeughändler, war ein Mann, dessen Neigung von seinen Eltern und Vormunden völlig mißverstanden worden war. Wenn sie ihn zum Geldverleiher oder gerissenen Anwalt oder Polizeibeamten oder Makler gemacht hätten, hätte er in seiner Jugend vielleicht seine Unzufriedenheit abreagiert; er wäre, nachdem er sich in üble Transaktionen gestürzt hätte, vielleicht recht liebenswürdig geworden und hätte Neuerungen und eine frische Brise nicht gescheut. Doch eingeengt und sich aufreibend bei der friedlichen Ausübung der Spielzeugherstellung, war er ein Haustyrann, der sein Leben lang von Kindern gelebt hatte und ihr unversöhnlicher Feind war. Er verachtete jedes Spielzeug, hätte um nichts in der Welt welches gekauft; er hatte in seiner Bosheit Freude daran, den Farmern aus Packpapier, die ihre Schweine zum Markt trieben, den Ausrufern, die das verlorengegangene Gewissen von Rechtsanwälten bekanntgaben, den beweglichen alten Damen, die Strümpfe stopften oder Pasteten verzierten, oder anderen ähnlichen Musterexemplaren seines Warenbestandes einen grimmigen Ausdruck in die Gesichter zu legen. Seine Seele weidete sich geradezu an entsetzlichen Masken; an häßlichen, behaarten, rotäugigen Schachtelmännchen; an Vampirdrachen; an teuflischen Stehaufmännchen, die sich nicht hinlegen wollten und unaufhörlich nach vorn stürzten, um Kinder aus der Fassung zu bringen. Sie waren seine einzige Entspannung und sein Betätigungsfeld. In solchen Erfindungen war er sehr geschickt. Alles, was einem Schreckgespenst ähnelte, war ergötzlich für ihn. Er hatte sogar Geld verloren (und war diesem Spielzeug deshalb nicht gram), indem er Bilder mit Kobolden für Zauberlaternen erfand, auf denen die Mächte der Finsternis als eine Art übernatürlicher Krebs mit menschlichem Gesicht dargestellt waren. Auch bei der Darstellung abscheulicher Riesen hatte er ein ganz schönes Vermögen gelassen, und obwohl er selbst kein Maler war, konnte er zur Anleitung seiner Künstler mit einem Stück Kreide einen bestimmten gehässigen Seitenblick für die Miene dieser Scheusale andeuten, die ganz gewiß den Seelenfrieden jedes jungen Mannes zwischen sechs und elf Jahren während der gesamten Weihnachts- oder Sommerferien raubten.

So wie er sich zu Spielsachen verhielt, verhielt er sich auch (wie die meisten Menschen) zu anderen Dingen. Deshalb kann man sich leicht vorstellen, daß sich unter dem großen grünen Umhang, der bis an seine Waden hinabreichte, ein ungewöhnlich liebenswürdiger Bursche verbarg und daß er ein so erlesener Geist und angenehmer Gefährte war, wie er nur je in einem Paar stierköpfig wirkender Stiefel mit mahagonifarbenen Stulpen steckte.

Dennoch war Tackleton, der Spielzeughändler, im Begriff, sich zu verheiraten. Trotz alledem war er im Begriff, sich zu verheiraten. Und noch dazu mit einer jungen Frau, mit einer schönen jungen Frau.

Er sah nicht gerade einem Bräutigam ähnlich, wie er in der Küche des Fuhrmanns so dastand: Sein schroffes Gesicht war verzerrt und der Körper verkrümmt, der Hut über das Nasenbein geschoben, die Hände in den Hosentaschen vergraben, und sein ganzes sarkastisches, boshaftes Ich spähte aus einem kleinen Winkel seines kleinen Auges hervor wie das Böse bei einem Raben. Doch er behauptete, ein Bräutigam zu sein.

„In drei Tagen. Nächsten Donnerstag. Am letzten Tag des ersten Monats im Jahr. Da ist mein Hochzeitstag", sagte Tackleton.

Habe ich schon erwähnt, daß er stets ein Auge weit geöffnet und eins fast geschlossen hatte und daß das fast geschlossene Auge das ausdrucksvolle war? Ich glaube, nicht.

„Das ist mein Hochzeitstag!" sagte Tackleton und klimperte mit seinem Geld.

„Das ist auch unser Hochzeitstag!" rief der Fuhrmann aus.

„Haha!" lachte Tackleton. „Komisch! Ihr seid eben genau so ein Paar. Genau!"

Pünktchens Entrüstung über diese dreiste Behauptung ist nicht zu beschreiben. Was noch? Seine Phantasie würde die Möglichkeit einschließen, vielleicht genau so ein Baby zu haben. Der Mann war verrückt.

„Hören Sie mal! Auf ein Wort", murmelte Tackleton, stieß den Fuhrmann heimlich mit dem Ellbogen an und zog ihn ein Stück beiseite. „Werden Sie zur Hochzeit kommen? Wir sitzen doch im selben Boot."

„Wieso im selben Boot?" fragte der Fuhrmann.

„Mit einem kleinen Unterschied natürlich", sagte Tackleton und gab ihm einen weiteren Stubs. „Verbringen Sie doch vorher mal einen Abend mit uns."

„Warum?" wollte John wissen. Er war über diese aufdringliche Gastfreundschaft erstaunt.

„Warum?" erwiderte der andere. „Das ist wohl eine neue Mode, eine Einladung anzunehmen? Na, einfach zum Vergnügen – aus Geselligkeit und so!"

„Ich dachte, Sie wärn nie gesellig", sagte John in seiner unverblümten Art.

„Tja, wie ich sehe, hat's keinen Zweck, nicht offen und ehrlich zu Ihnen zu sein", sagte Tackleton. „Nun denn, die Wahrheit ist, Sie sind das, was teetrinkende Menschen so etwas wie einen wohltuenden Anblick nennen, Sie und Ihre Frau zusammen. Wir wissen es ja besser, aber..."

„Nein, wir wissen es nicht besser", warf John ein. „Wovon sprechen Sie überhaupt?"

„Nun, dann wissen wir es *nicht* besser", sagte Tackleton. „Wir geben zu, daß wir es nicht wissen. Wie Sie wollen. Was macht das schon? Ich wollte sagen, daß Ihre Gesellschaft bei *Ihrer* Erscheinung eine günstige Wirkung auf die zukünftige Mrs. Tackleton haben wird. Und obwohl ich nicht annehme, daß mir Ihre gute Frau in dieser Angelegenheit sehr freundlich gesinnt ist, kann sie doch nicht umhin, einverstanden zu sein, denn sie strahlt eine Sicherheit und Behaglichkeit aus, die selbst bei einer unwesentlichen Angelegenheit stets deutlich hervortritt. Sie werden also kommen?"

„Wir haben vereinbart, unseren Hochzeitstag, soweit das geht, zu Hause zu verleben", sagte John. „Wir haben uns in diesen sechs Monaten das Versprechen gegeben. Wir finden, wissen Sie, daß es zu Hause..."

„Pah! Was ist schon zu Hause?" rief Tackleton. „Vier Wände und eine Decke! Warum töten Sie übrigens nicht dieses Heimchen? *Ich* würde das tun! Ich mache das immer. Ich hasse ihren Krach. Bei mir zu Hause sind also auch vier Wände und eine Decke. Kommen Sie zu mir!"

„Sie töten Ihre Heimchen, wie?" sagte John.

„Ich zertrete sie", erwiderte der andere und setzte seinen Absatz kräftig auf den Fußboden. „Sie werden also kommen? Es liegt nämlich genauso in Ihrem Interesse wie in meinem, daß sich die Frauen gegenseitig einreden, daß sie ruhig und zufrieden sind und es ihnen nicht besser gehen könnte. Ich kenne ihre Eigenheiten. Was die eine sagt, daran klammert sich stets die andere. Unter ihnen herrscht dieser Geist des Wettstreits, Sir, so daß, wenn Ihre Frau zu meiner sagt: ‚Ich bin die glücklichste Frau auf Erden, und ich habe den besten Mann von der ganzen Welt, und ich schwärme für ihn', meine Frau dasselbe oder sogar mehr zu Ihrer Frau sagen und es halb glauben wird."

„Wollen Sie behaupten, daß sie es eigenlich nicht tut?" fragte der Fuhrmann.

„Nicht tut!" rief Tackleton mit einem kurzen, jähen Auflachen. „Was nicht tut?"

Der Fuhrmann hatte die schwache Absicht hinzuzufügen: Für Sie schwärmen. Als ihm aber das halbgeschlossene Auge auffiel, wie es ihm über den hochgeschlagenen Kragen des Umhangs hinweg zublinzelte, der es beinahe ausstach, hielt er es für unwahrscheinlich, daß an Tackleton etwas dran wäre, wofür man schwärmen sollte, und so sagte er statt dessen: „Daß sie es nicht glaubt?"

„Ah, Sie Bursche! Sie machen mir Spaß!" sagte Tackleton.

Doch der Fuhrmann, obwohl er nur langsam die volle Bedeutung seiner Worte erfaßte, schaute ihn dermaßen ernst an, daß er gezwungen war, sich etwas genauer auszudrücken.

„Mir steht der Sinn danach", sagte Tackleton, hielt die Finger seiner linken Hand in die Höhe und berührte leicht den Zeigefinger, um anzudeuten: das bin ich, nämlich Tackleton, „mir steht der Sinn danach, Sir, eine junge Frau, eine hübsche Frau zu heiraten." Hierbei klopfte er an seinen kleinen Finger, um die Braut zu beschreiben, nicht etwa zaghaft, sondern heftig, mit einem Gefühl der Macht. „Ich kann diesem Sinn nachgeben, und das tue ich. Es ist eine Laune von mir. Aber – sehen Sie mal dort!"

Er zeigte dahin, wo Pünktchen nachdenklich vor dem Feuer saß, das Kinn mit dem Grübchen in die Hand stützte und die helle Glut beobachtete. Der Fuhrmann sah von ihr zu ihm und dann nochmals von ihr zu ihm.

„Zweifellos verehrt sie Sie und gehorcht Ihnen, wie Sie wissen", sagte Tackleton, „und da ich kein Mann zarter Gefühle bin, reicht mir das vollkommen. Aber Sie glauben, daß noch mehr dahintersteckt?"

„Ich glaube", bemerkte der Fuhrmann, „daß ich jeden aus 'm Fenster schmeißen sollte, der sagt, daß nichts dahintersteckt."

„Genau!" erwiderte der andere, ihm ungewöhnlich heiter beipflichtend. „Selbstverständlich! Ohne Zweifel würden Sie das tun. Natürlich. Ich bin sicher. Gute Nacht. Träumen Sie schön!"

Der Fuhrmann war verwirrt und wurde aus Groll über sich selbst unsicher und verlegen. Er konnte nicht umhin, es auf seine Weise zu zeigen.

„Gute Nacht, mein lieber Freund!" sagte Tackleton mitleidsvoll. „Ich gehe. Wir sind uns wirklich sehr ähnlich, wie ich sehe. Sie wollen uns nicht den morgigen Abend schenken? Nun. Am darauffolgenden Tag besuchen Sie jemand, wie ich weiß. Ich werde Sie dort treffen und meine zukünftige Frau mitbringen. Das wird ihr guttun. Sind Sie einverstanden? Danke. Was ist denn das?"

Es war ein lauter Schrei von des Fuhrmanns Frau, ein

lauter, schriller, plötzlicher Schrei, der das Zimmer wie ein Glasgefäß klingen ließ. Sie hatte sich von ihrem Sitz erhoben und stand starr vor Schreck und Erstaunen. Der Fremde hatte sich dem Feuer genähert, um sich aufzuwärmen, und stand nur einen Schritt von ihrem Stuhl entfernt. Aber ganz still.

„Pünktchen!" rief der Fuhrmann. „Mary! Liebling! Was ist denn los?"

Im Nu waren alle um sie herum. Caleb, der auf der Kuchenschachtel eingenickt war, zog Miss Slowboy in der ersten, noch unvollkommenen Wiedererlangung seiner zeitweilig aufgehobenen Geistesgegenwart am Schopfe, entschuldigte sich aber sofort.

„Mary!" rief der Fuhrmann und stützte sie mit seinen Armen. „Bist du krank? Was ist denn? Sag es mir, Schatz!"

Sie antwortete nur, indem sie in die Hände klatschte und in ein wildes Gelächter ausbrach. Als sie dann aus seinem Griff auf den Boden sank, bedeckte sie ihr Gesicht mit der Schürze und weinte bitterlich. Und dann lachte sie wieder, und dann schrie sie wieder, und dann sagte sie, wie kalt es wäre, und gestattete ihm, sie zum Feuer zu führen, wo sie sich wie vordem niederließ. Der alte Herr stand wiederum ganz still.

„Es geht mir besser, John", sagte sie. „Mir geht's jetzt gut – ich – John!" Doch John stand auf ihrer anderen Seite. Warum wandte sie ihr Gesicht dem fremden alten Herrn zu, als spräche sie ihn an? Schweiften ihre Gedanken ab?

„Eine bloße Vorstellung, mein lieber John – eine Art Schock –, etwas, das plötzlich vor meinen Augen erschien. Ich weiß nicht, was es war. Es ist ganz weg, ganz weg."

„Ich bin froh, daß es weg ist", murmelte Tackleton und blickte sich mit seinem ausdrucksvollen Auge im Zimmer um. „Ich frage mich, wo es hingegangen ist und was es war. Hm! Caleb, komm her! Wer ist dieser Grauhaarige?"

„Weiß ich nicht, Sir", erwiderte Caleb flüsternd. „Nie in meinem Leben gesehn. Eine gute Figur für 'nen Nußknacker, direkt 'n neues Modell. Mit 'nem Kiefer, der bis zur Taille runterklappt, wär er wunderschön."

„Nicht häßlich genug", sagte Tackleton.

„Oder auch für 'ne Streichholzbüchse", bemerkte Caleb nachdenklich, „was für ein Modell! Den Kopf schraubt man ab, um die Streichhölzer hineinzustecken; zum Anzünden dreht man sie rum. Was wär das für 'ne Streichholzbüchse auf dem Kaminsims eines Herrn wie diesem da!"

„Bei weitem nicht häßlich genug", sagte Tackleton. „Überhaupt nichts an ihm dran. Komm! Nimm diese Schachtel dort! Alles in Ordnung, wie ich hoffe?"

„Oh, ganz weg! Ganz weg!" sagte die kleine Frau und wies ihn hastig ab. „Gute Nacht!"

„Gute Nacht", sagte Tackleton. „Gute Nacht, John Peerybingle! Paß auf, wenn du die Schachtel trägst, Caleb. Läßt du sie fallen, bringe ich dich um! Pechschwarz und ein Wetter, schlimm wie nie, was? Gute Nacht!"

Sich nochmals aufmerksam im Zimmer umblickend, ging er zur Tür hinaus, von Caleb gefolgt, der den Hochzeitskuchen auf dem Kopf trug.

Der Fuhrmann war dermaßen von seiner kleinen Frau in Schrecken versetzt worden und so eifrig damit beschäftigt, sie zu beruhigen und sich um sie zu kümmern, daß er sich kaum der Gegenwart des Fremden bewußt gewesen war, bis er jetzt wieder dort stand, als ihr einziger Gast.

„Er gehört doch nicht zu denen", sagte John. „Ich muß ihm einen Wink geben, daß er geht."

„Entschuldigen Sie, mein Freund", sagte der alte Herr und kam auf ihn zu, „um so mehr, als ich fürchte, daß sich Ihre Frau nicht wohl fühlt; aber da mein Begleiter, der mir in meiner Krankheit (er berührte seine Ohren und schüttelte den Kopf) fast unentbehrlich ist, nicht gekommen ist, befürchte ich, daß ein Irrtum vorliegt. Die schlimme Nacht, die die Unterkunft in Ihrem bequemen Wagen (hoffentlich habe ich nie einen schlechteren!) so angenehm machte, ist genauso unwirtlich wie vorher. Hätten Sie die Freundlichkeit, mir hier ein Lager zu bereiten?"

„Ja, ja", rief Pünktchen. „Ja! Gewiß!"

„Oh!" sagte der Fuhrmann, der überrascht war, wie schnell sie einwilligte. „Nun, ich habe nichts dagegen, aber ich bin doch nicht ganz sicher, daß..."

„Pst!" unterbrach sie ihn. „Lieber John!"

„Nun, er ist stocktaub", beharrte John.

„Ich weiß, aber ... Ja, Sir, gewiß. Ja! Gewiß! Ich mach ihm gleich das Bett zurecht, John."

Als sie deswegen davoneilte, waren ihre Unruhe und ihr aufgeregtes Benehmen so seltsam, daß ihr der Fuhrmann völlig verwirrt nachschaute.

„Und seine Mütter schüttelten die Betten auf!" rief Miss Slowboy dem Baby zu, „und sie ließen sein Haar braun und lockig wachsen, als seine Mützen abgenommen wurden, und erschreckten es, das liebe Kind, das am Feuer sitzt!"

Wegen dieser unerklärlichen Anziehungskraft, die Kleinigkeiten auf den Geist ausüben und die oft mit einem Zustand des Zweifels und der Verwirrung verbunden ist, sah sich der Fuhrmann, als er langsam hin und her ging, im stillen viele Male selbst diese absurden Worte in Gedanken wiederholen. So viele Male, daß er sie auswendig lernte, und er studierte sie wie eine Lektion, während Tilly, nachdem sie den kleinen Kahlkopf mit ihrer Hand so oft massiert hatte, wie sie es für zuträglich hielt (der Praxis von Kindermädchen entsprechend), noch einmal dem Baby die Mütze aufsetzte.

„Und erschreckten es, das liebe Kind, das am Feuer sitzt. Was hat Pünktchen erschreckt, frage ich mich!" sann der Fuhrmann, auf und ab schreitend, nach.

Sein Innerstes sträubte sich gegen die Anspielungen des Spielzeughändlers, und doch erfüllten sie ihn mit einem vagen, unbestimmten Unbehagen. Denn Tackleton war geistig rege und verschlagen, und von sich selbst hatte John die schmerzliche Empfindung, daß er geistig schwerfällig

war, und eine unvollständige Andeutung beunruhigte ihn schon. Er hatte gewiß nicht die Absicht, irgend etwas, was Tackleton gesagt hatte, mit dem ungewöhnlichen Verhalten seiner Frau in Verbindung zu bringen, aber die beiden Gegenstände seiner Überlegung trafen in seinem Kopf zusammen, und er konnte sie nicht trennen.

Das Bett war schnell hergerichtet, und der Besucher, der außer einer Tasse Tee jegliche Erfrischung ablehnte, zog sich zurück. Dann rückte Pünktchen („wieder ganz in Ordnung", sagte sie, „ganz in Ordnung") für ihren Mann den großen Sessel in die Kaminecke, stopfte seine Pfeife und gab sie ihm und stellte ihren gewöhnlichen kleinen Schemel neben ihn an den Herd.

Sie wollte stets auf diesem kleinen Schemel sitzen. Ich glaube, sie muß die Vorstellung gehabt haben, daß es ein schmeichelnder kleiner Schemel war.

Sie war absolut der beste Pfeifenstopfer auf dem ganzen Erdenrund, möchte ich meinen. Es war eine feine Sache, ihr zuzusehen, wie sie den drallen, kleinen Finger in den Pfeifenkopf steckte, dann die Pfeife ausblies, um das Rohr zu reinigen, und nachdem sie das getan hatte, so tat, als ob wirklich etwas in dem Gang war, und ein dutzendmal blies und es wie ein Fernrohr ans Auge hielt, wobei sich ihr entzückendes kleines Gesicht höchst aufreizend verzog. Was den Tabak anbelangte, beherrschte sie vollkommen ihr Fach, und wie sie die Pfeife mit einem Fidibus anzündete, während der Fuhrmann sie im Mund hatte, und dabei sehr dicht an dessen Nase herankam und sie doch nicht versengte – das war Kunst, hohe Kunst.

Und das Heimchen und der Kessel, die erneut in Erscheinung traten, bewunderten das. Das leuchtende Feuer, das wieder aufloderte, bewunderte das. Der kleine Schnitter auf der Uhr bei seiner unbeachteten Arbeit bewunderte das. Der Fuhrmann, dessen Stirn sich glättete und dessen Gesicht aufblühte, bewunderte das am meisten von allen.

Und als er nüchtern und nachdenklich seine alte Pfeife paffte und die Schwarzwälder Uhr tickte und das rote Feuer leuchtete und das Heimchen zirpte, tauchte dieser Geist seines Heimes und Herdes (denn das war das Heimchen) in feenhafter Gestalt im Raum auf und führte ihm sein Heim in vielerlei Gestalt vor Augen. Lauter Pünktchen in allen Altersstufen und Größen füllten die Kammer. Pünktchen, die fröhliche Kinder waren, liefen vor ihm und pflückten Blumen auf den Feldern; schüchterne Pünktchen, die halb vor den flehentlichen Bitten seiner groben Erscheinung zurückwichen und halb nachgaben; jungverheiratete Pünktchen, die an der Tür ausstiegen und erstaunt die Hausschlüssel in Besitz nahmen; mütterliche kleine Pünktchen, die von fiktiven Slowboys begleitet wurden und Babys zur Taufe trugen; matronenhafte, doch noch junge und blühende Pünktchen, die ihre auf ländlichen Bällen tanzenden Töchter im Auge behielten; korpulente Pünktchen, die von Scharen rosiger Enkelkinder umgeben und belagert waren; hinfällig gewordene Pünktchen, die sich auf einen Stock stützten und wankten, wenn sie sich langsam vorwärts bewegten. Auch alte Fuhrmänner tauchten auf, mit blinden Boxern, die ihnen zu Füßen lagen; neuere Wagen mit jüngeren Kutschern („Gebrüder Peerybingle“ stand auf der Plane); kranke, alte Fuhrmänner, von zarter Hand gepflegt; und auf dem Friedhof die grünbewachsenen Gräber verstorbener alter Fuhrmänner. Und als ihm das Heimchen all diese Dinge zeigte – er sah sie deutlich, obwohl seine Blicke fest auf das Feuer gerichtet waren –, wurde dem Fuhrmann leicht und glücklich ums Herz, und er dankte seinem Schutzpatron von ganzer Seele und kümmerte sich nicht mehr um Gruff & Tackleton, als Sie es tun würden.

Aber was war das für ein junger Mann, den dasselbe feenhafte Heimchen so dicht neben Pünktchens Schemel stellte und der dort einsam und allein blieb? Warum verweilte er

so nahe bei ihr, stützte den Arm auf den Kaminsims und wiederholte ständig: „Verheiratet, und nicht mit mir!"

O Pünktchen! O irrendes Pünktchen! Für ihn ist kein Platz in den Vorstellungen deines Mannes. Warum ist sein Schatten auf seinen Herd gefallen?

Zweites Zirpen

Caleb Plummer und seine blinde Tochter lebten ganz für sich allein, wie es in den Märchenbüchern steht – und mein Segen (und hoffentlich auch der Ihre) den Märchenbüchern dafür, daß sie überhaupt etwas in dieser Alltagswelt sagten! Caleb Plummer und seine blinde Tochter lebten ganz für sich allein in einer Nußschale von einem Holzhaus, das in Wirklichkeit nicht mehr als ein Pickel auf der hervorstechenden roten Ziegelnase von Gruff & Tackleton war. Das Grundstück von Gruff & Tackleton war das auffallendste in der Straße, doch Caleb Plummers Wohnung hätte man mit ein oder zwei Hammerschlägen niederreißen und die Einzelteile auf einem Wagen fortschaffen können.

Wenn jemand Caleb Plummers Wohnhaus die Ehre gegeben hätte, es nach solch einem Angriff zu vermissen, hätte es zweifellos seine Zerstörung als große Verbesserung angesehen. Es klebte an Gruff & Tackletons Grundstück wie eine Entenmuschel am Schiffskiel oder eine Schnecke an der Tür oder eine kleine Kolonie Pilze am Stamm eines Baumes. Aber es war der Keim, aus dem der ausgewachsene Stamm von Gruff & Tackleton hervorgegangen war, und unter seinem wackligen Dach hatte Gruffs Vorfahre in bescheidener Weise Spielsachen für eine frühere Generation Jungen und Mädchen hergestellt, die mit ihnen gespielt, sie entdeckt und zerbrochen haben und mit ihnen schlafen gegangen sind.

Ich habe gesagt, daß Caleb Plummer und seine arme blinde Tochter hier lebten. Es wäre richtiger, zu sagen, daß Caleb hier lebte und seine arme blinde Tochter irgendwo anders, in einem verzauberten Zuhause mit Calebs Einrichtung, wo es keinen Mangel und keine Ärmlichkeit gab und in das kein Kummer einzog. Caleb war kein Zauberer, aber in der einzigen Zauberkunst, die uns verbleibt, nämlich in der hingebungsvollen, unsterblichen Liebe, war die Natur seine Lehrerin gewesen, und von ihrer Unterweisung her kam dieses Wunder.

Das blinde Mädchen erfuhr niemals, daß Decken ausgebleicht, Wände fleckig und hier und da unverputzt waren, daß lange Risse nicht verschmiert waren und tagtäglich breiter wurden, daß Balken schimmelten und sich abwärts neigten. Das blinde Mädchen erfuhr niemals, daß Eisen rostete, Holz verfaulte, Tapete sich löste; erfuhr nie die Größe, das Aussehen und die wirklichen Proportionen der halb verfallenen Wohnung. Das blinde Mädchen erfuhr niemals, daß häßliche Figuren aus glasiertem und grobem Steingut auf dem Bord standen; daß Sorgen und Mutlosigkeit im Hause waren; daß Calebs spärliches Haar immer grauer wurde. Das blinde Mädchen erfuhr niemals, daß sie einen kalten, strengen und gleichgültigen Herrn hatten; erfuhr niemals, daß Tackleton kurzum Tackleton war, sondern lebte in dem Glauben an einen wunderlichen Sonderling, der es liebte, seinen Spaß mit ihnen zu machen, und der, während er der Schutzengel in ihrem Leben war, es ablehnte, ein Wort des Dankes zu hören.

Und das alles war Calebs Verdienst, das Verdienst ihres einfachen Vaters! Aber auch er hatte ein Heimchen auf dem Herd, und wenn er traurig seinen Melodien gelauscht, als das mutterlose blinde Mädchen noch sehr klein war, hatte ihn jener Geist mit dem Gedanken beseelt, daß selbst ihr großer Mangel in einen Segen verwandelt und das Mädchen mit diesen geringen Mitteln glücklich gemacht werden könne. Denn alle zum Stamm der Heimchen Gehörigen sind mächtige Geister, selbst wenn die Menschen, die mit ihnen

Umgang pflegen, es nicht wissen (was oft der Fall ist); und es gibt in der Geisterwelt keine freundlicheren und zuverlässigeren Stimmen, auf die man ohne weiteres vertrauen könnte oder die so gewiß den mitfühlendsten Rat erteilen, als die Stimmen, mit denen sich die Geister des häuslichen Herdes an das Menschengeschlecht wenden.

Caleb und seine Tochter saßen zusammen bei der Arbeit in ihrem gewöhnlichen Arbeitsraum, der ihnen gleichzeitig als ständiges Wohnzimmer diente und ein seltsamer Ort war. Dort waren fertige und unfertige Häuser für Puppen in allen Lebensstellungen. Vorstadthäuser für Puppen mit bescheidenen Mitteln; Küchen und Einzelzimmer für Puppen der niederen Schichten; großartige Wohnhäuser in der Stadt für Puppen von hohem Rang. Einige dieser Haushalte waren bereits, entsprechend dem Voranschlag und im Hinblick auf die Bequemlichkeit von Puppen begrenzten Einkommens, möbliert; andere konnten auf eine kurzfristige Bestellung hin aus vollen Regalen mit Stühlen und Tischen, Sofas, Betten und Polstersachen auf das teuerste ausgestattet werden. Der hohe und niedere Adel und das einfache Volk, für deren Unterbringung diese Häuser entworfen waren, lagen hier und da in Körben und starrten zur Decke empor; aber indem sie ihre gesellschaftliche Stellung andeuteten und sie auf ihren Rang festlegten (was erfahrungsgemäß im wirklichen Leben furchtbar schwer ist), hatten die Hersteller dieser Puppen an der Natur, die oft eigensinnig und launisch ist, erhebliche Verbesserungen vorgenommen, denn sie hatten, wobei sie nicht bei den üblichen Merkmalen wie Satin, bedrucktem Kattun und kleinen Fetzen stehenblieben, verblüffende persönliche Unterschiede hinzugefügt, die keinen Irrtum zuließen. So hatte die ehrwürdige Puppendame Wachsgliedmaßen von vollendetem Ebenmaß, aber nur sie und die ihr Gleichgestellten. Die nächste Sprosse auf der sozialen Stufenleiter wurde aus Leder hergestellt und die nächste aus grobem Leinenmaterial. Was die Vertreter des gemeinen Volkes betrifft, so hatten sie viele Streichhölzer aus ihren Zunderbüchsen für die Arme und Beine genommen und jene auf ihren Stand festgelegt, ohne daß sie die Möglichkeit hatten, wieder herauszukommen.

In Calebs Zimmer gab es außer Puppen noch verschiedene andere Muster seines Kunsthandwerks. Dort sah man etliche Exemplare der Arche Noahs, auf denen die Vögel und Vierfüßer eine ungewöhnliche Feinarbeit waren, dennoch konnten sie irgendwie am Dach zusammengepfercht und auf kleinstem Raum durchgerüttelt werden. Auf Grund einer gewagten künstlerischen Freiheit hatten die meisten Archen Klopfer an der Tür, vielleicht unpassende Anhängsel, da sie an morgendliche Besucher und Briefträger denken lassen, doch ein angenehmer Abschluß am Äußeren des Gebäudes. Es gab eine Menge kleiner Karren, die eine äußerst traurige Musik machten, wenn sich ihre Räder drehten. Man sah viele kleine Geigen, Trommeln und andere Folterinstrumente, unzählige Kanonen, Schilde, Schwerter, Speere und Gewehre. Da waren kleine Akrobaten in roten Kniehosen, die unaufhörlich an Hindernissen aus roten Bändern hochkletterten und auf der anderen Seite kopfüber herunterfielen; da waren unzählige alte Herren von ehrbarem, um nicht zu sagen ehrfurchtgebietendem Aussehen, die wie wahnsinnig über horizontal angebrachte Pflöcke hinwegflogen, die zu dem Zweck in ihren eigenen Haustüren eingesetzt waren. Es gab Tiere aller Art, besonders Pferde jeglicher Rasse – vom Schecken auf vier Beinen, mit einem kleinen Band als Mähne, bis zum feurigsten Vollblutschaukelpferd. Ebenso wie es schwer gewesen wäre, die Dutzende und aber Dutzende von grotesken Figuren zu zählen, die bereit waren, allerlei Unsinn beim Drehen eines Griffes zu vollführen, wäre es auch keine leichte Aufgabe, jede menschliche Narrheit, Untugend oder Schwäche zu erwähnen, die keine unmittelbare oder entfernte Verkörperung in Calebs Raum hätte. Und nicht in übertriebener Form, denn die winzigsten Anstöße veranlassen

Männer und Frauen zu so seltsamen Handlungen, wie man es bei einem Spielzeug nur erleben kann.

Mitten unter diesen Gegenständen saßen Caleb und seine Tochter bei der Arbeit. Das blinde Mädchen war als Puppenschneiderin beschäftigt, und Caleb bemalte und lasierte die vierte Etage eines idealen Herrenhauses.

Die Aufmerksamkeit, die in Calebs Gesichtszügen und in seiner versonnenen und verträumten Art ihre Spuren hinterließ und gut zu einem Studenten der Alchimie gepaßt hätte, stand auf den ersten Blick in seltsamem Widerspruch zu seiner Beschäftigung und den Kindereien um ihn herum. Doch trivialen Dingen, die zum Broterwerb erfunden und betrieben werden, kommt eine wichtige Bedeutung zu. Abgesehen von dieser Überlegung, bin ich nicht gewillt zu sagen, daß sich Caleb, wenn er der Haushofmeister oder ein Parlamentsmitglied oder ein Rechtsanwalt oder gar ein großer Denker gewesen wäre, einen Deut weniger wunderlich mit Spielsachen befaßt hätte. Dagegen hege ich ernste Zweifel, ob sie genauso harmlos ausgefallen wären.

„Du warst also gestern abend mit deinem schönen neuen Überzieher im Regen draußen, Vater?" sagte Calebs Tochter.

„In meinem schönen neuen Überzieher", antwortete Caleb und blickte zu einer Wäscheleine im Zimmer hin, auf der die eben beschriebene Kleidung aus Sackleinen sorgfältig zum Trocknen aufgehängt war.

„Wie froh bin ich, daß du ihn gekauft hast, Vater!"

„Und noch dazu von solchem guten Schneider", sagte Caleb. „Ein ganz eleganter Schneider. Er ist zu gut für mich."

Das blinde Mädchen ruhte sich von ihrer Arbeit aus und lachte vor Vergnügen. „Zu gut, Vater! Was kann für dich zu gut sein?"

„Trotzdem schäme ich mich etwas, ihn zu tragen", sagte Caleb und beobachtete die Wirkung seiner Worte auf ihrem aufleuchtenden Gesicht, „auf mein Wort! Wenn ich die Leute hinter mir sagen höre: ‚Hallo, da kommt 'n hohes Tier!', weiß ich nich, wohin ich sehen soll. Und als der Bettler gestern abend nich weggehen wollte und auf meine Worte, daß ich 'n einfacher Mann wär, sagte: ‚Nein, Euer Gnaden! Hol Euer Gnaden der Teufel, sagen Sie das nicht!', war ich ziemlich beschämt. Ich hatte wirklich das Gefühl, daß ich nicht das Recht habe, ihn zu tragen."

Glückliches blindes Mädchen! Wie fröhlich sie in ihrem Triumph war!

„Vater, ich sehe dich genauso deutlich", sagte sie und faltete die Hände, „als ob ich die Augen hätte, die ich nie brauche, wenn du bei mir bist. Ein blauer Mantel ..."

„Leuchtend blau", sagte Caleb.

„Ja, ja! Leuchtend blau!" rief das Mädchen aus, ihr strahlendes Gesicht nach oben richtend. „An die Farbe kann ich mich vom lieben Himmel her erinnern! Du hast gesagt, er war vorher blau! Ein leuchtend blauer Mantel ..."

„Locker sitzend", schlug Caleb vor.

„Locker sitzend", rief das blinde Mädchen, herzhaft lachend, „und du dadrin, lieber Vater, mit deinen lustigen Augen, deinem lächelnden Gesicht, deinem flotten Schritt und dunklen Haar – du siehst so jung und hübsch aus!"

„Hallo, hallo!" sagte Caleb. „Ich werde gleich eitel!"

„Ich glaube, das bist du schon", rief das blinde Mädchen und wies in ihrer Heiterkeit auf ihn. „Ich kenne dich, Vater! Hahaha! Siehst du, ich habe dich durchschaut!"

Wie abweichend war das Bild, was sie sich von Caleb machte, von dem, wie er dasaß und sie beobachtete! Sie hatte von seinem flotten Schritt gesprochen. Sie hatte recht damit. Seit Jahren hatte er nicht ein einziges Mal diese Schwelle mit dem ihm eigenen langsamen Gang übertreten, sondern mit einem Schritt, der ihrem Ohr vorgetäuscht wurde. Und niemals hatte er, auch wenn das Herz noch so schwer war, den leichten Tritt vergessen, der den ihren so fröhlich und beherzt machen sollte!

Weiß Gott! Aber ich glaube, Calebs verwirrtes Benehmen kann zum Teil daran gelegen haben, daß er wegen der Liebe zu seiner blinden Tochter sich selbst und alles um ihn herum in Unordnung gebracht hat. Wie konnte der kleine Mann sonst sein, wenn nicht verwirrt, nachdem er sich so viele Jahre bemüht hatte, seine eigene Persönlichkeit und die all jener Dinge zu zerstören, die Bedeutung für ihn besaßen!

„Da sind wir nun der richtigen Sache so ähnlich wie ein Ei dem andern", sagte Caleb und trat einen oder zwei Schritte zurück, um seine Arbeit besser begutachten zu können. „Wie schade, daß sich die ganze Vorderfront des Hauses auf einmal öffnet! Wenn es wenigstens eine Treppe und richtige Türen hätte, durch die man die Zimmer betritt! Aber das ist das schlimmste an meinem Beruf, daß ich mir immer etwas vormache und mich selbst betrüge."

„Du sprichst ziemlich leise. Du bist doch nicht müde, Vater?"

„Müde!" wiederholte Caleb mit einem Ausbruch von Lebhaftigkeit. „Was sollte mich müde machen, Bertha? *Ich* war noch nie müde. Was bedeutet das überhaupt?"

Um seinen Worten größeren Nachdruck zu verleihen, unterbrach er seine unwillkürliche Nachahmung zweier gähnender und sich rekelnder Halbfiguren auf dem Kaminsims, die von der Taille aufwärts im Zustand ewiger Müdigkeit dargestellt waren, und summte ein Stückchen eines Liedes. Es war ein Trinklied, etwas über einen funkelnden Becher. Er sang es mit einer dreisten, verwegenen Stimme, die sein Gesicht noch tausendmal hagerer und nachdenklicher wirken ließ.

„Was denn! Sie singen?" sagte Tackleton, der den Kopf zur Tür hereinsteckte. „Immer feste! *Ich* kann nicht singen."

Das hätte auch niemand von ihm erwartet. Sein Gesicht ließ in keiner Weise an frohe Lieder denken.

„Ich kann es mir nicht leisten zu singen", sagte Tackleton.

„Ich freue mich, daß *Sie* es können. Hoffentlich können Sie es sich auch leisten zu arbeiten. Die Zeit wird kaum für beides langen, nehme ich an.“

„Wenn du bloß sehen könntest, Bertha, wie er mir zublinzelt!“ flüsterte Caleb. „So ein Spaßmacher, würdest du denken, wenn du nicht wüßtest, daß er es ernst meint, stimmt's?“

Das blinde Mädchen lächelte und nickte.

„Der Vogel, der singen kann und nicht singen will, muß zum Singen gebracht werden, sagt man“, brummte Tackleton. „Wie steht's mit der Eule, die nicht singen kann und nicht singen sollte, aber singen will? Gibt es etwas, wozu *sie* gebracht werden sollte?“

„Wie stark er mir in diesem Moment zublinzelt!“ flüsterte Caleb seiner Tochter zu. „O du meine Güte!“

„Immer froh und heiter mit uns!“ rief die lächelnde Bertha.

„Oh, du bist ja auch da!“ antwortete Tackleton. „Armer Schwachkopf!“

Er hielt sie wirklich für schwachsinnig, und er gründete seine Überzeugung – ich kann nicht sagen, ob bewußt oder unbewußt – auf ihre Zuneigung zu ihm.

„Nun! Du bist hier – wie geht's dir?“ fragte Tackleton in seiner mürrischen Art.

„Oh, gut. Sehr gut. Und ich bin so glücklich, wie Sie es mir nur wünschen können. So glücklich, wie Sie die ganze Welt machen würden, wenn Sie es könnten!“

„Armer Schwachkopf!“ murmelte Tackleton. „Kein Fünkchen Verstand. Kein Fünkchen!“

Das blinde Mädchen ergriff seine Hand und küßte sie, behielt sie einen Augenblick zwischen ihren beiden Händen und lehnte ihre Wange zärtlich daran, ehe sie sie losließ. In dieser Geste lag solche unsagbare Liebe und inbrünstige Dankbarkeit, daß selbst Tackleton hingerissen wurde und in einem milderen Grollton als sonst sagte:

„Was ist denn nun los?“

„Ich habe ihn neben mein Kopfkissen gestellt, als ich gestern abend schlafen ging, und noch im Traum an ihn gedacht. Und als der Tag anbrach und die strahlende rote Sonne – die *rote* Sonne, Vater?“

„Rot am Morgen und am Abend, Bertha“, sagte der arme Caleb mit einem sorgenvollen Blick auf seinen Arbeitgeber.

„Als sie aufging und das helle Licht ins Zimmer schien – ich habe beinahe Angst, daß ich beim Gehen daranstoße –, drehte ich den kleinen Strauch zu ihr hin und dankte dem Himmel, daß er so herrliche Dinge tut, und dankte Ihnen, daß Sie sie mir zur Freude herschicken!“

„Die Irren sind ausgebrochen!“ sagte Tackleton im Flüsterton. „Bald werden wir eine Zwangsjacke und Armfesseln brauchen. Wir sind auf dem besten Wege!“

Caleb, der seine Hände lose ineinander verschränkt hielt, starrte, während seine Tochter sprach, ausdruckslos vor sich hin, als wäre er sich wirklich nicht sicher (ich glaube, es war auch so), ob Tackleton etwas getan hatte, womit er ihren Dank verdiente, oder nicht. Wenn er in diesem Augenblick völlig unabhängig hätte handeln können und unter Todesstrafe gezwungen gewesen wäre, dem Spielzeughändler – je nach seinen Verdiensten – einen Tritt zu versetzen oder ihm zu Füßen zu fallen, hätte er, glaube ich, gleiche Chancen gehabt, welchen Kurs er einschlagen sollte. Doch Caleb wußte, daß er mit eigenen Händen den kleinen Rosenstock für sie so behutsam nach Hause gebracht und mit eigenen Lippen den harmlosen Betrug ausgesprochen hatte, um sie von dem Verdacht abzuhalten, wie sehr er sich täglich selbst verleugnete, nur damit sie um so glücklicher sei.

„Bertha“, sagte Tackleton, dieses eine Mal ein wenig Herzlichkeit vortäuschend, „komm her!“

„Oh! Ich kann direkt zu Ihnen kommen. Sie brauchen mich nicht zu führen!“ entgegnete sie.

„Soll ich dir ein Geheimnis verraten, Bertha?“

„Wenn Sie wollen!“ antwortete sie gespannt.

Wie dieses erblindete Gesicht strahlte! Welcher Glanz den lauschenden Kopf umgab!

„Heute ist doch der Tag, an dem die kleine Dingsda, das verhätschelte Kind, Peerybingles Frau, regelmäßig zu euch kommt, um hier ihr komisches Picknick zu machen, stimmt's?“ sagte Tackleton und brachte eine starke Abneigung gegen die ganze Angelegenheit zum Ausdruck.

„Ja“, erwiderte Bertha. „Heute ist der Tag.“

„Das dachte ich mir“, sagte Tackleton. „Ich würde mich gern der Gesellschaft anschließen.“

„Hast du das gehört, Vater?“ rief das blinde Mädchen, außer sich vor Freude.

„Ja, ja“, murmelte Caleb mit dem starren Blick eines Schlafwandlers, „aber ich glaube es nich. Das is zweifellos eine meiner Lügen.“

„Weißt du, ich möchte die Peerybingles ein bißchen mehr mit May Fielding zusammenbringen“, sagte Tackleton. „Ich werde May heiraten.“

„Heiraten!“ rief das blinde Mädchen und wich vor ihm zurück.

„Sie ist solch ein verdammter Schwachkopf“, murmelte Tackleton, „daß ich schon befürchtet habe, sie wird mich nicht verstehen. He, Bertha, heiraten! Kirche, Pfarrer, Kirchenbeamter, Kirchendiener, Glaskutsche, Glocken, Frühstück, Hochzeitskuchen, Geschenke, Klapperknochen, Hackmesser und all der andre Quatsch. Eine Hochzeit, verstehst du, eine Hochzeit. Weißt du nicht, was eine Hochzeit ist?“

„Doch“, antwortete das blinde Mädchen sanft, „ich verstehe.“

„Wirklich?“ murmelte Tackleton. „Das habe ich nicht erwartet. Gut. Aus diesem Grund möchte ich mich gern der Gesellschaft anschließen und May und ihre Mutter mitbringen. Ich lasse vorher noch irgend etwas herschicken. Eine kalte Hammelkeule oder eine Kleinigkeit in dieser Art. Werdet ihr mich erwarten?"

„Ja", antwortete sie.

Sie hatte den Kopf hängenlassen und sich abgewandt und stand nun mit gefalteten Händen nachdenklich da.

„Das glaube ich nicht", murmelte Tackleton, sie betrachtend, „denn du scheinst schon alles vergessen zu haben. Caleb!"

‚Ich kann mir erlauben zu sagen, daß ich hier bin!' dachte Caleb. „Sir!"

„Paß auf, daß sie nicht vergißt, was ich ihr gesagt habe."

„Sie vergißt nie etwas", erwiderte Caleb. „Das is eins der wenigen Dinge, zu denen sie nich begabt is."

„Jeder hält seine eigenen Gänse für Schwäne", bemerkte der Spielzeughändler achselzuckend. „Armer Teufel!"

Als er sich dieser Bemerkung mit grenzenloser Verachtung entledigt hatte, entfernte sich der alte Gruff & Tackleton.

Bertha blieb, in Gedanken versunken, wo er sie verlassen hatte. Die Fröhlichkeit war aus ihrem Gesicht verschwunden, und es war sehr traurig. Drei- oder viermal schüttelte sie den Kopf, als ob sie irgendeine Erinnerung oder einen Verlust beweinte, doch sie konnte ihren kummervollen Gedanken nicht in Worten Luft machen.

Erst als Caleb eine Weile damit beschäftigt gewesen war, ein Gespann Pferde an einem vierrädrigen Wagen anzuschirren, indem er kurz und bündig das Geschirr an ihre wichtigsten Körperteile nagelte, rückte sie an seinen Arbeitsschemel heran, setzte sich neben ihn und sagte:

„Vater, ich bin in der Finsternis so einsam. Ich brauche meine Augen, meine geduldigen, bereitwilligen Augen."

„Da sind sie", sagte Caleb. „Immer zur Stelle. Sie gehören in jeder der vierundzwanzig Stunden mehr dir als mir, Bertha. Was sollen deine Augen für dich tun, Schatz?"

„Sich im Zimmer umsehen, Vater."

„In Ordnung", sagte Caleb. „Gesagt, getan, Bertha."

„Erzähle mir davon."

„Es is ziemlich genauso wie immer", sagte Caleb. „Einfach, aber sehr gemütlich. Die lebhaften Farben an den Wänden; die leuchtenden Blumen auf den Tellern und Schüsseln; das glänzende Holz, wo Balken und Paneele sind; die allgemeine Heiterkeit und Sauberkeit des Gebäudes machen es sehr hübsch."

Heiter und sauber war es, wo sich Berthas Hände beschäftigen konnten. Doch nirgend woanders waren Heiterkeit und Sauberkeit in diesem baufälligen Schuppen möglich, den Calebs Phantasie dermaßen verwandelte.

„Du hast deinen Arbeitsanzug an und bist nicht so elegant wie in dem schönen Mantel", sagte Bertha und betastete ihn.

„Nicht ganz so elegant", antwortete Caleb. „Trotzdem ziemlich flott."

„Vater", sagte das blinde Mädchen, rückte dicht an ihn heran und schlang einen Arm um seinen Hals, „erzähle mir etwas über May. Ist sie sehr hübsch?"

„Das is sie wirklich", sagte Caleb. Und das entsprach auch der Wahrheit. Es war eine Seltenheit bei Caleb, daß er nicht seine Phantasie zu Hilfe nehmen mußte.

„Ihr Haar ist dunkel", sagte Bertha nachdenklich, „dunkler als meins. Ihre Stimme ist wohlklingend und melodisch, ich weiß. Ich habe ihr oft und gern zugehört. Ihre Gestalt ..."

„Wir haben nicht eine Puppe im Zimmer, die ihr gleichkommt", sagte Caleb. „Und ihre Augen ..."

Er hielt inne, denn Bertha hatte seinen Hals enger umschlungen, und von dem Arm, der sich an ihn klammerte, ging ein warnender Druck aus, den er nur zu gut verstand.

Er hustete einen Augenblick, hämmerte einen Augenblick und kam dann auf sein Lied über den funkelnden Becher zurück, seine verläßliche Zuflucht in all solchen Schwierigkeiten.

„Unser Freund, Vater, unser Wohltäter. Wie du weißt, werde ich niemals müde, von ihm zu hören. Oder war ich das je?" fragte sie heftig.

„Natürlich nicht", antwortete Caleb, „und aus gutem Grund."

„Ach, aus welch gutem Grund!" rief das blinde Mädchen mit solcher Inbrunst, daß es Caleb – obwohl seine Beweggründe so edel waren – nicht ertragen konnte, ihr ins Gesicht zu sehen, sondern die Augen niederschlug, als ob sie in ihnen seine harmlose Täuschung hätte lesen können.

„Dann erzähle mir wieder von ihm, lieber Vater", sagte Bertha. „Noch viele Male! Sein Gesicht ist gütig, freundlich und liebevoll. Ehrlich und aufrichtig, dessen bin ich sicher. Das mannhafte Herz, das jegliches Wohlwollen unter einem Mantel aus Grobheit und Abneigung zu verdecken sucht, schlägt in jedem Blick."

„Und macht es edel!" fügte Caleb in stiller Verzweiflung hinzu.

„Und macht es edel!" rief das blinde Mädchen. „Er ist älter als May, Vater."

„Ja", sagte Caleb widerstrebend. „Er ist etwas älter als May. Aber das hat nichts zu bedeuten."

„O ja, Vater! Seine geduldige Gefährtin bei Schwäche und im Alter zu sein; seine sanfte Pflegerin bei Krankheit und seine treue Freundin in allen Sorgen und Nöten; keine Müdigkeit zu kennen, wenn man seinetwegen arbeitet; neben ihm zu wachen, ihn zu pflegen, neben ihm zu sitzen und sich mit ihm zu unterhalten, wenn er munter ist, und für ihn zu beten, wenn er schläft – was wäre das für eine Wonne! Welche Gelegenheit, ihm ihre Treue und Hingabe zu beweisen! Würde sie das alles tun, lieber Vater?"

„Kein Zweifel", sagte Caleb.

„Ich liebe sie, Vater; ich liebe sie von ganzem Herzen!" rief das blinde Mädchen. Und während sie das sagte, legte sie ihr armes erblindetes Gesicht an Calebs Schulter und weinte so herzbrechend, daß er es fast bereute, ihr dieses schmerzliche Glück nahegebracht zu haben.

Inzwischen war bei John Peerybingle ein ziemlich heftiges Durcheinander entstanden, denn die kleine Mrs. Peerybingle konnte sich natürlich gar nicht vorstellen, irgendwohin ohne das Baby zu gehen, und das Baby reisefertig zu machen nahm Zeit in Anspruch. Wenn man an Maße und Gewichte dachte, war nicht etwa viel an dem Baby, aber es blieb eine Menge zu tun mit ihm, und alles hatte mit häufigen Unterbrechungen zu geschehen. Als das Baby zum Beispiel fast völlig angezogen war und man eigentlich annehmen konnte, daß es mit ein, zwei weiteren Griffen fertig sei und sich als Musterbaby entpuppen werde, das alle Welt herausforderte, wurde es mit einer Flanellmütze zum Schweigen gebracht und ins Bett gesteckt, wo es etwa eine Stunde zwischen zwei Bettdecken sozusagen siedete. Aus diesem Zustand der Untätigkeit wurde es dann herausgerissen – wobei es kräftig tobte und fröhlich kreischte –, um eine – nun? Ich würde sagen, falls Sie mir gestatten, ganz allgemein zu sprechen, eine leichte Mahlzeit einzunehmen, nach der es wieder schlafen ging. Mrs. Peerybingle nutzte diese Zwischenzeit, um sich selbst auf bescheidene Weise so schick zurechtzumachen, wie Sie es kaum je in Ihrem Leben gesehen haben, und während derselben Pause zwängte sich Miss Slowboy in einen Spenzer von so verblüffendem und kunstvollem Schnitt, daß er in keinerlei Beziehung zu ihr noch zu irgend etwas auf der Welt stand, sondern eine zusammengeschrumpfte, für sich bestehende Tatsache mit Eselsohren war, die ohne die geringste Rücksicht auf andere ihr Ziel verfolgte. Unterdessen wurde das Baby, das wieder völlig munter war, durch die vereinten Kräfte von Mrs. Peerybingle und Miss Slowboy mit einem kremfarbenen Umhang für den Körper und einer Art gelblichen Pastete für den Kopf bekleidet; und so gelangten sie alle drei im Laufe der Zeit unten an der Tür an, wo das alte Pferd bereits mehr als den Wert seiner täglichen Weggebühr herausgeholt hatte, indem es die Straße mit seinem ungeduldigen Autogramm aufriß, und wo man Boxer, wenn man zurückblickte und ihn in Versuchung führte, ohne Aufforderung herbeizukommen, aus der Entfernung verschwommen sehen konnte.

Wenn Sie glauben, daß ein Stuhl oder etwas Ähnliches nötig war, um Mrs. Peerybingle in den Wagen hineinzuhelfen, kennen Sie aber John sehr schlecht. Ehe Sie sehen konnten, wie er sie hochhob, saß sie schon frisch und munter auf ihrem Platz und sagte: „John, wie kannst du nur! Denk an Tilly!"

Wenn es mir gestattet sein sollte, die Beine einer jungen Dame ohne Bedenken zu erwähnen, würde ich von Miss Slowboys Beinen bemerken, daß sie von einem Verhängnis betroffen waren, welches sie ungewöhnlich geeignet erscheinen ließ, gestoßen zu werden; sie vollzog nicht den geringsten Aufstieg oder Abstieg, ohne diesen Umstand mit einer Kerbe auf ihnen niederzuschreiben, so wie Robinson Crusoe die Tage auf seinem Holzkalender vermerkte. Doch das mag für unhöflich gehalten werden, und ich werde darüber nachdenken.

„John! Hast du den Korb mit dem Kalbfleisch, der Schinkenpastete, den Sachen und den Bierflaschen?" fragte Pünktchen. „Wenn nicht, dann mußt du auf der Stelle wieder umkehren."

„Du bist mir schon die Richtige", entgegnete der Fuhrmann, „von Umkehren zu reden, nachdem du mich 'ne volle Viertelstunde aufgehalten hast."

„Das tut mir leid, John", sagte Pünktchen in hastiger Geschäftigkeit, „aber ich könnte wirklich nicht zu Bertha fahren ohne das Kalbfleisch, die Schinkenpastete, die Sachen und die Bierflaschen. Ich würde es auf keinen Fall tun, John. Brr!"

Dieses einsilbige Wort war an das Pferd gerichtet, das sich darum aber nicht kümmerte.

„Ach, halte doch an, John!" sagte Mrs. Peerybingle. „Bitte!"

„Dazu bleibt noch genug Zeit", entgegnete John, „wenn ich anfange, Dinge zurückzulassen. Der Korb ist hier, ganz sicher."

„Was für ein hartherziges Scheusal mußt du sein, John, das nicht gleich zu sagen und mir solche Umkehr zu ersparen. Ich habe versichert, daß ich nicht für Geld und gute Worte ohne das Kalbfleisch, die Schinkenpastete, die Sachen und die Bierflaschen zu Bertha fahren würde. Seit wir verheiratet sind, haben wir regelmäßig alle vierzehn Tage unser Picknick dort gemacht. Wenn damit etwas schieflaufen sollte, würde ich beinahe annehmen, daß wir nie wieder glücklich sein könnten."

„Das war in erster Linie ein guter Gedanke", sagte der Fuhrmann, „und dafür verehre ich dich, kleine Frau."

„Mein lieber John", antwortete Pünktchen und wurde rot, „sprich nicht davon, daß du *mich* verehrst. Du meine Güte!"

„Übrigens", bemerkte der Fuhrmann. „Dieser alte Herr ..."

Wieder sichtbare und plötzliche Verlegenheit.

„Er ist 'n sonderbarer Kauz", sagte der Fuhrmann und sah die Straße vor ihnen entlang. „Ich werd aus ihm nicht schlau. Ich glaube nicht, daß er etwas Böses im Sinn hat."

„Kein bißchen. Ich – ich bin sicher, kein bißchen."

„Ja", sagte der Fuhrmann. Seine Blicke wurden wegen ihres ernsten Benehmens auf ihr Gesicht gelenkt. „Ich freue mich, daß du dir dessen so sicher bist, weil es nur 'ne Bestätigung für mich ist. Ist es nicht komisch, daß er sich in'n Kopf gesetzt hat, uns um Erlaubnis zu fragen, ob er bei uns wohnen kann? Es passieren seltsame Dinge."

„Sehr seltsame", erwiderte sie mit leiser, kaum hörbarer Stimme.

„Trotzdem, er ist 'n gutmütiger alter Herr", sagte John, „und zahlt wie 'n Herr, und ich glaube, man kann sich auf ihn wie 'n Herr verlassen. Heute morgen hab ich mich ziemlich lange mit ihm unterhalten. Er kann mich schon besser verstehen, sagt er, weil er sich mehr an meine Stimme gewöhnt. Er hat mir 'ne ganze Menge über sich erzählt, und ich hab ihm 'ne ganze Menge über mich erzählt, und er hat mir mächtig viele Fragen gestellt. Ich hab ihm darüber Auskunft gegeben, daß ich in meinem Geschäft zwei Runden hab, weißt du: an einem Tag rechts von unserm Haus und wieder zurück, am andern Tag links von unserm Haus und wieder zurück (denn er ist 'n Fremder und kennt nicht die Namen der Plätze hier in der Gegend), und er schien ganz zufrieden. ‚Nun, dann werde ich heute abend auf Ihrem Weg nach Hause gehen', sagt er, ‚wenn ich auch glaubte, Sie würden genau in der entgegengesetzten Richtung kommen. Das ist großartig! Ich darf Sie vielleicht bemühen, mich noch einmal mitzunehmen, aber ich verspreche, nicht wieder so fest einzuschlafen.' Und ob er fest geschlafen hat! Pünktchen! Woran denkst du?"

„Denken, John? Ich – ich habe dir zugehört."

„Oh, dann ist es gut!" sagte der rechtschaffene Fuhrmann. „Bei deiner Miene hatte ich Angst, daß ich zu lange abgeschweift bin und dich zum Grübeln gebracht hab. Ich war wirklich nahe dran."

Da Pünktchen keine Antwort gab, holperten sie kurze Zeit schweigend dahin. Aber es war nicht ganz einfach, sehr lange in John Peerybingles Wagen schweigend zu bleiben, denn jedermann auf der Straße hatte etwas zu sagen. Obwohl es nur „Wie geht es?" sein mochte und sehr oft wirklich nichts anderes war, erforderte die bloße Erwiderung auf herzliche Art und Weise nicht nur ein Nicken und Lächeln, sondern obendrein einen kräftigen Einsatz der Lungen wie bei einer langatmigen Parlamentsrede. Manchmal trotteten Passanten zu Fuß oder zu Pferde ein Stückchen neben dem Wagen her, in der deutlichen Absicht, ein Schwätzchen zu machen, und es gab von beiden Seiten eine Menge zu erzählen.

Dann gab Boxer Veranlassung, vom Fuhrmann mehr beachtet zu werden als ein halbes Dutzend Christen! Jeder in der Straße kannte ihn, besonders das Federvieh und die Schweine, die sich sofort, wenn sie ihn ankommen sahen – den Körper ganz auf einer Seite, die Ohren forschend gespitzt und den Stummelschwanz selbstbewußt in die Höhe gerichtet –, in entferntere Ansiedlungen zurückzogen, ohne auf die Ehre einer näheren Bekanntschaft zu warten. Er hatte überall etwas zu suchen: Er ging alle Querstraßen hinunter, sah in jeden Brunnen, stürzte in jedes Haus hinein und wieder heraus, stürmte mitten in private Schulklassen, ließ die Tauben aufflattern, sorgte dafür, daß alle Katzen den Schwanz aufstellten, und trottete wie ein regelmäßiger Kunde in die Kneipen. Wo immer er lief, konnte man den einen oder anderen rufen hören „Hallo! Da ist ja Boxer!“, und sofort kam dieser Jemand hervor, von mindestens zwei oder drei anderen gefolgt, um John Peerybingle und seiner hübschen Frau einen guten Tag zu wünschen.

Die Pakete und Päckchen für den Botenwagen waren zahlreich, und es mußte oft gehalten werden, um sie aufzuladen oder auszugeben, was aber bei weitem nicht das Unangenehmste an der Fahrt war. Einige Leute waren so voller Erwartungen wegen ihrer Päckchen, andere waren von Staunen über ihre Päckchen erfüllt, und wieder andere gaben unermüdlich Anweisungen wegen ihrer Päckchen, und John zeigte ein so lebhaftes Interesse an all den Päckchen, daß es wie ein Spiel wirkte. Auch mußten Gegenstände transportiert werden, die es erforderlich machten, daß man darüber nachdachte und diskutierte, und im Zusammenhang mit ihrer sicheren Beförderung mußte zwischen dem Fuhrmann und den Absendern Rat abgehalten werden, bei dem Boxer gewöhnlich half, indem er kurze Zeit größte Aufmerksamkeit zeigte und lange Zeit aufgeregt um die versammelten Weisen herumrannte und sich heiser bellte. Pünktchen schaute all diesen kleinen Vorfällen von ihrem Sitz im Wagen aus belustigt und interessiert zu. Und wie sie dort als Zuschauerin saß – ein bezauberndes kleines Bild, das von der Plane wie ein Gegenstand der Bewunderung eingerahmt war –, fehlte es nicht an leichten Rippenstößen und Blicken und Geflüster und Neid unter den jüngeren Männern. Und das erfreute John, den Fuhrmann, über alle Maßen, denn er war stolz darauf, daß seine kleine Frau bewundert wurde, und er wußte, daß sie nichts dagegen hatte, es vielmehr vielleicht gern hatte.

Zugegeben, der Ausflug war bei dem Januarwetter etwas neblig und unwirtlich und kalt. Aber wer kümmerte sich schon um solche Kleinigkeiten? Pünktchen bestimmt nicht. Tilly Slowboy auch nicht, die das Sitzen im Wagen unter allen Umständen für das größte menschliche Vergnügen und die alles überbietende Begleiterscheinung irdischer Hoffnungen hielt. Und nicht das Baby, ich schwöre es, denn es liegt nicht in der Natur eines Babys, wärmer oder fester zu schlafen – obwohl es von beidem eine Menge verträgt – als der glückliche kleine Peerybingle während des ganzen Weges.

Man konnte bei dem Nebel natürlich nicht weit sehen, aber man konnte eine Menge sehen! Es ist erstaunlich, wieviel man bei dichterem Nebel als diesem sehen kann, wenn man sich nur die Mühe macht, danach zu suchen. Sogar das Dasitzen und Ausschauhalten nach den Feenkreisen auf den Wiesen und nach den Resten von Rauhreif, die noch in der Dämmerung an Hecken und Bäumen verblieben, war eine angenehme Beschäftigung, ganz zu schweigen von den unerwarteten Umrissen, in denen die Bäume aus dem Nebel hervorbrachen und wieder dorthin zurückglitten. Die Hecken waren ineinander verstrickt und kahl und schwenkten eine Vielzahl nebelstreifiger Girlanden im Wind, doch es lag nichts Deprimierendes darin. Es war angenehm, darüber nachzudenken, denn es ließ den Kamin wärmer und den zu erwartenden Sommer grüner erscheinen. Der Fluß sah wie gefroren aus, doch er war in Bewegung und bewegte sich mit raschem Tempo, was eine gute Sache war. Der Kanal floß langsam und träge, das mußte man zugeben. Es machte aber nichts. Wenn der Frost kräftig einsetzte, würde er um so eher frieren, und dann konnte man eislaufen und schlittern, und die schweren, alten Lastkähne, die irgendwo in der Nähe eines Landeplatzes festgefroren wären, würden den ganzen Tag aus ihren rostigen Eisenschornsteinen rauchen und sich eine bequeme Zeit machen.

An einer Stelle brannte eine großer Haufen Unkraut oder Stoppeln, und sie beobachteten das Feuer, das am Tage so weiß war und durch den Nebel hindurch flackerte und nur hier und da einen Anflug von Rot in sich hatte, bis Miss Slowboy infolge des Rauches, der ihr – wie sie bemerkte – „in die Nase stieg", am Ersticken war (sie litt darunter bei dem geringsten Anlaß) und das Baby weckte, das nicht wieder einschlafen wollte. Doch Boxer, der ungefähr eine Viertelmeile vorauslief, hatte bereits die Grenzpfosten der Stadt passiert und näherte sich der Ecke zu der Straße, in der Caleb und seine Tochter wohnten, und lange bevor sie die Tür erreicht hatten, warteten er und das blinde Mädchen auf dem Bürgersteig, um sie in Empfang zu nehmen.

Boxer machte übrigens gewisse feine Unterschiede bei seinem Umgang mit Bertha, die mich vollkommen davon überzeugen, daß er von ihrer Blindheit wußte. Niemals versuchte er, ihre Aufmerksamkeit auf sich zu lenken, indem er sie anschaute, wie er das oft bei anderen tat, sondern er berührte sie stets. Was für Erfahrungen er je mit blinden Menschen oder Hunden gesammelt haben konnte, weiß ich nicht. Er hatte nie bei einem blinden Herrn gelebt; auch wüßte ich nicht, daß Mr. Boxer sen. oder Mrs. Boxer oder irgend jemand aus seiner ehrwürdigen Familie jemals von Blindheit heimgesucht worden war. Er hat es möglicherweise selbst herausgefunden, doch er hatte es irgendwie erfaßt, und darum ergriff er auch Bertha am Rock und hielt sie fest, bis

Mrs. Peerybingle und das Baby und Miss Slowboy und der Korb, bis alle sicher im Haus angelangt waren.

May Fielding war bereits eingetroffen und auch ihre Mutter, eine kleine, mürrische, schlechtgelaunte alte Dame mit grämlichem Gesicht, der man – weil sie einen Umfang wie ein Bettpfosten hatte – eine vorzügliche Figur nachsagte und die wirklich – weil sie einmal bessergestellt war und unter dem Eindruck litt, daß sie hätte bessergestellt sein können, wenn etwas geschehen wäre, was nie geschehen war und höchstwahrscheinlich auch nicht geschehen würde (doch das ist alles dasselbe) – sehr vornehm und herablassend war. Tackleton war auch da und mimte den Liebenswürdigen, offenbar in dem Gefühl, sich ebenso wie zu Hause zu fühlen und zweifellos in seinem Element zu sein wie ein frischer, junger Lachs auf der Spitze der Großen Pyramide.

„May! Meine liebe alte Freundin!" rief Pünktchen und rannte auf sie zu. „Welch ein Glück, dich zu sehen!"

Ihre alte Freundin war genauso herzlich und froh wie sie, und Sie können mir glauben, daß es wirklich ein angenehmer Anblick war, ihre Umarmung zu sehen. Tackleton besaß ohne Frage einen guten Geschmack. May war sehr schön. Sie wissen, wenn Sie an ein hübsches Gesicht gewöhnt sind, scheint dies manchmal, sobald es mit einem anderen hübschen Gesicht zusammenkommt und verglichen wird, einen Augenblick lang fade und reizlos zu sein und kaum die hohe Wertschätzung, die es besaß, zu verdienen. Diesmal war das durchaus nicht der Fall, weder bei Pünktchen noch bei May; denn Mays Gesicht hob Pünktchens hervor, und Pünktchens Gesicht hob Mays auf so natürliche und angenehme Weise hervor, daß John Peerybingle, als er das Zimmer betrat, sehr nahe daran war, zu sagen, sie hätten als Schwestern zur Welt kommen sollen, was die einzige Vervollkommnung war, die man vorschlagen konnte.

Tackleton hatte seine Hammelkeule und außerdem erstaunlicherweise eine Torte mitgebracht, aber wir haben nichts gegen ein wenig Verschwendung einzuwenden, wenn es um unsere Bräute geht; wir heiraten schließlich nicht jeden Tag. Zusätzlich zu diesen Leckereien gab es Kalbfleisch, Schinkenpastete und „Sachen", wie Mrs. Peerybingle sie nannte, was hauptsächlich Nüsse und Orangen, Gebäck und Dünnbier waren. Als die Mahlzeit auf dem Tisch aufgebaut worden war, flankiert von Calebs Beitrag, der aus einer großen Holzschüssel mit dampfenden Kartoffeln bestand (er wurde auf Grund eines feierlichen Abkommens daran gehindert, andere Delikatessen zuzubereiten), geleitete Tackleton seine zukünftige Schwiegermutter zum Ehrenplatz. Um diesen Platz bei dem hohen Fest besser zu zieren, hatte sich die würdevolle alte Seele mit einer Haube geschmückt, die dazu gedacht war, den Unbekümmerten Ehrfurcht einzuflößen. Sie trug auch ihre Handschuhe. Vornehm geht die Welt zugrunde!

Caleb saß neben seiner Tochter. Pünktchen und ihre alte Schulkameradin waren Seite an Seite, und der gute Fuhrmann paßte auf das Fußende der Tafel auf. Miss Slowboy wurde vorläufig von jeglichem Möbelstück ferngehalten, mit Ausnahme des Stuhls, auf dem sie saß, damit nichts in der Nähe war, wogegen sie den Kopf des Babys stoßen könnte.

Da Tilly die Puppen und Spielsachen anstarrte, stierten diese sie und die ganze Gesellschaft an. Die ehrfurchtgebietenden alten Herren an den Haustüren (die alle beschäftigt waren) zeigten besonderes Interesse an der Gesellschaft, wobei sie gelegentlich stehenblieben, ehe sie ruckartig weiterliefen, als ob sie der Unterhaltung lauschten, und sich dann viele Male, ohne Luft zu holen, davonstürzten, wie rasend vor Freude über die ganzen Vorgänge.

Gewiß, wenn diese alten Herren geneigt waren, eine teuflische Freude beim Betrachten von Tackletons Unbehagen zu empfinden, hatten sie allen Grund zur Zufriedenheit. Tackleton kam nicht gut zurecht, und je fröhlicher seine

zukünftige Braut in Pünktchens Gesellschaft wurde, desto weniger gefiel ihm das, obwohl er sie zu diesem Zweck zusammengebracht hatte. Denn er war ein regelrechter Neidhammel, dieser Tackleton, und wenn sie ohne ihn lachten, setzte er sich sofort in den Kopf, daß sie über ihn lachen müßten.

„Ach, May!" sagte Pünktchen. „Du lieber Himmel, wie hat sich alles verändert! Von jener glücklichen Schulzeit zu sprechen macht einen wieder jung!"

„Nun, Sie waren zu keiner Zeit besonders alt, oder?" sagte Tackleton.

„Seht euch meinen gesetzten, arbeitsamen Mann dort an", erwiderte Pünktchen. „Er ist mindestens zwanzig Jahre älter als ich. Stimmt's, John?"

„Vierzig", antwortete John.

„Wieviel Jahre *Sie* älter sind als May, kann ich wahrhaftig nicht sagen", meinte Pünktchen lachend. „Aber sie kann nicht viel jünger als hundert Jahre an ihrem nächsten Geburtstag werden."

„Haha!" lachte Tackleton. Allerdings dumpf wie eine Trommel, dieses Lachen. Und er sah aus, als hätte er mit Vergnügen Pünktchen den Hals umgedreht.

„Du liebe Güte! Wenn ich nur daran denke, wie wir in der Schule über die Männer, die wir mal wählen würden, sprachen. Ich weiß noch, wie jung und stattlich und wie lustig und lebhaft meiner sein sollte! Und Mays erst! – Ach je, mir ist nicht klar, ob ich lachen oder weinen soll, wenn ich daran denke, was für alberne Mädchen wir waren."

May schien zu wissen, was sie tun sollte, denn die Röte stieg ihr ins Gesicht, und Tränen standen in ihren Augen.

„Sogar die Personen selbst – wirklich lebhafte junge Männer – wurden manchmal bestimmt", sagte Pünktchen. „Wir dachten wenig darüber nach, was einmal kommen würde. Ich habe mich nie auf John festgelegt, nicht mal an ihn gedacht habe ich. Und wenn ich dir gesagt hätte, daß du mal Mr. Tackleton heiraten würdest, hättest du mich geschlagen. Stimmt's, May?"

Obwohl May nicht ja sagte, sagte sie auch nicht nein oder drückte in irgendeiner Weise ein Nein aus.

Tackleton lachte – er brüllte fast, so laut lachte er. Auch John Peerybingle lachte, wie gewöhnlich auf seine gutmütige und zufriedene Art, doch sein Lachen war im Vergleich zu Tackletons ein bloßes Flüstern.

„Sie konnten eben nicht anders. Sie konnten uns nicht widerstehen, sehen Sie", sagte Tackleton. „Da haben Sie es! Wo sind nun Ihre lustigen jungen Bräutigame?"

„Einige sind tot", sagte Pünktchen, „und einige vergessen. Einige würden nicht glauben, wenn sie in diesem Augenblick unter uns weilen könnten, daß wir dieselben Geschöpfe sind; sie würden nicht glauben, daß alles, was sie sahen und hörten, aufrichtig war und wir sie so vergessen konnten. Nein, sie würden kein Wort glauben!"

„Aber Pünktchen!" rief der Fuhrmann. „Kleine Frau!"

Sie hatte mit solcher Ernsthaftigkeit und solchem Eifer gesprochen, daß sie es zweifellos nötig hatte, zu sich zu kommen.

Die Unterbrechung ihres Mannes war sehr liebenswürdig, denn er mischte sich nur ein, wie er glaubte, um den alten Tackleton zu schützen, doch sie erwies sich als wirksam, denn sie hielt inne und sagte nichts mehr. Sogar in ihrem Schweigen lag eine ungewöhnliche Erregung, die der aufmerksame Tackleton, der sein halbgeschlossenes Auge auf sie gerichtet hatte, genau bemerkte und für einen bestimmten Zweck für sich behielt.

May äußerte kein Wort, weder ein gutes noch ein böses, sondern saß ganz still mit gesenktem Blick da und gab kein Zeichen des Interesses an dem, was vorgefallen war, von sich. Nun sprang die gute Dame, ihre Mutter, als Vermittlerin ein, indem sie zuerst bemerkte, daß Mädchen eben Mädchen seien und Vergangenes vorbei sei und daß sie sich, solange junge Menschen jung und gedankenlos seien, wahrscheinlich wie junge und gedankenlose Personen aufführen würden: mit zwei oder drei anderen Standpunkten von nicht weniger ehrenhaftem und unbestrittenem Charakter. Dann bemerkte sie gottesfürchtig, daß sie dem Himmel dafür danke, an ihrer Tochter stets ein ehrerbietiges und gehorsames Kind gehabt zu haben, was sie sich nicht selbst als Verdienst anrechnete, obwohl sie jeden Grund zu der Annahme hatte, daß es völlig ihr zu verdanken sei. In bezug auf Mr. Tackleton sagte sie, daß er vom Standpunkt der Moral aus ein unanfechtbarer Mann sei und vom Standpunkt des Geeignetseins ein Schwiegersohn sei, wie man ihn sich nur wünschen könne. Daran könne kein vernünftiger Mensch zweifeln. (Hierbei war sie sehr emphatisch.) In bezug auf die Familie, in die er nach Ersuchen sehr bald aufgenommen werden sollte, glaubte sie, Mr. Tackleton wisse, daß sie, wenn sie finanziell auch nicht gut gestellt sei, doch Anspruch auf Vornehmheit stelle. Und wenn gewisse Umstände, die nicht völlig ohne Beziehung zum Indigo-Handel sind – so weit möchte sie mit ihrer Behauptung gehen –, auf die sie aber nicht näher eingehen wolle, anders verlaufen wären, hätte sie vielleicht zu Reichtum gelangen können. Dann bemerkte sie, daß sie nicht auf die Vergangenheit anspielen und erwähnen wolle, daß ihre Tochter eine Zeitlang Mr. Tackletons Heiratsantrag abgelehnt hat, und daß sie nicht eine Menge anderer Dinge sagen wolle, was sie aber mit großer Ausführlichkeit tat. Zum Schluß teilte sie als das Ergebnis ihrer Beobachtungen und Erfahrungen mit, daß die Ehen, bei denen am wenigsten von dem, was romantisch und albern Liebe genannt wurde, vorhanden war, stets die glücklichsten waren und daß sie bei der bevorstehenden Hochzeit die größtmögliche Wonne voraussehe – keine leidenschaftliche, aber beständige und gleichbleibende Seligkeit. Sie kam zum Schluß, indem sie die Gesellschaft in Kenntnis setzte, daß morgen der Tag sei, für den sie eigens gelebt habe, und daß sie, sobald er vorüber sei, nichts sehnlicher wünsche, als zu sterben und irgendeiner vornehmen Grabstätte überlassen zu werden.

Da diese Bemerkungen unbestreitbar waren – was die glückliche Eigenart aller Bemerkungen ist, die ganz und gar nicht zur Sache gehören –, änderten sie den Verlauf der Unterhaltung und lenkten die allgemeine Aufmerksamkeit auf das Kalbfleisch, die Schinkenpastete, das kalte Hammelfleisch, die Kartoffeln und die Torte. Damit das Flaschenbier nicht zu kurz käme, brachte John Peerybingle einen Trinkspruch auf den morgigen Hochzeitstag aus und forderte sie auf, ein Glas darauf zu trinken, bevor er sich auf den Weg machte.

Denn Sie müssen wissen, daß er dort nur rastete und sein altes Pferd fütterte und tränkte. Er mußte noch vier oder fünf Meilen weiterfahren, und wenn er am Abend zurückkehrte, holte er Pünktchen ab und legte eine weitere Pause auf dem Heimweg ein. Das war die Tagesordnung bei allen Picknickausflügen, seitdem sie eingeführt waren.

Außer dem Bräutigam und seiner Zukünftigen waren zwei Personen anwesend, die nur gleichgültig den Toast ausbrachten. Eine davon war Pünktchen, die zu stark errötet und verwirrt war, als daß sie Notiz von solchen Kleinigkeiten nahm; die andere, Bertha, stand vor den übrigen rasch auf und verließ den Tisch.

„Auf Wiedersehen!" sagte der stämmige John Peerybingle und zog seinen Wettermantel an. „Ich bin zur üblichen Zeit zurück. Wiedersehn allerseits!"

„Auf Wiedersehn, John", erwiderte Caleb.

Er schien es automatisch zu sagen und in derselben unbewußten Art mit der Hand zu winken; denn er stand da und betrachtete Bertha mit einem besorgten und verwunderten Gesicht, dessen Ausdruck sich nicht veränderte.

„Auf Wiedersehn, du Milchbart!" sagte der lustige Fuhrmann und beugte sich herab, um das Kind zu küssen, das Tilly Slowboy, die jetzt ernstlich mit Messer und Gabel beschäftigt war, in ein von Bertha ausgestattetes Kinderbett zum Schlafen gelegt hatte. „Auf Wiedersehn! Die Zeit wird kommen, nehme ich an, wo du, mein kleiner Freund, in die Kälte hinausziehen und deinen alten Vater in der Kaminecke zurücklassen wirst, damit er sich seiner Pfeife und seines Rheumas erfreut, wie? Wo ist Pünktchen?"

„Hier, John!" sagte sie und sprang auf.

„Immer langsam!" erwiderte der Fuhrmann und klatschte schallend in die Hände. „Wo ist die Pfeife?"

„Ich habe die Pfeife ganz vergessen, John."

Die Pfeife vergessen! Hat man so etwas schon gehört? Sie und die Pfeife vergessen!

„Ich – ich werde sie sofort stopfen. Das ist schnell getan."

Doch das war nicht so schnell getan. Sie lag am üblichen Platz – in der Tasche seines Wettermantels –, zusammen mit dem kleinen, von ihr gefertigten Beutel, aus dem sie sie immer stopfte; doch ihre Hand zitterte dermaßen, daß sie sich verhedderte (und doch war ihre Hand klein genug, um mit Leichtigkeit herauszukommen, dessen bin ich sicher) und furchtbar ungeschickt war. Das Stopfen und Anzünden der Pfeife, jene kleinen Dienste, für deren Umsicht ich sie gelobt hatte, wurden von Anfang bis Ende schlecht verrichtet. Während des ganzen Vorganges beobachtete Tackleton sie hämisch mit seinem halbgeschlossenen Auge, was, wann immer dieses Auge ihren Blick erwiderte oder die Aufmerksamkeit auf sich lenkte – denn es kann kaum behauptet werden, daß es je einen Blick erwidert hätte, da es eher eine Art Falle war, mit der etwas weggeschnappt wurde –, ihre Verwirrung in außerordentlichem Maße vermehrte.

„Na, was für ein ungeschicktes Pünktchen du heute nachmittag bist!" sagte John. „Ich hätte es selbst besser gemacht, glaube ich wahrhaftig!"

Mit diesen gutmütigen Worten stelzte er davon und war bald darauf in Begleitung von Boxer, dem alten Pferd und dem Wagen zu hören, wie sie die Straße hinunter flotte Musik machten. Und noch immer stand der verträumte Caleb da und sah seine Tochter mit demselben Gesichtsausdruck an!

„Bertha!“ sagte Caleb leise. „Was is geschehen? Wie du dich in den paar Stunden seit heute morgen verändert hast, mein Liebling! Du bist so schweigsam und niedergeschlagen den ganzen Tag. Was ist los? Sag es mir!“

„Oh, Vater, Vater!“ rief das blinde Mädchen und brach in Tränen aus. „Oh, mein schweres, schweres Schicksal!“

Caleb ließ die Hand über seine Augen gleiten, ehe er ihr antwortete.

„Aber denke doch, wie fröhlich und glücklich du gewesen bist, Bertha! Wie verehrt und wie sehr geliebt von vielen Menschen.“

„Das sticht mir ins Herz, lieber Vater! Immer so aufmerksam gegen mich! Immer so freundlich zu mir!“

„Blind – blind zu sein, Bertha, mein armer Schatz“, stammelte er, „is ein großes Leid, aber...“

„Ich habe es nie empfunden“, rief das blinde Mädchen. „Ich habe es nie in seinem Ausmaß empfunden. Nie! Manchmal habe ich gewünscht, daß ich dich oder ihn sehen könnte – nur einmal, lieber Vater, nur eine Minute lang –, damit ich weiß, was ich in Ehren halte“, sie legte ihre Hände auf die Brust, „und hier verwahre. Damit ich sicher bin und es richtig tue. Und manchmal (aber damals war ich ein Kind) habe ich nachts in meinen Gebeten bei dem Gedanken geweint, daß die Bilder, die ich in meiner Vorstellung von dir hatte und die von meinem Herzen zum Himmel aufstiegen, nicht deine wahren Ebenbilder sein könnten. Doch diese Gefühle habe ich nie lange gehabt. Sie sind geschwunden und haben mich ruhig und zufrieden gelassen.“

„Und sie werden das wieder tun“, sagte Caleb.

„Aber Vater! O mein guter, zärtlicher Vater, leide mit mir, falls ich sündhaft bin!“ sagte das blinde Mädchen. „Das ist nicht der Kummer, der mich so niederdrückt.“

Ihr Vater konnte nicht verhindern, daß seine feuchten

Augen überquollen. Sie war so ernst und rührend, doch vorläufig verstand er sie noch nicht.

„Bring sie zu mir", sagte Bertha. „Ich kann es nicht für mich behalten. Bring sie zu mir, Vater!"

Sie wußte, daß er zögerte, und sagte: „May. Bring May her!"

May hörte, wie ihr Name genannt wurde, und berührte sie, als sie leise zu ihr hinkam, am Arm. Das blinde Mädchen wandte sich sofort um und hielt sie bei beiden Händen.

„Schau mir ins Gesicht, mein liebes Herz, mein Schatz!" sagte Bertha. „Lies mit deinen schönen Augen darin und sage mir, ob darin die Wahrheit geschrieben steht."

„Liebe Bertha, ja!"

Das blinde Mädchen, das sein bleiches Gesicht ohne Sehkraft aufwärts gerichtet hatte und dem die Tränen schnell herabrannen, wandte sich mit folgenden Worten an sie:

„Ich hege in meiner Seele keinerlei Wunsch oder Gedanken, der nicht zu deinem Guten wäre, strahlende May. In meiner Seele gibt es keine dankbare Erinnerung, die stärker ist als das innige Andenken, das hier aufbewahrt wird, an die vielen, vielen Male, bei denen du im stolzen Besitz deiner Sehkraft und Schönheit an die blinde Bertha gedacht hast, sogar als wir beide noch Kinder waren oder als Bertha so sehr ein Kind war, wie nur Blindheit einen Menschen dazu machen kann! Mögest du gesegnet sein! Licht auf deinem glücklichen Wege! Und nichts Geringeres, meine liebe May", und sie klammerte sich mit festerem Griff an sie, „und nichts Geringeres, mein Vögelchen, weil heute das Wissen darum, daß du seine Frau wirst, mir fast das Herz gebrochen hat! Vater, May, Mary, vergebt mir, daß das so ist, um all dessen willen, was er getan hat, um die Öde meines düsteren Lebens zu erleichtern, um des Vertrauens willen, das ihr in mich setzt, wenn ich den Himmel als Zeugen anrufe, daß ich ihm keine Frau wünschen könnte, die seiner Güte würdiger wäre!"

Während sie sprach, hatte sie May Fieldings Hände losgelassen und ihr Kleid in einer Haltung, die flehentliches Bitten und Liebe ausdrückte, umfaßt. Tiefer und tiefer sinkend, während sie in ihrem seltsamen Bekenntnis fortfuhr, fiel sie schließlich ihrer Freundin zu Füßen und verbarg ihr blindes Gesicht in den Falten ihres Kleides.

„Allmächtiger Himmel!" rief ihr Vater aus, von der Wahrheit mit einem Schlag niedergestreckt, „da habe ich sie von Kindheit an betrogen, um ihr schließlich das Herz zu brechen!"

Es war für alle gut, daß Pünktchen, dieses strahlende, tüchtige, geschäftige kleine Pünktchen – denn das war sie trotz aller Fehler und obwohl Sie sie noch zu angemessener Zeit hassen lernen werden –, es war für sie alle schon gut, daß sie da war. Wie es sonst ausgegangen wäre, ist schwer zu sagen. Doch Pünktchen, die ihre Selbstbeherrschung wiedergewann, trat dazwischen, ehe May antworten oder Caleb ein einziges Wort sagen konnte.

„Na komm schon, liebe Bertha! Komm mit mir mit! Reich ihr deinen Arm, May! So. Wie ruhig sie schon wieder ist, seht ihr, und wie gut es ist, daß sie sich um uns kümmert", sagte die heitere kleine Frau und küßte sie auf die Stirn. „Komm weg, liebe Bertha. Komm! Und ihr guter Vater wird mit ihr gehen, nicht wahr, Caleb? Ganz – bestimmt!"

Nun, sie war schon ein prächtiges kleines Pünktchen in solchen Dingen, und es müßte eine hartherzige Natur sein, die sich ihrem Einfluß widersetzen könnte. Als sie den armen Caleb und seine Bertha aus dem Zimmer hatte, damit sie sich gegenseitig trösten und stützen sollten – sie wußte, daß nur sie es konnten –, stürmte sie augenblicklich, wie man so sagt, quicklebendig zurück – ich meine, noch lebendiger –, um Wache über diese kleine Wichtigtuerin mit Kappe und Handschuhen zu halten und das liebe alte Geschöpf daran zu hindern, Entdeckungen zu machen.

„So bring mir doch das süße Baby, Tilly", sagte sie und zog einen Stuhl an den Kamin, „und während ich es auf

meinem Schoß habe, Tilly, wird dir Mrs. Fielding alles sagen, was zum Umgehen mit Babys gehört, und sie klärt mich in zwanzig Punkten auf, bei denen ich alles so falsch wie nur irgend möglich mache. Stimmt's, Mrs. Fielding?"

Nicht einmal der Waliser Riese, der so dumm war, daß er, um einem Taschenspielertrick nachzueifern, der von seinem Erzfeind beim Frühstück vorgeführt wurde, eine gefährliche Operation an sich vornahm, nicht einmal er lief halb so schnell in die für ihn vorbereitete Falle hinein, wie die alte Dame auf diesen listigen Trick hereinfiel. Die Tatsache, daß Tackleton hinausgegangen war und sich zudem zwei oder drei Leute in einiger Entfernung zwei Minuten lang unterhielten und sie auf sich gestellt ließen, war ausreichend, ihr Ansehen zu verleihen und jene geheimnisvollen Erschütterungen im Indigo-Handel vierundzwanzig Stunden lang zu beklagen. Doch diese gebührende Hochachtung gegenüber ihrer Erfahrung von seiten der jungen Mutter war dermaßen unwiderstehlich, daß sie nach kurz geheuchelter Bescheidenheit anfing, sie mit dem größten Wohlwollen von der Welt zu belehren. Während sie kerzengerade vor dem gottlosen Pünktchen saß, vermittelte sie in einer halben Stunde so viele sicher wirkende Hausrezepte und Regeln, die ausgereicht hätten (wenn danach gehandelt worden wäre), jenen jungen Peerybingle völlig zu zerrütten und zunichte zu machen, selbst wenn er ein junger Samson gewesen wäre.

Um das Thema zu wechseln, machte Pünktchen Handarbeiten. Sie trug den Inhalt eines ganzen Nähkästchens in ihrer Tasche. Wie sie das bewerkstelligte, weiß ich nicht. Dann gab sie dem Kind die Brust, danach nähte sie wieder ein wenig; dann schwatzte sie im Flüsterton mit May, während die alte Dame ein Nickerchen machte, und so verging ihr der Nachmittag mit hastiger Geschäftigkeit, die ganz in ihrer Art lag, sehr schnell. Da es dunkel wurde und es ein feierlicher Bestandteil ihres Picknicks war, daß sie Berthas häusliche Pflichten übernahm, schürte sie das Feuer, fegte den Herd, richtete das Teetablett her, zog die Vorhänge zu und zündete eine Kerze an. Dann spielte sie ein oder zwei Lieder auf einer einfachen Harfe, die Caleb für Bertha hergestellt hatte, und sie spielte sie recht gut, denn die Natur hatte ihr feines, kleines Ohr für Musik ebenso auserwählt wie für Edelsteine, wenn sie welche besessen hätte. Um diese Zeit fand immer die Teestunde statt, und Tackleton kam zurück, um an der Mahlzeit teilzunehmen und den Abend hier zu verbringen.

Caleb und Bertha waren vor einiger Zeit zurückgekehrt, und Caleb hatte sich an seine nachmittägliche Arbeit gesetzt. Doch der arme Kerl konnte sich nicht darauf konzentrieren, weil er seiner Tochter wegen besorgt war und Gewissensbisse spürte. Es war ergreifend, ihn müßig auf seinem Arbeitsschemel sitzen zu sehen, wobei er sie wehmütig betrachtete und ihr ständig ins Gesicht sagte: „Da habe ich sie von Kindheit an betrogen, um ihr das Herz zu brechen!"

Als es Abend und der Tee vorüber war und Pünktchen weiter nichts mehr zu tun hatte, als die Tassen abzuwaschen, mit einem Wort – denn ich muß darauf kommen, und es hat keinen Zweck, es aufzuschieben –, als die Zeit heranrückte, zu der man die Rückkehr des Fuhrmannes bei jedem Geräusch entfernter Räder erwartete, veränderte sich wieder ihr Verhalten, sie wechselte die Farbe, und sie wurde sehr unruhig. Nicht wie gute Ehefrauen, wenn sie auf ihren Mann lauschen. Nein, nein. Es war eine andere Art von Unruhe.

Räder zu hören. Pferdegetrappel. Das Bellen eines Hundes. Allmählich näherten sich all diese Geräusche. Boxers kratzende Pfote an der Tür!

„Wessen Schritt ist das?" rief Bertha und fuhr hoch.

„Wessen Schritt?" erwiderte der Fuhrmann, der im Eingang stand und dessen braunes Gesicht von der rauhen Abendluft so rot war wie eine Stechpalmenbeere. „Na meiner."

„Der andere Schritt", sagte Bertha. „Der Schritt des Mannes hinter Ihnen!"

„Man kann sie doch nicht betrügen", bemerkte der Fuhrmann lachend. „Kommen Sie mit, Sir. Sie werden willkommen sein, keine Angst!"

Er sprach in lautem Ton, und während er sprach, trat der taube alte Herr ein.

„Er ist nicht so fremd, daß du ihn nicht schon mal gesehen hättest, Caleb", sagte der Fuhrmann. „Nimmst du ihn auf, bis wir gehn?"

„Ja, natürlich, John, und ich betrachte es als eine Ehre."

„In seiner Gesellschaft kann man getrost Geheimnisse erzählen", sagte John. „Ich hab annehmbar gute Lungen, aber er strengt sie an, das kann ich dir sagen. Setzen Sie sich, Sir. Sind alles Freunde hier, die sich freuen, Sie zu sehn!"

Als er dies mit einer Stimme beteuert hatte, die hinlänglich bestätigte, was er über seine Lungen gesagt hatte, fügte er in normalem Ton hinzu: „Ein Stuhl in der Kaminecke, wo er stillschweigend sitzen und vergnügt um sich sehen kann, das ist alles, was er gern hat. Er ist leicht zufriedenzustellen."

Bertha hatte gespannt zugehört. Sie rief Caleb an ihre Seite, als er den Stuhl hingestellt hatte, und bat ihn mit leiser Stimme, ihren Gast zu beschreiben. Als er das getan hatte (diesmal ehrlich und mit peinlicher Genauigkeit), rührte sie sich zum erstenmal, seit er hereingekommen war, und seufzte und schien an ihm weiter kein Interesse zu haben.

Der Fuhrmann befand sich in gehobener Stimmung, der gute Bursche, und liebte seine kleine Frau mehr denn je.

„Ein ungeschicktes Pünktchen war sie heute nachmittag!" sagte er und umschlang sie mit seinem derben Arm, während sie abseits von den übrigen dastand, „und trotzdem habe ich sie irgendwie gern. Sieh mal da drüben, Pünktchen!"

Er zeigte auf den alten Mann. Sie blickte hin. Ich glaube, sie zitterte.

„Er ist – hahaha! – er ist voller Bewunderung für dich!"

sagte der Fuhrmann. „Sprach von nichts andrem, den ganzen Weg hierher. Na, er ist 'n feiner, alter Junge. Ich mag ihn deshalb!"

„Ich wünschte, er hätte 'n beßren Gegenstand gehabt, John", sagte sie und schaute sich unbehaglich im Zimmer um. Besonders in Tackletons Richtung.

„Einen beßren Gegenstand?" rief der Fuhrmann aufgeräumt. „Den gibt es nicht. Komm, weg mit dem Überzieher, weg mit dem dicken Schal, weg mit dem schweren Umhang, und machen wir uns ein gemütliches halbes Stündchen am Kamin! Meine bescheidenen Dienste, Mistress. Ein Spiel Cribbage, Sie und ich? Das macht Spaß. Die Karten und das Brett, Pünktchen. Und ein Glas Bier, wenn noch was übrig ist, kleine Frau!"

Seine Aufforderung war an die alte Dame gerichtet, die sie mit gnädiger Bereitschaft annahm und mit der er bald ins Spiel vertieft war. Zuerst blickte der Fuhrmann lächelnd um sich oder rief Pünktchen hin und wieder, damit sie ihm über die Schulter in sein Blatt lugen und ihn an schwierigen Punkten beraten sollte. Doch seine Widersacherin, die eine strenge Spielerin war und gelegentlich der Schwäche unterlag, mehr Pflöcke anzuzeigen, als ihr zukamen, erforderte von ihm so große Wachsamkeit, daß er für nichts anderes Augen und Ohren hatte. Somit wurde seine gesamte Aufmerksamkeit allmählich auf die Karten gelenkt, und er dachte an nichts anderes, bis ihm eine Hand auf seiner Schulter Tackleton ins Bewußtsein zurückrief.

„Es tut mir leid, Sie zu stören. Auf ein offenes Wort."

„Ich bin grade beim Geben", erwiderte der Fuhrmann. „Es ist 'ne Krise."

„Das ist es", sagte Tackleton. „Kommen Sie schon her, Mann!"

In seinem Gesicht lag eine Blässe, die den anderen sofort aufstehen und ihn hastig fragen ließ, was denn los sei.

„Pst! John Peerybingle", sagte Tackleton. „Es tut mir für

Sie leid. Wirklich. Ich habe das befürchtet. Ich habe es von Anfang an vermutet."

„Was ist denn?" fragte der Fuhrmann mit erschreckter Miene.

„Pst! Ich zeige es Ihnen, wenn Sie mitkommen."

Der Fuhrmann begleitete ihn ohne ein Wort. Sie gingen über den Hof, wo die Sterne leuchteten, durch eine kleine Seitentür in Tackletons Büro hinein. Dort gab ein Fenster den Blick in den Verkaufsraum frei, der über Nacht geschlossen war. Im Büro selbst brannte kein Licht, aber in dem schmalen, langen Verkaufsraum gab es Lampen, und demzufolge war das Fenster hell.

„Einen Augenblick!" sagte Tackleton. „Glauben Sie, daß Sie es ertragen können, durch das Fenster zu sehen?"

„Warum nicht?" erwiderte der Fuhrmann.

„Einen Augenblick noch", sagte Tackleton. „Wenden Sie keine Gewalt an. Es hat keinen Sinn. Es ist auch gefährlich. Sie sind ein kräftig gebauter Mann, und Sie können, ehe Sie sich's versehn, einen Mord begehen."

Der Fuhrmann schaute ihm ins Gesicht und prallte einen Schritt zurück, als hätte er einen Schlag bekommen. Mit einem Satz war er am Fenster und sah...

O Schatten auf dem Herd! O getreues Heimchen! O treuloses Weib!

Er sah sie mit dem alten Mann, der nicht mehr alt, sondern aufrecht und stattlich war und der das unechte weiße Haar in der Hand hielt, mit dem er sich in ihr verlassenes und armseliges Heim geschlichen hatte. Er sah, wie sie ihm zuhörte, als er den Kopf neigte, um ihr etwas ins Ohr zu flüstern; wie sie ihm gestattete, sie um die Taille zu fassen, als sie langsam die dunkle Holzgalerie entlanggingen bis zur Tür, zu der sie hereingekommen waren. Er sah, wie sie stehenblieben und sie sich umdrehte – damit sich das Gesicht, das er so liebte, seinen Blicken darbot! –, und er sah, wie sie ihm eigenhändig und dabei über seine Arglosigkeit lachend die

Täuschung aufsetzte. Er preßte seine starke rechte Hand zunächst zusammen, als ob sie einen Löwen niedergeschlagen hätte. Doch als er sie sofort wieder öffnete, zeigte er sie Tackleton (denn er nahm sogar jetzt Rücksicht auf Pünktchen) und stürzte dann, als sie hinausgingen, an einem Tisch nieder und war so schwach wie ein Kind.

Er war bis zum Kinn eingewickelt und mit seinem Pferd und den Päckchen beschäftigt, als sie ins Zimmer kam und für den Heimweg bereit war.

„Nun, lieber John! Gute Nacht, May. Gute Nacht, Bertha."

Konnte sie sie küssen? Konnte sie vergnügt und heiter beim Abschied sein? Konnte sie es wagen, ihnen ihr Gesicht zu zeigen, ohne zu erröten? Ja. Tackleton beobachtete sie genau, und all das tat sie.

Tilly besänftigte das Baby, und sie lief ein dutzendmal an Tackleton vorbei und wiederholte einschläfernd:

„Hat die Nachricht, daß sie seine Frau werden sollte, fast die Herzen gebrochen? Und haben die Väter sie von Kindheit an betrogen, um schließlich ihre Herzen zu brechen?"

„Tilly, gib mir jetzt das Baby! Gute Nacht, Mr. Tackleton. Wo ist John, um Himmels willen?"

„Er wird neben dem Pferd herlaufen", sagte Tackleton, der ihr auf den Sitz hinauf half.

„Mein lieber John läuft? Heute abend?"

Die verhüllte Gestalt ihres Mannes gab hastig ein Ja zu verstehen, und da der unechte Freund und das kleine Kindermädchen ihre Plätze eingenommen hatten, trabte das alte Pferd los. Boxer, der von nichts wußte, rannte vor und zurück, rannte um den Wagen und bellte ebenso triumphierend und fröhlich wie immer.

Als Tackleton ebenfalls fortgegangen war, um May und ihre Mutter nach Hause zu bringen, ließ sich der arme Caleb am Feuer neben seiner Tochter nieder. Er war im Innersten besorgt und reuevoll und sagte, sie wehmütig betrachtend:

„Da habe ich sie von Kindheit an betrogen, um ihr schließlich das Herz zu brechen!“

Die Spielsachen, die er für das Baby in Gang gesetzt hatte, waren schon lange stehengeblieben und abgelaufen. Bei dem schwachen Licht und dem Schweigen hätte man sich von den unerschütterlich ruhigen Puppen, den sich hin und her bewegenden Schaukelpferden mit aufgerissenen Augen und geblähten Nüstern, den alten Herren vor den Haustüren, die halb zusammengekrümmt auf ihren schwachen Knien und Knöcheln standen, den schiefgesichtigen Nußknackern und den Tieren in Zweierreihen (wie bei einem Internatsausflug) auf dem Weg in die Arche vorstellen können, daß sie vor Staunen sprachlos waren, weil Pünktchen wegen irgendeiner Verknüpfung von Umständen unaufrichtig war und Tackleton geliebt wurde.

Drittes Zirpen

Die Schwarzwälder Uhr in der Ecke schlug zehn, als sich der Fuhrmann an den Kamin setzte. So betrübt und sorgenvoll, daß er den Kuckuck zu erschrecken schien, der, nachdem er seine zehn melodischen Schläge so schnell wie möglich erledigt hatte, wieder in seinen maurischen Palast zurückstürzte und seine kleine Tür hinter sich zuschlug, als ob dieser ungewohnte Anblick zuviel für seine Gefühle wäre.

Wenn der kleine Heumacher mit der schärfsten Sense ausgerüstet gewesen wäre und dem Fuhrmann bei jedem Zug ins Herz gestoßen hätte, hätte er es niemals dermaßen verwunden können, wie es Pünktchen getan hatte.

Dieses Herz war voller Liebe zu ihr und von unzähligen Fäden schöner Erinnerungen zusammengehalten, die aus den täglichen Beweisen ihrer Zuneigung gesponnen waren. Es war ein Herz, in das sie sich so zart und fest eingeschlossen hatte; ein Herz, das so einmalig und aufrichtig in seiner Treue war; so stark im Recht und so schwach im Unrecht war, daß es zunächst weder Leidenschaft noch Rache empfinden konnte und nur Platz hatte, das zerbrochene Bild seines Idols zu bewahren.

Doch allmählich, während der Fuhrmann grübelnd auf seinem jetzt kalten und dunklen Herd saß, begannen andere und grimmigere Gedanken in ihm aufzusteigen, so wie ein stürmischer Wind in der Nacht aufkommt. Der Fremde weilte unter seinem geschändeten Dach. Mit drei Schritten wäre er an seiner Kammertür. Ein Schlag würde sie eindrücken. „Sie könnten einen Mord begehen, ehe Sie sich's versehn", hatte Tackleton gesagt. Wie könnte es Mord sein, wenn er dem Schurken Zeit gäbe, sich zur Wehr zu setzen? Er war der jüngere Mann.

Es war ein unangebrachter, für seine traurige Gemütsverfassung schlechter Gedanke. Es war ein zorniger Gedanke, der ihn zu einem Racheakt anstachelte, der das fröhliche Haus in einen heimgesuchten Ort verwandeln sollte, an dem vorbeizugehen einsame Reisende Furcht haben und wo die Ängstlichen bei blassem Mondlicht Schatten sehen würden, die in den verfallenen Fenstern kämpften, und wo sie bei stürmischem Wetter wilden Lärm hören würden.

Er war der jüngere Mann. Ja, ja, ein Liebhaber, der das Herz gewonnen hatte, das *er* niemals gerührt hatte. Ein Liebhaber ihrer Wahl, an den sie gedacht, von dem sie geträumt und nach dem sie sich gesehnt hatte, als er sie so glücklich an seiner Seite wähnte. O welche Pein, daran zu denken!

Sie war mit dem Baby im oberen Stockwerk gewesen, um es zu Bett zu bringen. Während er grübelnd am Herd saß, trat sie dicht neben ihn, ohne daß er es wahrnahm – in seinem großen Kummer hörte er über alles hinweg –, und stellte ihren kleinen Schemel vor seine Füße. Er merkte es erst, als er ihre Hand auf seiner spürte und sah, wie sie ihn anblickte.

Erstaunt? Nein. Das war sein erster Eindruck, und es lag ihm daran, sie wieder anzusehen, um es richtigzustellen.

Nein, nicht erstaunt. Ungeduldig und forschend, aber nicht erstaunt. Zuerst war ihr Blick beunruhigt und ernst, dann verwandelte er sich in ein fremdes, wildes, furchtbares Lächeln, das seine Gedanken erriet. Dann blieben nur noch ihre vors Gesicht gehaltenen Hände, ihr gesenktes Haupt und das herabfallende Haar.

Obwohl er das Recht gehabt hätte, sich in diesem Augenblick als Herr im Haus zu zeigen, war in seiner Brust die göttliche Fähigkeit zur Vergebung zu stark, als daß er ihr gegenüber auch nur den geringsten Gebrauch davon gemacht hätte. Doch er konnte den Anblick nicht ertragen, wie sie auf dem kleinen Stuhl zusammengekauert saß, wo er sie so oft mit Liebe und Stolz und so arglos und froh betrachtet hatte; und als sie sich erhob und ihn schluchzend verließ, empfand er es als eine Wohltat, lieber den leeren Platz neben sich zu haben als ihre so lang geschätzte Gegenwart. Diese Tatsache bereitete einen Schmerz, der heftiger als alles andere war, denn sie erinnerte ihn daran, wie einsam er geworden und wie sein großartiger Bund fürs Leben auseinandergebrochen war.

Je mehr er dies spürte und je mehr er wußte, daß er es hätte eher ertragen können, sie – durch einen frühzeitigen Tod dahingerafft – mit ihrem kleinen Kind auf der Brust vor sich liegen zu sehen, desto stärker wuchs der Zorn auf seinen Feind. Er sah sich nach einer Waffe um.

An der Wand hing ein Gewehr. Er nahm es ab und bewegte sich einen oder zwei Schritte auf die Tür des Zimmers zu, in dem sich der hinterlistige Fremde befand. Er wußte, daß das Gewehr geladen war. Eine vage Vorstellung, daß dieser Mann nur wie ein wildes Tier zu erschießen sei, packte ihn, breitete sich in ihm aus, bis sie zu einem fürchterlichen Dämon heranwuchs, der vollkommen von ihm Besitz ergriff, alle gemäßigteren Gedanken verwarf und seine alleinige Herrschaft antrat.

Diese Aussage ist falsch. Er verwarf nicht seine gemäßigteren Gedanken, sondern änderte sie geschickt um. Er verwandelte sie in eine Peitsche, die ihn antrieb. Er verwandelte Wasser in Blut, Liebe in Haß, Güte in sinnlose Grausamkeit. Das betrübte und gedemütigte Bild von ihr, das noch mit unwiderstehlicher Macht an seine Zärtlichkeit und Barmherzigkeit appellierte, blieb in seinem Herzen haften, doch während es dort blieb, trieb ihn seine dämonische Vorstellung zur Tür, ließ ihn das Gewehr schultern und den Finger an den Abzug pressen und rufen: „Bring ihn um! In seinem Bett!"

Er drehte das Gewehr, um mit dem Schaft an die Tür zu schlagen; er hielt es bereits erhoben; irgendein unbestimmter Plan ging ihm durch den Sinn, ihm zuzurufen, daß er um Gottes willen zum Fenster hinaus fliehen möge...

Da erleuchtete plötzlich das flackernde Feuer mit einem Aufflammen den ganzen Kamin, und das Heimchen am Herd begann zu zirpen.

Kein anderes Geräusch auf der Welt, keine menschliche Stimme, nicht einmal ihre, hätte ihn dermaßen rühren und erweichen können. Ihre aufrichtigen Worte, in denen sie ihm von ihrer Liebe zu diesem Heimchen erzählt hatte, wurden noch einmal gesprochen; ihr Zittern und Ernst in jenem Augenblick standen wieder vor ihm; ihre angenehme Stimme – oh, was für eine Stimme, die für einen rechtschaffenen Mann Hausmusik am Kamin machte – ließ seine besseren Charakterzüge erschauern und erweckte sie zu neuem Leben.

Er wich vor der Tür zurück – wie ein Mensch, der schlafwandelt und aus einem furchtbaren Traum erwacht – und stellte das Gewehr zur Seite. Dann setzte er sich wieder an den Kamin, schlug die Hände vors Gesicht und fand in seinen Tränen Erleichterung.

Das Heimchen am Herd trat ins Zimmer und stand in Gestalt einer Fee vor ihm.

„‚Ich liebe es'", sagte die Fee und wiederholte damit,

woran er sich gut erinnerte, „‚wegen der vielen Male, die ich es gehört habe, und der vielen Gedanken, zu denen mich seine harmonische Musik angeregt hat.‘“

„Das hat *sie* gesagt!“ rief der Fuhrmann. „Wahrhaftig!“

„‚Das ist ’n glückliches Heim, John, und darum liebe ich das Heimchen!‘“

„Das ist es weiß Gott gewesen“, erwiderte der Fuhrmann. „Sie hat es immer glücklich gemacht, bis jetzt.“

„So anmutig und sanft, so häuslich und geschäftig, froh und heiter!“ sagte die Stimme.

„Sonst hätte ich sie auch nicht so lieben können, wie ich es getan hab“, erwiderte der Fuhrmann.

Die Stimme verbesserte ihn: „Wie ich es tue.“

Der Fuhrmann wiederholte: „Wie ich es getan hab.“ Aber nicht fest. Seine unsichere Zunge versagte ihm den Dienst und wollte selbständig für sich und ihn sprechen.

Die Gestalt hob wie zum Schwur die Hand und sagte: „Auf deinen Herd ...“

„Der Herd, den sie vernichtet hat“, mischte sich der Fuhrmann ein.

„Der Herd, den sie – wie oft! – geheiligt und heller gemacht hat“, sagte das Heimchen, „der Herd, der ohne sie nur ein paar Steine, Ziegel und rostige Stangen wäre, der aber durch sie der Altar eures Heims ist, auf dem ihr allabendlich unbedeutenden Ärger, Selbstsucht oder Kummer geopfert und die Huldigung einer ruhigen Seele, eines vertrauensvollen Wesens und eines überströmenden Herzens dargebracht habt, so daß der Rauch aus eurem bescheidenen Kamin mit einem besseren Duft aufstieg als der stärkste Weihrauch, der vor den prächtigsten Schreinen aller prunkvollen Tempel dieser Welt verströmt wird. Auf euren Herd in seinem stillen Allerheiligsten, umgeben von seinen guten Einflüssen und Erinnerungen. Höre auf sie! Höre auf mich! Höre auf alles, was die Sprache eures Herdes und Heims spricht!“

„Und sie verteidigt?" fragte der Fuhrmann.

„Alle Dinge, die die Sprache eures Herdes und Heims sprechen, müssen sie verteidigen!" erwiderte das Heimchen. „Denn sie sprechen die Wahrheit."

Und während der Fuhrmann, den Kopf in die Hände gestützt, weiterhin grübelnd auf seinem Stuhl saß, stand die Gestalt neben ihm, suggerierte ihm seine Betrachtungen und führte sie ihm vor Augen wie in einem Spiegel oder Bild. Es war keine einzelne Erscheinung. Scharenweise kamen Feen von der Kaminplatte, dem Kamin, der Uhr, der Pfeife, dem Kessel und der Wiege; von dem Fußboden, den Wänden, der Decke und der Treppe; von dem Wagen draußen und dem Schrank drinnen und den Haushaltsgegenständen; von jedem Ding und Ort, mit dem sie je vertraut gewesen und mit dem im Herzen ihres Mannes die Erinnerung an sie verknüpft war. Nicht um neben ihm zu stehen wie das Heimchen, sondern um sich selbst geschäftig zu rühren. Um ihrem Ebenbild Ehre zu erweisen. Um ihn am Rock zu zupfen und darauf hinzuweisen, wenn das Bild erschien. Um es in Gruppen zu umstellen und es zu umarmen und ihr Blumen auf den Weg zu streuen. Um ihr liebliches Haupt mit ihren winzigen Händen zu bekränzen. Um zu zeigen, daß sie es gern hatten und liebten und daß es nicht ein einziges häßliches, böses oder anklagendes Geschöpf gäbe, das davon wüßte, außer ihren ausgelassenen und anerkennenden Gestalten.

Seine Gedanken kreisten ständig um ihr Ebenbild. Es war stets gegenwärtig.

Sie saß vor dem Feuer, arbeitete mit der Nadel und sang vor sich hin. So ein vergnügtes, blühendes und rechtschaffenes kleines Pünktchen! Die Feengestalten richteten alle gleichzeitig einen unheilvollen Blick auf ihn und schienen zu sagen: „Ist das die leichtsinnige Frau, um die du trauerst?"

Draußen waren fröhliche Geräusche, Musikinstrumente, lautes Geschwätz und Gelächter zu hören. Eine Schar junger, lustiger Leute kam hereingestürmt; unter ihnen befanden sich

May Fielding und eine Menge hübscher Mädchen. Pünktchen war die schönste von allen und auch so jung wie die anderen. Sie kamen, um sie aufzufordern, sich ihrer Gesellschaft anzuschließen. Es war Tanz. Wenn jemals ein Füßchen zum Tanzen geschaffen war, dann war es gewiß das ihre. Doch sie lachte, schüttelte den Kopf und wies auf ihr Essen auf dem Feuer und den gedeckten Tisch, und dies mit einem frohlockenden Trotz, der sie noch bezaubernder machte. Und so schickte sie sie fröhlich fort, nickte ihren verhinderten Tanzpartnern, als sie hinausgingen, nacheinander mit einer sonderbaren Gleichgültigkeit zu, die genügt hätte, sie zum Gehen zu veranlassen und sich sofort zu ertränken, falls sie ihre Bewunderer gewesen wären – und das müssen sie mehr oder weniger gewesen sein, sie konnten nicht anders. Und doch war Gleichgültigkeit nicht ihre Art. O nein! Denn im nächsten Moment kam ein gewisser Fuhrmann zur Tür herein, und – gerechter Gott! – was für einen Empfang bereitete sie ihm!

Wieder richteten alle Gestalten gleichzeitig den Blick auf ihn und schienen zu sagen: „Ist das die Frau, die dich verlassen hat?“

Ein Schatten fiel auf den Spiegel oder das Bild, nennen Sie es, wie Sie wollen. Ein großer Schatten des Fremden, wie er das erstemal unter ihrem Dach stand. Er bedeckte seine Oberfläche und verwischte alle anderen Gegenstände. Doch die flinken Feen arbeiteten wie die Bienen, um ihn wieder zu entfernen. Und wieder war Pünktchen da. Immer noch strahlend und schön.

Sie schaukelte ihr kleines Baby in der Wiege, sang ihm leise etwas vor und lehnte ihren Kopf an eine Schulter, die ihr Ebenbild in der nachdenklichen Gestalt hatte, neben der das feenartige Heimchen stand.

Die Nacht brach herein – ich meine die wirkliche Nacht, nicht die der Feen –, und an diesem Punkt der Gedanken des Fuhrmannes stieß der Mond durch die Wolken und schien hell am Himmel. Vielleicht war auch in seinem Gemüt ein ruhiges Licht aufgegangen, und er konnte nüchterner über das Geschehene nachdenken.

Obwohl der Schatten des Fremden in Abständen auf den Spiegel fiel, und zwar stets deutlich, groß und fest umrissen, wirkte er doch nicht mehr so düster wie zu Anfang. Jedesmal wenn er erschien, gaben die Feen einen allgemeinen Schrei der Bestürzung von sich und strengten ihre kleinen Arme und Beine mit unvorstellbarer Betriebsamkeit an, um ihn wegzureiben. Und jedesmal wenn sie an Pünktchen herankamen und sie ihm strahlend und schön noch einmal zeigten, jubelten sie in einer Weise, die ansteckend wirkte.

Niemals zeigten sie sie anders als strahlend und schön, denn für sie als Hausgeister bedeutete Treulosigkeit Vernichtung, und aus diesem Grunde war Pünktchen für sie nur das emsige, strahlende, liebenswürdige kleine Geschöpf, das im Heim des Fuhrmannes das Licht und die Sonne gewesen war.

Die Feen waren ungeheuer aufgeregt, als sie sie mit dem Baby zeigten, wie sie inmitten weiser alter Frauen schwatzte und so tat, als sei sie selbst wunderbar alt und matronenhaft, und wie sie sich in einer spröden, gesetzten Manier an den Arm ihres Mannes lehnte, um den Eindruck zu erwecken – ausgerechnet sie, die erst eine kleine Frau werden sollte! –, daß sie der Eitelkeit der Welt ganz allgemein entsagt hat und zu den Menschen gehört, für die die Mutterschaft überhaupt nichts Neues ist. Doch im selben Atemzug zeigten sie sie, wie sie den Fuhrmann wegen seiner Unbeholfenheit auslachte, ihm den Hemdkragen hochzog, um ihn schick zu machen, und fröhlich durch das Zimmer trippelte, um ihm das Tanzen beizubringen.

Sie wandten sich um und starrten ihn groß an, als sie sie mit dem blinden Mädchen zeigten, denn obwohl sie überall, wohin sie ging, Fröhlichkeit und Leben verbreitete, brachte sie diese Ausstrahlungskraft in verstärktem Maße in Caleb

Plummers Heim. Die Liebe des blinden Mädchens zu ihr, sein Vertrauen und seine Dankbarkeit ihr gegenüber; ihre gütige, eifrige Art, Berthas Dank abzuwehren; ihre geschickten kleinen Kunstgriffe, in jedem Augenblick ihres Besuches etwas Nützliches für das Haus zu tun und wirklich schwer zu arbeiten, während sie vortäuschte, sich einen freien Tag zu machen; ihr freigebiges Bereitstellen jener üblichen Delikatessen, des Kalbfleisches, der Schinkenpastete und der Bierflaschen; ihr strahlendes Gesicht, wenn sie an der Tür erschien und Abschied nahm; der wunderbare Ausdruck in ihrer gesamten Erscheinung – vom Scheitel bis zur Sohle –, die ein notwendiger Bestandteil des Haushalts war, ohne den es nicht ging; an alldem ergötzten sich die Feen, und deswegen liebten sie sie. Und wiederum sahen sie ihn alle gleichzeitig flehend an und schienen zu sagen, während sich einige von ihnen an ihr Kleid schmiegten und sie liebkosten: „Ist das die Frau, die dein Vertrauen verletzt hat?"

Mehr als ein-, zwei- oder dreimal während der langen, gedankenreichen Nacht zeigten sie sie ihm, wie sie auf ihrem Lieblingsplatz, die Hände vor dem Gesicht, mit gesenktem Kopf und herabfallendem Haar saß. So wie er sie zuletzt gesehen hatte. Und wenn sie sie so vorfanden, wandten sie sich weder ihm zu, noch sahen sie ihn an, sondern scharten sich um sie, trösteten und küßten sie und drängten sich aneinander, um ihr Zuneigung und Mitgefühl zu bekunden, und vergaßen ihn vollständig.

Auf diese Weise verging die Nacht. Der Mond ging unter, die Sterne verblaßten, der kalte Tag brach an, und die Sonne ging auf. Der Fuhrmann saß noch immer grübelnd in der Kaminecke. Dort hatte er, den Kopf in die Hände gestützt, die ganze Nacht verbracht. Die ganze Nacht hindurch hatte das getreue Heimchen auf dem Herd gezirpt. Die ganze Nacht hindurch hatte er seiner Stimme gelauscht. Die ganze Nacht hindurch hatten sich die Hausfeen mit ihm beschäftigt. Die ganze Nacht hindurch war sie bewunderungswürdig und untadelig im Spiegel gewesen, nur dann nicht, wenn der Schatten daraufhiel.

Als es heller, lichter Tag war, stand er auf, wusch sich und zog sich an. Seinen üblichen, freudebringenden Beschäftigungen konnte er nicht nachgehen, dazu brauchte er die nötige Stimmung, aber das machte um so weniger aus, als es Tackletons Hochzeitstag war und er sich auf seinen Runden vertreten ließ. Er hatte geglaubt, daß er mit Pünktchen fröhlich zur Kirche gehen könnte. Aber mit solchen Plänen hatte es ein Ende. Es war auch ihr eigener Hochzeitstag. Ach, wie wenig hatte er ein solches Ende nach einem solchen Jahre erwartet!

Der Fuhrmann hatte angenommen, daß ihm Tackleton früh einen Besuch abstatten würde, und er hatte recht damit. Er war noch nicht lange vor seiner Tür auf und ab gegangen, als er den Spielzeughändler in seiner Kutsche die Straße entlangkommen sah. Als sich die Kutsche näherte, bemerkte er, daß Tackleton für seine Hochzeit herausgeputzt war und daß er den Kopf des Pferdes mit Blumen und Schleifen geschmückt hatte.

Das Pferd wirkte eher wie ein Bräutigam als Tackleton, dessen halbgeschlossenes Auge einen noch unangenehmeren Ausdruck hatte als sonst. Doch der Fuhrmann nahm wenig Notiz davon. Seine Gedanken waren anderweitig beschäftigt.

„John Peerybingle!“ sagte Tackleton mit einem Anflug von Beileidsbezeigung. „Mein lieber Freund, wie fühlen Sie sich heute morgen?“

„Ich hab eine traurige Nacht hinter mir, Mr. Tackleton“, erwiderte der Fuhrmann und schüttelte den Kopf, „denn meine Gedanken sind ziemlich durcheinandergeraten. Aber das ist nun vorbei! Haben Sie ’ne halbe Stunde oder so Zeit für mich zu einem vertraulichen Gespräch?“

„Ich kam mit dieser Absicht“, erwiderte Tackleton und stieg aus.

„Kümmern Sie sich nicht um das Pferd. Das wird mit den

Zügeln am Pfahl ganz ruhig stehen, wenn Sie ihm ein bißchen Heu geben."

Als es der Fuhrmann aus seinem Stall geholt und ihm vorgesetzt hatte, gingen sie ins Haus.

„Sie heiraten erst mittags, nicht wahr?" fragte er.

„Ja", antwortete Tackleton. „Habe eine Menge Zeit."

Als sie die Küche betraten, klopfte Tilly Slowboy an die Tür des Fremden, die nur einige Schritte entfernt war. Eins ihrer geröteten Augen (denn Tilly hatte die ganze lange Nacht geweint, weil ihre Herrin weinte) hielt sie ans Schlüsselloch, und sie klopfte sehr laut und schien sich zu fürchten.

„Bitte, ich kann keinen nich hörn", sagte Tilly, sich umblickend. „Hoffentlich is er nich weg und gestorben, stellen Sie sich vor!"

Diesen menschenfreundlichen Wunsch unterstrich Miss Slowboy mit erneutem Pochen und Fußtritten an die Tür, was jedoch zu keinem Ergebnis führte.

„Soll ich mal versuchen?" fragte Tackleton. „Es ist seltsam."

Der Fuhrmann, der sein Gesicht von der Tür abgewandt hatte, bedeutete ihm, es zu versuchen, wenn er wolle.

So versuchte es also Tackleton zu Tilly Slowboys Erleichterung, und auch er pochte und trat mit den Füßen dagegen, und auch er erhielt keinerlei Antwort.

Aber ihm kam der Gedanke, die Türklinke auszuprobieren, und als sie sich leicht öffnen ließ, spähte er hinein, schaute hinein, ging hinein und kam bald wieder herausgerannt.

„John Peerybingle", sagte ihm Tackleton ins Ohr. „Ich hoffe, da ist nichts – nichts Unbesonnenes in der Nacht vorgefallen?"

Der Fuhrmann fuhr rasch zu ihm herum.

„Weil er weg ist", sagte Tackleton, „und das Fenster offensteht. Ich sehe keine Spuren. Natürlich liegt das Zimmer mit dem Garten fast auf einer Ebene, aber ich fürchtete, da wäre ein – ein Handgemenge gewesen. Hä?"

Das ausdrucksvolle Auge schloß er fast vollständig, so streng sah er ihn an. Und er musterte ihn, als ob er die Wahrheit aus ihm herausquetschen wollte.

„Seien Sie unbesorgt", sagte der Fuhrmann. „Er ging gestern abend in diesen Raum, ohne daß ich ihm mit Worten oder Taten etwas zuleide getan hab, und seitdem hat ihn keiner betreten. Er ist aus freien Stücken weggegangen. Ich würde froh zum Haus hinaus und von Tür zu Tür ziehen, um mein Brot zu erbetteln, wenn ich damit das Vergangene ändern könnte, als wäre er nie hergekommen. Aber er ist gekommen und weggegangen. Und ich will damit nichts mehr zu tun haben!"

„Oh! Nun, ich finde, er ist ziemlich gut davongekommen", sagte Tackleton und nahm sich einen Stuhl.

Diese spöttische Bemerkung war auf den Fuhrmann gemünzt, der sich ebenfalls hinsetzte und sein Gesicht eine kurze Zeit lang mit der Hand bedeckte, ehe er fortfuhr: „Gestern abend haben Sie mir meine Frau gezeigt", sagte er endlich, „meine Frau, die ich liebe, wie sie heimlich..."

„Und zärtlich", spielte Tackleton an.

„... die Verkleidung dieses Mannes stillschweigend duldete und ihm die Möglichkeit gab, sie allein zu treffen. Ich glaube, es gibt keinen Anblick, den ich viel lieber nicht gesehn hätte, wie diesen. Ich glaube, es gibt keinen Mann auf der Welt, von dem ich ihn mir viel lieber nicht hätte zeigen lassen."

„Ich gebe zu, daß ich immer einen Verdacht hegte", sagte Tackleton. „Und das hat mich hier widerwärtig gemacht, ich weiß."

„Aber als Sie ihn mir zeigten", fuhr der Fuhrmann fort und kümmerte sich nicht um ihn, „und als Sie sie sahen, meine Frau, meine Frau, die ich liebe" – seine Stimme, der Blick und die Hand wurden ruhiger, als er diese Worte wiederholte; offenbar um einen unabänderlichen Entschluß zu verfolgen –, „als Sie sie in dieser ungünstigen Lage sahen, wär's nur recht und billig gewesen, auch mit meinen Augen zu sehen, in mein Herz zu schauen und zu wissen, wie meine Ansicht zu diesem Thema ist. Denn sie steht fest", sagte der Fuhrmann und betrachtete ihn aufmerksam. „Und nichts kann sie jetzt erschüttern."

Tackleton stammelte ein paar beipflichtende Worte und daß es notwendig sei, das eine oder andere in Schutz zu nehmen, doch er war von der Haltung seines Gefährten tief beeindruckt. So unmißverständlich und ungehobelt sie war, so lag doch Würde und Großmut darin, was nur von einer edlen Seele, die in dem Mann wohnte, künden konnte.

„Ich bin ein einfacher, ungebildeter Mann", fuhr der Fuhrmann fort, „und sehr wenig spricht für mich. Ich bin kein kluger Mann, wie Sie sehr wohl wissen. Ich bin kein junger Mann. Ich liebte mein Pünktchen, weil ich sie in ihrem Vaterhaus von Kind an hab aufwachsen sehn; weil ich wußte, wie süß sie ist; weil sie jahrelang mein Leben bedeutet hat. Es gibt viele Männer, mit denen ich mich nicht vergleichen kann, die aber mein kleines Pünktchen nicht wie ich hätten lieben können, glaube ich!"

Er hielt inne und klopfte leise mit dem Fuß auf den Boden, ehe er den Faden wieder aufnahm.

„Ich hab oft gedacht, daß ich ihr, obwohl ich für sie nicht gut genug war, ein gütiger Ehemann sein und ihren Wert vielleicht besser kennen würde als ein andrer, und auf diese Weise freundete ich mich damit an und kam auf den Gedanken, daß es möglich wäre, sie zu heiraten. Und schließlich kam es soweit, und wir heirateten."

„Ha!" sagte Tackleton mit bedeutungsvollem Kopfschütteln.

„Ich hatte mich geprüft. Ich kannte mich selbst. Ich wußte, wie sehr ich sie liebte und wie glücklich ich sein würde", fuhr der Fuhrmann fort. „Aber ich hatte nicht – das merke ich jetzt – genügend an sie gedacht."

„Natürlich", sagte Tackleton. „Flatterhaftigkeit, Leichtsinn, Wankelmut, Eitelkeit! Nicht bedacht! Alles übersehen! Ha!"

„Sie täten besser daran", sagte der Fuhrmann mit gewisser Strenge, „mich nicht zu unterbrechen, bis Sie mich verstanden haben; und Sie sind noch weit davon entfernt. Wenn ich diesen Mann gestern mit einem Schlag niedergestreckt hätte, wer würde es wagen, gegen sie etwas vorzubringen, hätte ich ihm als meinem Bruder ins Gesicht getreten."

Der Spielzeughändler starrte ihn verwundert an. Er fuhr in sanfterem Ton fort: „Hab ich bedacht", sagte der Fuhrmann, „daß ich sie in ihrem Alter und bei ihrer Schönheit den jungen Gefährten und den vielen Ereignissen entriß, deren Zierde und strahlendster kleiner Stern sie war, der je geschienen hat, um sie von einem Tag zum anderen in meinem langweiligen Haus einzusperren und meine ermüdende Gesellschaft zu ertragen? Hab ich bedacht, wie wenig ich zu ihrem lebhaften Wesen paßte und wie lästig ein so schwerfälliger Mann wie ich für jemanden mit ihrem lebhaften Geist sein muß? Hab ich bedacht, daß es weder mein Verdienst noch Recht war, sie zu lieben, wenn das jeder tun mußte, der sie kannte? Niemals. Ich hab ihren vielversprechenden Charakter und ihre fröhliche Veranlagung ausgenutzt und sie geheiratet. Ich wünschte, ich hätte es nie getan! Um ihretwillen, nicht meinetwegen!"

Der Spielzeughändler starrte ihn, ohne zu blinzeln, an. Sogar sein halbgeschlossenes Auge war jetzt geöffnet.

„Der Himmel segne sie", sagte der Fuhrmann, „für die freundliche Beständigkeit, mit der sie versuchte, diese Erkenntnis von mir fernzuhalten. Und Gott helfe mir, daß ich mit meinem langsamen Geist das nicht eher rausgefunden hab. Armes Kind! Armes Pünktchen! Ich und nicht rausgefunden, und dabei hab ich gesehn, wie sich ihre Augen mit Tränen füllten, als von einer Hochzeit wie unsrer die Rede war. Ich, der ich wohl hundertmal das heimliche Beben ihrer Lippen gesehn und mir bis gestern abend nichts dabei gedacht hab! Armes Mädchen! Daß ich das jemals glauben konnte!"

„Sie hat es übertrieben", sagte Tackleton. „Sie hat es so übertrieben, daß dies, um Ihnen die Wahrheit zu sagen, der Grund für meine böse Ahnung war."

Und hierbei verteidigte er May Fieldings Überlegenheit, die gewiß nicht vortäuschte, *ihn* zu lieben.

„Sie hat es versucht", sagte der arme Fuhrmann mit größerer Erregung, als er bisher gezeigt hatte, „ich beginne erst jetzt zu verstehen, wie angestrengt sie versucht hat, meine pflichtgetreue und innig liebende Frau zu sein. Wie gut sie gewesen ist, wieviel sie getan hat, was für ein tapferes und starkes Herz sie hat, das mag das Glück, was ich unter diesem Dach kennengelernt hab, bezeugen. Das wird mir etwas Hilfe und Trost sein, wenn ich hier allein bin."

„Hier allein?" fragte Tackleton. „Oh! Sie meinen doch nicht etwa, daß Sie dieser Sache Beachtung schenken?"

„Ich meine", erwiderte der Fuhrmann, „daß ich ihr den größten Gefallen tue und ihr die beste Genugtuung leiste, die in meiner Macht steht. Ich kann sie von der täglichen Qual, die eine Ehe mit einem ungleichen Partner bedeutet, und dem Bemühen, das zu verbergen, erlösen. Sie soll so frei sein, wie ich sie machen kann."

„*Ihr* Genugtuung leisten!" rief Tackleton, wobei er seine großen Ohren mit den Händen drehte und zwirbelte. „Hier muß etwas nicht stimmen. Sie haben das natürlich nicht gesagt."

Der Fuhrmann ergriff den Spielzeughändler am Kragen und schüttelte ihn wie ein Schilfrohr.

„Hörn Sie!" sagte er. „Und passen Sie auf, daß Sie mich richtig verstehn. Hörn Sie. Drücke ich mich deutlich aus?"

„Wirklich sehr deutlich", antwortete Tackleton.

„Als ob ich's ernst gemeint hab?"

„Sehr, als ob Sie es ernst gemeint haben."

„Gestern hab ich die ganze Nacht an diesem Herd gesessen", rief der Fuhrmann aus. „An der Stelle, wo sie oft neben mir gesessen und mich mit ihrem süßen Gesicht angesehn hat. Ich hab mir im Geist ihr ganzes Leben, Tag für Tag, vorgestellt. Ich hatte ihre liebe Person in jeder Etappe rückblickend vor mir. Und in meiner Seele ist sie unschuldig, falls es einen gibt, der über die Unschuldigen und die Schuldigen richtet!"

Treues Heimchen am Herd! Zuverlässige Hausfeen!

„Wut und Mißtrauen sind verflogen!" sagte der Fuhrmann. „Es bleibt nur noch der Schmerz. In einem unglücklichen Augenblick kehrte ein früherer Liebhaber zurück, der besser ihrem Geschmack und Alter entsprach und vielleicht meinetwegen gegen ihren Willen abgewiesen worden war. In einem unglücklichen Augenblick, als sie überrascht war und Zeit brauchte, um zu überlegen, was sie tat, machte sie bei dem Verrat mit, indem sie ihn verheimlichte. Gestern abend sah sie ihn bei der Zusammenkunft, die wir beobachteten. Das war nicht richtig. Doch ansonsten ist sie unschuldig, falls es Treue auf Erden gibt."

„Wenn das Ihre Ansicht ist...", begann Tackleton.

„So soll sie gehn", fuhr der Fuhrmann fort. „Für die vielen glücklichen Stunden, die sie mir geschenkt hat, mit meinem Segen gehn, und ich verzeihe ihr jeden Stich, den sie mir versetzt hat. Soll sie gehn und den Seelenfrieden haben, den ich ihr wünsche. Sie soll mich niemals hassen. Sie soll lernen, mich lieber zu mögen, wenn ich keine Belastung mehr für sie bin und sie die Fessel leichter trägt, die ich ihr angelegt hab. Das ist der Tag, an dem ich sie aus ihrem Zuhause geholt hab, ohne mir über ihre Freude dabei Gedanken zu machen. Heute soll sie dorthin zurückkehren, und ich werde sie nicht mehr bedrängen. Ihr Vater und ihre Mutter werden heute hiersein – wir hatten einen kleinen Plan geschmiedet, zusammen zu feiern –, und sie solln sie mit nach Hause nehmen. Dort oder sonstwo kann ich ihr trauen. Sie verläßt mich ohne Schande, und so wird sie auch leben, da bin ich sicher. Falls ich sterben sollte – das kann passieren, während sie noch jung ist; ich hab in wenigen Stunden viel Mut eingebüßt –, wird sie erfahren, daß ich mich bis zum Schluß an sie erinnert und sie geliebt hab. Das ist das Ende von dem, was Sie mir gezeigt haben. Nun ist es vorbei."

„O nein, John, nicht vorbei. Sag nicht, es sei vorbei. Noch nicht ganz. Ich habe deine edlen Worte vernommen. Ich konnte mich nicht unter dem Vorwand wegstehlen, nicht zu wissen, was mich mit so tiefer Dankbarkeit erfüllt hat. Sag nicht, es sei vorbei, ehe die Uhr geschlagen hat!"

Sie war unmittelbar hinter Tackleton eingetreten und dort geblieben. Sie sah niemals Tackleton an, sondern richtete ihre Blicke auf ihren Mann. Doch sie hielt sich von ihm zurück und ließ soviel wie möglich Spielraum zwischen sich, und obwohl sie mit leidenschaftlichem Ernst sprach, ging sie selbst dann nicht näher an ihn heran. Wie unterschiedlich zu ihrem früheren Ich.

„Keiner kann eine Uhr herstellen, die mir die vergangenen Stunden noch einmal anzeigt", erwiderte der Fuhrmann mit einem schwachen Lächeln. „Aber soll es so sein, wenn du möchtest, mein Liebes. Sie wird bald schlagen. Es ist von geringer Bedeutung, was wir sagen. Ich würde versuchen, dir auch in einem schwereren Fall als diesem einen Gefallen zu tun."

„Nun!" brummte Tackleton. „Ich muß jetzt gehen, denn wenn die Uhr schlägt, muß ich auf dem Weg zur Kirche sein. Guten Morgen, John Peerybingle. Es tut mir leid, daß ich um das Vergnügen Ihrer Gesellschaft komme. Schade darum und um die Ursache dazu!"

„Hab ich mich deutlich ausgedrückt?" fragte der Fuhrmann, der ihn zur Tür begleitete.

„O ja!"

„Und Sie werden daran denken, was ich gesagt hab?"

„Tja, wenn Sie mich zu der Bemerkung zwingen", sagte Tackleton und stieg vorsichtshalber erst einmal in seine

Kutsche, „dann muß ich sagen, daß es so unerwartet kam, daß ich es so schnell nicht vergessen werde."

„Um so besser für uns beide", erwiderte der Fuhrmann. „Auf Wiedersehn. Ich wünsche Ihnen viel Vergnügen."

„Ich wollte, ich könnte es *Ihnen* wünschen", sagte Tackleton. „Da ich's nicht kann, vielen Dank. Ganz unter uns (wie ich Ihnen schon vorhin sagte), ich glaube nicht, daß ich in meinem Eheleben weniger Freude haben sollte, weil May nicht so eifrig um mich bemüht und überschwenglich ist. Auf Wiedersehen! Passen Sie auf sich auf."

Der Fuhrmann blickte ihm nach, bis er in der Ferne kleiner wurde als die Blumen und Schleifen des Pferdes dicht neben ihm. Dann schlenderte er mit einem tiefen Seufzer wie ein ruheloser, gebrochener Mann zwischen einigen in der Nachbarschaft stehenden Ulmen umher, denn er hatte keine Lust umzukehren, bis die Uhr kurz vor dem Anzeigen der Stunde stand.

Seine kleine Frau, die allein zurückblieb, schluchzte jämmerlich, doch sie trocknete sich oft die Augen und hielt inne, um zu sagen, wie gut, wie vortrefflich er war. Ein- oder zweimal lachte sie so herzlich, frohlockend und ohne sichtbaren Grund auf (jedoch die ganze Zeit unter Tränen), daß Tilly völlig entsetzt war.

„Oh, bitte nicht!" sagte Tilly. „Es reicht schon, das Baby umzubringen, bitte sehr."

„Wirst du ihn manchmal zu seinem Vater bringen, damit er ihn sehen kann, Tilly", fragte die Herrin, während sie sich die Augen trocknete, „wenn ich hier nicht mehr wohnen kann und in mein altes Zuhause zurückgekehrt bin?"

„Oh, bitte nicht!" rief Tilly, warf den Kopf zurück und brach in Geheul aus – in diesem Augenblick sah sie Boxer ungemein ähnlich. „Oh, bitte nicht! Was hat nur jeder mit jedem getan und jeden so unglücklich gemacht! Oh – oh – oh!"

An dieser Stelle wurde ihr Geheul, das durch das lange

Unterdrücken nur um so furchtbarer war, so jämmerlich, daß sie unweigerlich das Baby geweckt und ernsthaft (wahrscheinlich bis hin zu Krämpfen) erschreckt hätte, wenn ihre Blicke nicht auf Caleb Plummer, der seine Tochter hereinführte, gestoßen wären. Da ihr dieser Anblick wieder zu dem Gefühl für das, was sich schickt, verhalf, stand sie einen Moment schweigend und mit weit geöffnetem Mund da. Dann eilte sie zu dem Bett, in dem das Baby schlief, gebärdete sich auf dem Fußboden in einer unheimlichen, dem Veitstanz ähnlichen Art und wühlte gleichzeitig mit ihrem Gesicht und Kopf in den Bettüchern herum, und diese außergewöhnlichen Tätigkeiten verschafften ihr offenbar eine große Erleichterung.

„Mary", sagte Bertha. „Nicht bei der Hochzeit."

„Ich hab ihr erzählt, daß Sie nich dabeisein werden, Madam", flüsterte Caleb. „Ich hörte gestern abend so etwas. Aber Gott sei mit Ihnen", sagte der kleine Mann und faßte zärtlich ihre beiden Hände, „*ich* kümmere mich nich darum, was sie sagen. *Ich* glaube ihnen nicht. Ich bin zwar nur 'ne halbe Portion, doch die sollte lieber in Stücke gerissen werden, als daß ich einem einzigen schlechten Wort über Sie glauben würde!"

Er legte die Arme um sie und liebkoste sie, wie ein Kind eine seiner Puppen liebkost haben könnte.

„Bertha konnte heute morgen nich zu Hause bleiben", sagte Caleb. „Sie hatte Angst, das weiß ich, die Glocken läuten zu hören, und traute sich nich, am Hochzeitstag so in deren Nähe zu sein. Deshalb brachen wir rechtzeitig auf und kamen hierher. Ich hab darüber nachgedacht, was ich angerichtet hab", sagte Caleb nach kurzer Pause; „ich hab mir selbst wegen der Seelenpein, die ich ihr zugefügt hab, Vorwürfe gemacht, bis ich kaum noch wußte, was ich tun oder wohin ich mich wenden sollte. Und ich bin zu dem Schluß gekommen, daß ich lieber die Wahrheit sagen will, wenn Sie währenddessen bei mir bleiben würden, Madam. Wollen Sie in der Zeit bei mir bleiben, Madam?" fragte er, am ganzen Leibe zitternd. „Ich weiß nich, welche Wirkung es auf sie ausüben wird. Ich weiß nich was sie von mir denken wird. Ich weiß nich ob sie ihren armen Vater hinterher noch gern haben wird. Aber es is das beste für sie, wenn sie aufgeklärt wird, und ich muß eben die Folgen tragen, wie ich es verdiene."

„Mary", sagte Bertha, „wo ist deine Hand? Aha, hier ist sie, hier ist sie." Lächelnd preßte sie sie an die Lippen und zog sie durch ihren Arm. „Gestern abend hörte ich, wie sie leise untereinander Vorwürfe gegen dich aussprachen. Sie hatten unrecht."

Die Frau des Fuhrmannes schwieg. Caleb antwortete für sie.

„Sie hatten unrecht", sagte er.

„Ich wußte es", rief Bertha stolz. „Das habe ich ihnen gesagt. Ich weigerte mich, ein einziges Wort zu hören! *Sie* zu Recht tadeln." Dabei drückte sie ihre Hand und preßte die zarte Wange an ihr Gesicht. „Nein. So blind bin ich auch wieder nicht."

Ihr Vater ging an der einen Seite, während Pünktchen an der anderen ging und ihre Hand hielt.

„Ich kenne euch alle besser, als ihr denkt", sagte Bertha. „Doch keinen so gut wie sie. Nicht einmal dich, Vater. Es gibt nichts um mich herum, was nur halb so natürlich und wahr ist wie sie. Wenn ich in diesem Moment mein Augenlicht wiederbekäme und kein Wort gesprochen würde, könnte ich sie aus einer großen Menge herausfinden. Meine Schwester."

„Bertha, mein Liebes", sagte Caleb, „mir liegt was auf der Seele, was ich dir erzählen möchte, während wir drei allein sind. Hör mich freundlicherweise an. Ich hab dir ein Geständnis zu machen, mein Liebling."

„Ein Geständnis, Vater?"

„Ich bin von der Wahrheit abgewichen und hab mich verirrt, mein Kind", sagte Caleb mit einem bedauernswerten Ausdruck in seinem bestürzten Gesicht. „Ich bin von der

Wahrheit abgewichen, weil ich es gut mit dir meinte, bin aber grausam gewesen."

Sie wandte ihm ihr erstauntes Gesicht zu und wiederholte: „Grausam!"

„Er klagt sich selbst zu hart an, Bertha", sagte Pünktchen. „Du wirst das auch gleich sagen. Du wirst die erste sein, die ihm das sagt."

„Er grausam zu mir?" rief Bertha, ungläubig lächelnd.

„Das wollte ich nich, mein Kind", sagte Caleb, „bin es aber gewesen, obwohl ich es bis gestern nich für möglich gehalten hätte. Meine liebe blinde Tochter, hör mich an und verzeih mir! Die Welt, in der du, mein Herz, lebst, sieht nich so aus, wie ich sie dargestellt hab. Die Augen, auf die du dich verlassen hast, haben dich getäuscht."

Noch immer wandte sie ihm ihr erstauntes Gesicht zu, zog sich aber zurück und klammerte sich enger an ihre Freundin.

„Dein Lebensweg war holprig, meine Ärmste", sagte Caleb, „und ich wollte ihn dir ebnen. Ich hab Gegenstände umgeändert, Menschen verwandelt und viele Dinge erfunden, die es nie gegeben hat, um dich glücklicher zu machen. Ich habe Heimlichkeiten vor dir gehabt, hab dich betrogen – Gott verzeih mir! – und dich mit Trugbildern umgeben."

„Aber lebendige Menschen sind keine Trugbilder", sagte sie hastig, wobei sie blaß wurde und sich noch weiter von ihm zurückzog. „Du kannst sie nicht verändern."

„Ich hab es getan, Bertha", wandte Caleb ein. „Es gibt einen Menschen, den du kennst, mein Täubchen..."

„O Vater, warum sagst du, den ich kenne?" antwortete sie mit heftigem Vorwurf. „Was und wen kenne ich schon! Ich ohne Führer! Ich elende Blinde!"

In ihrer Herzenspein streckte sie die Hände aus, als ob sie sich vorantaste. Dann hielt sie sie mit einer Geste der Verzweiflung und Trauer vors Gesicht.

„Die Hochzeit, die heute stattfindet", sagte Caleb, „ist die eines unnachgiebigen, geizigen Schinders, der seit vielen Jahren dir und mir, mein Liebes, ein strenger Arbeitgeber ist. Häßlich im Aussehen und in seinem Wesen. Immer kalt und gefühllos. Ganz und gar nicht, wie ich ihn dir in allem beschrieben hab, mein Kind. In allem."

„Oh", rief das blinde Mädchen, das, wie es schien, in unerträglichem Maße gepeinigt war, „warum hast du das nur getan? Warum hast du erst mein Herz erfüllt und kommst dann wie der Tod herein und reißt mir die Gegenstände meiner Liebe weg? O Himmel, wie blind bin ich! Wie hilflos und verlassen!"

Ihr niedergeschlagener Vater ließ den Kopf hängen, erwiderte mit nichts anderem als seiner Reue und seinem Kummer.

Sie war noch nicht lange in dieser betrübten Stimmung, als das Heimchen am Herd, nur von ihr vernommen, zu zirpen begann. Nicht fröhlich, sondern leise, schwach und klagend. Es war dermaßen traurig, daß ihre Tränen zu fließen begannen, und als die Fee, die die ganze Nacht hindurch neben dem Fuhrmann gestanden hatte, hinter ihr auftauchte und auf ihren Vater wies, rannen sie in Strömen.

Bald vernahm sie die Stimme des Heimchens deutlicher und wurde sich wegen ihrer Blindheit der Fee bewußt, die ihren Vater umschwebte.

„Mary", sagte das blinde Mädchen, „erzähle mir, wie mein Zuhause aussieht. Wie es wirklich aussieht."

„Es ist eine ärmliche Wohnung, wahrhaftig sehr ärmlich und dürftig. Das Haus wird kaum einen weiteren Winter Wind und Regen standhalten. Es ist genausowenig vor dem Wetter geschützt, Bertha, wie dein armer Vater in seinem Mantel aus Sackleinen", fuhr Pünktchen mit leiser, klarer Stimme fort.

Das blinde Mädchen, das arg erschüttert war, nahm die kleine Frau des Fuhrmannes beiseite.

„Diese Geschenke, auf die ich so achtgegeben habe und die

meine Wünsche erfüllten und mir so angenehm waren", sagte sie zitternd, „woher kamen sie? Hast du sie geschickt?"

„Nein."

„Wer dann?"

Pünktchen sah, daß sie bereits begriffen hatte, und schwieg. Wieder hielt das blinde Mädchen die Hände vors Gesicht. Doch jetzt auf eine ganz andere Art.

„Liebe Mary, einen Augenblick. Nur einen Augenblick! Mehr hier entlang. Sprich leise mit mir. Du bist ehrlich, das weiß ich. Du würdest mich nicht betrügen, stimmt's?"

„Nein, Bertha, wirklich nicht!"

„Nein, dessen bin ich mir sicher. Du hast zu großes Mitleid mit mir. Mary, sieh zu dem Raum hin, in dem wir bis vor kurzem waren und in dem sich mein Vater – der so mitfühlend und liebevoll zu mir ist – aufhält, und sage mir, was du siehst."

„Ich sehe einen alten Mann", sagte Pünktchen, die sie gut verstand, „der auf einem Stuhl sitzt und sich sorgenvoll auf die Lehne stützt und das Gesicht in der Hand ruhen läßt. Als ob er von seinem Kind getröstet werden möchte, Bertha."

„Ja, ja, das wird es tun. Sprich weiter."

„Er ist ein alter Mann, von Sorge und Arbeit verzehrt. Er ist ein magerer, niedergeschlagener, nachdenklicher, grauhaariger Mann. Ich sehe ihn jetzt, wie er verzweifelt und gebeugt ist und gegen nichts ankämpft. Aber Bertha, ich habe früher viele Male gesehen, wie er sich auf verschiedene Weise für ein heiliges Ziel hart gemüht hat. Und ich verehre sein graues Haupt und segne ihn!"

Das blinde Mädchen riß sich von ihr los, warf sich vor ihrem Vater auf die Knie und nahm das graue Haupt an ihre Brust.

„Ich kann wieder sehen. Ich kann sehen!" rief sie. „Ich war blind, und jetzt sind meine Augen geöffnet. Ich habe ihn nie gekannt! Welch ein Gedanke, daß ich gestorben wäre und den Vater nie richtig gesehen hätte, der so liebevoll zu mir war!"

Caleb fand keine Worte für seine Gefühle.

„Es gibt keine noch so stattliche Gestalt auf der Welt", rief das blinde Mädchen und hielt ihn umschlungen, „die ich so von Herzen liebe und der ich so hingebungsvoll zugetan bin wie dieser. Je grauer und abgezehrter, desto lieber, Vater. Niemals mehr soll jemand sagen, ich sei blind. Nicht eine Falte in seinem Gesicht, kein einziges Haar auf seinem Haupt soll in meinen Dankgebeten vergessen werden."

Caleb brachte „Meine Bertha!" heraus.

„Und in meiner Blindheit glaubte ich ihm", sagte das Mädchen, ihn unter Tränen der Rührung liebkosend, „daß er ganz anders sei. Und obwohl er tagtäglich an meiner Seite und stets aufmerksam gegen mich war, habe ich mir dies nie träumen lassen."

„Der kräftige, gutaussehende Vater im blauen Mantel, Bertha", sagte der arme Caleb. „Er is gestorben."

„Nichts ist gestorben", antwortete sie. „Nein, liebster Vater. Alles ist lebendig in dir. Der Vater, den ich so liebte; der Vater, den ich nicht genug liebte und nie kannte; der Wohltäter, den ich zuerst zu verehren und lieben begann, weil er solches Mitleid mit mir hatte. Alle sind in dir lebendig. Für mich ist nichts tot. Die Seele all dessen, was mir äußerst teuer war, lebt hier – in dem erschöpften Gesicht und dem grauen Haupt. Und ich bin nicht mehr blind, Vater."

Pünktchens Aufmerksamkeit hatte sich während dieser Unterhaltung völlig auf den Vater und seine Tochter gerichtet, doch als sie nun zu dem kleinen Heumacher auf der maurischen Wiese hinschaute, sah sie, daß die Uhr in wenigen Minuten schlagen mußte, und wurde sofort nervös und aufgeregt.

„Vater", sagte Bertha zögernd. „Mary."

„Ja, mein Liebes", erwiderte Caleb. „Hier is sie."

„Bei *ihr* hat sich nichts geändert. Du hast mir doch nie etwas von *ihr* erzählt, was nich der Wahrheit entsprach?"

„Ich fürchte, ich hätte es getan, mein Liebes", antwortete

Caleb, ,,wenn ich sie hätte besser machen können, als sie war. Aber ich hätte sie zum Schlechteren verändern müssen, wenn ich sie überhaupt ändern wollte. Nichts könnte sie verbessern, Bertha."

Die Zuversicht des blinden Mädchens, als es die Frage stellte, ihre Freude und der Stolz bei der Antwort und ihre neuerliche Umarmung von Pünktchen mit anzusehen war bezaubernd.

,,Trotzdem können mehr Veränderungen eintreten, als ihr euch vorstellen könnt, meine Liebe", sagte Pünktchen. ,,Veränderungen zum Besseren hin, meine ich. Veränderungen zur großen Freude einiger von uns. Ihr dürft nicht allzu erstaunt sein, wenn solche vor sich gehen und euch betreffen. Sind da Wagenräder auf der Straße? Du hast ein gutes Gehör, Bertha. Sind das Wagenräder?"

,,Ja. Sie kommen schnell näher."

,,Ich – ich weiß, daß du ein gutes Gehör hast", sagte Pünktchen, legte die Hand aufs Herz und sprach offensichtlich, so schnell sie konnte, weiter, um ihr Herzklopfen zu verbergen, ,,weil ich das oft festgestellt habe und weil du gestern abend so schnell diesen fremden Schritt bemerkt hast. Warum du jedoch gesagt hast, wie ich mich sehr gut erinnere, Bertha, ‚Was ist das für ein Schritt?' und warum du stärker darauf geachtet hast als auf irgendeinen anderen, weiß ich nicht. Doch wie ich eben sagte, es gehen große Veränderungen in der Welt vor sich, und wir können nicht besser daran tun, als uns auf einiges gefaßt zu machen."

Caleb war gespannt, was dies bedeutete; denn er spürte, daß sie ihn ebenso ansprach wie seine Tochter. Erstaunt sah er, wie beunruhigt und erregt sie war; sie konnte kaum atmen und hielt sich an einem Stuhl fest, um nicht umzufallen.

,,Das sind tatsächlich Wagenräder!" keuchte sie. ,,Sie kommen näher. Näher. Sehr nahe. Und jetzt hört man sie am Gartentor halten. Und jetzt hört man draußen vor der Tür einen Schritt – ist es nicht derselbe Schritt, Bertha? – und jetzt..."

Sie stieß einen heftigen Schrei unbändiger Freude aus, rannte zu Caleb und hielt ihm die Augen zu. Da stürmte ein junger Mann ins Zimmer, warf den Hut in die Luft und stürzte sich auf sie.

„Ist es vorüber?" rief Pünktchen.

„Ja."

„Glücklich vorüber?"

„Ja."

„Erinnerst du dich an die Stimme, lieber Caleb? Hast du je so eine wie diese gehört?" rief Pünktchen.

„Wenn mein Junge im goldnen Südamerika noch leben würde...", sagte Caleb zitternd.

„Er lebt!" schrie Pünktchen, nahm ihre Hände von seinen Augen und schlug sie vor Begeisterung zusammen. „Schaut ihn euch an! Seht, wie er vor euch steht, gesund und kräftig! Dein lieber Sohn! Dein lieber lebender, dich liebender Bruder, Bertha!"

Alle Ehre dem kleinen Geschöpf für ihr Entzücken! Alle Ehre ihren Tränen und ihrem Lachen, als die drei sich in den Armen lagen! Alle Ehre der Herzlichkeit, mit der sie dem braungebrannten Matrosen mit dem dunklen, langen Haar entgegenging und dem sie ihren rosigen kleinen Mund nicht entzog, sondern ihm gestattete, sie offen zu küssen und sie an sein springendes Herz zu drücken!

Und Ehre auch dem Kuckuck – warum nicht? – dafür, daß er wie ein Einbrecher aus der Falltür des maurischen Palastes herausstürzte und zwölfmal den Schluckauf bei der versammelten Gesellschaft hatte, als wäre er vor Freude betrunken.

Der eintretende Fuhrmann wich zurück. Das kann man auch verstehen, wenn er sich in solch einer guten Gesellschaft befand.

„Sieh mal, John!" sagte Caleb frohlockend. „Schau her!

Mein Sohn aus dem goldnen Südamerika! Mein eigner Sohn! Derjenige, den du selbst ausgestattet und weggeschickt hast! Derjenige, dem du immer ein guter Freund gewesen bist!"

Der Fuhrmann kam näher, um seine Hand zu ergreifen, prallte jedoch zurück, als irgendein Gesichtszug die Erinnerung an den schwerhörigen Mann im Wagen in ihm wachrief, und sagte:

„Edward, warst *du* es?"

„Nun erzähle ihm alles!" rief Pünktchen. „Erzähle ihm alles, Edward, und schone mich nicht, denn ich werde mich auch nie wieder in seinen Augen schonen."

„*Ich* war der Mann", sagte Edward.

„Und du konntest dich verkleidet in das Haus deines Freundes einschleichen?" entgegnete der Fuhrmann. „Es gab mal einen aufrichtigen Jungen – wie viele Jahre ist es her, Caleb, daß wir hörten, er is tot, und die Nachricht schien auch glaubwürdig –, der so was nie getan hätte."

„Ich hatte einmal einen hochherzigen Freund, mehr einen Vater als Freund", sagte Edward, „der mich oder irgendeinen andren Menschen nie verurteilt hätte, ohne mich vorher anzuhören. Der warst du. Ich bin gewiß, daß du mich jetzt anhören wirst."

Der Fuhrmann, der sich noch ein Stück abseits von Pünktchen hielt, warf ihr einen besorgten Blick zu und antwortete: „Nun, das ist nur recht und billig. Ich höre."

„Du mußt wissen, daß ich, als ich damals hier wegging, verliebt war", sagte Edward, „und meine Liebe erwidert wurde. Sie war ein sehr junges Mädchen, das vielleicht selbst nicht wußte, was es wollte (du kannst es mir sagen). Ich aber wußte es und hatte eine Schwäche für sie."

„Das hattest du?" rief der Fuhrmann. „Du?"

„Wirklich", erwiderte der andere. „Und sie erwiderte sie. Immer habe ich das geglaubt, und nun bin ich mir dessen sicher."

„Der Himmel steh mir bei!" sagte der Fuhrmann. „Das ist ja schlimmer als alles andre."

„Ich hielt ihr die Treue", sagte Edward, „und als ich nach vielen Mühen und Gefahren hoffnungsvoll zurückkehrte, um mein Eheversprechen einzulösen, erfuhr ich, zwanzig Meilen von hier entfernt, daß sie mir untreu geworden, mich vergessen hatte und sich einem anderen, reicheren Mann zur Frau gegeben hatte. Ich hatte nicht die Absicht, ihr Vorwürfe zu machen, aber ich wollte sie sehen und feststellen, daß dies ohne allen Zweifel stimmte. Ich hoffte, sie wäre gegen ihren Willen und ihre Erinnerungen dazu gezwungen worden. Es wäre ein schwacher Trost gewesen, aber es wäre wenigstens einer gewesen, dachte ich und kam her. Um die Wahrheit, die nackte Wahrheit zu erfahren und um ohne Hindernis einerseits oder meinen Einfluß auf sie andererseits (falls ich den überhaupt hatte) ungehindert selbst feststellen und mir mein Urteil bilden zu können, verkleidete ich mich – du weißt, wie – und wartete auf der Straße – du weißt, wo. Du hattest keine Ahnung von mir. *Sie* auch nicht", er wies auf Pünktchen, „bis ich ihr am Kamin etwas ins Ohr flüsterte und sie mich beinahe verriet."

„Aber als sie wußte, daß Edward am Leben und zurückgekommen war", schluchzte Pünktchen und sprach nun für sich selbst, worauf sie während des Berichts schon gebrannt hatte, „und als sie seine Absicht kannte, riet sie ihm, unter allen Umständen sein Geheimnis zu hüten, denn sein alter Freund John Peerybingle war in seinem Wesen zu offen und in bezug auf irgendwelche Listen zu ungeschickt – er ist auch sonst ein unbeholfener Mann", sagte Pünktchen, halb lachend, halb weinend, „als daß er es für sich behalten könnte. Und als sie – das bin ich, John –", schluchzte die kleine Frau, „ihm alles erzählte und wie sein Schatz ihn für tot gehalten hatte und wie sie schließlich von ihrer Mutter zu einer Heirat überredet worden war, die die dumme, alte Gans vorteilhaft nannte; und als sie – das bin wieder ich, John –

ihm erzählte, daß sie noch nicht verheiratet seien (obgleich kurz davor) und daß es nichts weiter als ein Opfer sei, wenn die Ehe zustande käme, weil sie ihn nicht liebte; und als er darüber vor Freude fast wahnsinnig wurde, sagte sie – das bin wieder ich –, sie würde vermitteln, wie sie es in früheren Zeiten oft getan hatte, John, und seinen Schatz prüfen und sich vergewissern, daß das, was sie – wieder ich, John – sagte und dachte, auch richtig war. Und es *war* richtig, John! Und sie wurden zusammengebracht, John! Und sie haben vor einer Stunde geheiratet, John! Und hier ist die Braut! Und Gruff & Tackleton soll als Junggeselle sterben! Und ich bin eine glückliche kleine Frau, May. Gott segne euch!“

Sie war eine unwiderstehliche kleine Frau, falls das überhaupt zur Sache gehörte, und nie dermaßen unwiderstehlich wie bei ihrem gegenwärtigen Freudenausbruch. Noch nie waren Glückwünsche so zärtlich und ergötzlich wie jene, mit denen sie sich und die Braut überhäufte.

Mit einem Aufruhr in seinem Inneren hatte der ehrliche Fuhrmann verwirrt dagestanden. Als er nun auf sie zuflog, streckte Pünktchen die Hand aus, um ihn aufzuhalten, und wich wie vorher zurück.

„Nein, John, nein! Höre alles! Liebe mich nicht eher, John, bis du jedes Wort gehört hast, das ich zu sagen habe. Es war falsch, ein Geheimnis vor dir zu haben, John. Es tut mir sehr leid. Ich hielt es nicht für ein Unrecht, bis ich gestern abend kam und mich neben dich auf den kleinen Schemel setzte. Als ich aber nach dem, was in deinem Gesicht geschrieben stand, wußte, daß du mich mit Edward im Korridor hast gehen sehen, und als ich wußte, was du dachtest, spürte ich, wie unbesonnen und falsch es war. Aber lieber John, wie konntest du nur so etwas denken!“

Wie schluchzte sie wieder, die kleine Frau! John Peerybingle hätte sie in seine Arme genommen, doch nein, sie wollte das nicht.

„Hab mich noch nicht lieb, John, bitte! Lange noch nicht!

Als ich wegen der bevorstehenden Heirat traurig war, Liebster, dann nur deshalb, weil ich mich an May und Edward als junge Liebende erinnerte und wußte, daß Mays Herz nicht an Tackleton hing. Jetzt glaubst du das, nicht wahr, John?"

Bei dieser Bitte wollte John erneut losstürmen, doch wieder hielt sie ihn auf.

„Nein, bleib bitte da, John! Wenn ich manchmal über dich lache oder dich unbeholfen oder eine liebe alte Gans nenne oder dir ähnliche Namen gebe, geschieht das nur, weil ich dich so sehr liebe, John, und an deinen Gewohnheiten solchen Gefallen finde und dich nicht im geringsten anders sehen würde, wenn du morgen ein König wärst."

„Hurra", rief Caleb mit ungewöhnlichem Nachdruck. „Ganz meine Meinung."

„Und wenn ich von gesetzten Leuten im mittleren Alter spreche, John, und so tue, als wären wir ein langweiliges Ehepaar, das immer im selben Trott lebt, ist das nur, weil ich so ein dummes kleines Ding bin, John, und manchmal gern so eine Art Babyspiel und so was mache und dich das glauben lasse."

Sie sah, daß er auf sie zukam, und hielt ihn wieder auf. Doch fast war es zu spät dafür.

„Nein, warte noch ein oder zwei Minuten mit dem Liebhaben, John, wenn ich bitten darf. Was ich dir am liebsten sagen möchte, habe ich bis zum Schluß aufgehoben. Mein lieber, guter, großzügiger John! Als wir letztens über das Heimchen sprachen, lag mir auf der Zunge zu sagen, daß ich dich zunächst nicht ganz so von Herzen liebte wie jetzt, daß ich, als ich zum erstenmal in dieses Haus kam, etwas Angst hatte, ich könnte nicht lernen, dich so zu lieben, wie ich es hoffte und erflehte, weil ich so sehr jung war, John. Aber, mein lieber John, mit jedem Tag und jeder Stunde liebte ich dich immer mehr. Und wenn ich dich noch stärker lieben könnte, hätten mich die edlen Worte, die ich dich heute morgen sagen hörte, dazu gebracht. Aber ich kann es nicht. All meine

Zuneigung, die ich hatte (sie war sehr stark, John), schenkte ich dir vor langer, langer Zeit, wie du es verdienst, und mehr habe ich nicht zu vergeben. Nun, mein lieber Mann, drück mich wieder an dein Herz! Das ist mein Zuhause, John, und denke nie daran, mich woandershin zu schicken!"

Niemals werden Sie solch eine Freude empfinden, wenn Sie eine strahlende kleine Frau in den Armen eines anderen sehen, wie Sie sie beim Anblick von Pünktchen verspürt hätten, als diese in die Umarmung des Fuhrmannes lief. Sie war die ernsthafteste, vollkommenste kleine Person, die Sie je in Ihrem Leben gesehen haben.

Sie können sicher sein, daß sich der Fuhrmann in einem Zustand höchsten Entzückens befand, und Sie können sicher sein, daß es Pünktchen ebenso erging, und Sie können sicher sein, daß es allen so ging, einschließlich Miss Slowboy, die vor Freude ausgiebig weinte und das Baby, da sie ihren kleinen Schützling in die allgemeine Gratulationscour einbeziehen wollte, jedem der Reihe nach reichte, als sei es etwas zu trinken.

Doch nun war vor der Tür wieder Rädergerassel zu vernehmen, und jemand rief, daß Gruff & Tackleton zurückkäme. Rasch näherte sich dieser ehrenwerte Herr, der erregt und gereizt aussah.

„Na, was zum Teufel ist das, John Peerybingle!" sagte Tackleton. „Da liegt ein Mißverständnis vor. Ich verabredete mich mit Mrs. Tackleton an der Kirche, und ich schwöre, daß ich auf dem Weg hierher auf der Straße an ihr vorbeigefahren bin. Oh, da ist sie ja! Verzeihung, Sir, ich habe nicht das Vergnügen, Sie zu kennen, aber wenn Sie mir den Gefallen täten, diese junge Dame in Ruhe zu lassen, sie hat nämlich heute morgen eine besondere Verpflichtung."

„Ich kann sie aber nicht in Ruhe lassen", erwiderte Edward. „Das könnte ich mir gar nicht vorstellen."

„Was meinen Sie damit, Sie Vagabund?" sagte Tackleton.

„Ich meine, daß ich heute morgen, da ich Nachsicht mit

Ihrem Ärger übe", sagte der andere lächelnd, „für einen scharfen Disput so taub bin, wie ich es gestern abend bei allen Unterhaltungen war."

Was für ein Blick, den Tackleton ihm zuwarf, und was für ein plötzliches Zusammenzucken!

„Es tut mir leid, Sir", sagte Edward und hielt ihm Mays linke Hand, besonders den Ringfinger, hin, „daß die junge Dame Sie nicht zur Kirche begleiten kann. Da sie aber schon einmal heute morgen dort war, werden Sie ihr vielleicht verzeihen."

Tackleton betrachtete kühl den Ringfinger und zog aus seiner Westentasche ein kleines Stück Silberpapier heraus, das offenbar einen Ring enthielt.

„Miss Slowboy", sagte Tackleton. „Hätten Sie die Güte, dies ins Feuer zu werfen? Danke."

„Es war ein Verlöbnis aus vergangener Zeit, ein ganz altes Verlöbnis, das meine Frau daran hinderte, ihre Verabredung mit Ihnen einzuhalten, das versichere ich Ihnen", sagte Edward.

„Mr. Tackleton wird der Gerechtigkeit halber zugeben, daß ich mich ihm wahrheitsgetreu offenbart und ihm viele Male gesagt habe, daß ich es nie vergessen könnte", sagte May errötend.

„O gewiß!" sagte Tackleton. „O selbstverständlich. Oh, es ist in Ordnung. Es ist völlig richtig. Mrs. Edward Plummer, nehme ich an?"

„So ist der Name", erwiderte der Bräutigam.

„Ach, ich hätte Ihnen nicht begegnen sollen, Sir", sagte Tackleton, während er sein Gesicht genauestens betrachtete und eine tiefe Verbeugung machte. „Viel Vergnügen, Sir!"

„Danke."

„Mrs. Peerybingle", sagte Tackleton, indem er sich plötzlich dahin wandte, wo sie mit ihrem Mann stand, „es tut mir leid. Sie haben mir nicht gerade einen großen Gefallen getan, aber, so wahr ich lebe, es tut mir leid. Sie sind besser, als ich gedacht habe. John Peerybingle, es tut mir leid. Sie verstehen mich, es reicht. Es ist völlig richtig, meine Damen und Herren, und vollkommen einleuchtend. Guten Morgen."

Mit diesen Worten tat er die Sache ab und setzte sich darüber hinweg. Nur an der Tür blieb er stehen, entfernte die Blumen und Bänder vom Kopf des Pferdes und versetzte dem Tier einen Rippenstoß, um ihm zu verstehen zu geben, daß bei seiner Verabredung etwas nicht stimmte.

Natürlich wurde es zur heiligen Pflicht, den Tag so auszurichten, daß diese Ereignisse für immer auf Peerybingles Kalender als ein großer Festtag vermerkt werden konnten. Also ging Pünktchen ans Werk, solch ein Fest zu arrangieren, das dem Haus und jedem Beteiligten unsterbliche Ehre einbringen sollte. Und in sehr kurzer Zeit steckte sie bis zu den mit Grübchen versehenen Ellbogen im Mehl und machte den Mantel des Fuhrmannes jedesmal weiß, wenn er in ihre Nähe kam und sie ihn aufhielt, um ihm einen Kuß zu geben. Dieser gute Kerl wusch das Blattgemüse, schälte die Rüben, zerbrach Geschirr, kippte Eisentöpfe mit kaltem Wasser auf dem Feuer um und machte sich auf allerlei Weise nützlich, während zwei berufsmäßige Helfer, die rasch von irgendwoher aus der Nachbarschaft herbeigerufen worden waren, in allen Eingängen zusammenstießen und um die Ecken rannten, als ginge es um Leben oder Tod, und jedermann überall über Tilly Slowboy und das Baby stolperte. Tilly war nie zuvor dermaßen in Erscheinung getreten. Ihre Allgegenwart war der Gegenstand allgemeiner Bewunderung. Um fünf vor halb drei war sie ein Hindernis im Korridor, genau um halb drei eine Fußangel in der Küche und um fünf nach halb drei eine Falle in der Dachkammer. Der Kopf des Babys war ein Prüfstein für jede Art von Materie: Tier-, Pflanzen- und Mineralreich. Nichts wurde an diesem Tag benutzt, was nicht irgendwann einmal nähere Bekanntschaft mit ihm machte.

Dann wurde eine große Expedition in Bewegung gesetzt,

um Mrs. Fielding ausfindig zu machen und furchtbar bußfertig gegenüber dieser vortrefflichen Dame zu sein und sie, falls erforderlich, mit Gewalt zurückzuholen, damit sie glücklich sei und verzeihe. Als die Expedition sie entdeckte, wollte sie zunächst unter keinen Umständen zuhören, sondern sagte unzählige Male: „Daß ich so einen Tag erleben mußte!", und konnte nicht dazu bewogen werden, noch etwas anderes zu sagen als: „Nun tragt mich zu Grabe!", was absurd erschien, da sie weder tot noch in einem annähernden Zustand war. Nach einer Weile verfiel sie in eine erschreckende Gemütsruhe und bemerkte, daß sie, als jene Folge unglücklicher Umstände im Indigo-Handel eintrat, vorhergesehen hatte, daß sie in ihrem ganzen Leben jeder Art von Beleidigung und Schmach ausgesetzt sein würde und daß sie froh sei, daß dies der Fall war. Sie bat, sie sollten sich um sie keine Sorgen machen – denn wer war sie schon? Du lieber Himmel, ein Nichts! –, sondern sollten vergessen, daß so ein Wesen lebt, und sollten ohne sie ihren Lebensweg beschreiten. Aus dieser verbitterten und sarkastischen Stimmung wechselte sie in eine zornige über, der sie mit der bemerkenswerten Äußerung Luft machte, daß sich der Wurm winde, wenn man ihn trete. Danach ließ sie sich von einem leichten Schmerz übermannen und sagte, daß sie ihnen über alles mögliche Ratschläge erteilen könnte, wenn sie ihr nur Vertrauen schenkten. Diese Krise in ihren Gefühlen nutzte die Expedition aus und umarmte sie, und sehr bald hatte sie ihre Handschuhe an und befand sich in einem Aufzug von untadeliger Vornehmheit auf dem Weg zu Peerybingles, mit einem Karton zur Seite, der eine Haube enthielt, die fast so groß und steif wie eine Mitra war.

Dann sollten Pünktchens Vater und Mutter in einer weiteren kleinen Kutsche kommen; sie hatten Verspätung, und man ängstigte sich und hielt oft nach ihnen auf der Straße Ausschau, und Mrs. Fielding blickte immer in die falsche und dem Verstand nach unmögliche Richtung, und als man sie darauf hinwies, erbat sie sich die Freiheit, dorthin sehen zu dürfen, wohin es ihr beliebte. Endlich kamen sie: ein molliges, kleines Paar, das auf eine vergnügte und gemütliche Weise dahintrottete, wie sie ganz zu Pünktchens Familie paßte. Pünktchen und ihre Mutter Seite an Seite zu sehen war ein wunderbarer Anblick, so sehr ähnelten sie sich.

Dann mußte Pünktchens Mutter ihre Bekanntschaft mit Mays Mutter auffrischen, und Mays Mutter hielt sich an ihre Vornehmheit, und Pünktchens Mutter hielt sich nie auf etwas anderem als ihren flinken, kleinen Füßen. Und der alte Pünktchen – sozusagen Pünktchens Vater, denn ich vergaß seinen richtigen Namen, doch das macht nichts – nahm sich die Freiheit heraus, ihr auf Anhieb die Hände zu schütteln, und schien eine Haube nur für eine Menge Musselin und Wäschestärke zu halten und ließ sich überhaupt nicht von dem Indigo-Handel beeindrucken, sondern sagte, daran sei nun nichts mehr zu ändern; nach Mrs. Fieldings Einschätzung war er ein gutmütiger, doch – du Himmel! – ungehobelter Mann.

Nicht für Geld und gute Worte hätte ich versäumen mögen, wie Pünktchen die Honneurs machte – meinen Segen für dieses strahlende Gesicht! Nein, auch nicht, wie der gute Fuhrmann so heiter und rotbäckig am Fuße der Tafel saß. Auch nicht den braungebrannten, blühend aussehenden Matrosen und seine hübsche Frau. Keinen von ihnen. Das Mittagessen zu versäumen hätte bedeutet, ein so vergnügtes und kräftiges Mahl zu verpassen, wie es der Mensch braucht. Und die überfließenden Becher, aus denen sie auf den Hochzeitstag tranken, zu verpassen wäre das größte Versäumnis gewesen.

Nach dem Essen sang Caleb das Lied vom funkelnden Becher. Und so wahr ich lebe und hoffe, noch ein oder zwei Jahre am Leben zu bleiben, sang er es bis zum Schluß.

Übrigens ereignete sich, gerade als er die letzte Strophe beendete, ein unerwarteter Zwischenfall.

Es klopfte an der Tür, und ein Mann mit etwas Schwerem auf dem Kopf wankte herein, ohne auch nur zu fragen. Mitten auf dem Tisch, genau zwischen den Nüssen und Äpfeln, setzte er es ab und sagte: „Schönen Gruß von Mr. Tackleton, und weil er selbst keine Verwendung für den Kuchen hat, wolln Sie ihn vleicht essen."

Mit diesen Worten ging er davon.

Wie Sie sich vorstellen können, war die Gesellschaft ziemlich überrascht. Mrs. Fielding, eine Dame mit ungeheurem Scharfsinn, hielt den Kuchen für vergiftet und erzählte eine Geschichte von einem Kuchen, der, soviel sie wußte, eine ganze Schule mit jungen Mädchen blau verfärbt hatte. Doch sie wurde einmütig überstimmt, und der Kuchen wurde von May mit feierlicher Geste und großem Vergnügen angeschnitten.

Ich glaube, es war noch niemand zum Kosten gekommen, als es wiederum an der Tür klopfte und derselbe Mann noch einmal erschien, und zwar mit einem großen, in Packpapier eingeschlagenen Paket unter dem Arm.

„Schönen Gruß von Mr. Tackleton, und er schickt 'n paar Spielsachen fürs Baby. Sie sind nich häßlich."

Nach dieser Äußerung zog er sich wieder zurück.

Die ganze Gesellschaft wäre arg in Schwierigkeiten geraten, Worte für ihr Erstaunen zu finden, wenn sie genügend Zeit dafür gehabt hätte. Aber sie hatten überhaupt noch nicht danach gesucht, denn der Bote hatte kaum die Tür hinter sich geschlossen, als es erneut klopfte und Tackleton persönlich hereinkam.

„Mrs. Peerybingle", sagte der Spielzeughändler, den Hut in der Hand haltend. „Es tut mir leid. Es tut mir noch mehr leid als heute morgen. Ich hatte Zeit, darüber nachzudenken. John Peerybingle! Ich bin von Natur aus ein Griesgram, aber ich kann nicht anders, ich werde mehr oder weniger weich, wenn ich einem Mann wie Ihnen gegenüberstehe. Caleb! Dieses kleine Kindermädchen machte mir gestern abend eine

G&T

leise Andeutung, aus der ich den Sinn fand. Ich werde rot, wenn ich daran denke, wie leicht ich dich und deine Tochter hätte an mich binden können und was für ein elender Idiot ich war, als ich *sie* für einen hielt. Meine Freunde, mein Haus ist heute abend verlassen. Ich habe kein Heimchen an meinem Herd. Ich habe sie alle vertrieben. Seid gnädig mit mir und nehmt mich in eure glückliche Gesellschaft auf!"

Innerhalb von fünf Minuten fühlte er sich zu Hause. Niemals haben Sie solch einen Burschen gesehen. Was hatte er nur sein Leben lang angestellt, daß er vorher nicht wußte, in welchem Maße er lustig sein konnte! Oder was hatten die Feen mit ihm angestellt, daß sie so einen Wandel bewirkten!

„John, du schickst mich heute abend nicht nach Hause, stimmt's?" flüsterte Pünktchen.

Er war sehr nahe dran gewesen.

Es fehlte nur noch einer, um die Gesellschaft komplett zu machen, und im Nu war er da; sehr durstig vom schnellen Laufen und mit aussichtslosen Anstrengungen beschäftigt, seinen Kopf in einen engen Wasserkrug zu zwängen. Sehr verärgert über die Abwesenheit seines Herrn und erstaunlich aufsässig dem Stellvertreter gegenüber, war er mit dem Karren bis zum Endpunkt der Fahrt gelaufen. Nachdem er sich eine Weile am Stall aufgehalten und vergeblich versucht hatte, das alte Pferd zu der rebellischen Handlung anzustacheln, auf eigne Faust umzukehren, war er in die Wirtsstube gegangen und hatte sich vor den Kamin gelegt. Doch da er plötzlich zu der Überzeugung gelangt war, daß der Stellvertreter ein Schwindler war und verlassen werden mußte, hatte er sich wieder erhoben, war ausgerissen und nach Hause gekommen.

Am Abend wurde getanzt. Ich hätte es bei dem allgemeinen Erwähnen dieser Entspannung bewenden lassen können, wenn ich nicht Grund zu der Annahme hätte, daß es sich um einen originellen und höchst ungewöhnlichen Tanz handelte. Er kam auf eine komische Weise folgendermaßen zustande. Edward, dieser Matrose – ein guter, offenherziger und verwegener Bursche –, hatte ihnen verschiedene Wunderdinge über Papageien und Minen und Mexikaner und Goldstaub erzählt, als es ihm plötzlich in den Sinn kam, von seinem Platz aufzuspringen und einen Tanz vorzuschlagen, denn Bertha hatte ihre Harfe bei sich, und sie spielte darauf so meisterhaft, wie man es selten hört. Pünktchen sagte (es war eine listige kleine Heuchelei, die sie wählte), ihre Zeit des Tanzens sei vorüber. Ich aber glaube, nur weil der Fuhrmann seine Pfeife rauchte und sie am liebsten bei ihm saß. Mrs. Fielding hatte natürlich keine andere Möglichkeit, als zu sagen, daß auch ihre Zeit des Tanzens vorüber sei, und alle sagten dasselbe, nur May nicht. May war bereit.

So erhoben sich May und Edward unter großem Beifall, um allein zu tanzen, und Bertha spielte dazu ihre flotteste Weise.

Nun, ob Sie es mir glauben oder nicht, aber sie hatten keine fünf Minuten getanzt, als der Fuhrmann plötzlich seine Pfeife wegschleudert, Pünktchen um die Taille faßt, ins Zimmer stürzt und mit ihr ganz wunderbar – Hacke, Spitze – davonstürmt. Kaum sieht das Tackleton, als er auch schon zu Mrs. Fielding hineilt, sie um die Taille faßt und dem Beispiel folgt. Kaum sieht das der alte Pünktchen, als er auch schon quicklebendig aufspringt, Mrs. Pünktchen mitten im Tanz packt und an erster Stelle tanzt. Kaum sieht das Caleb, als er Tilly Slowboy bei beiden Händen ergreift und losschießt. Miss Slowboy ist der festen Überzeugung, daß es das einzige Prinzip ist, wenn man sich erhitzt unter die anderen Paare mischt und unzählige Zusammenstöße bewirkt.

Hört, wie das Heimchen mit seinem Gezirpe in die Musik einstimmt und wie der Kessel summt!

Aber was ist das? Gerade als ich ihnen vergnügt zuhöre und mich Pünktchen, einer kleinen Persönlichkeit, die mir sehr lieb geworden ist, mit einem letzten Blick zuwende, hat sie sich zusammen mit den anderen in Luft aufgelöst, und ich bin allein. Ein Heimchen singt auf dem Herd, ein zerbrochenes Kinderspielzeug liegt am Boden, und nichts weiter bleibt zurück.

Der Kampf des Lebens

Eine Liebesgeschichte

Erster Teil

Es wurde einmal – unwichtig, wann, und im tapferen England ist es unwichtig, wo – eine wilde Schlacht geschlagen. Sie wurde geschlagen an einem langen Sommertag, als das wogende Gras grünte. So manche wilde Blume, von der Hand des Allmächtigen geschaffen, ein duftender Becher für den Tau zu sein, spürte, wie ihr Kelch sich an jenem Tag bis oben mit Blut füllte, und sank schaudernd zu Boden. So manches Insekt, das seine zarte Farbe von harmlosen Blättern und Kräutern erhielt, wurde an jenem Tag von sterbenden Männern aufs neue befleckt und bezeichnete seinen ängstlichen Weg mit einer unnatürlichen Spur. Der farbenfrohe Schmetterling trug an seinen Flügelrändern Blut in die Lüfte. Es floß ein roter Strom. Der ausgetretene Boden wurde zum Morast, aus dessen trüben Pfützen, die sich in den Abdrücken von Füßen und Pferdehufen gebildet hatten, die eine, alles beherrschende Farbe noch in der Sonne düster flammte und schimmerte.

Der Himmel bewahre uns vor dem Schauspiel, das sich dem Mond auf jenem Feld bot, als er über der schwarzen Linie der fernen Anhöhe auftauchte, deren Silhouette durch Bäume verschwommen und undeutlich war, zum Himmel aufstieg und auf die Ebene schaute, die mit aufwärts gerichteten Gesichtern übersät war, die einst an der Mutter Brust den Blick der Mutter gesucht oder glücklich geschlummert hatten. Der Himmel bewahre uns vor der Kenntnis der stillen Gebete, geflüstert in den verpesteten Wind, der über den Schauplatz jenes Tagewerks und jenes nächtlichen

Sterbens und Leidens wehte! Manch einsamer Mond schien hell über dem Schlachtfeld, manch ein Stern hielt trauervoll darüber Wache, und manch ein Wind aus allen Teilen der Erde wehte darüber hinweg, ehe die Spuren des Kampfes verwischt waren.

Lange Zeit hielten sie sich verborgen und zögerten noch, doch sie lebten in kleinen Dingen fort, denn die Natur, die weit stärker ist als die bösen Leidenschaften der Menschen, gewann bald ihre Heiterkeit zurück und lächelte über dem schuldbeladenen Schlachtfeld wie vorher, als es makellos war. Hoch über ihm sangen die Lerchen; die Schwalben glitten und huschten hin und her, stürzten nieder und schnellten in die Höhe; die Schatten der dahinfliegenden Wolken jagten sich über Gras und Getreide, Rübenfelder und Wälder, über Dächer und Kirchturmspitzen der zwischen Bäumen eingebetteten Stadt, hinaus in die leuchtende Ferne, wo Himmel und Erde zusammenstießen und wo der rote Sonnenuntergang verblaßte. Getreide wurde gesät, wuchs heran und wurde geerntet; der Bach, der blutrot gewesen war, trieb eine Mühle an; Männer pfiffen beim Pflügen; Ährenleser und Heumacher konnte man in Gruppen bei friedlicher Arbeit sehen; Schafe und Rinder weideten; Jungen schrien und brüllten auf den Feldern, um die Vögel zu verscheuchen; Rauch stieg aus den Schornsteinen der Landarbeiterhütten auf; sonntägliche Glocken läuteten feierlich; alte Männer lebten und starben; die ängstlichen Geschöpfe des Feldes und die schlichten Blumen in Gebüsch und Garten wuchsen und vergingen in ihrem vorherbestimmten Lauf; und alle auf dem wilden, blutigen Schlachtfeld, wo Tausende und aber Tausende in dem großen Kampf getötet worden waren.

Aber anfangs gab es im wachsenden Getreide dunkelgrüne Flächen, die die Menschen ehrfurchtsvoll betrachteten. Jahr für Jahr erschienen sie aufs neue. Und es war bekannt, daß unter solchen fruchtbaren Flecken wahllos unzählige Menschen und Pferde begraben lagen, die den Boden ertragreicher machten. Die Bauern, die jene Stellen pflügten, entsetzten sich vor den dort reichlich vorhandenen großen Würmern; und Garben, die sie dort einbrachten, wurden jahrelang Schlachtgarben genannt und beiseite gestellt, und keiner wußte, daß jemals eine Schlachtgarbe in der letzten Fuhre beim Erntefest gewesen war. Lange Zeit brachte jede Furche, die gezogen wurde, Überbleibsel vom Kampf zum Vorschein. Lange Zeit gab es verletzte Bäume auf dem Schlachtfeld und Reste von zerschlagenen und zerbrochenen Zäunen und Mauern, wo grausame Kämpfe stattgefunden hatten; und zertrampelte Flächen, auf denen kein Blatt oder Halm mehr wachsen würde. Lange Zeit wollte kein Mädchen aus dem Dorf ihr Haar oder ihre Brust mit den lieblich duftenden Blumen von jenem Todesfeld schmücken; und noch nachdem so manches Jahr vergangen war, glaubte man, daß die dort wachsenden Beeren an der Hand, die sie abpflückte, einen dunklen Fleck hinterlassen würden.

Doch die Jahreszeiten in ihrem Lauf, obwohl sie selbst so leicht wie die Sommerwolken vorbeizogen, verwischten mit der Zeit sogar diese Reste des alten Streites und milderten seine legendären Spuren, die in den Köpfen der dort wohnenden Menschen hafteten, bis sie zu Altweibergeschichten zusammenschrumpften, an die man sich im Winter vorm Kamin schwach erinnerte und die jedes Jahr mehr verblaßten. Wo die wilden Blumen und Beeren so lange unberührt geblieben waren, entstanden Gärten, wurden Häuser gebaut und fochten Kinder auf dem Rasen ihre Kämpfe aus. Die verletzten Bäume waren längst zu Scheiten gemacht und zur Weihnachtszeit verbrannt worden. Die dunkelgrünen Flächen waren jetzt nicht frischer als die Erinnerung an jene, die tot unter der Erde lagen. Die Pflugschar brachte noch hin und wieder verrostetes Metall hervor, aber es war schwer zu sagen, welchem Zweck es jemals gedient hatte, und die, die es gefunden hatten, überlegten und stritten sich. Ein alter verbeulter Harnisch und ein Helm hingen schon so lange in der Kirche, daß derselbe schwache, halbblinde, alte Mann, der vergeblich versuchte, sie über dem weißgetünchten Bogen zu erkennen, sie schon als kleines Kind bestaunt hatte.

Wenn das Heer, das auf dem Feld geschlagen wurde, für einen Augenblick in der Gestalt hätte wiedererstehen können, in der es fiel – jeder auf dem Fleckchen, das die Lagerstätte seines frühzeitigen Todes war –, so hätten einen leichenblasse Soldaten mit klaffenden Wunden zu Hunderten aus Haustüren und Fenstern angestarrt, wären auf die Herde friedlicher Heime gestiegen und zum aufgespeicherten Vorrat in Scheunen und Bodenkammern geworden, wären zwischen dem Wiegenkind und seinem Kindermädchen aufgetaucht und mit dem Bach geschwommen und um die Mühle gewirbelt, hätten sich im Obstgarten und auf der Wiese zusammengedrängt und den Hof mit sterbenden Männern vollgestapelt. So hatte sich das Schlachtfeld verändert, auf dem Tausende und aber Tausende in dem großen Kampf getötet worden waren.

Vielleicht nirgendwo stärker verändert als vor etwa hundert Jahren in einem kleinen Obstgarten, der sich an ein altes Steinhaus mit einer von Geißblatt bewachsenen Veranda anschloß, wo an einem strahlenden Herbstmorgen Musik und Gelächter zu vernehmen waren und zwei junge Mädchen fröhlich auf dem Rasen tanzten, während etwa ein halbes Dutzend Bauersfrauen, die auf Leitern standen und Äpfel von den Bäumen pflückten, in ihrer Arbeit innehielten, um herabzuschauen und an ihrem Vergnügen teilzuhaben. Es war ein angenehmes, belebendes Schauspiel: ein herrlicher Tag, ein abgelegener Ort und die beiden Mädchen, die völlig sorglos und ungezwungen nach Herzenslust tanzten.

Ich bin der Meinung – und ich hoffe, Sie stimmen mir zu –, daß wir es viel weiter brächten und eine entschieden liebenswürdigere Gesellschaft wären, wenn es auf der Welt nicht so etwas wie das Zurschaustellen gäbe. Es war be-

MACLISE

zaubernd, diese Mädchen tanzen zu sehen. Sie hatten keine anderen Zuschauer als die Apfelpflückerinnen auf den Leitern. Es machte ihnen Spaß, sie zu erfreuen, aber sie tanzten auch zum eigenen Vergnügen (oder zumindest hätte man den Eindruck haben können), und man konnte genausowenig umhin, sie zu bewundern, wie sie nicht umhinkonnten zu tanzen. Und wie sie tanzten!

Nicht wie Ballettänzer. Überhaupt nicht. Und nicht wie die ausgebildeten Schüler von Madam Soundso. Nicht im geringsten. Es war weder eine Quadrille noch ein Menuett oder ein Bauerntanz. Es war weder im alten noch im neuen, weder im französischen noch im englischen Stil, obwohl es durch Zufall eine Spur von spanischem Stil an sich hatte, der – wie mir gesagt wurde – leicht und fröhlich ist und einen köstlichen Hauch ungezwungener Begeisterung aus dem Klappern kleiner Kastagnetten erhält. Als sie unter den Obstbäumen und die Reihen entlang hin und her tanzten und sich gegenseitig flink herumwirbelten, schien sich ihre lebhafte Bewegung wie Ringe im Wasser auf dem sonnendurchfluteten Schauplatz auszubreiten. Ihr wallendes Haar und die flatternden Röcke, das weiche Gras unter ihren Füßen, die in der Morgenluft raschelnden Zweige, die aufleuchtenden Blätter, die gesprenkelten Schatten auf dem feuchten, grünen Boden, der linde Wind, der über die Landschaft strich und froh war, die Windmühle in der Ferne lustig zu drehen – alles zwischen den beiden Mädchen und dem Mann mit dem Gespann vor dem Pflug am fernen Horizont, die sich gegen den Himmel abhoben, als seien sie die letzten Dinge in der Welt: alles schien ebenfalls zu tanzen.

Schließlich warf sich die jüngere der tanzenden Schwestern atemlos und fröhlich lachend auf eine Bank, um sich auszuruhen. Die andere lehnte sich an einen Baum dicht daneben. Die Musik, eine wandernde Harfe und Geige, hörte mit Schwung auf, als ob sie mit ihrer Frische prahlen wollte. In Wahrheit jedoch hatten die Musikanten in solchem Tempo gespielt und sich selbst auf solch einen Höhepunkt bei ihrem Wettstreit mit den Tanzenden gebracht, daß sie keine Minute länger durchgehalten hätten. Die Apfelpflückerinnen auf den Leitern stimmten ein Summen und Murmeln der Anerkennung an und machten sich dann im Rhythmus der Melodie wieder bienenfleißig an die Arbeit.

Vielleicht um so eifriger, weil ein älterer Herr, kein anderer als Dr. Jeddler selbst – es waren Dr. Jeddlers Haus und Obstgarten, müssen Sie wissen, und Dr. Jeddlers Töchter –, herausgehastet kam, um zu sehen, was los sei und wer zum Teufel vor dem Frühstück auf seinem Grundstück Musik mache. Denn er war ein großer Philosoph, der Dr. Jeddler, doch nicht sehr musikalisch.

„*Heute* Musik und Tanz!" sagte der Doktor, wobei er plötzlich stehenblieb und zu sich selbst sprach. „Ich dachte, sie fürchteten sich vor heute. Aber es ist eine Welt voller Widersprüche. Grace, Marion!" fügte er laut hinzu, „warum ist die Welt heute morgen verrückter als sonst?"

„Übe Nachsicht, Vater, wenn es so sein sollte", antwortete seine jüngere Tochter, Marion, ging nahe an ihn heran und schaute ihm ins Gesicht, „denn es hat jemand Geburtstag."

„Es hat jemand Geburtstag, Kätzchen!" antwortete der Doktor. „Weißt du nicht, daß immer jemand Geburtstag hat? Hast du nie gehört, wie viele neue Teilnehmer pro Minute in dieses – hahaha! es ist unmöglich, ernsthaft davon zu sprechen – unsinnige und lächerliche Unternehmen, das man Leben nennt, eintreten?"

„Nein, Vater!"

„Nein, du natürlich nicht; du bist eine Frau – beinahe", sagte der Doktor.

„Übrigens nehme ich an", und er schaute in das hübsche Gesicht dicht vor ihm, „daß *du* Geburtstag hast."

„Nein, wirklich, Vater?" rief seine Lieblingstochter und spitzte ihre roten Lippen, damit er sie küsse.

„Na, alles Liebe", sagte der Doktor und drückte seine

Lippen auf ihre, „und recht herzlichen Glückwunsch – was für eine Idee! Der Gedanke, zu solch einem Possenspiel Glück zu wünschen, ist gut", sprach der Doktor zu sich selbst. „Hahaha!"

Dr. Jeddler war, wie ich schon sagte, ein großer Philosoph, und der Kern und das Geheimnis seiner Philosophie bestanden darin, die Welt praktisch als einen riesigen Spaß aufzufassen, als etwas viel zu Absurdes, als daß ein vernünftiger Mensch sie ernst nehmen könnte. Seine Überzeugung war am Anfang untrennbar mit jenem Schlachtfeld verbunden gewesen, auf dem er lebte, wie Sie bald begreifen werden.

„Nun, wie bist du zu der Musik gekommen?" fragte der Doktor. „Natürlich Hühnerdiebe! Woher kamen denn die fahrenden Musikanten?"

„Alfred schickte die Musik her", sagte seine Tochter Grace, wobei sie ein paar schlichte Blumen im Haar ihrer Schwester zurechtrückte, mit denen sie es in ihrer Bewunderung für diese jugendliche Schönheit geschmückt hatte und die beim Tanzen durcheinandergeraten waren.

„Oh! Alfred hat also die Musik geschickt?" erwiderte der Doktor.

„Ja. Er traf sie, als sie die Stadt verließen und er früh hereinkam. Die Männer reisen zu Fuß und legten gestern abend dort eine Pause ein. Und da Marion Geburtstag hat und er dachte, es würde ihr gefallen, schickte er sie mit einer Notiz zu mir, daß sie ihr, falls ich einverstanden sei, ein Ständchen bringen sollten."

„Oh, oh", sagte der Doktor unbekümmert, „er richtet sich immer nach deiner Meinung."

„Und da ich zustimmte", sagte Grace aufgeräumt und hielt einen Augenblick inne, um den hübschen Kopf zu bewundern, den sie schmückte, wobei sie ihren in den Nacken warf, „und Marion in guter Stimmung war und zu tanzen begann, machte ich mit. Und so tanzten wir nach Alfreds Musik um so vergnügter, weil sie Alfred geschickt hatte. Nicht wahr, liebe Marion?"

„Ach, ich weiß nicht, Grace. Nun ziehst du mich auf wegen Alfred."

„Dich aufziehen, wenn ich von deinem Liebsten spreche?" sagte ihre Schwester.

„Ich mache mir wirklich nicht viel daraus, daß man von ihm spricht", sagte die eigensinnige Schönheit, streifte die Blütenblätter von ein paar Blumen, die sie hielt, und verstreute sie auf dem Boden. „Ich bin es fast leid, von ihm zu hören, und was den Liebsten angeht..."

„Still! Sprich nicht so leichtfertig von einem aufrichtigen Herzen, das ganz dir gehört, Marion", rief ihre Schwester. „Auch nicht im Scherz. Es gibt kein aufrichtigeres Herz auf der Welt als Alfreds."

„Nein, nein", sagte Marion, zog die Augenbrauen mit einer liebenswürdigen Miene leichter Gleichgültigkeit hoch, „vielleicht nicht. Aber ich sehe darin keinen großen Vorzug. Ich – ich will gar nicht, daß er so aufrichtig ist. Ich habe ihn nie darum gebeten. Wenn er erwartet, daß ich... Aber liebe Grace, warum müssen wir überhaupt gerade jetzt von ihm sprechen?"

Es war angenehm, die anmutigen Gestalten der blühenden Schwestern zu betrachten, wie sie umschlungen unter den Bäumen einhergingen und sich unterhielten, wobei Ernsthaftigkeit und Leichtfertigkeit aufeinandertrafen, doch Liebe zärtlich mit Liebe erwidert wurde. Und es war wirklich seltsam anzusehen, wie die Augen der jüngeren Schwester in Tränen schwammen und etwas inbrünstig und tief Empfundenes unter dem geäußerten Eigensinn durchbrach und mühsam damit rang.

Der Altersunterschied zwischen ihnen konnte höchstens vier Jahre betragen, doch Grace – wie das oft in solchen Fällen geschieht, wenn keine Mutter über beiden waltet (die Frau des Doktors war tot) – wirkte auf Grund der liebevollen

Sorge um die jüngere Schwester und der ständigen Aufopferung für sie älter, als sie war, und sie schien im natürlichen Lauf der Dinge von jedem Wettstreit mit ihr oder der Beteiligung an ihren launischen Einfällen, außer durch ihre Anteilnahme und aufrichtige Liebe, weiter entfernt zu sein, als ihr Alter es rechtfertigte. Großartiger Charakter der Mutter, der selbst in seinem Schatten und seiner schwachen Widerspiegelung das Herz läutert und die erhabene Natur den Engeln näherbringt!

Die Überlegungen des Doktors, als er ihnen nachschaute und ihre Unterhaltung mit anhörte, waren zunächst auf gewisse heitere Betrachtungen über den Unsinn jeglicher Liebe und Zuneigung sowie auf die unnütze Täuschung beschränkt, der sich die jungen Leute hingaben, die einen Augenblick glaubten, daß an solchem Schwindel etwas Wahres sei, und immer eines Besseren belehrt wurden – immer!

Doch die den Haushalt verschönenden, selbstlosen Eigenschaften von Grace sowie ihre gutmütige, sanfte und zurückhaltende Veranlagung, die jedoch so viel Unerschrockenheit und Beständigkeit des Geistes einschlossen, schienen sich ihm in dem Gegensatz zwischen ihrer ruhigen und häuslichen Gestalt und der seines jüngeren und hübscheren Kindes zu zeigen, und es tat ihm um ihretwillen und um beider willen leid, daß das Leben ein so lächerliches Unternehmen sein sollte, wie es war.

Der Doktor dachte nicht im Traum daran, danach zu fragen, ob seine Kinder oder eins von beiden auf irgendeine Weise mithelfen könnten, diese Anschauung in eine ernsthafte zu verwandeln. Aber er war freilich ein Philosoph.

Er, von Natur aus ein freundlicher und großzügiger Mensch, war zufällig über jenen bekannten Stein der Weisen gestolpert (der viel leichter zu entdecken ist als der Gegenstand alchimistischer Untersuchungen, der manchmal freundliche und großzügige Menschen zu Fall bringt und die unangenehme Eigenschaft hat, Gold in Unrat zu verwandeln und aus jeder wertvollen Sache nur geringen Nutzen zu ziehen).

„Britain!“ rief der Doktor. „Hallo, Britain!“

Ein kleiner Mann mit einem ungewöhnlich griesgrämigen und unzufriedenen Gesicht kam aus dem Haus und antwortete auf diesen Ruf mit der zwanglosen Meldung „Nun also!“

„Wo ist der Frühstückstisch?“ fragte der Doktor.

„Im Haus“, erwiderte Britain.

„Stellen Sie ihn hier auf, wie Ihnen gestern gesagt wurde!“ sagte der Doktor. „Wissen Sie nicht, daß Herren kommen, daß heute morgen einiges zu erledigen ist, ehe die Kutsche vorfährt, daß dies ein besonderer Anlaß ist?“

„Ich konnte überhaupt nichts tun, Dr. Jeddler, solange die Frauen die Äpfel abnahmen“, sagte Britain, wobei seine Stimme bei der Argumentation anstieg, so daß sie zuletzt sehr laut war.

„Nun, sind Sie jetzt fertig?“ fragte der Doktor, sah auf seine Uhr und klatschte in die Hände. „Los! Beeilen Sie sich! Wo ist Clemency?“

„Hier bin ich, Herr“, sagte eine Stimme von einer der Leitern, die ein Paar plumpe Füße behende hinabkletterten. „Es ist jetzt alles fertig. Räumt weg, Mädels. In einer Minute soll alles für Sie bereit sein, Herr.“

Damit begann sie, äußerst geschäftig herumzuhantieren, und sie bot dabei einen Anblick, der es hinreichend rechtfertigt, sie mit ein paar Worten vorzustellen.

Sie war etwa dreißig Jahre alt und hatte ein recht pausbäckiges und freundliches Gesicht, obwohl es einen seltsamen Ausdruck von Verschlossenheit trug, der es komisch wirken ließ. Doch die außergewöhnliche Schlichtheit ihres Ganges und ihres Benehmens hätten jedes andere Gesicht auf der Welt überflüssig gemacht. Die Behauptung, daß sie zwei linke Beine und die Arme von einem anderen hatte und daß alle vier Gliedmaßen ausgerenkt zu sein schienen und sich genau an der falschen Stelle bewegten, wenn sie in Gang gesetzt wurden, stellt die mildeste Beschreibung der Wirklichkeit dar. Die Behauptung, daß sie vollkommen zufrieden mit dieser Anordnung war und sie betrachtete, als habe sie nichts damit zu tun, und daß sie ihre Arme und Beine nahm, wie sie kamen, und sie über sich selbst verfügen ließ, wie es sich gerade ergab, spiegelt ihren Gleichmut nur schwach wider. Ihr Aufzug bestand aus einem erstaunlichen Paar eigenwilliger Schuhe, die niemals dahin gehen wollten, wohin ihre Füße liefen, aus blauen Strümpfen, einem Kleid, das in vielen Farben und mit dem häßlichsten Muster, was man für Geld auftreiben konnte, bedruckt war, und aus einer weißen Schürze. Sie trug stets kurze Ärmel und hatte durch ein oder das andere Ungeschick stets abgeschürfte Ellbogen, an denen sie so lebhaftes Interesse bekundete, daß sie ständig versuchte, sie herumzudrehen und einen Blick auf sie zu werfen. Im allgemeinen saß eine kleine Haube irgendwo auf ihrem Kopf, obwohl diese selten an der Stelle anzutreffen war, die normalerweise bei anderen Personen von diesem Kleidungsstück eingenommen wird. Doch von Kopf bis Fuß war sie peinlich sauber und bewahrte eine Art übertriebener Akkuratesse. Ihr lobenswertes Bestreben, sowohl vor dem eigenen Gewissen als auch in den Augen anderer ordentlich und wohlproportioniert zu sein, veranlaßte sie zu einem ihrer erschreckendsten Manöver, bei dem sie sich manchmal selbst mit einer Art Holzgriff (der ein Teil ihrer Kleidung war und gewöhnlich Korsettstäbchen genannt wurde) zu fassen bekam und mit ihrer Kleidung rang, bis sie symmetrisch angeordnet war.

Das war Clemency Newcome in ihrem äußeren Erscheinungsbild, die, wie man annahm, unbewußt ihren Vornamen Clementina entstellt hatte (doch keiner wußte es, denn die taube, alte Mutter – ein wahres Wunder an Alter –, die sie fast von Kindheit an unterstützt hatte, war tot, und andere

Verwandte hatte sie nicht), die sich jetzt ganz dem Tischdecken hingab und dann und wann anhielt, ihre nackten, roten Arme verschränkte, sich die abgeschürften Ellbogen mit der jeweils anderen Hand rieb und sie gelassen betrachtete, bis ihr plötzlich etwas einfiel, das noch fehlte, und sie davontrottete, um es zu holen.

„Da kommen die beiden Rechtsanwälte, Herr!" sagte Clemency in einem nicht gerade wohlwollenden Ton.

„Ah!" rief der Doktor und lief zum Tor, um sie zu begrüßen. „Guten Morgen, guten Morgen! Grace, meine Liebe! Marion! Hier sind die Herren Snitchey und Craggs. Wo ist Alfred?"

„Er wird sicherlich gleich zurück sein, Vater", sagte Grace. „Er hatte heute morgen so viel mit seinen Reisevorbereitungen zu tun, daß er vor Tagesanbruch auf und davon war. Guten Morgen, meine Herren."

„Meine Damen", sagte Mr. Snitchey, „von mir und Craggs", der sich verbeugte, „einen guten Morgen! Miss", an Marion gewandt, „ich küsse Ihre Hand." Was er auch tat. „Und ich wünsche Ihnen" – was er tat oder vielleicht auch nicht, denn er sah auf den ersten Blick nicht wie ein Herr aus, der sich mit leidenschaftlichen Gefühlsergüssen um andere Leute kümmerte – „noch hundertmal glückliche Wiederkehr dieses glückverheißenden Ehrentages."

„Hahaha!" lachte der Doktor nachdenklich, die Hände in den Taschen. „Das große Possenspiel in hundert Aufzügen!"

„Gewiß würden Sie dieses große Possenspiel", sagte Mr. Snitchey und stellte eine kleine, blaue Aktentasche gegen ein Tischbein, „wegen dieser Schauspielerin auf keinen Fall kürzen, Dr. Jeddler."

„Nein", erwiderte der Doktor, „Gottbewahre! Möge sie leben, damit sie darüber lacht, solange sie lachen *kann*, um dann mit dem französischen Wort zu sagen: ‚Das Spiel ist aus, der Vorgang falle.'"

„Das französische Wort war falsch, Dr. Jeddler", sagte Mr.

Snitchey und linste verstohlen in seine blaue Mappe, „und Ihre Philosophie ist auch gänzlich falsch, wie ich Ihnen schon oft gesagt habe, verlassen Sie sich darauf. Nichts Ernstes im Leben! Was nennen Sie ein Gesetz?"

„Einen Witz", antwortete der Doktor.

„Sind Sie jemals zu Gericht gegangen?" fragte Snitchey und schaute von seiner blauen Mappe auf.

„Noch nie", erwiderte der Doktor.

„Wenn Sie das jemals tun", sagte Mr. Snitchey, „werden Sie vielleicht Ihre Meinung ändern."

Craggs, der von Snitchey vertreten zu werden schien und sich wohl bewußt war, daß er nur wenig oder gar nicht selbständig existierte, aber eine besondere Persönlichkeit war, machte an dieser Stelle eine eigene Bemerkung. Sie enthielt den einzigen Gedanken, bei dem er nicht mit Snitchey eines Sinnes war; doch er hatte einige Partner unter den Weisen dieser Welt.

„Es wird viel zu leicht gemacht", sagte Mr. Craggs.

„Das Gesetz?" fragte der Doktor.

„Ja, alles", sagte Mr. Craggs. „Alles scheint mir heutzutage viel zu leicht gemacht zu sein. Es ist die Verderbtheit unserer Zeit. Wenn die Welt ein Witz wäre (ich bin nicht bereit zu sagen, daß sie es nicht sei), sollte es sehr schwer gemacht werden, Witze zu reißen. Der Kampf, Sir, sollte so schwer wie möglich gemacht werden. Das ist das Ziel. Aber es wird viel zu leicht gemacht. Wir schmieren die Pforten des Lebens. Sie sollten rostig sein. Wir werden bald dafür sorgen, daß sie sich mit einem angenehmen Ton bewegen. Statt dessen sollten sie in ihren Angeln knirschen, Sir."

Craggs schien geradezu selbst in den Angeln zu knirschen, als er diese Meinung äußerte, der er eine ungeheure Wirkung beimaß, da er ein gefühlloser, strenger, humorloser Mensch war, der wie ein Feuerstein in Grau und Weiß gekleidet ging und in dessen Augen es blitzte, als ob jemand Funken daraus schlüge. Die drei Naturreiche hatten wahrhaftig jedes einen seltsamen Vertreter in dieser Bruderschaft der Streitenden, denn Snitchey sah wie eine Elster oder ein Rabe aus (nur nicht so glänzend), und der Doktor hatte das geäderte Gesicht eines Winterapfels, mit einem Grübchen hier und da, das das Auspicken der Vögel andeutete, und hinten mit einem sehr kleinen Zopf, der den Stiel darstellte.

Als die behende Gestalt eines gutaussehenden jungen Mannes in Reisekleidern, der von einem Dienstmann mit verschiedenen Paketen und Körben begleitet wurde, schnellen Schrittes und mit einer frohen und hoffnungsvollen Miene, die gut zu diesem Morgen paßte, den Obstgarten betrat, versammelten sich die drei wie die äußerst wirkungsvoll verkleideten Brüder der Schicksalsschwestern oder wie die Grazien oder die drei Wahrsagerinnen auf der Heide und begrüßten ihn.

„Herzlichen Glückwunsch, Alfred!“ sagte der Doktor leichthin.

„Recht, recht herzlichen Glückwunsch zu diesem glückverheißenden Tag, Mr. Heathfield!“ sagte Snitchey und verbeugte sich tief.

„Glückwunsch!“ murmelte Craggs mit tiefer Stimme für sich.

„Na, was für ein Angriff!“ rief Alfred aus und hielt plötzlich inne. „Eins – zwei – drei – alles unheilbringende Wahrsager in der großen See vor mir. Ich bin froh, daß Sie mir heute morgen nicht als erste begegnet sind; ich hätte es als schlechtes Omen angesehen. Aber Grace war die erste – die süße, liebenswürdige Grace, und so fordere ich Sie heraus!“

„Wenn Sie gestatten, Herr, *ich* war die erste, wie Sie wissen“, sagte Clemency Newcome. „Sie spazierte vor Sonnenaufgang hier draußen rum, wie Sie sich erinnern. Ich war im Haus.“

„Das stimmt! Clemency war die erste“, sagte Alfred. „So fordere ich Sie mit Clemency heraus.“

„Hahaha – mich und Craggs", sagte Snitchey. „Was für eine Herausforderung."

„Keine so schlechte, wie es vielleicht aussieht", sagte Alfred und schüttelte dem Doktor und auch Snitchey und Craggs herzlich die Hände und schaute sich dann um. „Wo sind die – du lieber Himmel!"

Mit einem plötzlichen Aufschrecken, das einen Augenblick lang zu einer engeren Partnerschaft zwischen Jonathan Snitchey und Thomas Craggs führte, als die bestehenden Vertragsartikel auf jene Weise vorsahen, flüchtete er eilends dorthin, wo die Schwestern beieinanderstanden, und ich brauche wohl die Art, in der er zuerst Marion und danach Grace begrüßte, nicht näher zu erläutern als mit der Andeutung, daß sie Mr. Craggs möglicherweise als „zu leicht" betrachtet hätte.

Vielleicht, um das Thema zu wechseln, brach Dr. Jeddler eilig zum Frühstück auf, und alle setzten sich zu Tisch. Grace präsidierte und postierte sich so geschickt, daß sie ihre Schwester und Alfred von der übrigen Gesellschaft abschnitt. Snitchey und Craggs saßen an gegenüberliegenden Seiten, sicherheitshalber die blaue Mappe zwischen sich. Der Doktor nahm seinen üblichen Platz, Grace gegenüber, ein. Clemency schwebte als Serviererin um den Tisch, und der melancholische Britain wirkte an einem kleineren Tisch als großer Tranchierer eines Rinderbratens und eines Schinkens.

„Fleisch?" fragte Britain, indem er sich Mr. Snitchey mit dem Tranchiermesser und der Gabel näherte und ihm die Frage wie ein Geschoß an den Kopf schleuderte.

„Gewiß", erwiderte der Rechtsanwalt.

„Wollen *Sie* etwas?" zu Craggs.

„Mager und schön gar", entgegnete jener Herr.

Nachdem er diesen Aufträgen nachgekommen war und den Doktor angemessen versorgt hatte (er schien zu wissen, daß sonst niemand etwas zu essen wünschte), hielt er sich so nahe, wie es der Anstand zuließ, in der Nähe der Firma auf und beobachtete mit strengem Blick, wie sie die Speisen verzehrten. Er milderte nur einmal seinen finsteren Gesichtsausdruck, und zwar bei der Gelegenheit, da Mr. Craggs, dessen Zähne nicht die besten waren, halb erstickte, als er mit großer Lebhaftigkeit ausrief: „Ich dachte, er wäre weg!"

„Nun, Alfred", sagte der Doktor, „kurz auf ein Wort in geschäftlichen Dingen, während wir noch beim Frühstück sitzen."

„Während wir noch beim Frühstück sitzen", sagten Snitchey und Craggs, die gegenwärtig anscheinend nicht die Absicht hatten aufzuhören.

Obwohl Alfred nicht gefrühstückt hatte und gerade beschäftigt genug zu sein schien, antwortete er ehrerbietig:

„Wie Sie wünschen, Sir."

„Wenn man etwas ernst nehmen könnte bei solch einem ...", begann der Doktor.

„Possenspiel, Sir", half Alfred nach.

„Bei solch einem Possenspiel", bemerkte der Doktor, „wäre es unmittelbar vor der Trennung die Wiederkehr eines Doppelgeburtstages, der für uns vier mit vielen lieben Erinnerungen und mit dem Gedanken an eine lange und freundschaftliche Verbindung verknüpft ist. Das gehört nicht zur Sache."

„Ach ja, Dr. Jeddler", sagte der junge Mann. „Es gehört zur Sache. Sehr sogar. Das kann mein Herz heute morgen bezeugen und Ihres auch, das weiß ich, falls Sie es sprechen lassen. Ich verlasse heute Ihr Haus. Ab heute bin ich nicht mehr Ihr Schützling. Wir trennen uns mit liebevollen Beziehungen, die wir weit hinter uns lassen und die niemals völlig wiederhergestellt werden können, und mit anderen, die noch vor uns liegen", er schaute auf Marion neben sich herab, „und die solche Überlegungen mit sich bringen, von denen ich jetzt nicht zu sprechen wage. Nun, nun!" munterte er seine Lebensgeister und den Doktor gleichzeitig auf, „es gibt ein Körnchen Ernsthaftigkeit in diesem großen, lächerlichen

Haufen Staub, Doktor. Wollen wir heute einräumen, daß es eins gibt."

„Heute!" rief der Doktor. „Hört ihn euch an! Hahaha! Von all den lächerlichen Tagen des ganzen Jahres. Nun, an diesem Tag, an dem die große Schlacht auf diesem Boden geschlagen wurde. Auf diesem Boden, auf dem wir jetzt sitzen, wo ich meine beiden Mädchen heute morgen tanzen sah, wo das Obst für unsere Mahlzeit gerade von den Bäumen abgenommen wurde, deren Wurzeln in Menschen und nicht in Erde verankert sind. So viele Leben wurden gelassen, daß, wie ich mich erinnere, noch Generationen später unter unseren Füßen hier ein Friedhof voller Knochen, zu Staub zerfallener Knochen und Splitter von zerschmetterten Schädeln ausgegraben wurde. Doch keine hundert Menschen in jener Schlacht wußten, wofür oder warum sie kämpften; keine hundert der frohlockenden Sieger, warum sie sich freuten. Kein halbes Hundert hatte etwas von dem Gewinnen oder Verlieren. Kein halbes Dutzend Menschen sind sich bis zu dieser Stunde über Ursache oder Wert einig; kurzum, keiner wußte je etwas Genaueres darüber, nur die Hinterbliebenen der Toten. Ernst!" sagte der Doktor lachend. „Solch ein System!"

„Aber das alles scheint mir sehr ernst zu sein", sagte Alfred.

„Ernst!" rief der Doktor. „Wenn man solche Dinge ernst nimmt, muß man verrückt werden oder sterben oder auf einen Berg steigen und Eremit werden."

„Außerdem ist es lange her", sagte Alfred.

„Lange her!" erwiderte der Doktor. „Wissen Sie, was die Welt seitdem getan hat? Wissen Sie, was sie noch tut? *Ich* nicht!"

„Es ist ein wenig zu Gericht gegangen worden", bemerkte Mr.Snitchey und rührte seinen Tee um.

„Obwohl der Ausgang immer zu leicht gemacht worden ist", sagte sein Partner.

„Und Sie werden meine Äußerung entschuldigen, Doktor", fuhr Mr. Snitchey fort, „daß ich schon tausendmal im Verlauf unserer Diskussionen zu der Ansicht gelangt bin, daß ich in dem Zu-Gericht-Gehen und im Rechtssystem überhaupt eine ernsthafte Seite sehe, ja etwas Greifbares und mit einem Zweck und einer Absicht..."

Clemency Newcome stieß ungeschickt gegen den Tisch und verursachte dabei ein geräuschvolles Klirren von Tassen und Untertassen.

„Nanu, was ist denn da los?" rief der Doktor.

„Das ist die unheilbringende, blaue Tasche", sagte Clemency, „die einem immer ein Bein stellt!"

„Mit einem Zweck und einer Absicht, sagte ich", fuhr Snitchey fort, „die Achtung gebietet. Das Leben ein Possenspiel, Dr. Jeddler? Mit Gesetzen?"

Der Doktor lachte und sah Alfred an.

„Zugegeben, wenn Sie nichts dagegen haben, daß ein Krieg etwas Törichtes ist", sagte Snitchey. „Dabei stimmen wir zu. Zum Beispiel. Das hier ist eine heitere Landschaft", er wies mit seiner Gabel dahin, „in die Soldaten einst scharenweise einfielen – jeder einzelne von ihnen ein Rechtsverletzer – und sie mit Feuer und Schwert verwüsteten. Ha! Der Gedanke, daß sich jemand freiwillig Feuer und Schwert aussetzte! Dumm, verheerend, einfach lächerlich! Sie lachen über Ihre Mitmenschen, wenn Sie daran denken! Doch nehmen Sie mal diese heitere Landschaft, wie es gegenwärtig aussieht. Denken Sie an die Gesetze, die den unbeweglichen Besitz, die Hinterlassung unbeweglichen Besitzes, die Hypothek und den Rückkauf unbeweglichen Besitzes, das Pachtgut, den freien Grundbesitz oder das Zinslehen betreffen. Denken Sie", sagte Snitchey in so großer Erregung, daß er tatsächlich schmatzte, „an die schwierigen Gesetze, die auf Besitzanspruch und seinen Nachweis Bezug nehmen, mit all den gegensätzlichen vorangegangenen und zahlreichen Parlamentsbeschlüssen, und die damit in Verbindung stehen.

Denken Sie an die ungeheure Anzahl klug erdachter und endloser Klagen vor dem Gericht des Lordkanzlers, die diese angenehme Aussicht verursacht haben kann, und geben Sie zu, Dr. Jeddler, daß sich ein grünes Fleckchen abzeichnet. Ich glaube", sagte Mr. Snitchey und sah seinen Partner an, „daß ich für mich selbst und Craggs spreche?"

Da Mr. Craggs seine Zustimmung bekundete und Mr. Snitchey von seinen beredten Worten irgendwie aufgelebt war, äußerte er den Wunsch nach noch etwas Rindfleisch und einer Tasse Tee.

„Ich trete nicht unbedingt für das Leben schlechthin ein", fügte er hinzu, rieb sich die Hände und lachte in sich hinein, „es ist voller Unsinnigkeiten und noch schlimmerer Dinge, Beteuerungen der Zuversicht, des Vertrauens und der Selbstlosigkeit und all diese Dinge! Pah! Wir sehen, was sie wert sind. Aber Sie dürfen nicht über das Leben lachen; Sie haben ein ernstes Spiel zu spielen, ein sehr ernstes sogar! Jeder spielt gegen Sie, und Sie spielen gegen die anderen. Oh, es ist eine sehr interessante Sache. Es gibt schwer verständliche Züge auf dem Schachbrett. Sie dürfen nur lachen, Dr. Jeddler, wenn Sie gewinnen, und dann auch nicht sehr. Hihihi! Und dann nicht sehr", wiederholte Snitchey, wiegte den Kopf und blinzelte mit den Augen, als ob er hinzufügen wollte: „Sie können es trotzdem tun!"

„Nun, Alfred!" rief der Doktor, „was sagen Sie jetzt?"

„Ich sage, Sir", antwortete Alfred, „daß Sie mir und sich selbst den größten Gefallen tun könnten, glaube ich, wenn Sie manchmal versuchen würden, dieses Schlachtfeld und andere dieser Art über dem größeren Schlachtfeld des Lebens zu vergessen, auf das die Sonne täglich hinabschaut."

„Ich fürchte nur, daß ihn dies in seinen Ansichten nicht weicher stimmen würde, Mr. Alfred", sagte Snitchey. „Die Kämpfenden sind sehr verbissen und rauh in diesem Lebenskampf. Da wird ganz schön um sich geschlagen und rücksichtslos vorgegangen und den Leuten von hinten eine

Kugel in den Kopf gejagt. Da wird niedergetrampelt und zu Boden getreten. Es ist ein übles Geschäft."

„Ich glaube, Mr. Snitchey", sagte Alfred, „daß es ganz im stillen Siege und Kämpfe gibt, daß große Opfer und edle Heldentaten (selbst bei den zahlreichen Fällen von scheinbarer Oberflächlichkeit und Widersprüchlichkeit), die nicht weniger schwer zu vollbringen sind, da sie von keiner irdischen Chronik aufgezeichnet werden und bei keinem irdischen Publikum Gehör finden, täglich in Ecken und Winkeln und kleinen Haushalten und in den Herzen von Männern und Frauen vollbracht werden, von denen jeder es fertigbringt, einen noch so grausamen Menschen mit dieser Welt auszusöhnen und ihn mit Glauben und Hoffnung zu erfüllen, obwohl die Hälfte der Menschheit im Krieg und ein Viertel vor Gericht war, und das ist eine tapfere Welt."

Beide Schwestern hörten interessiert zu.

„Schon gut!" sagte der Doktor, „ich bin zu alt, als daß ich von meinem Freund Snitchey oder meiner guten, unverheirateten Schwester Martha Jeddler bekehrt werden könnte, die schon vor einer Ewigkeit ihre häuslichen Anfechtungen – wie sie es nennt – hatte und seitdem mit allen Menschen ein Leben in Harmonie führt und die in einem solchen Maße Ihre Meinung teilt (nur daß sie als Frau weniger verständig und dafür eigensinniger ist), daß wir nicht übereinkommen können und selten zusammenfinden. Ich wurde auf diesem Schlachtfeld geboren. Schon als Junge begann ich, meine Gedanken auf die wahre Geschichte eines Schlachtfeldes zu lenken. Sechzig Jahre sind ins Land gezogen, und ich habe keine christliche Welt kennengelernt. Weiß der Himmel, wie viele liebende Mütter und unbescholtene Mädchen wie die meinen hier alles andere als verrückt nach einem Schlachtfeld sind. Dieselben Gegensätze gewinnen bei allem die Oberhand. Man muß über solche gewaltigen Widersprüche entweder lachen oder weinen, und ich ziehe es vor zu lachen."

Britain, der jedem Sprecher der Reihe nach äußerst nachdenklich und aufmerksam zugehört hatte, schien sich plötzlich für dieselbe Meinung zu entscheiden, falls ein tiefer, feierlicher Ton, der ihm entschlüpfte, als Beweis seiner Lachkunst ausgelegt werden kann. Sein Gesicht jedoch blieb vorher als auch nachher davon völlig unberührt, so daß, obwohl sich ein oder zwei Frühstücksgäste erschrocken nach dem geheimnisvollen Geräusch umblickten, keiner den Übeltäter damit in Verbindung brachte.

Nur seine Partnerin beim Bedienen, Clemency Newcome, fragte ihn mit vorwurfsvollem Flüstern, wobei sie ihn mit ihren Lieblingsgelenken, den Ellenbogen, aufschreckte, worüber er lache.

„Nicht über dich!" sagte Britain.

„Über wen denn?"

„Über die Menschheit", sagte Britain. „Das ist der Witz!"

„Zwischen dem Herrn und den Rechtsanwälten, er wird auch mit jedem Tag hohlköpfiger!" rief Clemency und versetzte ihm mit dem anderen Ellbogen zur seelischen Aufmunterung einen Stoß. „Weißt du, wo du bist? Willst du eine Kündigung kriegen?"

„Ich weiß überhaupt nichts", sagte Britain mit trübem Blick und unbewegtem Gesicht. „Ich kümmre mich um nichts. Ich stelle nichts fest. Ich glaube nichts, und ich will nichts."

Obwohl diese traurige Einschätzung seiner allgemeinen Verfassung als eine Anwandlung von Verzweiflung überbewertet werden konnte, hatte Benjamin Britain – manchmal Little Britain genannt, um ihn von Great Britain zu unterscheiden, so wie wir Young England sagen, um einen eindeutigen Unterschied zu Old England auszudrücken – seinen wahren Zustand genauer umrissen, als man annehmen könnte.

Denn da er dem Doktor diente wie einst Miles dem Bruder Bacon und Tag für Tag zahllose Reden hörte, die der Doktor an verschiedene Leute richtete und die alle darauf hinausliefen zu zeigen, daß sein Leben bestenfalls ein Fehler und eine Sinnlosigkeit sei, war der unglückliche Diener in solch einen Abgrund verworrener und widersprüchlicher Vorstellungen von innen und außen gestürzt, daß die Wahrheit auf dem Grunde ihres Brunnens noch an der Oberfläche lag im Vergleich zu Britains tiefer Verwirrung. Der einzige Punkt, den er richtig verstand, war, daß das neue Element, was von Snitchey und Craggs gewöhnlich in diese Diskussion eingebracht wurde, sie nie verständlicher machte und dem Doktor stets einen Vorteil und eine Bestätigung zu geben schien. Deshalb betrachtete er die Firma als die unmittelbare Ursache seines Geisteszustandes und empfand demzufolge Abneigung gegen sie.

„Doch das ist nicht unsere Sache, Alfred", sagte der Doktor. „Ab heute, wie du gesagt hast, bist du nicht mehr mein Schützling; und vollgestopft mit dem Wissen, das dir die Oberschule hier vermittelte und das deine Studien in London ergänzen konnten, und mit solch praktischen Kenntnissen, die ein so langweiliger, alter Landdoktor wie ich zu dem anderen hinzufügen konnte, ziehst du nun in die Welt hinaus. Nachdem die erste Probezeit, die von deinem armen Vater festgelegt worden war, abgelaufen ist, gehst du nun als dein eigner Herr fort, um seinen zweiten Wunsch zu erfüllen. Und lange bevor dein dreijähriger Aufenthalt an ausländischen medizinischen Fakultäten beendet ist, wirst du uns vergessen haben. Ach was, du hast uns schon nach einem halben Jahr vergessen!"

„Wenn ich das tue – aber Sie wissen, daß es nicht so sein wird; warum sollte ich Ihnen das sagen?" antwortete Alfred lachend.

„Ich weiß nichts dergleichen", erwiderte der Doktor. „Was meinst du, Marion?"

Marion, die mit ihrer Teetasse spielte, schien zu meinen – doch sie sagte es nicht –, daß es ihm freistehe, sie zu vergessen, falls er es könne. Grace preßte das strahlende Gesicht an ihre Wange und lächelte.

„Ich war hoffentlich kein unrechter Verwalter bei der Ausübung meiner Treuhandschaft", fuhr der Doktor fort, „aber heute morgen soll ich unter allen Umständen davon entbunden werden, und hier sind unsere guten Freunde Snitchey und Craggs mit einer Tasche voller Papiere und Rechnungen und Dokumente, um die Überschreibung des Treuhandvermögens an dich zu erledigen (ich wünschte, es wäre schwieriger zu verwalten gewesen, Alfred, aber du mußt ein großer Mann werden und es ebenso groß machen) und andere Späße dieser Art, die unterschrieben, besiegelt und vollzogen werden müssen."

„Und ordnungsgemäß beglaubigt, wie es das Gesetz vorschreibt", sagte Snitchey, schob seinen Teller weg und holte die Papiere heraus, die sein Partner auf dem Tisch ausbreitete, „und da ich selbst und Craggs mit Ihnen gemeinsam, Doktor, Treuhänder waren, was das Guthaben betrifft, brauchen wir Ihre beiden Angestellten, um die Unterschriften zu beglaubigen. Können Sie lesen, Mrs. Newcome?"

„Ich bin nich verheiratet, Mister", sagte Clemency.

„Oh, Verzeihung! Das hätte ich mir denken können", kicherte Snitchey, wobei er seine Blicke über ihre außergewöhnliche Gestalt gleiten ließ.

„Sie *können* also lesen?"

„Etwas", antwortete Clemency.

„Die Trauungsliturgie morgens und abends, wie?" bemerkte der Rechtsanwalt scherzhaft.

„Nein", sagte Clemency. „Zu schwer. Ich lese nur Fingerhut."

„Einen Fingerhut lesen!" wiederholte Snitchey. „Was sagen Sie da, junge Frau?"

Clemency nickte. „Und Muskatreibe."

„Oh, sie ist ja wahnsinnig! Ein Fall für den Lordkanzler!" sagte Snitchey und starrte sie an.

„Falls sie im Besitz irgendwelchen Eigentums ist", legte Craggs fest.

Jedoch Grace mischte sich ein und erklärte, daß jeder der fraglichen Gegenstände einen gravierten Sinnspruch trug und somit die Taschenbücherei von Clemency Newcome bildete, die nicht gerade der Leseleidenschaft verfallen war.

„Ach, so ist das, Miss Grace!" sagte Snitchey.

„Ja, ja. Hahaha! Ich hielt unsere Freundin für eine Idiotin. Sie sieht auch ganz so aus", murmelte er mit einem verächtlichen Blick. „Und was sagt der Fingerhut, Mrs. Newcome?"

„Ich bin nich verheiratet, Mister", bemerkte Clemency.

„Nun, Newcome. Ist es recht so?" sagte der Anwalt. „Was sagt der Fingerhut, Newcome?"

Wie Clemency, ehe sie auf diese Frage antwortete, eine Tasche öffnete und in deren gähnende Tiefe hinein nach dem Fingerhut schaute, der nicht da war; und wie sie dann die andere Tasche öffnete – wobei sie ihn wie eine wertvolle Perle auf dem Meeresgrund zu erspähen schien – und solch plötzlich auftretende Hindernisse wie ein Taschentuch, einen Kerzenstummel, einen rotbackigen Apfel, eine Apfelsine, einen Glückspfennig, eine Krampe, ein Vorhängeschloß, eine Schere im Futteral, die besser als eine vielversprechende junge Schafsschere zu beschreiben wäre, eine Handvoll einzelner Perlen, etliche Knäuel Baumwollgarn, eine Nadeltasche, eine Sammlung Papierhaarwickel und einen Keks wegräumte und jeden einzelnen dieser Gegenstände höchst persönlich Britain zum Halten anvertraute – ist nicht von Bedeutung.

Auch nicht, wie sie in ihrem Bestreben, die Tasche an der Kehle zu packen und festzuhalten (denn sie hatte die Tendenz, hin und her zu schwanken und um die nächste Ecke zu entwischen), eine Stellung einnahm und gelassen beibehielt, die ganz offensichtlich nicht mit der menschlichen Anatomie und dem Gravitationsgesetz übereinstimmte. Es reicht, daß sie zum Schluß triumphierend den Fingerhut auf ihren Finger steckte und mit der Muskatreibe rasselte. Die Schrift auf diesen beiden Werkzeugen befand sich offenbar im Prozeß der Abnutzung durch übermäßige Reibung.

„Das ist der Fingerhut, nicht wahr, junge Frau?" sagte Mr. Snitchey und amüsierte sich auf ihre Kosten. „Und was sagt der Fingerhut?"

„Er sagt", erwiderte Clemency, wobei sie langsam um ihn herum las, als wäre er ein Turm, „vergiß und vergib."

Snitchey und Craggs lachten herzhaft. „So neu!" sagte Snitchey. „So leicht!" sagte Craggs. „Welch eine Kenntnis der menschlichen Natur spricht daraus!" sagte Snitchey. „So anwendbar in allen Lebenslagen!" sagte Craggs.

„Und die Muskatreibe?" fragte der Chef der Firma.

„Die Reibe sagt", entgegnete Clemency, „tu, wie du willst, daß man dir tu."

„Lege rein – oder du wirst selber reingelegt, meinen Sie", sagte Mr. Snitchey.

„Ich versteh nicht", gab Clemency zurück und schüttelte den Kopf unbestimmt. „Ich bin kein Rechtsanwalt."

„Wenn sie einer wäre, Doktor", sagte Mr. Snitchey, indem er sich plötzlich an ihn wandte, als wollte er einer Wirkung zuvorkommen, die möglicherweise die Folge dieser Antwort wäre, „würde sie diese goldene Regel bei der Hälfte ihrer Klienten feststellen, fürchte ich. In dieser Hinsicht sind sie durchaus ernst zu nehmen – so wunderlich ihre Welt auch ist – und schieben uns hinterher die Schuld in die Schuhe. Wir in unserem Beruf sind nichts anderes als Spiegel, Mr. Alfred, aber im allgemeinen werden wir von verärgerten und streitsüchtigen Menschen zu Rate gezogen, die nicht in bester Verfassung sind, und es ist ziemlich schwierig, sich mit uns zu streiten, wenn wir eine unfreundliche Miene widerspiegeln. Ich glaube", sagte Mr. Snitchey, „daß ich für mich und Craggs spreche."

„Zweifellos", sagte Craggs.

„Und wenn nun Mr. Britain so freundlich ist, uns etwas Tinte zu bringen", sagte Mr. Snitchey, sich wieder seinen Papieren zuwendend, „werden wir so schnell wie möglich unterschreiben, besiegeln und übergeben, sonst kommt noch die Kutsche vorbei, ehe wir es uns versehen."

Seinem Aussehen nach zu urteilen, war es sehr wahrscheinlich, daß die Kutsche vorbeikam, ehe Mr. Britain es sich versah, denn er stand geistesabwesend da, wog in Gedanken den Doktor gegen die Rechtsanwälte und die Rechtsanwälte gegen den Doktor und die Klienten gegen beide ab, war mit dem hoffnungslosen Versuch beschäftigt, den Fingerhut und die Muskatreibe (ein neuer Begriff für ihn) mit irgendeinem philosophischen System in Einklang zu bringen, und verwirrte sich selbst so sehr, wie es einst sein großer Namensvetter mit Theorien und Lehren getan hatte. Doch Clemency, die sein guter Geist war, obwohl er nicht die geringste Meinung von ihrem Verstand hatte, weil sie selten abstrakte Betrachtungen anstellte und stets das Richtige im rechten Augenblick tat, hatte die Tinte im Nu herbeigeschafft und bot ihm ihre weiteren Dienste an, ihn mit Hilfe ihrer Ellbogen zu sich zu bringen, deren sanfte Klapse seinem Gedächtnis im wahrsten Sinne des Wortes nachhalfen, so daß er bald frisch und munter war.

Zu erzählen, wie er unter der Auffassung zu leiden hatte – die Angehörige seines Standes, für die der Gebrauch von Feder und Tinte ein Ereignis ist, nicht selten vertreten –, daß er seinen Namen keinem Dokument, das nicht mit eigener Hand geschrieben ist, hinzusetzen kann, ohne sich in einer klaren Weise festzulegen oder unbestimmte, gewaltige Summen abzutreten; wie er sich den Urkunden unter Protest und dem Zwang des Doktors näherte und auf einer Pause beharrte, damit er sie sich vor dem Unterschreiben (mit verkrampfter Hand, ganz zu schweigen von der Ausdrucksweise, die Chinesisch für ihn war) ansehen und sie auch umdrehen konnte, ob auch nichts Betrügerisches auf der

Unterseite stand; und wie er, nachdem er unterschrieben hatte, traurig wurde wie jemand, der für immer seinen Besitz und seine Rechte aufgegeben hatte, fehlt mir die Zeit. Ebenfalls dafür, wie die blaue Mappe, die seine Unterschrift enthielt, hinterher eine geheimnisvolle Macht auf ihn ausübte und er nicht von ihr loskam; auch wie Clemency Newcome, die bei dem Gedanken an ihre eigene Bedeutung und Würde einen Lachanfall erlitt, sich mit beiden Ellbogen wie ein fliegender Adler auf dem ganzen Tisch ausbreitete und den Kopf als Vorbereitung zur Gestaltung gewisser kabbalistischer Schriftzeichen auf den linken Arm stützte, was eine Menge Tinte und erdachte Kopien erforderte, die gleichzeitig mit der Zunge unterzeichnet wurden. Auch wie sie, nachdem sie einmal Tinte geleckt hatte, danach begierig wurde wie gezähmte Tiger nach einer anderen Flüssigkeit, und nun alles unterschreiben wollte und ihren Namen an alle möglichen Stellen setzen wollte. Kurzum, der Doktor wurde von seiner Treuhandschaft und allen Verpflichtungen entbunden, und Alfred, der sie selbst übernahm, wurde unter rechtmäßigen Bedingungen ins Leben geschickt.

„Britain!" sagte der Doktor. „Laufen Sie zum Tor und halten Sie nach der Kutsche Ausschau. Die Zeit eilt, Alfred."

„Ja, ja, Sir", erwiderte der junge Mann hastig. „Liebe Grace, einen Augenblick! Marion – so jung und schön, so anziehend und so sehr bewundert, meinem Herzen so lieb wie sonst nichts auf der Welt – denke daran. Ich überlasse dir Marion!"

„Sie war mir stets ein teurer Schützling, Alfred. Nun ist sie es erst recht. Ich werde gewissenhaft meiner Pflicht nachkommen, glaube mir."

„Das glaube ich, Grace. Ich weiß es wohl. Wer könnte dir ins Gesicht schauen und deine Stimme hören und wüßte das nicht! Ach, Grace! Wenn ich dein beherrschtes Herz und deine heitere Seele hätte, wie mutig würde ich heute diesen Ort verlassen!"

„Würdest du?“ antwortete sie, still lächelnd.

„Und doch, Grace – Schwester, das scheint mir das richtige Wort zu sein.“

„Gebrauche es“, sagte sie schnell. „Ich höre es gern. Nenn mich nicht anders.“

„Und doch, Schwester“, sagte Alfred, „ist es für Marion und mich besser, daß deine echten und beständigen Eigenschaften uns hier dienlich sind und uns beide glücklicher und besser machen. Ich würde sie nicht wegschaffen, um mir zu helfen, wenn ich könnte!“

„Kutsche auf dem Hügel!“ rief Britain.

„Die Zeit eilt, Alfred“, sagte der Doktor.

Marion hatte abseits gestanden, den Blick auf den Boden gerichtet. Doch als dieses Signal gegeben wurde, brachte sie ihr junger Liebhaber zärtlich dahin, wo ihre Schwester stand, und legte sie ihr in die Arme.

„Liebe Marion, ich habe Grace gesagt“, bemerkte er, „daß du ihr Schützling bist, mein wertvolles Pfand beim Abschied. Und wenn ich heimkehre und dich zurückfordere, Liebste, und unser gemeinsames Leben vor uns liegt, soll es unsere größte Freude sein, darüber nachzudenken, wie wir Grace glücklich machen können, wie wir ihren Wünschen entgegenkommen können, wie wir ihr unsere Dankbarkeit und Liebe beweisen können, wie wir etwas von der Schuld abtragen können, die auf uns lasten wird.“

Die jüngere Schwester hatte die eine Hand in seine gelegt, die andere lag auf dem Nacken der Schwester. Sie schaute in die Augen jener Schwester, die so ruhig, gelassen und heiter waren, mit einem Blick, in dem sich Liebe, Bewunderung, Sorge, Erstaunen, ja fast Ehrfurcht mischten. Sie schaute in das Gesicht jener Schwester, als wäre es das eines strahlenden Engels. Ruhig, gelassen und heiter schaute dieses Gesicht sie und ihren Liebhaber an.

„Und wenn eines Tages die Zeit kommt“, sagte Alfred, „– ich staune, daß sie noch nicht gekommen ist, aber Grace weiß das am besten, denn Grace hat immer recht –, daß *sie* einen Freund haben möchte, dem sie ihr Herz öffnet und der ihr etwas von dem ist, was sie uns bedeutet hat, wie aufrichtig werden wir uns dann erweisen, Marion, und wie froh werden wir sein zu wissen, daß sie, unsere liebe, gute Schwester, liebt und wiedergeliebt wird, wie wir es getan hätten!"

Noch immer schaute ihr die jüngere Schwester in die Augen und wandte sich nicht um – nicht einmal nach ihm. Und noch immer betrachteten diese ehrlichen Augen sie und ihren Liebhaber so ruhig, gelassen und heiter.

„Und wenn dies alles vorüber ist und wir alt geworden sind und zusammen leben (das müssen wir!) – dicht zusammen – und oft von früheren Zeiten sprechen", sagte Alfred, „werden diese zu unseren schönsten zählen – der heutige Tag besonders; und wenn wir uns sagen, was wir beim Abschied dachten und fühlten, hofften und fürchteten und wie wir es nicht ertragen konnten, auf Wiedersehen zu sagen..."

„Kutsche kommt durch den Wald!" rief Britain.

„Ja, ich bin bereit – und wenn wir uns trotz allem glücklich wiedersehen, machen wir diesen Tag zum glücklichsten des Jahres und begehen ihn als dreifachen Geburtstag. Ja, mein Liebes?"

„Ja", warf die ältere Schwester lebhaft und mit strahlendem Lächeln ein. „Ja! Säume nicht, Alfred. Es ist keine Zeit. Sag Marion auf Wiedersehen. Und Gott befohlen!"

Er preßte die jüngere Schwester ans Herz. Als sie aus seiner Umarmung befreit war, klammerte sie sich wieder an ihre Schwester, und ihre Augen mit demselben gemischten Ausdruck suchten erneut jene ruhigen, gelassenen und heiteren.

„Leb wohl, mein Junge!" sagte der Doktor. „Über irgendeine ernsthafte Verbindung oder Neigung oder Verlobung und so weiter in solch einem – hahaha! – du weißt schon, was ich meine – zu sprechen, wäre natürlich blanker Unsinn. Alles, was ich sagen kann, ist dies: Sollten du und Marion auf derselben albernen Meinung beharren, werde ich nichts dagegen haben, wenn du eines Tages mein Schwiegersohn wirst."

„Über die Brücke!" rief Britain.

„Laß sie kommen", sagte Alfred und drückte dem Doktor kräftig die Hand. „Mein alter Freund und Vormund, denken Sie manchmal an mich, so ernst Sie können! Adieu, Mr. Snitchey! Leben Sie wohl, Mr. Craggs!"

„Kommt die Straße hinunter!" rief Britain.

„Ein Kuß für Clemency Newcome um unserer langen Bekanntschaft willen! Mach's gut, Britain! Auf Wiedersehen, Marion, mein teures Herz! Schwester Grace, denk daran!"

Die ruhige, vertraute Gestalt und das in seiner Heiterkeit so schöne Gesicht hatten sich ihm als Erwiderung zugewandt; doch Marions Blick und Haltung blieben unverändert.

Die Kutsche stand am Tor. Es gab geschäftiges Treiben mit dem Gepäck. Die Kutsche fuhr ab. Marion rührte sich nicht.

„Er winkt dir mit dem Hut, meine Liebe", sagte Grace. „Dein Auserwählter, Liebling. Schau!"

Die jüngere Schwester hob den Kopf und drehte ihn für einen Augenblick. Als sie sich wieder umdrehte und zum erstenmal voll jenen ruhigen Augen begegnete, warf sie sich ihr schluchzend an den Hals.

„O Grace, Gott sei mit dir! Aber ich kann es nicht mit ansehen, Grace! Es bricht mir das Herz."

Zweiter Teil

Snitchey und Craggs besaßen ein nettes, kleines Büro auf dem ehemaligen Schlachtfeld, wo sie ein nettes, kleines Geschäft betrieben und sehr viele kleine Schlachten für sehr viele streitende Parteien schlugen. Obwohl man von diesen Konflikten nicht behaupten konnte, daß sie hitzige Kämpfe waren – denn in Wirklichkeit gingen sie im Schneckentempo vonstatten –, verdiente der Anteil, den die Firma daran hatte, insofern diese allgemeine Bezeichnung, als sie einmal auf diesen Kläger zielten und dann einen Hieb gegen jenen Beklagten richteten, einmal eine schwere Anklage gegen einen unter gerichtlicher Verwaltung stehenden Besitz und dann bei passender Gelegenheit ein leichtes Gefecht unter kleinen Schuldnern führten und der Feind sich selbst zeigte. Die Zeitung war ein wichtiger und nützlicher Bestandteil bei einigen ihrer Schlachten, so in Kämpfen von größerer Bedeutung, und nach den meisten ihrer Kampfhandlungen, bei denen sie ihre Strategie zeigten, wurde von den Streitenden festgestellt, daß sie große Schwierigkeiten gehabt hatten, sich infolge der enormen Rauchwolken, von denen sie umgeben waren, überhaupt zu erkennen beziehungsweise die leiseste Ahnung zu haben, was zu tun sie im Begriff waren.

Die Büroräume der Herren Snitchey und Craggs waren günstig am Marktplatz gelegen, und zwei flache Stufen führten zur offenen Tür hinab, so daß jeder zornige Bauer, der im Begriff war, sich mit jemandem anzulegen, sofort dort hineinstolpern konnte. Ihr besonderer Beratungsraum und Konferenzsaal war ein höher gelegenes Hinterzimmer mit einer niedrigen, dunklen Decke, die angesichts verzwickter rechtlicher Fragen traurig die Stirn zu runzeln schien. Es war mit einigen hochlehnigen Lederstühlen ausgestattet, die mit großen, glotzäugigen Messingknöpfen versehen waren, von denen hier und da zwei oder drei herausgefallen oder vielleicht von den unruhigen Daumen und Zeigefingern verwirrter Klienten herausgezogen worden waren. In einem Rahmen hing der Druck eines großen Richters, von dessen Perücke jede einzelne Locke in der Lage war, einem die Haare zu Berge stehen zu lassen. Berge von Papieren füllten die staubigen Wandschränke, Regale und Tische; und rundum an der Holztäfelung standen Reihen von feuersicheren und mit Schlössern versehenen Kassetten, auf die Namen von

Leuten gemalt waren, die vorwärts und rückwärts zu buchstabieren und Anagramme zu bilden sich ängstliche Besucher wie durch einen grausamen Zauberbann verpflichtet fühlten, während sie dasaßen und Snitchey und Craggs zuzuhören schienen, ohne ein Wort von dem zu verstehen, was diese sagten.

Snitchey und Craggs hatten beide sowohl im privaten Bereich als auch im Berufsleben ihren eigenen Partner. Snitchey und Craggs waren die besten Freunde auf der Welt und hatten echtes Vertrauen zueinander, doch Mrs. Snitchey war durch eine Fügung, die in den Dingen des Lebens nicht ungewöhnlich ist, Mr. Craggs gegenüber grundsätzlich mißtrauisch, und Mrs. Craggs war Mr. Snitchey gegenüber grundsätzlich mißtrauisch. „Du mit deinen Snitcheys", pflegte letztere Dame manchmal zu Mr. Craggs zu bemerken, wobei sie den scheinbaren Plural wie die Verunglimpfung anstößiger Pantalons oder anderer Gegenstände, die keinen Singular bilden, gebrauchte. „Ich für mein Teil verstehe nicht, was du mit diesen Snitcheys willst. Du vertraust deinen Snitcheys zu sehr, finde *ich,* und hoffentlich stellst du nicht einmal fest, wie recht ich habe." Mrs. Snitchey hingegen pflegte über Craggs zu sagen, daß jener ihn verleiten würde, wenn er je von einem Menschen verleitet würde, und daß sie, wenn sie je ein unaufrichtiges Vorhaben aus einem menschlichen Auge ablesen könne, es aus Craggs' Augen ablese. Trotz alledem waren sie alle miteinander gute Freunde, und Mrs. Snitchey und Mrs. Craggs hielten ein enges Bündnis gegen „das Büro" aufrecht, das sie beide als Kammer der Unerfreulichkeiten und gemeinsamen Feind betrachteten, der gefährliche (weil unbekannte) Machenschaften betrieb.

Dessenungeachtet sammelten Snitchey und Craggs Honig für ihre Bienenkörbe. An schönen Abenden verweilten sie hier manchmal am Fenster ihres Beratungszimmers, von dem aus man das ehemalige Schlachtfeld überblickte, und wunderten sich (dies geschah aber zu Zeiten von Gerichtssitzungen, wenn die viele Arbeit sie rührselig stimmte) über den Wahnsinn der Menschheit, die nicht ständig in Frieden leben und sich ans Gesetz halten konnte. Hier gingen Tage und Wochen, Monate und Jahre über sie hinweg; ihr Kalender – die allmählich geringer werdende Zahl von Messingnägeln an den Lederstühlen und der zunehmende Umfang an Papieren auf den Tischen. Knapp drei Jahre waren seit dem Frühstück im Obstgarten vergangen und hatten den einen dünner und den anderen dicker werden lassen; als sie nun am Abend beisammensaßen und berieten.

Nicht allein, sondern mit einem Mann von etwa dreißig Jahren, der nachlässig, aber gut gekleidet war und etwas hager im Gesicht, doch gut gewachsen und gut aussehend. Er saß im Prunksessel, die eine Hand an der Brust, die andere im zerzausten Haar, und grübelte schwermütig vor sich hin. Die Herren Snitchey und Craggs saßen sich an einem danebenstehenden Tisch gegenüber. Eine der feuersicheren Kassetten stand ohne Vorhängeschloß und geöffnet darauf. Ein Teil ihres Inhalts lag auf dem Tisch verstreut, und der Rest ging durch Mr. Snitcheys Hände, der Dokument für Dokument an die Kerze hielt, jedes Papier einzeln betrachtete, wenn er es hervorholte, den Kopf schüttelte und es Mr. Craggs aushändigte. Dieser sah es ebenfalls sorgfältig durch, schüttelte den Kopf und legte es hin. Manchmal hielten sie inne, schüttelten gleichzeitig den Kopf und betrachteten den geistesabwesenden Klienten. Da der Name auf der Kassette Michael Warden, Esquire, lautete, können wir aus dem eben Erwähnten schließen, daß der Name und die Kassette ihm gehörten und daß es um die Angelegenheiten von Michael Warden, Esquire, schlecht stand.

„Das ist alles", sagte Mr. Snitchey und drehte das letzte Dokument um. „Da gibt es wirklich keinen Ausweg. Keinen Ausweg."

„Alles verloren, ausgegeben, verschwendet, verpfändet,

geborgt und verkauft, wie?" sagte der Klient und schaute hoch.

„Alles", erwiderte Mr. Snitchey.

„Da ist nichts zu machen, sagen Sie?"

„Gar nichts."

Der Klient kaute an den Nägeln und dachte wieder nach.

„Und ich bin nicht einmal in England sicher? Bleiben Sie dabei?"

„In keinem Teil des Vereinigten Königreichs von Großbritannien und Irland", erwiderte Mr. Snitchey.

„Ein verlorener Sohn, ohne einen Vater, zu dem er zurückkehren kann, ohne Schweine, die er hüten, ohne Treber, die er mit ihnen teilen kann, wie?" fuhr der Klient fort, schlug das eine Bein über das andere und suchte den Boden mit seinen Augen ab.

Mr. Snitchey hustete, als wollte er den Verdacht von sich weisen, an irgendeiner bildlichen Veranschaulichung einer gesetzlichen Sachlage teilzuhaben. Mr. Craggs hustete ebenfalls, als wollte er seinen partnerschaftlichen Standpunkt zu diesem Thema ausdrücken.

„Mit dreißig ruiniert!" sagte der Klient. „Hm!"

„Nicht ruiniert, Mr. Warden", erwiderte Snitchey. „So schlimm steht es nicht. Sie haben zwar eine ganze Menge in dieser Richtung getan, muß ich sagen, aber ruiniert sind Sie nicht. Ein bißchen sparsam ..."

„Ein bißchen zum Teufel", sagte der Klient.

„Mr. Craggs", sagte Snitchey, „würden Sie mir eine Prise Schnupftabak geben? Danke, Sir."

Als der unerschütterliche Anwalt ihn mit offensichtlich großem Vergnügen seiner Nase darbrachte und völlig in diesen Vorgang versunken war, machte sich bei dem Klienten allmählich ein Lächeln breit, und aufblickend sagte er: „Sie sprechen von Sparsamkeit. Wie lange sparsam sein?"

„Wie lange sparsam sein?" wiederholte Snitchey, wobei er den Schnupftabak von seinen Fingern wischte und in Gedanken einen Überschlag machte. „Bei Ihrem verwickelten Vermögen, Sir? In guten Händen? Sagen wir in Snitcheys und Craggs'? Sechs oder sieben Jahre!"

„Sechs oder sieben Jahre hungern!" sagte der Klient, lachte ärgerlich und wechselte ungeduldig seine Stellung.

„Sechs oder sieben Jahre hungern, Mr. Warden", sagte Snitchey, „wäre wirklich etwas ungewöhnlich. Sie könnten derweil ein anderes Auskommen erhalten, wenn Sie sich unterdessen der Öffentlichkeit zeigen. Doch wir glauben nicht, daß Sie es tun könnten – wenn ich für mich und Craggs spreche –, und raten Ihnen folglich auch nicht dazu."

„Was raten Sie dann?"

„Sparsam sein, sage ich", wiederholte Snitchey. „Ein paar Jahre sparsames Verwalten durch mich und Craggs würde die Sache wieder hochbringen. Damit wir aber Bedingungen aushandeln und sie einhalten und Sie dazu bewegen können, sich daran zu halten, müssen Sie fortgehen, müssen Sie im Ausland leben. Was das Verhungern betrifft, da könnten wir Ihnen, Mr. Warden, glaube ich, für den Anfang ein paar Hundert pro Jahr gewähren, um damit zu verhungern."

„Ein paar Hundert", sagte der Klient, „und ich habe Tausende ausgegeben!"

„Darüber", erwiderte Mr. Snitchey und legte die Papiere langsam in die gußeiserne Kassette zurück, „besteht kein Zweifel. Kein – Zweifel", wiederholte er für sich, als er gedankenvoll seine Tätigkeit fortsetzte.

Der Rechtsanwalt kannte wahrscheinlich *seinen* Mann; jedenfalls übte seine trockene, gerissene und schrullige Art einen günstigen Einfluß auf die schwermütige Verfassung des Klienten aus und veranlaßte ihn dazu, sich freier und offenherziger zu geben. Oder vielleicht kannte der Klient *seinen* Mann und hatte solch eine Aufmunterung, wie er sie erhielt, herausgelockt, um eine Absicht, die er gerade kundtun wollte, umso mehr zu verteidigen. Allmählich hob er den Kopf und betrachtete seinen unerschütterlichen Ratgeber mit einem Lächeln, das augenblicklich in ein Lachen überging.

„Nach alledem", sagte er, „mein energischer Freund..."

Mr. Snitchey wies auf seinen Partner. „Ich und – Verzeihung – Craggs."

„Verzeihung, Mr. Craggs", sagte der Klient. „Nach alledem, meine energischen Freunde", er beugte sich auf seinem Stuhl vor und senkte ein wenig die Stimme, „kennen Sie nicht einmal die Hälfte meines Unglücks."

Mr. Snitchey hielt inne und starrte ihn an. Auch Mr. Craggs machte große Augen.

„Ich bin nicht nur hoffnungslos verschuldet", sagte der Klient, „sondern hoffnungslos..."

„Doch nicht verliebt!" rief Snitchey.

„Ja!" sagte der Klient, sank in seinen Stuhl zurück und musterte mit den Händen in den Taschen die Firma. „Hoffnungslos verliebt."

„Und in keine Erbin, Sir?" fragte Snitchey.

„In keine Erbin."

„Auch in keine reiche Dame?"

„Auch in keine reiche Dame, soweit ich weiß, nur reich an Schönheit und Vorzügen."

„Eine ledige Dame, hoffe ich", sagte Mr. Snitchey sehr nachdrücklich.

„Gewiß."

„Es ist doch nicht etwa eine von Dr. Jeddlers Töchtern?" fragte Snitchey, stützte plötzlich seine Ellbogen auf die Knie und schob das Gesicht mindestens einen halben Meter vor.

„Ja", erwiderte der Klient.

„Nicht etwa seine jüngere Tochter?" fragte Snitchey.

„Ja", erwiderte der Klient.

„Mr. Craggs", sagte Snitchey sehr erleichtert, „würden Sie mir noch eine Prise Schnupftabak geben? Danke! Ich bin glücklich, sagen zu können, daß dies nichts zu bedeuten hat,

Mr. Warden. Sie ist verlobt, Sir, sie ist vergeben. Mein Partner kann das bestätigen. Wir kennen die Tatsachen."

„Wir kennen die Tatsachen", wiederholte Craggs.

„Nun, ich vielleicht auch", entgegnete der Klient gelassen. „Was ist denn schon dabei? Sind Sie Männer von Welt, und haben Sie noch nie von einer Frau gehört, die ihre Meinung geändert hat?"

„Es sind bestimmt Prozesse wegen Treubruchs sowohl gegen alleinstehende Frauen als auch gegen Witwen angestrengt worden", sagte Mr. Snitchey, „doch in der Mehrzahl der Fälle..."

„Fälle!" warf der Klient ungeduldig ein. „Sprechen Sie mir nicht von Fällen. Der übliche Präzedenzfall hat einen weit größeren Umfang als all Ihre Gesetzbücher. Außerdem, glauben Sie, ich habe sechs Wochen vergeblich im Hause des Doktors gewohnt?"

„Ich glaube, Sir", bemerkte Mr. Snitchey, indem er sich ernst an seinen Partner wandte, „daß sich von all den Verlegenheiten, in die Mr. Warden früher einmal durch seine Pferde geraten ist – sie waren recht zahlreich und ziemlich kostspielig; das weiß keiner besser als er und Sie und ich –, die eine als die größte herausstellt – wenn er so erzählt –, als er an der Gartenmauer des Doktors mit drei gebrochenen Rippen, einem gebrochenen Schlüsselbein und wer weiß wie vielen Beulen landete. Wir dachten zu der Zeit nicht so sehr daran, als wir wußten, daß es ihm unter des Doktors Händen und Dach gut ging. Doch jetzt sieht es schlimm aus, Sir. Schlimm? Sehr schlimm sieht es aus. Dr. Jeddler ist auch unser Klient, Mr. Craggs."

„Mr. Alfred Heathfield ist auch eine Art Klient, Mr. Snitchey", sagte Mr. Craggs.

„Mr. Michael Warden ist auch eine Art Klient", sagte der unbekümmerte Besucher, „und kein schlechter, nachdem er zehn oder zwölf Jahre lang Possen getrieben hat. Doch Mr. Michael Warden hat sich die Hörner abgelaufen; in dieser

Kassette da liegt das Ergebnis, und er meint es ernst damit, Reue zu zeigen und klüger zu werden. Und als Beweis dafür beabsichtigt Mr. Michael Warden – falls er kann –, Marion, die entzückende Tochter des Doktors, zu heiraten und sie mitzunehmen."

„Wirklich, Mr. Craggs", begann Snitchey.

„Wirklich, Mr. Snitchey und Mr. Craggs, Sie Partner", unterbrach ihn der Klient, „Sie kennen Ihre Pflichten gegenüber Ihren Klienten, und Sie wissen nur zu gut, dessen bin ich sicher, daß es zu denen nicht gehört, sich in eine Liebesaffäre einzumischen, die ich Ihnen anzuvertrauen genötigt bin. Ich werde die junge Dame nicht ohne ihre Zustimmung entführen. Daran ist nichts Verbotenes. Ich war niemals Mr. Heathfields Busenfreund. Ich verletze sein Vertrauen nicht. Ich liebe, wo er liebt. Und ich will gewinnen, falls ich kann, wo er gewinnen wollte."

„Er kann nicht, Mr. Craggs", sagte Snitchey, offensichtlich besorgt und aus der Fassung gebracht. „Das kann er nicht, Sir. Sie schwärmt für Mr. Alfred."

„Tut sie das?" erwiderte der Klient.

„Mr. Craggs, sie schwärmt für ihn, Sir", beharrte Snitchey.

„Ich habe nicht umsonst vor ein paar Monaten sechs Wochen lang im Hause des Doktors gewohnt. Und bald habe ich meine Zweifel gehegt", bemerkte der Klient. „Sie hätte für ihn geschwärmt, wenn es ihre Schwester zustande gebracht hätte, aber ich habe sie beobachtet. Marion vermied seinen Namen, vermied das Thema und wich mit sichtbarer Qual der geringsten Anspielung darauf aus."

„Warum sollte sie, Mr. Craggs? Warum sollte sie, Sir?" fragte Snitchey.

„Ich weiß nicht, warum sie es sollte, obwohl es viele glaubhafte Gründe gibt", sagte der Klient, der über die Aufmerksamkeit und Verwirrung, die in Mr. Snitcheys leuchtendem Blick lag, sowie über seine vorsichtige Art, mit der er die Unterhaltung führte und sich über dieses Thema informierte, lächelte. „Doch ich weiß, daß sie es tut. Sie war sehr jung, als sie sich verlobte – falls man das so nennen kann, wessen ich mir nicht einmal sicher bin –, und hat es vielleicht bereut. Vielleicht – das zu sagen mag eitel wirken, aber ich meine es ganz bestimmt nicht so – hat sie sich ebenso in mich verliebt, wie ich mich in sie verliebt habe."

„Hihi! Mr. Alfred, ihr alter Spielkamerad – Sie erinnern sich, Mr. Craggs –", sagte Snitchey, verwirrt lachend, „hat sie fast als Baby gekannt!"

„Was die Sache um so wahrscheinlicher macht, daß sie seines Plans überdrüssig und nicht abgeneigt ist", fuhr der Klient ruhig fort, „ihn gegen den neuen eines anderen Liebhabers einzutauschen, der sich unter romantischen Umständen vorstellt (oder von seinem Pferd vorgestellt wird) und den bei einem Mädchen vom Lande nicht ungünstigen Ruf genießt, sorglos und fröhlich gelebt zu haben, ohne jemandem etwas zuleide zu tun; und der in bezug auf seine Jugend, Erscheinung und so weiter – das mag wieder eitel wirken, ist aber ganz bestimmt nicht so gemeint – vielleicht neben Mr. Alfred bestehen könnte."

Der letzte Satz war gewiß nicht zu bestreiten; und Mr. Snitchey, der ihn betrachtete, fand das auch. Eine natürliche Anmut und Liebenswürdigkeit lagen in seinem sehr sorglosen Gebaren. Es schien anzudeuten, daß sein schönes Gesicht und seine kräftige Gestalt noch weitaus besser sein könnten, wenn er es wollte, und daß er, wenn er einmal entflammt war und es ernst meinte (doch bisher hatte er es nie ernst gemeint), voller Leidenschaft und Entschlußkraft sein konnte. Eine gefährliche Sorte von Wüstling, dachte der gerissene Rechtsanwalt, der den Funken, den er sich wünscht, aus den Augen einer jungen Dame zu erlangen scheint.

„Nun passen Sie mal auf, Snitchey", fuhr er fort, erhob sich und ergriff ihn, „und Craggs" und nahm auch diesen am Kragen und stellte sich je einen Partner zur Seite, damit ihm keiner entwischen konnte. „Ich frage Sie nicht um Rat. Sie tun recht daran, sich in solch einer Angelegenheit, bei der sich kein ernsthafter Mensch wie Sie bei irgendeiner Partei einmischen würde, aus allem herauszuhalten. Ich werde kurz in wenigen Worten einen Überblick über meine Lage und Absicht geben und es dann Ihnen überlassen, in finanzieller Hinsicht Ihr Bestes für mich zu tun, wobei zu beachten ist, daß es im Moment belastender wäre, wenn ich mit der hübschen Tochter des Doktors davonliefe (ich hoffe, dies zu tun und unter ihrem günstigen Einfluß ein anderer Mensch zu werden), als wenn ich es allein täte. Doch bald werde ich alles in einem veränderten Leben wiedergutgemacht haben."

„Ich finde, es ist besser, das nicht gehört zu haben, Mr. Craggs", sagte Snitchey und schaute ihn an dem Klienten vorbei an.

„*Ich* finde nicht", sagte Craggs. – Beide lauschten aufmerksam.

„Nun, Sie brauchen nicht zuzuhören", antwortete der Klient. „Trotzdem werde ich es erwähnen. Ich habe nicht die Absicht, den Doktor um seine Einwilligung zu bitten, weil er sie mir nicht geben würde. Aber ich gedenke nicht, dem Doktor zu schaden oder ein Unrecht zuzufügen, weil ich hoffe (außerdem sind solche Kleinigkeiten nicht ernst zu nehmen, wie er sagt), sein Kind, meine Marion, vor etwas zu bewahren, was sie – wie ich sehe, wie ich *weiß* – fürchtet und schmerzlich erwartet: die Rückkehr ihres früheren Liebhabers. Wenn etwas auf der Welt wahr ist, dann dies: daß sie sich vor seiner Rückkehr fürchtet. Bis jetzt ist niemand geschädigt. Ich bin hier jetzt so ausgeplündert und gequält, daß ich das Leben eines fliegenden Fisches führe. Ich schleiche in der Dunkelheit umher, ich habe keinen Zutritt zu meinem eigenen Haus und werde von meinen Ländereien verwiesen; aber dieses Haus und diese Ländereien und noch viele Felder dazu werden eines Tages an mich zurückgehen, wie Sie wissen und behaupten; und Marion wird wahrscheinlich – Ihrer Behauptung zufolge, und Sie sind nie optimistisch – nach zehn Jahren Ehe mit mir reicher sein als als Ehefrau von Alfred Heathfield, vor dessen Rückkehr sie sich fürchtet (denken Sie daran) und der sowenig wie ein anderer Mann meine Leidenschaft übertreffen kann. Wer ist bis jetzt geschädigt? Es ist eine durchweg faire Angelegenheit. Ich habe das gleiche Recht wie er, falls Sie sich zu meinen Gunsten entscheiden sollten, und ich werde mein Recht bei ihr allein durchzusetzen versuchen. Sie werden nach alledem nicht mehr wissen wollen, und ich werde Ihnen auch nicht mehr erzählen. Nun kennen Sie mein Vorhaben und meine Bedürfnisse. Wann muß ich hier abreisen?"

„In einer Woche", sagte Snitchey. „Mr. Craggs?"

„Noch etwas eher, würde ich sagen", erwiderte Craggs.

„In einem Monat", sagte der Klient, nachdem er die beiden Gesichter aufmerksam beobachtet hatte. „Heute in einem Monat. Heute ist Donnerstag. Erfolg oder Niederlage, heute in einem Monat gehe ich."

„Das ist eine viel zu lange Verzögerung", sagte Snitchey, „viel zu lang. Aber soll's sein. Ich dachte, er würde sich drei ausbedingen", murmelte er vor sich hin. „Gehen Sie? Gute Nacht, Sir!"

„Gute Nacht!" erwiderte der Klient und schüttelte der Firma die Hände. „Sie werden es noch erleben, wie ich die Reichen gut zu nutzen weiß. Von nun an wird Marion mein Schicksalsstern sein!"

„Achten Sie auf die Stufen, Sir", gab Snitchey zurück, „denn dort leuchtet sie Ihnen nicht. Gute Nacht!"

„Gute Nacht!"

Beide standen mit zwei Kerzen aus dem Büro auf dem Treppenabsatz und paßten auf, bis er unten war. Als er gegangen war, standen sie da und sahen sich an.

„Was halten Sie von alledem, Mr. Craggs?" fragte Snitchey.

Mr. Craggs schüttelte den Kopf.

„An dem Tag, als die Rechtsübertragung vollzogen wurde, waren wir der Ansicht, daß in dem Abschied des Paares etwas Seltsames lag, soweit ich mich erinnere", sagte Snitchey.

„Ja", sagte Mr. Craggs.

„Vielleicht gibt er sich völlig einer Täuschung hin", fuhr Mr. Snitchey fort, verschloß die feuersichere Kassette und stellte sie weg, „und wenn nicht, ist ein bißchen Wankelmut und Treulosigkeit nichts Ungewöhnliches, Mr. Craggs. Und doch hatte ich dieses hübsche Gesicht für treu gehalten. Ich glaubte sogar bemerkt zu haben", sagte Snitchey, der Mantel und Handschuhe anzog (denn es war sehr kalt) und eine Kerze auspustete, „wie ihr Charakter in der letzten Zeit stärker und entschlossener geworden war. Mehr wie der ihrer Schwester."

„Mrs. Craggs war derselben Meinung", entgegnete Craggs.

„Ich würde heute abend wirklich etwas ausgeben", bemerkte Mr. Snitchey, der ein gutmütiger Mann war, „wenn ich glauben könnte, daß Mr. Warden die Rechnung ohne den Wirt gemacht hat, doch leichtsinnig, launenhaft und schwankend, wie er ist, kennt er doch die Welt und die Menschen (sollte er zumindest, denn seine Erfahrung hat er teuer genug bezahlt), und ich kann mir das einfach nicht vorstellen. Wir sollten uns lieber nicht einmischen. Wir können weiter nichts tun, Mr. Craggs, als uns ruhig verhalten."

„Weiter nichts", erwiderte Craggs.

„Unser Freund, der Doktor, macht sich nichts aus solchen Dingen", sagte Mr. Snitchey kopfschüttelnd. „Hoffentlich benötigt er nicht seine Philosophie. Unser Freund Alfred spricht vom Lebenskampf", wieder schüttelte er den Kopf, „hoffentlich wird er nicht früh am Tage niedergeschlagen. Haben Sie Ihren Hut, Mr. Craggs? Ich mache die andere Kerze aus."

Da Mr. Craggs bejahte, setzte Mr. Snitchey das Wort in die Tat um, und sie tasteten sich aus dem Beratungszimmer, das jetzt so undurchsichtig wie das Thema oder das Gesetz im allgemeinen war.

Meine Geschichte wechselt in ein ruhiges, kleines Arbeitszimmer hinüber, wo an demselben Abend die Schwestern und der rüstige alte Doktor an einem freundlichen Kamin saßen. Grace war mit ihrer Handarbeit beschäftigt. Marion las laut aus einem Buch vor. Der Doktor, in Morgenrock und Pantoffeln, saß in seinen Sessel zurückgelehnt, wobei er die Füße auf dem warmen, kleinen Teppich ausgestreckt hatte, und lauschte dem Buch und betrachtete seine Töchter.

Sie waren hübsch anzusehen. Nie hatten zwei bessere Gesichter einen Kamin strahlend und heilig gemacht. In den drei Jahren hatte sich der Unterschied zwischen ihnen abgeschwächt; und auf der klaren Stirn der jüngeren Schwester drückte sich dasselbe ernste Wesen aus, das aus ihren Augen sprach und in ihrer Stimme mitschwang, das die eigene mutterlose Jugend schon vor langer Zeit in ihrer Schwester hatte heranreifen lassen. Aber noch immer wirkte sie sofort als die lieblichere und schwächere von beiden; sie schien noch immer den Kopf an die Brust der Schwester zu lehnen und ihr Vertrauen in sie zu setzen und in ihren Augen Rat und Trost zu suchen. In diesen zärtlichen Augen, die so ruhig, gelassen und heiter waren wie früher.

„Und als sie in ihrem Heim war“, las Marion aus dem Buch vor, „in ihrem Heim, das ihr durch diese Erinnerungen so überaus lieb war, begann sie nun zu fühlen, daß die große Versuchung ihres Herzens bald kommen müsse und nicht aufgeschoben werden könne. O Heim, unser Tröster und Freund, wenn andere treulos werden, sich von ihm zu trennen ist auf jeder Stufe zwischen der Wiege und dem Grabe ...“

„Marion, mein Liebes!“ sagte Grace.

„Na, Kätzchen“, rief ihr Vater aus, „was ist los?“

Sie legte die Hand auf die, die ihr die Schwester entgegenstreckte, und las weiter. Ihre Stimme zitterte und bebte, obwohl sie versuchte, sie wieder zu beherrschen, nachdem sie so unterbrochen wurde.

„Sich von ihm zu trennen ist auf jeder Stufe zwischen der Wiege und dem Grabe schmerzlich. O Heim, das du so treu uns bist und als Dank so oft mißachtet wurdest, sei nachsichtig gegenüber denen, die sich von dir abwenden, und folge ihren in die Irre gehenden Schritten nicht zu vorwurfsvoll! Laß auf deinem geisterhaften Gesicht keine freundliche Miene sehen, kein Lächeln, an das man sich gut erinnert. Laß keinen Strahl von Liebe, Willkommen, Güte, Nachsicht und Herzlichkeit von deinem weißen Haupt leuchten. Laß kein früheres zärtliches Wort oder eine Stimmung im Urteil gegen deinen Treulosen aufkommen, aber wenn du unnachgiebig und streng blicken kannst, tue es aus Gnade gegen den Büßer!"

„Liebe Marion, lies heute abend nicht weiter", sagte Grace, denn sie weinte.

„Ich kann nicht", antwortete sie und schloß das Buch. „Die Worte scheinen alle zu brennen."

Der Doktor amüsierte sich darüber und lachte, als er ihr über den Kopf strich.

„Was denn! Von einem Buch überwältigt!" sagte Dr. Jeddler. „Druck und Papier! Nun, das ist alles eins. Es ist genauso vernünftig, Druck und Papier ernst zu nehmen wie alles andere. Aber trockne dir die Augen, Liebes, trockne dir die Augen. Ich glaube allerdings, daß die Heldin schon längst nach Hause gekommen ist und es überall hergerichtet hat, und wenn nicht, ein wirkliches Heim besteht nur aus vier Wänden und ein ausgedachtes bloß aus Fetzen und Tinte. Was ist denn nun los?"

„Ich bin's nur, Mister", sagte Clemency und steckte den Kopf zur Tür herein.

„Und was ist mit *dir* los?" fragte der Doktor.

„Oh, gerechter Gott, nichts is mit mir los", entgegnete Clemency, und das stimmte auch, nach ihrem gründlich geseiften Gesicht zu urteilen, das wie gewöhnlich wie die Inkarnation der guten Laune strahlte und sie trotz ihrer Plumpheit recht anziehend machte. Abschürfungen an den Ellbogen werden im allgemeinen nicht zu der Kategorie persönlicher Liebreize gezählt, die man Schönheitsfleckchen nennt. Doch es ist besser, durch die Welt zu gehen und sich die Arme aufzureiben anstelle des Gemütes, und das war so gesund und vollkommen wie das einer jeden Schönheit im Lande.

„Nichts is mit mir los", sagte Clemency und trat ein, „aber – kommen Sie ein bißchen näher, Mister."

Der Doktor war ziemlich verwundert, kam aber der Aufforderung nach.

„Sie sagten doch, ich soll Ihnen vor denen keinen geben, nich?" sagte Clemency.

Ein Neuling in der Familie hätte wegen des außerordentlich koketten Blicks, als sie dies sagte, und der seltsamen Erregung und Verzückung, die auf ihre Ellbogen übergriff, als wollte sie sich selbst umarmen, annehmen können, daß „keinen" in seiner günstigsten Auslegung einen keuschen Kuß bedeutete. Der Doktor schien im Augenblick tatsächlich beunruhigt zu sein, faßte sich aber schnell wieder, da Clemency, nachdem sie in ihren Taschen gekramt hatte – wobei sie mit der richtigen begann, zur falschen überging und dann wieder auf die richtige zurückkam –, einen Brief vom Postamt hervorholte.

„Britain is bei einem Botengang vorbeigeritten", kicherte sie und händigte ihn dem Doktor aus, „und hat gesehn, wie die Post kam, und drauf gewartet. Da in der Ecke steht A. H.! Mr. Alfred is auf der Heimreise, wett ich. Wir werden 'ne Hochzeit im Haus haben – heute morgen warn zwei Teelöffel auf meiner Untertasse. O Gott, wie langsam er ihn aufmacht!"

Dies alles äußerte sie in einer Art Selbstgespräch, und sie stellte sich in ihrer Ungeduld, die Nachricht zu erfahren, allmählich immer höher auf die Zehenspitzen und machte aus ihrer Schürze einen Korkenzieher und aus ihrem Mund eine Flasche. Schließlich, als die Spannung einen Höhepunkt erreichte und sie sah, daß der Doktor immer noch mit dem Lesen des Briefes beschäftigt war, stellte sie sich wieder auf die Fußsohlen und warf ihre Schürze aus reiner Verzweiflung und aus Unfähigkeit, es noch länger auszuhalten, wie einen Schleier über den Kopf.

„Hier, Mädchen!" rief der Doktor. „Ich kann nicht anders, noch nie im Leben konnte ich ein Geheimnis für mich behalten. Es gibt auch nicht viele Geheimnisse, die zu hüten wert wären in dieser ... nun, schon gut! Alfred kommt nach Hause, meine Lieben, auf schnellstem Wege."

„Auf schnellstem Wege!" rief Marion aus.

„Wie! Das Buch ist schnell vergessen!" sagte der Doktor und kniff sie in die Wange. „Ich dachte, diese Nachricht würde deine Tränen trocknen. Ja. ‚Es soll eine Überraschung sein', schreibt er hier. Aber ich kann es keine Überraschung sein lassen. Er muß willkommen geheißen werden."

„Auf schnellstem Wege!" wiederholte Marion.

„Na, vielleicht nicht, was deine Ungeduld ‚auf schnellstem Wege' nennt", erwiderte der Doktor, „aber ziemlich bald. Wir werden sehen. Heute ist Donnerstag, nicht wahr? Demnach verspricht er, heute in einem Monat hierzusein."

„Heute in einem Monat!" wiederholte Marion leise.

„Ein Freudentag und Feiertag für uns", sagte die fröhliche Stimme ihrer Schwester Grace, die sie mit einem Kuß beglückwünschte. „Lange erwartet, Liebste, und schließlich gekommen."

Sie antwortete mit einem Lächeln, einem traurigen Lächeln, doch mit schwesterlicher Zuneigung. Als sie ins Gesicht ihrer Schwester blickte und dem ruhigen Wohllaut ihrer Stimme lauschte, wie sie das Glück seiner Rückkehr ausmalte, erglühte ihr eigenes Gesicht vor Hoffnung und Freude.

Und vor etwas anderem. Etwas, das immer mehr durch alles andere hindurchschien, für das ich keinen Namen habe. Es war kein Jubel, Triumph, keine stolze Begeisterung. Diese zeigen sich nicht dermaßen gelassen. Es waren auch nicht nur Liebe und Dankbarkeit, obwohl Liebe und Dankbarkeit dazugehörten. Es rührte auch nicht von gemeinen Gedanken her, denn gemeine Gedanken hellen keine Stirn auf und schweben nicht auf den Lippen und bewegen den Geist nicht wie ein flackerndes Licht, bis die mitfühlende Gestalt zittert.

Dr. Jeddler konnte trotz seines philosophischen Systems – mit dem er stets im Widerspruch stand und das er in der Praxis verleugnete, aber das haben schon berühmtere Philosophen getan – nicht umhin, ein so lebhaftes Interesse an der Rückkehr seines ehemaligen Schützlings und Schülers zu zeigen, als handele es sich um ein ernstes Ereignis. So setzte er sich wieder in seinen Sessel, streckte noch einmal die Füße in den Pantoffeln aus, las den Brief viele Male von vorn bis hinten und sprach noch viel öfter darüber.

„Ah! Das war der Tag", sagte der Doktor und blickte ins Feuer, „als du, Grace, und er in seiner Ferienzeit immer Arm in Arm wie zwei wandelnde Puppen spazierengingt. Erinnerst du dich?"

„Ich erinnere mich", antwortete sie mit ihrem liebenswürdigen Lachen und führte emsig die Nadel.

„Heute in einem Monat, tatsächlich!" sann der Doktor nach. „Dabei scheint kaum ein Jahr vergangen zu sein. Und wo war meine kleine Marion damals?"

„Nie weit weg von ihrer Schwester", sagte Marion fröhlich, „wenn auch ein wenig. Grace hat mir alles bedeutet, sogar als sie selbst noch ein kleines Kind war."

„Wahrhaftig, Kätzchen, wahrhaftig", erwiderte der Doktor. „Sie war eine gesetzte, kleine Frau, die Grace, und eine gescheite Haushälterin und eine fleißige, ruhige und freundliche Person, die unsere Launen ertrug und unsere

Wünsche erriet und stets bereit war, die eigenen zu vergessen, selbst in jenen Zeiten. Grace, mein Liebling, ich habe dich nie hartnäckig oder eigensinnig erlebt, nur auf einem Gebiet.“

„Ich fürchte, seitdem habe ich mich nicht zum Vorteil verändert“, lachte Grace, noch immer emsig bei der Arbeit. „Welches war das, Vater?“

„Natürlich Alfred“, sagte der Doktor. „Es half alles nichts, du mußtest Alfreds Frau genannt werden. So nannten wir dich Alfreds Frau, und ich glaube, das gefiel dir besser (so komisch es jetzt scheint), als wenn man dich Herzogin genannt hätte, wenn wir dich zu einer hätten machen können.“

„Wirklich?“ fragte Grace seelenruhig.

„Na, erinnerst du dich nicht?“ fragte der Doktor.

„Ich glaube, ein wenig erinnere ich mich noch, aber nicht sehr“, erwiderte sie. „Es ist so lange her.“ Und während sie bei der Arbeit saß, summte sie den Refrain eines alten Liedes, das der Doktor liebte.

„Alfred wird bald eine aufrichtige Ehefrau finden“, sagte sie, das Lied abbrechend, „und das wird für uns alle eine glückliche Zeit werden. Meine dreijährige Aufsicht ist fast zu Ende, Marion. Sie war sehr leicht zu erfüllen. Ich werde Alfred erzählen, wenn ich dich ihm zurückgebe, daß du ihn die ganze Zeit über von Herzen geliebt hast und er nicht ein einziges Mal meine Dienste nötig hatte. Soll ich ihm das sagen, Liebes?“

„Sag ihm, liebe Grace“, antwortete Marion, „daß keine Aufsicht je großzügiger, edler und beständiger geführt wurde und daß ich *dich* die ganze Zeit über und von Tag zu Tag mehr geliebt habe und dich jetzt, oh, wie innig liebe!“

„Nein“, sagte ihre fröhliche Schwester, die sie ebenfalls umarmte, „das kann ich ihm kaum sagen. Wir werden meine Verdienste Alfreds Vorstellungskraft überlassen. Sie wird groß genug sein, liebe Marion, genau wie deine.“

Damit nahm sie die Arbeit, die sie für einen Moment

hingelegt hatte, als ihre Schwester so leidenschaftlich sprach, wieder auf und gleichzeitig das alte Lied, das der Doktor gern hörte. Und der Doktor, noch in seinem Sessel und die in Pantoffeln steckenden Füße vor sich auf dem Teppich ausgestreckt, lauschte der Melodie, schlug mit Alfreds Brief den Takt auf seinen Knien, betrachtete seine Töchter und fand, daß unter den vielen Lappalien dieser oberflächlichen Welt diese Lappalien noch annehmbar waren.

In der Zwischenzeit verschwand Clemency Newcome, nachdem sie ihre Mission erfüllt und sich im Zimmer herumgedrückt hatte, bis sie die Neuigkeit erfahren hatte, in der Küche, wo ihr Mitarbeiter, Mr. Britain, es sich nach dem Abendessen bequem machte, von solch einer reichhaltigen Sammlung glänzender Topfdeckel, blank geputzter Kochtöpfe, polierter Warmhalteschüsseln, funkelnder Kessel und anderer Zeichen ihrer gewohnheitsmäßigen Betriebsamkeit umgeben, die an den Wänden und in den Regalen aufgebaut waren, daß er wie in der Mitte eines Spiegelsaales saß. Die meisten zeigten keine sehr schmeichelhaften Porträts von ihm, auch waren die Spiegelbilder keineswegs einheitlich, da ihm die einen ein langes, die anderen ein breites Gesicht verliehen; einige ihn ziemlich gutaussehend, andere ihn ungeheuer häßlich machten, je nach den unterschiedlichen Arten ihrer Widerspiegelung, die angesichts einer Sache so verschieden waren wie die Typen der Menschen. Doch sie alle stimmten darin überein, daß in der Mitte ganz gemütlich ein einzelner Mensch saß, mit einer Pfeife im Mund und einem Krug Bier zur Seite, der Clemency leutselig zunickte, als sie an demselben Tisch ihren Platz einnahm.

„Na, Clemmy“, sagte Britain, „wie ist es dir unterdessen ergangen, und was gibt's Neues?“

Clemency berichtete ihm die Neuigkeit, die er sehr gnädig aufnahm. Eine glückliche Verwandlung war bei Britain von Kopf bis Fuß vor sich gegangen. Er wirkte in jeder Hinsicht viel breiter, geröteter, heiterer und fröhlicher. Es schien, als ob sein Gesicht zuvor zu einem Knoten zusammengebunden und nun gelöst und geglättet worden war.

„Das gibt einen neuen Auftrag für Snitchey und Craggs, nehme ich an“, bemerkte er und paffte bedächtig an seiner Pfeife. „Vielleicht müssen wir als Zeugen unterschreiben, Clemmy!“

„Ach Gott!“ entgegnete seine aufrichtige Gefährtin mit der von ihr bevorzugten Drehung ihres Lieblingsgelenks. „Ich wünschte, *ich* wär's, Britain!“

„Was willst du sein?“

„Die, die heiratet“, sagte Clemency.

Benjamin nahm die Pfeife aus dem Mund und lachte herzhaft. „Ja, du bist genau die Richtige dafür!“ sagte er. „Arme Clem!“

Clemency lachte ebenso herzhaft wie er und schien sich über diesen Gedanken nicht weniger zu amüsieren. „Ja“, pflichtete sie bei, „ich bin genau die Richtige dafür, was?“

„*Du* wirst niemals heiraten, weißt du“, sagte Britain und nahm die Pfeife wieder auf.

„Glaubst du nich, daß ich doch mal heirate?“ fragte Clemency in gutem Glauben.

Mr. Britain schüttelte den Kopf. „Keine Chance!“

„So, so!“ sagte Clemency. „Na, ich nehme an, Britain, *du* hast schon einen ganz bestimmten Tag im Auge, oder nich?“

Eine so plötzliche Frage von so großer Tragweite erforderte Überlegung. Nachdem er eine riesige Rauchwolke ausgestoßen und sie betrachtet hatte, wobei er den Kopf einmal nach links, dann nach rechts legte, als wäre sie die eigentliche Frage und als betrachte er sie von verschiedenen Seiten, antwortete Mr. Britain, daß er sich noch nicht im klaren darüber sei, aber ja, er glaubte, er würde schließlich noch dazu kommen.

„Ich wünsche ihr Glück, wer immer sie sein mag!“ rief Clemency.

„Oh, das wird sie haben“, sagte Benjamin, „ganz bestimmt.“

„Sie würde aber kein so frohes Leben führen, wie sie es jetzt führen wird, und hätte keinen so umgänglichen Mann, wie sie ihn nun haben wird“, sagte Clemency, die sich über den halben Tisch lehnte und zurückblickend in die Kerze starrte, „wenn nich ich – nich, daß ich es tun wollte, denn es war ganz sicher Zufall –, wenn nich ich gewesen wär, stimmt's, Britain?“

„Gewiß“, erwiderte Mr. Britain, der unterdessen in jenes Stadium der Wertschätzung seiner Pfeife getreten war, in der ein Mann den Mund gerade noch einen Spalt zum Sprechen öffnen und, genießerisch unbeweglich auf dem Stuhl sitzend, nur noch die Blicke auf einen Gefährten richten kann, und das auch teilnahmslos und ernst. „Oh! Weißt du, ich bin dir sehr verpflichtet, Clem.“

„Ach Gott, wie schön is der Gedanke daran!“ sagte Clemency.

Da sie zur gleichen Zeit ihre Gedanken wie auch ihre Blicke auf das geschmolzene Wachs richtete und sich plötzlich an dessen heilende Wirkung als Salbe erinnerte, rieb sie ihren linken Ellbogen reichlich mit diesem Mittel ein.

„Siehst du, ich hab in meinem Leben 'ne ganze Menge Nachforschungen dieser und jener Art angestellt“, fuhr Mr. Britain mit der Tiefsinnigkeit eines Weisen fort, „ich war nämlich schon immer ein wißbegieriger Mensch, und ich hab 'ne ganze Menge Bücher über das Rechte und Unrechte von Dingen im allgemeinen gelesen, denn ich ging ins literarische Fach, als mein Leben begann.“

„Wirklich?“ rief Clemency bewundernd aus.

„Ja“, sagte Mr. Britain. „Ich war fast zwei Jahre hinter einem Bücherstand versteckt und hielt mich bereit, hervorzustürzen, falls jemand einen Band einstecken wollte. Danach war ich Dienstmann bei einem Korsettmacher und Damenschneider. In dieser Eigenschaft hatte ich die Aufgabe, weiter nichts als Betrügereien in Wachstuchkörben umherzutragen, was meine Seele verbitterte und meinen Glauben an die menschliche Natur erschütterte. Und danach hörte ich eine Menge Diskussionen in diesem Haus, was meine Seele aufs neue verbitterte, und nach alldem bin ich der Meinung, daß als sicherer Seelentröster und angenehmer Begleiter durchs Leben nichts so geeignet ist wie eine Muskatreibe."

Clemency war im Begriff, einen Vorschlag zu machen, doch er kam ihr zuvor.

„Zusammen", fügte er feierlich hinzu, „mit einem Fingerhut."

„‚Tu, was du willst' und so weiter, eh!" bemerkte Clemency, verschränkte in ihrer Freude über diese Erklärung gemütlich die Arme und tätschelte die Ellbogen. „Eine ganz schön kurzgefaßte Sache, nich wahr?"

„Ich bin nicht sicher", sagte Mr. Britain, „das würde man als vernünftige Philosophie betrachten. Ich hab meine Zweifel, aber sie ist einfach und erspart viel Verwirrung, was bei einer ganzen Abhandlung nicht immer der Fall ist."

„Sieh doch mal, wie du selbst vorangekommen bist!" sagte Clemency.

„Ha!" sagte Mr. Britain, „aber das Unverständlichste dabei ist, Clemmy, daß ich erleben mußte, durch dich umgestimmt zu werden. Das ist das Seltsamste daran. Durch dich! Na, dabei hast du wohl nicht den Schimmer eines Gedankens im Kopf."

Clemency schüttelte ihn, ohne im mindesten beleidigt zu sein, lachte, liebkoste sich selbst und sagte: „Nein, habe ich vermutlich nich."

„Da bin ich sicher", sagte Mr. Britain.

„Oh! Da hast du allerdings recht", sagte Clemency. „Ich täusche keine Gedanken vor und habe auch keine."

Benjamin nahm die Pfeife aus dem Mund und lachte, bis ihm die Tränen herunterrannen. „Was für ein Schwachkopf du bist, Clemmy!" sagte er, schüttelte den Kopf mit einem grenzenlosen Vergnügen an dem Scherz und wischte sich die

Augen. Ohne die geringste Neigung, dies zu bestreiten, tat Clemency dasselbe und lachte genauso herzlich wie er.

„Ich muß dich einfach gern haben", sagte Mr. Britain. „Du bist ein richtig liebes Geschöpf, so laß uns die Hände schütteln, Clem. Was auch geschieht, ich werde mich immer um dich kümmern und dein Freund sein."

„Wirst du?" erwiderte Clemency. „Nun, das is sehr nett von dir!"

„Ja, ja", sagte Mr. Britain und gab ihr seine Pfeife, damit sie die Asche ausklopfe. „Ich werde dir zur Seite stehn. Horch! Das is ein seltsames Geräusch!"

„Geräusch!" wiederholte Clemency.

„Schritte draußen. Es klang, als ob jemand von der Mauer sprang", sagte Britain. „Sind oben alle zu Bett?"

„Ja, inzwischen sind alle zu Bett", antwortete sie.

„Hast du nichts gehört?"

„Nein."

Beide lauschten, hörten aber nichts.

„Ich werd dir was sagen", meinte Britain und nahm eine Laterne herunter. „Sicherheitshalber werd ich mich noch mal umsehn, ehe ich selbst zu Bett gehe. Mach die Tür auf, während ich diese anzünde, Clemmy."

Clemency fügte sich schnell, bemerkte aber dabei, daß er seinen Spaziergang umsonst mache, daß alles Einbildung sei und so weiter. Mr. Britain sagte: „Wahrscheinlich", machte sich trotzdem, mit dem Feuerhaken bewaffnet, auf den Weg und ließ das Laternenlicht nach allen Richtungen nah und fern scheinen.

„Es is so still wie auf 'm Friedhof", sagte Clemency, ihm nachblickend, „und auch fast so gespenstisch!"

Als sie sich zur Küche umdrehte, schrie sie angstvoll auf, da sie plötzlich eine zarte Gestalt bemerkte. „Was is das!"

„Pst!" flüsterte Marion aufgeregt. „Du hast mich doch immer liebgehabt, nicht wahr?"

„Dich liebgehabt, Kind! Da kannst du sicher sein."

„Ich bin sicher. Und ich kann dir trauen, nicht wahr? Es gibt zur Zeit keinen anderen, dem ich trauen kann."

„Ja", sagte Clemency von ganzem Herzen.

„Da draußen ist jemand", sie wies auf die Tür, „den ich heute abend sehen und sprechen muß. – Michael Warden, gehen Sie um Gottes willen zurück! Jetzt nicht!"

Clemency fuhr vor Überraschung und Verwirrung zusammen, als sie der Richtung von Marions Blicken folgte und eine dunkle Gestalt im Eingang stehen sah.

„Sie können im nächsten Augenblick entdeckt werden", sagte Marion. „Jetzt nicht! Warten Sie, falls Sie können, in einem Versteck. Ich komme sofort."

Er winkte ihr zu und verschwand.

„Geh nicht zu Bett. Warte hier auf mich!" sagte Marion hastig. „Ich wollte schon seit einer Stunde mit dir reden. Oh, bleib mir treu!"

Indem sie ungeduldig ihre unruhige Hand ergriff und sie mit ihren beiden Händen an die Brust preßte – eine Geste, die in ihrer leidenschaftlichen Bitte ausdrucksvoller war als die beredtesten Worte –, entfernte sich Marion; als der Schein der zurückkehrenden Laterne im Zimmer aufflammte.

„Alles still und friedlich. Keiner da. Vermutlich Einbildung", sagte Mr. Britain, als er die Tür schloß und verriegelte. „Das kommt von lebhafter Phantasie. Hallo, was ist denn los?"

Clemency, die ihre Bestürzung und Unruhe nicht verbergen konnte, saß blaß und am ganzen Leibe zitternd auf einem Stuhl.

„Was is los?" wiederholte sie, rieb sich nervös die Hände und Ellbogen und schaute irgendwohin, nur nicht zu ihm. „Du bist gut, Britain! Versetzt einen mit Lärm und Laternen und was weiß ich alles in Angst und Schrecken. Was los is, ja!"

„Aber wenn dich eine Laterne in Angst und Schrecken

versetzt, Clemmy", sagte Mr. Britain, blies sie gelassen aus und hängte sie wieder an, „kann man dieses Gespenst schnell loswerden. Aber du bist doch sonst so mutig", sagte er und blieb stehen, um sie zu betrachten. „Und du warst es auch noch nach dem Krach und der Laterne. Was ist dir in den Kopf gestiegen. Doch nicht ein Gedanke, wie?"

Aber da ihm Clemency in gewohnter Weise eine gute Nacht wünschte und herumzuhantieren begann, als wollte sie sofort zu Bett gehen, wünschte auch Little Britain ihr gute Nacht, nachdem er die originelle Bemerkung geäußert hatte, daß man aus den Launen der Frauen nicht schlau werde; nahm seine Kerze und trollte sich schlaftrunken zu Bett.

Als alles still war, kam Marion zurück.

„Öffne die Tür", sagte sie, „und stelle dich dicht neben mich, während ich draußen mit ihm spreche."

So zaghaft ihr Verhalten war, zeugte es doch von einer Unbeirrbarkeit und Entschlossenheit, der Clemency nicht widerstehen konnte. Leise schob sie den Riegel an der Tür zurück, doch ehe sie den Schlüssel umdrehte, sah sie sich zu dem jungen Geschöpf um, das darauf wartete, hinauszustürzen, wenn sie sie öffnen würde.

Das Gesicht war nicht abgewandt oder niedergeschlagen, sondern schaute sie im Selbstgefühl seiner Jugend und Schönheit voll an. Ein natürliches Gefühl für die Bedeutungslosigkeit des Hindernisses, das sich zwischen das glückliche Zuhause und die Liebe des unbescholtenen Mädchens stellte und das die Zerstörung jenes Zuhauses und den Untergang seines wertvollsten Schatzes bedeuten könnte, quälte Clemencys mitfühlendes Herz und ließ es vor Kummer und Mitleid überfließen, daß sie, in Tränen ausbrechend, ihre Arme um Marions Hals schlang.

„Ich weiß nur wenig, mein Schatz", rief Clemency, „sehr wenig, aber ich weiß, daß das nich sein sollte. Überlege, was du tust!"

„Das habe ich viele Male", sagte Marion sanft.

„Noch einmal", bestürmte sie Clemency, „bis morgen."

Marion schüttelte den Kopf.

„Um Mr. Alfreds willen", sagte Clemency mit schlichtem Ernst. „Ihn, den du früher von Herzen geliebt hast!"

Sie verbarg augenblicklich das Gesicht in den Händen und wiederholte „früher!", als zerreiße es ihr das Herz.

„Laß mich gehen", sagte Clemency, sie beruhigend. „Ich werde ihm sagen, was du willst. Tritt heute abend nich über diese Schwelle. Ich bin sicher, daß nichts Gutes rauskommt. Oh, es war ein unglückseliger Tag, an dem Mr. Warden hergebracht wurde! Denk an deinen lieben Vater, Liebling, und an deine Schwester."

„Das habe ich", sagte Marion und hob ungestüm den Kopf. „Du weißt nicht, was ich tue. Ich *muß* ihn sprechen. Du hast zu mir gesagt, daß du mein bester und treuster Freund auf der Welt bist, aber ich muß diesen Schritt unternehmen. Willst du mitkommen, Clemency", sie küßte sie auf das freundliche Gesicht, „oder soll ich allein gehen?"

Besorgt und verwundert drehte Clemency den Schlüssel und öffnete die Tür. Marion huschte in die dunkle und ungewisse Nacht hinaus, die jenseits der Schwelle lag, und hielt sie bei der Hand.

In der finsteren Nacht gesellte er sich zu ihr, und sie sprachen ernst und lange miteinander; und die Hand, die Clemencys festhielt, zitterte und wurde kalt oder umklammerte und umschloß deren Hand in der starken Erregung, die das Gespräch unwillkürlich hervorrief. Als sie zurückkehrten, folgte er bis zur Tür und ergriff, während sie einen Augenblick verweilten, ihre andere Hand und preßte sie an seine Lippen. Dann stahl er sich davon.

Die Tür wurde wieder verriegelt und verschlossen, und noch einmal stand sie unter ihres Vaters Dach. Nicht von dem Geheimnis niedergedrückt, das sie mitbrachte, obwohl sie so jung war; sondern mit demselben Gesichtsausdruck, für den ich keinen Namen habe und der durch die Tränen hindurchschimmerte.

Immer wieder dankte sie ihrer ergebenen Freundin, und sie vertraute ihr ohne weiteres, wie sie sagte, voller Zuversicht. Als sie sicher ihr Schlafzimmer erreicht hatte, fiel sie auf die Knie, und mit dem belastenden Geheimnis auf dem Herzen konnte sie beten!

Nach den Gebeten konnte sie sich ruhig und heiter über ihre geliebte, schlummernde Schwester beugen, deren Gesicht betrachten und lächeln – wenn auch traurig –, und sie murmelte, als sie ihr die Stirn küßte, diese Grace sei stets wie eine Mutter zu ihr gewesen und sie habe sie wie ein Kind geliebt!

Sie konnte den widerstandslosen Arm um ihren Hals legen, als sie sich zur Ruhe begab – selbst im Schlaf schien er sich freiwillig beschützend und zärtlich darum zu schlingen –, und auf die geöffneten Lippen hauchen: „Gott segne sie!"

Sie konnte in einen friedlichen Schlaf sinken, bis auf den einen Traum, in dem sie mit ihrer reinen und rührenden Stimme aufschrie, daß sie ganz allein sei und alle sie vergessen hätten.

Ein Monat vergeht schnell, selbst wenn er sein langsamstes Tempo anschlägt. Der Monat, der zwischen jener Nacht und der Rückkehr verstreichen sollte, war schnell zu Fuß und verging wie im Fluge.

Der Tag kam heran. Ein stürmischer Wintertag, der manchmal an dem alten Haus rüttelte, daß es gleichsam im Wind erzitterte. Ein Tag, an dem man sich zu Hause doppelt wohl fühlte. An dem die Kaminecke neue Freuden spendete. An dem sich auf die Gesichter, die sich um den Herd scharten, ein stärkeres Glühen malte und an dem sich jede Gruppe am Kamin zu einem engeren und geselligeren Bund gegen die wütenden Elemente zusammenschloß. Es war solch ein stürmischer Wintertag, wie er am besten eine Nacht vorbereitet, die man nicht einläßt; verhängte Zimmer und fröhliche Blicke; Musik, Gelächter, Tanz, Licht und lustige Unterhaltung!

Dies alles hielt der Doktor zum Willkommen für Alfred bereit. Sie wußten, daß er vor dem Abend nicht kommen könnte, und sie würden die Nachtglocke läuten, sagte er, wenn er sich näherte. All seine alten Freunde sollten sich um ihn versammeln. Kein Gesicht, das er kannte und gern hatte, sollte er vermissen. Nein! Sie alle sollten dasein!

Deshalb wurden Gäste eingeladen und Musiker bestellt, Tische gedeckt und Fußböden auf fleißige Füße vorbereitet und großzügige Vorkehrungen für jegliche Art von Gastfreundschaft getroffen. Da es Weihnachtszeit war und seine Augen nicht mehr an die englische Stechpalme und ihr kräftiges Grün gewöhnt waren, wurde der Tanzsaal mit solchen Girlanden geschmückt, und die roten Beeren funkelten ihm aus den Blättern hervor einen englischen Willkommensgruß entgegen.

Es war für alle ein arbeitsreicher Tag; für keinen arbeitsreicher als für Grace, die geräuschlos überall die Aufsicht führte und der gute Geist der Vorbereitungen war. So manches Mal (wie schon viele Male im zurückliegenden, schnell vergangenen Monat) blickte Clemency Marion aufmerksam, ja beinahe ängstlich an. Sie fand sie vielleicht etwas blasser als sonst, doch auf ihrem Gesicht war eine wohltuende Gelassenheit, die es lieblicher denn je machte.

Als sie am Abend angekleidet war und auf dem Kopf einen Kranz trug, den Grace ihr stolz gewunden hatte – seine künstlichen Blumen waren Alfreds Lieblingsblumen, wie sich Grace erinnerte, als sie sie aussuchte –, lag auf ihrer Stirn wieder jener alte Ausdruck – nachdenklich, fast kummervoll und doch so innerlich, wild und mitreißend –, um ein Hundertfaches verstärkt.

„Der nächste Kranz, den ich diesem hübschen Kopf anpasse, wird ein Brautkranz sein", sagte Grace, „oder ich bin kein wahrer Prophet, Liebes."

Ihre Schwester lächelte und hielt sie im Arm.

„Einen Augenblick, Grace. Verlaß mich noch nicht. Bist du sicher, daß ich weiter nichts möchte?"

Sie machte sich darüber keine Sorgen. Es war das Gesicht der Schwester, über das sie nachdachte, und ihre Blicke waren zärtlich darauf gerichtet.

„Meine Kunst kann nicht weiter reichen", sagte Grace, „auch deine Schönheit nicht, liebes Mädchen. Ich habe dich niemals so hübsch gesehen wie heute."

„Ich bin nie so glücklich gewesen", erwiderte sie.

„Gewiß, aber ein größeres Glück hält sich bereit. In einem Heim, das so freundlich und strahlend ist wie dieses", sagte Grace, „werden Alfred und seine junge Frau bald wohnen."

Wieder lächelte sie. „In deiner Vorstellung ist es ein glückliches Heim. Ich kann es in deinen Augen sehen. Ich weiß, es *wird* glücklich sein, Schatz. Wie froh bin ich, das zu wissen."

„Nun", rief der Doktor hereinstürmend. „Da seid ihr ja. Alles fertig für Alfred? Er kann nicht so bald hiersein – eine Stunde vor Mitternacht oder so –, da bleibt noch eine Menge Zeit zum Lustigsein, bis er kommt. Er soll uns nicht antreffen, ohne daß das Eis gebrochen ist. Lege das Feuer hier auf, Britain! Es soll die Stechpalme bescheinen, bis sie wieder blinkt. Es ist eine unsinnige Welt, Kätzchen; treue Liebhaber und all das andere – alles Unsinn! Aber wir werden mit den anderen albern sein und unserem treuen Liebhaber einen tollen Empfang bereiten. Auf mein Wort!" sagte der alte Doktor und betrachtete stolz seine Töchter. „Ich bin heute abend bei den anderen Albernheiten nicht ganz klar; weiß nur, daß ich der Vater von zwei hübschen Mädchen bin."

„Alles, was die eine davon je getan hat oder tun mag –

tun mag, liebster Vater – ist, dir Schmerz und Kummer zu bereiten; verzeih ihr", sagte Marion, „verzeih ihr jetzt, da ihr Herz voll ist. Sage, daß du ihr verzeihst. Daß du ihr verzeihen wirst. Daß sie stets deine Liebe genießen wird und ...", der Schluß blieb unausgesprochen, denn ihr Gesicht war an der Schulter des alten Mannes vergraben.

„Na, na, na!" sagte der Doktor zärtlich. „Verzeihen! Was habe ich zu verzeihen? Oho, wenn unsere treuen Liebhaber zurückkommen, um uns so zu verwirren, müssen wir sie weit entfernt halten, müssen wir Eilboten ausschicken, die sie auf der Straße aufhalten und sie nur eine oder zwei Meilen pro Tag voranbringen, bis wir richtig darauf vorbereitet sind, ihnen zu begegnen. Küß mich, Kätzchen. Verzeihen! Was für ein törichtes Kind du bist! Wenn du mich hundertmal am Tag belästigt und geärgert hättest, wie du es nicht ein einziges Mal getan hast, würde ich alles verzeihen bis auf diese Bitte. Küß mich noch einmal, Kätzchen. Da! Für die Vergangenheit und die Zukunft sind wir quitt miteinander. Legt das Feuer hier auf! Wollt ihr die Leute in dieser kalten Winternacht erfrieren lassen? Laßt uns sorglos, herzlich und fröhlich sein, oder ich vergebe einigen von euch nicht."

So vergnügt nahm der alte Doktor es auf! Und das Feuer loderte, und die Lichter strahlten, und Gäste trafen ein, und ein Gemurmel lebhafter Stimmen setzte ein, und schon belebte eine angenehme Atmosphäre fröhlicher Erregung das ganze Haus.

Immer mehr Gäste strömten herein. Leuchtende Augen strahlten Marion an; lächelnde Lippen beglückwünschten sie zu seiner Rückkehr; kluge Mütter befächelten sich und hofften, sie möge nicht zu jung und unbeständig für den ruhigen häuslichen Alltag sein; ungestüme Väter fielen in Ungnade, weil sie allzu begeistert von ihrer Schönheit waren; Töchter beneideten sie; Söhne beneideten ihn; zahllose Liebespaare machten sich dieses Ereignis zunutze; alle waren interessiert, lebhaft und erwartungsvoll.

Mr. und Mrs. Craggs erschienen Arm in Arm, doch Mrs. Snitchey kam allein. „Nanu, was ist mit ihm geschehen?" fragte der Doktor.

Die Feder des Paradiesvogels an Mrs. Snitcheys turbanähnlichem Hut zitterte, als wäre der Paradiesvogel wieder lebendig, als sie sagte, daß zweifellos Mr. Craggs Bescheid wüßte. *Ihr* werde nie etwas erzählt.

„Dieses ekelhafte Büro", sagte Mrs. Craggs.

„Ich wünschte, es wäre abgebrannt", sagte Mrs. Snitchey.

„Er ist – er ist, da ist noch eine geschäftliche Angelegenheit, die meinen Partner aufhält", sagte Mr. Craggs und blickte unbehaglich um sich.

„Oh! Geschäfte. Erzählen Sie mir das nicht!" sagte Mrs. Snitchey.

„*Wir* wissen, was Geschäfte heißt", sagte Mrs. Craggs.

Daß sie aber nicht wußten, was es hieß, war vielleicht der Grund, warum Mrs. Snitcheys Paradiesvogelfeder so unheilvoll bebte und warum die Gehänge an Mrs. Craggs' Ohrringen wie kleine Glocken schwangen.

„Ich staune, daß *du* weggehen konntest, Mr. Craggs", sagte seine Frau.

„Mr. Craggs hat Glück, wirklich", sagte Mrs. Snitchey.

„Dieses Büro nimmt sie so in Anspruch", sagte Mrs. Craggs.

„Ein Mensch mit einem Büro hat kein Recht, überhaupt zu heiraten", sagte Mrs. Snitchey.

Dann sagte Mrs. Snitchey zu sich selbst, daß ihr Blick soeben Mr. Craggs' Seele durchbohrt hatte und er es wußte; und Mrs. Craggs bemerkte Craggs gegenüber, daß ihn „seine Snitcheys" hinter dem Rücken betrögen und er es entdecken würde, wenn es zu spät sei.

Noch immer sah Mr. Craggs, ohne diese Bemerkungen stark zu beachten, unbehaglich um sich, bis seine Blicke an Grace hängenblieben, die er sofort begrüßte.

„Guten Abend, Madam", sagte Craggs. „Sie sehen bezaubernd aus. Ihre – Miss – Ihre Schwester, Miss Marion, ist..."

„Oh, es geht ihr sehr gut, Mr. Craggs."

„Ja – ich – ist sie hier?" fragte Craggs.

„Hier! Sehen Sie sie nicht da drüben zum Tanz gehen?" fragte Grace.

Mr. Craggs setzte sich die Brille auf, um besser sehen zu können, betrachtete sie dadurch eine Weile, hustete und steckte sie mit zufriedener Miene ins Futteral und in seine Tasche zurück.

Nun setzte die Musik ein, und der Tanz begann.

Das helle Feuer prasselte und funkelte, flammte auf und fiel in sich zusammen, als ob es sich in echter Geselligkeit am Tanz beteiligte. Manchmal brauste es auf, als wollte es ebenfalls Musik machen. Manchmal blitzte und strahlte es, als wäre es der Mittelpunkt des alten Raumes; manchmal blinzelte es auch den jungen Flüsternden in den Ecken zu wie ein eingeweihter Patriarch. Manchmal zerstreute es sich mit den Zweigen der Stechpalme. Wenn es die Blätter von Zeit zu Zeit beleuchtete, verlieh es ihnen ein Aussehen, als wären sie wieder in der kalten Winternacht und zitterten im Wind. Manchmal wurde seine anregende Stimme ungebärdig und schoß über das Ziel hinaus, und dann sprühte es mit einem lauten Knall mitten unter die sich schnell bewegenden Füße einen harmlosen, kleinen Funkenregen, und in seiner Erregung sprang und hüpfte es wie toll in dem breiten, alten Kamin hoch.

Ein weiterer Tanz näherte sich dem Ende, als Mr. Snitchey seinen Partner, der zuschaute, am Arm berührte.

Mr. Craggs fuhr zusammen, als ob sein Vertrauter ein Gespenst sei. „Ist er weg!" fragte er.

„Pst! Er war länger als drei Stunden bei mir", sagte Snitchey. „Er hat alles durchgelesen. Er hat alle für ihn getroffenen Vereinbarungen geprüft und ist wirklich sehr genau dabei gewesen. Er – hm!"

Der Tanz war zu Ende. Marion ging dicht an ihm vorbei, als er sprach. Sie achtete weder auf ihn noch auf seinen Partner, sondern schaute über die Schulter hinweg zu ihrer entfernt stehenden Schwester, als sie sich ihren Weg durch die Menge bahnte und ihren Blicken entschwand.

„Sie sehen, alles sicher und in Ordnung", sagte Mr. Craggs. „Er ist vermutlich nicht auf dieses Thema zurückgekommen?"

„Mit keinem Wort."

„Und er ist wirklich weg? Ist er sicher fort?"

„Er hält Wort. Er gleitet mit dieser Nußschale von einem Boot mit der Flut den Fluß hinab und geht damit in dieser dunklen Nacht – ein Wagehals ist er ja – vor dem Wind auf See hinaus. Es gibt nirgends eine verlassenere Reede. Das ist die eine Sache. Die Flut kommt, wie er sagt, eine Stunde vor Mitternacht – also um diese Zeit. Ich bin froh, daß es vorbei ist." Mr. Snitchey wischte sich die Stirn, die erhitzt und besorgt aussah.

„Was denken Sie über...", fragte Mr. Craggs.

„Pst!" antwortete sein vorsichtiger Partner und blickte geradeaus. „Ich verstehe Sie. Nennen Sie keine Namen, und wir wollen nicht wie Geheimniskrämer wirken. Ich weiß nicht, was ich denken soll, und ehrlich gesagt, ist es mir jetzt auch egal. Es ist eine große Erleichterung. Seine Eigenliebe hat ihn betrogen, nehme ich an. Vielleicht hat die junge Dame ein wenig mit ihm kokettiert. Das Beweismaterial würde dieses Verhalten unterstreichen. Alfred noch nicht hier?"

„Noch nicht", sagte Mr. Craggs. „Wird jede Minute erwartet."

„Gut." Mr. Snitchey wischte sich erneut die Stirn. „Es ist eine große Erleichterung. Seit wir als Partner zusammenarbeiten, bin ich nicht so nervös gewesen. Ich habe die Absicht, jetzt den Abend zu genießen, Mr. Craggs."

Mrs. Craggs und Mrs. Snitchey schlossen sich ihnen an,

als er diese Absicht verkündete. Der Paradiesvogel befand sich in einem Zustand heftigster Vibration, und die kleinen Glocken läuteten recht vernehmlich.

„Es war der Gegenstand allgemeiner Kritik, Mr. Snitchey", sagte Mrs. Snitchey. „Ich hoffe, das Büro ist zufrieden."

„Womit zufrieden, meine Liebe?" fragte Mr. Snitchey.

„Daß eine wehrlose Frau Spötteleien und Bemerkungen ausgeliefert ist", erwiderte seine Frau. „Das ist ganz die Art des Büros, jawohl."

„Ich selbst bin wirklich so lange daran gewöhnt", sagte Mrs. Craggs, „das Büro mit allem in Verbindung zu bringen, was dem häuslichen Leben entgegensteht, daß ich froh bin, es als den anerkannten Feind meines Friedens zu verstehen. Auf alle Fälle liegt darin etwas Ehrliches."

„Meine Liebe", betonte Mr. Craggs, „deine gute Meinung ist unschätzbar, aber *ich* habe nie bekannt, daß das Büro der Feind deines Friedens ist."

„Nein", sagte Mrs. Craggs und läutete ein ganzes Glockenspiel mit ihren Glöckchen. „Du wirklich nicht. Du wärst des Büros nicht würdig, wenn du aufrichtig wärst."

„Was meine Abwesenheit heute abend betrifft, meine Liebe", sagte Mr. Snitchey und reichte ihr seinen Arm, „lag die Entbehrung wohl auf meiner Seite, aber wie Mr. Craggs weiß..."

Mrs. Snitchey schnitt diese Erläuterung ab, indem sie ihren Mann beiseite zerrte und ihn bat, diesen Mann anzusehen. Ihr den Gefallen zu tun, ihn anzusehen!

„Welchen Mann, meine Liebe?" fragte Mr. Snitchey.

„Deinen auserwählten Gefährten; *ich* bin nicht dein Gefährte, Mr. Snitchey."

„Aber ja, das bist du, meine Liebe", warf er ein.

„Nein, nein, das bin ich nicht", sagte Mrs. Snitchey mit majestätischem Lächeln. „Ich kenne meine Stellung. Willst du deinen auserwählten Gefährten ansehen, Mr. Snitchey, deinen Schiedsrichter, den Bewahrer deiner Geheimnisse, den Mann, dem du traust, kurz, dein eigenes Ich?"

Die gewohnheitsmäßige Gedankenverbindung von Ich mit Craggs veranlaßte Mr. Snitchey, in diese Richtung zu schauen.

„Wenn du diesem Mann heute abend in die Augen sehen kannst", sagte Mrs. Snitchey, „und nicht weißt, daß du getäuscht wirst und daß ein Spiel mit dir getrieben wird, daß du durch einen seltsamen Zauber, der unerklärlich ist und gegen den meine Warnung ohne die geringste Wirkung bleibt, zum Opfer seiner Listen gemacht und seinem Willen unterworfen wirst, kann ich nur sagen: Du tust mir leid!"

Im selben Augenblick betätigte sich Mrs. Craggs als Weissagerin zu diesem leidigen Thema. War es möglich, fragte sie, daß Craggs „seinen Snitcheys" gegenüber dermaßen die Augen verschließen konnte, daß er nicht seine wahre Stellung erkannte? Wollte er behaupten, daß er „seine Snitcheys" den Raum betreten sah und nicht deutlich bemerkte, daß dieser Mann Vorbehalte hatte und verschlagen und verräterisch war? Wollte er ihr erzählen, daß seine Geste, als er sich die Stirn wischte und so verstohlen um sich blickte, nicht zeigte, daß etwas auf dem Gewissen des werten Snitchey lastete (falls er ein Gewissen hatte), das das Licht scheute? Erschien außer den Snitcheys jemand zu festlichen Gelegenheiten wie ein nächtlicher Einbrecher – was übrigens keine genaue Veranschaulichung des Falls war, da er freundlich zur Tür hereinspaziert kam. Und wollte er ihr noch am Mittag versichern (jetzt war es kurz vor Mitternacht), daß „seine Snitcheys" unbedingt zu entschuldigen seien, entgegen allen Tatsachen, jeglicher Vernunft und Erfahrung?

Weder Snitchey noch Craggs unternahmen offen den Versuch, sich dem Strom, der eingesetzt hatte, entgegenzustemmen, sondern waren beide bereit, sich sanft damit forttragen zu lassen, bis seine Kraft nachließ. Dies geschah etwa zur gleichen Zeit, als man sich allgemein zu einem

Kontertanz in Bewegung setzte und Mr. Snitchey sich als Partner für Mrs. Craggs vorschlug und Mr. Craggs sich galant Mrs. Snitchey anbot. Nach einigen schwachen Ausflüchten wie „Warum bitten Sie nicht jemand anderes?" und „Ich weiß, Sie wären froh, wenn ich dankte" und „Ich frage mich, ob Sie aus dem Büro heraustanzen können" (dies nun aber scherzhaft) sagte jede Dame gnädig zu und nahm ihren Platz ein.

Es war bei ihnen wirklich eine alte Gewohnheit, so zu verfahren und bei festlichen Mahlzeiten in ähnlicher Anordnung paarweise zu gehen, denn sie waren die besten Freunde und auf vertrautem Fuße miteinander. Vielleicht waren der unaufrichtige Craggs und der niederträchtige Snitchey für die beiden Ehefrauen genau solche erdachten Personen, wie es Doe und Roe, die unablässig den Amtsbezirk auf und ab liefen, für die Ehemänner waren. Oder vielleicht hatten die Damen die beiden Anteile am Geschäft lieber eingesetzt und auf sich genommen, als daß sie gänzlich ausgeschlossen geblieben wären. Gewiß ist aber, daß jede Ehefrau ebenso ernst und beständig auf ihrem Gebiet tätig war wie ihr Mann auf seinem und es als unmöglich angesehen hätte, daß die Firma ohne ihre lobenswerten Anstrengungen eine erfolgreiche und angesehene Existenz geblieben wäre.

Doch jetzt konnte man den Paradiesvogel in der Mitte flattern sehen; und die kleinen Glocken begannen bei der Poussette zu hüpfen und zu bimmeln; und das rosige Gesicht des Doktors drehte sich im Kreise wie ein ausdrucksvoller, lackierter Kreisel; und der atemlose Mr. Craggs begann sich schon zu fragen, ob nicht der Kontertanz wie alles andere im Leben „zu leicht" gemacht worden sei; und Mr. Snitchey tanzte ihn mit behenden Luftsprüngen für sich selbst und Craggs und ein halbes Dutzend andere.

Nun faßte auch das Feuer neuen Mut – begünstigt durch den frischen Wind, den der Tanz entfachte – und brannte mit heller und hoher Flamme. Es war der allgegenwärtige

Genius des Raumes. Es leuchtete in den Augen der Menschen; es funkelte in den Geschmeiden an den schneeweißen Hälsen der Mädchen; es glitzerte an ihren Ohren, als wollte es ihnen verstohlen etwas zuflüstern; es blitzte an ihren Taillen auf; es flackerte auf dem Fußboden und färbte ihn rosenrot für ihre Füße; es erstrahlte an der Decke, daß sein Glühen ihre strahlenden Gesichter hervorheben mochte; und es verbreitete einen allgemeinen Glanz in Mrs. Craggs' kleinem Glockenturm.

Die frische Luft, die es anfachte, wurde weniger sanft, da die Musik schneller spielte und der Tanz mit neuem Schwung weiterging. Eine Brise kam auf, die die Blätter und Beeren an der Wand tanzen ließ, wie sie es oft auf den Bäumen getan hatten, und der leise Wind rauschte im Raum, als ob eine unsichtbare Gesellschaft von Feen, die in die Fußtapfen der guten, wirklichen Nachtschwärmer traten, ihnen hinterherwirbelte. Jetzt konnte man auch keinen Ausdruck auf dem Gesicht des Doktors erkennen, als er sich drehte und drehte; und jetzt schien ein Dutzend Paradiesvögel unregelmäßig zu fliegen; und nun waren tausend Glöckchen tätig; und eine Flotte fliegender Röcke wurde von einem kleinen Sturm in Unruhe versetzt, als die Musik aufhörte und der Tanz vorüber war.

Erhitzt und atemlos, wie der Doktor war, erwartete er um so ungeduldiger Alfreds Kommen.

„Irgend etwas zu sehen, Britain? Irgend etwas zu hören?"

„Zu dunkel, um weit zu sehen, Sir. Zuviel Lärm im Haus, um etwas zu hören."

„Das stimmt! Um so fröhlicher der Empfang für ihn. Wie spät ist es?"

„Grade zwölf, Sir. Er kann nicht mehr lange ausbleiben, Sir."

„Schür das Feuer und leg noch einen Scheit auf", sagte der Doktor. „Er soll sehen, wie sein Willkommensgruß in die Nacht aufflammt – der gute Junge! –, wenn er ankommt!"

Er sah es, jawohl! Als er um die Ecke bei der alten Kirche bog, erblickte er von der Kutsche aus Licht. Er kannte den Raum, aus dem es schien. Er sah die winterlich kahlen Zweige der alten Bäume zwischen dem Lichtschein und sich. Er wußte, daß einer dieser Bäume zur Sommerszeit vor Marions Schlafzimmerfenster melodisch rauschte.

Tränen standen ihm in den Augen. Sein Herz pochte so heftig, daß er kaum sein Glück ertragen konnte. Wie oft hatte er an diesen Augenblick gedacht, ihn sich in allen Einzelheiten ausgemalt und befürchtet, daß er nie eintreten könnte, und sich in weiter Ferne danach gesehnt.

Wieder das Licht! Deutlich sichtbar und rötlich; angezündet – das wußte er –, um ihn willkommen zu heißen und ihn zur Eile anzutreiben. Er winkte mit der Hand, schwenkte den Hut und jubelte laut und triumphierend, als ob sie das Licht wären und ihn sehen und hören könnten, wie er durch den Schmutz und Schlamm daraufloßstürmte.

Halt! Er kannte den Doktor und begriff, was dieser getan hatte. Er wollte nicht zulassen, daß es eine Überraschung für sie war. Aber er konnte eine daraus machen, wenn er zu Fuß ginge. Wenn die Tür zum Obstgarten offenstünde, könnte er dort hineingehen, wenn nicht, war die Mauer leicht zu überwinden, wie er von früher wußte; und er würde im Nu unter ihnen sein.

Er stieg aus der Kutsche und lief, nachdem er den Kutscher gebeten hatte – selbst dies war bei seiner Aufregung nicht leicht –, ein paar Minuten zurückzubleiben und dann langsam zu folgen, mit außerordentlicher Schnelligkeit vorwärts, rüttelte am Tor, erklomm die Mauer, sprang auf der anderen Seite hinab und stand keuchend im alten Obstgarten.

Auf den Bäumen lag Rauhreif, der im schwachen Schein des wolkenverhangenen Mondes wie bewegungslose Girlanden in den kleineren Zweigen hing. Verwelkte Blätter knisterten und knackten unter seinen Füßen, als er leise zum Haus schlich. Die Trostlosigkeit einer Winternacht lastete über der Erde und in der Luft. Doch von den Fenstern her leuchtete ihm das rote Licht fröhlich entgegen, und das Summen und Murmeln von Stimmen grüßte lieblich sein Ohr.

Er lauschte und versuchte, während er vorwärts kroch, ihre Stimme aus den anderen herauszufinden, und als er beinahe glaubte, sie zu hören, hatte er fast die Tür erreicht, da wurde diese plötzlich geöffnet, und eine herauskommende Gestalt stieß mit ihm zusammen. Mit einem halb unterdrückten Schrei prallte sie sofort zurück.

„Clemency", sagte er, „kennst du mich nicht?"

„Kommen Sie nich rein!" antwortete sie und schob ihn zurück. „Gehen Sie. Fragen Sie mich nich, warum. Kommen Sie nich rein."

„Was ist los?" rief er.

„Ich weiß nich. Ich – ich fürchte mich zu denken. Gehen Sie zurück. Hören Sie!"

Plötzlich gab es einen Tumult im Haus. Sie hielt sich die Ohren zu. Ein wilder, durchdringender Schrei war zu hören, und Grace – Entsetzen in Blick und Gebärde – stürzte zur Tür hinaus.

„Grace!" Er fing sie in seinen Armen auf. „Was ist los? Ist sie tot?"

Sie machte sich los, als wollte sie sein Gesicht erkennen, und sank ihm zu Füßen nieder.

Eine Menschenmenge kam aus dem Haus. Unter ihnen war ihr Vater mit einem Dokument in der Hand.

„Was ist das?" rief Alfred, raufte sich die Haare und schaute in heftigem Schmerz von einem zum anderen, als er sich neben dem bewußtlosen Mädchen niederkniete. „Will mich niemand ansehen? Will niemand mit mir sprechen? Kennt mich keiner? Ist niemand unter euch, der mir erzählt, was los ist?"

Ein Gemurmel entstand unter ihnen. „Sie ist weg."

„Weg!" wiederholte er.

„Geflohen, mein lieber Alfred!“ sagte der Doktor mit gebrochener Stimme und schlug sich die Hände vors Gesicht. „Von ihrem Zuhause und von uns fort. Heute nacht. Sie schreibt, daß sie ihre unschuldige und nicht zu tadelnde Wahl getroffen hat; bittet darum, daß wir ihr verzeihen; fleht uns an, sie nicht zu vergessen, und ist fort!“

„Mit wem? Wohin?“

Er sprang auf, als wollte er die Verfolgung aufnehmen, doch als man ihm Platz machte, blickte er wild in die Runde, wankte zurück und sank in seiner früheren Haltung nieder und umschloß eine von Grace' kalten Händen mit den seinen.

Es gab ein eiliges Hinundherrennen, Verwirrung, Lärm, Durcheinander und keinen Entschluß. Einige zerstreuten sich in den Straßen, einige nahmen sich ein Pferd, einige bekamen Lichter, und einige unterhielten sich und machten geltend, daß keine Spur zu verfolgen war. Etliche näherten sich ihm freundlich mit einem Blick, als wollten sie ihm Beileid wünschen. Etliche ermahnten ihn, daß Grace ins Haus gebracht werden müsse und daß er es verhindere. Er hörte sie nicht und rührte sich nicht.

Der Schnee fiel schnell in dichten Flocken. Einen Augenblick lang sah er in die Luft und dachte, daß diese weiße Asche, die auf seine Hoffnungen und sein Elend ausgestreut würde, gut zu ihnen paßte. Er schaute um sich auf die weiß werdende Erde und dachte daran, daß Marions Fußspuren, kaum eingedrückt, verwischt und gänzlich zugedeckt würden und selbst diese Erinnerung an sie ausgelöscht würde. Doch er spürte die Witterung nicht, und er regte sich nicht.

Dritter Teil

Seit jener Nacht der Rückkehr waren sechs Jahre ins Land gezogen. Es war ein warmer Herbstnachmittag, und es hatte stark geregnet. Die Sonne brach plötzlich hinter den Wolken hervor, und das alte Schlachtfeld, das bei ihrem Anblick als grüne Fläche hell und heiter funkelte, sendete blitzschnell einen Gegengruß, der sich über das Land ausbreitete, als ob ein fröhlicher Leuchtturm angezündet worden wäre und von tausend Orten her antwortete.

Wie herrlich die Landschaft in dem Licht aufflammte und wie sich jene üppig wachsende Macht ausdehnte und alles ringsum erhellte, als wäre ein himmlisches Wesen vorbeigezogen. Der Wald, der zuvor eine düstere Fläche gewesen war, zeigte seine verschiedenen Farbtöne von Gelb, Grün, Braun und Rot, die verschiedenen Formen seiner Bäume, auf deren Blättern Regentropfen glitzerten, die beim Herabfallen aufblitzten. Es schien, als wäre das leuchtend grüne Weideland noch vor einer Minute blind gewesen und hätte nun den Gesichtssinn entdeckt, um zum strahlenden Himmel aufzublicken. Getreidefelder, Hecken, Zäune, Gehöfte und mit Grasbüscheln bewachsene Dächer, der Kirchturm, der Bach, die Mühle; all das trat heiter aus der traurigen Finsternis hervor. Vögel sangen lieblich, Blumen hoben ihre hängenden Köpfe, süße Düfte stiegen aus dem gestärkten Boden auf; die blaue Weite droben dehnte sich aus und verbreitete sich; schon durchdrangen die schrägen Sonnenstrahlen todbringend die dunkle Wolkenbank, die in ihrem Flug langsam dahinzog, und ein Regenbogen, der Geist all der Farben, die die Erde und den Himmel verschönten, spannte seinen weiten Bogen mit triumphierendem Glanz.

Zu dieser Zeit grüßte ein kleines Wirtshaus an der Landstraße, das gemütlich hinter einer großen Ulme mit einer trefflichen Bank für Müßiggänger um ihren dicken Stamm versteckt lag, den Reisenden mit einer freundlichen Fassade, wie sie ein gastfreundliches Haus haben sollte, und lockte ihn durch zahlreiche stumme, doch vielsagende Versprechungen zu einer behaglichen Aufnahme. Das rötliche Aushängeschild im Baum beäugte mit seinen goldenen, in der Sonne flimmernden Buchstaben den Vorübergehenden zwischen den grünen Blättern hindurch wie ein lustiges Gesicht und versprach viel Vergnügen. Die Pferdetränke, die mit klarem, frischem Wasser gefüllt war, und der Boden unter ihr, auf dem duftendes Heu verstreut lag, ließen jedes vorbeikommende Pferd die Ohren spitzen. Die karmesinroten Vorhänge in den unteren Räumen und die blütenweißen Gardinen oben in den kleinen Schlafzimmern lockten bei jedem Lüftchen: „Kommt herein!" Auf die leuchtend grünen Fensterläden waren goldene Inschriften über Bier und Ale und unverdünnte Weine und gute Betten geschrieben und ein rührendes Bild von einem braunen, überschäumenden Krug gemalt. Auf den Fenstersimsen standen blühende Pflanzen in leuchtend roten Töpfen, die sich lebhaft gegen die weiße Fassade abhoben; und in der Dunkelheit des Eingangs schimmerten Lichtstreifen, die von Flaschen und Deckelkannen zurückstrahlten.

Auf der Schwelle erschien ein Mann mit der für einen Gastwirt passenden Figur, denn obwohl klein, war er doch rundlich und breit und stand da, die Hände in den Taschen und die Beine genügend gespreizt, um Beruhigung bei dem Gedanken an seinen Keller und ein unbekümmertes Vertrauen – was zu gelassen und anständig war, als daß es in Prahlerei ausartete – in die allgemeine Finanzlage des Gasthofes auszudrücken. Die überreichliche Feuchtigkeit, die nach dem letzten Regen überall herabtröpfelte, ließ ihn gut abstechen. Nichts in seiner Nähe hatte Durst. Gewisse überlastige Dahlien, die über den Zaun seines hübschen, wohlgeordneten Gartens schauten, hatten, soviel sie konnten, in sich hineingesogen – vielleicht noch ein wenig mehr – und wären beinahe betrunken gewesen; doch die Rosen, der Goldlack, die Pflanzen an den Fenstern und die Blätter an dem alten Baum waren in der glänzenden Verfassung einer gemäßigten Gesellschaft, da sie nicht mehr zu sich genommen hatten, als ihnen guttat, was dazu beitrug, ihre besten Eigenschaften zu entfalten. Wie sie Tropfen um sich auf den

B BRITAIN

Boden spritzten, schienen sie verschwenderisch unschuldige und sprühende Heiterkeit zu verbreiten, die wohltat, wo immer sie sich niederließ, indem sie vernachlässigte Ecken, die der Regen gewöhnlich nicht erreichte, weicher machte und dabei nichts verletzte.

Dieser Dorfkrug hatte bei seiner Gründung einen ungewöhnlichen Namen angenommen. Er wurde „Muskatreibe" genannt. Unter diesem Alltagswort stand oben im Baum auf demselben leuchtenden Schild und mit denselben goldenen Buchstaben geschrieben: Inh. Benjamin Britain.

Bei näherem Hinsehen und einer genaueren Prüfung seines Gesichtes hätte man erkannt, daß niemand anderes als Benjamin Britain selbst auf der Schwelle stand – mit der Zeit recht verändert, doch zu seinem Vorteil. Wirklich ein sehr zufriedener Wirt.

„Mrs. Britain", sagte Mr. Britain und sah die Straße hinab, „kommt ziemlich spät. Es ist Teezeit."

Da keine Mrs. Britain kam, schlenderte er gemächlich auf die Straße und blickte sehr zufrieden am Haus hoch. „Das ist grade die Art Haus, bei der ich haltmachen würde, wenn es nicht mir gehörte."

Dann bummelte er zum Gartenzaun hinüber und betrachtete die Dahlien. Sie sahen ihn mit hilflosen, schwerfällig hängenden Köpfen an, die sich wieder auf und ab bewegten, als die schweren Tropfen von ihnen abfielen.

„Man muß sich um euch kümmern", sagte Benjamin. „Merke, nicht vergessen, es ihr zu sagen. Sie müßte längst kommen!"

Mr. Britains bessere Hälfte schien so sehr seine bessere Hälfte zu sein, daß seine eigene Hälfte ohne sie völlig verloren und hilflos war.

„Ich denke, sie hatte nicht so viel zu erledigen", sagte Ben. „Da waren ein paar geschäftliche Dinge nach dem Markt, aber nicht viele. Oh! Endlich!"

Ein leichter zweirädriger Wagen, der von einem Jungen

gelenkt wurde, kam die Straße entlanggeklappert. Darin saß auf einem Stuhl – einen großen, durchnäßten Schirm zum Trocknen hinter sich aufgespannt – die dralle Gestalt einer matronenhaften Frau. Die nackten Arme hatte sie über einen Korb, den sie auf den Knien hielt, gebreitet; verschiedene andere Körbe und Päckchen lagen dicht um sie herum; und ein gewisses freundlich gütiges Wesen drückte sich in ihrem Gesicht aus sowie eine zufriedene Unbeholfenheit in ihrem Benehmen, während sie im Rhythmus des Wagens, der selbst in der Ferne nach alten Zeiten aussah, hin und her geschüttelt wurde. Auch beim Näherkommen verringerte sich dieser Hauch längst vergangener Tage nicht, und als der Wagen vor der Tür der „Muskatreibe" anhielt, entwischte ein Paar Schuhe, als es ausstieg, flink Mr. Britains offenen Armen und kam mit beträchtlichem Gewicht den Weg herunter. Diese Schuhe konnten kaum einem anderen gehören als Clemency Newcome.

Tatsächlich gehörten sie ihr, und sie stand in ihnen, und sie war eine rosige, zufrieden aussehende Seele mit ebensoviel Seife in ihrem glatten Gesicht wie in früheren Zeiten, jetzt aber mit unbeschädigten Ellbogen, die bei ihrer verbesserten Lage direkt Grübchen bekommen hatten.

„Du kommst spät, Clemmy", sagte Mr. Britain.

„Ja, weißt du, Ben, ich hatte eine Menge zu tun!" antwortete sie und sah nach ihrer sicheren Ankunft zu Hause geschäftig nach all den Päckchen und Körben. „Acht, neun, zehn, wo is elf? Oh! Mein Korb is elf. Schon gut. Versorg das Pferd, Harry, und wenn es wieder hustet, gib ihm heute abend warmes Futter. Acht, neun, zehn. Na, wo is elf? Ach, ich hab's vergessen, schon gut. Wie geht's den Kindern, Ben?"

„Sind gesund und munter, Clemmy."

„Gesegnet seien ihre lieben Gesichter!" sagte Mrs. Britain, befreite ihr eigenes rundes Antlitz von der Haube (denn sie und ihr Mann befanden sich inzwischen im Schankraum) und glättete das Haar mit ihren bloßen Händen. „Gib uns einen Kuß, Alter!“

Mr. Britain kam dem sofort nach.

„Ich denke“, sagte Mrs. Britain, wandte sich ihren Taschen zu und zog einen riesigen Berg dünner Bücher und zerknitterter Papiere hervor – ein wahrer Stall von Eselsohren –, „ich hab alles erledigt. Alle Rechnungen bezahlt, Rüben verkauft, das Konto des Brauers überprüft und bezahlt, Tabakspfeifen bestellt, siebzehn Pfund und vier Schilling bei der Bank eingezahlt, Dr. Heathfield die Kosten für die kleine Clem beglichen – schätze mal, wieviel das macht –, Dr. Heathfield will nichts mehr annehmen, Ben.“

„Ich glaube auch nicht“, erwiderte Ben.

„Nein. Er sagt, wie groß deine Familie auch sein wird, Ben, er wird dir nich ’n Sechser abnehmen. Nich mal, wenn du zwanzig hättst.“

Mr. Britains Gesicht nahm einen ernsten Ausdruck an, und er sah angestrengt zur Wand hin.

„Isses nich nett von ihm?“ fragte Clemency.

„Sehr“, erwiderte Mr. Britain. „Das ist eine Art von Gefälligkeit, die ich auf keinen Fall mißbrauchen würde.“

„Nein“, gab Clemency zurück. „Natürlich nich. Dann is da das Pony – es hat acht Pfund zwei Schilling gebracht; das is nich schlecht, wie?“

„Das ist sehr gut“, sagte Ben.

„Ich freu mich, daß du zufrieden bist!“ rief seine Frau aus. „Ich dachte schon, du bist es nich. Ich glaube, das is alles und momentan nichts mehr von Ihrer und so weiter, Clemency Britain. Hahaha! Da! Nimm die Papiere und schließ sie weg. Oh! Einen Augenblick. Hier is ein gedruckter Anschlag zum Aufhängen. Noch feucht vom Drucker. Wie gut das riecht!“

„Was ist das?“ fragte Ben und las sich das Schriftstück durch.

„Ich weiß nich", antwortete seine Frau. „Ich hab kein Wort davon gelesen."

„Bei Auktion zu verkaufen", las der Wirt der „Muskatreibe", „wenn nicht vorher durch Privatvertrag veräußert."

„So schreiben sie immer", sagte Clemency.

„Ja, aber sie schreiben nicht immer das", erwiderte er. „Sieh mal: Herrenhaus und so weiter, Büros und so weiter, Sträucher und so weiter, Umzäunung und so weiter, Firma Snitchey und Craggs und so weiter, Anteil des hypothekenfreien Besitzes von Esquire Michael Warden, der beabsichtigt, weiterhin im Ausland zu leben!"

„Beabsichtigt, weiterhin im Ausland zu leben!" wiederholte Clemency.

„Hier ist es", sagte Britain. „Sieh mal!"

„Und gerade heute hab ich's am alten Haus flüstern hören, daß bessere und verständlichere Nachrichten von ihr halb zugesagt waren!" sagte Clemency, schüttelte besorgt den Kopf und streichelte ihre Ellbogen, als ob die Erinnerung an die alten Zeiten unbewußt ihre alten Gewohnheiten wachrief. „Du meine Güte! Da drüben wird es schwere Herzen geben, Ben."

Mr. Britain seufzte, schüttelte den Kopf und sagte, er könne daraus nicht klug werden und habe es schon lange aufgegeben. Mit dieser Bemerkung machte er sich daran, den Anschlag am Innenfenster des Schankraumes anzubringen. Nachdem sie ein paar Augenblicke schweigend gegrübelt hatte, raffte sich Clemency auf, glättete ihre sorgenvolle Stirn und hastete davon, um nach den Kindern zu sehen.

Obwohl der Wirt der „Muskatreibe" seiner guten Ehefrau große Hochachtung entgegenbrachte, war diese doch von gönnerhafter Art, und sie belustigte ihn mächtig. Nichts hätte ihn so sehr in Erstaunen versetzt, wie von dritter Seite zu hören, daß sie es war, die das ganze Haus führte und ihn mit ihrer unkomplizierten, ehrlichen Wirtschaftlichkeit, ihrer guten Laune und Ehrlichkeit und mit ihrem Fleiß zu einem erfolgreichen Mann gemacht hatte. Es ist so leicht, auf jeder Stufe im Leben (wie sie die Welt sehr oft vorfindet) jene fröhlichen Naturen, die nie ihre Verdienste geltend machen, so zu beurteilen, wie sie sich in ihrer Bescheidenheit selbst einschätzen; und eine respektlose Zuneigung Menschen gegenüber wegen ihrer äußeren Eigenarten und Schrullen zu hegen, deren angeborener Wert – falls wir so weit sähen – uns bei einem Vergleich die Schamröte ins Gesicht triebe!

Für Mr. Britain war es angenehm, daran zu glauben, daß er sich herabließ, als er Clemency geheiratet hatte. Sie war für ihn der ständige Beweis seiner Herzensgüte und seiner wohlwollenden Charakterveranlagung, und er hatte das Gefühl, daß seine vortreffliche Ehefrau die Versinnbildlichung der alten Regel war, daß die Tugend ihr eigener Lohn ist.

Er hatte den Anschlag befestigt und die Belege für ihre Unternehmungen vom Tage im Schrank eingeschlossen – wobei er die ganze Zeit über ihre Geschäftstüchtigkeit kicherte –, als sie sich, mit der Nachricht zurückgekehrt, daß die beiden Master Britain im Wagenschuppen unter der Aufsicht einer gewissen Betsey spielten und daß die kleine Clem wie eine Puppe schliefe, zum Tee, der auf ihre Ankunft gewartet hatte, an einen kleinen Tisch setzte. Es war ein sehr ordentlicher, kleiner Schankraum mit der üblichen Ausstellung von Flaschen und Gläsern; mit einer Uhr, die auf die Minute genau ging (es war halb sechs); alles stand an seinem Platz, und alles war bis zum äußersten blank geputzt und poliert.

„Wahrhaftig, das is das erste Mal, daß ich mich heute ruhig hinsetze“, sagte Mrs. Britain, holte tief Luft, als hätte sie sich für den Abend hingesetzt; doch sofort stand sie wieder auf, um ihrem Mann den Tee zu reichen und ihm sein Butterbrot zurechtzumachen. „Wie mich dieser Anschlag an frühere Zeiten erinnert!“

„Ach!“ sagte Mr. Britain, handhabte seine Tasse wie eine Auster und trank den Inhalt nach demselben Prinzip.

„Dieser nämliche Mr. Michael Warden“, sagte Clemency und schüttelte den Kopf bei der Verkaufsanzeige, „hat mich meine alte Stellung gekostet.“

„Und dir deinen Mann eingebracht“, sagte Mr. Britain.

„Nun, das hat er!“ erwiderte Clemency, „und vielen Dank dafür.“

„Der Mensch ist ein Gewohnheitstier“, sagte Mr. Britain und betrachtete sie über seine Tasse hinweg. „Irgendwie hatte ich mich an dich gewöhnt, Clem, und ich dachte, ohne dich könnte ich nicht auskommen. So wurden wir Mann und Frau. Haha! Wir! Wer hätte das gedacht!“

„Wer schon!“ rief Clemency. „Es war sehr lieb von dir, Ben.“

„Nein, nein“, antwortete Mr. Britain mit einer Miene der Selbstverleugnung. „Nicht der Rede wert.“

„O ja, das war's, Ben“, sagte seine Frau mit großer Einfalt. „Ich denke, ja, und ich bin dir sehr zu Dank verpflichtet. Ach!“ sie betrachtete wieder den Anschlag, „als bekannt wurde, daß sie weg und außer Reichweite war, das liebe Mädchen, konnte ich nicht anders, ich mußte um ihret- und der anderen willen erzählen, was ich wußte, nich?“

„Jedenfalls hast du es erzählt“, bemerkte ihr Mann.

„Und Dr. Jeddler in seinem Kummer und Zorn“, fuhr Clemency fort, setzte ihre Teetasse ab und sah nachdenklich auf den Anschlag, „verjagte mich von Haus und Hof. Über nichts im Leben bin ich so froh wie darüber, daß ich nich mal damals ein böses Wort zu ihm gesagt oder häßliche Gefühle gegen ihn gehegt habe, denn hinterher hat er's ehrlich bereut. Wie oft hat er hier gesessen und mir immer wieder gesagt, wie leid es ihm tut! Erst gestern wieder, als du weg warst. Wie oft hat er hier gesessen und sich Stunde um Stunde über das eine oder andre mit mir unterhalten, womit er zeigen wollte, daß er Anteil nimmt! Aber nur um der längst vergangenen Tage willen und weil er weiß, daß sie mich gern hatte, Ben."

„Nun, wie hast du das je gemerkt, Clem?" fragte ihr Mann, der erstaunt war, daß sie eine klare Vorstellung von einer Tatsache hatte, die sich seinem Forschergeist nur langsam aufdrängte.

„Ich weiß es wirklich nich", sagte Clemency, die ihren Tee kühler blies. „Selbst wenn du mir hundert Pfund anbietest, kann ich's dir nich sagen."

Er hätte wohl dieses abstrakte Thema weiterverfolgt, wenn sie nicht eine wirklich vorhandene Tatsache in Gestalt eines Herrn hinter ihm bemerkt hätte, der Trauerkleidung und dazu Stiefel und Mantel wie ein Reiter trug und der in der Tür zum Schankraum stand. Er schien aufmerksam ihrer Unterhaltung zuzuhören und durchaus nicht ungeduldig zu sein, sie zu unterbrechen.

Bei seinem Anblick erhob sich Clemency hastig. Mr. Britain stand ebenfalls auf und begrüßte den Gast. „Würden Sie bitte die Treppe hinaufgehen, Sir? Da oben ist ein sehr hübsches Zimmer, Sir."

„Danke", sagte der Fremde und betrachtete ernsthaft Mr. Britains Frau. „Darf ich hier hereinkommen?"

„Aber bitte sehr, wenn Sie möchten, Sir", erwiderte Clemency und ließ ihn ein. „Was wünschen Sie, Sir?"

Der Anschlag hatte seine Aufmerksamkeit erregt, und er las ihn.

„Ausgezeichneter Besitz, Sir", bemerkte Mr. Britain.

Er gab keine Antwort, sondern drehte sich um, nachdem er ihn durchgelesen hatte, und betrachtete Clemency mit derselben Neugier wie zuvor. „Sie fragten mich ...", sagte er, sie noch immer anschauend.

„Was Sie wünschen, Sir", antwortete Clemency und wagte ihrerseits einen verstohlenen Blick.

„Wenn Sie mir einen Schluck Bier geben", sagte er und ging auf einen Tisch am Fenster zu, „und es mich hier trinken lassen, ohne daß ich Ihre Mahlzeit unterbreche, bin ich Ihnen sehr dankbar."

Während er das sagte, setzte er sich ohne weitere Diskussion hin und sah sich die Aussicht an. Er war ein unbefangener, kräftiger Mann in der Blüte des Lebens. Sein Gesicht war stark von der Sonne gebräunt und von dichtem, schwarzem Haar umrahmt, und er trug einen Schnurrbart. Als ihm das Bier vorgesetzt wurde, füllte er sich ein Glas ein und erhob es gutgelaunt auf das Haus, wobei er hinzufügte, als er das Glas wieder hinstellte:

„Es ist ein neues Haus, nicht wahr?"

„Nicht besonders neu, Sir", antwortete Mr. Britain.

„Etwa fünf, sechs Jahre alt", sagte Clemency, die sehr entschieden sprach.

„Ich glaube, ich hörte Sie Dr. Jeddlers Namen erwähnen, als ich hereinkam", forschte der Fremde. „Dieser Anschlag erinnert mich an ihn, denn zufällig weiß ich vom Hörensagen und durch gewisse persönliche Beziehungen einiges von dieser Geschichte. – Lebt der alte Mann noch?"

„Ja, er lebt noch, Sir", sagte Clemency.

„Hat er sich sehr verändert?"

„Seit wann, Sir?" erwiderte Clemency mit bemerkenswertem Nachdruck und Gefühl.

„Seit seine Tochter – weggegangen ist."

„Ja! Seitdem hat er sich stark verändert", sagte Clemency. „Er is alt und grau und ganz und gar nich mehr der alte, aber ich glaube, er is jetzt glücklich. Seit damals nimmt er sich seiner Schwester an und geht sie sehr oft besuchen. Das hat ihm direkt gutgetan. Zuerst war er furchtbar zusammengebrochen, und es konnte einem das Herz bluten, wenn man sah, wie er umherlief und auf die Welt schimpfte. Aber nach ein oder zwei Jahren trat eine große Wandlung zum Guten ein, und dann fing er an, gern über seine verlorne Tochter zu sprechen und sie zu loben, ja und die Welt dazu! Und er wurde nich müde, mit Tränen in den armen Augen zu sagen, wie schön und gut sie war. Er hat ihr dann verziehn. Das war ungefähr zu der Zeit, als Miss Grace heiratete. Erinnerst du dich, Britain?"

Mr. Britain erinnerte sich sehr gut.

„Die Schwester ist also verheiratet?" entgegnete der Fremde. Er wartete einen Augenblick, ehe er fragte: „Mit wem?"

Clemency hätte in ihrer Erregung bei dieser Frage beinahe das Teetablett umgekippt.

„Haben *Sie* nie davon gehört?" fragte sie.

„Ich würde gern davon hören", antwortete er, als er das Glas erneut füllte und es an die Lippen führte.

„Ach, das is 'ne lange Geschichte, wenn man sie genau erzählt", sagte Clemency, legte das Kinn in ihre linke Handfläche, stützte den Ellbogen auf die rechte Hand, als sie den Kopf schüttelte, und schaute auf die dazwischenliegenden Jahre zurück, als ob sie ins Feuer sähe. „Das wär 'ne lange Geschichte, ganz bestimmt."

„Aber kurzgefaßt", schlug der Fremde vor.

„Kurzgefaßt", wiederholte Clemency in demselben nachdenklichen Ton und ohne sich eigentlich an ihn zu wenden oder sich bewußt zu sein, daß sie Zuhörer hatte. „Was wäre da zu sagen? Daß sie sich gemeinsam grämten und sich gemeinsam wie an eine Tote an sie erinnerten; daß sie so zartfühlend mit ihr waren, ihr niemals Vorwürfe machen würden, sie sich in Erinnerung riefen, wie sie immer gewesen war, und Entschuldigungen für sie fanden. Jeder weiß das. *Ich* bestimmt. Keiner besser", fügte Clemency hinzu und fuhr sich über die Augen.

„Und so", lenkte der Fremde ein.

„Und so", fuhr Clemency mechanisch und ohne Änderung ihrer Haltung oder Verhaltensweise fort, „heirateten sie schließlich. Sie heirateten an ihrem Geburtstag – der morgen wiederkehrt –, sehr still, sehr bescheiden, aber sehr glücklich. Eines Abends, als sie im Obstgarten spazierengingen, fragte Mr. Alfred: ‚Grace, soll Marions Geburtstag unser Hochzeitstag sein?' Und er war's."

„Und sie leben glücklich miteinander?" fragte der Fremde.

„Ja", sagte Clemency, „wie zwei Menschen nicht glücklicher leben könnten. Sie hatten weiter keinen Kummer als diesen."

Sie hob den Kopf, als schenke sie plötzlich den Umständen Beachtung, unter denen sie sich jene Ereignisse ins Gedächtnis zurückrief, und blickte den Fremden schnell an. Als sie sah, daß sich dieser dem Fenster zugewandt hatte und den Ausblick in sich aufzunehmen schien, gab sie ihrem Mann lebhafte Zeichen, wies auf den Anschlag hin und bewegte ihren Mund, als wiederholte sie immer wieder ein Wort oder einen Satz mit großem Nachdruck. Da sie keinen Ton von sich gab und ihre stummen Bewegungen wie die meisten ihrer Gesten von besonderer Art waren, brachte dieses unverständliche Verhalten Mr. Britain an den Rand der Verzweiflung. Er starrte den Tisch, den Fremden, die Löffel, seine Frau an, folgte ihrem Pantomimenspiel mit Blicken großer Verwunderung und Bestürzung und fragte in derselben Sprache, ob der Besitz in Gefahr sei, ob er in Gefahr sei oder sie; beantwortete ihre Signale mit anderen, die äußerste Not und Verwirrung ausdrückten; folgte den Bewegungen ihrer Lippen und rätselte halblaut „Milch und Wasser", „Kündigung in einem Monat", „Mäuse und Walnüsse" und konnte ihrer Bedeutung nicht näherkommen.

Clemency gab dieses hoffnungslose Unterfangen schließlich auf. Während sie ihren Stuhl ganz allmählich etwas näher an den Fremden heranrückte, saß sie mit scheinbar niedergeschlagenen Augen da, warf ihm aber hin und wieder aufmerksame Blicke zu und wartete darauf, daß er weitere Fragen stellte. Sie brauchte nicht lange zu warten, denn nach kurzer Zeit sagte er:

„Und was wurde später aus der jungen Dame, die weggegangen war? Das ist bekannt, nehme ich an."

Clemency schüttelte den Kopf. „Ich hab gehört", sagte sie, „daß Dr. Jeddler wahrscheinlich mehr weiß, als er sagt. Miss Grace hat von ihrer Schwester Briefe bekommen, daß es ihr gut geht und sie glücklich is und daß es sie noch viel glücklicher macht, weil sie mit Mr. Alfred verheiratet is, und sie hat zurückgeschrieben. Über ihrem Leben und Schicksal liegt ein Geheimnis, das bis zu dieser Stunde nich gelüftet wurde und das..."

Hierbei zögerte sie und hielt inne.

„Und das...", wiederholte der Fremde.

„Das nur eine andre Person klären könnte, glaub ich", sagte Clemency und atmete schnell.

„Wer könnte das sein?" fragte der Fremde.

„Mr. Michael Warden!" antwortete Clemency fast mit einem Aufschrei und vermittelte augenblicklich ihrem Mann, was sie ihm vorher gern verständlich gemacht hätte, und ließ Michael Warden wissen, daß er erkannt war.

„Erinnern Sie sich an mich, Sir?" fragte Clemency, vor Aufregung zitternd. „Ich hab das eben gemerkt! Sie erinnern sich an mich, an jenen Abend im Garten? Ich war bei ihr!"

„Ja", sagte er.

„Ja, Sir", entgegnete Clemency. „Ja, gewiß. Das is mein Mann, wenn's recht is. Ben, mein lieber Ben! Bring sofort jemand her!"

„Bleiben Sie!" sagte Michael Warden und stellte sich gelassen zwischen die Tür und Britain. „Was wollen Sie tun?"

„Sie sollen wissen, daß Sie hier sind, Sir", antwortete Clemency und klatschte vor Aufregung in die Hände. „Sie sollen wissen, daß sie aus Ihrem Munde etwas über sie erfahren können; sie sollen wissen, daß sie nich ganz für sie verloren is, sondern wieder nach Hause kommen wird, um ihren Vater und ihre geliebte Schwester, sogar ihre alte Dienerin, sogar mich", sie schlug sich mit beiden Händen an die Brust, „mit dem Anblick ihres süßen Gesichts zu beglücken. Lauf, Ben, lauf!“ Und noch immer drängte sie ihn zur Tür hin, und noch immer stand Mr. Warden mit ausgestreckten Händen davor, nicht ärgerlich, doch bekümmert.

„Oder vielleicht“, sagte Clemency, rannte an ihrem Mann vorbei und griff in ihrer Erregung nach Mr. Wardens Mantel, „vielleicht is sie jetzt hier; vielleicht is sie ganz in der Nähe. Nach Ihrem Verhalten nehm ich das an. Lassen Sie mich sie sehn, Sir, wenn's recht is. Ich hab ihr gedient, als sie 'n kleines Kind war. Ich hab gesehn, wie sie zum Stolz der ganzen Gegend heranwuchs. Ich hab sie gekannt, als sie Mr. Alfred versprochen war. Ich hab versucht, sie zu warnen, als Sie sie weglockten. Ich weiß, wie ihr Zuhause aussah, als sie wie seine Seele war, und wie es sich veränderte, als sie weg und verloren war. Lassen Sie mich mit ihr sprechen, wenn's recht is!“

Er betrachtete sie mitleidig und nicht ohne Verwunderung, machte aber keine zustimmende Geste.

„Ich glaube nich, daß sie wissen *kann*“, fuhr Clemency fort, „wie aufrichtig man ihr verzeiht, wie man sie liebt, welche Freude es für sie wäre, sie wiederzusehn. Vielleicht hat sie Angst, nach Hause zu gehn. Vielleicht faßt sie sich 'n Herz, wenn sie mich sieht. Sagen Sie mir nur ehrlich, Mr. Warden, is sie bei Ihnen?“

„Nein“, antwortete er kopfschüttelnd.

Diese Antwort und sein Benehmen, seine schwarze Kleidung, seine stille Rückkehr und seine angekündigte Absicht, weiterhin im Ausland zu leben, erklärten alles. Marion war tot.

Er widersprach ihr nicht; ja, sie war tot! Clemency setzte sich, verbarg ihr Gesicht auf dem Tisch und weinte.

In diesem Augenblick kam ein grauhaariger, alter Herr völlig atemlos hereingelaufen, und er keuchte so heftig, daß man seine Stimme kaum als die von Mr. Snitchey erkennen konnte.

„Du lieber Himmel, Mr. Warden!" sagte der Rechtsanwalt und nahm ihn beiseite. „Welcher Wind – hat Sie –" Er war selbst so getrieben, daß er nicht fortfahren konnte, sondern erst nach einer Pause schwach hinzufügte, „... hierhergetrieben?"

„Ich fürchte, ein unheilvoller. Wenn Sie hätten hören können, was gerade vorgefallen ist – wie ich dringend gebeten und angefleht worden bin, Unmögliches zu tun –, welchen Kummer und welche Verwirrung ich mit mir herumtrage!"

„Ich kann mir alles vorstellen. Aber warum sind Sie überhaupt hierhergekommen, mein guter Sir?" entgegnete Snitchey.

„Gekommen! Woher sollte ich wissen, wer dieses Haus führt? Als ich meinen Diener zu Ihnen schickte, schlenderte ich hier hinein, weil mir dieser Ort neu war und weil ich von Natur aus auf alles Neue und Alte, auf diese alten Schauplätze neugierig bin und weil er außerhalb der Stadt lag. Ich wollte erst mit Ihnen sprechen, bevor ich hinüber gehe. Ich wollte wissen, was die Leute zu mir sagen würden. Aus Ihrem Verhalten schließe ich, daß Sie mir davon erzählen können. Wenn es nicht wegen Ihrer verflixten Vorsicht wäre, besäße ich schon längst alles."

„Unsere Vorsicht!" wiederholte der Rechtsanwalt. „Wenn ich für mich und den verstorbenen Craggs spreche", dabei schüttelte Mr. Snitchey, sein Hutband betrachtend, den Kopf, „wie können Sie uns ernsthaft Vorwürfe machen, Mr. Warden? Es war zwischen uns vereinbart, daß dieses Thema nie wieder berührt werden sollte und daß es sich um ein Thema handelte, bei dem ernsthafte und nüchtern denkende Menschen wie wir (ich machte mir zu Ihren Bemerkungen damals eine Notiz) nicht in Konflikt geraten könnten. Unsere Vorsicht! Sir, als Mr. Craggs in dem vollen Glauben ins Grab stieg ..."

„Ich hatte ein feierliches Versprechen gegeben zu schweigen, bis ich wiederkehrte, ganz gleich, wann das sein würde", unterbrach Mr. Warden, „und ich habe es gehalten."

„Nun, Sir, und ich wiederhole es", erwiderte Mr. Snitchey, „auch wir waren zum Schweigen verpflichtet. Wir waren in unserer Pflicht gegenüber uns und einer Reihe Klienten (Sie eingeschlossen), die stumm waren wie die Fische, zum Schweigen verpflichtet. Es war nicht unsere Aufgabe, zu solch einem heiklen Thema Erkundigungen über Sie einzuziehen. Ich hatte meine Bedenken, Sir, aber es ist keine sechs Monate her, seit ich die Wahrheit weiß und mir versichert wurde, daß Sie sie verloren haben."

„Von wem?" fragte sein Klient.

„Von Dr. Jeddler selbst, Sir, der mir von sich aus dieses Geheimnis anvertraute. Er und nur er hat Jahr um Jahr die ganze Wahrheit gekannt."

„Und Sie kennen es?" fragte der Klient.

„Ja, Sir", erwiderte Snitchey, „und ich habe auch Grund zu der Annahme, daß es morgen abend ihrer Schwester enthüllt wird. Sie haben ihr dieses Versprechen gegeben. Bis dahin erweisen Sie mir vielleicht die Ehre, Gast in meinem Haus zu sein, da Sie in Ihrem nicht erwartet werden. Um aber nicht in noch mehr Schwierigkeiten solcher Art zu geraten, wie Sie sie hier hatten, falls man Sie erkennt – obwohl Sie sich erheblich verändert haben; ich glaube, ich selbst wäre an Ihnen vorbeigegangen, Mr. Warden –, sollten wir lieber hier essen und am Abend weitergehen. Man kann hier sehr gut speisen, Mr. Warden; nebenbei bemerkt, Ihr eignes Grundstück. Ich selbst und der verstorbene Craggs bestellten hier manchmal ein Schnitzel, und es wurde uns angenehm serviert. Mr. Craggs, Sir", sagte Snitchey, schloß einen Augenblick fest die Augen und öffnete sie dann wieder, „wurde zu schnell von der Liste der Lebenden gestrichen."

„Der Himmel möge mir verzeihen, daß ich Ihnen nicht mein Beileid ausgesprochen habe", entgegnete Michael Warden und strich sich mit der Hand über die Stirn, „aber im Moment bin ich wie im Traum. Ich scheine meinen Verstand nicht beisammen zu haben. Mr. Craggs – ja – es tut mir sehr leid, daß wir Mr. Craggs verloren haben." Er sah aber Clemency an, als er dies sagte, und schien mit Ben Mitleid zu haben, der sie tröstete.

„Mr. Craggs, Sir", bemerkte Snitchey, „fand es nicht so leicht, muß ich bedauerlicherweise sagen, das Leben zu bewältigen, wie seine Theorie behauptete, sonst würde er noch unter uns weilen. Für mich ist er ein großer Verlust. Er war mein rechter Arm, mein rechtes Bein, mein rechtes Ohr, das war Mr. Craggs. Ohne ihn bin ich wie gelähmt. Er vermachte seinen Geschäftsanteil Mrs. Craggs, ihren Testamentsvollstreckern, Nachlaßverwaltern und Rechtsnachfolgern. Sein Name bleibt bis jetzt in der Firma. Auf kindische Art versuche ich manchmal, so zu tun, als lebte er noch. Sie haben vielleicht bemerkt, daß ich für mich selbst und den verstorbenen Craggs spreche, Sir – verstorben", sagte der weichherzige Anwalt und wedelte mit dem Taschentuch.

Michael Warden, der noch immer Clemency beobachtete, wandte sich Mr. Snitchey zu, als dieser zu sprechen aufhörte, und flüsterte ihm ins Ohr.

„Ach, das arme Ding!" sagte Snitchey kopfschüttelnd. „Ja, sie war Marion immer sehr treu. Sie hat sie immer sehr gern gehabt. Hübsche Marion. Arme Marion! Kopf hoch, Frau, Sie sind doch jetzt verheiratet, Clemency."

Clemency seufzte nur und schüttelte den Kopf.

„Nur ruhig! Warten Sie bis morgen!" sagte der Anwalt freundlich.

Das zu tun, versprach Clemency, während sie seine hingehaltene Hand schüttelte; und Britain, der beim Anblick seiner verzweifelten Frau furchtbar niedergeschlagen war (wie die Firma, die den Kopf hängenließ), sagte, das sei richtig; und Mr. Snitchey und Michael Warden gingen die Treppe hinauf, und dort waren sie bald in eine Unterhaltung vertieft, die so vorsichtig geführt wurde, daß kein Gemurmel zu hören war bei all dem Geklapper der Teller und Schüsseln, dem Zischen der Pfanne, dem Brodeln in den Kasserollen, dem tiefen, monotonen Geräusch des Bratenwenders – hin und wieder mit einem furchtbaren Klicken, als ob er an seinem Kopf in einem Schwindelanfall einen tödlichen Unfall erlitten hätte – und all den anderen Vorbereitungen für ihr Essen in der Küche.

Der nächste Tag war strahlend und friedlich und die Herbstfärbung nirgends schöner anzusehen als vom stillen Obstgarten am Hause des Doktors aus. Der Schnee vieler Winternächte war vom Boden weggeschmolzen, die verwelkten Blätter vieler Sommer hatten dort geraschelt, seit sie geflohen war. Die Veranda mit Geißblatt war wieder grün, die Bäume warfen reichlich wechselnde Schatten auf den Rasen, die Landschaft war heiter und ruhig wie stets, doch wo war sie!

Nicht da. Nicht da. Sie wäre jetzt ein ungewohnterer Anblick in ihrem alten Zuhause gewesen, als es zuerst ohne sie gewesen war. Doch eine Dame saß am vertrauten Platz, aus deren Herzen sie nie entschwunden war; in deren aufrichtiger Erinnerung sie unverändert, jugendlich und vor Erwartung und Hoffnung strahlend lebte; in deren Liebe – es war jetzt die einer Mutter, denn zu ihren Füßen spielte eine zärtlich geliebte, kleine Tochter – sie keinen Nebenbuhler, keinen Nachfolger hatte; auf deren zärtlichen Lippen ihr Name schwebte.

Der Geist des verlorenen Mädchens sprach aus jenen Augen. Jene Augen von Grace, ihrer Schwester, die mit ihrem Mann im Obstgarten saß. Es war ihr Hochzeitstag, sein und Marions Geburtstag.

Er war kein bedeutender Mann geworden, er war nicht reich geworden, er hatte die Erlebnisse und Freunde seiner Jugend nicht vergessen, er hatte keine der früheren Vorhersagen des Doktors erfüllt. Doch bei seinen nützlichen, geduldigen, ungenannten Besuchen bei den Armen und bei seinen Wachen an Krankenbetten; bei seiner täglichen Bekanntschaft mit der Güte und Tugend, die die Seitenwege dieser Welt mit Blumen bedecken und nicht von den schweren Schritten der Armut niedergetreten werden, sondern auf ihrem Pfad unverwüstlich sprießen und ihren Lauf verschönen, hatte er mit jedem Jahr die Wahrheit seines früheren Glaubens besser erkannt und nachgewiesen. Seine Lebensweise, wenn auch still und zurückgezogen, hatte ihm gezeigt, daß Menschen noch oft wie in alten Zeiten von Engeln besucht werden, ohne es zu wissen; und daß die unscheinbarsten Gestalten – selbst solche, die nach außen hin gemein und häßlich aussahen und ärmlich gekleidet waren – von Kummer, Not und Schmerz erleuchtet wurden und sich in hilfreiche Seelen mit einem Glorienschein verwandelten.

Er lebte vielleicht mit größerem Erfolg auf dem veränderten Schlachtfeld, als wenn er ruhelos auf einem ehrgeizigeren Kampfplatz gefochten hätte. Und er war glücklich mit seiner Frau, der lieben Grace.

Und Marion. Hatte *er* sie vergessen?

„Die Zeit ist seit damals verflogen, liebe Grace", sagte er; sie hatten über jene Nacht gesprochen, „und doch scheint es lange, lange zurückzuliegen. Wir zählen innerlich nach Veränderungen und Ereignissen, nicht nach Jahren."

„Wir müssen auch mit Jahren zählen, seit Marion bei uns war", erwiderte Grace. „Sechsmal, mit heute abend gerechnet, mein lieber Mann, haben wir hier an ihrem Geburtstag gesessen und von dieser glücklichen Heimkehr gesprochen, die so heiß ersehnt wird und sich so lange hinausschiebt. Ach, wann wird das sein? Wann wird das sein?"

Ihr Mann beobachtete aufmerksam, wie sich ihre Augen mit Tränen füllten, und indem er näher an sie heranrückte, sagte er:

„Aber Marion schrieb dir doch in ihrem Abschiedsbrief,

den sie auf deinem Tisch zurückließ, Liebste, und den du so oft gelesen hast, daß Jahre vergehen müßten, ehe es sein könnte. Nicht wahr?"

Sie nahm einen Brief von ihrer Brust, küßte ihn und sagte: „Ja."

„Daß sie sich in all den dazwischenliegenden Jahren, wie glücklich sie auch sein mögen, auf die Zeit freue, da ihr euch wiederseht und alles bereinigt werde, und daß sie dich voller Vertrauen und Hoffnung anflehe, dasselbe zu tun. Lautet der Brief nicht so, mein Schatz?"

„Ja, Alfred."

„Und jeder andere auch, den sie seitdem geschrieben hat?"

„Mit Ausnahme des letzten, vor einigen Monaten, in dem sie von dir sprach und von dem, was du damals wußtest und was ich heute abend erfahren soll."

Er schaute zur Sonne, die schnell unterging, und sagte, daß der Sonnenuntergang die vereinbarte Zeit war.

„Alfred!" sagte Grace ernst und legte ihre Hand auf seine Schulter, „in diesem Brief, diesem alten Brief, den ich, wie du sagst, so oft gelesen habe, steht etwas, was ich dir nie erzählt habe. Doch heute abend, mein lieber Mann, da der Sonnenuntergang naht und unser Leben mit dem zu Ende gehenden Tag sanfter und ruhiger zu werden scheint, kann ich es nicht mehr verschweigen."

„Was ist es, Liebling?"

„Als Marion wegging, schrieb sie mir hier, daß du sie mir einst anvertraut hattest und sie nun dich, Alfred, in meine Obhut gab, wobei sie mich inständig bat, da ich sie und dich liebte, die Zuneigung, die du ihrer Meinung nach (sie schrieb, sie wüßte es) auf mich übertragen würdest, sobald die frische Wunde verheilt sei, nicht zurückzuweisen, sondern sie zu bestärken und zu erwidern."

„Und mich wieder zu einem stolzen und glücklichen Mann zu machen, Grace. Schrieb sie das?"

„Sie wollte mich glücklich und verehrt in deiner Liebe machen", war die Antwort seiner Frau, als er sie in den Armen hielt.

„Hör mich an, mein Schatz!" sagte er. – „Nein! Hör mich so an!" Während er sprach, legte er zärtlich ihren Kopf, den sie erhoben hatte, wieder an seine Schulter. „Ich weiß, warum ich bis heute nie diesen Abschnitt aus dem Brief gehört habe. Ich weiß, warum in jener Zeit keine Spur davon aus deinen Worten oder Blicken zu entnehmen war. Ich weiß, warum Grace, obwohl sie mir ein treuer Freund gewesen, so schwer als meine Frau zu gewinnen war. Und da ich das weiß, mein Schatz, kenne ich den unschätzbaren Wert des Herzens, das ich mit meinen Armen umschließe, und danke Gott für den kostbaren Besitz!"

Sie weinte, jedoch nicht vor Kummer, als er sie an sein Herz drückte. Nach einer Weile blickte er auf das Kind hinunter, das zu ihren Füßen mit einem Blumenkörbchen spielte, und bat sie, das goldene Rot der Sonne zu betrachten.

„Alfred", sagte Grace und hob bei diesen Worten schnell den Kopf. „Die Sonne geht unter. Du hast nicht vergessen, was ich wissen soll, ehe sie sinkt."

„Du sollst die Wahrheit über Marions Geschichte erfahren, mein Liebling", antwortete er.

„Die ganze Wahrheit", sagte sie flehend. „Nichts mehr wird vor mir verschleiert. So lautet das Versprechen, nicht wahr?"

„Ja", antwortete er.

„Ehe die Sonne an Marions Geburtstag untergeht. Und du siehst sie, Alfred? Sie sinkt rasch."

Er legte seinen Arm um ihre Taille und erwiderte, wobei er ihr fest in die Augen sah: „Diese Wahrheit zu erzählen ist nicht mir zugedacht, liebe Grace. Sie soll von anderen Lippen kommen."

„Von anderen Lippen!" wiederholte sie schwach.

„Ja. Ich kenne dein standhaftes Herz; ich weiß, wie tapfer

du bist; ich weiß, daß dir ein Wort der Vorbereitung genügt. Du hast ganz richtig gesagt, daß die Zeit gekommen ist. Das ist sie. Sag mir, daß du genügend seelische Kraft besitzt, eine Prüfung, eine Überraschung, einen Schock zu ertragen: und der Bote wartet am Tor."

„Was für ein Bote?" fragte sie. „Und was für eine Nachricht bringt er?"

„Ich bin verpflichtet", antwortete er und behielt seinen festen Blick, „nichts weiter zu sagen. Glaubst du, mich zu verstehen?"

„Ich fürchte, ja."

In seinem Gesicht lag trotz seines festen Blickes jene Erregung, die sie erschreckte. Wieder barg sie zitternd ihr Gesicht an seiner Schulter und bat ihn, einen Augenblick zu warten.

„Mut, meine Frau! Wenn du entschlossen bist, den Boten zu empfangen, wartet der Bote am Tor. Die Sonne geht unter an Marions Geburtstag, Mut, nur Mut, Grace!"

Sie hob den Kopf, sah ihn an und sagte, sie sei bereit. Als sie da stand und ihn betrachtete, wie er davonging, ähnelte ihr Gesicht so dem Marions, wie es in ihrer letzten Zeit zu Hause gewesen, daß es wunderschön anzusehen war. Er nahm das Kind mit. Sie rief es zurück – es trug den Namen des verlorenen Mädchens – und preßte es an ihre Brust. Das kleine Wesen rannte ihm nach, als es wieder losgelassen wurde, und Grace blieb allein zurück.

Sie wußte nicht, was sie befürchtete oder hoffte, aber sie blieb dort regungslos und blickte zur Veranda, hinter der sie verschwunden waren.

Nanu, was war das, was aus dem Schatten hervortrat und auf der Schwelle stand! Diese Gestalt, deren weiße Kleider in der Abendluft raschelten, deren Kopf an ihres Vaters Brust ruhte und sich an sein liebendes Herz preßte! O Gott! War es ein Traumbild, das da aus den Armen des alten Mannes mit einem Aufschrei, mit den Händen winkend, in wilder

Hast herbeistürzte und in seiner grenzenlosen Liebe in ihre Arme sank!

„O Marion, Marion! O meine Schwester! O meine Herzallerliebste! Oh, unsagbare Freude und Glückseligkeit, daß wir uns so wiedersehen!"

Es war kein Traum, kein von Hoffnung und Furcht heraufbeschworenes Trugbild, sondern Marion, die süße Marion! So schön, so glücklich, so ungetrübt von Sorge und Anfechtung, so erhaben und vornehm in ihrer Lieblichkeit, daß sie, als die untergehende Sonne ihr erhobenes Gesicht anstrahlte, ein Geist gewesen sein konnte, der die Erde in einer versöhnenden Mission aufsuchte.

Als sie sich an ihre Schwester schmiegte, die auf einen Stuhl gesunken war, und sich über sie gebeugt hatte und, unter Tränen lächelnd, dicht neben ihr kniete – beide Arme um sie geschlungen und nicht einen Augenblick von ihrem Gesicht abgewandt – und als sich der Schein der untergehenden Sonne auf ihrer Stirn zeigte und die Abendstille sie alle umfing, brach Marion endlich das Schweigen mit ihrer ruhigen, leisen, klaren, angenehmen und dem Zeitpunkt gut angepaßten Stimme.

„Als dies mein geliebtes Zuhause war, Grace, wie es jetzt wieder sein wird..."

„Warte, mein Liebling! Einen Augenblick! O Marion, dich wieder sprechen zu hören!"

Zunächst konnte sie die Stimme, die sie so liebte, nicht ertragen.

„Als dies mein geliebtes Zuhause war, Grace, wie es jetzt wieder sein wird, liebte ich ihn von ganzer Seele. Ich liebte ihn mit aller Hingabe. Obwohl ich so jung war, wäre ich für ihn gestorben. Nicht einen kurzen Augenblick habe ich seine Zuneigung in meinem Innersten für gering erachtet. Sie stand bei mir hoch über allem. Obwohl es so lange her und längst vorbei ist und obwohl sich alles geändert hat, könnte ich den Gedanken nicht ertragen, daß du, die ihn so liebte, glauben möchtest, ich hätte ihn einst nicht aufrichtig geliebt. Ich liebte ihn niemals stärker, Grace, als damals, als er an jenem Tage diese Gegend verließ. Ich liebte ihn niemals stärker, Schatz, als in jener Nacht, da ich von hier fortging."

Ihre Schwester, die sich über sie beugte, konnte ihr ins Gesicht sehen und sie festhalten.

„Aber er hatte unbewußt ein anderes Herz erobert", sagte Marion, sanft lächelnd, „ehe ich wußte, daß ich ihm eins zu schenken hatte. Dieses Herz – das deine, meine Schwester! – war mir mit all seiner übrigen Zärtlichkeit so ergeben, war so hingebungsvoll und edel, daß es seine Liebe beiseite schob und sein Geheimnis vor allen Augen verbarg, außer vor meinen – ach, welche anderen Augen wurden von solcher Zärtlichkeit und Dankbarkeit belebt –, und damit zufrieden war, sich für mich zu opfern. Doch ich kannte seine Weite. Ich wußte um den Kampf, den es ausfocht. Ich kannte seinen hohen, unschätzbaren Wert für ihn und die Hochachtung, die es bei ihm genoß, sosehr er mich lieben mochte. Ich wußte, was ich ihm schuldig war. Ich hatte sein großes Vorbild täglich vor Augen. Ich wußte, Grace, daß ich das für dich tun konnte, was du für mich getan hattest. Ich legte mein Haupt niemals nieder, ohne unter Tränen zu beten, daß ich es täte. Ich legte mein Haupt niemals nieder, ohne an Alfreds Worte am Tage seiner Abreise zu denken – und wie recht er hatte (denn ich wußte das, weil ich dich kannte) –, daß täglich in mit sich ringenden Herzen Siege errungen werden, gegen die jene auf diesen Schlachtfeldern verblaßten. Als ich mehr und mehr über das große Leiden nachdachte, das fröhlich ertragen wurde und nie bekannt war und um das man sich nicht kümmerte, was täglich und stündlich in diesem großen Kampf, von dem er sprach, sein mußte, schien mein Versuch leicht und einfach zu werden. Und Er, der unsere Herzen, mein Liebstes, in diesem Augenblick kennt und weiß, daß in meinem keine Spur von Bitterkeit oder Kummer ist – nur ungetrübtes Glück –, ließ mich zu dem Entschluß kommen,

daß ich nie Alfreds Frau werden würde. Daß er mein Bruder und dein Mann sein sollte, falls der von mir verfolgte Weg zu einem glücklichen Ende führen sollte; daß ich jedoch niemals (Grace, ich liebte ihn damals von ganzem Herzen!) seine Frau sein würde!"

„O Marion, o Marion!"

„Ich hatte versucht, ihm gegenüber gleichgültig zu wirken"; sie preßte das Gesicht ihrer Schwester an das ihre, „aber das war schwer, und du warst stets sein treuer Verteidiger. Ich hatte versucht, dir von meinem Entschluß zu erzählen, doch du wolltest mir nicht zuhören, du wolltest mich nicht verstehen. Der Zeitpunkt seiner Heimkehr rückte näher. Ich spürte, daß ich handeln mußte, ehe der tägliche Umgang von neuem begann. Ich wußte, daß ein plötzlicher Schmerz, der damals durchzustehen war, allen ein Leiden ohne Ende ersparen würde. Ich wußte, daß dieses Ende kommen würde, falls ich wegginge, und es *ist* gekommen und hat uns alle glücklich gemacht, Grace! Ich schrieb an die gute Tante Martha, ob ich bei ihr wohnen könnte. Ich erzählte ihr nicht alles, doch einen Teil meiner Geschichte, und sie willigte großzügig ein. Während ich innerlich mit diesem Schritt und meiner Liebe zu dir und meinem Heim rang, wurde Mr. Warden, den ein Unfall hierherführte, eine Zeitlang unser Gefährte."

„In den letzten Jahren habe ich manchmal befürchtet, daß es so gewesen sein mag", rief ihre Schwester aus und wurde aschfahl. „Du hast ihn nie geliebt, und du hast ihn mir zuliebe geheiratet!"

„Er war damals im Begriff", sagte Marion und zog die Schwester enger an sich, „heimlich für längere Zeit zu verschwinden. Er schrieb mir, nachdem er weggegangen war; erzählte mir, wie es um seine Verhältnisse und Aussichten wirklich stand, und bot mir seine Hand. Er sagte mir, er habe bemerkt, daß mich die Aussicht auf Alfreds Rückkehr nicht glücklich machte. Ich glaube, er dachte, mein Herz sei an diesem Versprechen nicht beteiligt gewesen. Vielleicht dachte er, ich hätte ihn einst geliebt und nun nicht mehr. Vielleicht dachte er, als ich gleichgültig wirken wollte, daß ich Gleichgültigkeit zu verbergen suchte – ich kann es nicht sagen. Aber ich wollte, daß ihr den Eindruck haben solltet, ich sei für Alfred verloren – unerreichbar für ihn – tot. Verstehst du mich, Liebling?"

Ihre Schwester blickte sie aufmerksam an. Sie schien zu zweifeln.

„Ich sah Mr. Warden, verließ mich auf sein Ehrgefühl, vertraute ihm am Vorabend seiner und meiner Abreise mein Geheimnis an. Er hütete es. Verstehst du mich, Schatz?"

Grace starrte sie verwirrt an. Sie schien kaum zu hören.

„Mein Liebes, meine Schwester!" sagte Marion. „Sammle deine Gedanken für einen Augenblick und höre mir zu. Sieh mich nicht so seltsam an. Es gibt Länder, Liebste, wo jene, die einer falschen Leidenschaft abschwören oder ein Gefühl in ihrem Herzen bekämpfen und besiegen wollen, in eine hoffnungslose Einsamkeit flüchten und sich gegen die Welt, gegen weltliche Liebe und Hoffnungen für immer verschließen. Wenn Frauen dies tun, nehmen sie den Namen an, der dir und mir so teuer ist, und nennen sich Schwestern. Es mag aber Schwestern geben, Grace, die draußen in der weiten Welt und unter freiem Himmel, an überfüllten Plätzen und mitten im tätigen Leben und bei dem Versuch, es zu unterstützen und aufzuheitern und Gutes zu tun, dieselbe Lektion lernen und mit Herzen, die noch jung und aufgeschlossen für das Glück und die Wege zum Glück sind, sagen können, daß die Schlacht vorbei und der Sieg längst errungen ist. Und so eine bin ich! Verstehst du mich jetzt?"

Sie blickte sie noch immer starr an und gab keine Antwort.

„O Grace, liebe Grace", sagte Marion und schmiegte sich noch zärtlicher und inniger an die Brust, von der sie so lange getrennt gewesen war, „wenn du keine glückliche Ehefrau und Mutter wärst – wenn ich hier keine kleine Namensschwester hätte – wenn nicht Alfred, mein gütiger Bruder, dein liebevoller Mann wäre – woher käme dann der Freudentaumel, in dem ich mich heute abend befinde! Doch wie ich weggegangen bin, bin ich zurückgekehrt. Ich habe mein Herz keinem anderen geschenkt und meine Hand keinem anderen versprochen. Ich bin noch deine jungfräuliche, unverheiratete, unverlobte Schwester, deine dich liebende alte Marion, in deren Liebe es nur dich allein und keinen anderen gibt, Grace!"

Nun verstand sie. Ihr Gesicht entspannte sich, befreiende Schluchzer lösten sich, und während sie ihr um den Hals fiel, weinte und weinte sie und liebkoste sie, als wäre sie wieder ihr Kind.

Als sie sich mehr gefaßt hatten, merkten sie, daß der Doktor und seine Schwester, die gute Tante Martha, mit Alfred ganz in der Nähe standen.

„Das ist ein schwerer Tag für mich", sagte die gute Tante Martha, unter Tränen lächelnd, als sie ihre Nichten umarmte, „denn ich verliere meine liebe Gefährtin, indem ich euch alle glücklich mache. Und was könnt ihr mir als Ersatz für meine Marion geben?"

„Einen bekehrten Bruder", sagte der Doktor.

„Das ist wirklich etwas", entgegnete Tante Martha, „in solch einem Possenspiel..."

„Nein, bitte nicht", sagte der Doktor zerknirscht.

„Nun, dann nicht", antwortete Tante Martha. „Aber ich fühle mich schlecht behandelt. Ich weiß nicht, was aus mir ohne meine Marion werden soll, nachdem wir ein halbes Dutzend Jahre zusammen gelebt haben."

„Dann mußt du eben hier bei uns wohnen", antwortete der Doktor. „Wir werden uns jetzt nicht streiten, Martha."

„Oder du mußt heiraten, Tante."

„Wahrhaftig", erwiderte die alte Dame, „ich glaube, es wäre ein gutes Unternehmen, wenn ich mir Mr. Warden angeln würde, der, wie ich höre, nach seiner Abwesenheit in jeder Hinsicht gebessert nach Hause gekommen ist. Weil ich ihn aber kannte, als er noch ein kleiner Junge und ich keine sehr junge Frau mehr war, würde er darauf möglicherweise nicht reagieren. So werde ich mich dazu entschließen, bei Marion zu leben, wenn sie heiratet, und bis dahin (es wird nicht mehr lange dauern, behaupte ich) allein bleiben. Was sagst *du* dazu, Bruder?"

„Ich habe nicht übel Lust zu sagen, daß dies eine völlig verrückte Welt ist und es nichts Ernsthaftes auf ihr gibt", bemerkte der arme alte Doktor.

„Du könntest zwanzig eidesstattliche Erklärungen abgeben, Anthony", sagte seine Schwester, „aber bei diesen Augen würde dir das keiner glauben."

„Es ist eine Welt voller Liebe", sagte der Doktor, wobei er seine jüngere Tochter liebkoste und sich über sie beugte, um Grace zu liebkosen, denn er konnte die Schwestern nicht trennen, „und eine ernste Welt bei all ihrer Torheit, sogar mit meiner gerechnet, die ausgereicht hätte, den Erdball zu überschwemmen. Und es ist eine Welt, auf der die Sonne niemals aufgeht, sondern auf tausend unblutige Schlachten herabsieht, die ein Ausgleich für das Elend und die Sündhaftigkeit von Schlachtfeldern sind. Und es ist eine Welt, in der wir darauf achten müssen, jedem gerecht zu werden – der Himmel verzeih uns –, und es ist eine Welt heiliger Rätsel, und nur ihr Schöpfer weiß, was unter der Oberfläche seines einfachsten Ebenbildes verborgen liegt!"

Meine taktlose Feder würde Sie nicht zufriedener machen, wenn ich vor Ihnen die Gemütsregungen dieser Familie, die lange getrennt und nun wieder vereint war, ausbreitete und analysierte. Darum will ich nicht dem armen Doktor in seinen demütigenden Erinnerungen an den Kummer folgen, den er hatte, als er Marion verlor. Auch will ich nicht erzählen, daß er erkannte, wie ernst diese Welt sein kann, in der tief verwurzelte Liebe das Schicksal aller menschlichen Geschöpfe ist; auch nicht, wie ihn solch eine Nichtigkeit wie das Fehlen eines kleinen Teils im großen, sinnlosen Bericht zu Boden streckte. Auch nicht, wie ihm seine Schwester aus Mitleid mit seinem Schmerz vor langer, langer Zeit ganz allmählich die Wahrheit enthüllte und ihn dazu brachte, das Herz seiner Tochter, die sich selbst verbannt hatte, und diese Seite an ihr kennenzulernen.

Auch nicht, wie Alfred Heathfield im Laufe des vergangenen Jahres die Wahrheit gesagt wurde und Marion ihn gesehen und ihm als ihrem Bruder versprochen hatte, daß Grace es am Abend ihres Geburtstages endlich aus ihrem Mund erfahren sollte.

„Entschuldigen Sie, Doktor", sagte Mr. Snitchey und schaute in den Obstgarten, „darf ich näher treten?"

Ohne die Erlaubnis abzuwarten, kam er auf Marion zu und küßte ihr sehr erfreut die Hand.

„Wenn Mr. Craggs noch am Leben wäre, würde er seine große Anteilnahme an diesem Ereignis zeigen. Es hätte ihn darauf hingewiesen, Mr. Alfred, daß unser Leben vielleicht doch nicht allzu leicht ist, daß es alles in allem vertragen kann, wenn wir es ein wenig angenehmer machen. Aber Mr. Craggs war ein Mann, der es ertragen hätte, überzeugt zu werden, Sir. Er ließ immer mit sich reden. Wenn er jetzt mit sich reden ließe, dann ... das ist Schwachheit. Mrs. Snitchey, meine Liebe" – bei seiner Aufforderung kam diese Dame hinter der Tür vor –, „du bist unter alten Freunden."

Nachdem Mrs. Snitchey ihre Glückwünsche ausgesprochen hatte, nahm sie ihren Mann beiseite.

„Einen Augenblick, Mr. Snitchey", sagte diese Dame. „Es ist nicht meine Art, in der Asche Verstorbener zu stochern."

„Nein, meine Liebe", erwiderte ihr Mann.

„Mr. Craggs ist ..."

„Ja, meine Liebe, er ist tot."

„Aber ich frage dich, ob du dich an jenen Ballabend erinnerst", fuhr seine Frau fort. „Ich frage dich nur danach.

Falls du das tust und falls dein Gedächtnis nicht völlig versagt und falls du nicht total senil bist, bitte ich dich, diese Zeit mit jener in Verbindung zu bringen und dich daran zu erinnern, wie ich dich auf Knien gebeten und angefleht habe..."

„Auf Knien, meine Liebe?" fragte Mr. Snitchey.

„Ja", sagte Mrs. Snitchey überzeugt, „und du weißt es – dich vor diesem Mann zu hüten, auf seinen Blick zu achten –, und nun sage mir, ob ich recht hatte und ob er damals Geheimnisse kannte, die er nicht verraten wollte."

„Mrs. Snitchey", sagte ihr Mann ihr ins Ohr, „Madam. Hast du schon jemals etwas aus *meinem* Blick gelesen?"

„Nein", sagte Mrs. Snitchey scharf. „Bilde dir nichts ein."

„Weil wir beide an jenem Abend, Madam", fuhr er fort und zupfte sie am Ärmel, „Geheimnisse kannten, die wir nicht erzählen wollten, und wir beide kannten sie von Berufs wegen. Und deshalb ist es um so besser, je weniger du sagst, Mrs. Snitchey. Und laß dir das als Mahnung gelten, ein anderes Mal klügere und nachsichtigere Augen zu haben. Miss Marion, ich habe eine Freundin mitgebracht. Hier! Mistress!"

Die arme Clemency kam, die Schürze vor den Augen, langsam herein, wobei ihr Mann sie geleitete. Letzterer verdrossen, in der bösen Vorahnung, daß es mit der „Muskatreibe" vorbei sei, wenn sie sich erst einmal dem Schmerz hingab.

„Nun, Mistress", sagte der Rechtsanwalt, hielt Marion auf, als sie auf sie zurannte, und stellte sich zwischen die beiden, „was ist los mit *Ihnen*?"

„Was los is!" rief die arme Clemency. Als sie, verwundert und entrüstet und von Mr. Britains Gebrüll zusätzlich erregt, aufschaute und dieses süße Gesicht, an das sie sich so gut erinnerte, dicht vor sich sah, starrte sie sie an, schluchzte, lachte, weinte, schrie, umarmte sie, hielt sie fest, ließ sie los, fiel Mr. Snitchey an und umarmte ihn (sehr zu Mrs. Snitcheys Empörung), fiel den Doktor an und umarmte ihn, fiel Mr.

Britain an und umarmte ihn und umarmte zum Schluß sich selbst, wobei sie sich die Schürze über den Kopf warf und darunter einen hysterischen Anfall bekam.

Nach Mr. Snitchey war ein Fremder in den Obstgarten gekommen und in der Nähe des Tors abseits stehengeblieben, ohne von einem in der Gruppe bemerkt worden zu sein, denn sie hatten nur wenig Aufmerksamkeit zu vergeben, und diese hatte ausschließlich Clemency mit ihrem Gefühlstaumel auf sich gelenkt. Er schien nicht den Wunsch zu haben, bemerkt zu werden, sondern stand mit gesenkten Blicken für sich allein. Ihn umgab ein Hauch von Schwermut (obwohl er eine stattliche Erscheinung war), die die allgemeine Glückseligkeit um so stärker hervorhob.

Niemand anderes als Tante Martha mit ihren scharfen Augen entdeckte ihn, doch fast ebenso rasch, wie sie ihn erspäht hatte, sprach sie ihn auch schon an. Sofort ging sie dorthin, wo Marion mit Grace und ihrer kleinen Namensschwester stand, flüsterte Marion etwas ins Ohr, worauf diese zusammenfuhr und überrascht zu sein schien; doch faßte sie sich schnell, näherte sich an Tante Marthas Seite schüchtern dem Fremden und beteiligte sich ebenfalls an der Unterhaltung mit ihm.

„Mr. Britain", sagte der Rechtsanwalt, steckte die Hand in die Tasche und zog ein amtlich aussehendes Dokument hervor, während die Unterhaltung weiterging, „ich gratuliere Ihnen. Sie sind der einzige und alleinige Besitzer dieses freien Grundstücks, das von Ihnen zur Zeit als konzessioniertes Wirtshaus oder als Haus zur öffentlichen Unterhaltung geführt wird, gemeinhin mit dem Namen ‚Muskatreibe' bezeichnet oder als solche bekannt. Ihre Frau verlor durch meinen Klienten Michael Warden ein Haus und bekommt ‚und Fingerhut' ein; und ich werde die beiden Sinnsprüche eines schönen Tages für die Grafschaft zu werben."

„Würde es bei der Wahl irgend etwas ausmachen, wenn ich das Zeichen ändere, Sir?" fragte Britain.

„Nicht das geringste", antwortete der Rechtsanwalt.

„Dann seien Sie so gut", sagte Mr. Britain und gab ihm die Übertragungsurkunde zurück, „und fügen Sie die Worte ‚und Fingerhut' ein; und ich werde die beiden Sinnsprüche im Gesellschaftszimmer anmalen lassen, da, wo das Bild meiner Frau hing."

„Und lassen Sie mich", sagte eine Stimme hinter ihnen – es war die des Fremden, Michael Warden –, „lassen Sie mich den Nutzen dieser Inschriften bekräftigen. Mr. Heathfield und Dr. Jeddler, ich hätte Ihnen beiden großes Unrecht tun können. Daß ich es nicht tat, ist nicht mein Verdienst. Ich will nicht behaupten, daß ich sechs Jahre klüger oder besser geworden bin. Auf jeden Fall habe ich den Begriff Selbstvorwurf kennengelernt. Ich kann keinen Grund anführen, warum Sie mich freundlich behandeln sollten. Ich mißbrauchte die Gastfreundschaft dieses Hauses und erfuhr durch meine eigenen Fehler mit einer Schmach, die ich nie vergesse, doch auch mit Gewinn, daß ich Hoffnung von einer erwartete", er sah Marion an, „die ich demütig um Verzeihung gebeten hatte, als ich ihren Wert und meine Unwürdigkeit kannte. In wenigen Tagen werde ich diesen Ort für immer verlassen. Ich bitte um Verzeihung. ‚Tu, wie du willst, daß man dir tu.' Vergessen und vergeben Sie!"

Die Zeit, von der ich den letzteren Teil dieser Geschichte hatte und mit der ich das Vergnügen habe, sie über fünfunddreißig Jahre persönlich zu kennen, setzte mich davon in Kenntnis – wobei sie sich leicht auf ihre Sense lehnte –, daß Michael Warden nie wieder fortging und sein Haus nie verkaufte, sondern es erneut öffnete, herzliche Gastfreundschaft gewährte und eine Frau hatte – der Stolz und die Ehre jener Gegend –, die Marion hieß. Da ich aber festgestellt habe, daß die Zeit Tatsachen gelegentlich durcheinanderbringt, weiß ich kaum, welche Bedeutung ich ihr beimessen soll.

Der heimgesuchte Mann

Der Vertrag des Geistes

Erstes Kapitel

Die verliehene Gabe

Jeder sagte es.

Es sei mir fern zu behaupten, daß alles wahr sein muß, was jeder sagt. Oft hat jeder wahrscheinlich ebenso recht wie unrecht. Erfahrungsgemäß hat jeder so oft unrecht gehabt, und es hat in den meisten Fällen so lange gedauert, bis man herausfand, wie unrecht, daß die gerichtliche Entscheidung nachweislich fehlbar war. Jeder kann manchmal recht haben, „aber das ist nicht die Regel", wie der Geist von Giles Scroggins in der Ballade sagt.

Das schreckliche Wort *Geist* bringt mich auf das Thema.

Jeder sagte, er sehe wie ein heimgesuchter Mann aus. Gegenwärtig würde ich den Anspruch erheben, daß jeder diesbezüglich recht hatte. Er sah so aus.

Wer hätte seine hohlen Wangen, seine eingesunkenen, leuchtenden Augen, seine schwarz gekleidete, unerklärlich düstere, doch kräftige und gutgebaute Gestalt, sein graues Haar, das ihm wie verflochtener Seetang ins Gesicht hing – als wäre er sein Leben lang ein einsames Zeichen im Toben und Wüten des weiten Meeres der Menschheit gewesen –, ansehen können, ohne zu sagen, daß er wie ein heimgesuchter Mann aussah?

Wer hätte sein schweigsames, gedankenvolles, schwermütiges Verhalten, das gewöhnlich von Verschlossenheit überschattet, stets zurückhaltend, doch nie fröhlich war, mit verwirrtem Ausdruck zu vergangenen Orten und Zeiten zurückkehrte oder auf frühere Echos in seinem Herzen lauschte, bemerken können, ohne zu sagen, daß es das Verhalten eines heimgesuchten Mannes war?

Wer hätte seine langsame, tiefe und ernste Stimme mit einem natürlichen Wohlklang, gegen den er sich selbst stellte und den er zu unterbinden schien, hören können, ohne zu sagen, daß es die Stimme eines heimgesuchten Mannes war?

Wer ihn in seiner verborgenen Kammer gesehen hatte, die teils Bibliothek, teils Labor war – denn er war, wie man weit und breit wußte, ein gelehrter Chemiker und ein Lehrer, an dessen Lippen und Händen täglich eine Menge wißbegieriger Ohren und Augen hingen –; wer ihn dort an einem Winterabend gesehen hatte: allein, von seinen Drogen, Instrumenten und Büchern umgeben; der Schatten seines Lampenschirmes ein riesiger Käfer an der Wand, reglos zwischen einer Menge geisterhafter Gebilde, die dort vom Aufflackern des Feuers auf den wunderlichen Gegenständen um ihn herum hervorgerufen wurden; einige dieser Gespenster (die Widerspiegelung von Glasgefäßen, die Flüssigkeiten enthielten) zitterten im Herzen wie Dinge, die seine Macht, sie freizulassen und ihre Bestandteile an Feuer und Dampf zurückzugeben, kannten; wer ihn dann nach getaner Arbeit gesehen hatte, wie er vor dem verrosteten Kamingitter und der roten Flamme grübelte, seinen schmalen Mund bewegte, als ob er spräche, aber wie ein Grab schwieg, hätte nicht gesagt, daß dieser Mann und auch die Kammer heimgesucht seien?

Wer hätte nicht ohne allzu große Einbildungskraft geglaubt, daß alles um ihn herum diesen heimgesuchten Charakter annahm und daß er auf einem heimgesuchten Gelände wohne?

Seine Behausung war einsam und glich einer Gruft; sie lag im entlegenen Teil einer ehrwürdigen Stiftung für Studenten, einst ein kühner Bau, der an einer freien Stelle errichtet worden, doch jetzt die veraltete Laune vergessener Architekten war. Rauch, Alter und Wetter hatten ihn geschwärzt, das schnelle Wachsen der großen Stadt hatte ihn zusammengepreßt und wie einen alten Brunnen mit Steinen und Ziegeln verstopft. Seine kleinen Höfe lagen in regelrechten Schächten aus Straßen und Gebäuden, die im Laufe der Zeit über seine wuchtigen Schornsteine hinaus gebaut worden waren. Seine alten Bäume wurden vom Rauch der Nachbarschaft angegriffen, der bis zu dieser Tiefe sank, wenn er schwach und das Wetter launisch war. Seine Rasenplätze rangen mit der von Meltau befallenen Erde darum, Gras zu sein oder irgendeinen Kompromiß zu erreichen. Sein stummes Pflaster war nicht an Schritte und selbst ein Betrachten gewöhnt, außer wenn ein vereinzeltes Gesicht aus der oberen Welt herabblickte und sich über diesen Winkel wunderte. Seine Sonnenuhr befand sich in einer kleinen, von Ziegeln eingefaßten Ecke, wohin sich seit hundert Jahren kein Sonnenstrahl verirrt hatte, wo aber zum Ausgleich dafür der Schnee wochenlang liegenblieb, wenn nirgendwo mehr welcher lag, und wo der grimmige Ostwind wie ein riesiger Brummkreisel herumwirbelte, wenn es überall still und ruhig war.

Seine Behausung war im eigentlichen Herzstück, an seinem Kamin, düster und alt, rissig und doch stabil mit ihren wurmstichigen Holzbalken an der Decke und ihrem massiven Regal, das bis zum großen eichenen Kaminsims herabreichte. Sie war vom Druck der Stadt umgeben und eingeschlossen, doch in Stil, Zeit und Gewohnheit weit entfernt. Sie war ruhig, doch von lauten Echos erfüllt, wenn sich in der Ferne eine Stimme erhob oder eine Tür geschlossen wurde, von Echos, die nicht auf die zahlreichen niedrigen Korridore und leeren Räume beschränkt waren, sondern polterten und dröhnten, bis sie in der dunstigen Luft der vergessenen Krypta, wo die normannischen Rundbögen halb in der Erde versunken waren, erstickt wurden.

Sie hätten ihn in seiner Behausung bei Dämmerlicht, mitten im tiefen Winter, sehen sollen.

Wenn der Wind beim Untergang der verschwommenen Sonne scharf und schneidend blies. Wenn es gerade so dunkel war, daß die Umrisse der Dinge undeutlich und groß, aber nicht völlig verschwunden waren. Wenn die Leute vorm Kamin in den Kohlen wilde Gesichter und Gestalten, Berge und Abgründe, im Hinterhalt liegende Truppen und Armeen zu sehen begannen. Wenn die Menschen auf der Straße ihre Köpfe senkten und vor dem Wetter her liefen. Wenn jene, die ihm ausgesetzt waren, an stürmischen Ecken aufgehalten und von wirbelnden Schneeflocken berührt wurden, die sich auf ihren Wimpern niederließen und doch zu spärlich fielen und zu rasch hinweggeweht wurden, als daß sie auf dem gefrorenen Boden eine Spur hinterlassen konnten. Wenn sich die Fenster von Privathäusern fest und warm schlossen. Wenn sich das angezündete Gas in den belebten und ruhigen Straßen, die schnell dunkel wurden, ausbreitete. Wenn vereinzelte Fußgänger, die fröstelnd vorbeigingen, auf die glühenden Feuer in den Küchen herabschauten und ihren Heißhunger verstärkten, indem sie den Duft von unzähligen Abendessen einsogen.

Wenn Reisende heftig froren und erschöpft die trostlose Landschaft betrachteten, die im Sturm rauschte und bebte. Wenn Seeleute außen auf vereisten Rahen schrecklich auf dem heulenden Ozean hin und her geworfen wurden. Wenn sich Leuchttürme auf Felsen und Landzungen einsam und wachsam zeigten und unwissende Meeresvögel gegen ihre riesigen Leuchtkammern ankämpften und tot abstürzten. Wenn beim Feuerschein junge Leser von Märchenbüchern bei dem Gedanken an Cassim Baba erzitterten, der gevierteilt in der Räuberhöhle hing, oder fürchteten, die grimmige, kleine alte Frau mit der Krücke, die gewöhnlich aus der Schachtel im Schlafzimmer des Kaufmannes Abudah heraussprang, an einem der nächsten Abende auf ihrem langen, dämmrigen Weg ins Bett auf der Treppe zu finden. Wenn in ländlichen Gegenden der letzte Schimmer des Tageslichts aus den Alleen verschwand und die Bäume unheilvoll und schwarz einen Bogen darüber spannten. Wenn man in Parks und Wäldern das hohe, feuchte Farnkraut und das durchnäßte Moos und Schichten von abgefallenem Laub und Baumstämme in den undurchdringlichen Schatten aus den Augen verlor. Wenn Nebel vom Deich, vom Marschland und aus dem Fluß aufstiegen. Wenn die Lichter in alten Herrenhäusern und Katenfenstern einen fröhlichen Anblick boten. Wenn die Mühle stehenblieb, der Stellmacher und der Schmied ihre Werkstatt schlossen, die Zollschranke niederging, Pflug und Egge auf dem Feld zurückgelassen wurden, wenn Arbeiter und Gespann nach Hause zogen und das Schlagen der Kirchturmuhr einen tieferen Ton als zu Mittag hatte und die Pforte zum Kirchhof an diesem Abend nicht mehr in den Angeln bewegt wurde.

Wenn die Dämmerung die Schatten freiließ, die sie den ganzen Tag über festgehalten hatte, und diese nun herankamen und sich wie zusammengetriebene Scharen von Geistern versammelten. Wenn sie mit drohend gerunzelter Stirn in Zimmerecken standen und hinter halb geöffneten Türen finster dreinschauten. Wenn sie leerstehende Wohnungen voll in Besitz nahmen. Wenn sie auf den Fußböden, an Wänden und Decken bewohnter Zimmer tanzten, während das Feuer herabgebrannt war und sich wie bei Ebbe zurückzogen, wenn es plötzlich zur Flamme aufloderte. Wenn sie die Formen von Haushaltsgegenständen verulkten, indem sie das Kindermädchen zur Menschenfresserin, das Schaukelpferd zum Ungeheuer, das verwunderte Kind – halb ängstlich, halb belustigt – zu einem ihm Fremden machten: die Zange auf dem Herd, ein rittlings sitzender Riese mit in die Seite gestemmten Armen, der offensichtlich das Blut von Engländern roch und die Knochen von Menschen zermahlen wollte, um damit sein Brot zu verdienen.

Wenn diese Schatten bei älteren Leuten andere Gedanken aufkommen ließen und ihnen unterschiedliche Bilder zeigten. Wenn sie verstohlen aus ihren Schlupfwinkeln kamen mit den Gestalten und Gesichtern, die denen aus der Vergangenheit, dem Grab und dem tiefen, tiefen Abgrund ähnelten, wo die Dinge, die hätten sein können und doch niemals waren, stets umherirrten.

Wenn er, wie bereits erwähnt, dasaß und ins Feuer starrte. Wenn die Schatten kamen und gingen, so wie es aufstieg und in sich zusammenfiel.

Wenn er mit seinen wirklichen Augen keine Notiz von ihnen nahm – sollten sie kommen oder gehen –, sondern unverwandt ins Feuer blickte: Dann hätten Sie ihn sehen sollen.

Wenn die Geräusche, die mit den Schatten entstanden und beim Anruf der Dämmerung aus ihrem Hinterhalt hervorgekommen waren, die Stille um ihn noch tiefer zu machen schienen. Wenn der Wind im Schornstein tobte und im Haus manchmal summte und manchmal heulte. Wenn draußen die alten Bäume so durchgeschüttelt wurden, daß eine verdrossene, alte Saatkrähe, die nicht schlafen konnte, hin und wieder hoch oben mit einem schwachen, verschlafenen „Krächz!" protestierte. Wenn ab und zu das Fenster klirrte, der rostige Wetterhahn auf der Turmspitze klagte und die Uhr unter ihm anzeigte, daß eine weitere Viertelstunde vergangen war, oder das Feuer zusammenstürzte und prasselnd mit einstimmte.

Als es kurz an die Tür klopfte, während er so dasaß, und ihn aufschreckte.

„Wer ist da?" fragte er. „Herein!"

Zweifellos hatte sich keine Gestalt auf seine Stuhllehne gestützt und kein Gesicht darüber geschaut. Es ist sicher, daß kein gleitender Schritt den Fußboden berührt hatte, als er plötzlich den Kopf hob und sprach. Dennoch gab es keinen Spiegel im Raum, auf dessen Oberfläche seine Gestalt für einen Augenblick einen Schatten hätte werfen können; etwas war geheimnisvoll vorübergegangen und verschwunden!

„Ich finde, Sir", sagte ein geschäftiger Mann mit frischer Farbe, wobei er mit dem Fuß die Tür aufhielt, um sich und einem Holztablett, das er trug, Einlaß zu gewähren, und sie allmählich ganz vorsichtig wieder losließ, nachdem er mit dem Tablett hereingekommen war, damit sie nicht laut zuschlug, „es ist heute abend ziemlich spät geworden, aber Mrs. William sind so oft die Beine weggerissen worden."

„Vom Wind? Ja, ich habe ihn aufkommen hören."

„Vom Wind, Sir. Ein Glück, daß sie überhaupt nach Hause kam. Du meine Güte, ja. Ja. Es war vom Wind, Mr. Redlaw. Vom Wind."

Inzwischen hatte er das Tablett für das Abendessen abgestellt und war damit beschäftigt, die Lampe anzuzünden und eine Decke auf den Tisch zu legen. Diese Beschäftigung unterbrach er eilends, um das Feuer zu schüren und neu anzulegen. Die Lampe, die er angezündet hatte, und die Flamme, die unter seinen Händen aufloderte, veränderten das Äußere des Raumes so schnell, daß es den Anschein hatte, als ob das bloße Erscheinen seines frischen, roten Gesichts und seine rührige Art diese angenehme Veränderung bewirkt hätten.

„Mrs. William wird natürlich jederzeit von den Elementen aus dem Gleichgewicht geworfen, Sir. *Denen* ist sie nicht überlegen."

„Nein", erwiderte Mr. Redlaw freundlich, doch kurz angebunden.

„Nein, Sir. Mrs. William kann von der Erde aus dem Gleichgewicht gebracht werden, zum Beispiel letzten Sonntag vor 'ner Woche, als es matschig und glitschig war und sie mit ihrer neusten Schwägerin zum Tee ging und in ihrem Stolz ohne jeden Fleck ankommen wollte, obwohl sie zu Fuß ging. Mrs. William kann auch von der Luft aus dem Gleichgewicht gebracht werden; als sie mal von 'ner Freundin überredet wurde, auf dem Jahrmarkt in Peckham die Schaukel auszuprobieren, die auf ihren Körper sofort wie 'n Dampfer wirkte. Mrs. William kann vom Feuer aus dem Gleichgewicht gebracht werden, wie bei einem blinden Alarm der Feuerspritzen bei ihrer Mutter, wo sie zwei Meilen in ihrer Nachthaube lief. Mrs. William kann vom Wasser aus dem Gleichgewicht gebracht werden, wie in Battersea, als ihr kleiner zwölfjähriger Neffe, Charley Swidger jun., der keine Ahnung von Booten hatte, sie an die Landungsbrücke ruderte. Aber das sind Elemente. Mrs. William muß den Elementen ferngehalten werden, damit die Stärke *ihres* Charakters sichtbar wird."

Als er, auf Antwort wartend, innehielt, lautete diese im selben Ton wie zuvor: „Ja."

„Ja, Sir. Du liebe Güte, ja!" sagte Mr. Swidger, der noch mit seinen Vorbereitungen fortfuhr und dabei alles aufzählte. „So ist das, Sir. Das isses, was ich selbst sage, Sir. So viele von uns Swidgers! – *Pfeffer.* Nun, da is mein Vater, Sir, Hausmeister und Wächter dieses Instituts im Ruhestand, siebenundachtzig Jahre alt. Er is 'n Swidger! – *Löffel.*"

„Wahrhaftig, William", lautete die geduldige und zerstreute Antwort, als er wieder innehielt.

„Ja, Sir", sagte Mr. Swidger. „Das isses, was ich immer sage, Sir. Man kann ihn den Stamm des Baumes nennen! – *Brot.* Dann kommt man zu seinem Nachfolger, meiner bescheidenen Wenigkeit – *Salz* – und Mrs. William, beide Swidgers. – *Messer und Gabel.* Dann kommt man zu all meinen Brüdern und deren Familien, Swidgers, Mann und Frau, Junge und Mädchen. Na, mit all den Cousins, Onkels, Tanten und Verwandten diesen und jenen und was weiß ich welchen Grades und Hochzeiten und Geburten könnten die Swidgers – *Gläser* – sich an den Händen halten und einen Ring um ganz England bilden!"

Als er hierauf von dem nachdenklichen Mann, zu dem er sprach, überhaupt keine Antwort erhielt, ging er näher an ihn heran und tat so, als sei er zufällig mit einer Karaffe an den Tisch gestoßen, um ihn aufzurütteln. In dem Moment, da er Erfolg hatte, fuhr er fort, als füge er sich bereitwillig.

„Ja, Sir! Genau das sage ich auch, Sir. Mrs. William und

ich haben das oft gesagt. ‚Es gibt genug Swidgers', sagen wir, ‚ohne unsern freiwilligen Beitrag' – *Butter*. Tatsächlich, Sir, mein Vater is 'ne Familie für sich, auf die man aufpassen muß – *Gewürzständer* –, und es is bloß gut, daß wir keine eignen Kinder haben, obwohl es Mrs. William ziemlich still gemacht hat. Sind Sie bereit für Huhn mit Kartoffelbrei, Sir? Mrs. William sagte, als ich die Pförtnerloge verließ, daß sie in zehn Minuten auftragen wollte."

„Ich bin schon soweit", sagte der andere, wachte wie aus einem Traum auf und wanderte langsam auf und ab.

„Mrs. William war wieder da, Sir!" sagte der Wächter, als er einen Teller am Feuer anwärmte und damit sein Gesicht wohltuend abschirmte. Mr. Redlaw hielt in seinem Lauf inne, und ein Ausdruck des Interesses wurde bei ihm sichtbar.

„Was ich immer sage, Sir. Sie *will* es tun! In Mrs. Williams Brust steckt ein mütterliches Gefühl, das einfach heraus muß."

„Was hat sie getan?"

„Nun, Sir, nicht zufrieden damit, daß sie all den jungen Männern, die aus den verschiedensten Gegenden kommen, um Ihre Vorlesungen zu hören, eine Art Mutter is – is doch erstaunlich, wie irdenes Geschirr bei diesem Frost die Hitze hält, also wirklich!" Hierbei drehte er den Teller und kühlte seine Finger ab.

„Und?" fragte Mr. Redlaw.

„Genau das sage ich immer, Sir", erwiderte Mr. William über seine Schulter hinweg, als pflichtete er bereitwillig und freudig bei. „Genauso isses, Sir! Es gibt nich einen Studenten, der Mrs. William nich in diesem Licht zu sehen scheint. Jeden Tag stecken sie während der Vorlesung einer nach dem andern den Kopf in die Loge und haben ihr alle was zu erzählen oder sie was zu fragen. Wie mir gesagt wurde, nennen sie Mrs. William im allgemeinen ‚Swidge', wenn sie unter sich von ihr sprechen, aber das sage ich ja, Sir. Lieber mit 'nem andern Namen bekannt werden, wenn's aus echter

Zuneigung is, als daß man so viel drauf hält und sich keiner kümmert! Wozu is'n Name da? Damit man 'ne Person kennt. Wenn Mrs. William wegen was Beßrem als ihrem Namen bekannt is – ich spiele nur auf ihre Eigenschaften und Veranlagung an –, was kümmert euch dann ihr Name, obwohl er eigentlich Swidger is. Solln sie sie Swidge, Widge, Bridge nennen – du lieber Gott! London Bridge, Blackfriars, Chelsea, Putney, Waterloo oder Hammersmith-Brücke, wenn sie wollen!"

Der Schluß dieser triumphierenden Rede führte ihn mit dem Teller an den Tisch, auf den er ihn in dem deutlichen Gefühl, daß er durchgewärmt war, halb hinstellte, halb fallen ließ, gerade als der Gegenstand seines Lobliedes das Zimmer betrat, ein weiteres Tablett und eine Laterne trug und von einem ehrwürdigen alten Herrn mit langem grauem Haar begleitet wurde.

Mrs. William war wie Mr. William eine einfache, naiv aussehende Person, auf deren glatten Wangen sich das freundliche Rot der Dienstweste ihres Mannes angenehm wiederholte. Doch während die hellen Haare von Mr. William am ganzen Kopf zu Berge standen und seine Augen in einem Übermaß an Bereitwilligkeit gleich mit sich hochzuziehen schienen, war das dunkelbraune Haar von Mrs. William sorgfältig geglättet und in der denkbar ordentlichsten und unauffälligsten Weise unter eine schmucke, enganliegende Haube gestrichen. Während sich Mr. Williams Hosen selbst an den Knöcheln hochzuziehen schienen, als ob es nicht in ihrer eisengrauen Natur läge, ruhig zu sein, ohne umherzusehen, waren Mrs. Williams geschmackvoll geblümte Röcke – rot-weiß wie ihr hübsches Gesicht – so ordentlich, als ob der Wind, der draußen heftig blies, nicht eine ihrer Falten in Unordnung bringen könnte. Während sein Jackett am Kragen und auf der Brust ein etwas flatterhaftes und halbangezogenes Aussehen hatte, war ihr Mieder so friedlich und gefällig, daß sie darin vor den gröbsten

Leuten Schutz gefunden hätte, wenn sie welchen gebraucht hätte. Wer hätte es übers Herz bringen können, solch ein friedliches Herz vor Kummer bersten, vor Angst pochen und vor Scham heftig schlagen zu lassen! An wen hätte nicht seine Ruhe und Gelassenheit gegen Belästigungen appelliert wie der Schlaf eines unschuldigen Kindes.

„Natürlich pünktlich, Milly", sagte ihr Mann und nahm ihr das Tablett ab, „oder es säh dir nicht ähnlich. Hier is Mrs. William, Sir! – Er sieht heute abend einsamer als sonst aus", flüsterte er seiner Frau zu, als er das Tablett nahm, „und überhaupt geisterhafter."

Ohne Anzeichen von Hast oder Aufsehen und ohne sich selbst hervorzutun – so still und ruhig war sie –, stellte Milly die Speisen, die sie mitgebracht hatte, auf den Tisch. Mr. William hatte lediglich, nachdem er viel geklappert hatte und herumgelaufen war, von einem Schüsselchen Soße Besitz ergriffen, die zu servieren er bereit war.

„Was ist das, was der alte Mann im Arm trägt?" fragte Mr. Redlaw, als er sich zu seiner einsamen Mahlzeit niederließ.

„Stechpalmen, Sir", antwortete Milly mit ruhiger Stimme.

„Das isses, was ich selbst sage, Sir", warf Mr. William ein und zeigte mit der Sauciere darauf. „Die Beeren sind dieser Jahreszeit angemessen! – Braune Soße!"

„Weihnachten kommt, und wieder ist ein Jahr vergangen", murmelte der Chemiker mit einem traurigen Seufzer. „Mehr Zahlen in der länger werdenden Summe von Erinnerungen, die wir hervorrufen und an denen wir bis zu unserer Qual arbeiten, bis der Tod alle wahllos durcheinanderbringt und auslöscht. So, Philip!" brach er ab und hob seine Stimme, als er sich an den alten Mann wandte, der mit seiner glänzenden Last im Arm abseits stand, von der die stille Mrs. William kleine Zweige nahm, sie geräuschlos mit der Schere zurechtschnitt und damit das Zimmer schmückte, während ihr alter Schwiegervater sehr interessiert der feierlichen Handlung zusah.

„Stehe zu Diensten, Sir", erwiderte der alte Mann. „Hätte eher was sagen sollen, Sir, aber kenne Ihre Art, Mr. Redlaw – bin stolz, das zu sagen –, und warte, bis ich angesprochen werde! Frohe Weihnacht, Sir, und ein glückliches neues Jahr, und das noch oft. Habe selber ziemlich viele erlebt – haha! – und kann mir die Freiheit erlauben, sie zu wünschen. Ich bin siebenundachtzig!"

„Haben Sie so viele frohe und glückliche erlebt?" fragte der andere.

„Ja, Sir, sehr viele", erwiderte der alte Mann.

„Hat sein Gedächtnis im Alter nachgelassen? Das könnte man jetzt erwarten", sagte Mr. Redlaw und wandte sich, leiser sprechend, an den Sohn.

„Kein bißchen, Sir", entgegnete Mr. William. „Genau das sage ich auch immer, Sir. Kein Gedächtnis war jemals so wie das meines Vaters. Er is der wundervollste Mensch auf der Welt. Er weiß nich, was Vergessen bedeutet. Das können Sie glauben, ich mach immer genau dieselbe Bemerkung zu Mrs. William!"

Mr. Swidger, der den artigen Wunsch hegte, sich bei jeder Gelegenheit zu fügen, äußerte dies, als läge nicht der geringste Widerspruch darin und als würde alles mit uneingeschränkter Zustimmung gesagt.

Der Chemiker schob seinen Teller weg, stand vom Tisch auf und ging durch das Zimmer dahin, wo der alte Mann stand und einen kleinen Stechpalmenzweig in seiner Hand betrachtete.

„Es erinnert an die Zeit, als viele jener Jahre damals alt und neu waren", sagte er, beobachtete ihn aufmerksam und berührte ihn an der Schulter. „Nicht wahr?"

„Oh, viele, viele!" sagte Philip, halb aus seinen Träumereien erwachend. „Ich bin siebenundachtzig!"

„Froh und glücklich?" fragte der Chemiker mit leiser Stimme. „Froh und glücklich, alter Mann?"

„Vielleicht so groß, nich größer", sagte der alte Mann, hielt

seine Hand etwa in Kniehöhe und sah seinen Fragesteller zurückschauend an, „war ich, als ich Weihnachten zum erstenmal erlebte! Ein kalter, sonniger Tag war's, gingen draußen spazieren, als mir jemand erzählte – es war meine Mutter, so wahr ich hier stehe, obwohl ich nich mehr weiß, wie ihr seliges Gesicht aussah, denn sie wurde krank und starb in jener Weihnachtszeit –, daß sie Nahrung für die Vögel waren. Der liebe kleine Kerl – das bin ich, Sie verstehn – dachte, daß die Augen der Vögel vielleicht so glänzten, weil die Beeren, von denen sie im Winter lebten, so glänzten. Daran erinnere ich mich. Und ich bin siebenundachtzig!"

„Froh und glücklich!" sann der andere und richtete seine dunklen Augen mit einem mitleidigen Lächeln auf die gebeugte Gestalt. „Froh und glücklich und erinnert sich gut!"

„Ja, ja", fuhr der alte Mann fort, als er die letzten Worte auffing. „Ich erinnere mich gut an sie aus meiner Schulzeit, Jahr für Jahr, und an all die Belustigungen, die sie so mit sich brachten. Damals war ich 'n kräftiger Bursche, Mr. Redlaw, und beim Fußball war mir keiner gewachsen im Umkreis von zehn Meilen, das können Sie glauben. Wo is mein Sohn William? Beim Fußball war mir keiner gewachsen im Umkreis von zehn Meilen, William!"

„Genau das sage ich immer, Vater!" erwiderte der Sohn prompt und mit großer Achtung. „Wenn es einen Swidger in der Familie gegeben hat, dann bist du es!"

„Du meine Güte!" sagte der alte Mann und schüttelte den Kopf, als er wieder die Stechpalme betrachtete. „Seine Mutter – mein Sohn William is mein jüngster Sohn – und ich haben so manches Jahr zwischen allen, Jungen und Mädchen, kleinen und großen, gesessen, als die Beeren um uns rum nich halb so glänzten wie ihre strahlenden Gesichter. Viele von ihnen sind gestorben; sie is gestorben, und mein Sohn George (unser Ältester, der ihr Stolz war, mehr als die anderen) is sehr tief gesunken. Aber ich kann sie alle gesund und munter sehen, wenn ich herschaue, so wie sie in jenen

Tagen waren, und ich kann sie, Gott sei Dank, in ihrer Unschuld sehen. Das is 'ne herrliche Sache für mich mit siebenundachtzig."

Der durchdringende Blick, der mit solchem Ernst auf ihn gerichtet war, hatte allmählich den Boden gesucht.

„Als meine Lage nich so gut blieb wie vorher, weil ich nich ehrlich behandelt wurde, und ich als Hausmeister hierherkam", sagte der alte Mann, „was mehr als fünfzig Jahre her is – wo is mein Sohn William? Vor mehr als einem halben Jahrhundert, William!"

„Das sage ich ja, Vater", antwortete der Sohn so prompt und respektvoll wie zuvor, „genau das isses. Zwei mal null is null und zwei mal fünf zehn, und das macht hundert."

„Es war schön zu wissen, daß einer unsrer Gründer – oder genauer gesagt", sagte der alte Mann mit großem Stolz auf das Thema und sein Wissen darüber, „einer der gelehrten Herrn, der half, daß wir in Königin Elisabeths Zeit durch Stiftungen unterhalten wurden, denn wir wurden ja schon vor ihrer Zeit gegründet – in seinem Testament neben anderen Vermächtnissen, die er uns hinterließ, festlegte, daß wir Stechpalmen kaufen sollten, um die Fenster und Wände zu Weihnachten zu schmücken. Darin lag etwas Vertrautes und Freundliches. Als wir damals hier noch fremd waren und um die Weihnachtszeit herkamen, fanden wir an dem Bild Gefallen, das in dem Raum hing, der früher, ehe unsre zehn armen Herren ein jährliches Stipendium in Geld erhielten, unser großer Speisesaal war. – Ein ernster Mann mit Spitzbart und Halskrause und 'ner Schrift drunter, in alten englischen Buchstaben: ‚Herr, erhalte mein Gedächtnis frisch!' Sie wissen alles über ihn, Mr. Redlaw?"

„Ich weiß, sein Porträt hängt dort, Philip."

„Ja, richtig, es is das zweite von rechts, über der Täfelung. Ich wollte sagen, er hat mir geholfen, daß ich *mein* Gedächtnis frisch erhielt; ich danke ihm; denn wenn ich jedes Jahr durch das Gebäude gehe, wie ich das jetz mache, und die kahlen

Räume mit diesen Zweigen und Beeren auffrische, wird mein alter armseliger Verstand neu belebt. Ein Jahr holt ein andres zurück und dieses wieder 'n andres und die wieder andre. Schließlich kommt's mir so vor, als ob der Geburtstag unsres Herrn auch der Geburtstag all derer war, die ich gern gehabt oder um die ich getrauert oder an denen ich mich gefreut hab. Und das sind 'ne ganze Menge, denn ich bin siebenundachtzig!"

„Froh und glücklich!" murmelte Redlaw vor sich hin.

Das Zimmer begann ungewöhnlich dunkel zu werden.

„Sehn Sie, Sir", fuhr der alte Philip fort, dessen gesundes, verfrorenes Gesicht rot erglüht war und dessen blaue Augen aufgeleuchtet hatten, während er sprach, „ich hab 'ne Menge zu behalten, wenn ich diese Jahreszeit feiere. Na, wo is meine stille Maus? Schwatzen is 'ne Schwäche in meinem Alter, und da muß noch das halbe Gebäude gemacht werden, falls uns nich vorher die Kälte zu Eis macht oder der Wind uns wegbläst oder die Dunkelheit verschluckt."

Die stille Maus hatte ihr ruhiges Gesicht an seine Seite gelegt und schweigend seinen Arm ergriffen, ehe er zu sprechen aufhörte.

„Komm, meine Liebe", sagte der alte Mann. „Mr. Redlaw setzt sich sonst nich eher ans Essen, bis es kalt is wie der Winter. Ich hoffe, Sie entschuldigen mein Abschweifen, Sir, und ich wünsche Ihnen 'ne gute Nacht und noch mal frohe ..."

„Bleiben Sie!" sagte Mr. Redlaw und nahm seinen Platz am Tisch ein, mehr, wie es nach seinem Verhalten aussah, um den alten Wächter zu beruhigen, als daß er an seinen Appetit dachte.

„Noch einen Augenblick, Philip. William, Sie wollten doch gerade etwas erzählen, was Ihrer trefflichen Frau zur Ehre gereicht. Es wird ihr nicht unangenehm sein zu hören, wie Sie sie loben. Worum ging es?"

„Nun, sehen Sie, so is das, Sir", erwiderte Mr. William

Swidger und schaute in arger Verlegenheit zu seiner Frau hin. „Mrs. William blickt mich so an."

„Aber Sie fürchten Mrs. Williams Blick nicht?"

„Wie, nein, Sir", entgegnete Mr. Swidger, „das sage ich ja. Er sollte mich nich ängstlich machen. Er wäre nich so sanft gewesen, wenn er die Absicht gehabt hätte. Aber ich wollte nich gern – Milly! – er, du weißt. Unten in dem Viertel."

Mr. William, der hinter dem Tisch stand und verwirrt zwischen den daraufstehenden Gegenständen herumwühlte, richtete beschwörende Blicke auf Mrs. William und machte heimliche Zeichen mit Kopf und Daumen gegen Mr. Redlaw, als wollte er sie zu ihm hinlocken.

„Er, du weißt, Liebling", sagte Mr. William. „Unten in dem Viertel. Erzähle, meine Liebe. Im Vergleich zu mir bist du Shakespeares Werke. Unten in den Häusern, weißt du, Liebling. – Student."

„Student?" wiederholte Mr. Redlaw und hob den Kopf.

„Genau das sage ich, Sir!" rief Mr. William, äußerst lebhaft beipflichtend. „Wenn's nich der arme Student da unten in dem Viertel wär, warum sollten Sie's aus Mrs. Williams Mund hören wollen? Mrs. William, meine Liebe – das Elendsviertel."

„Ich wußte nicht", sagte Milly mit ruhiger Offenheit und ohne jegliche Hast oder Verwirrung, „daß William etwas darüber gesagt hat, sonst wäre ich nicht gekommen. Ich bat ihn, es nicht zu tun. Es ist ein kranker junger Mann, Sir – und sehr arm, fürchte ich –, der zu krank ist, als daß er während der Feiertage nach Hause fahren könnte, und er wohnt, ohne daß es jemand weiß, in einer Art Herberge für Männer da unten im Jerusalem-Viertel. Das ist alles, Sir."

„Warum habe ich nie von ihm gehört?" fragte der Chemiker und erhob sich schnell. „Warum hat er mir nicht seine Lage geschildert? Krank! – Geben Sie mir Hut und Mantel. Arm! – Welches Haus? Welche Nummer?"

„Oh, Sie dürfen nicht dorthin gehen, Sir", sagte Milly, ließ ihren Schwiegervater los und trat ihm mit ihrem gefaßten, kleinen Gesicht und gefalteten Händen ruhig entgegen.

„Nicht dorthin gehen?"

„Du liebe Güte, nein", sagte Milly und schüttelte mit äußerster Entschiedenheit den Kopf. „Nicht auszudenken!"

„Was meinen Sie? Warum nicht?"

„Nun, sehen Sie, Sir", sagte Mr. Swidger überzeugend und vertraulich, „genau das sage ich ja. Verlassen Sie sich drauf, der junge Mann hätte seine Lage keinem Mann geschildert. Mrs. William hat sein Vertrauen errungen, aber das is ganz was andres. Alle vertrauen sich Mrs. William an, alle verlassen sich auf sie. Ein Mann, Sir, hätte kein Sterbenswörtchen aus ihm rausgekriegt, aber eine Frau, Sir, und noch dazu Mrs. William!"

„In dem, was Sie sagen, William, liegen gesunder Menschenverstand und Takt", erwiderte Mr. Redlaw, als er das sanfte und gefaßte Gesicht neben seiner Schulter beobachtete. Während er den Finger auf den Mund legte, drückte er ihr heimlich seine Geldbörse in die Hand.

„Du liebe Güte, nein, Sir!" rief Milly und gab sie ihm zurück. „Immer schlimmer! Nicht im Traum dran zu denken!"

Sie war eine so gesetzte, sachliche Hausfrau, und die augenblickliche Hast bei dieser Ablehnung brachte sie so wenig aus dem Gleichgewicht, daß sie einen Moment später ein paar Blätter ordentlich auflas, die unter der Schere und von der Schürze herabgefallen waren, als sie die Stechpalmen ordnete.

Als sie sich aus ihrer gebeugten Haltung aufrichtete und dabei merkte, daß Mr. Redlaw sie noch zweifelnd und erstaunt betrachtete, wiederholte sie ruhig, wobei sie sich unterdessen nach anderen Resten umsah, die ihrer Aufmerksamkeit entgangen sein konnten:

„Du liebe Güte, nein, Sir! Er sagte, daß er um nichts auf der Welt mit Ihnen bekannt werden oder Hilfe von Ihnen bekommen wollte, obwohl er Student in Ihrem Kurs ist. Ich habe keine Verschwiegenheit mit Ihnen vereinbart, aber ich vertraue völlig auf Ihre Ehre."

„Warum sagte er das?"

„Das kann ich Ihnen wirklich nicht sagen, Sir", sagte Milly nach kurzem Überlegen, „weil ich überhaupt nicht klug bin, wissen Sie. Und ich wollte mich bei ihm nützlich machen, indem ich die Dinge um ihn herum ordentlich und bequem machte und mich auf diese Weise betätigte. Aber ich weiß, er ist arm und einsam, und ich glaube, er ist auch irgendwie vernachlässigt – Wie dunkel es ist!"

Das Zimmer war immer dunkler geworden. Hinter dem Stuhl des Chemikers brauten sich ein dichtes Dunkel und Schatten zusammen.

„Was wissen Sie sonst noch von ihm?"

„Er will heiraten, wenn er es sich leisten kann", sagte Milly, „und studiert, glaube ich, um sich seinen Lebensunterhalt verdienen zu können. Lange Zeit habe ich gesehen, wie hart er gearbeitet und wie sehr er sich selbst vernachlässigt. – Wie dunkel es ist!"

„Es is auch kälter geworden", sagte der alte Mann und rieb sich die Hände. „Es is kalt und ungemütlich im Zimmer. Wo is mein Sohn William? William, mein Junge, zünde die Lampe an und schür das Feuer!"

Millys Stimme fuhr fort, als würde ganz leise eine ruhige Musik gespielt:

„Gestern nachmittag murmelte er in seinem gestörten Schlaf, nachdem er sich mit mir unterhalten hatte (das war mit ihr), von einem Toten und einem großen Unrecht, das nie vergessen werden könnte. Aber an ihm oder einer andren Person, weiß ich nicht. Nicht *von* ihm, da bin ich sicher."

„Kurz, Mrs. William, wissen Sie – was sie nich selbst erzählen würde, Mr. Redlaw, und wenn sie bis zum übernächsten Jahr hier bleiben sollte", sagte Mr. William und ging auf ihn zu, um ihm ins Ohr zu sprechen, „hat ihm unendlich viel Gutes getan! Mein Gott, unendlich viel Gutes! Zu Hause ist alles wie immer – mein Vater angenehm und gemütlich versorgt – kein Krümchen im ganzen Haus zu finden, und wenn Sie fünfzig Pfund dafür ausgeben würden – Mrs. William offenbar nie unerreichbar –, doch Mrs. William hin und her, hin und her, hoch und runter, hoch und runter, is wie 'ne Mutter zu ihm!"

Das Zimmer wurde dunkler und kälter, und das Dunkel und die Schatten, die sich hinter dem Stuhl zusammenbrauten, wurden dichter.

„Nich genug damit, Sir, Mrs. William geht und findet an demselben Abend, als sie nach Hause kommt (na, das is nur 'n paar Stunden her) ein Geschöpf, das mehr wie 'n wildes Tier aussieht als wie 'n kleines Kind, zitternd auf der Schwelle. Was macht Mrs. William? Sie bringt's nach Hause, reibt's trocken und gibt ihm zu essen und behält es, bis unsre übliche Spende an Nahrung und Bekleidung am Weihnachtsmorgen gewährt wird. Wenn's jemals 'n Feuer gespürt hat, dann hier, denn es sitzt an dem alten Kamin in der Pförtnerloge und stiert uns an, als wollte es seine gierigen Augen nie mehr schließen. Zumindest sitzt es da", korrigierte sich Mr. William nach einigem Nachdenken, „bis es rausgesetzt wird!"

„Der Himmel erhalte sie glücklich!" sagte der Chemiker laut, „und auch Sie, Philip, und Sie, William! Ich muß überlegen, was da zu tun ist. Ich möchte diesen Studenten sehen, ich werde Sie jetzt nicht länger aufhalten. Gute Nacht!"

„Danke, Sir, danke!" sagte der alte Mann, „für die Maus und für meinen Sohn William und für mich selbst. Wo is mein Sohn William? William, du nimmst die Laterne und gehst als erster, durch die langen, dunklen Korridore, wie du das letztes Jahr und das Jahr davor getan hast. Haha! *Ich* erinnere mich, obwohl ich siebenundachtzig bin! ‚Herr, erhalte mein Gedächtnis frisch!' Es is 'n gutes Gebet, Mr. Redlaw, das von dem Gelehrten mit dem Spitzbart und der Halskrause; hängt als zweiter von rechts über der Täfelung in dem Raum, der früher, ehe unsre zehn armen Herren ausgezahlt wurden, unser großer Speisesaal war. ‚Herr, erhalte mein Gedächtnis frisch!' Es is sehr gut und fromm, Sir. Amen! Amen!"

Als sie hinausgingen und die schwere Tür schlossen, die, obwohl sie vorsichtig zurückgehalten wurde, eine Kette donnernder Echos hervorrief, als sie endlich schloß, wurde das Zimmer dunkler.

Als er allein war und grübelnd in seinen Sessel fiel, welkte die frische Stechpalme an der Wand und warf abgestorbene Zweige ab.

Während das Dunkel und der Schatten hinter ihm an jener Stelle dichter wurden, wo es sich so schwarz zusammengebraut hatte, nahm es allmählich – oder es kam durch einen unwirklichen, unirdischen Prozeß dort hervor, der von keinem menschlichen Sinnesorgan verfolgt werden konnte – eine schreckliche Ähnlichkeit mit ihm an.

Gespenstisch und kalt, bleich im stumpfen Gesicht und an den bleiernen Händen, aber mit seinen Zügen und hellen Augen und seinem grauen Haar und in den düsteren Schatten seiner Kleidung gehüllt, trat es bewegungslos und ohne einen Laut in Erscheinung. Als *er* den Arm auf die Seitenlehne seines Stuhls legte und vor dem Kamin grübelte, stützte *es* sich auf die Stuhllehne dicht über ihm und schaute mit dem entsetzlichen Ebenbild seines Gesichtes dahin, wohin sein Gesicht sah, und trug genau denselben Gesichtsausdruck wie er.

Dies war das Etwas, das bereits vorübergegangen und verschwunden war. Dies war der furchtbare Begleiter des heimgesuchten Mannes!

Es achtete einen Augenblick lang nicht mehr auf ihn, als er es tat. Die Weihnachtssänger spielten irgendwo in der Ferne, und durch seine Nachdenklichkeit hindurch schien er der Musik zu lauschen. Es schien ebenfalls zu lauschen.

Schließlich sprach er, ohne sich zu regen oder das Gesicht zu heben.

„Wieder da!“ sagte er.

„Wieder da!“ antwortete das Gespenst.

„Ich sehe dich im Feuer“, sagte der heimgesuchte Mann, „ich höre dich in der Musik, im Wind, in der tiefen Stille der Nacht.“

Das Gespenst bewegte zustimmend den Kopf.

„Warum kommst du, um mich zu verfolgen?“

„Ich komme, da ich gerufen wurde“, antwortete der Geist.

„Nein. Ungebeten“, rief der Chemiker aus.

„Ungebeten mag sein“, sagte der Geist. „Es genügt. Ich bin hier.“

Bisher hatte der Schein des Feuers die beiden Gesichter beleuchtet – falls man die grauenerregenden Züge hinter dem Stuhl als Gesicht bezeichnen wollte –, beide wandten sich wie vorher dorthin, und keiner sah den anderen an. Doch jetzt drehte sich der heimgesuchte Mann um und starrte den Geist an. Der Geist kam, ebenso plötzlich in seiner Bewegung, hinter dem Stuhl vor und starrte ihn an.

Der lebende Mann und das belebte Ebenbild seines verstorbenen Selbst mögen so einander betrachtet haben. Ein schrecklicher Anblick in dem einsamen und verlassenen Teil eines leeren, alten, großen Gebäudes, an einem Winterabend, an dem der Wind laut auf seiner geheimnisvollen Reise vorbeizog – woher und wohin wußte niemand seit Anbeginn der Welt – und an dem die Sterne in unvorstellbarer Zahl aus dem unendlichen All funkelten, in dem die Welt nur so groß wie ein Körnchen ist und ihr ehrwürdiges Alter wie Kinderjahre zählt.

„Sieh mich an!“ sagte das Gespenst. „Ich bin der, der in der Jugend vernachlässigt wurde und schrecklich arm war, der sich mühte und litt und sich noch mühte und litt, bis ich das Wissen aus der Mine herausschlug, in der es vergraben lag, und daraus holprige Stufen machte, auf denen meine erschöpften Füße ausruhen und emporsteigen konnten."

„Ich *bin* dieser Mann", erwiderte der Chemiker.

„Weder die selbstlose Liebe einer Mutter noch der Rat eines Vaters halfen *mir*", fuhr der Geist fort. „Ein Fremder nahm den Platz meines Vaters ein, als ich noch ein Kind war, und rasch wurde ich dem Herzen meiner Mutter entfremdet. Meine Eltern gehörten zu jenen, deren Sorge schnell zu Ende und deren Pflicht schnell getan ist und die ihre Nachkommen so zeitig entlassen wie die Vögel und die sich selbst das Verdienst anrechnen, wenn die Kinder vorwärtskommen, und bedauert werden wollen, wenn sie sich schlecht entwickeln."

Er hielt inne und schien ihn mit seinem Blick und der Art zu reden und mit seinem Lächeln herauszufordern und aufzustacheln.

„Ich bin der", fuhr der Geist fort, „der bei seinem Kampf nach oben einen Freund fand. Ich gewann ihn und band ihn an mich! Wir arbeiteten zusammen Seite an Seite. All die Liebe und das Vertrauen, die ich in meiner frühen Jugend niemandem schenken und nicht zum Ausdruck bringen konnte, gab ich ihm."

„Nicht ganz", sagte Redlaw heiser.

„Nein, nicht ganz", erwiderte der Geist. „Ich hatte eine Schwester."

Der heimgesuchte Mann entgegnete, den Kopf auf die Hände gestützt: „Ich hatte!"

Der Geist trat mit einem bösen Lächeln näher an den Stuhl heran, und während er das Kinn auf die gefalteten Hände und die gefalteten Hände auf die Lehne stützte und mit forschenden Augen, die voller Feuer schienen, in sein Gesicht hinabblickte, fuhr er fort: „Meine einzigen Vorstellungen von einem freundlichen Zuhause sind von ihr ausgegangen. Wie jung sie war, wie schön und wie lieb! Ich nahm sie zu mir in meine erste armselige Bleibe, die ich mein eigen nannte, und machte sie damit reich. Sie trat in die Düsternis meines Lebens und machte es hell. – Sie steht gerade vor mir!"

„Ich sah sie eben im Feuer. Ich höre sie in der Musik, im Wind, in der tiefen Stille der Nacht", erwiderte der heimgesuchte Mann.

„*Liebte* er sie?" fragte der Geist und ahmte seinen nachdenklichen Ton nach. „Ich glaube, ja, früher. Dessen bin ich sicher. Besser, sie hätte ihn weniger geliebt – weniger heimlich, weniger herzlich, etwas oberflächlicher aus einem mehr geteilten Herzen!"

„Laß es mich vergessen!" sagte der Chemiker mit einer ärgerlichen Handbewegung. „Laß es mich aus der Erinnerung streichen!"

Das Gespenst fuhr fort, ohne sich zu regen, die starren, grausamen Augen noch immer auf sein Gesicht gerichtet: „Ein Traum wie ihrer stahl sich auch in mein Leben."

„Ja", sagte Redlaw.

„Eine Liebe wie ihre", sprach der Geist weiter, „soweit sie meine arme Natur hervorzubringen fähig war, keimte in meinem Herzen auf. Ich war zu arm, als daß ich den Gegenstand meiner Liebe durch irgendein Band des Versprechens oder Flehens mit meinem Schicksal verknüpfen konnte. Ich liebte sie viel zu sehr, als daß ich es versuchte. Doch mehr, als ich mich je im Leben bemüht hatte, kämpfte ich mich nach oben. Schon ein paar gewonnene Zentimeter brachten mich der Höhe näher. Ich plagte mich. Wenn ich zu jener Zeit meine Arbeit spät in der Nacht unterbrach – meine Schwester (liebe Gefährtin!) blieb noch bei mir trotz der verfallenden Glut und des auskühlenden Herdes –, was sah ich für Zukunftsbilder!"

„Ich sah sie eben jetzt im Feuer", murmelte er. „Sie kehren in der Musik, im Wind, in der tiefen Stille der Nacht, in den dahinrollenden Jahren wieder."

„... Bilder von meinem häuslichen Leben in der Zukunft, mit ihr, die der Ansporn zu meiner Mühe waren. Bilder von meiner Schwester, die unter gleichen Bedingungen die Frau meines lieben Freundes wurde, denn er hatte etwas geerbt, wir nicht. Bilder von unserem gesetzten Alter und reifen Glück, von den goldenen Banden, die so weit zurückreichten, daß sie uns und unsere Kinder zu einer glänzenden Girlande verbinden sollten“, sagte der Geist.

„Bilder, die eine Täuschung waren“, sprach der heimgesuchte Mann. „Warum ist es mein Schicksal, mich so gut an sie zu erinnern?“

„Täuschungen“, wiederholte der Geist mit seiner unveränderlichen Stimme und blickte ihn mit seinen unveränderlichen Augen durchdringend an. „Denn mein Freund (in dessen Brust mein Vertrauen ebenso verschlossen war wie in meiner eigenen) trat zwischen mich und den Mittelpunkt meines Systems von Hoffnungen und Kämpfen, gewann sie für sich und zerschlug meine zerbrechliche Welt. Meine Schwester, die doppelt lieb, doppelt aufopferungsvoll und doppelt fröhlich in meinem Heim war, lebte, um zu sehen, wie ich berühmt und mein Ehrgeiz belohnt wurde, als seine Triebfeder gebrochen war, und ...“

„Und starb dann“, fiel er ein. „Starb gütig wie immer und glücklich und mit nichts anderem im Sinn als ihrem Bruder. Friede!“

Der Geist beobachtete ihn schweigend.

„In der Erinnerung!“ sagte der heimgesuchte Mann nach einer Weile. „Ja. So stark in der Erinnerung, daß ich selbst jetzt, nachdem Jahre vergangen sind und mir nichts oberflächlicher und schwärmerischer vorkommt als die knabenhafte Liebe, die so lange überdauert hat, voller Mitgefühl daran denke, als wäre sie die eines jüngeren Bruders oder Sohnes. Manchmal frage ich mich sogar, wann ihr Herz zum erstenmal eine Neigung für ihn empfand und wie es an mir Gefallen gefunden hatte. – Einst nicht wenig, glaube ich. – Aber das ist gar nichts. Frühes Elend, eine Wunde von einer Hand geschlagen, die ich liebte und der ich vertraute, und ein Verlust, der durch nichts ersetzt werden kann, überleben solche Einbildungen."

„So", sagte der Geist, „trage ich ein Leid und ein Unrecht mit mir herum. So verzehre ich mich. So ist das Gedächtnis ein Fluch, und wenn ich mein Leid und Unrecht vergessen könnte, würde ich es tun!"

„Spötter!" sagte der Chemiker, sprang auf und ging wütend seinem anderen Ich an die Kehle. „Warum nur habe ich immer diesen Hohn im Ohr?"

„Hüte dich!" rief das Gespenst mit furchtbarer Stimme. „Lege Hand an mich, und du stirbst!"

Er blieb auf halbem Wege stehen, als hätten ihn die Worte gelähmt, und blickte es an. Es war ihm entschlüpft; es hatte seinen Arm warnend erhoben, und ein Lächeln huschte über seine unirdischen Züge, als sich seine dunkle Gestalt triumphierend aufrichtete.

„Wenn ich mein Leid und Unrecht vergessen könnte, würde ich es tun", wiederholte der Geist. „Wenn ich mein Leid und Unrecht vergessen könnte, würde ich es tun!"

„Böser Geist meines Ichs", erwiderte der heimgesuchte Mann mit leiser, zitternder Stimme, „mein Leben wird von diesem unaufhörlichen Geflüster überschattet."

„Es ist ein Echo", sagte der Geist.

„Wenn es ein Echo meiner Gedanken sein soll – was ich jetzt wirklich erkannt habe", entgegnete der heimgesuchte Mann, „warum sollte ich deshalb gequält werden? Es ist kein egoistischer Gedanke. Ich lasse zu, daß es sich von mir löst. Alle Männer und Frauen haben ihre Sorgen und die meisten von ihnen ihre Fehler – Undankbarkeit und selbstsüchtige Eifersucht und Eigennutz –, die alle Phasen des Lebens einschließen. Wer wollte nicht seine Sorgen und Fehler vergessen?"

„Wahrhaftig, wer wollte das nicht und um so glücklicher und besser leben?" sagte der Geist.

„Dieser Lauf der Jahre, an den wir uns erinnern", fuhr

Redlaw fort, „was ruft er nicht ins Gedächtnis zurück! Gibt es einen Geist, in dem er nicht Leid und Sorge wachruft? Woran erinnert sich der alte Mann, der heute abend hier war? An ein Netz aus Leid und Sorge."

„Aber einfache Naturen", sagte der Geist mit seinem bösen Lächeln auf dem gläsernen Gesicht, „unaufgeklärte Menschen und gewöhnliche Geister fühlen und denken über diese Dinge nicht so wie Menschen mit feinerer Bildung und tieferen Gedanken."

„Versucher", antwortete Redlaw, „dessen leeren Blick und hohle Stimme ich mehr fürchte, als Worte sagen können, und von dem eine schwache Vorahnung von größerer Furcht auf mich übergeht, während ich spreche; ich höre wieder ein Echo meines eigenen Geistes."

„Nimm es als einen Beweis dafür, daß ich mächtig bin", entgegnete der Geist. „Höre, was ich anzubieten habe! Vergiß das Leid, das Unrecht und die Mühen, die du gekannt hast!"

„Sie vergessen!" wiederholte er.

„Ich habe die Macht, die Erinnerung an sie auszulöschen und nur sehr schwache, undeutliche Spuren von ihnen zurückzulassen, die bald verschwinden", entgegnete das Gespenst. „Sag, ist es schon geschehen?"

„Bleib!" rief der heimgesuchte Mann und ergriff mit erschrockener Geste die erhobene Hand. „Ich zittre vor Mißtrauen und Zweifel gegen dich, und die unbestimmte Furcht, die du mir einflößt, steigert sich zu einem unbeschreiblichen Entsetzen, das ich kaum ertragen kann. – Ich würde mich nicht jeglicher freundlichen Erinnerung oder jeglichen Mitgefühls berauben, das für mich oder andere gut ist. Was werde ich verlieren, wenn ich dem zustimme? Was sonst wird meinem Gedächtnis entschwinden?"

„Kein Wissen, kein Ergebnis von Studien; nichts als die verflochtene Kette von Gefühlen und Gedankenverbindungen, die jeweils von den verbannten Erinnerungen abhängen und von ihnen genährt werden. Diese werden schwinden."

„Sind es so viele?“ fragte der heimgesuchte Mann, bestürzt nachdenkend.

„Sie waren gewohnt, sich im Feuer, in der Musik, in der tiefen Stille der Nacht, in den dahinrollenden Jahren zu zeigen“, erwiderte der Geist verächtlich.

„In nichts anderem?“

Das Gespenst blieb still.

Doch nachdem es eine Weile schweigend vor ihm gestanden hatte, bewegte es sich auf den Kamin zu und blieb dann stehen.

„Entscheide dich, ehe die Gelegenheit verpaßt ist“, sagte es.

„Einen Augenblick! Ich rufe den Himmel zum Zeugen an“, sagte der erregte Mann, „daß ich nie mein Geschlecht gehaßt habe, daß ich nie mürrisch, gleichgültig oder streng zu meiner Umgebung war. Wenn ich, da ich hier allein lebe, zu viel aus allem gemacht habe, was war und hätte sein können, und zu wenig daraus, was ist, hat das Übel, glaube ich, mich und nicht andere heimgesucht. Wenn aber Gift in meinem Körper war, sollte ich, da ich im Besitz von Gegengiften war und wußte, wie man sie einsetzt, sie nicht einsetzen? Wenn Gift in meiner Seele war und ich es durch dieses gräßliche Gespenst ausstoßen kann, soll ich es dann nicht ausstoßen?“

„Sag, ist es schon geschehen?“ fragte das Gespenst.

„Noch einen Augenblick“, antwortete er hastig. *„Ich würde vergessen, wenn ich könnte!* Habe *ich* dies allein gedacht, oder war es der Gedanke von Tausenden und aber Tausenden, von Generationen? Jedes menschliche Gedächtnis ist voller Leid und Sorge. Mein Gedächtnis ist das Gedächtnis anderer Menschen, aber andere Menschen haben nicht diese Wahl. Ja, ich schließe das Geschäft ab. Ja! Ich *will* mein Leid, Unrecht und meine Sorgen vergessen!“

„Sag, ist es schon geschehen?“ fragte das Gespenst.

„Ja!“

„Ja. Und nimm das mit, Mann, auf den ich hiermit verzichte. Die Gabe, die ich dir verliehen habe, sollst du weitergeben, wohin du auch gehst. Ohne daß du die Macht zurückerlangst, die du aufgegeben hast, sollst du von nun an das gleiche in allen zerstören, denen du nahekommst. Dein kluger Verstand hat herausgefunden, daß die Erinnerung an Leid, Unrecht und Sorgen das Los der gesamten Menschheit ist und daß die Menschheit mit anderen Erinnerungen und ohne diese glücklicher wäre. Geh! Sei ihr Wohltäter! Befreit von solchem Gedächtnis und von dieser Stunde, trage den Segen einer solchen Freiheit mit dir herum. Seine Verbreitung ist von dir nicht zu trennen und zu übertragen. Geh! Werde glücklich mit dem Guten, das du gewonnen hast, und mit dem Guten, das du tust!“

Das Gespenst, das seine blutleere Hand wie bei einer unheiligen Beschwörung oder einem Bann über ihn gehalten hatte, während es sprach, und das seine Augen allmählich so dicht an seine herangebracht hatte, daß er sehen konnte, wie sie nicht an dem schrecklichen Lächeln auf seinem Gesicht teilhatten, sondern eine feste, unveränderliche, unbewegliche Grausigkeit waren, schrumpfte vor ihm zusammen und war verschwunden.

Als er, von Angst und Staunen ergriffen, wie angewurzelt dastand und sich einbildete, er höre, traurig widerhallend und immer schwächer werdend, die Worte wiederholt: „Zerstöre das gleiche in allen, denen du nahekommst!“, traf ein gellender Schrei an sein Ohr. Er kam nicht vom Korridor hinter der Tür, sondern aus einem anderen Teil des alten Gebäudes und klang wie der Ruf von jemandem, der im Dunkeln den Weg verloren hat.

Er betrachtete verwirrt seine Hände und Glieder, als wollte er sich seiner Identität versichern, und rief dann laut und verstört zurück, denn eine Fremdheit und ein Schrecken lasteten auf ihm, als wäre auch er verloren.

Da der Ruf antwortete und näher kam, nahm er die Lampe auf und hob einen schweren Vorhang an der Wand hoch, durch den er gewöhnlich den Hörsaal betrat, in dem er seine Vorlesungen hielt und der an sein Zimmer grenzte. Mit Jugend und Leben und einem Amphitheater voller Gesichter verbunden, die bei seinem Eintreten im Nu gefesselt waren, war es ein gespenstischer Ort, wenn dieses Leben daraus verschwunden war, und starrte ihn wie die Verkörperung des Todes an.

„Hallo!" rief er. „Hallo! Hierher! Zum Licht!" Als er mit der einen Hand den Vorhang hielt und mit der anderen die Lampe hochhob und versuchte, das Dunkel zu durchbohren, das den Raum erfüllte, huschte etwas wie eine Wildkatze an ihm vorbei ins Zimmer und kauerte sich in eine Ecke.

„Was ist das?" fragte er hastig.

Er hätte auch „Was ist das?" gefragt, selbst wenn er es gut gesehen hätte, so wie er es im Moment tat, als er es betrachtete, wie es in der Ecke zusammengerollt lag.

Ein Bündel Lumpen, von einer Hand gehalten, die in Größe und Form fast die eines Kindes, in ihrer gierigen, verzweifelten Umklammerung aber die eines bösen, alten Mannes war. Ein Gesicht, in ein paar Dutzend Jahren voll entwickelt und abgerundet, doch von den Lebenserfahrungen ausgemergelt und verzerrt. Helle Augen, doch nicht jugendlich. Nackte Füße, schön in ihrer kindlichen Zartheit, häßlich durch Blut und Schmutz, der von ihnen abplatzte. Ein kleiner Wilder; ein junges Ungeheuer; ein Kind, das nie ein Kind gewesen ist; ein Geschöpf, das zwar die äußere Gestalt eines Menschen angenommen hat, das aber seinem inneren Wesen nach als Bestie lebt und stirbt.

Bereits daran gewöhnt, wie ein Tier gequält und gejagt zu werden, kauerte sich der Junge hin, als er betrachtet wurde, und erwiderte den Blick mit vorgehaltenem Arm, um den erwarteten Schlag abzuwehren.

„Ich beiße, wenn Sie mich schlagen!" sagte er.

Es gab eine Zeit, und die liegt nur wenige Minuten zurück, als ein Anblick wie dieser dem Chemiker das Herz zerrissen hätte. Jetzt schaute er kalt herab; aber mit großer Anstrengung, sich an etwas zu erinnern – er wußte nicht, woran –, fragte er den Jungen, was er dort täte und woher er käme.

„Wo ist die Frau?“ antwortete er. „Ich will die Frau finden.“

„Wen?“

„Die Frau. Sie, die mich hergebracht und an dem großen Feuer abgesetzt hat. Sie war so lange weg, daß ich sie suchen ging und mich verlief. Ich will nicht Sie. Ich will die Frau.“

Er sprang so plötzlich auf, um zu entkommen, daß der dumpfe Ton seiner nackten Füße auf dem Fußboden schon nahe am Vorhang war, als Redlaw ihn bei seinen Lumpen zu fassen bekam.

„Bitte! Lassen Sie mich gehen!“ murmelte der Junge, sich wehrend und zähneknirschend. „Ich habe Ihnen nichts getan. Lassen Sie mich zu der Frau gehen!“

„Das ist nicht der Weg. Es gibt einen kürzeren“, sagte Redlaw, wobei er ihn zurückhielt, mit demselben sinnlosen Versuch, sich an Gedankenverbindungen zu erinnern, die sich eigentlich auf diesen gräßlichen Gegenstand beziehen sollten. „Wie ist dein Name?“

„Habe keinen.“

„Wo wohnst du?“

„Wohnen! Was ist das?“

Der Junge schüttelte das Haar von den Augen, um ihn einen Augenblick lang anzusehen, und dann wand er sich um seine Beine, rang mit ihm und stieß wiederholt hervor: „Wollen Sie mich gehen lassen? Ich will die Frau finden.“

Der Chemiker führte ihn zur Tür. „Hier entlang“, sagte er und blickte ihn noch verwirrt, doch widerwillig an und mied ihn, was von seiner Kälte herrührte. „Ich werde dich zu ihr bringen.“

Die scharfen Augen im Kopf des Kindes, die im Zimmer umherwanderten, blieben am Tisch hängen, auf dem die Reste des Abendessens standen.

„Geben Sie mir was davon!“ sagte er gierig.

„Hat sie dir nichts zu essen gegeben?“

„Morgen werd ich wieder hungrig sein, stimmt's? Bin ich nicht jeden Tag hungrig?“

Als er sich freigelassen fühlte, sprang er wie ein kleines Raubtier auf den Tisch; und während er Brot und Fleisch und seine eigenen Lumpen an die Brust preßte, sagte er:

„So, nun bringen Sie mich zu der Frau!“

Als ihm der Chemiker mit einem neuen Gefühl von Abneigung streng zu verstehen gab, ihm zu folgen, und zur Tür hinausging, zitterte er und blieb stehen.

„Die Gabe, die ich dir verliehen habe, sollst du weitergeben, wohin du auch gehst!“

Die Worte des Geistes ertönten im Wind, und der Wind ließ ihn erschauern.

„Heute abend gehe ich nicht dahin“, murmelte er schwach. „Heute abend gehe ich nirgendwohin. Junge! Immer geradeaus den langen, gewölbten Korridor entlang, an der großen, dunklen Tür vorbei in den Hof – da siehst du das Feuer im Fenster leuchten.“

„Das Feuer der Frau?“ fragte der Junge.

Er nickte, und die nackten Füße waren fortgesprungen. Er kam mit seiner Lampe zurück, verriegelte hastig die Tür, setzte sich in seinen Sessel und bedeckte das Gesicht wie einer, der sich vor sich selbst fürchtete.

Denn nun war er tatsächlich allein. Allein, allein.

Zweites Kapitel

Die verbreitete Gabe

Eine kleiner Mann saß in einem kleinen Wohnzimmer, das durch einen kleinen Wandschirm, der vollkommen mit kleinen Zeitungsausschnitten beklebt war, von einem kleinen Geschäft abgeteilt war. In Gesellschaft des kleinen Mannes befand sich nahezu jede Anzahl kleiner Kinder, die Sie nur nennen mögen – zumindest schien es so; hinsichtlich der Zahl erzielten sie auf diesem sehr begrenzten Betätigungsfeld eine eindrucksvolle Wirkung.

Zwei von diesem kleinen Volk waren durch eine starke Hand ins Bett in einer Ecke befördert worden, wo sie behaglich den Schlaf der Unschuldigen hätten schlafen können, wenn sie nicht von der Veranlagung her den Hang gehabt hätten, wach zu bleiben und aus dem Bett heraus- und wieder hineinzuhopsen. Der unmittelbare Anlaß zu diesen räuberischen Vorstößen auf die wache Welt war eine Mauer aus Austernschalen in einer Ecke, die zwei andere Jungen von zartem Alter errichtet hatten. Über diese Befestigungsanlage fielen die beiden im Bett verwüstend her (wie jene verfluchten Pikten und Skoten, die die frühen historischen Studien der meisten jungen Briten heimsuchen) und zogen sich dann auf ihr Territorium zurück.

Zusätzlich zu dem Durcheinander, das solche Angriffe und die Vergeltungen der Überfallenen begleitete, die jene hart verfolgten und sich auf das Bettzeug stürzten, unter dem die Plünderer Zuflucht gesucht hatten, trug ein anderer kleiner Junge in einem anderen Bett sein Scherflein zur allgemeinen Verwirrung in der Familie bei, indem er seine Stiefel und verschiedene kleine Gegenstände, die an sich harmlos waren, doch wegen ihrer Härte als Wurfgeschosse in Betracht gezogen wurden, auf die Störenfriede seiner Ruhe schleuderte, die wiederum nicht faul waren und diese Grüße erwiderten.

Außerdem wankte ein anderer kleiner Junge – der größte unter ihnen, aber auch noch klein – dort auf und ab, nach einer Seite gebeugt und die Knie beträchtlich von dem Gewicht eines großen Säuglings belastet, den er nach der Vorstellung, die manchmal in lebensprühenden Familien herrscht, in den Schlaf wiegen sollte. Aber ach, diese unerschöpflichen Bereiche der Betrachtung und Aufmerksam-

keit, in die über seine unwissende Schulter hinweg die Augen des Säuglings eben erst zu starren begannen!

Es war ein wahrer Moloch von einem Baby, auf dessen unersättlichem Altar das gesamte Dasein gerade dieses kleinen Bruders als tägliches Opfer dargebracht wurde. Man kann sagen, daß seine persönliche Eigenart darin bestand, daß es sich an keinem Ort auch nur fünf Minuten hintereinander ruhig verhielt und daß es nie einschlief, wenn es sollte. „Tetterbys Baby“ war in der Nachbarschaft genauso gut bekannt wie der Briefträger oder der Bierjunge. Von Montag früh bis Sonntag abend zog es auf den Armen des kleinen Johnny Tetterby von Türstufe zu Türstufe und hängte sich mühsam an die Nachhut der Truppen von Jugendlichen, die den Akrobaten oder dem Affen folgten, und tauchte zu allen Attraktionen etwas zu spät auf. Wo immer sich Kinder zum Spielen zusammenscharten, ließ der kleine Moloch Johnny rackern und schuften. Wo immer Johnny verweilen wollte, wurde der kleine Moloch störrisch und wollte nicht bleiben. Wann immer Johnny weggehen wollte, schlief Moloch und mußte bewacht werden. Wann immer Johnny zu Hause bleiben wollte, war Moloch wach und mußte ausgeführt werden. Dennoch war Johnny ernstlich überzeugt, daß es ein untadeliges Baby war, was im ganzen englischen Königreich seinesgleichen suchte; und er war ganz zufrieden, wenn er im allgemeinen nur hinter seinen Röckchen oder über sein schlaff herabhängendes Häubchen hinweg einen flüchtigen Eindruck von den Dingen bekam und mit ihm umherwankte wie ein sehr kleiner Gepäckträger mit einem sehr großen Paket, das an keinen adressiert war und nirgends abgegeben werden konnte.

Der kleine Mann, der in dem kleinen Wohnzimmer saß und vergeblich versuchte, mitten in diesem Tumult friedlich seine Zeitung zu lesen, war der Vater der Familie und der Chef der Firma, die sich auf der Inschrift über der kleinen Geschäftsfassade „A. Tetterby und Co., Zeitungshändler“ nannte.

Genaugenommen war er die einzige Person, die dieser Bezeichnung entsprach, da Co. frei erfunden und ohne persönlichen Bezug war und jeder Grundlage entbehrte.

Tetterby besaß das Eckgeschäft im Jerusalem-Viertel. Im Schaufenster war eine ganze Menge Literatur ausgestellt, die hauptsächlich aus veralteten Illustrierten und Fortsetzungsromanen über Piraten und Wegelagerer bestand. Ebenso gehörten Spazierstöcke und Murmeln zum Warenbestand. Früher hatte er sich sogar auf Zuckerbäckereien erstreckt; aber es schien, als ob diese Köstlichkeiten des Lebens im Jerusalem-Viertel nicht gefragt waren, denn nichts, was mit diesem Handelszweig verknüpft war, blieb im Fenster, mit Ausnahme einer kleinen Glaslaterne, die eine dahinschwindende Menge kugelförmiger Bonbons enthielt, die im Sommer geschmolzen und im Winter gefroren waren, bis jegliche Hoffnung, sie jemals herauszubekommen oder sie zu essen, ohne auch die Laterne essen zu müssen, geschwunden war. Tetterby hatte sich auf verschiedenen Gebieten versucht. Einst hatte er einen schwachen Vorstoß ins Spielzeugunternehmen gemacht, denn in einem anderen Ballon lag ein Haufen winziger Wachspuppen, die verkehrt herum wüst durcheinander darin steckten, die Füße am Kopf der anderen, und deren gebrochene Arme und Beine sich auf dem Grund abgesetzt hatten. Er hatte einen Versuch in Richtung Modewaren unternommen, wovon ein paar nackte, aus Draht bestehende Mützenformen, die in einer Ecke des Fensters verblieben waren, zeugten. Er hatte sich vorgestellt, daß der Lebensunterhalt im Tabakhandel zu verdienen sei, und die Darstellung je eines Eingeborenen aus den drei wesentlichen Teilen des britischen Empires aufgestellt, wie sie gerade dieses wohlriechende Kraut genossen, und mit einer poetischen Erläuterung versehen, die besagte, daß bei einem Anlaß, bei dem man dasaß und scherzte, einer Tabak kaute, einer eine Prise nahm und einer rauchte. Doch er schien weiter nichts hervorzubringen als Fliegen. Es hatte eine Zeit gegeben, als er seine Hoffnungen in unechten Schmuck gesetzt hatte, denn auf einer Glasscheibe stand das Angebot für billige Siegel und ein weiteres für Bleistiftkästen und ein geheimnisvolles Amulett unbekannten Verwendungszwekkes, das mit neun Pence ausgepreist war. Aber bis zu dieser Stunde hatte das Jerusalem-Viertel nichts davon gekauft. Kurzum, Tetterby hatte sich arg gemüht, seinen Lebensunterhalt aus dem Jerusalem-Viertel auf die eine oder andere Weise herauszuholen, und bei allem nur mäßig abgeschnitten, daß die beste Stellung in der Firma die des Co. war, denn Co. als eine wesenlose Schöpfung wurde nicht von den allgemein üblichen Unannehmlichkeiten wie Hunger und Durst geplagt, fiel weder unter die Armensteuer noch unter die festgesetzten Steuern und hatte für keine Familie mit kleinen Kindern zu sorgen.

Tetterby jedoch in seinem kleinen Wohnzimmer – auf dessen Gemüt, wie bereits erwähnt, die Gegenwart einer jungen Familie ihren Eindruck auf eine Weise hinterließ, die zu geräuschvoll war, als daß sie außer acht gelassen werden konnte oder mit dem ruhigen Durchlesen einer Zeitung zu vereinbaren war – legte seine Zeitung hin, drehte sich in seiner Zerstreutheit ein paarmal wie eine unschlüssige Brieftaube im Wohnzimmer herum, stürzte sich vergeblich auf ein, zwei flüchtende kleine Gestalten in Nachthemden, die an ihm vorbeieilten, steuerte dann plötzlich auf das einzige harmlose Familienmitglied zu und ohrfeigte Molochs Kindermädchen.

„Du böser Junge!“ sagte Tetterby. „Hast du denn gar kein Mitleid mit deinem armen Vater nach den Strapazen und Sorgen eines schweren Wintertages, von fünf Uhr morgens an, sondern mußt du mit *deinen* boshaften Streichen seine Ruhe stören und ihm den letzten Verstand rauben? Isses nich genug, Sir, daß sich dein Bruder Dolphus in Nebel und Kälte schindet und plackt und du dich im Schoß des Überflusses wälzt mit einem – mit einem Baby und allem, was du dir wünschen kannst", sagte Mr. Tetterby und steigerte dies zu einem Höhepunkt an Segnungen, „sondern mußt du aus der Wohnung eine Wüstenei und aus deinen Eltern Wahnsinnige machen? Mußt du das, Johnny? He?" Bei jeder Frage täuschte er eine erneute Ohrfeige vor, besann sich aber eines Besseren und hielt sich zurück.

„Oh, Vater!" wimmerte Johnny, „wenn ich aber nichts gemacht hab, bestimmt, sondern so auf Sally aufgepaßt und sie zum Schlafen gebracht hab. Oh, Vater!"

„Ich wünschte, meine kleine Frau käme nach Hause!" sagte Mr. Tetterby reuig und zerknirscht. „Ich wünschte nur, meine kleine Frau käme nach Hause! Ich werd mit ihnen nich fertig. Sie sorgen dafür, daß mir der Kopf schwirrt, und kriegen mich unter. Oh, Johnny! Isses nich genug, daß euch eure liebe Mutter mit dieser süßen Schwester versorgt hat?" Er zeigte auf Moloch. „Isses nich genug, daß ihr vorher sieben Jungs wart, ohne eine Spur von 'nem Mädchen, und daß eure liebe Mutter durchgemacht hat, was sie durchgemacht hat, damit ihr alle eine kleine Schwester habt, sondern mußt du dich so benehmen, daß mir schwindlig wird?"

Allmählich wurde Mr. Tetterby sanfter, als seine eigenen zarten Gefühle und die seines verletzten Sohnes zur Wirkung kamen, und er kam zum Schluß, indem er ihn umarmte und sich sofort losriß, um einen der wirklichen Übeltäter zu fassen. Da es ein ziemlich guter Start war, glückte es ihm nach einem kurzen, aber geschickten Lauf und einem ziemlich schwierigen Querfeldeinrennen unter den Bettstellen hindurch und über sie hinweg und zwischen den verzweigt stehenden Stühlen, seinen Sohn zu fangen, den er gebührend strafte und ins Bett steckte. Dieses Beispiel hatte eine mächtige und offenbar hypnotische Wirkung auf den mit den Stiefeln, der sofort in einen tiefen Schlaf sank, obwohl er noch vor einem Augenblick hellwach und in gehobenster Stimmung gewesen war. Auch verfehlte es nicht seine Wirkung auf die beiden kleinen Architekten, die sich ganz heimlich und geschwind in einer angrenzenden Kammer zu Bett begaben. Als sich auch der Kamerad der Eingeschlossenen mit ähnlicher Vorsicht in sein Nest zurückzog, befand sich Mr. Tetterby, als er nach Atem rang, an einem friedlichen Ort.

„Meine kleine Frau", sagte Mr. Tetterby und wischte sich das erhitzte Gesicht, „hätte das kaum besser machen können! Ich wünschte nur, meine kleine Frau hätte das machen müssen, also wirklich!"

Mr. Tetterby suchte auf seinem Wandschirm eine Stelle, die geeignet war, bei dieser Gelegenheit Eindruck auf seine Kinder zu machen, und las folgendes:

„‚Es ist eine unbestrittene Tatsache, daß alle bemerkenswerten Menschen bemerkenswerte Mütter gehabt und sie wie ihre besten Freunde im Leben geachtet haben.' Denkt an eure eigene bemerkenswerte Mutter, meine Jungs", sagte Mr. Tetterby, „und erkennt ihren Wert, solange sie noch unter euch ist!"

Er setzte sich auf seinen Stuhl am Feuer, schlug die Beine übereinander und machte es sich mit seiner Zeitung bequem.

„Soll einer – ich kümmere mich nich, wer – wieder aus dem Bett steigen", sagte Tetterby als allgemeine Erklärung, die sehr weichherzig abgegeben wurde, „und dieser geschätzte Zeitgenosse wird sich wundern!" – ein Ausdruck, den Mr. Tetterby aus seinem Wandschirm wählte. „Johnny, mein Kind, paß auf deine einzige Schwester, Sally, auf, denn sie is der strahlendste Edelstein, der je auf deiner jungen Stirn gefunkelt hat."

Johnny setzte sich auf einen kleinen Schemel und quetschte sich aufopferungsvoll unter Molochs Gewicht zusammen.

„Ach, was für'n Geschenk das Baby für dich is, Johnny!" sagte sein Vater, „und wie dankbar du sein solltest! ‚Es ist nicht allgemein bekannt', Johnny", er bezog sich nun wieder auf seinen Wandschirm, „‚aber es ist eine Tatsache, die auf genauen Berechnungen beruht, daß der folgende hohe Prozentsatz an Babys, die nicht das zweite Lebensjahr vollenden, das heißt...'"

„O bitte nicht, Vater!" rief Johnny. „Ich kann es nicht ertragen, wenn ich an Sally denke."

Mr. Tetterby hörte auf, und Johnny wischte sich mit einem tieferen Gefühl für seinen Schützling die Augen und beruhigte seine Schwester.

„Dein Bruder Dolphus is heute abend spät dran, Johnny", sagte sein Vater, wobei er im Feuer stocherte, „und wird wie 'n Eisklumpen nach Hause kommen. Was is nur mit deiner lieben Mutter?"

„Da ist Mutter und Dolphus auch, Vater!" rief Johnny aus. „Glaube ich!"

„Du hast recht", erwiderte der Vater und lauschte. „Ja, das is der Schritt meiner kleinen Frau."

Der Denkprozeß, bei dem Mr. Tetterby zu dem Schluß gekommen war, daß seine Ehefrau eine kleine Frau sei, war sein Geheimnis. Sie hätte ohne weiteres zwei Ausgaben von ihm erbringen können. Wenn man sie als Einzelwesen betrachtete, erschien sie ziemlich bemerkenswert, weil sie so robust und stattlich war; doch im Zusammenhang mit ihrem Mann gesehen, wurden ihre Maße großartig. Auch nahmen sie keine weniger imposanten Proportionen an, wenn man sie mit der Größe ihrer sieben Söhne verglich, die nur winzig waren. In Sallys Fall jedoch hatte sich Mrs. Tetterby durchgesetzt, was keiner besser wußte als das Opfer Johnny, der diesen anspruchsvollen Abgott jede Stunde am Tag wog und maß.

Mrs. Tetterby, die auf dem Markt gewesen war und einen Korb trug, warf Haube und Schal zurück, setzte sich erschöpft hin und befahl Johnny, ihr sofort seine süße Last zu einem Kuß zu bringen. Nachdem Johnny dem entsprochen hatte, zu seinem Schemel zurückgegangen war und sich wieder hingekauert hatte, bat Master Adolphus Tetterby, der inzwischen seinen Rumpf aus einem grellen, schier endlosen

Halstuch gewickelt hatte, um dieselbe Gunst. Nachdem Johnny dem wiederum entsprochen hatte und zu seinem Schemel zurückgegangen war und sich wieder zusammengequetscht hatte, erhob Mr. Tetterby, von einem plötzlichen Einfall hingerissen, nun von seiner elterlichen Seite her denselben Anspruch. Die Befriedigung dieses dritten Wunsches erschöpfte das Opfer vollkommen, das kaum genügend Atem schöpfen konnte, um zu seinem Schemel zu gelangen, sich wieder zusammenzuquetschen und seiner Familie etwas vorzujapsen.

„Was du auch tust, Johnny", sagte Mrs. Tetterby kopfschüttelnd, „paß auf sie auf, oder du kommst deiner Mutter nie mehr unter die Augen."

„Noch deinem Bruder", sagte Adolphus.

„Noch deinem Vater, Johnny", fügte Mr. Tetterby hinzu.

Johnny, dem diese mögliche Ablehnung sehr naheging, blickte in Molochs Augen herab, um zu sehen, daß sie soweit ganz in Ordnung waren, und streichelte geübt ihren Rücken, (der nach oben gekehrt war), und schaukelte sie mit seinem Fuß.

„Bist du naß, Dolphus, mein Junge?" fragte sein Vater. „Komm, setz dich auf meinen Stuhl und trockne dich ab."

„Nein, danke, Vater", sagte Adolphus und strich mit den Händen an sich herunter. „Ich glaub, ich bin nich sehr naß. Leuchtet mein Gesicht sehr, Vater?"

„Nun, es sieht wächsern aus, mein Junge", erwiderte Mr. Tetterby.

„Das macht das Wetter, Vater", sagte Adolphus und rieb sich die Wangen mit dem abgetragenen Ärmel seiner Jacke. „Durch Regen und Hagel, Wind, Schnee und Nebel kriegt mein Gesicht manchmal 'n Ausschlag. Und es glänzt, oh, nich wahr!"

Master Adolphus war ebenfalls in der Zeitungsbranche tätig, wobei er bei einer blühenderen Firma als der seines Vaters und Co. angestellt war, um Zeitungen auf einem

Bahnhof zu verkaufen, wo seine rundliche, kleine Person – die wie Amor in schäbiger Verkleidung aussah – und seine schrille, schwache Stimme (er war nicht viel älter als zehn Jahre) ebenso bekannt waren wie das heisere Schnaufen der ein- und ausfahrenden Lokomotiven. Bei dieser zeitigen Beziehung zum Verkehr hätte er in seiner Jugendlichkeit um ein harmloses Betätigungsfeld verlegen sein können, wenn er nicht die glückliche Entdeckung gemacht hätte, wie er sich selbst unterhalten und den langen Tag in Etappen teilen konnte, ohne das Geschäft zu vernachlässigen. Diese geniale Erfindung, die wie die meisten Entdeckungen wegen ihrer Einfachheit bemerkenswert war, bestand darin, den Vokal des Wortes „Blatt" abzuwandeln und an seine Stelle zu den verschiedenen Tageszeiten die anderen Vokale in alphabetischer Reihenfolge zu setzen. So ging er im Winter vor Tagesanbruch mit seiner Mütze und dem Umhang aus Wachstuch und seinem großen Halstuch auf und ab und durchschnitt die dicke Luft mit seinem Ruf „Morgenblatt!", der sich etwa eine Stunde vor Mittag in „Morgenblett!" verwandelte, gegen zwei Uhr zu „Morgenblitt!" wurde, ein paar Stunden später in „Morgenblott!" abgewandelt wurde und zur großen Erleichterung und Zufriedenheit des jungen Mannes mit der sinkenden Sonne in „Abendblutt!" überging.

Mrs. Tetterby, seine damenhafte Mutter, die, wie bereits gesagt, mit zurückgeworfenem Häubchen und Schal dagesessen und ihren Ehering gedankenvoll am Finger gedreht hatte, erhob sich nun, zog ihren Ausgehstaat aus und begann, den Abendbrottisch zu decken.

„Ach, du meine Güte, du meine Güte!" sagte Mrs. Tetterby. „So is der Lauf der Welt!"

„Was is der Lauf der Welt, meine Liebe?" fragte Mr. Tetterby und blickte sich um.

„Ach, nichts!" sagte Mrs. Tetterby.

Mr. Tetterby hob die Augenbrauen, faltete seine Zeitung von neuem, ließ seine Blicke auf und ab und kreuz und quer

gleiten, doch seine Gedanken schweiften ab, und er las sie nicht.

Zur gleichen Zeit deckte Mrs. Tetterby den Tisch, aber eher, als wollte sie den Tisch bestrafen als das Abendbrot für die Familie vorbereiten. Sie traf ihn unnötig hart mit den Messern und Gabeln, schlug ihn mit den Tellern, brachte ihm Dellen mit dem Salzstreuer bei und ließ das Brot schwer auf ihn herabfallen.

„Ach, du meine Güte, du meine Güte!“ sagte Mrs. Tetterby. „So is der Lauf der Welt!“

„Mein Schätzchen“, erwiderte ihr Mann und blickte sich erneut um, „du sagtest das schon mal. Was is der Lauf der Welt?“

„Ach, nichts!“ sagte Mrs. Tetterby.

„Sophia!“ protestierte ihr Mann, „*das* hast du auch schon mal gesagt.“

„Nun, ich werd's noch mal sagen, wenn du willst“, entgegnete Mrs. Tetterby. „Ach, nichts – da! Und noch mal, wenn du willst: ach, nichts – da! Und noch mal, wenn du willst: ach, nichts – nun also!“

Mr. Tetterby richtete den Blick auf die Frau seines Herzens und sagte, leicht verwundert:

„Meine kleine Frau, was hat dich denn so aus der Fassung gebracht?“

„Ich weiß wirklich nich“, erwiderte sie. „Frag mich nich. Wer hat überhaupt gesagt, daß ich aus der Fassung bin? *Ich* nich.“

Mr. Tetterby gab das Studium der Zeitung als ein hoffnungsloses Unterfangen auf, machte langsam eine Runde durchs Zimmer, wobei er die Hände auf dem Rücken hatte und die Schultern hochzog – seine Gangart entsprach vollkommen seinem resignierenden Verhalten –, und wandte sich an seine beiden ältesten Sprößlinge:

„Dein Essen is gleich fertig, Dolphus“, sagte Mr. Tetterby. „Deine Mutter war bei der Nässe unterwegs, um es in der

Garküche zu kaufen. Das war sehr gütig von deiner Mutter. *Du* sollst dein Essen auch gleich haben, Johnny. Deine Mutter is mit dir zufrieden, mein kleiner Mann, weil du so schön auf deine liebe Schwester aufgepaßt hast."

Mrs. Tetterby beendete ohne eine Bemerkung, doch mit einem deutlichen Nachlassen ihrer feindseligen Einstellung gegen den Tisch ihre Vorbereitungen und holte aus dem großen Korb eine ordentliche, heiße und in Papier eingewickelte Portion Erbsbrei und eine mit einer Untertasse zugedeckte Schüssel heraus, die, als sie aufgedeckt wurde, einen solch angenehmen Duft verbreitete, daß sich die drei Augenpaare in den beiden Betten weit öffneten und auf das Festessen richteten. Mr. Tetterby stand da, ohne der stillschweigenden Aufforderung, sich zu setzen, Beachtung zu schenken, und wiederholte langsam: „Ja, ja, dein Essen is gleich fertig, Dolphus. Deine Mutter war bei der Nässe unterwegs, um es in der Garküche zu kaufen ...", bis ihm Mrs. Tetterby, die hinter ihm etliche Beweise für ihre Zerknirschung gezeigt hatte, um den Hals fiel und weinte.

„O Dolphus!" sagte Mrs. Tetterby. „Wie konnte ich mich nur so benehmen?"

Diese Versöhnung rührte Adolphus den Jüngeren und Johnny in solchem Maße, daß sie beide einstimmig ein fürchterliches Geschrei anstimmten, was bewirkte, daß sich die kugelrunden Augen in den Betten sofort schlossen und es die beiden übrigen kleinen Tetterbys, die sich gerade aus der angrenzenden Kammer hereinschlichen, um zu sehen, was da mit dem Essen vor sich ging, vollends vertrieb.

„Wirklich, Dolphus", schluchzte Mrs. Tetterby, „als ich nach Hause kam, hatte ich nich mehr Ahnung als 'n ungebornes Kind ..."

Mr. Tetterby schien diese Redewendung nicht zu gefallen und er bemerkte: „Sag: als das Baby, meine Liebe."

„Hatte ich nich mehr Ahnung als das Baby", sagte Mrs. Tetterby. „Johnny, sieh mich nich an, sondern sie, sonst fällt sie dir noch vom Schoß und is tot, und dann stirbst du an gebrochnem Herzen, und das geschieht dir recht. – Ich hatte nich mehr Ahnung davon als dieser Liebling, daß ich gereizt war, als ich nach Hause kam. Aber irgendwie, Dolphus ..." Mrs. Tetterby hielt inne und drehte wieder ihren Ehering am Finger.

„Aha!" sagte Mr. Tetterby. „Ich verstehe! Meine kleine Frau war aus der Fassung geraten. Schwere Zeiten und schlechtes Wetter und harte Arbeit machen es manchmal anstrengend. Ach so, du meine Güte! Kein Wunder! Dolph, mein kleiner Mann", fuhr Mr. Tetterby fort und untersuchte die Schüssel mit seiner Gabel, „da is deine Mutter in der Garküche gewesen und hat außer dem Erbsbrei 'n ganzes Kniestück von 'ner köstlichen gebratenen Schweinskeule mit viel Kruste dran gekauft, mit würziger Soße und Unmengen Senf. Reich deinen Teller, mein Junge, und fang an, solange es heiß is."

Master Adolphus, der sich nicht zweimal nötigen ließ, nahm seinen Teller entgegen, wobei ihm das Wasser im Mund zusammenlief, zog sich auf seinen besonderen Schemel zurück und fiel mit Macht über sein Abendessen her. Johnny wurde nicht vergessen, erhielt aber seine Zuteilung auf Brot, damit er das Baby nicht mit Soße bespritzte. Aus ähnlichen Gründen verlangte man von ihm, daß er seinen Erbsbrei, sofern er nicht gerade beim Essen war, in der Hosentasche aufbewahrte.

Es hätte etwas mehr Schweinefleisch an dem Knochen sein können – bei dem der Tranchierer in der Garküche sicherlich nicht vergessen hatte, einiges für vorherige Kunden abzutrennen –, aber man hatte mit Würze nicht gespart, und diese ist ein Zusatz, der die unklare Vorstellung von Schweinefleisch erweckt und den Geschmacksinn wohltuend täuscht. Wenn der Erbsbrei und die Soße und der Senf – ebenso wie die Pfingstrose im Vergleich mit der Nachtigall – schon kein reines Schweinefleisch waren, so hatten sie sich doch ganz in seiner Nähe befunden, und über dem Ganzen lag der Duft eines mittelgroßen Schweins. Er war unwiderstehlich für die Tetterbys im Bett, die, obwohl sie friedlichen Schlummer vortäuschten, herausgekrabbelt kamen, als ihre Eltern sie nicht sahen, und ihre Brüder schweigend um ein Zeichen brüderlicher Liebe baten. Diese, nicht hartherzig, reichten dafür Speisereste, mit dem Ergebnis, daß ein Kommando leichter Schützen in Nachthemden während des ganzen Abendessens im Wohnzimmer umherjagte, was Mr. Tetterby außerordentlich störte und ihn ein- oder zweimal zu einem Sturmangriff nötigte, vor dem sich diese Bandentrupps in alle Richtungen und in großer Verwirrung zurückzogen.

Mrs. Tetterby schmeckte das Abendessen nicht. Ihr schien irgend etwas auf der Seele zu liegen. Einmal lachte sie ohne Grund, ein anderes Mal weinte sie ohne Grund, und schließlich lachte und weinte sie gleichzeitig in einer so unsinnigen Weise, daß ihr Mann bestürzt war.

„Meine kleine Frau", sagte Mr. Tetterby, „wenn das der Lauf der Welt is, scheint er falsch zu sein und dich umzubringen."

„Gib mir 'n Schluck Wasser", sagte Mrs. Tetterby und kämpfte mit sich, „und sprich mich im Moment nich an oder nimm keine Notiz von mir. Bitte nich!"

Als Mr. Tetterby das Wasser gereicht hatte, drehte er sich plötzlich zu dem unglücklichen Johnny um (der voller Mitgefühl war) und fragte gebieterisch, warum er gefräßig und faul herumlungere, anstatt mit dem Baby hervorzutreten, damit dessen Anblick seine Mutter wieder aufleben lasse. Johnny näherte sich, niedergedrückt von dessen Gewicht, unverzüglich, doch da Mrs. Tetterby die Hand ausstreckte, um anzudeuten, daß sie nicht in der Lage war, diesen Appell an ihre Gefühle zu ertragen, wurde ihm untersagt, sich auch nur einen Zoll zu nähern, wenn er sich nicht für ewig den Haß seiner liebsten Verwandten zuziehen wolle; folglich zog er sich wieder auf seinen Schemel zurück und quetschte sich wie zuvor zusammen.

Nach einer Weile sagte Mrs. Tetterby, es gehe ihr besser, und fing an zu lachen.

„Meine kleine Frau", sagte Mr. Tetterby zögernd, „bist du ganz sicher, daß es dir besser geht? Oder wirst du, Sophia, in anderer Weise ausbrechen?"

„Nein, Dolphus, nein", antwortete seine Frau. „Ich bin ganz bei mir." Dabei ordnete sie ihr Haar, drückte die Handflächen gegen ihre Augen und lachte wieder.

„Was für ein elender Narr ich war, dies für einen Augenblick zu glauben!" sagte Mrs. Tetterby. „Komm näher, Dolphus, ich will mich erleichtern und dir sagen, was ich meine. Ich will dir alles erzählen."

Während Mr. Tetterby seinen Stuhl näher heranholte, lachte Mrs. Tetterby wieder, umarmte ihn und wischte sich die Augen.

„Dolphus, mein Lieber", sagte Mrs. Tetterby, „du weißt, daß ich, als ich noch nicht verheiratet war, mich hätte in etliche Richtungen vergeben können. Einmal waren vier gleichzeitig hinter mir her; zwei davon waren Söhne von Mars."

„Wir sind alle Söhne von Mas, meine Liebe", sagte Mr. Tetterby, „gemeinschaftlich mit Pas."

„Das meine ich nich", erwiderte seine Frau, „ich meine Soldaten – Feldwebel."

„Oh!" sagte Mr. Tetterby.

„Nun, Dolphus, ich denke jetzt bestimmt nich mehr an solche Dinge, um ihnen nachzutrauern, und bin gewiß, daß ich einen ebenso guten Mann habe und daß ich ebensoviel tun würde, um zu beweisen, daß ich ihn liebe, wie ..."

„Wie jede kleine Frau auf der Welt", sagte Mr. Tetterby. „Sehr gut, *sehr* gut."

Wenn Mr. Tetterby zehn Fuß groß gewesen wäre, hätte er keine zärtlichere Hochachtung für Mrs. Tetterbys feenhafte Gestalt zum Ausdruck bringen können; und wenn Mrs. Tetterby zwei Fuß groß gewesen wäre, hätte sie kein stärkeres Gefühl haben können, daß ihr dies gebühre.

„Aber siehst du, Dolphus", sagte Mrs. Tetterby, „da nun Weihnachtszeit is, wo alle Leute, die das können, sich einen freien Tag machen und wo alle Leute, die Geld haben, gern welches ausgeben, wurde mir 'n bißchen komisch, als ich eben durch die Straßen ging. Es gab so viele Dinge zu kaufen, so köstliche Dinge zu essen, so feine Sachen zu betrachten, solch herrliche Dinge zu haben, und es mußte so viel hin und her gerechnet werden, ehe ich es wagte, einen Sixpence für das Einfachste auszugeben; und der Korb war so groß, und es mußte so viel in ihn rein; und meine Barschaft war so gering und würde nich weit reichen; du haßt mich, nich wahr, Dolphus?"

„Nich wirklich", sagte Mr. Tetterby, „bis jetz."

„Nun, ich werde dir die ganze Wahrheit sagen", fuhr seine Frau reuevoll fort, „und dann wirst du es vielleicht. All das fühlte ich so stark, als ich mich mühsam in der Kälte fortschleppte und als ich eine Menge andere rechnende Gesichter und riesige Körbe sah, die sich ebenfalls fortschleppten, daß ich zu überlegen begann, ob ich nich besser daran getan hätte und ob ich nich glücklicher geworden wäre, wenn ich . . ."; der Ehering ging wieder rundherum, und Mrs. Tetterby schüttelte den gesenkten Kopf, als sie ihn drehte.

„Verstehe", sagte ihr Mann ruhig; „wenn du überhaupt nich oder jemand andres geheiratet hättest?"

„Ja", schluchzte Mrs. Tetterby. „Genau das habe ich gedacht. Haßt du mich jetzt, Dolphus?"

„Aber nein", sagte Mr. Tetterby. „Bis jetz merk ich nichts davon."

Mrs. Tetterby gab ihm einen dankbaren Kuß und fuhr fort:

„Ich hoffe allmählich, daß du es jetz nich tun wirst, Dolphus, obwohl ich dir nich das Schlimmste erzählt habe. Ich kann gar nich daran denken, was mit mir los war. Ich weiß nich, ob ich krank oder verrückt oder was sonst war, aber ich konnte im Geiste nichts anrufen, was uns aneinandergebunden oder mich mit meinem Schicksal ausgesöhnt hätte. Alle Vergnügungen und Freuden, die wir gehabt haben, *sie* schienen so armselig und unbedeutend, ich haßte sie. Ich hätte auf ihnen herumtrampeln können. Und ich konnte an nichts anderes denken, als daß wir arm sind und eine Anzahl Münder zu Hause haben."

„Nun, nun, meine Liebe", sagte Mr. Tetterby und schüttelte ihr ermutigend die Hand, „das is doch schließlich die Wahrheit. Wir *sind* arm, und wir *haben* eine Anzahl Münder hier zu Hause."

„Aber, ach, Dolf, Dolf!" rief seine Frau und schlang die Arme um seinen Hals, „mein guter, freundlicher, geduldiger Kamerad, als ich ein kleines Weilchen zu Hause war – wie anders! O Dolf, mein Lieber, wie anders war es! Ich hatte das Gefühl, als ob die Erinnerungen alle auf einmal auf mich einstürzten, die mein hartes Herz weich machten und es anfüllten, bis es zersprang. All unsere Kämpfe um den Lebensunterhalt, all unsere Sorgen und Nöte, seit wir verheiratet sind, all die Zeiten der Krankheit, all die Stunden des Wachens, die wir beieinander und bei den Kindern verbracht hatten, schienen mir ins Gewissen zu reden und zu sagen, daß sie uns vereint haben und daß ich nie etwas anderes hätte sein mögen oder sein können oder je sein würde als die Frau und Mutter, die ich bin. Da wurden die wertlosen Freuden, die ich so grausam hätte mit Füßen treten können, kostbar für mich, oh, so unschätzbar und liebenswert, daß ich den Gedanken nicht ertragen konnte, wie sehr ich ihnen unrecht getan hatte; und ich sagte und sage noch hundertmal: Wie konnte ich mich nur so benehmen, Dolphus, wie konnte ich das nur übers Herz bringen!"

Die gute Frau, die von ihrer aufrichtigen Zärtlichkeit und Reue völlig hingerissen war, weinte aus tiefster Seele, als sie plötzlich mit einem Aufschrei hochfuhr und hinter ihren

Mann lief. Ihr Schrei war so ängstlich, daß die Kinder aus dem Schlaf und ihren Betten hochfuhren und sich an sie klammerten. Auch widersprach ihr starrer Blick nicht ihrer Stimme, als sie auf einen blassen Mann mit schwarzem Umhang wies, der ins Zimmer getreten war.

„Seht diesen Mann an! Seht, dort! Was will er?“

„Meine Liebe“, entgegnete ihr Mann, „ich werde ihn fragen, wenn du mich gehn läßt. Was is los? Wie du zitterst!“

„Ich sah ihn auf der Straße, als ich eben draußen war. Er sah mich an und stellte sich neben mich. Ich fürchte mich vor ihm.“

„Fürchtest dich vor ihm? Warum?“

„Ich weiß nich, warum – ich – halt. Mann“; denn er ging auf den Fremden zu.

Die eine Hand hatte sie gegen die Stirn gepreßt, die andere gegen die Brust; sie war von einer besonderen Unruhe erfaßt, und ihre Augen bewegten sich gehetzt und unstet, als ob sie etwas verloren hätte.

„Bist du krank, meine Liebe?“

„Was is das, was da wieder von mir geht?“ murmelte sie mit leiser Stimme. „Was is das, was da schwindet?“

Dann antwortete sie abrupt: „Krank? Nein, ich fühle mich wohl“ und starrte geistesabwesend auf den Fußboden.

Ihr Mann, auf den sich zunächst auch etwas von ihrer Angst übertragen hatte und den ihr augenblickliches seltsames Verhalten nicht gerade beruhigte, wandte sich an den blassen Mann mit dem schwarzen Umhang, der still dastand und dessen Blicke zu Boden gerichtet waren.

„Womit können wir Ihnen dienen, Sir?“ fragte er.

„Ich fürchte, mein unbemerktes Eintreten hat Sie erschreckt“, erwiderte der Besucher, „aber Sie unterhielten sich und hörten mich nicht.“

„Meine kleine Frau sagt – vielleicht haben Sie's gehört“, entgegnete Mr. Tetterby, „es is nich das erstemal, daß Sie sie heute abend erschreckt haben.“

„Das tut mir leid. Ich erinnere mich, daß ich sie nur für ein paar Augenblicke auf der Straße bemerkte. Ich hatte nicht die Absicht, sie zu erschrecken."

Als er die Augen hob, schaute sie auf. Es war seltsam zu sehen, welche Angst sie vor ihm hatte und mit welcher Scheu er es bemerkte – und doch wie scharf und genau.

„Mein Name ist Redlaw", sagte er. „Ich komme aus dem College hier in der Nähe. Ein junger Mann, der dort Student ist, wohnt in Ihrem Haus, nicht wahr?"

„Mr. Denham?" fragte Tetterby.

„Ja."

Es war eine natürliche und so flüchtige Bewegung, daß man sie kaum wahrnahm, aber der kleine Mann fuhr sich, ehe er wieder sprach, mit der Hand über die Stirn und blickte sich rasch im Zimmer um, als ob er sich einer Veränderung der Atmosphäre bewußt würde. Der Chemiker, der sofort den angstvollen Blick auf ihn übertrug, den er auf die Frau gerichtet hatte, trat einen Schritt zurück, und sein Gesicht wurde blasser.

„Das Zimmer des Herrn is oben, Sir", sagte Tetterby. „Es gibt einen günstiger gelegenen Privateingang; aber weil Sie hier reingekommen sind, sparen Sie sich's, in die Kälte rauszugehn, wenn Sie diese kleine Treppe benutzen" – er zeigte eine Treppe, die direkt vom Wohnzimmer abging – „und zu ihm auf diesem Wege hochgehn, falls Sie ihn besuchen wolln."

„Ja, ich möchte ihn besuchen", sagte der Chemiker. „Haben Sie ein Licht für mich?"

Die Wachsamkeit seines wilden Blicks und das unerklärliche Mißtrauen, das sein Gesicht verdüsterte, schienen Mr. Tetterby zu beunruhigen. Er blieb stehen und stand, ihn unverwandt anblickend, etwa eine Minute lang wie benommen oder hypnotisiert da.

Endlich sagte er: „Ich leuchte Ihnen, Sir, wenn Sie mir folgen wollen."

„Nein“, erwiderte der Chemiker, „ich möchte nicht begleitet oder bei ihm angekündigt werden. Er erwartet mich nicht. Ich möchte lieber allein gehen. Geben Sie mir bitte das Licht, wenn Sie es entbehren können, und ich werde den Weg finden.“

Als er rasch seinen Wunsch äußerte und dem Zeitungshändler die Kerze abnahm, berührte er ihn an der Brust. Schnell zog er seine Hand zurück, fast als hätte er ihn zufällig verwundet (denn er wußte nicht, welchem Bereich seine neue Kraft innewohnte oder wie sie sich mitteilte oder wie sie von den verschiedenen Menschen aufgenommen wurde), wandte sich um und stieg die Treppe hinauf.

Aber als er oben ankam, blieb er stehen und schaute hinunter. Die Frau stand an demselben Fleck und drehte immer ihren Ring am Finger. Der Mann – den Kopf auf die Brust gesenkt – grübelte ernst und traurig vor sich hin. Die Kinder, die noch in Trauben an der Mutter hingen, starrten den Besucher schüchtern an und schmiegten sich aneinander, als sie sahen, wie er herabblickte.

„Kommt!“ sagte der Vater barsch. „Damit is genug. Geht jetz zu Bett!“

„Der Raum is auch ohne euch schon unbequem und eng“, fügte die Mutter hinzu. „Geht schlafen!“

Die ganze kleine Bande schlich sich verstört und traurig davon; der kleine Johnny und das Baby als letzte hinterher. Die Mutter, die sich verächtlich im schmutzigen Zimmer umblickte und die Reste ihrer Mahlzeit von sich abschüttelte, hielt mitten in ihrer Aufgabe, den Tisch abzudecken, inne, setzte sich hin und hing müßig und niedergeschlagen ihren Gedanken nach. Der Vater begab sich in die Kaminecke, und als er das kleine Feuer ungeduldig zusammenscharrte, beugte er sich darüber, als wollte er alles für sich in Anspruch nehmen. Sie wechselten kein Wort.

Der Chemiker, blasser als zuvor, schlich sich wie ein Dieb nach oben; er sah sich um nach der Veränderung dort unten und fürchtete sich gleichermaßen, weiterzugehen oder umzukehren.

„Was habe ich getan!" sagte er verwirrt. „Was bin ich nur im Begriff zu tun!"

„Der Wohltäter der Menschheit zu sein", glaubte er eine Stimme antworten zu hören.

Er sah sich um, aber es war nichts; und er ging einen Korridor entlang, der nun das Wohnzimmer seinen Blicken entzog, und richtete die Augen direkt auf den Weg vor sich.

„Es ist erst seit gestern abend", murmelte er trübsinnig, „daß ich mich abgekapselt habe, und doch sind mir alle Dinge fremd. Ich bin mir selbst fremd. Ich bin hier wie im Traum. Welches Interesse habe ich an diesem Ort oder an jedem anderen, den ich mir ins Gedächtnis rufen kann? Ich bin ganz verwirrt!"

Vor ihm war eine Tür, und er klopfte an. Da er von drinnen aufgefordert wurde, trat er ein.

„Ist das meine gütige Pflegerin?" fragte die Stimme. „Aber ich brauche sie nicht zu fragen. Mich besucht ja sonst niemand hier."

Sie klang fröhlich, wenn auch matt, und lenkte seine Aufmerksamkeit auf einen jungen Mann, der auf einer Couch lag, die vor den Kamin gezogen war und mit der Lehne zur Tür stand. Ein dürftiger und unzureichender Ofen, so eingefallen und ausgehöhlt wie die Wangen eines Kranken, war in die Mitte eines Herdes eingemauert, den er kaum erwärmen konnte, und enthielt das Feuer, dem er sein Gesicht zuwandte. Da es dem zugigen Dach so nahe war, wurde es rasch und mit einem Geräusch schwächer, und die brennenden Scheite fielen schnell zusammen.

„Sie klimpern, wenn sie hier herausschießen", sagte der Student lächelnd, „den Klatschbasen zufolge sind es nicht Särge, sondern Geldbörsen. Ich werde doch eines Tages gesund und reich sein, so Gott will, und werde vielleicht erleben, eine Tochter namens Milly zu lieben zur Erinnerung an das freundlichste Wesen und das gütigste Herz der Welt."

Er erhob seine Hand, als erwartete er, daß sie sie ergriffe, da er aber geschwächt war, lag er still, das Gesicht auf die andere Hand gestützt, und drehte sich nicht um.

Der Chemiker schaute sich flüchtig im Zimmer um: Er sah die Bücher und Papiere des Studenten, die auf einem Tisch in einer Ecke gestapelt lagen, wo sie und seine erloschene Leselampe, die jetzt verboten und weggestellt waren, von den fleißigen Stunden zeugten, die vor seiner Krankheit gewesen und diese vielleicht verursacht hatten; sah solche Zeichen seiner früheren Gesundheit und Freiheit wie die Ausgehkleidung, die nun unbenutzt an der Wand hing; sah jene Erinnerungen an andere und weniger einsame Orte, die kleinen Miniaturen auf dem Kaminsims und die Zeichnung vom Zuhause; sah jenes Zeugnis seines Ehrgeizes und in gewisser Hinsicht vielleicht auch seiner persönlichen Zuneigung, den eingerahmten Stich von sich selbst, dem Betrachter. Noch gestern hätte Redlaw nicht einen dieser Gegenstände ohne die geringste Verbindung von Interesse für die lebende Gestalt vor ihm in sich aufgenommen. Jetzt waren sie nur Gegenstände, oder wenn ein Schimmer von solch einem Zusammenhang in ihm aufleuchtete, verblüffte er ihn, erleuchtete ihn jedoch nicht, als er dastand und in stumpfsinniger Verwunderung umherschaute.

Der Student, dem plötzlich auffiel, daß seine dünne Hand so lange unberührt geblieben war, richtete sich auf der Couch auf und wandte den Kopf.

„Mr. Redlaw!" rief er aus und fuhr hoch.

Redlaw streckte seinen Arm aus.

„Kommen Sie nicht näher an mich heran. Ich will hier sitzen. Bleiben Sie, wo Sie sind!"

Er setzte sich auf einen Stuhl nahe der Tür, und nachdem er den jungen Mann betrachtet hatte, der dastand und die

Hand auf die Couch stützte, sagte er mit zu Boden gerichteten Augen:

„Durch Zufall – durch welchen Zufall, spielt keine Rolle – hörte ich, daß einer aus meiner Klasse krank und einsam sei. Er wurde mir nicht näher beschrieben, als daß er in dieser Straße wohne. Ich begann meine Nachforschungen im ersten Haus und fand ihn."

„Ich bin krank gewesen, Sir", entgegnete der Student, nicht nur mit bescheidenem Zögern, sondern mit einer Art Furcht vor ihm, „aber mir geht es entschieden besser. Ein Fieberanfall – ich glaube, ein Hirnfieber – hat mich geschwächt, aber mir geht es viel besser. Ich kann nicht behaupten, daß ich während meiner Krankheit einsam gewesen wäre, oder ich müßte die hilfreiche Hand vergessen, die mir so nah war."

„Sie sprechen von der Frau des Wächters", sagte Redlaw.

„Ja." Der Student senkte den Kopf, als ob er ihr schweigend huldigte.

Der Chemiker, den eine nüchterne, gleichförmige Teilnahmslosigkeit beherrschte, die ihn mehr zu einem Marmorbild auf dem Grab des Mannes machte, der gestern noch beim ersten Erwähnen des Falles dieses Studenten von seiner Mahlzeit aufgesprungen war, als zu dem leibhaftigen Menschen, betrachtete wieder den Studenten, der die Hand auf die Couch stützte, schaute zu Boden und in die Luft, als suche er nach Licht für seinen getrübten Verstand.

„Mir fiel Ihr Name ein", sagte er, „als er mir eben da unten genannt wurde, und ich erinnere mich an Ihr Gesicht. Wir haben nur sehr wenig persönlichen Kontakt gehabt?"

„Sehr wenig."

„Ich glaube, Sie haben sich mehr als die anderen von mir zurückgezogen."

Der Student nickte beipflichtend.

„Und warum?" fragte der Chemiker ohne den geringsten

Ausdruck von Interesse, eher mit einer launischen, eigensinnigen Art von Neugier. „Warum? Wie kommt es, daß Sie versucht haben, ausgerechnet vor mir zu verheimlichen, daß Sie die Feiertage über hierbleiben und krank sind, während alle anderen verschwinden? Ich möchte wissen, warum das so ist.“

Der junge Mann, der ihm mit wachsender Erregung zugehört hatte, hob die niedergeschlagenen Augen zu seinem Gesicht auf, schlug die Hände zusammen und rief mit plötzlichem Ernst und mit zitternden Lippen:

„Mr. Redlaw! Sie haben mich ausfindig gemacht. Sie kennen mein Geheimnis!“

„Geheimnis?“ fragte der Chemiker scharf. „*Ich* kenne es?“

„Ja! Ihr Verhalten, das so verschieden ist gegenüber dem Interesse und der Anteilnahme, die Ihnen die Zuneigung so vieler Herzen eintragen; Ihre veränderte Stimme; die Befangenheit in Ihren Blicken und bei allem, was Sie sagen“, antwortete der Student, „zeigen mir, daß Sie mich kennen. Daß Sie es selbst jetzt verheimlichen wollen, ist mir nur ein Beweis (ich brauche, weiß Gott, keinen!) für Ihre übliche Güte und die Schranke zwischen uns.“

Ein geistesabwesendes und verächtliches Lachen war seine einzige Antwort.

„Aber, Mr. Redlaw“, sagte der Student, „als gerechter und guter Mensch bedenken Sie, wie unschuldig ich – mit Ausnahme des Namens und der Herkunft – an irgendeinem Unrecht bin, das Ihnen zugefügt wurde, oder an irgendeinem Leid, das Sie ertragen haben.“

„Leid!“ sagte Redlaw lachend. „Unrecht! Was ist das für mich?“

„Um Himmels willen“, flehte der zurückweichende Student, „verändern Sie sich nicht derart, Sir, nur weil Sie ein paar Worte mit mir gewechselt haben! Kennen und beachten Sie mich nicht mehr. Lassen Sie mich meinen alten zurückhaltenden und unbedeutenden Platz unter denen einnehmen, die Sie unterrichten. Kennen Sie mich nur unter dem Namen, den ich angenommen habe, und nicht unter Longford –"

„Longford!" rief der andere aus.

Er umklammerte seinen Kopf mit beiden Händen und wandte einen Augenblick sein intelligentes und gedankenvolles Gesicht dem jungen Mann zu. Doch das Licht verschwand von ihm wie ein momentaner Sonnenstrahl, und es verfinsterte sich wie vorher.

„Der Name, den meine Mutter trägt, Sir", stammelte der junge Mann, „der Name, den sie annahm, als sie vielleicht einen geehrteren hätte annehmen können, Mr. Redlaw", er zögerte, „ich glaube, ich kenne diese Geschichte. Wo mein Wissen endet, können meine Vermutungen darüber, was fehlt, das ersetzen, was der Wahrheit recht nahe kommt. Ich bin das Kind einer Ehe, die sich nicht als harmonisch oder glücklich erwiesen hat. Von Kindheit an habe ich von Ihnen mit Ehrerbietung und Achtung, ja fast mit Ehrfurcht sprechen hören. Ich habe von solcher Hingabe und Seelenstärke und Güte gehört, von solchem Ankämpfen gegen die Hindernisse, die sich Menschen in den Weg legen, daß meine Phantasie Ihrem Namen Glanz verlieh, seit ich von meiner Mutter meine kleine Lektion gelernt habe. Und da ich schließlich ein armer Student war, von wem konnte ich lernen außer von Ihnen?"

Redlaw, der unbewegt und unverändert war und ihn mit starrem Stirnrunzeln ansah, antwortete mit keinem Wort oder Zeichen.

„Ich kann nicht sagen", fuhr der andere fort, „ich würde vergeblich versuchen, zu sagen, wie stark es mich beeindruckt und gerührt hat, die glücklichen Spuren der Vergangenheit in jener gewissen Macht wiederzufinden, Dankbarkeit und Vertrauen zu erringen, die unter uns Studenten (bei den ärmsten am meisten) mit dem edlen Namen Mr. Redlaw verbunden ist. Wir sind in Alter und Rang so verschieden,

Sir, und ich bin es gewohnt, Sie aus einer Entfernung zu betrachten, daß ich mich über meine Anmaßung wundere, wenn ich dieses Thema berühre, und sei es noch so behutsam. Aber einem, der für meine Mutter einmal, das darf ich wohl sagen, kein alltägliches Interesse aufgebracht hat, mag es etwas bedeuten, zu hören – nun, da alles vorbei ist –, mit welch unbeschreiblichen Gefühlen der Zuneigung ich ihn in meiner Verborgenheit betrachtet habe; mit welchem Schmerz und Widerstreben ich mich seinen Ermutigungen ferngehalten, wenngleich mich ein Wort davon reich gemacht hätte; und wie ich es für richtig hielt, meinen Kurs beizubehalten und zufrieden zu sein, wenn ich ihn kenne und unbekannt bleibe. Mr. Redlaw", sagte der Student schwach, „was ich sagen wollte, habe ich ungeschickt gesagt, denn meine Ausdruckskraft ist mir noch ungewohnt, aber verzeihen Sie mir alles Verabscheuungswürdige an meiner arglistigen Täuschung, und im übrigen vergessen Sie mich!"

Das starre Stirnrunzeln blieb auf Redlaws Gesicht und wich keinem anderen Ausdruck, bis der Student bei diesen Worten auf ihn zuging, als ob er seine Hand berühren wollte. Da wich er zurück und rief ihm zu: „Kommen Sie mir nicht näher!"

Der junge Mann blieb, über den heftigen Rückprall und die strenge Abneigung entsetzt, stehen, und er strich sich gedankenvoll mit der Hand über die Stirn.

„Die Vergangenheit ist vorbei", sagte der Chemiker. „Sie stirbt wie die tierischen Instinkte im Menschen. Wer spricht zu mir von ihren Spuren in meinem Leben? Er phantasiert oder lügt! Was habe ich mit Ihren wirren Träumen zu tun? Wenn Sie Geld brauchen, hier ist welches. Ich kam her, um es Ihnen anzubieten; und nur darum kam ich her. Es kann nichts anderes sein, was mich herführt", murmelte er, den Kopf wieder mit beiden Händen haltend. „Es kann nichts anderes sein, und doch ..."

Er hatte seine Geldbörse auf den Tisch geworfen. Als er

in diese trüben Gedanken versank, nahm der Student sie auf und hielt sie ihm entgegen.

„Nehmen Sie sie zurück, Sir", sagte er stolz, doch nicht ärgerlich. „Ich wünschte, Sie könnten damit auch die Erinnerung an Ihre Worte und Ihr Angebot zurücknehmen."

„Das wünschen Sie?" erwiderte er mit einem wilden Funkeln in den Augen. „Wirklich?"

„Ja!"

Der Chemiker ging das erstemal nahe an ihn heran, nahm die Geldbörse, drehte ihn am Arm um und sah ihm ins Gesicht.

„Wenn man krank ist, gibt es Kummer und Not, nicht wahr?" fragte er lachend.

Der verwunderte Student antwortete: „Ja."

„Mit Unruhe, Angst, Ungewißheit, mit seiner Folge von körperlichen und seelischen Nöten?" fragte der Chemiker mit wildem, unheimlichem Triumphieren. „Sind alle längst vergessen, nicht wahr?"

Der Student antwortete nicht, sondern fuhr sich wieder verwirrt mit der Hand über die Stirn. Redlaw hielt ihn noch am Ärmel, als draußen Millys Stimme zu hören war.

„Ich kann jetzt sehr gut sehen", sagte sie, „danke, Dolf. Weine nicht, Schatz. Vater und Mutter werden morgen wieder vergnügt sein, und im Hause wird es auch gemütlich sein. Ein Herr ist bei ihm!"

Redlaw lockerte seinen Griff, als er lauschte.

„Vom ersten Augenblick an habe ich befürchtet", murmelte er vor sich hin, „ihr zu begegnen. In ihr ist eine unerschütterliche Güte, die ich zu beeinflussen fürchte. Ich kann der Mörder dessen werden, was das Zarteste und Beste in ihrem Herzen ist."

Sie klopfte an die Tür.

„Soll ich es als unbedeutendes Omen abtun oder ihr noch aus dem Weg gehen?" murmelte er und sah sich unbehaglich um.

Sie klopfte erneut an die Tür.

„Von allen Besuchern, die herkommen könnten", sagte er mit heiserer, besorgter Stimme und wandte sich an seinen Gefährten, „ist das diejenige, der ich am meisten ausweichen möchte. Verstecken Sie mich!"

Der Student öffnete eine zerbrechliche Tür, die zu einem kleinen Raum gehörte, wo das Mansardendach zum Fußboden hin schräg abzufallen begann. Redlaw huschte hinein und schloß sie hinter sich.

Dann nahm der Student seinen Platz auf der Couch ein und forderte sie auf hereinzukommen.

„Lieber Mr. Edmund", sagte Milly und schaute sich um, „man hat mir erzählt, ein Herr sei hier."

„Außer mir ist niemand hier."

„Es ist aber jemand hier gewesen?"

„Ja, ja, es ist jemand hier gewesen."

Sie stellte ihren kleinen Korb auf den Tisch und ging zur Lehne der Couch hin, als wollte sie die ausgestreckte Hand ergreifen, aber sie war nicht da. Ein wenig überrascht beugte sie sich in ihrer ruhigen Art darüber, um ihm ins Gesicht zu sehen, und berührte ihn an der Stirn.

„Geht es Ihnen heute abend auch gut? Ihr Kopf ist nicht so kühl wie am Nachmittag."

„Ach was!" sagte der Student verdrießlich, „sehr wenig tut mir weh."

Etwas mehr Überraschung, doch kein Tadel drückte sich in ihrem Gesicht aus, als sie sich zur anderen Seite des Tisches zurückzog und ein kleines Bündel mit Handarbeiten aus ihrem Korb hervorholte. Doch nach reiflicher Überlegung legte sie es wieder hin und stellte alles mit größter Ordentlichkeit, wobei sie geräuschlos durch das Zimmer ging, an seinen richtigen Platz, selbst die Kissen auf der Couch, die sie mit so leichter Hand berührte, daß er es kaum zu merken schien, als er dalag und ins Feuer blickte. Als all das erledigt war und sie den Herd gefegt hatte, setzte sie sich mit ihrer kleinen schlichten Haube an ihre Arbeit und war damit still beschäftigt.

„Das ist die neue Musselingardine für das Fenster, Mr. Edmund", sagte Milly und nähte, während sie sich unterhielt. „Sie wird sehr sauber und hübsch aussehen, obwohl sie wenig kostet, und wird Ihre Augen vor dem Licht schützen. Mein William sagt, das Zimmer sollte jetzt nicht zu hell sein, wenn Sie sich so gut erholen, sonst macht das Grelle Sie schwindlig."

Er sagte nichts, aber als er seine Lage veränderte, lag darin etwas so Ärgerliches und Ungeduldiges, daß ihre flinken Finger innehielten und sie ihn besorgt betrachtete.

„Die Kopfkissen sind nicht bequem", sagte sie, legte ihre Arbeit hin und stand auf. „Ich werde sie schnell zurechtrücken."

„Sie sind sehr gut", antwortete er. „Lassen Sie sie in Ruhe, bitte. Sie machen zuviel Wesen von allem."

Er hob den Kopf, um ihr das zu sagen, und sah sie dabei so undankbar an, daß sie, nachdem er sich wieder fallen gelassen hatte, schüchtern und zögernd dastand. Sie nahm jedoch wieder ihren Platz ein und griff zur Nadel, ohne ihm auch nur einen anklagenden Blick zuzuwerfen, und war bald so geschäftig wie zuvor.

„Ich habe darüber nachgedacht, Mr. Edmund, daß *Sie* in letzter Zeit, wenn ich neben Ihnen saß, oft daran gedacht haben, wie wahr das Sprichwort ist, daß die Not ein guter Erzieher ist. Nach dieser Krankheit wird Ihnen die Gesundheit wertvoller sein als je zuvor. Und Jahre später, wenn diese Zeit des Jahres wieder heran ist und Sie sich an die Tage erinnern, als Sie hier krank und allein lagen, und die Kenntnis Ihrer Krankheit nicht jene betrüben kann, die Ihnen am nächsten stehen, wird Ihnen Ihr Heim doppelt lieb und beglückend vorkommen. Ist das nicht eine gute, wahre Sache?"

Sie war zu stark mit ihrer Arbeit beschäftigt und zu ernst

bei dem, was sie sagte, und zu gelassen und ruhig, als daß sie auf einen Blick achtgegeben hätte, den er ihr möglicherweise als Antwort zuwarf. So traf der Pfeil seines undankbaren Blickes ins Leere und verwundete sie nicht.

„Ach!" sagte Milly, wobei sie ihren hübschen Kopf gedankenvoll zur Seite neigte, als sie hinuntersah und ihren flinken Fingern folgte. „Selbst auf mich – und ich unterscheide mich sehr von Ihnen, denn ich bin nicht gebildet und weiß nicht, wie man richtig denkt – hat die Betrachtung solcher Dinge einen großen Eindruck gemacht, seit Sie hier krank liegen. Als ich gesehen habe, wie gerührt Sie von der Freundlichkeit und Aufmerksamkeit der armen Leute da unten waren, habe ich gespürt, daß Sie diese Erfahrung als einen Ersatz für den Verlust Ihrer Gesundheit ansahen, und ich las in Ihrem Gesicht so deutlich wie in einem Buch, daß wir über etwas Kummer und Not nicht das Gute vergessen sollten, was uns umgibt."

Da er von der Couch aufstand, wurde sie unterbrochen, ehe sie noch mehr sagen konnte.

„Wir brauchen die Verdienste nicht überzubewerten, Mrs. William", erwiderte er geringschätzig. „Die Leute da unten werden, das darf ich wohl sagen, rechtzeitig für jeden kleinen Extradienst bezahlt, den sie mir erwiesen haben; und vielleicht erwarten sie nicht weniger. Ich bin auch Ihnen sehr verbunden."

Ihre Finger hielten an, und sie sah ihn an.

„Ich fühle mich aber nicht mehr zu Dank verpflichtet, wenn Sie den Fall übertreiben", sagte er. „Ich bin mir bewußt, daß Sie sich für mich interessiert haben, und ich sage, ich bin Ihnen sehr verbunden. Was wollen Sie noch mehr?"

Die Arbeit fiel ihr in den Schoß, als sie noch immer zu ihm hinsah, wie er mit unduldsamer Miene auf und ab lief und hin und wieder stehenblieb.

„Ich sage noch einmal, daß ich Ihnen sehr verbunden bin. Warum soll ich meinen Verstand damit schwächen, wozu ich

Ihnen verpflichtet bin, indem ich Ansprüche gegen mich erhebe? Not, Kummer, Betrübnis, Unglück! Man könnte annehmen, ich wäre hier ein Dutzend Tode gestorben!"

„Glauben Sie, Mr. Edmund", fragte sie, erhob sich und ging näher an ihn heran, „daß ich von den armen Leuten im Haus mit irgendeinem Bezug auf mich gesprochen habe? Auf mich?" Sie legte die Hand mit einem schlichten und arglosen Lächeln der Verwunderung auf ihre Brust.

„Oh, ich glaube gar nichts, meine Liebe", erwiderte er. „Ich hatte eine Unpäßlichkeit, die Ihre Überängstlichkeit – hören Sie, ich sagte, Ihre Überängstlichkeit! – eher größer macht, als daß sie ihr nützt. Und sie ist vorbei, und wir können sie nicht verlängern."

Kalt nahm er ein Buch zur Hand und setzte sich an den Tisch.

Sie beobachtete ihn eine Weile, bis ihr Lächeln völlig verschwunden war, und als sie dann an ihren Korb zurückkehrte, fragte sie freundlich:

„Mr. Edmund, möchten Sie lieber allein sein?"

„Es besteht kein Grund, Sie hier zurückzuhalten", antwortete er.

„Außer...", sagte Milly zögernd und zeigte ihre Arbeit.

„Oh, die Gardinen", antwortete er mit verächtlichem Lachen. „Es lohnt nicht, deswegen zu bleiben."

Sie packte das kleine Päckchen wieder zusammen und legte es in ihren Korb. Als sie dann mit solch einem Ausdruck von geduldigem Bitten vor ihm stand, daß er nicht anders konnte, als sie anzusehen, sagte sie:

„Wenn Sie mich brauchen sollten, komme ich gern zurück. Als Sie mich brauchten, machte es mich glücklich herzukommen; dabei war kein Verdienst. Ich glaube, Sie haben Angst, daß ich Ihnen jetzt, da es Ihnen besser geht, lästig werde; aber das wäre ich wirklich nicht geworden. Ich wäre nicht länger gekommen, als Ihre Schwäche und Bettlägerigkeit gedauert hat. Sie sind mir nichts schuldig. Aber es ist nur recht und billig, wenn Sie mich so gerecht behandeln, als wenn ich eine Dame wäre – sogar die Dame, die Sie lieben. Und wenn Sie von mir annehmen, daß ich so niederträchtig bin und viel Wesen um das bißchen mache, daß ich versucht habe, Ihr Krankenzimmer behaglich zu machen, tun Sie sich selbst mehr Unrecht, als Sie es mir je antun können. Darum bin ich traurig. Das ist es, was mir sehr leid tut."

Wenn sie so leidenschaftlich gewesen wäre, wie sie ruhig war; so entrüstet, wie sie gelassen war; einen so ärgerlichen Blick gehabt hätte, wie er freundlich war; einen so lauten Tonfall, wie er leise und klar war; hätte sie kein Gefühl ihres Weggehens im Zimmer hinterlassen können, das mit dem zu vergleichen gewesen wäre, was den einsamen Studenten überkam, als sie wegging.

Er starrte traurig auf die Stelle, wo sie gewesen, als Redlaw aus seinem Versteck auftauchte und an die Tür kam.

„Wenn Sie erneut eine Krankheit heimsucht", sagte er und blickte grimmig zu ihm zurück, „– möge es bald sein! – Sterben Sie hier! Verfaulen Sie hier!"

„Was haben Sie getan?" erwiderte der andere und griff nach seinem Umhang. „Was für eine Veränderung haben Sie in mir bewirkt? Was für einen Fluch haben Sie auf mich geladen? Geben Sie mir mein Ich zurück!"

„Geben Sie mir mein Ich zurück!" rief Redlaw wie ein Verrückter aus. „Ich habe mich angesteckt! Ich bin ansteckend! Ich bin mit Gift für meine eigene Seele und die Seelen der ganzen Menschheit angefüllt. Wo ich Interesse, Mitleid und Mitgefühl empfand, verwandle ich mich in Stein. Selbstsucht und Undankbarkeit entstehen in meinen verderbenbringenden Fußspuren. Ich bin nur so viel weniger gemein als die Elenden, die ich so mache, daß ich sie im Augenblick der Verwandlung hassen kann."

Als er sprach – der junge Mann hielt sich noch an seinem Umhang fest –, stieß er ihn von sich und schlug ihn. Dann stürzte er wild in die Abendluft hinaus, wo der Wind wehte, der Schnee fiel, die Wolken dahinsausten, der Mond schwach schien und wo die Worte der Erscheinung: „Die Gabe, die ich dir verliehen habe, sollst du weitergeben, wohin du auch gehst!" im Wind wehten, mit dem Schnee fielen, mit den Wolken zogen, im Mondlicht schienen und sich drohend in die Dunkelheit erhoben.

Woher er ging, wußte er nicht, und es kümmerte ihn nicht, so daß er Gesellschaft aus dem Wege ging. Die Verwandlung, die er an sich verspürte, machte die belebten Straßen zur Einöde und ihn selbst verlassen, und die Menschenmenge um ihn herum mit ihren mannigfaltigen Leiden und Lebensgewohnheiten zu einer Sandwüste, die der Wind zu unerklärlichen Haufen aufwirbelte und in der es ein verderbliches Durcheinander anrichtete. Jene Überreste in seiner Brust, von denen die Erscheinung gesagt hatte, daß sie „bald vergehen" würden, waren bis jetzt noch nicht so weit vergangen, so daß er noch genug von dem begriff, was er war und was er aus anderen machte, um allein sein zu wollen.

Bei diesen Gedanken entsann er sich, als er weiterging, plötzlich des Jungen, der in sein Zimmer gerannt war. Und dann erinnerte er sich, daß von allen, mit denen er seit dem Verschwinden der Erscheinung zusammengetroffen war, jener Junge als einziger kein Zeichen der Veränderung gezeigt hatte. Ungeheuerlich und widerlich, wie das wilde Geschöpf ihm erschien, entschloß er sich, herauszufinden und zu prüfen, ob es wirklich so war, und ihn noch mit einer anderen Absicht zu suchen, die ihm gleichzeitig in den Sinn kam.

So erfuhr er nach einigen Schwierigkeiten, wo er sich aufhielt, und lenkte seine Schritte zurück zum alten Institut und zu jenem Teil, wo sich der Haupteingang befand und das Pflaster von den Schritten der Studenten abgetreten war.

Das Haus des Wächters stand direkt am Eisentor und bildete einen Teil des Haupthofes. Davor war ein kleiner Kreuzgang, und er wußte, daß er von diesem geschützten Ort aus ins Fenster ihres Dienstraumes sehen und erkennen konnte, wer drinnen war. Das Eisentor war verschlossen, aber seine Hand war mit dem Schloß vertraut und zog es zurück, indem er sein Handgelenk zwischen die Stangen steckte. Dann ging er leise hindurch, verschloß es wieder und schlich sich ans Fenster, wobei er die dünne Schneeschicht kurzerhand mit den Füßen zertrat.

Das Feuer, zu dem er den Jungen am vergangenen Abend geschickt hatte und das hell durch das Glas schien, bildete auf dem Boden einen erleuchteten Fleck. Zunächst glaubte er, niemand sei da und die Glut färbe nur die alten Balken in der Decke und die dunklen Wände rot; aber als er genauer hineinschaute, sah er den Gegenstand seiner Suche schlafend davor auf dem Fußboden zusammengerollt. Rasch lief er zur Tür, öffnete sie und ging hinein.

Das Wesen lag in solch einer glühenden Hitze, daß sie, als sich der Chemiker bückte, um ihn zu wecken, seinen Kopf versengte. Sobald der Junge berührt wurde, raffte er – noch nicht ganz wach – seine Lumpen in dem Instinkt zur Flucht zusammen und floh, halb rollend, halb rennend, in eine entfernte Ecke des Zimmers, wo er, auf den Boden gekauert, mit den Füßen stieß, um sich zu verteidigen.

„Steh auf!" sagte der Chemiker. „Du hast mich nicht vergessen?"

„Lassen Sie mich in Ruhe!" erwiderte der Junge. „Das is das Haus der Frau – nich Ihres!"

Der unverwandte Blick des Chemikers beeinflußte ihn etwas oder flößte ihm genügend Respekt ein, so daß er sich auf die Beine stellte und sie ansehen ließ.

„Wer hat sie gewaschen und diese Verbände angelegt, wo sie zerquetscht und zerschrunden waren?" fragte der Chemiker und deutete auf ihren veränderten Zustand.

„Die Frau."

„Und ist sie es, die dich auch im Gesicht sauberer gemacht hat?"

C. STANFIELD R.A. del.
T. WILLIAMS. Sc.

„Ja, die Frau.“

Redlaw stellte diese Fragen, um die Blicke auf sich zu ziehen, und mit derselben Absicht faßte er ihn nun am Kinn und warf das wirre Haar zurück, obwohl er sich davor ekelte, ihn zu berühren. Der Junge beobachtete seine Augen gespannt, als ob er es zu seiner eigenen Verteidigung für erforderlich hielt, da er nicht wußte, was er als nächstes tun würde, und Redlaw konnte genau sehen, daß keine Veränderung mit ihm vor sich ging.

„Wo sind sie?“ fragte er.

„Die Frau is weg.“

„Das weiß ich. Wo sind der weißhaarige alte Mann und sein Sohn?“

„Sie meinen, der Mann von der Frau?“ fragte der Junge.

„Ja. Wo sind die beiden?“

„Weg. Irgendwo is was los. Sie wurden ganz eilig geholt und sagten mir, ich soll hierbleiben.“

„Komm mit“, sagte der Chemiker, „und ich gebe dir Geld.“

„Wohin mitkommen? Und wieviel geben Sie mir?“

„Ich werde dir mehr Schillinge geben, als du jemals gesehen hast, und dich bald zurückbringen. Kennst du den Weg dahin, woher du gekommen bist?“

„Lassen Sie mich“, erwiderte der Junge und wand sich plötzlich aus seinem Griff. „Ich werde Sie nich dahin bringen. Lassen Sie mich, oder ich werfe Sie mit Feuer!“

Er stand davor und war bereit, mit seiner bösen kleinen Hand die brennenden Kohlen herauszuholen.

Was der Chemiker gespürt hatte, als er die Wirkung seines verzaubernden Einflusses bemerkt hatte, der jene überkam, mit denen er Kontakt hatte, entsprach nicht annähernd dem kalten, unbestimmten Schrecken, mit dem er sah, wie das kindliche Ungeheuer ihm Trotz bot. Ihm erstarrte das Blut in den Adern, wenn er das unerschütterliche, unergründliche Wesen in Gestalt eines Kindes sah, mit seinem böswilligen

Gesicht, das zu seinem aufblickte, und mit seiner Kinderhand bereit, sich zu wehren.

„Hör zu, Junge!“ sagte er. „Du sollst mich führen, wohin du willst, aber bringe mich dahin, wo die Menschen sehr elend oder sehr schlecht sind. Ich möchte ihnen Gutes tun und ihnen keinen Schaden zufügen. Du sollst Geld haben, wie ich dir gesagt habe, und ich werde dich zurückbringen. Steh auf! Komm schnell!“ Er machte einen hastigen Schritt zur Tür hin, aus Angst vor ihrer Rückkehr.

„Werden Sie mich allein gehen lassen und mich weder festhalten noch anrühren?“ fragte der Junge, wobei er die Hand langsam zurückzog, mit der er drohte, und aufzustehen begann.

„Ja!“

„Und Sie lassen mich vor oder hinter Ihnen gehen oder wo ich will?“

„Ja!“

„Geben Sie mir zuerst Geld, und ich gehe.“

Der Chemiker legte ein paar Schillinge, einen nach dem anderen, in seine ausgestreckte Hand. Zählen konnte sie der Junge nicht, aber er sagte jedesmal „eins“ und schaute gierig auf jede Münze und auf den Spender. Er hatte nichts, wo er sie unterbringen konnte, außer den Mund, und dahin steckte er sie.

Redlaw schrieb dann auf eine Seite seines Notizbuches, daß er den Jungen bei sich hatte; und als er sie auf den Tisch legte, bedeutete er ihm zu folgen. Der Junge raffte wie gewöhnlich seine Lumpen zusammen und fügte sich, dann ging er mit unbedecktem Kopf und nackten Füßen in die Winternacht hinaus.

Da er vorzog, nicht durch das Eisentor hinauszugehen, durch das er hereingekommen war, wo sie Gefahr liefen, ihr zu begegnen, die er so ängstlich mied, ging der Chemiker voran durch einige jener Flure, auf denen sich der Junge verlaufen hatte, und durch jenen Teil des Gebäudes, in dem er wohnte, zu einer kleinen Tür hin, zu der er den Schlüssel hatte. Als sie auf die Straße hinaustraten, blieb er stehen, um seinen Führer – der sofort vor ihm zurückwich – zu fragen, ob er wisse, wo sie seien.

Das wilde Wesen schaute hierhin und dorthin; schließlich nickte es und wies in die Richtung, die es einschlagen wollte. Redlaw ging weiter, und der Junge folgte etwas weniger mißtrauisch. Er wechselte sein Geld vom Mund in die Hand und wieder zurück in den Mund und rieb es verstohlen an seinen Kleiderfetzen blank, während er weiterlief.

Dreimal auf ihrem Weg befanden sie sich Seite an Seite. Dreimal blieben sie stehen, Seite an Seite. Dreimal blickte der Chemiker in sein Gesicht hinab und schauderte, als er den Blick erwiderte.

Beim erstenmal überquerten sie einen alten Friedhof, und Redlaw hielt zwischen den Gräbern an, gänzlich unfähig, sie mit irgendwelchen zärtlichen, milde stimmenden und tröstenden Gedanken in Verbindung zu bringen.

Beim zweitenmal veranlaßte ihn das Hervorbrechen des Mondes, zum Himmel aufzuschauen, als er ihn in seinem Glanz und von Unmengen Sternen umgeben sah, deren Namen und Geschichten, die ihnen die menschliche Wissenschaft beigefügt hatte, er noch kannte; wo er aber nichts weiter sah als das, was er gewohnt war, nichts weiter empfand als das, was er gewohnt war, wenn er in einer hellen Nacht hinaufschaute.

Beim drittenmal lauschte er einer klagenden Weise, konnte aber nur eine Melodie hören, die ihm durch den nüchternen Mechanismus der Instrumente und seiner Ohren deutlich gemacht wurde, die nichts Geheimnisvolles in ihm ansprach, weder von Vergangenheit noch Zukunft flüsterte und ohne Wirkung auf ihn blieb wie das Geräusch des rauschenden Wassers oder des dahinfegenden Windes vom vergangenen Jahr.

Bei jeder dieser drei Gelegenheiten sah er mit Schrecken,

daß der Junge trotz ihres großen geistigen Abstandes und ihrer Unterschiede in der körperlichen Verfassung denselben Gesichtsausdruck hatte wie er.

Sie wanderten geraume Zeit – manchmal durch so überfüllte Straßen, daß er glaubte, seinen Führer verloren zu haben, doch gewöhnlich fand er ihn in seinem eigenen Schatten auf der anderen Seite; dann wieder auf so ruhigen Wegen, daß er die kurzen, flinken, nackten Schritte, die hinter ihm herkamen, hätte zählen können –, bis sie an eine Reihe baufälliger Häuser gelangten, wo der Junge ihn berührte und sie stehenblieben.

„Dahinein!" sagte er und wies auf ein Haus, wo vereinzelt Licht in den Fenstern brannte und eine trübe Laterne im Torweg, über dem „Logis für Reisende" geschrieben stand.

Redlaw sah sich um: von den Häusern zu dem Stückchen Ödland, auf dem sie standen oder beinahe einfielen, nicht eingezäunt, ohne Kanalisation, unbeleuchtet und von einem träge fließenden Graben begrenzt. Von da aus zu der sich neigenden Reihe von Bögen, die zu einem benachbarten Viadukt oder einer Brücke gehörten, von der es umgeben war und die allmählich zu ihnen hin kleiner wurde, bis der vorletzte nur noch eine Hundehütte und der letzte ein kleiner Steinhaufen war. Von da aus zu dem Kind neben ihm, das sich vor Kälte zusammenkauerte und bibberte und das auf dem einen Füßchen humpelte, während es das andere um sein Bein geschlungen hatte, um es zu erwärmen, doch all diese Dinge mit demselben erschreckenden Ausdruck anstarrte, der auf seinem Gesicht wahrnehmbar war, daß Redlaw vor ihm zurückschauderte.

„Dahinein!" sagte der Junge und zeigte wieder auf das Haus. „Ich werde warten."

„Werden sie mich einlassen?" fragte Redlaw.

„Sagen Sie, Sie sind ein Arzt", antwortete er nickend. „Da gibt's 'ne Menge Kranke."

Als sich Redlaw auf dem Weg zur Haustür umdrehte, sah

er, daß er sich durch den Staub schleppte und wie eine Ratte in den Schutz des kleinsten Bogens kroch. Er hatte kein Mitleid mit diesem Wesen, fürchtete sich aber vor ihm, und als es ihn von seiner Höhle aus betrachtete, zog er sich hastig zurück.

„Leid, Unrecht und Sorgen", sagte der Chemiker mit schmerzlichem Bemühen, sich etwas genauer zu erinnern, „suchen zumindest diesen Ort arg heim. Wer hier Vergessenheit von solchen Dingen bringt, kann keinen Schaden anrichten!"

Mit diesen Worten stieß er die nachgebende Tür auf und ging hinein.

Auf der Treppe saß eine Frau, entweder schlafend oder verlassen, deren Kopf auf ihre Hände und Knie gesunken war. Da er nicht leicht an ihr vorbeigehen konnte, ohne sie zu treten, und da sie keinerlei Notiz von seinem Näherkommen nahm, blieb er stehen und berührte ihre Schulter. Als sie aufschaute, zeigte sie ihm ein recht junges Gesicht, dessen vielversprechende Jugendfrische jedoch hinweggefegt war, als ob der wilde Winter wider die Natur den Frühling vernichten sollte.

Sie kümmerte sich nur wenig oder gar nicht um ihn und rückte näher zur Wand, damit er mehr Platz zum Durchgehen habe.

„Was sind Sie?" fragte Redlaw, die Hand auf dem zerbrochenen Treppengeländer.

„Was glauben Sie denn?" fragte sie und zeigte ihm wieder ihr Gesicht.

Er blickte auf den zerstörten Tempel hinab, erst kürzlich errichtet und so schnell verunstaltet; und etwas, was kein Mitleid war – denn die Quellen, in denen wahres Mitleid für solch ein Elend seinen Ursprung hat, waren in seiner Brust versiegt –, was aber im Moment näher daran lag als jedes Gefühl, das mit seiner sich verdunkelnden, doch noch nicht gänzlich verdunkelten Seele gekämpft hatte, das mischte einen Hauch Sanftheit in seine folgenden Worte: „Ich bin hergekommen, um Hilfe zu bringen, falls ich kann", sagte er. „Denken Sie an irgendein Unrecht?"

Sie sah ihn mißbilligend an und lachte dann. Ihr Lachen endete in einem bebenden Seufzer, als sie den Kopf wieder sinken ließ und ihre Finger sich im Haar vergruben.

„Denken Sie an ein Unrecht?" fragte er noch einmal.

„Ich denke an mein Leben", sagte sie mit einem flüchtigen Blick auf ihn.

Er hatte das Empfinden, daß sie eine von vielen war und daß er die Vertreterin von Tausenden sah, als er sie hier zu seinen Füßen zusammengekauert erblickte.

„Was sind Ihre Eltern?" fragte er.

„Ich hatte einmal ein schönes Zuhause. Mein Vater war Gärtner, weit weg von hier auf dem Lande."

„Ist er tot?"

„Für mich ist er tot. All diese Dinge sind für mich tot. Sie als Herr wissen das nicht!" Sie hob wieder ihre Augen und lachte ihn aus.

„Mädchen!" sagte er streng, „ehe dieses Absterben all jener Dinge begann, wurde Ihnen da kein Unrecht getan? Bleibt nicht trotz allem, was Sie tun können, die Erinnerung an ein Unrecht hängen? Gibt es nicht immer wieder Zeiten, wo es Ihnen Schmerzen bereitet?"

An ihrer Erscheinung war so wenig Weibliches übriggeblieben, daß er erstaunt dastand, als sie jetzt in Tränen ausbrach. Aber noch erstaunter und beunruhigter war er, als er feststellte, daß sich in ihrer erwachenden Erinnerung an dieses Unrecht die ersten Spuren ihrer früheren Menschlichkeit und eingefrorenen Empfindsamkeit zu zeigen begannen.

Er trat ein wenig zurück und bemerkte dabei, daß ihre Arme blau, das Gesicht verletzt und ihre Brust gequetscht waren.

„Was für eine brutale Hand hat Sie so zugerichtet?“ fragte er.

„Meine eigene. Ich habe es selbst getan!“

„Das ist unmöglich.“

„Ich schwöre es! Er hat mich nicht angerührt. Ich habe es in einer Gefühlsaufwallung selbst getan und mich hier herabgestürzt. Er war nicht in meiner Nähe. Er hat nie Hand an mich gelegt!“

In der unschuldigen Entschiedenheit ihres Gesichts, das ihm mit dieser Unwahrheit entgegentrat, sah er genug von der letzten Verkehrung und Verzerrung des Guten, das in dieser elenden Brust übriggeblieben war, um von Gewissensbissen geplagt zu werden, weil er sich ihr je genähert hatte.

„Leid, Unrecht und Sorgen!“ murmelte er und wandte seinen furchtbaren Blick ab. „Alles, was sie mit dem Zustand verbindet, aus dem heraus sie gefallen ist, hat seine Wurzeln darin! In Gottes Namen, laß mich vorbeigehen.“

Aus Angst, sie wieder zu betrachten, sie zu berühren und zu denken, daß er den letzten Faden zerrissen, an dem sie von der göttlichen Gnade gehalten wurde, raffte er seinen Umhang zusammen und glitt rasch die Treppe hinauf.

Ihm gegenüber auf dem Treppenabsatz war eine Tür, die halb offenstand und aus der, als er die Treppe hinaufstieg, ein Mann mit einer Kerze in der Hand herauskam. Doch dieser Mann wich mit großer Erregung zurück, als er ihn sah, und nannte ihn wie in einer plötzlichen Eingebung laut bei seinem Namen.

In seiner Überraschung, dort erkannt zu werden, blieb er stehen und versuchte, sich an das fahle und erschreckte Gesicht zu erinnern. Er hatte keine Zeit, es zu betrachten, denn zu seinem noch größeren Erstaunen kam der alte Philip aus dem Zimmer und nahm ihn bei der Hand.

„Mr. Redlaw“, sagte der alte Mann, „das sieht Ihnen ähnlich, das sieht Ihnen ähnlich, Sir! Sie haben davon gehört und sind uns gefolgt, um jegliche Hilfe zu leisten. Ach, zu spät, zu spät!"

Mit verwirrtem Blick ließ sich Redlaw ins Zimmer führen. Dort lag ein Mann auf einem Rollbett, und William Swidger stand am Bett.

„Zu spät!" murmelte der alte Mann und schaute dem Chemiker wehmütig ins Gesicht, und die Tränen rollten über seine Wangen.

„Das sag ich ja, Vater!" warf sein Sohn mit leiser Stimme ein. „Genau so. So still zu sein, wie wir nur können, während er schlummert, is das einzige. Du hast recht, Vater!"

Redlaw verweilte am Bett und sah auf die Gestalt hinab, die ausgestreckt auf der Matratze lag. Es war die eines Mannes, der auf der Höhe seines Lebens sein sollte, auf den die Sonne aber wahrscheinlich nicht mehr herabscheinen würde. Die Laster seines vierzig- oder fünfzigjährigen Lebens hatten ihn so gezeichnet, daß im Vergleich zu ihrer Wirkung auf seinem Gesicht die schwere Hand der Zeit das Gesicht des alten Mannes, der bei ihm wachte, gnädig behandelt und es verschönt hatte.

„Wer ist das?" fragte der Chemiker und blickte sich um.

„Mein Sohn George, Mr. Redlaw", sagte der alte Mann und rang die Hände. „Mein ältester Sohn, George, der mehr als alle andern der Stolz seiner Mutter war!"

Redlaws Blicke wanderten von dem grauen Haupt des alten Mannes, als er es auf das Bett legte, zu der Person hin, die ihn erkannt und sich in der entferntesten Ecke abseits gehalten hatte. Er schien ungefähr in seinem Alter zu sein, und obwohl er keinen so hoffnungslos verfallenen und gebrochenen Mann wie diesen kannte, lag etwas in der Haltung seiner Gestalt, wie er mit dem Rücken zu ihm dastand und nun zur Tür hinausging, was ihn unbehaglich mit der Hand über die Stirn fahren ließ.

„William", sagte er in traurigem Flüsterton, „wer ist dieser Mann?"

„Nun, sehn Sie, Sir", erwiderte Mr. William, „das isses ja, was ich sage. Warum muß ein Mann überhaupt hingehn und spielen und so was alles und sich selbst Zentimeter für Zentimeter runterkommen lassen, bis er nich mehr tiefer sinken kann!"

„Hat *er* das getan?" fragte Redlaw und schaute ihm mit derselben unbehaglichen Geste nach.

„Genau das, Sir", entgegnete William Swidger, „wie mir erzählt wurde. Er versteht 'n bißchen was von Medizin, Sir, scheint's. Und weil er mit meinem armen Bruder, den Sie hier sehn", Mr. William fuhr sich mit dem Ärmel über die Augen, „nach London gereist is und über Nacht hier oben wohnt – was ich sagen wollte, sehn Sie; hier kommen manchmal seltsame Gefährten zusammen –, sah er mal kurz rein, um ihn zu pflegen, und holte uns auf seine Bitte hin. Was für ein trauriger Anblick! Aber so is das. Es bringt meinen Vater um!"

Redlaw blickte bei diesen Worten auf, und als er sich ins Gedächtnis rief, wo er sich befand und bei wem, und sich auf die Zauberworte besann, die er mit sich führte – die seine Überraschung abgeschwächt hatten –, zog er sich etwas hastig zurück und ging mit sich zu Rate, ob er das Haus meiden oder bleiben sollte.

Indem er einer gewissen unheilvollen Verbissenheit nachgab, die ein Teil seines Zustandes zu sein schien, mit dem er kämpfte, entschied er sich für das Bleiben.

„War es erst gestern", sagte er, „als ich feststellte, daß die Erinnerung dieses alten Mannes ein Gewebe aus Leid und Unrecht war, und soll ich heute abend Angst haben, daran zu rütteln? Sind die Erinnerungen, die ich vertreiben kann, für diesen sterbenden Mann so kostbar, daß ich um *ihn* fürchten muß? Nein, ich bleibe hier!"

Doch er blieb, ängstlich und nichtsdestoweniger wegen dieser Worte zitternd. Sich in seinem schwarzen Umhang verbergend, das Gesicht von ihnen abgewandt, als ob er sich wie ein böser Geist an diesem Ort vorkam.

„Vater!“ murmelte der kranke Mann und raffte sich ein wenig aus seiner Benommenheit auf.

„Mein Junge! Mein Sohn George!“ sagte der alte Philip.

„Du hast grade gesagt, daß ich Mutters Liebling war, vor langer Zeit. Es is was Furchtbares, jetzt zu denken: vor langer Zeit!“

„Nein, nein, nein“, erwiderte der alte Mann. „Denk dran! Sag nich, es is furchtbar. Für mich isses nich furchtbar, mein Sohn.“

„Es schneidet dir ins Herz, Vater.“ Denn die Tränen des alten Mannes fielen auf ihn.

„Ja, ja“, sagte Philip, „aber es tut mir gut. Es is 'n großes Leid, an jene Zeit zu denken, aber es tut mir gut, George. Oh, denk auch dran, denk auch dran, und dein Herz wird immer weicher. Wo is mein Sohn William? William, mein Junge, deine Mutter liebte ihn bis zuletzt von Herzen und sagte mit dem letzten Atemzug: ‚Sag ihm, ich hab ihm verziehn, hab ihn gesegnet und für ihn gebetet.‘ Das waren ihre Worte zu mir. Ich hab sie nie vergessen, und ich bin siebenundachtzig.“

„Vater!“ sagte der Mann auf dem Bett. „Ich sterbe, ich weiß es. Ich bin schon so weit, daß ich kaum sprechen kann, nich mal darüber, was meinen Geist am meisten beschäftigt. Besteht jenseits von diesem Lager eine Hoffnung für mich?“

„Es besteht Hoffnung“, erwiderte der alte Mann, „für alle, die weich gestimmt sind und Reue empfinden. Für all die besteht Hoffnung. Oh!“ rief er aus, faltete die Hände und blickte aufwärts, „erst gestern war ich dankbar, daß ich mich an diesen unglücklichen Sohn erinnern konnte, als er noch ein unschuldiges Kind war. Aber was für ein Trost isses jetz, zu denken, daß selbst Gott ihn so in Erinnerung hat!“

Redlaw hielt die Hände vors Gesicht und sank in sich zusammen wie ein Mörder.

„Ach!“ jammerte der Mann auf dem Bett schwach. „Diese

Vergeudung seit damals, diese Vergeudung des Lebens seit damals!"

„Aber er war einst ein Kind", sagte der alte Mann. „Er spielte mit Kindern. Ehe er sich abends ins Bett legte und in seinen unschuldigen Schlaf sank, sprach er an den Knien seiner armen Mutter seine Gebete. Ich hab ihn das viele Male tun sehn und gesehn, wie sie seinen Kopf an ihre Brust legte und ihn küßte. So kummervoll es für sie und für mich war, daran zu denken, als er auf die schiefe Bahn geriet und unsre Pläne und Hoffnungen für ihn zunichte waren, gab ihm das noch einen Halt bei uns, wie nichts andres ihm gegeben hätte. O Vater, der du so viel besser als alle Väter auf Erden bist! O Vater, der du dich so sehr um die Fehler deiner Kinder grämst, nimm diesen Wanderer zu dir! Nich wie er is, wie er damals war, laß ihn dich anflehn, wie er uns so oft anzuflehn schien!"

Als der alte Mann seine zitternden Hände hob, legte der Sohn, für den er das Bittgebet sprach, den sinkenden Kopf an ihn, um gestützt und getröstet zu werden, als wäre er tatsächlich das Kind, von dem er sprach.

Wann zitterte je ein Mensch, wie Redlaw zitterte, in dem folgenden Schweigen! Er wußte, es mußte sie überkommen, wußte, daß es schnell kam.

„Meine Zeit is sehr kurz, mein Atem noch kürzer", sagte der kranke Mann, stützte sich auf den einen Arm und griff mit dem anderen in die Luft, „und ich erinnere mich, daß ich etwas auf dem Herzen habe, was den Mann betrifft, der grade hier war. Vater und William – wartet! Is da draußen wirklich etwas Schwarzes?"

„Ja, ja, wirklich", sagte sein betagter Vater.

„Ist es ein Mann?"

„Was ich sage, George", warf sein Bruder ein und beugte sich gütig über ihn. „Es is Mr. Redlaw."

„Ich dachte, ich hätte von ihm geträumt. Bitte ihn, herzukommen."

Der Chemiker, der bleicher war als der Sterbende, zeigte sich vor ihm. Er folgte seiner Handbewegung und setzte sich aufs Bett.

„Heute abend ist er aufgewühlt worden, Sir", sagte der Kranke und legte die Hand aufs Herz, mit einem Blick, in dem all seine stumme, flehende Seelenpein wohnte, „durch den Anblick meines armen alten Vaters und den Gedanken an all den Kummer, zu dem ich Anlaß gab, und all das Unrecht und Leid, das ich verursacht habe, das ..."

War es das äußerste Ende, zu dem er gekommen, oder war es der Beginn einer weiteren Veränderung, die ihn innehalten ließ?

„... das ich, ich in Ordnung bringen *kann*, wo doch mein Verstand so sehr, so schnell vergeht, versuchen werde. Hier war ein anderer Mann. Haben Sie ihn gesehn?"

Redlaw konnte mit keiner Silbe antworten, denn als er dieses schicksalsschwere Zeichen – wie die Hand über die Stirn strich – sah, das er jetzt so gut kannte, erstarb seine Stimme. Aber er gab zu verstehen, daß er ihn gesehen hatte.

„Er ist mittellos, hungrig und verlassen. Er ist völlig niedergeschlagen, und es gibt keine Rettung mehr für ihn. Kümmern Sie sich um ihn! Verlieren Sie keine Zeit! Ich weiß, er trägt sich mit dem Gedanken, sich umzubringen."

Es wirkte. Es war auf seinem Gesicht. Sein Gesicht veränderte sich, wurde härter, verfinsterte sich in allen Schattierungen und streifte jeglichen Kummer ab.

„Erinnern Sie sich nicht? Kennen Sie ihn nicht?" beharrte er.

Einen Augenblick lang bedeckte er sein Gesicht mit der Hand, die wieder über seine Stirn strich, und dann beugte er sich rücksichtslos, brutal und gleichgültig zu Redlaw herab.

„Ach, hol euch der Kuckuck!" sagte er, finster um sich blickend, „was habt ihr hier mit mir gemacht? Ich habe unerschrocken gelebt, und ich werde unerschrocken sterben. Zum Teufel mit euch!“

Und damit legte er sich aufs Bett und zog die Arme hoch über Kopf und Ohren, entschlossen, von nun an für nichts mehr zugänglich zu sein und in seiner Gleichgültigkeit zu sterben.

Wenn Redlaw vom Blitz getroffen worden wäre, hätte er ihn mit keinem größeren Schock vom Bett wegstoßen können. Aber der alte Mann, der das Bett verlassen hatte, während sein Sohn zu ihm sprach, und nun zurückkehrte, wich ebenfalls rasch und voller Abscheu zurück.

„Wo is mein Sohn William?“ fragte der alte Mann hastig. „William, komm weg von hier! Wir gehn nach Hause.“

„Nach Hause, Vater?“ entgegnete William. „Willst du deinen eignen Sohn verlassen?“

„Wo is mein eigner Sohn?“ erwiderte der alte Mann.

„Wo? Na da!“

„Das is nich mein Sohn“, sagte Philip, vor Groll zitternd. „So ’n Schuft wie der hat keinen Anspruch auf mich. Meine Kinder sind ’n erfreulicher Anblick, und sie warten auf mich und halten Essen und Trinken für mich bereit und sind mir nützlich. Ich hab ein Recht drauf! Ich bin siebenundachtzig!“

„Du bist nun wirklich alt genug geworden“, murmelte William und sah ihn widerwillig an, die Hände in den Taschen. „Ich weiß selber nich, wozu du gut bist. Wir könnten ’ne ganze Menge mehr Spaß haben ohne dich.“

„*Mein* Sohn, Mr. Redlaw!“ sagte der alte Mann. „Auch *mein* Sohn! Der Junge spricht zu mir von *meinem* Sohn! Ha, was hat er denn getan, um mir Freude zu bereiten, das möcht ich mal wissen!“

„Ich weiß nich, was du je getan hast, um *mir* eine Freude zu machen“, sagte William mürrisch.

„Laß mich überlegen“, sagte der alte Mann. „Wie oft hintereinander habe ich zu Weihnachten an meinem warmen Platz gesessen und brauchte nich in die kalte Abendluft raus und habe mich amüsiert, ohne daß ich von einem so unangenehmen und abscheulichen Anblick wie dem da gestört wurde? Isses zwanzigmal, William?"

„Beinah vierzig, scheint's", murmelte er. „Also, wenn ich mir so meinen Vater ansehe, Sir, und darüber nachdenke", wandte er sich mit einer Ungeduld und Verärgerung an Redlaw, die völlig neu an ihm waren, „soll ich verflucht sein, wenn ich etwas andres an ihm sehe als einen Kalender so vieler Jahre, in denen er gegessen und getrunken und es sich immer wieder gemütlich gemacht hat."

„Ich – ich bin siebenundachtzig", sagte der alte Mann, kindisch und schwach weiterredend, „und ich weiß nich, ob ich mich je schon mal über etwas so geärgert hab. Ich fange jetz nich mit dem an, was er meinen Sohn nennt. Er is nich mein Sohn. Ich hab die Kraft angenehmer Zeiten. Ich erinnere mich an das eine Mal – nein, ich erinnere mich nich –, nein, es is weg. Es war etwas mit einem Kricketspiel und einem Freund, aber irgendwie isses weg. Ich möcht gern wissen, wer das war – ich glaube, ich mochte ihn leiden. Und ich möcht gern wissen, was aus ihm geworden is – ich nehme an, er is gestorben. Aber ich weiß es nicht. Und es is mir auch egal. Es macht mir überhaupt nichts aus."

Während er schläfrig vor sich hin kicherte und den Kopf schüttelte, steckte er die Hände in seine Westentaschen. In einer fand er ein Stückchen von einer Stechpalme (vermutlich vom vergangenen Abend), was er nun herausnahm und betrachtete.

„Beeren, was?" sagte der alte Mann. „Ach, schade, daß man sie nich essen kann. Ich erinnere mich, als ich ein kleiner Kerl war – ungefähr so groß – und spazierenging mit – ich muß mal überlegen – mit wem ging ich spazieren? Nein, ich erinnere mich nich, wer das war. Ich erinnere mich nich, ob ich je mit irgend jemand spazierengegangen bin oder ob ich mich um jemand gekümmert hab oder sich jemand um mich. Beeren, was? Wo Beeren sind, is gute Stimmung. Nun, ich sollte meinen Anteil dran bekommen und bedient werden und es warm und bequem haben, denn ich bin siebenundachtzig und ein armer alter Mann. Ich bin siebenundachtzig. Sieben-und-acht-zig!"

Wie er da jämmerlich sabbernd an den Blättern knabberte, als er das wiederholte, und die Stückchen ausspuckte; der kalte, desinteressierte Blick, mit dem ihn sein jüngster Sohn (so verwandelt) betrachtete; die entschiedene Apathie, mit der sein ältester Sohn dalag, gefühllos gemacht durch seine Sünde, beeindruckten Redlaws Beobachtungen nicht mehr, denn er riß sich los von dem Fleck, an den seine Füße gebannt zu sein schienen, und rannte aus dem Haus.

Sein Führer kam aus dem Versteck hervorgekrochen und wartete auf ihn, ehe er die Bögen erreichte.

„Zur Frau zurück?" fragte er.

„Zurück, schnell!" antwortete Redlaw. „Bleib nirgends unterwegs stehen."

Eine kurze Strecke lief der Junge vorneweg; aber ihr Rückweg glich eher einem Flug als einem Spaziergang, und seine nackten Füße konnten gerade noch mit den Riesenschritten des Chemikers mithalten. Vor allen Vorübergehenden zurückweichend, sich in seinen Umhang hüllend und ihn dicht an sich pressend, als ob mit einer flüchtigen Berührung seiner Kleidung tödliche Ansteckung verbunden sei, hielt er nicht an, bis sie die Tür erreichten, aus der sie gekommen waren. Er schloß sie mit seinem Schlüssel auf, ging, von dem Jungen begleitet, hinein und hastete durch die dunklen Korridore zu seinem Zimmer.

Der Junge beobachtete ihn, als er die Tür verschloß, und verzog sich hinter den Tisch, als er sich umschaute.

„He!" sagte er. „Fassen Sie mich nicht an! Sie haben mich doch nicht hierhergebracht, um mir mein Geld wegzunehmen."

Redlaw warf noch etwas auf den Boden. Er stürzte sich sofort mit seinem Körper darüber, als wollte er es vor ihm verstecken, damit ihn der Anblick nicht verführen sollte, es zurückzufordern. Und erst als er sah, wie er neben der Lampe saß und das Gesicht in den Händen verborgen hielt, begann er es verstohlen aufzulesen. Danach kroch er ans Feuer, setzte sich davor in einen großen Stuhl und holte von seiner Brust ein paar Speisereste hervor und begann schmatzend in die Glut zu starren, wobei er hin und wieder seine Schillinge betrachtete, die er in der einen Hand in einem Bündel zusammenpreßte.

„Und das ist der einzige Gefährte", sagte Redlaw und sah ihn mit wachsender Abneigung und Furcht an, „den ich auf Erden zurücklasse."

Wie lange es dauerte, ehe er aus seinem Nachdenken über dieses Geschöpf, das er so fürchtete, geweckt wurde – ob eine halbe Stunde oder die halbe Nacht –, wußte er nicht. Doch die Stille des Zimmers wurde von dem Jungen unterbrochen (er hatte gesehen, daß er lauschte), der auffuhr und zur Tür lief.

„Da kommt die Frau!" rief er aus.

Der Chemiker hielt ihn auf seinem Wege in dem Moment auf, als sie anklopfte.

„Lassen Sie mich zu ihr gehen, hören Sie!" sagte der Junge.

„Jetzt nicht", erwiderte der Chemiker. „Bleib hier. Niemand darf jetzt in dieses Zimmer oder heraus. Wer ist da?"

„Ich bin's, Sir", rief Milly. „Bitte, Sir, lassen Sie mich ein!"

„Nein, um nichts in der Welt!" sagte er.

„Mr. Redlaw, Mr. Redlaw, bitte, Sir, lassen Sie mich ein."

„Was ist los?" fragte er und hielt den Jungen fest.

„Dem elenden Mann, den Sie sahen, geht es schlechter, und nichts, was ich zu ihm sage, kann ihn aus seiner furchtbaren Verblendung herausreißen. Williams Vater wurde innerhalb weniger Augenblicke kindisch. William selbst hat sich verändert. Der Schock kam zu plötzlich für ihn. Ich kann ihn nicht verstehen. Er ist nicht mehr er selbst. O Mr. Redlaw, geben Sie mir bitte einen Rat. Helfen Sie mir!"

„Nein, nein, nein!" antwortete er.

„Mr. Redlaw! Lieber Sir! George hat im Schlaf von dem Mann gemurmelt, den Sie dort gesehen haben und der sich, so fürchtet er, umbringen will."

„Er sollte es lieber tun als in meine Nähe kommen."

„In seinem Fieberwahn sagt er, daß Sie ihn kennen, daß er vor langer Zeit einmal Ihr Freund war, daß er der zugrunde gerichtete Vater eines Studenten hier ist – ich ahne nichts Gutes –, des jungen Herrn, der krank lag. Was ist zu tun? Wie kann man auf ihn achtgeben? Wie kann man ihn schützen? Mr. Redlaw, bitte, o bitte, geben Sie mir einen Rat! Helfen Sie mir!"

Die ganze Zeit über hielt er den Jungen fest, der wie besessen versuchte, an ihm vorbeizugelangen und sie hereinzulassen.

„Geister! Bestrafer der gottlosen Gedanken!" rief Redlaw und starrte gequält um sich. „Seht mich an! Laßt unter der Blindheit meines Geistes den Schimmer der Reue, der dort ist, hervorleuchten und zeigt mein Elend! In der Welt der Materie, so habe ich lange gelehrt, kann nichts entbehrt werden. Kein Schritt oder Atom in dem wunderbaren Gefüge könnte verlorengehen, ohne eine Lücke im großen Universum zu hinterlassen. Jetzt weiß ich, daß es sich mit Gut und Böse, Glück und Leid im Gedächtnis der Menschen ebenso verhält. Habt Mitleid mit mir! Erlöst mich!"

Außer ihrem: „Helfen Sie mir, helfen Sie mir, lassen Sie mich hinein!" und dem Ringen des Jungen, zu ihr zu kommen, gab es keine Antwort.

„Schatten meines Selbst! Geist meiner freudlosen Stunden!" rief Redlaw, heftig erregt. „Komm zurück und verfolge mich Tag und Nacht, aber nimm diese Gabe von mir weg! Oder wenn sie bei mir bleiben muß, entziehe mir die furchtbare Macht, sie anderen weiterzugeben. Mach rückgängig, was ich getan habe. Laß mich im Dunkeln, aber gib jenen den Tag wieder, die ich verwünscht habe. Da ich diese Frau vor ersterem bewahrt habe und nie wieder weggehen, sondern hier sterben will, ohne jemand, der sich um mich kümmert! Schütze dieses Geschöpf, das gegen mich gefeit ist – höre mich!"

Die einzige Antwort war noch immer das Ringen des Jungen, zu ihr zu gelangen, während er ihn festhielt, und der Ruf, der sich verstärkte: „Helfen Sie! Lassen Sie mich hinein. Er war einst Ihr Freund. Wie soll man auf ihn achtgeben, wie soll man ihn schützen? Sie haben sich alle verändert, niemand anders hilft mir; bitte, bitte, lassen Sie mich hinein!"

Drittes Kapitel

Die Umkehrung der Gabe

Die Nacht hing noch schwer in den Wolken. Über freien Ebenen, von Bergspitzen und den Decks einsamer Schiffe auf See war in der Ferne eine tiefliegende Linie am verschwommenen Horizont zu sehen, die sich allmählich in Tageslicht zu verwandeln versprach; doch ihr Versprechen war vage und zweifelhaft, und der Mond kämpfte heftig mit den Wolken der Nacht.

Die Schatten um Redlaws Geist jagten einander dicht und rasch und verfinsterten sein Licht, wie die Wolken der Nacht zwischen Mond und Erde schwebten und letztere in Dunkel hüllten. Launenhaft und unbeständig wie die Schatten, die die Nachtwolken warfen, verbargen und enthüllten sie sich schwach vor ihm, und ebenso wie die Nachtwolken, falls das Licht für einen Augenblick durchbrach, fegten sie nur hinweg und machten die Dunkelheit noch stärker als zuvor.

Draußen lag ein tiefes und feierliches Schweigen auf den altehrwürdigen Gebäuden, und die Pfeiler und Ecken bildeten dunkle, geheimnisvolle Umrisse auf dem Boden, die sich einmal in den weichen, weißen Schnee zurückzuziehen und ein anderes Mal hervorzutreten schienen, je nachdem wie die

Bahn des Mondes verlief. Im Zimmer des Chemikers war es vom Schein der verlöschenden Lampe dunkel und undurchdringlich; eine geisterhafte Stille war dem Klopfen und der Stimme draußen gefolgt. Nichts war zu hören, nur hin und wieder ein leises Geräusch in der weiß gewordenen Asche des Feuers, als ob es den letzten Atem aushauche. Auf dem Fußboden davor lag der Junge in tiefem Schlaf. Der Chemiker saß in seinem Stuhl, wie er dort gesessen hatte, seit das Rufen an seiner Tür aufgehört hatte: wie ein zu Stein gewordener Mensch.

Zu diesem Zeitpunkt begann die Weihnachtsmusik, die er vorher gehört hatte, zu spielen. Zuerst hörte er ihr zu, wie er auf dem Friedhof gelauscht hatte, doch bald darauf – sie spielte noch immer und wurde mit leiser, süßer, melancholischer Weise durch die nächtliche Luft zu ihm getragen – erhob er sich, stand da und streckte die Hände über sich aus, als ob es einen Freund gebe, der in seine Reichweite käme, auf dem seine traurige Berührung ruhen, doch keinen Schaden anrichten könnte. Ein leises Zittern überfiel ihn, und schließlich füllten sich seine Augen mit Tränen, und er hielt die Hände davor und senkte den Kopf.

Seine Erinnerung an Leid, Unrecht und Sorgen war nicht zurückgekehrt. Er wußte, daß er noch nicht geheilt war; er hatte keinen vorübergehenden Glauben oder Hoffnung. Aber eine stumme innere Regung versetzte ihn in die Lage, von etwas angerührt zu werden, was entfernt in der Musik verborgen war. Wenn es ihm nur klagend den Wert von dem nannte, was er verloren hatte, pries er den Himmel mit inbrünstiger Dankbarkeit dafür.

Als der letzte Ton in seinen Ohren erstarb, hob er den Kopf und lauschte dem sich hinziehenden Schwingen. Über dem Jungen, so daß seine schlafende Gestalt zu seinen Füßen lag, stand unbeweglich und schweigend der Geist und richtete den Blick auf ihn.

Er war gräßlich wie immer, hatte jedoch keinen so grausamen und unbarmherzigen Ausdruck – zumindest glaubte oder hoffte er das, als er ihn zitternd ansah. Der Geist war nicht allein, sondern hielt in seiner wesenlosen Hand noch eine andere Hand.

Und wessen Hand war das? War die Gestalt daneben Milly oder nur ihr Schatten und Bild? Der ruhige Kopf war ein wenig geneigt, wie es in ihrer Art lag, und ihre Augen schauten mitleidsvoll auf das schlafende Kind. Strahlendes Licht fiel auf ihr Gesicht, berührte aber nicht den Geist, denn obwohl er dicht neben ihr stand, war er dunkel und farblos wie eh und je.

„Geist!" sagte der Chemiker, von neuem beunruhigt, als er hinsah, „ich bin weder hartnäckig noch anmaßend in ihrem Fall gewesen. Oh, bringe sie nicht hierher. Erspare mir das!"

„Das ist nur ein Schatten", sagte der Geist. „Wenn der Morgen erwacht, finde die Wahrheit heraus, wessen Bild ich dir zeige."

„Ist es mein unerbittliches Schicksal, dies zu tun?" rief der Chemiker.

„Ja", antwortete der Geist.

„Ihren Frieden zu rauben, ihre Güte; sie zu dem zu machen, was ich selbst bin und zu dem ich andere gemacht habe!"

„Ich habe gesagt: Finde sie heraus", erwiderte der Geist. „Mehr habe ich nicht gesagt."

„Oh, sag mir", rief Redlaw aus und klammerte sich an die Hoffnung, die möglicherweise in diesen Worten lag, „kann ich ungeschehen machen, was ich getan habe?"

„Nein", entgegnete der Geist.

„Ich bitte nicht um meine Wiederherstellung", sagte Redlaw. „Was ich aufgab, gab ich aus freiem Willen auf, und das habe ich zu Recht verloren. Aber für die, auf die ich die unheilvolle Gabe übertrug, die sie nicht gewollt hatten und denen ahnungslos ein Fluch auferlegt wurde, vor dem sie nicht gewarnt wurden und dem auszuweichen sie nicht die Macht hatten, kann ich nichts tun?"

„Nichts", sagte der Geist.

„Wenn ich es nicht kann, kann es irgend jemand?"

Der Geist, der wie eine Statue dastand, hielt eine Weile lang den Blick starr auf ihn gerichtet. Dann wandte er plötzlich den Kopf und betrachtete den Schatten an seiner Seite.

„Ach, kann sie es?" rief Redlaw, noch den Schatten ansehend.

Der Geist ließ die Hand los, die er bisher gehalten hatte, und hob die eigne mit einer entlassenden Gebärde. Daraufhin begann sein Schatten, der noch dieselbe Haltung beibehielt, sich zu bewegen und dahinzuschwinden.

„Bleib", rief Redlaw mit einem Eifer, dem er gar nicht genug Ausdruck verleihen konnte. „Einen Augenblick! Als ein Ausdruck der Gnade! Ich weiß, daß mich eine Verwandlung überkommen hat, als diese Töne eben in der Luft schwebten. Sag mir, habe ich die Macht eingebüßt, ihr Schaden zuzufügen? Kann ich mich ihr ohne Furcht nähern? Oh, laß sie mir ein Zeichen der Hoffnung geben!"

Der Geist betrachtete wie er den Schatten – nicht ihn – und antwortete nicht.

„Sag wenigstens dies: Ist ihr von nun an bewußt, daß sie die Macht hat wiedergutzumachen, was ich getan habe?"

„Nein", antwortete der Geist.

„Ist ihr die Macht verliehen, ohne daß sie es weiß?"

Der Geist antwortete: „Finde sie heraus." Und ihr Schatten verschwand langsam.

Sie standen sich wieder gegenüber und sahen einander so unverwandt und furchtbar an wie zu der Zeit, als ihm die Gabe verliehen wurde; über den Jungen hinweg, der noch zwischen ihnen auf dem Fußboden zu Füßen des Geistes lag.

„Schrecklicher Lehrer", sagte der Chemiker und sank in flehender Haltung vor ihm auf die Knie, „der auf mich verzichtet, mich aber noch einmal aufgesucht hat (daraus und aus der freundlicheren Miene glaube ich einen Hoffnungsschimmer zu erkennen), ich will ohne Nachfrage gehorchen und flehentlich bitten, daß der Ruf, den ich in meiner Seelenpein ausgestoßen habe, um derentwillen erhört worden ist oder erhört wird, denen ich so geschadet habe, daß sie außerhalb menschlicher Wiedergutmachung stehen. Aber da ist eine Sache ..."

„Du sprichst zu mir über das, was hier liegt", warf der Geist ein und wies mit dem Finger auf den Jungen.

„Ja", sagte der Chemiker. „Du weißt, was ich fragen wollte. Warum ist dieses Kind allein gegen meinen Einfluß gefeit gewesen, und warum, warum habe ich in seinen Gedanken eine furchtbare Gemeinschaft mit meinen festgestellt?"

„Das", sagte der Geist und zeigte auf den Jungen, „ist die letzte und vollkommenste Verbildlichung eines menschlichen Geschöpfes, das gänzlich solcher Erinnerungen beraubt ist, wie du sie aufgegeben hast. Keine weicher stimmende Erinnerung an Leid, Unrecht und Sorgen findet hier Eingang, weil dieser elende Mensch von Geburt an unter schlimmeren Bedingungen gelebt hat als ein Tier und in seiner Erfahrung keinerlei Gegensätze, keinen vermenschlichenden Zug hat, um eine Spur von solch einem Gedächtnis in seiner verhärteten Brust aufkommen zu lassen. Alles in diesem einsamen Geschöpf ist unfruchtbare Wildnis. Alles in dem Menschen, der dessen beraubt ist, worauf du verzichtet hast, ist genau dieselbe unfruchtbare Wildnis. Wehe solch einem Menschen! Zehnfach wehe der Nation, die Hunderte und Tausende solcher Ungeheuer zählt wie dieses, das hier liegt!"

Redlaw wich entsetzt vor dem zurück, was er hörte.

„Da ist nicht eines unter ihnen – nicht eines –, das nicht sät, was die Menschheit *ernten muß*. Aus jeder bösen Saat dieses Jungen wächst ein Feld des Verderbens heran, das geerntet und gespeichert und wiederum an vielen Stellen der Welt ausgesät werden wird, bis Gegenden von so viel

Sündhaftigkeit überzogen sind, daß eine neue Sintflut aufkommt. Offenen und ungestraften Mord auf den Straßen einer Stadt zu tolerieren wäre weniger verbrecherisch als ein Anblick wie dieser.“

Er schien auf den schlafenden Jungen zu schauen. Auch Redlaw betrachtete ihn, mit einem neuen Gefühl.

„Jeder Vater“, sagte der Geist, „an dessen Seite auf seinem Spaziergang bei Tage oder am Abend diese Geschöpfe vorübergehen, jede Mutter unter allen liebenden Müttern in diesem Land und jeder einzelne, der das Stadium der Kindheit hinter sich hat, ist für diese Abscheulichkeit verantwortlich. Es gibt kein Land auf Erden, über das sie nicht Fluch bringen würde, keine Religion auf Erden, der sie nicht widerspräche, kein Volk auf Erden, das sie nicht in Schande stieße.“

Der Chemiker faltete die Hände und blickte, zitternd vor Furcht und Mitleid, von dem schlafenden Jungen zu dem Gespenst, das über ihm stand und mit seinem Finger hinunterzeigte.

„Sieh dir das vollendete Muster von dem an, was du sein wolltest“, fuhr das Gespenst fort. „Dein Einfluß ist hier machtlos, weil du aus der Brust dieses Kindes nichts verbannen kannst. Seine Gedanken waren in furchtbarer Gemeinschaft mit deinen, weil du dich auf sein widernatürliches Niveau hinabgelassen hast. Er ist das Produkt menschlicher Gleichgültigkeit; du bist das Produkt menschlicher Anmaßung. Der gütige Plan des Himmels ist in jedem Fall umgestürzt, und von den beiden Polen der immateriellen Welt geht ihr aufeinander zu.“

Der Chemiker ließ sich auf den Fußboden hinab und deckte den schlafenden Jungen zu, in demselben Mitgefühl, das er jetzt für sich selbst empfand, und wich nicht mehr aus Abneigung und Gleichgültigkeit vor ihm zurück.

Rasch wurde nun die ferne Linie am Horizont heller, die Dunkelheit wich, die Sonne ging rot und strahlend auf, und die Schornsteine und Giebel des altehrwürdigen Gebäudes leuchteten in der klaren Luft, die den Rauch und Dunst der Stadt in eine Wolke von Gold verwandelte. Selbst die Sonnenuhr in ihrem schattigen Winkel, wo sich der Wind gewöhnlich mit einer dem Wind fremden Beständigkeit drehte, schüttelte die feinen Schneeteilchen ab, die sich während der Nacht auf ihrem teilnahmslosen, alten Gesicht angesammelt hatten, und schaute durch die kleinen weißen Ringe hindurch, die um sie herumwirbelten. Zweifellos tastete sich der Morgen blind auf seinem Weg in diese vergessene, kalte und erdige Gruft hinab, wo die Rundbögen halb im Boden versunken waren, und brachte den trägen, in der Tiefe stekkenden Saft des allmählichen Pflanzenwuchses an den Wänden in Bewegung und beschleunigte die Quelle des Lebens innerhalb dieser kleinen Welt der wunderbaren und wohldurchdachten Schöpfung, die hier existierte und schwach empfand, daß die Sonne aufgegangen war.

Die Tetterbys waren auf den Beinen und tätig. Mr. Tetterby nahm die Fensterläden des Geschäfts ab und gab Stück für Stück die Schätze der Auslage den Blicken vom Jerusalem-Viertel frei, die so gegen die Verlockungen gefeit waren. Adolphus war bereits so lange unterwegs, daß er schon bald bei „Morgenblett“ angelangt war. Fünf kleine Tetterbys, deren zehn runde Augen vom Seifen und Reiben heftig entzündet waren, machten in der hinten gelegenen Küche die Torturen einer Wäsche mit kaltem Wasser durch, wobei Mrs. Tetterby die Aufsicht führte. Johnny, der in größter Eile durch seine Prozedur gestoßen und gedrängt wurde, da sich Moloch zufällig in einer aufreibenden Gemütsverfassung befand (was stets der Fall war), stolperte unter größeren Schwierigkeiten als zuvor mit seiner Last vor der Ladentür auf und ab. Molochs Gewicht hatte sich durch Schutzmittel gegen die Kälte beträchtlich erhöht, die aus Wollstrickerei bestanden und einen vollständigen Kettenpanzer mit Kopfbedeckung und blauen Gamaschen bildeten.

TETTERBY & Co. NEWSVENDERS

Es war eine Besonderheit dieses Babys, daß es ständig Zähne bekam. Ob sie nie kamen oder ob sie kamen und wieder verschwanden, ist nicht eindeutig. Nach Mrs. Tetterbys Behauptung hatte es genug gezahnt, um für das Schild „Zum Bullen und zum Maul" zu werben. Alle Arten von Gegenständen wurden dazu beschlagnahmt, daß es seinen Gaumen reiben konnte, obwohl es stets einen Beißring trug, der an seiner Taille (die unmittelbar unter dem Kinn saß) baumelte und groß genug war, einer jungen Nonne als Rosenkranz zu dienen. Messergriffe, Schirmspitzen, die Knäufe von Spazierstöcken (die vom Stock getrennt waren), die Finger der Familie ganz allgemein (besonders aber Johnnys), Muskatreiben, Brotkrusten, Türklinken und die kühlen Griffe von Schürhaken gehörten zu den gebräuchlichsten Instrumenten, die dem Baby zur Erleichterung gegeben wurden. Die Elektrizitätsmenge, die im Laufe einer Woche durch Reibung dabei erzeugt worden sein muß, ist nicht zu errechnen. Noch immer sagte Mrs. Tetterby: „Sie brechen durch, und dann kommt das Kind zu sich selbst." Aber sie sind noch immer nicht durchgebrochen, und das Kind ist nach wie vor nicht es selbst.

Die Charaktere der kleinen Tetterbys hatten sich in wenigen Stunden traurig verändert. Mr. und Mrs. Tetterby selbst waren nicht mehr verwandelt als ihre Sprößlinge. Normalerweise waren sie ein selbstloses, gutmütiges, nachgiebiges kleines Völkchen, das Unzulänglichkeiten, wenn sie auftraten (was ziemlich häufig vorkam), gemeinsam zufrieden und sogar großzügig ertrug und an einem sehr kleinen Vergnügen sehr große Freude haben konnte. Doch jetzt kämpften sie nicht nur um Wasser und Seife, sondern um das Frühstück, das noch in Aussicht stand. Die Hand eines jeden kleinen Tetterby war gegen die anderen kleinen Tetterbys gerichtet; und sogar Johnnys Hand – der geduldige, vieles aushaltende und ergebene Johnny! – erhob sich gegen das Baby! Ja, Mrs. Tetterby, die rein zufällig zur Tür ging, sah, wie er boshaft eine schwache Stelle im Kettenpanzer suchte, an der ein Hieb sitzen würde, und das gepriesene Kind schlug.

Noch im selben Augenblick nahm ihn Mrs. Tetterby am Kragen ins Wohnzimmer und zahlte ihm den Angriff mit Zinseszins zurück.

„Du Rohling, du mörderischer kleiner Junge", sagte Mrs. Tetterby. „Konntest du es übers Herz bringen, das zu tun?"

„Warum kommen auch ihre Zähne nicht durch", erwiderte Johnny mit lauter, aufsässiger Stimme, „anstatt mich zu plagen. Wie würde es dir denn selbst gefallen?"

„Gefallen, Sir!" sagte Mrs. Tetterby und nahm ihm seine schändlich behandelte Last ab.

„Ja, gefallen", sagte Johnny. „Wie würde es dir gefallen? Überhaupt nicht. Wenn du ich wärst, würdest du zu den Soldaten gehen. Ich werde das auch tun. In der Armee gibt's keine Babys."

Mr. Tetterby, der auf dem Schauplatz der Handlung erschienen war, rieb sich nachdenklich das Kinn, anstatt den Aufrührer zurechtzuweisen, und schien ziemlich beeindruckt zu sein von der Meinung über das militärische Leben.

„Ich wünschte, ich wär selber in der Armee, falls das Kind recht hat", sagte Mrs. Tetterby und sah ihren Mann an, „denn hier finde ich keinen Frieden. Ich bin eine Sklavin – eine Virginia-Sklavin." Vielleicht gab Mrs. Tetterby irgendeine Assoziation mit ihrem Abstieg in den Tabakhandel diese ärgerliche Äußerung ein. „Niemals habe ich einen Feiertag oder überhaupt ein Vergnügen, und das vom Anfang bis zum Ende des Jahres! Ach, Herr, schütze und segne das Kind", sagte Mrs. Tetterby und schüttelte das Baby mit einer Gereiztheit, die kaum zu so einem frommen Wunsch paßte, „was ist denn nun mit ihm los?"

Da sie nicht in der Lage war, es herauszubekommen, und die Ursache nicht deutlicher machte, indem sie es schüttelte, legte Mrs. Tetterby das Baby in eine Wiege, saß mit verschränkten Armen da und schaukelte es wütend mit ihrem Fuß.

„Wie du herumstehst, Dolphus", sagte Mrs. Tetterby zu ihrem Mann. „Warum tust du nichts?"

„Weil ich keine Lust habe, etwas zu tun", antwortete Mr. Tetterby.

„Ich bin sicher, *ich* auch nicht", sagte Mrs. Tetterby.

„Ich schwöre, *ich* auch nicht", sagte Mr. Tetterby.

Da entstand ein Ablenkungsangriff zwischen Johnny und seinen fünf Brüdern, die, als sie den Frühstückstisch deckten, ein Scharmützel um den zeitweiligen Besitz des Brotlaibs begonnen hatten und sich ausgiebig knufften, wobei der kleinste von allen eine frühreife Umsicht zeigte, indem er um das Knäuel der Kämpfenden herumtrieb und ihnen in die Beine ging. Mr. und Mrs. Tetterby stürzten sich beide mit großer Leidenschaft in diese Schlägerei, als ob diese das einzige Gebiet sei, auf dem sie übereinstimmten, und nahmen ihre frühere relative Lage ein, nachdem sie ohne merkliche Überbleibsel ihrer sonstigen Weichherzigkeit rücksichtslos um sich geschlagen und Eroberungen gemacht hatten.

„Du tätest besser daran, deine Zeitung zu lesen, als gar nichts zu tun", sagte Mrs. Tetterby.

„Was is schon in einer Zeitung zu lesen?" entgegnete Mr. Tetterby mit übertriebener Unzufriedenheit.

„Was?" sagte Mrs. Tetterby. „Polizeiberichte."

„Is nichts für mich", sagte Tetterby. „Was kümmert mich, was Leute tun oder was mit ihnen geschieht?"

„Selbstmorde", schlug Mrs. Tetterby vor.

„Is nich meine Sache", antwortete ihr Mann.

„Geburten, Todesfälle und Hochzeiten, sind die nichts für dich?" fragte Mrs. Tetterby.

„Wenn die Geburten heute für immer vorbei wären und wenn sich die Todesfälle morgen ereignen sollten, sehe ich nich ein, warum sie mich interessieren sollten, bis ich denke, daß ich an der Reihe bin", brummte Tetterby. „Was die Hochzeiten betrifft, hab ich meine hinter mir. *Darüber* weiß ich genug Bescheid."

Dem verdrießlichen Gesichtsausdruck und ihrem Verhalten nach zu urteilen, schien Mrs. Tetterby dieselben Ansichten zu haben wie ihr Mann. Trotzdem widersprach sie ihm, nur um mit ihm zu streiten.

„Oh, du bist ein konsequenter Mann, wie?" sagte Mrs. Tetterby. „Du mit deinem selbstgemachten Wandschirm, der aus weiter nichts besteht als Zeitungsfetzen, vor dem du sitzt und den Kindern vorliest, wenn ihr 'ne halbe Stunde zusammen seid!"

„Sag, pflegte zu sitzen, wenn ich bitten darf", entgegnete ihr Mann. „Du wirst nich mehr erleben, daß ich das tue. Ich bin jetz schlauer."

„Bah, schlauer, wahrhaftig!" sagte Mrs. Tetterby. „Fühlst du dich besser?"

Die Frage ließ einen Mißton in seiner Brust anklingen. Er sann niedergeschlagen nach und strich sich immer wieder über die Stirn.

„Besser!" murmelte Mr. Tetterby. „Ich weiß nich, ob sich einer von uns besser oder glücklicher fühlt. Besser?"

Er wandte sich dem Wandschirm zu und fuhr mit dem Finger darüber, bis er einen bestimmten Absatz fand, nach dem er suchte.

„Dieser war bei der Familie immer besonders beliebt, erinnere ich mich", sagte Tetterby hilflos und einfältig, „und rührte die Kinder zu Tränen und machte sie lieb, wenn es zwischen ihnen einen kleinen Streit oder Unzufriedenheit gab. Er kommt gleich nach der Geschichte vom Rotkehlchen im Wald. ‚Trauriger Fall bitterster Not. Gestern erschien ein kleiner Mann, mit einem Baby auf dem Arm und von einem halben Dutzend zerlumpter Kleiner in verschiedenen Altersstufen zwischen zehn und zwei umgeben, offenbar alle ausgehungert, vor dem Beamten und gab folgenden Bericht:' –

Ha! Versteh ich wirklich nich", sagte Tetterby. „Ich seh nich, was das mit uns zu tun hat."

„Wie alt und schäbig er aussieht", sagte Mrs. Tetterby und beobachtete ihn. „Noch nie hab ich solch eine Verwandlung an einem Mann gesehen. Ach du lieber Himmel, es war ein Opfer!"

„Was war ein Opfer?" fragte der Mann verdrießlich.

Mrs. Tetterby schüttelte den Kopf, und ohne mit Worten zu antworten, ließ sie mit ihrer gewaltsamen Erschütterung der Wiege einen wahren Seesturm über dem Baby aufkommen.

„Falls du meinst, daß deine Heirat ein Opfer war, meine liebe Frau ...", sagte ihr Mann.

„Das *meine* ich", sagte seine Frau.

„Nun, dann will ich nur sagen", fuhr Mr. Tetterby ebenso mürrisch und trotzig wie sie fort, „daß die Sache zwei Seiten hat und daß *ich* das Opfer war und daß ich wünschte, das Opfer wär nich angenommen worden."

„Das wünschte ich auch von ganzem Herzen und aus tiefster Seele, Tetterby; das versichere ich dir", sagte seine Frau. „Du kannst es dir nicht stärker wünschen als ich, Tetterby."

„Ich weiß nich, was ich an dir gefunden hab", murmelte der Zeitungshändler. „Ich bin sicher... gewiß, wenn ich überhaupt was an ihr gefunden hab, dann isses jetz nich mehr da. Das dachte ich so gestern abend nach dem Abendbrot, am Kamin. Sie is dick, sie wird alt, sie würde keinen Vergleich mit den meisten andern Frauen aushalten."

„Er sieht gewöhnlich aus; er hat kein gewisses Etwas; er ist klein; er beginnt krumm zu gehen, und er bekommt eine Glatze", murmelte Mrs. Tetterby.

„Ich muß halb von Sinnen gewesen sein, als ich das tat", brummte Mr. Tetterby.

„Ich muß den Verstand verloren haben. Anders kann ich mir das selbst nicht erklären", sagte Mrs. Tetterby.

In dieser Stimmung setzten sie sich an den Frühstückstisch. Die kleinen Tetterbys waren nicht daran gewöhnt, diese Mahlzeit als sitzende Beschäftigung zu betrachten, sondern behandelten sie wie einen Tanz oder ein Trabrennen; sie ähnelte eher einem Ritus von Wilden bei dem schrillen Kriegsgeschrei und dem Schwingen von Brot und Butter, mit dem sie verbunden war, sowie dem komplizierten Marsch in Reih und Glied auf die Straße hinaus und zurück und dem Aufundabhüpfen auf den Türstufen, was zur Aufführung gehörte. Zum gegenwärtigen Zeitpunkt boten die Streitigkeiten zwischen diesen Tetterby-Kindern um den gemeinsamen Milch-und-Wasser-Krug, der auf dem Tisch stand, ein so beklagenswertes Beispiel für erregte Leidenschaften, die wirklich sehr tobten, daß es ein Verbrechen an dem Andenken Dr. Watts' war. Es trat nicht eher für einen Augenblick Ruhe ein, bis Mr. Tetterby die ganze Schar zur Eingangstür hinausgejagt hatte, und selbst diese Ruhe wurde durch die Entdeckung unterbrochen, daß Johnny heimlich zurückgekommen war und in seiner unanständigen und habgierigen Hast im selben Augenblick wie ein Bauchredner aus dem Krug schluckte und würgte.

„Diese Kinder werden mich noch ins Grab bringen!“ sagte Mrs. Tetterby, nachdem sie den Sünder vertrieben hatte. „Je eher, desto besser, finde ich.“

„Arme Leute sollten überhaupt keine Kinder haben“, sagte Mr. Tetterby. „*Uns* bringen sie keine Freude.“

In dem Augenblick, als er die Tasse hochnahm, die ihm Mrs. Tetterby schroff hingeschoben hatte, und Mrs. Tetterby ihre Tasse an die Lippen führte, hielten sie beide wie gelähmt inne.

„Hier! Mutter! Vater!“ rief Johnny und rannte ins Zimmer. „Mrs. William kommt die Straße entlang!“

Und wenn jemals seit Anbeginn der Welt ein Junge ein Baby mit der Fürsorglichkeit eines alten Kindermädchens aus der Wiege nahm und es zärtlich besänftigte und tröstete und damit fröhlich davonwankte, dann war Johnny dieser Junge und Moloch dieses Baby, als sie miteinander hinausgingen!

Mr. Tetterby setzte seine Tasse ab, Mrs. Tetterby setzte ihre Tasse ab. Mr. Tetterby rieb sich die Stirn; Mrs. Tetterby rieb sich ihre. Mr. Tetterbys Gesicht begann sich zu glätten und aufzuleuchten; Mrs. Tetterbys Gesicht begann sich zu glätten und aufzuleuchten.

„O Herr, vergib mir", sagte Mr. Tetterby zu sich selbst, „was für bösen Launen hab ich nachgegeben? Was war hier los?"

„Wie konnte ich ihn je wieder schlecht behandeln, nach allem, was ich gestern abend gesagt und empfunden habe!" schluchzte Mrs. Tetterby, die Schürze an die Augen gepreßt.

„Bin ich ein Rohling", sagte Mr. Tetterby, „oder steckt noch was Gutes in mir? Sophia! Meine kleine Frau!"

„Dolphus, Lieber", entgegnete seine Frau.

„Ich – ich bin in einer Gemütsverfassung gewesen", sagte Mr. Tetterby, „an die ich gar nich denken mag, Sophy."

„Oh, das is nichts gegen die, in der ich war, Dolf", rief seine Frau in einem Ausbruch tiefer Reue.

„Meine Sophia", sagte Mr. Tetterby. „Reg dich nich auf. Ich werde mir das nie verzeihn. Ich muß dir fast das Herz gebrochen haben, ich weiß."

„Nein, Dolf, nein. Ich war es! Ich!" rief Mrs. Tetterby.

„Meine kleine Frau", sagte ihr Mann, „nich. Du bringst mich dazu, daß ich mir furchtbare Vorwürfe mache, wenn du so 'ne edle Haltung zeigst. Sophia, mein Liebes, du weißt nich, was ich gedacht hab. Ich hab es ohne Zweifel arg genug gezeigt, aber was ich dachte, meine kleine Frau!"
Mein Gewissen könnte nich eher ruhn, bis ich es erwähnt

„Sophia", sagte Mr. Tetterby. „Ich muß es loswerden. Mein Gewissen könnte nich eher ruhn, bis ich es erwähnt hab. Meine kleine Frau ..."

„Mrs. William ist fast hier!" schrie Johnny an der Tür.

„Meine kleine Frau, ich fragte mich“, keuchte Mr. Tetterby und stützte sich auf seinen Stuhl, „ich fragte mich, ob ich dich jemals bewundert hätte – ich vergaß die lieben Kinder, die du mir geschenkt hast, und fand, daß du nich mehr so schlank aussähst, wie ich's mir wünschte. Ich – ich erinnerte mich nich mehr an die Sorgen“, sagte Mr. Tetterby in schonungsloser Selbstanklage, „die du als meine Frau und mit mir hattest, während du vielleicht mit 'nem andern Mann keine gehabt hättest, der besser vorangekommen wär und mehr Glück gehabt hätte als ich (ich bin sicher, jeder hätte leicht solchen Mann finden können). Und ich hatte an dir auszusetzen, daß du in den harten Jahren, die du mir leichter gemacht hast, älter geworden bist. Kannst du das glauben, meine kleine Frau? Ich kann es selber kaum.“

Mrs. Tetterby griff unter abwechselndem Lachen und Weinen nach seinem Gesicht und hielt es in ihren Händen fest.

„O Dolf!“ rief sie. „Ich bin so glücklich, daß du so gedacht hast. Ich bin so dankbar, daß du so gedacht hast! Denn ich fand, daß du gewöhnlich aussiehst, Dolf; und so siehst du auch aus, mein Lieber, und du mögest der gewöhnlichste aller Anblicke für meine Augen sein, bis du sie mir mit deinen eignen lieben Händen schließt. Ich fand dich klein; und das bist du auch, und ich will nich viel Wesens davon machen, weil du mein Mann bist, und nich mehr, weil ich dich liebe. Ich fand, daß du anfängst, krumm zu gehen; und das tust du auch, und du sollst dich an mich lehnen, und ich werde alles nur Mögliche tun, um dich aufrecht zu halten. Ich fand, du hast kein gewisses Etwas an dir, aber doch hast du das, und es ist der Hauch des Zuhauses – der reinste und beste, den es gibt. Und Gott segne unser Heim und alle, die dazugehören, Dolf!“

„Hurra, hier ist Mrs. William!“ rief Johnny.

Da war sie und alle Kinder mit ihr; und sie kam herein, sie küßten sie und küßten sich untereinander und küßten das

Baby und küßten Vater und Mutter, und dann liefen sie zurück und scharten sich und tanzten um sie herum und marschierten mit ihr im Triumphzug.

Mr. und Mrs. Tetterby standen ihr in der Herzlichkeit ihres Empfangs in keiner Weise nach. Sie wurden von ihr ebenso angezogen wie die Kinder. Sie rannten auf sie zu, küßten ihr die Hände, drängten sich um sie und konnten sie nicht leidenschaftlich und begeistert genug empfangen. Sie wandelte einher wie der Geist aller Güte, Zuneigung, Rücksichtnahme, Liebe und Häuslichkeit.

„Was denn, *ihr* freut euch auch alle so, mich an diesem strahlenden Weihnachtsmorgen zu sehen?“ sagte Milly und klatschte vor vergnügtem Staunen in die Hände. „O du meine Güte, wie herrlich das ist!“

Mehr Rufen der Kinder, mehr Küssen, mehr Marschieren um sie herum, mehr Glückseligkeit, mehr Liebe, mehr Freude, mehr Ehre von allen Seiten, als sie ertragen konnte.

„Du meine Güte!“ sagte Milly, „was für ergötzliche Tränen ihr mich vergießen laßt. Womit habe ich das verdient? Was habe ich getan, daß ich so geliebt werde?“

„Wer kann es ändern!“ rief Mr. Tetterby.

„Wer kann es ändern!“ rief Mrs. Tetterby.

„Wer kann es ändern!“ wiederholten die Kinder im fröhlichen Chor. Und sie tanzten und scharten sich wieder um sie und hängten sich an sie und legten ihre rosigen Gesichter an ihr Kleid und küßten und streichelten es und konnten weder das Kleid noch sie genug liebkosen.

„Ich war noch nie so gerührt“, sagte Milly und trocknete sich die Augen, „wie an diesem Morgen. Ich muß euch erzählen, sobald ich sprechen kann. – Mr. Redlaw kam nach Sonnenaufgang zu mir, mit einer Zärtlichkeit in seinem Benehmen, als wäre ich eher seine Lieblingstochter als ich selbst, und bat mich inständig, dorthin mitzugehen, wo Williams Bruder George krank darniederliegt. Wir gingen zusammen, und auf dem ganzen Weg war er so freundlich und sanft und schien so viel Vertrauen und Hoffnung in mich zu setzen, daß ich vor Freude weinen mußte. Als wir zu dem Haus kamen, begegneten wir an der Tür einer Frau (es hatte sie jemand geschlagen und verletzt, fürchte ich), die mich bei der Hand nahm und segnete, als ich vorüberging."

„Sie hatte recht", sagte Mr. Tetterby. Mrs. Tetterby sagte, sie hätte recht. Alle Kinder riefen, sie hätte recht.

„Ach, noch mehr als das", sagte Milly. „Als wir nach oben in das Zimmer kamen, erhob sich der kranke Mann, der stundenlang in einem Zustand gelegen hatte, aus dem keinerlei Bemühungen ihn aufrütteln konnten, in seinem Bett und streckte, in Tränen ausbrechend, die Arme nach mir aus und sagte, daß er ein vergeudetes Leben geführt habe, daß es ihm nun aber ehrlich leid tue in seiner Klage um die Vergangenheit, die ihm so klar erscheine wie eine weite Landschaft, von der sich eine dichte schwarze Wolke verzogen hat, und er flehte mich an, seinen armen alten Vater um Verzeihung und seinen Segen zu bitten und ein Gebet an seinem Bett zu sprechen. Und als ich das tat, fiel Mr. Redlaw so inbrünstig ein und dankte mir immer wieder und dankte dem Himmel, daß mein Herz überströmte, und ich hätte schluchzen und weinen müssen, wenn mich der kranke Mann nicht gebeten hätte, mich zu ihm zu setzen, wodurch ich natürlich ruhiger wurde. Als ich dort saß, hielt er meine Hand, bis er in einen Schlummer versank; und selbst dann, als ich meine Hand wegzog, um ihn zu verlassen und herzukommen (worum mich Mr. Redlaw ernstlich bat), suchte seine Hand nach meiner, so daß ein andrer meinen Platz einnehmen und ihn täuschen mußte, daß ich ihm meine Hand zurückreichte. Du lieber Himmel", schluchzte Milly. „Wie dankbar und glücklich sollte ich mich fühlen und fühle ich mich auch nach alldem!"

Während sie sprach, war Redlaw hereingekommen, und nachdem er einen Augenblick stehengeblieben war, um die Gruppe zu beobachten, deren Zentrum sie bildete, war er schweigend die Treppen hinaufgestiegen. Auf dieser Treppe erschien er nun wieder und blieb dort, während der junge Student an ihm vorbei heruntergerannt kam.

„Gütige Krankenpflegerin, liebenswürdigstes, bestes aller Geschöpfe", sagte er, fiel vor ihr auf die Knie und faßte nach ihrer Hand, „verzeihen Sie meine grausame Undankbarkeit!"

„Du lieber Himmel!" rief Milly unschuldig, „hier ist noch so einer. Du liebe Güte, hier ist noch einer, der mich gern hat. Was soll ich nur tun?"

Die arglose, schlichte Art, in der sie das sagte und die Hände vor die Augen hielt und vor lauter Glück weinte, war ebenso rührend wie entzückend.

„Ich war nicht bei mir", sagte er. „Ich weiß nicht, was es war – vielleicht war es eine Folge meiner Krankheit –, ich war wahnsinnig. Aber ich bin es nicht mehr. Fast während ich hier spreche, bin ich wiederhergestellt. Ich hörte, wie die Kinder Ihren Namen riefen, und der Schatten wich von mir beim bloßen Nennen. Oh, weinen Sie nicht! Liebe Milly, wenn Sie in meinem Herzen lesen und nur wissen könnten, in welcher Liebe und dankbaren Ehrfurcht es erglüht, würden Sie mich nicht ansehen lassen, wie Sie weinen. Es ist eine tiefe Schmach."

„Nein, nein", sagte Milly, „das ist es nicht. Wirklich nicht. Es ist Freude. Es ist Erstaunen, weil Sie es für notwendig halten, mich zu bitten, solche Kleinigkeit zu verzeihen, und dennoch ist es schön, daß Sie es tun."

„Und werden Sie wiederkommen und den kleinen Vorhang zu Ende nähen?"

„Nein", sagte Milly, wischte sich die Augen und schüttelte den Kopf. „Sie werden jetzt kein Interesse für *meine* Handarbeit haben."

„Ist das Verzeihen, wenn Sie so mit mir sprechen?"

Sie winkte ihn zur Seite und flüsterte ihm ins Ohr.

„Es gibt Neuigkeiten von zu Hause, Mr. Edmund."

„Neuigkeiten? Wie?"

„Entweder war es verdächtig, weil Sie nicht schrieben, als Sie krank waren, oder weil Ihre Handschrift anders aussah, als es Ihnen langsam besser ging. Jedenfalls . . . aber es wird Ihnen sicher nicht schlechter gehen durch irgendwelche Nachrichten, falls es keine schlimmen sind?"

„Gewiß."

„Dann ist jemand gekommen!" sagte Milly.

„Meine Mutter?" fragte der Student und blickte sich unwillkürlich nach Redlaw um, der die Treppe heruntergekommen war.

„Pst! Nein", sagte Milly.

„Es kann niemand anders sein."

„Sind Sie wirklich sicher?" fragte Milly.

„Es ist doch nicht . . ." Ehe er weitersprechen konnte, hielt sie ihm den Mund zu.

„Ja!" sagte Milly. „Die junge Dame (sie ähnelt sehr der Miniatur, Mr. Edmund, ist aber hübscher) war zu unglücklich, als daß sie Ruhe finden konnte, ohne ihre Zweifel zu stillen, und kam gestern abend mit einem kleinen Dienstmädchen her. Da Sie immer Ihre Briefe vom Institut aus adressiert haben, kam sie dorthin, und ehe ich heute morgen Mr. Redlaw sah, sah ich sie. *Sie* hat mich auch gern!" sagte Milly. „Du liebe Güte, das ist noch eine!"

„Heute morgen! Wo ist sie jetzt?"

„Nun", sagte Milly und brachte ihre Lippen dicht an sein Ohr, „jetzt ist sie in meinem kleinen Empfangszimmer in meiner Pförtnerloge und wartet darauf, Sie zu sehen."

Er drückte ihre Hand und wollte davonschießen, doch sie hielt ihn zurück.

„Mr. Redlaw ist sehr verändert und hat mir heute morgen erzählt, daß sein Gedächtnis stark beeinträchtigt ist. Seien Sie sehr rücksichtsvoll zu ihm, Mr. Edmund. Er braucht das von uns allen."

Der junge Mann versicherte ihr mit einem Blick, daß ihre Vorsicht nicht in den Wind geschlagen würde; und als er beim

Hinausgehen an dem Chemiker vorbeilief, verbeugte er sich respektvoll und mit augenscheinlicher Anteilnahme vor ihm.

Redlaw erwiderte den Gruß höflich und sogar demütig und schaute ihm beim Weitergehen nach. Er ließ den Kopf auf seine Hand sinken, als wollte er etwas wiedererwecken, was er verloren hatte. Aber es war weg.

Die anhaltende Veränderung, die seit dem Einfluß der Musik und der Wiederkehr der Erscheinung in ihm vor sich gegangen war, bewirkte, daß er nun ehrlich spürte, wieviel er verloren hatte, und Mitleid mit seiner eigenen Lage haben konnte und sie klar dem natürlichen Zustand jener gegenüberstellte, die ihn umgaben. Damit erwachte wieder das Interesse an denen, die um ihn herum waren, und es entstand ein bescheidenes, ergebenes Gefühl für sein Elend, vergleichbar mit dem, das sich manchmal im Alter durchsetzt, wenn die geistigen Kräfte nachlassen, ohne daß sich Gleichgültigkeit oder Eigensinn noch zu den Schwächen gesellen.

Er war sich bewußt, daß sich diese Veränderung in ihm von selbst vollzog, da er durch Milly mehr und mehr das Böse, was er getan hatte, wiedergutmachte und immer mehr bei ihr war. Deshalb und wegen der Zuneigung, mit der sie ihn erfüllte (aber ohne andere Hoffnung), spürte er, daß er auf sie angewiesen und sie die Stütze in seinem Elend war.

Als sie ihn fragte, ob sie nun nach Hause zu dem alten Mann und ihrem Ehemann gehen wollten, und er bereitwillig ja sagte – in dieser Hinsicht war er ängstlich –, legte er darum seinen Arm in ihren und ging neben ihr; nicht, als wäre er der kluge und gelehrte Mann, für den die Wunder der Natur ein offenes Buch waren, und sie die ungebildete Seele, sondern als wäre ihre Stellung genau umgekehrt und er wüßte nichts und sie alles.

Er sah, wie sich die Kinder um sie drängten und sie liebkosten, als er und sie so zusammen aus dem Haus gingen; er hörte ihr schallendes Gelächter und ihre fröhlichen Stimmen; er sah ihre strahlenden Gesichter, die ihn wie Blumenbüschel umgaben; er wurde Zeuge der wiederhergestellten Zufriedenheit und Liebe ihrer Eltern; er atmete die reine Luft ihres bescheidenen Heimes ein, in das wieder Heiterkeit eingezogen war; er dachte an den verderbenbringenden Einfluß, den er darauf ausgeübt hatte und ausgeweitet hätte, wenn sie nicht gewesen wäre. Und vielleicht ist es kein Wunder, daß er untertänig neben ihr herlief und ihr gütiges Herz näher an das seine zog.

Als sie an der Pförtnerloge anlangten, saß der alte Mann in seiner Kaminecke auf dem Stuhl, hatte den Blick auf den Boden geheftet, und sein Sohn lehnte an der gegenüberliegenden Seite des Kamins und betrachtete ihn. Als sie zur Tür hereinkam, fuhren beide hoch und wandten sich zu ihr um, und eine strahlende Verwandlung zeichnete sich auf ihren Gesichtern ab.

„Du lieber Himmel, sie freuen sich wie die anderen, mich zu sehen!“ rief Milly, klatschte vor Begeisterung in die Hände und hielt plötzlich inne. „Hier sind noch zwei!“

Erfreut, sie zu sehen! Freude war gar kein Ausdruck dafür. Sie stürzte ihrem Mann in die Arme, die er weit ausgebreitet hatte, um sie zu empfangen, und er wäre froh gewesen, wenn er sie dort, ihren Kopf an seine Schulter gelehnt, den kurzen Wintertag über hätte halten können. Doch der alte Mann konnte sie nicht entbehren. Auch er hatte Arme für sie und umschloß sie damit.

„Na, wo ist meine ruhige Maus die ganze Zeit gewesen?“ fragte der alte Mann. „Sie ist lange weggeblieben. Mir ist es unmöglich, ohne meine Maus auszukommen. Ich – wo ist mein Sohn William? –, ich nehme an, ich habe geträumt, William.“

„Das sage ich ja, Vater“, entgegnete sein Sohn. „*Ich* hatte einen häßlichen Traum, glaube ich. Wie geht es dir, Vater? Geht's dir gut?“

„Stark und kühn, mein Junge“, erwiderte der alte Mann.

Es war schon ein Anblick, wie Mr. William seinem Vater

die Hand schüttelte und ihm auf den Rücken klopfte und zärtlich mit der Hand darüberstrich, als könnte er nicht ausreichend seine Anteilnahme an ihm zeigen.

„Was für ein wunderbarer Mann du bist, Vater! – Wie geht's dir, Vater. Bist du denn wirklich ganz gesund?" fragte William, schüttelte ihm noch einmal die Hand, klopfte ihm noch einmal auf den Rücken und streichelte ihn noch einmal zärtlich.

„Ich war noch nie in meinem Leben frischer oder kräftiger, mein Junge!"

„Was für ein wunderbarer Mann du bist, Vater! Aber genau das isses", sagte William begeistert. „Wenn ich an all das denke, was mein Vater durchgemacht hat, und an die Gelegenheiten und Wechselfälle und Leiden und Mühen, die ihm im Laufe seines langen Lebens widerfahren sind und durch die sein Haar ergraut ist und die sich Jahr für Jahr über seinem Haupt häuften, habe ich das Gefühl, daß wir nicht genug tun können, um diesen alten Herrn zu ehren und ihm seine alten Tage angenehm zu machen. – Wie geht es dir, Vater? Geht's dir denn wirklich gut?"

Mr. William hätte womöglich nicht aufgehört, diese Frage zu wiederholen und ihm wieder die Hand zu schütteln und ihn wieder zu streicheln, wenn der alte Mann nicht den Chemiker entdeckt hätte, den er bisher nicht gesehen hatte.

„Ich bitte um Entschuldigung, Mr. Redlaw", sagte Philip, „aber ich wußte nich, daß Sie hier sind, Sir, sonst wär ich nich so offen gewesen. Das erinnert mich daran, Mr. Redlaw, wie ich Sie hier an 'nem Weihnachtsmorgen gesehn hab, als Sie selber noch 'n Student warn und so hart arbeiteten, daß Sie sogar zur Weihnachtszeit in unsrer Bibliothek auf und ab gingen. Haha! Ich bin alt genug, mich daran zu erinnern. Und ich erinnere mich gut daran, ja, obwohl ich siebenundachtzig bin. Es war, nachdem Sie hier weggingen, daß meine arme Frau starb. Erinnern Sie sich an meine arme Frau, Mr. Redlaw?"

Der Chemiker bejahte.

„Ja", sagte der alte Mann, „sie war ein armes Wesen. – Ich erinnere mich, Sie kamen eines Weihnachtsmorgens mit einer jungen Dame her. Ich bitte um Verzeihung, Mr. Redlaw, aber ich glaube, es war eine Schwester, an der Sie sehr hingen."

Der Chemiker sah ihn an und schüttelte den Kopf. „Ich hatte eine Schwester", sagte er geistesabwesend. Mehr wußte er nicht.

„Eines Weihnachtsmorgens", fuhr der alte Mann fort, „kamen Sie mit ihr her, und es begann zu schneien, und meine Frau forderte die junge Dame auf, hereinzukommen und sich ans Feuer zu setzen, das bei uns immer am Weihnachtstag in dem Raum brannte, der, bevor unsre zehn armen Herrn ausgezahlt wurden, unser großer Speisesaal war. Ich hielt mich dort auf, und ich erinnere mich, daß ich die Glut schürte, damit sich die junge Dame die Füße dran wärmen konnte, und daß sie die Schrift unter diesem Bild laut vorlas. ‚Herr, erhalte mein Gedächtnis frisch!' Sie und meine arme Frau kamen ins Gespräch darüber, und es ist doch eine seltsame Sache, wenn ich mir's jetzt so überlege, daß sie beide sagten (wo beide so verschieden starben), daß es ein gutes Gebet sei und daß sie es sehr inständig emporschicken würden, wenn sie jung weggerufen werden sollten, mit Rücksicht auf die, die ihnen am liebsten waren. ‚Mein Bruder', sagt die junge Dame, ‚mein Mann', sagt meine arme Frau. – ‚Herr, erhalte seine Erinnerung an mich lebendig und laß mich nicht vergessen werden!'"

Tränen, die schmerzlicher und bitterer waren als je zuvor in seinem Leben, rannen Redlaw das Gesicht hinab. Philip, der völlig damit beschäftigt war, sich seine Geschichte ins Gedächtnis zurückzurufen, hatte weder ihn beachtet noch Millys Besorgnis, daß er nicht fortfahren möge.

„Philip!" sagte Redlaw und legte ihm die Hand auf den Arm, „ich bin ein gebrochener Mann, auf den die Hand der

Vorsehung schwer, doch verdientermaßen gefallen ist. Mein Freund, Sie sprechen mit mir über etwas, dem ich nicht folgen kann; mein Gedächtnis ist weg."

„Allmächtiger Himmel!" rief der alte Mann.

„Ich habe mein Gedächtnis für Leid, Unrecht und Sorgen verloren, woran sich jeder Mensch erinnert!"

Wenn man das Mitleid des alten Philip mit ihm sah und wie er ihm seinen eigenen großen Stuhl hinschob, damit er darin ausruhe, und auf ihn in dem ersten Bewußtsein seines schmerzlichen Verlusts hinabblickte, erkannte man in gewissem Grade, wie wertvoll solche Erinnerungen für alte Menschen sind.

Der Junge kam hereingerannt und lief auf Milly zu.

„Hier ist der Mann", sagte er, „im andren Zimmer. *Ihn* möchte ich nicht."

„Was für einen Mann meint er?" fragte Mr. William.

„Pst!" sagte Milly.

Einem Wink von ihr folgend, zogen sich er und sein alter Vater leise zurück. Als sie unbemerkt hinausgingen, gab Redlaw dem Jungen zu verstehen, daß er zu ihm kommen möge.

„Die Frau mag ich am liebsten", antwortete er und hielt sich an ihrem Rock fest.

„Du hast recht", sagte Redlaw, zaghaft lächelnd. „Aber du brauchst keine Angst vor mir zu haben. Ich bin freundlicher, als ich war. Zu aller Welt, zu dir, armes Kind!"

Der Junge hielt sich zunächst noch zurück, doch als er allmählich ihrem Drängen nachgab, näherte er sich ihm und setzte sich ihm zu Füßen. Als Mr. Redlaw dem Kind die Hand auf die Schulter legte, wobei er es voll Mitleid und Zusammengehörigkeitsgefühl ansah, streckte er die andere Hand nach Milly aus. Sie beugte sich an dieser Seite zu ihm herab, damit er ihr ins Gesicht schauen konnte, und sagte nach kurzem Schweigen:

„Mr. Redlaw, kann ich mit Ihnen sprechen?"

„Ja", antwortete er und richtete seine Blicke auf sie. „Ihre Stimme wirkt wie Musik auf mich."

„Darf ich Sie etwas fragen?"

„Was Sie wollen."

„Erinnern Sie sich an das, was ich Ihnen sagte, als ich gestern abend an Ihre Tür klopfte? Über einen, der einst Ihr Freund war und am Rande des Verderbens stand?"

„Ja, ich erinnere mich", sagte er etwas zögernd.

„Verstehen Sie es?"

Er strich dem Jungen das Haar glatt, wobei er sie die ganze Zeit fest ansah, und schüttelte den Kopf.

„Diese Person", sagte Milly mit ihrer klaren, sanften Stimme, die ihre gütigen Augen, die auf ihn gerichtet waren, noch klarer und sanfter machte, „fand ich bald danach. Ich ging zum Haus zurück und machte ihn mit Gottes Hilfe ausfindig. Ich kam nicht zu früh. Es hätte nur wenig gefehlt, und ich wäre zu spät gekommen."

Er nahm seine Hand von dem Jungen, legte sie auf ihren Handrücken, dessen zaghafte und doch aufrichtige Berührung sich nicht weniger flehentlich an ihn richtete als ihre Stimme und Augen, und sah sie noch gespannter an.

„Er ist der Vater von Mr. Edmund, dem jungen Mann, den wir gerade gesehen haben. Sein wirklicher Name ist Longford. – Erinnern Sie sich an den Namen?"

„Ich erinnere mich an den Namen."

„Und an den Mann?"

„Nein, an den Mann nicht. Hat er mir jemals Unrecht getan?"

„Ja."

„Dann ist es hoffnungslos – hoffnungslos."

Er schüttelte den Kopf und schlug sanft auf die Hand, die er hielt, als wollte er stumm um ihr Mitleid bitten.

„Ich ging gestern abend nicht zu Mr. Edmund", sagte Milly. – „Wollen Sie mir genauso zuhören, als ob Sie sich an alles erinnern könnten?"

„Auf jede Silbe, die Sie sprechen."

„Weil ich damals nicht wußte, daß es wirklich sein Vater war, und weil ich vor der Wirkung einer solchen Nachricht auf ihn nach seiner Krankheit Angst hatte, sofern sie stimmte. Seit ich wußte, wer diese Person ist, bin ich nicht hingegangen; aber das hat einen anderen Grund. Er lebt schon lange von seiner Frau und seinem Sohn getrennt – ist seit der Kindheit seines Sohnes in seinem Hause ein Fremder, wie ich von ihm erfahren habe – und hat verlassen, was er hätte liebbehalten sollen. In dieser Zeit ist er nach und nach von dem Stand eines Herrn hinabgesunken, bis ..." Sie erhob sich hastig und kehrte, nachdem sie für einen Augenblick hinausgegangen war, in Begleitung jenes Wracks zurück, das Redlaw am Abend zuvor gesehen hatte.

„Kennen Sie mich?" fragte der Chemiker.

„Ich wäre froh", erwiderte der andere, „und das ist ein ungewohntes Wort für mich, wenn ich nein sagen könnte."

Der Chemiker betrachtete den Mann, der in Selbsterniedrigung und Schande vor ihm stand, und hätte ihn noch länger in seinem wirkungslosen Bemühen um die Erleuchtung angesehen, wenn nicht Milly ihren früheren Platz an seiner Seite eingenommen und seinen aufmerksamen Blick auf ihr Gesicht gezogen hätte.

„Sehen Sie, wie tief er gesunken, wie verloren er ist!" flüsterte sie und streckte den Arm zu ihm hin, ohne den Blick vom Gesicht des Chemikers zu wenden. „Wenn Sie sich an all das erinnern, was mit ihm in Verbindung steht, glauben Sie dann nicht, der Gedanke würde Ihr Mitleid erregen, daß einer, den Sie einst geliebt haben (lassen wir außer acht, wie lange das her ist und in welchem Vertrauen, das er verwirkt hat), so weit kommen sollte?"

„Ich hoffe es", antwortete er. „Ich glaube, ja."

Seine Blicke wanderten zu dem Mann, der dicht bei der Tür stand, kehrten aber rasch zu ihr zurück, die er gespannt ansah, als ob er sich anstrengte, aus jedem Ton ihrer Stimme und jedem Strahl ihrer Augen eine Lehre zu ziehen.

„Ich bin nicht gebildet, Sie aber sehr", sagte Milly; „ich bin es nicht gewohnt zu denken, und Sie denken ständig. Darf ich Ihnen sagen, warum ich es für eine gute Sache halte, wenn wir uns an das Unrecht erinnern, das uns zugefügt wurde?"

„Ja."

„Damit wir es verzeihen."

„Großer Gott, verzeih mir", sagte Redlaw und hob seine Augen empor, „daß ich deine eigene hohe Eigenschaft verworfen habe!"

„Und wenn eines Tages Ihr Erinnerungsvermögen wiederhergestellt sein sollte, was wir hoffen und erbitten wollen, wäre es dann nicht ein Segen für Sie, wenn Sie sich sofort ein Unrecht und dessen Vergebung ins Gedächtnis zurückrufen können?"

Er betrachtete den Mann an der Tür und heftete seinen aufmerksamen Blick wieder auf sie. Es kam ihm vor, als ob ein klarerer Lichtstrahl von ihrem strahlenden Gesicht ausginge, damit er seine Seele erleuchte.

„Er kann nicht in sein Heim zurück, das er verließ. Er trachtet nicht danach. Er weiß, daß er denen, die er so grausam vernachlässigt hat, Schande und Kummer bringen würde und daß es jetzt die beste Wiedergutmachung wäre, sie zu meiden. Ein wenig Geld, behutsam gegeben, würde ihn an einen fernen Ort bringen, wo er leben und nichts Unrechtes und solche Buße tun könnte, wie es in seinen Kräften steht, für das Unrecht, das er begangen hat. Für die unglückliche Dame, seine Frau, und für seinen Sohn wäre das die größte Wohltat, die ihnen ihr bester Freund erweisen könnte – von der sie auch nie zu erfahren brauchten. Und für ihn, dessen Ruf, Seele und Leib zerrüttet sind, kann es die Rettung bedeuten."

Er nahm ihren Kopf zwischen seine Hände, küßte sie und sagte: „Es soll geschehen. Ich überlasse Ihnen, es jetzt und heimlich für mich zu tun und ihm zu sagen, daß ich ihm verzeihen würde, wenn ich nur wüßte, was."

Als sie sich erhob und ihr strahlendes Gesicht dem heruntergekommenen Mann zuwandte und zu verstehen gab, daß ihre Fürsprache Erfolg hatte, kam er einen Schritt näher und sprach Redlaw an, ohne die Augen zu heben:

„Sie sind wie immer so großmütig", sagte er, „daß Sie versuchen wollen, Ihren aufsteigenden Gedanken an Vergeltung bei dem, was Sie vor sich sehen, zu verbannen. Ich versuche nicht, diesen Gedanken von mir zu vertreiben, Redlaw. Glauben Sie mir, falls Sie können."

Der Chemiker flehte Milly mit einer Geste an, näher zu ihm heranzukommen, und als er lauschte, schaute er in ihr Gesicht, als ob er darin den Schlüssel zu dem fände, was er hörte.

„Ich bin ein zu sehr heruntergekommenes Wrack, als daß ich Beteuerungen abgäbe. Ich erinnere mich zu gut an meinen Lebensweg, um irgend etwas vor Ihnen herauszustreichen. Aber von dem Tage an, an dem ich meinen ersten Schritt abwärts tat, als ich mich unaufrichtig gegen Sie verhielt, ging es in einer gewissen regelmäßigen und verdammten Folge mit mir bergab. So ist das."

Redlaw, der sie dicht an seiner Seite hielt, wandte das Gesicht dem Sprecher zu, und Leid lag darin. Auch so etwas wie trauriges Erkennen.

„Ich hätte ein anderer Mensch werden, mein Leben hätte anders verlaufen können, wenn ich diesen ersten verhängnisvollen Schritt vermieden hätte. Ich weiß nicht, ob es so gewesen wäre. Ich behaupte nicht, daß es möglich gewesen wäre. Ihre Schwester ruht, und sie hat es besser, als sie es bei mir gehabt hätte, selbst wenn ich der geblieben wäre, für den Sie mich gehalten haben und der ich selbst einst zu sein glaubte."

Redlaw machte eine hastige Handbewegung, als wollte er dieses Thema beiseite schieben.

„Ich spreche wie ein Mensch, den man vom Grab weggerissen hat", fuhr der andere fort. „Ich hätte mir gestern abend mein eignes Grab bereitet, wenn nicht diese segenspendende Hand gewesen wäre."

„Du liebe Güte, auch er hat mich gern!" schluchzte Milly im Flüsterton. „Da ist noch einer."

„Gestern abend hätte ich mich Ihnen nicht einmal um ein Stück Brot in den Weg stellen können. Doch heute ist meine Erinnerung an das Vergangene so stark aufgewühlt und mir so lebendig vor Augen geführt – ich weiß nicht, wie –, daß ich auf ihren Vorschlag hin gewagt habe, zu kommen und Ihre Gabe entgegenzunehmen und Ihnen dafür zu danken und Sie zu bitten, Redlaw, daß Sie in Ihrer letzten Stunde in Gedanken ebenso gütig gegen mich sind wie jetzt in Ihren Taten."

Er wandte sich zur Tür und hielt einen Augenblick auf seinem Weg inne.

„Ich hoffe, mein Sohn erweckt um seiner Mutter willen Ihr Interesse. Hoffentlich verdient er es. Sollte mir mein Leben noch lange erhalten bleiben und sollte ich erkennen, daß ich Ihre Hilfe nicht mißbraucht habe, werde ich ihn nie wiedersehen."

Beim Hinausgehen hob er seine Augen das erstemal zu Redlaw auf. Redlaw, dessen unverwandter Blick auf ihn geheftet war, streckte verträumt die Hand aus. Er kehrte zurück und berührte sie mit seinen beiden Händen und ging mit gesenktem Kopf hinaus.

Während des kurzen Augenblicks, der verging, als Milly ihn schweigend ans Tor brachte, ließ sich der Chemiker auf seinen Stuhl fallen und bedeckte das Gesicht mit den Händen. Als sie, von ihrem Mann und ihrem Vater begleitet (die beide sehr um ihn besorgt waren), wiederkam und ihn so vorfand, vermied sie es, ihn zu stören, und erlaubte das auch keinem anderen. Sie kniete sich neben dem Stuhl hin, um eine warme Decke über den Jungen zu breiten.

„Genauso is das. Das sag ich ja immer, Vater!" rief ihr

bewundernder Ehemann aus. „In Mrs. Williams Brust steckt 'n mütterliches Gefühl, dem man freien Lauf lassen muß."

„Ja, ja", sagte der alte Mann, „du hast recht. Mein Sohn William hat recht!"

„Sicherlich ist es wohl das beste, meine liebe Milly", sagte Mr. William zärtlich, „daß wir keine eigenen Kinder haben. Und doch wünschte ich manchmal, daß du eins zum Liebhaben und Aufziehen hättest. Unser kleines verstorbenes Kind, in das du solche Hoffnungen gesetzt hattest und das nie geatmet hat, das hat dich still gemacht, Milly."

„Bei der Erinnerung daran bin ich sehr glücklich, lieber William", antwortete sie. „Ich denke jeden Tag daran."

„Ich hab befürchtet, daß du zu oft dran denkst."

„Sag nicht, befürchtet. Es ist nur ein Trost. Es spricht auf vielerlei Weise zu mir. Das unschuldige Ding, das nie auf Erden gelebt hat, ist wie ein Engel für mich, William."

„Du bist zu Vater und mir wie ein Engel", sagte Mr. William sanft. „Ich weiß das."

„Wenn ich an all die Hoffnungen denke, die ich darein gesetzt habe, und an die vielen Male, da ich mir das kleine lächelnde Gesicht an meiner Brust, wo es niemals lag, und die lieben, zu mir aufschauenden Augen ausgemalt habe, die nie das Licht erblickten", sagte Milly, „kann ich, glaube ich, ein größeres Mitgefühl für all die enttäuschten Hoffnungen aufbringen, in denen kein Unrecht liegt. Wenn ich ein schönes Kind in den Armen seiner zärtlichen Mutter sehe, liebe ich es um so mehr und denke, daß mein Kind so ähnlich gewesen wäre und mein Herz ebenso stolz und glücklich gemacht hätte."

Redlaw hob den Kopf und blickte sie an.

„Das ganze Leben lang", fuhr sie fort, „scheint es mir etwas zu sagen. Mein kleines Kind setzt sich für arme vernachlässigte Kinder ein, als ob es am Leben wäre und eine Stimme hätte, die ich kenne und mit der es zu mir sprechen könnte.

Wenn ich von Jugendlichen höre, die leiden und in Schande geraten sind, denke ich, daß vielleicht auch mein Kind hätte dahin kommen können und daß Gott es in seiner Gnade von mir genommen hat. Selbst ein alter Mensch mit grauem Haar, so wie das von Vater jetzt, sagt mir, daß es vielleicht auch alt geworden wäre, lange nachdem du und ich gestorben, und die Achtung und Liebe junger Menschen gebraucht hätte."

Ihre ruhige Stimme war ruhiger als je zuvor, als sie den Arm ihres Mannes ergriff und ihren Kopf dagegenlehnte.

„Kinder lieben mich so, daß ich mir manchmal fast einbilde – es ist eine dumme Einbildung, William –, sie haben in irgendeiner Weise, die ich nicht kenne, ein Gefühl für mein kleines Kind und mich und verstehen, warum ihre Liebe für mich so wertvoll ist. Wenn ich seither still gewesen bin, William, war ich doch auf hundertfache Weise glücklich. Nicht zuletzt deshalb glücklich, Schatz, weil mir – selbst als mein kleines Kind tot geboren wurde und ich ein paar Tage schwach und unglücklich war und mich etwas grämen mußte – doch der Gedanke kam, daß ich, wenn ich ein gutes Leben zu führen versuchte, im Himmel einem strahlenden Geschöpf begegnen würde, das mich Mutter nennt!"

Redlaw fiel mit einem lauten Aufschrei auf die Knie.

„O du", sagte er, „der du durch die Lehre reiner Liebe gnädig mein Gedächtnis wiederhergestellt hast, was die Erinnerung an Christus am Kreuz und all die Rechtschaffenen war, die für ihn starben, nimm meinen Dank und segne sie!"

Dann drückte er sie an sein Herz, und Milly, die heftiger als je zuvor schluchzte, rief lachend: „Er hat zu sich selbst gefunden. Auch er hat mich wirklich sehr gern! O du lieber Himmel, hier ist noch einer!"

Dann trat der Student ein, der ein hübsches Mädchen an der Hand hielt, das sich scheute, näher zu kommen. Und Redlaw – dessen Haltung ihm gegenüber sich gewandelt hatte, da er in ihm und seiner jugendlichen Wahl den schwächeren Schatten jenes demütigenden Abschnitts in seinem Leben sah, zu dem die Taube, die so lange in ihrem einsamen Zufluchtsort eingesperrt war, wie zu einem schattenspendenden Baum fliegen könnte, um sich auszuruhen und Gesellschaft zu suchen – fiel ihm um den Hals und bat sie inständig, seine Kinder zu sein.

Da Weihnachten eine Zeit ist, in der von allen Zeiten des Jahres die Erinnerung an jedes heilbare Leid, Unrecht und Sorgen auf der Welt in uns lebendig sein sollte, nicht weniger als unsere eigenen Erfahrungen, legte er seine Hand auf den Jungen und gab, wobei er Ihn schweigend als Zeugen anrief, der in alten Zeiten Kindern die Hand auflegte und jene in der Erhabenheit seines prophetischen Wissens zurechtwies, die sie von ihm fernhielten, das Versprechen, ihn zu beschützen, zu belehren und auf die richtige Bahn zurückzubringen.

Dann reichte er Philip fröhlich seine rechte Hand und sagte, daß sie an diesem Tage dort ein Weihnachtsessen einnehmen wollten, wo früher, ehe die zehn armen Herren ihn eintauschten, ihr Speisesaal war; und daß sie dazu so viele von der Familie Swidger einladen wollten – die, wie ihm sein Sohn erzählt hatte, aus so vielen Mitgliedern bestand, daß sie sich die Hände reichen und einen Kreis um England ziehen könnten –, wie sie so kurzfristig zusammenbekämen.

Und das wurde an diesem Tage getan. Es waren so viele Swidgers, Erwachsene und Kinder, anwesend, daß ein Versuch, sie in einer runden Zahl anzugeben, bei den Mißtrauischen Zweifel an der Wahrheit dieser Geschichte erwecken würde. Deshalb soll der Versuch nicht gemacht werden. Doch da waren sie zu Dutzenden, und auf sie warteten gute Nachrichten und berechtigte Hoffnungen in bezug auf George, den sein Vater, sein Bruder und Milly wieder besucht und in ruhigem Schlaf zurückgelassen hatten. Ebenfalls beim Essen anwesend waren die Tetterbys, einschließlich des jungen Adolphus, der mit seinem leuchtenden Wolltuch noch zur rechten Zeit zum Rindfleisch erschien. Johnny und das Baby kamen natürlich zu spät und ganz zur Seite geneigt, der eine erschöpft, das andere in einem Zustand, als sollte es einen Doppelzahn bekommen; aber das war nicht neu und nicht besorgniserregend.

Es war traurig, das Kind anzusehen, das keinen Namen und keine Familie hatte, wie es die anderen Kinder beobachtete, als sie spielten, und nicht wußte, wie es sich mit ihnen unterhalten oder tummeln sollte, und den Gewohnheiten in der Kindheit fremder gegenüberstand als ein wilder Hund. Es war traurig anzusehen, wenn auch in anderer Hinsicht, wie die kleinsten Kinder dort instinktiv wußten, daß er sich von den übrigen unterschied, und sich ihm schüchtern mit sanften Worten und Berührungen sowie kleinen Geschenken näherten, damit er nicht unglücklich sein sollte. Aber er hielt sich an Milly und fing an, sie zu lieben – das war noch einer, wie sie sagte! –, und da sie sie alle von Herzen gern hatten, waren sie froh darüber, und als sie ihn hinter ihrem Stuhl hervorlugen sahen, freuten sie sich, daß er so nahe dran war.

Dies alles sahen der Chemiker, der bei dem Studenten und dessen zukünftiger Braut saß, und Philip und all die anderen.

Manche Leute haben gesagt, daß er nur gedacht hat, was hier niedergeschrieben ist; andere, daß er es an einem Winterabend zur Dämmerung im Feuer gelesen hat; andere, daß der Geist nur die Darstellung seiner trüben Gedanken und Milly die Verkörperung seiner besseren Einsicht gewesen sei. *Ich* sage nichts.

Nur dies. Daß, als sie sich in dem großen Saal um kein anderes Licht als ein großes Feuer versammelt hatten (da sie zeitig speisten), die Schatten noch einmal aus ihren Verstecken hervorschlichen und durch den Raum tanzten, wobei sie den Kindern phantastische Figuren und Gesichter an den Wänden zeigten und allmählich das, was wirklich und vertraut war, ins Wilde und Wunderbare verwandelten. Aber es gab etwas in dem Saal, worauf die Augen von Redlaw und Milly und ihrem Mann und dem alten Herrn und dem Studenten und seiner zukünftigen Braut oft gerichtet waren und was die Schatten nicht verdunkeln oder verändern konnten. Mit vom Feuerschein verstärkter Würde und sich von der Dunkelheit der getäfelten Wand lebendig abhebend, blickte das ernste Gesicht auf dem Porträt mit dem Bart und der Halskrause unter seinem grünen Kranz Stechpalmen auf sie herab, wie sie zu ihm aufschauten; und klar und schlicht, als ob eine Stimme sie gesprochen hätte, standen die Worte darunter:

„Herr, erhalte mein Gedächtnis frisch."

Anmerkungen

16 *der gute heilige Dunstan* – (924–988), einflußreicher Bischof in England, von dem die Legende erzählt, er habe den Teufel, der ihn in Gestalt einer Frau in Versuchung führen wollte, mit einer glühenden Eisenzange bei der Nase gepackt.

47 *„Sir Roger de Coverley"* – Ein Gesellschaftstanz, der nach dem von Joseph Addison (1672–1719) in der moralischen Wochenschrift „Spectator" beschriebenen edlen Adligen benannt wurde.

52 *die berühmte Herde* – Anspielung auf das Gedicht von William Wordsworth (1770–1850) „Written in March" (Im März geschrieben), in dem eine vierzigköpfige Viehherde wie ein einziges Tier zu grasen scheint.

67 *„Bob"* – Im Englischen volkstümlich für Schilling.
Master – In England Anrede für Knaben.

107 *Laokoon* – In der griechischen Sage Priester des Apoll in Troja, der von zwei Schlangen erwürgt wurde.

109 *Joe Miller* – „Joe Miller's Jests" (Joe Millers Witze, 1739) ist der Titel eines Buches von John Mottley (1692–1750).

145 *Strutts „Kostüme"* – Gemeint ist das Buch „Dresses and Habits of the English People" (Kostüme und Trachten der Engländer, 1796–1799) des englischen Schriftstellers, Malers und Kupferstechers Joseph Strutt (1749–1802).

165 *Samson* – Kraftstrotzender Held aus dem Alten Testament.

191 *König Hal* – Gemeint ist der englische König Heinrich VIII. (1491–1547), der nacheinander sechs Ehen einging und zwei seiner Frauen hinrichten ließ.

216 *Farthings* – Damals kleinste englische Münzen.

229 *Klapperknochen und Hackmesser* – Bei den Hochzeitsaufzügen der unteren Klassen wurden diese Dinge von den Fleischern als Klappergeräte benutzt.

236 *„Royal George"* – Name eines englischen Kriegsschiffes, das 1782 gesunken ist.

244 *„Wie die kleine emsige Biene"* – Englisches Kinderlied von Isaac Watts. Vgl. Anmerkung zu S. 582.

374 *„Das Spiel ist aus, der Vorhang falle"* – Angeblicher Ausspruch des französischen Schriftstellers François Rabelais (1494–1553) auf seinem Totenbett.

385 *Miles* – Diener des Bruder Bacon in der Komödie „The Honorable History of Friar Bacon and Friar Bungay" (Die ehrenwerte Geschichte von Mönch Bacon und Mönch Bungay, aufgeführt 1594) von Robert Greene (1560–1592).

398 *Ein verlorener Sohn...* – Vgl. Neues Testament, Lukas 15, 15.

430 *Doe und Roe* – Die Namen zweier fiktiver Personen aus dem englischen Rechtswesen. John Doe stellt den Ankläger dar und Richard Roe den Beklagten.

582 *Dr. Watts* – Isaac Watts (1674–1748), Autor der „Divine Songs for Children" (Fromme Lieder für Kinder, 1715), vieler Hymnen und pädagogischer Handbücher.

Inhalt